손 창 섭

孫 昌 涉

손 창 섭

孫 昌 涉

글누림 작가총서

손 창 섭

생래(生來)와 현실의 비극적 함수

이호규 엮음

전후 소설의 정점에서 사라진 시대의 실종자失踪者

1950년대 등단하여 전후 소설에서 뚜렷한 족적을 남겼으나 70년대 초 홀연히 너무나 무심히 이 땅을 떠나 스스로 실종되어 버렸던 손창섭은 무수한 소문과 의문을 지난 몇 십 년 동안 한국 문단에 던졌던 문제적 작가였다. 전후 소설에 그가 작품으로 남겼던 족적을 따라 가다가 문득 숲 속으로, 안개 속으로 저 바다 수면 속으로 더 이상 찾을 수 없이 끊어져 버린 것을 확인하는 것은 지난 세월 연구자들이 맞닥뜨리는 막막함이자 안타까움이었으리라.

2010년 일본에서 사망한 것으로 최종 확인됨으로써 손창섭은 작가 자체로서 너무나 많은 비밀을 간직한 채 소설 속으로 사라져 버렸다. 어쩌면 그가 이 땅에서 홀연히 사라진 이후 마지막까지 바랐던 것이 그것이 아니었나 싶다. 소설 속으로 사라진 작가를 굳이 찾으려 하지 말라, 그저 소설을 읽어 달라 그래서 그 소설이 한국 문학에서 지니는 의의를 발견해달라는 것, 그것이 아니었을까. 소설만을 읽어달라는 것은 형식주의적 발언이 아니다. 그의 전후 소설이 지니는 의의는 곧 '전후'라는 말이 이미 가리키듯 시대적 의미망에서 그의 소설을 읽어내는 것을 말하는 것이다. 그의 소설은 전후 시대의 의미망에서 읽어낼 때 진정한 가치를 찾을 수 있는 것이다. 손창섭은 5,60년대 전후 현실의 한국

사회에서 그 시대와 인간을 그려내는 데 모든 삶을 걸었던 작가였고 그 것만으로 그는 아니 그의 소설은 한국 문학이 존재하는 한 사라지지 않을 작품이 되었다. 작가는 사라졌고 작품은 남았다. 손창섭에게만은 그 것으로 충분하지 않은가.

손창섭 문학에 대한 최근의 중요 연구 성과들을 이 시점에서 엮어내는 것은 그런 점에서 중요한 의미를 지닌다. 홀연히 70년대 초에 이 땅에서 사라져 버림으로써, 그리고 이미 그 이전에도 한 개인으로서의 자신에 대해 세상이 알아서 알도록 내버려 둔 이상으로 알게 하지 않았던 작가로서의 손창섭에 대한 연구는 정확한 사실에 근거한 연구가 이루어지지 못하고 억측과 오해가 낳은 논의들이 있었다.

90년대 이후 열정적인 연구자들에 의해 손창섭에 대한 관심이 실천으로 이어지고 2009년 손창섭의 일본에서의 행적과 더불어 그의 삶에 대한 정확한 사실들이 확인됨으로써 손창섭의 전후 소설을 역사전기적 관점에서 연구하는 데 있어 새로운 규명이 이루어지게 되었던 것이다. 그 과정에서 확인할 수 있었던 것은 세상의 오해는 기실 손창섭 스스로 만든 위악적 작가의식이었다는 점이다. 왜였을까? 그는 자신의 모습을 확장하여 전후 시대의 불행했던 인간의 보편적 형상을 그려내고 싶었기 때문이었으리라. 그 작가의 뜻을 새삼 헤아려 그의 전후 소설을 다시 바라볼 때이다.

이 작가 총서는 그래서 중요한 시대적 의미를 지닌다고 생각한다. 최근 중요한 연구 성과들을 입체적으로 보여줌으로써 손창섭 연구의 현 주소를 정확히 보여줌과 동시에 이후 손창섭 연구의 새로운 지평을 여는 데 하나의 방향타 역할을 할 것으로 기대한다.

제1부 '손창섭의 삶, 그의 문학과 시대'는 총론으로, 최근 밝혀진 손

창섭 작가에 대한 정확한 사실을 근거로 기존의 오해를 불식시키는 선에서 손창섭의 전후 소설을 작가와 시대의 상관관계 속에서 전반적으로 개괄하였다. 제2부 '작가론 및 소설론'에서는 손창섭 전후 소설의 중요한 특장, 즉 인물과 주제, 창작 기법 등을 분석한 연구 성과들을 실었고 제3부 '작품론'에서는 「生活的」, 「비오는 날」, 『낙서족』, 『길』, 『유맹』 등 손창섭의 중요 작품들을 분명한 주제 하에서 깊이 있게 분석한 연구 성과들을 수록하였다. 제4부 '부록'에서는 최근 밝혀진 정보를 토대로 기존의 잘못된 작가 연보를 수정하는 차원에서 새롭게 작성한 작가 연보와 작품 연보, 그리고 2010년 최근까지의 연구 논문 목록을 수록하였다.

기꺼이 연구 성과들을 수록하는 것에 대해 동의해주시고 허락해주신 연구자들께 깊은 감사의 마음을 전한다. 모두 손창섭 연구의 정확한 현재와 풍성한 미래를 위해 한 마음으로 함께 하고자 하는 마음임을 이번 작업을 하면서 느낄 수 있었다. 이 총서에 실린 연구 성과들을 토대로 앞으로 더욱 알차고 깊이 있는 연구 성과들이 나오길 기대해본다. 다시 한 번 연구자들께 감사드리며 한국 문학의 깊이와 폭의 무한한 확장을 위해 이번 총서를 기획해주신 이대현 사장님과 글누림 출판사의 최종숙 사장님 그리고 가장 많은 수고를 해주신 이태곤 편집장님께 연구자로서 감사의 마음을 전한다.

마지막으로 이 생에서의 힘든 삶을 모두 내려놓고 영면에 드신 손창섭 작가의 명복을 빈다.

2011. 아직 겨울이 한창인 2월 초

이 호 규

차 례

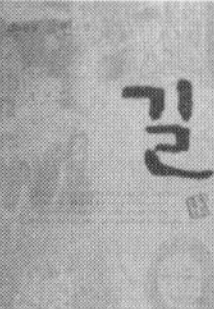

제 1 부

손창섭의 삶, 그의 문학과 시대

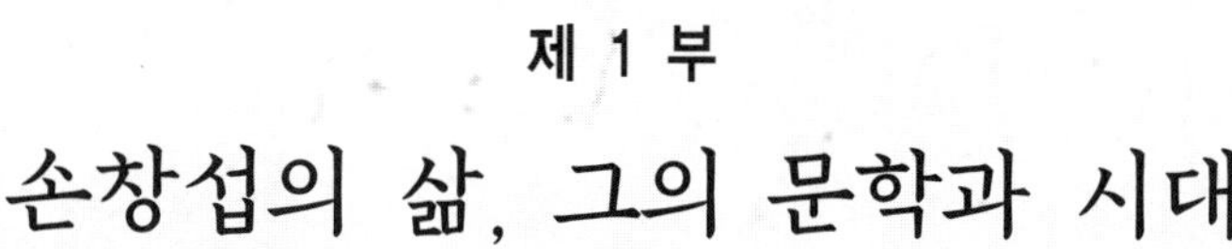

생래(生來)와 현실의
비극적 함수가 낳은 전후 소설의 정점

1. 작가의 재구성

'전후 한국 사회의 정서와 분위기를 절실하게 표현한 작가', 그래서 '1950년대 문학의 자화상'[1]이라는 손창섭에 대한 평가는 대부분의 연구자들이 동의하고 있는 것이기도 하고 그래서 대체적이고 일반적이며 상식이기도 하다.

그러나 '해결 불가능한 절망과 전망 부재의 허무 그 자체를 소설의 주제로 삼았'[2]다라는 평가와 손창섭의 소설은 허무주의를 넘어 '끊임없

---

* 이호규 / 동의대학교 교수

1) 하정일, 「전후 세대의 자화상」, 『작가연구』, 1996, 창간호.

이 자폐의 정지성을 뚫고 현실화하려는 강한 의지로 점철'3)되어 있다는 상반된 평가에 이르면 50년대 대표적 전후작가라는 손창섭 평가의 내실, 속사정은 그리 간단치 않음을 알게 된다.

더욱이 1953년 문단에 등단하여 20년 가까이 작가 활동을 하였으나 작가 본인의 생애에 대해서는 알려진 바 별로 없고 그 스스로도 소설 작품 외의 글을 통해 말한 바 거의 없는데다가 70년대 초 돌연 일본으로 가버린 이후 소식이 두절되다시피 한 상태로 지난 세월 흘러왔기에 특히 작가론 연구는 미비할 수밖에 없어 그의 작품이 지니는 내적 진면목에 대한 평가는 어려울 수밖에 없었던 것이 저간의 사정이며 지금의 상황이다. 이는 그래도 90년대 후반에 공개된 손창섭의 행적에 관한 글에서도 단적으로 알아볼 수 있다.

> 손창섭의 개인사에 관해서는 비단 도일 후만이 아니라, 그의 성장기에 관해서도 확실하게 밝혀진 것이 없는 실정이다. 연구자들도 대개 그의 자전적 작품이라고 알려진 「신의 희작(戲作)」에 기대고 있는데, 이 작품이 사실과 얼마나 일치하며, 어느 정도가 픽션인지에 대해 자신 있게 이야기하기 무척 어렵다. 들은 이야기를 정리해보았지만, 미흡하기 짝이 없다. 확인한 것이라곤 그가 아직 생존해 있고, 스스로 세상으로부터 잊혀지기를 원하고 있다는 사실 정도다.4)

시대와 작품의 관계를 통해 한 작가의 문학을 분석하고 평가하는 작

---

2) 하정일, 위의 책, 35쪽.
3) 김진기, 「분열과 통합의 모더니즘적 변증법」, 『새로 쓰는 한국작가론』, 백년글사랑, 2002, 281쪽.
4) 「도일(渡日)후의 손창섭에 대하여」, 『작가연구』, 1996, 창간호, 164쪽.

업이 불가능하다거나 혹은 의미가 없다고 할 수 없고 오히려 1950년대 우리 소설에 있어서 그러한 작업은 필수적인 중요한 작업이라 할 수 있을 것이나 그러한 작업이 작가를 배제한 연구라고 했을 때 거기에는 채워지지 않는 공백, 해명되지 않는 작가의 문학적 속살은 있게 될 터이다. 그런 점에서 손창섭 문학 연구에 있어서 손창섭이라는 작가 혹은 인간에 대한 일차적 자료의 미비와 그로 인한 부족한 분석과 해명은 호기심이나 아쉬움의 차원을 넘어 그의 소설이 충분히 그의 체험에 바탕한 바 크다는 심증 따라서 본격적이고 보다 심화된 손창섭 문학 연구에 있어서는 필요하다는 연구적 차원에서의 요구에서 볼 때 그 어느 작가보다도 안타깝다 할 것이다.

지금까지 손창섭에 대해서 알려진 생애는 극히 제한된 정보밖에 없기 때문에 간단하다. 1922년 평양에서 출생하여 1935년 만주로 건너갔다가 1936년 도일(渡日)하여 교토와 도쿄에서 고학으로 중학교 몇 군데를 전전하다가 니혼(日本)대학에 적을 두기도 했다고 하나 정확히 알려진 학력은 없다. 1946년 귀국하여 월북했으나 1948년 월남하여 다양한 직업을 전전하다 1952년 <문예>지 5월호에 단편「공휴일」로 정식 문단에 등단한다. 이후 60년대 말까지 사회적 활동은 거의 하지 않은 채 창작에만 전념하다가 돌연 1972년 일본으로 가버린다. 이후 1976년 장편『유맹(流氓)』, 1978년 장편『봉술랑』을 발표하였으나 일본에서의 행적은 거의 알려진 것이 없으며 1996년 현재 일본 도쿄에 거주하고 있다는 정도만 알려져 있었다.

하지만 여기서 손창섭이라는 한 작가의 삶을 재구성해 볼 필요는 있다. 그가 남긴 한 편의 글과 소설 작품들, 알려진 그의 생애에 대한 정보를 바탕으로 그의 삶과 작품이 어떻게 연결되어 있는지 살펴볼 터이다. 이는 앞에서 지적했듯 여타의 작가들에 비해 비록 정보 자체가 극히 미흡하지만 그의 체험과 작품의 연관성은 그 어느 작가보다도 깊다는 필자의 생각에 기인하고 있다. 손창섭 본인의 '변(辯)'과 기존의 연구자들이 그의 생애와 정신적 내면을 살피는 데 거의 유일한 자료로 활용해온 「신의 희작」을 포함, 다른 작품의 내용을 비교 분석해 봤을 때 그의 작품 곳곳에 그의 체험이 직접적으로 혹은 각색되어 중요한 작품의 모티프를 구성하고 있으며 따라서 그러한 결과를 토대로 맞추기를 했을 때 부족하나마 손창섭이라는 작가의 생애를 재구성해볼 수 있다고 본다.

손창섭은 「아마튜어 作家의 辯」5)이라는 글에서 '한 작가가 즐겨 취급하는 테에마를-그 정체를 알기 위해서는 먼저 그 작가의 성장 과정을 비롯해서 인생관, 개성, 기질, 사회의식 같은 것을 아는 것이 가장 빠르고 정확한 방법'이라고 그 스스로도 작가 연구가 그 작가의 문학을 헤아리는 기본적이고 중요한 것임을 밝히고 있다. 그렇게 생각하던 본인이 그토록 세상과 단절된 채 작가 생활을 했고 결국 이 땅을 떠나 잊혀지기를 선택했다는 것이 서글픈 아이러니가 아닐 수 없다. 아무튼 이 짧은 글 속에서 우리는 자신의 생애에 대한 솔직하고 아픈 기억과 정신을 대면할 수 있는데, 이 글과 그의 자서전적인 작품이라고 해서 그의 생애를 짐작하는 데 많은 연구자들이 관심을 가져온 「신의 희작」을 연결시켜 볼 때 우리는 그의 삶과 더불어 그가 즐겨 취급하는 '테에마',

---

5) 손창섭, 『현대한국문학전집 3』 손창섭, 신구문화사, 1981, 473쪽.

그 '정체'를 재구성해볼 수 있을 것이다.

그는 이 글에서 '따뜻한 가정과 사랑이란 것을 모르고 어려서부터 거칠고 冷酷한 현실의 물결 속에 던져져야 했던' 소년기와 청년기를 보낸 탓으로 '비로소 자신을 자각했을 때, 나의 눈앞에 초라하게 떠오른 나의 人間像은, 부모도 형제도 고향도 집도 나라도 돈도 생일도 없는, 완전한 영양실조에 걸린 肉身과 정신의 孤兒였다.'라고 밝히고 있다. 최초로 자신이 자각한 자기의 모습이 "육신과 정신의 고아"였으며 그런 그가 최초로 발견한 타자, 즉 '남'은 '利己와 僞善에 찬 敵'이었다는 사실은 그의 불행한 삶과 그로 인한 정신적 황폐함이 그의 문학의 원체험을 이루고 있다는 것을 알게 한다.

손창섭이 부제로 자화상이라고 붙인 연유 때문에 그의 삶을 헤아리는 데 있어 소설 작품 이전에 중요한 일차적 자료-이는 기실 그의 삶을 알기 위한 일차적 자료의 부실에서 기인한 결과이지만-로 검토의 대상이 되어 온 「신의 희작」의 주인공 S는 바로 그러한 인물이다. 즉 「아마튜어 作家의 羞」이라는 작가 본인의 비소설적 글에 나타나는 작가 본인의 모습을 바탕으로 자화상이라는 부제가 붙어 있는, 그래서 작가 본인의 삶을 그리고 있는 것으로 연구되어온 「신의 희작」에 나타나는 주인공의 모습을 통해 손창섭이라는 작가의 실체와 그 문학적 내면에 대해 알아볼 수 있을 것이다,

하지만 여기서 우리가 주의해야 하는 것은 비소설적 글이라도 작가 스스로 가감 없이 자신의 삶을 고백하고 있다고 보는 성급한 판단은 하지 말아야 하는 것이거늘 하물며 소설은 더 말할 나위 없이 그대로 작가의 삶과 오버랩 시키거나 전기적 자료로 날 것 그대로 활용하는 것은

심각한 오해와 그릇된 판단을 할 수 있다는 사실이다.

즉 「신의 희작」에서 비록 주인공 S가 바로 손창섭이라고 자신의 이름을 밝히는 것을 보아 그의 자전적 내용이 사실적으로 그려져 있을 것이라는 생각을 갖게 하기는 하지만 그로 인해서 자신의 삶에 대해 세상이 오해하게 만들고 싶어 하는 작가의 위악적 속셈이 담겨 있을지도 모르는 일이다. 그는 스스로 말했듯 "정신적 매저키즘"6)이기 때문이다.

그런 점에서 이제 「신의 희작」을 다시 검토해볼 필요가 있다. 진실과 허구의 경계, 무엇이 진실이고 무엇이 허구인가, 그 글쓰기 전략에는 작가의 어떤 의도가 숨어 있는가 하는 점을 살펴보아야 손창섭 문학의 출발을 제대로 규명해낼 수 있을 것이다.

「아마튜어 作家의 辯」에서 손창섭은 최초로 자각한 자신이 '육신과 정신의 고아'였다고 밝히고 있다. '고아'라는 점은 어느 정도 사실인 듯하다.7) 그리고 최근까지 그에 덧붙여 독자라고 알려져 왔다.8) 하지만 2009년 발표된 논문9)에 따르면, 손창섭에게는 형 손창익과 손창환, 누

---

6) 「신의 희작」, 위의 책, 434쪽.
7) 정철훈의 「두 번 실종된 손창섭」(창비, 창작과비평, 제37권 제2호 (통권 144호) 2009.6.)에는 이에 대해 손창섭의 아내인 우에노 여사가 직접 말한 내용이 있는데, 거기에 따르면 손창섭은 세 살 때 아버지를 여의고 당시 젊었던 어머니가 재가함으로 인해 할머니 손에서 자란 것으로 되어 있다. 따라서 손창섭 본인이 자각한 최초의 모습은 고아였다고 해도 무방할 것이다.
8) 1996년 <작가연구> 창간호에 있는 손창섭의 생애연보에는 '2대 독자'라고 명시되어 있는데 그 이전부터 최근까지 그렇게 알려져 왔다.
9) 정철훈, 위의 글, 정철훈의 글은 2009년 직접 일본에 건너가 손창섭의 근황을 확인하고 그의 아내 우에노 여사와 면담한 내용을 토대로 손창섭의 전기에 관한 여러 가지 오해를 바로 잡는 내용으로 되어 있어 현재까지는 가장 믿을 만한 자료라고 생각된다. 이 자료를 토대로 하면 기존의 손창섭 문학에 대한 연구는 상당 부분 폐기되거나 수정이 불가피한 것으로 보인다.

나 손정숙이 있었던 것으로 확인된다. 따라서 독자라고 알려진 것은 수정되어야 할 듯싶다. 형제가 있었지만 기억에 없는 아버지와 어머니, 그 상황은 손창섭에게 어린 시절이 육신과 정신의 고아였다고 자각하게 만들었을 타당성은 충분히 있어 보인다.

「신의 희작」에서 주인공 S의 정신적 매저키즘을 형성한 최초의 사건은 열세 살에 목격한 어머니의 간통 사건인데 그것은 아버지의 부재와 맞물려 심각한 오이디푸스 콤플렉스로 자리하게 됨을 볼 수 있다. 이를 뒷받침하는 사례는 소설 곳곳에서 보이는데,

> 남자와 부둥켜안고 있는 어머니의 모양, 증오에 찬 어머니의 눈, 자기 오줌에 젖은 얼룩진 요, 어머니의 손맛을 향락하던 자기 고간의 돌출부, 목매달고 정사한 창부의 시체, 아들 없는 며느리에게 얹혀 지내기가 괴로워 자주 일가 집으로 신세 한탄하러 다니는 할머니의 초라한 모습, 이러한 영상들이 혹은 박쥐 모양을 하고 혹은 도깨비나 귀신의 형상이 되어 눈앞을 와글거리며 떠나지 않았다. 그놈의 괴물들 중에서는 별안간 S의 목을 물어뜯으며, 너는 칵 죽어야 한다고 소리를 지르는 통에, 그는 비명을 지르고 몇 번이나 상반신을 일으키기도 하였다.[10]

여기서 알 수 있듯 아버지의 부재와 어머니의 불륜 그리고 어머니에 대한 비정상적 관계와 심리, 불행한 가정이 빚어낸 S(소설 속에서의 손창섭)의 유년기 기억과 정신 상태는 '상징 질서에 대한 혼란스런 수용'[11]에 다름 아니다. 정신분석학적 관점에서 보았을 때 유년기 체험에서 비

---

10) 「신의 희작」, 위의 책, 414쪽.
11) 김진기, 「손창섭론-분열과 통합의 모더니즘적 변증법」, 『새로 쓰는 한국작가론』, 백년글사랑, 2002, 268쪽 참조 바람.

롯된 S의 정신은 가히 종합선물세트라고 할 수 있을 것이다. 여성에 대한 공격적 성향과 그의 극단적 반대양상으로 드러나는 여성에 대한 절대적 미화, 결혼 후에도 나타나는 야뇨증과 타인에 대한 공격성 등이 바로 현상적으로 드러난 양상들이라 할 수 있을 것이다.

어머니마저 딴 남자와 만주로 가출해 버리자, S는 소학교 졸업 후 만주 각지를 떠돌다 일본에 건너가 고학을 하게 된다. 치유되지 않는 야뇨증과 폐쇄적 외톨이가 그에게 안겨준 감정은 수치심과 공포심뿐이었고 그것은 세상에 대한 분노로 드러난다.

여기까지의 「신의 희작」의 내용을 「아마튜어 作家의 辯」의 진술과 정철훈의 논문에서 밝힌 진상과 비교해 봤을 때, 뼈대 즉 아버지의 부재와 어머니의 재가로 인한 고아적 상황만 같을 뿐, 상당 부분이 허구라는 사실을 알 수 있다. 즉 「신의 희작」은 '체험 소설이 아니라 실제와 허구가 혼재한 작품'¹²⁾였던 것이다. 즉 기본적인 상황에다가 위악적으로 작가 본인의 모습을 형상화함으로써 보다 문제적인 인물로 창출해내고 있는 것이다. 지금 밝혀진 그의 전기적 상황과 초기 작품들을 비교해보면 작품 곳곳에 그의 실제 삶과 인물들이 소재로 활용되면서 동시에 각색되고 있음을 알 수 있다.

손창섭은 1949년 시모노세키에서 일본인 아내 우에노치즈꼬(上野千鶴子)와 결혼을 약속하게 되는데, 사실 우에노의 오빠 세이지(淸二)는 손창섭과 교오또(京都)대학 입학 동기생으로 이미 치즈꼬와는 알고 지내던 사이였다. 그 둘은 예식은 생략하고 부산으로 건너와 신혼살림을 시작

---

12) 정철훈, 위의 글, 300쪽.

하고 이후 서울 흑석동에서 20여 년을 살게 된다.[13]

또 하나 손창섭의 만주시절에 관한 것도 마찬가지인데, 실제로는 1930년대 후반 어린 손창섭은 할머니의 고생을 덜어드릴 수 있다는 생각에 만주로 가게 된다.[14] 그런데 작품에서 그래서 이후 실제인 듯 알려지기로는 열네 살 때 어머니를 좇아 만주로 간 것으로 되어버린 것이다. 어쨌거나 그가 아는 일본인 친구의 동생과 결혼했으며 부산에서 결혼생활을 했었고 어린 시절에 만주로 갔었던 경험이 있는 것은 사실이라는 점이다. 그의 작품에는 그러한 개인적인 실제 경험이 분명히 개입되어 있는데, 손창섭은 그러한 개인적 경험과 허구의 경계를 작품 속에서 없애버렸고 그것을 세상에 자신의 삶인 듯 그리고 그것이 바로 자신의 소설이라 내놓았다. 즉 실제와 허구의 경계를 넘어 자신의 삶 자체를 허구화 시켜버린 것이다. 이제 작가 손창섭의 희작 즉 희롱에 놀아나지 않도록 주의하면서 그의 작품을 헤아리고 그 속에서 그의 삶의 흔적을 찾아내고 나아가 작가의 세상에 대한 희롱적 글쓰기의 의미를 작가 개인과 시대와 상황의 함수 관계 속에서 헤아려 볼 때이다.

S는 아버지의 부재 속에 어머니의 불륜과 가출로 인해 유년기 정신적 충격을 당해 폐쇄적이며 공격적이고 외톨이 성향을 지니게 되었다. 이는 성인이 되어서도 지속적으로 나타난 야뇨증과 싸움닭이라는 별명이 붙을 정도의 공격성으로 표출되는데, 이는 스스로 얘기하듯 정신적 매저키즘이라고 할 수 있을 것이다. 작품 곳곳에 지속적으로 표현되는 핵심적 언술들은 '피해', '반항', '복수', '분노' 같은 것들이다. '숙명적으

---

13) 정철훈, 위의 글, 299-300쪽 참조.
14) 정철훈, 위의 글, 301쪽.

로 인간 사회에 있어서 피해자의 위치'15)에 있다는 피해의식은 그 방향에 따라 이중적으로 나타나는데, 자기를 향해서는 자살충동으로, 타자 즉 세상을 향해서는 분노와 복수, 즉 대결의식으로 표출된다.

이런 그는 만주를 떠돌다 일본에서 고학으로 중학을 다니게 되는데, 그의 반항심은 조선인 학생의 억울한 퇴학에 대해 충동적 저항으로 나타나고 이로 인해 구속과 고문을 겪게 되지만 기실 이는 그가 민족의식을 지닌 의혈학생이라서가 아니라 그의 피해의식과 반항심, 복수심이 충동적으로 표출된 것이라고 할 수 있다.

만주와 일본 유학이라는 실제 작가의 삶은 이렇게 변주되어 나타나고 장편 소설『낙서족』의 주인공에게도 역시 흡사하게 반영되어 있다. '전후 세대의 시각으로 쓴 최초의 일제시대 체험'16)으로 평가되는 장편 『낙서족』은 도현이라는 일본 유학생의 유학 체험을 다루고 있다.

독립투사의 아들로 일제의 탄압을 견디다 못해 반항심으로 저지른 은행 협박 사건으로 어머니를 남겨두고 일본에 건너온 도현의 모습은 아버지의 부재, 어머니와의 이별, 그리고 혼자 일본에 건너와 고학하는 모습 등 손창섭 본인의 조건을 역시 바탕에 깔고 있다. 그러나 소설적 인물로서 「신의 희작」에 나오는 S에 훨씬 닮아 있다. 거기다 박치기를 필살기로 갖고서 싸움닭처럼 공격적이며 충동적인 반항아 모습 또한 닮아 있다. 일제에 대한 복수심 탓으로 돌리지만 노리꼬를 겁탈하는 모습 또한 여성에 대한 '어처구니없는 복수' 즉 강간을 일삼는 S와 다를 게 없다. 『낙서족』에서 흥미로운 부분은 바로 노리꼬와 상희, 두 여자에

---

15) 「신의 희작」, 위의 책, 422쪽.
16) 송하춘, 「전후 시각으로 쓴 첫 일제 체험」, 『작가연구』, 1996, 93쪽.

대한 극단적인 감정과 행동이다. 노리꼬와는 달리 상희는 도현에게 베
아트리체, 즉 감히 범접할 수 없는 신성한 여신과도 같다. 이러한 여성
에 대한 극단적인 이중적 감정과 행위가 「신의 희작」에서의 어머니에
대한 오이디푸스 콤플렉스가 빚어낸 결과라고 할 수 있는 것이다. 이는
한 여성을 대하는 데 있어서도 이중적으로 나타날 수 있는데, 「신의 희
작」에 나오는 일본인 아내 지즈꼬에 대한 S의 감정이 그것이다. 여성에
게 야만적인 성폭력으로 자신의 성적 욕망을 발산하던 S는 친구의 동생
인 지즈꼬 역시 야만적으로 겁탈을 하지만17) 가출을 한 지즈꼬가 찾아
왔을 때『낙서족』에서 도현이 노리꼬를 대하던 것과는 달리 지즈꼬와
살림을 차리고 아이까지 낳아 가정을 이룬다.

　한국인 청년과 일본인 여자는『낙서족』과 자전적 소설인 「신의 희작」
뿐만 아니라 「생활적」에도 나오는데, 춘자의 경우가 그러하다. 춘자는
'해방되던 해 봄에 한국 청년과 결혼해 가지고 해방이 되자 곧 남편을
따라 한국'18)나온 여자로, 남편이 여수 순천 반란 사건 통에 학살당하
자 다시 일본으로 돌아가고자 부산으로 왔으나 돌아가지 못하고 공장
에 다니며 겨우 생계를 꾸려나가고 있다. 손창섭 소설 여러 작품에서
보이는 이러한 일본 여성의 모습과 그 행적, 그리고 주인공과 부산에서
의 만남 등은 손창섭 본인의 경험과 실제 일본인 아내 우에노지즈꼬와
의 실제 삶이 바탕이 된 것이다. 물론 이제 밝혀진 바, 작품 서사에서

---

17) 우에노 여사는 인터뷰에서 증언하기를, 「신의 희작」에 나오는 일본인 아내의 이
　　름 역시 지즈꼬인 바람에 사람들이 자신과 동일시해서 곤욕을 치렀다고 밝혔다.
　　사람들로부터 성도착증을 지닌 사람과 같이 사는데 무섭지 않느냐는 질문까지
　　받았다고 한다. (정철훈, 위의 글, 299쪽 참조)
18) 손창섭, 「생활적」,『현대한국문학전집 3』손창섭, 신구문화사, 1981, 159쪽.

보이는 사건은 대부분이 허구로 이루어져 있다는 점이다.

「신의 희작」에서 S는 이미 첫 아이와 둘째를 임신하고 있던 지즈꼬[19]를 남겨둔 채 한국으로 돌아와 노숙자 생활을 한다. 좌우익의 대립 속에서 좌충우돌 세상과 맞부딪치며 지내면서 미군 부대의 통역을 폭행하여 일 개월 간 복역도 하게 된다. 석방 후 평양으로 갔으나 '방자한 그의 인간성이 결코 뿌리박을 수 없는 불모의 지역임'[20]을 깨닫고 마침내 "어떤 사건"으로 반동분자의 낙인이 찍히자 월남하고 만다. "어떤 사건"이 무엇인지는 알 수 없으나 세상에 대해 반항적이고 충동적이며 자유분방했던 손창섭의 기질로 보아 당시 북한의 집단적이고 감시적인 체제를 그가 견디지 못했을 것이라는 것은 충분히 예측 가능한 일이다.

이런 그가 지즈꼬와 재회한 곳이 바로 전쟁 발발 후 피난으로 내려갔던 부산이었다. 부산 거리에서 우연히 지즈꼬와 재회한 S는 지즈꼬의 한국행에 대해 듣게 되는데, 「생활적」의 춘자 이야기와 거의 다르지 않다. 지즈꼬가 S의 친구인 백기택이라는 인물이 S를 찾게 해주겠다는 편지를 받고 귀국한 곳이 여수항이었고, 백기택을 만나긴 했으나 S를 못 찾고 몇 달을 기다리던 도중 기택이 지즈꼬를 강제로 범해 데리고 있었다는 것이다. 그런데 기택이 여수 순천 반란 사건으로 빨갱이들에게 학살을 당하게 되자 일본으로 가기 위해 부산으로 왔으나 귀국하지 못하고 공장에서 일하며 지내고 있었다는 것이다.

그의 자전적 소설인 「신의 희작」과 일반적으로 알려진 그의 행적, 그

---

19) 실제 우에노 여사는 서른세 살에 자궁암에 걸려 임신을 못하게 되는 바람에 아이를 낳지 못했다고 한다. (정철훈, 위의 글, 300쪽의 인용부분 참조)
20) 「신의 희작」, 위의 책, 439쪽.

리고 「아마튜어 作家의 辯」이라는 글을 통해 알 수 있는 것은 개인적인 가정사적 불행이 식민지와 해방 전후, 전쟁에 이르기까지 개인이 감당해낼 수 없는 재난과 절망의 상황과 조우, 충돌하면서 빚어낸 불행하고 비극적인 운명이 바로 손창섭의 삶이었다는 사실이다. 그 운명으로 상처받고 좌절하면서 그 슬픔과 좌절을 세상에 대한 분노와 냉소로 전이시켰던 손창섭은 그 모든 것을 소설을 통해 표출하고자 했으며 그것은 곧 손창섭이라는 한 개인의 버릴 수 없는 삶에 대한 사랑과 바람, 욕망을 드러내는 것이었다. 즉 그는 분노와 냉소를 자신에게나 세상을 향해 공격적으로 드러냈지만 그것이 문학을 통해 드러났다는 사실은 그가 누구보다 세상과 긍정적으로 소통하고자 하는 욕망을 지녔던 그래서 자신이 왜 살아야 하는지 그 이유를 스스로 찾고자 했던 순수한 영혼의 소유자였다는 사실이다.

그는 자신의 체험 그 자장에서 벗어날 수 없었고 자신의 모습을 떠나서는 소설을 쓸 수 없었다. 그의 대부분 소설들의 주요 모티프와 주요 인물들의 삶은 실제적인 손창섭 자신의 모습과 체험이 바탕이 되어 있으며 그랬을 때 상황과 인물의 구체성은 살아난다. 즉 그의 체험이 바탕이 되어 있지 않는 소설의 경우 그 진정성이나 구체성은 상당히 떨어지는 결과를 낳게 되며 체험이 바탕이 되어 있는 경우라도 그것이 상황이나 인물을 완전히 장악하지 못하는 경우에는 억지스러운 상황이나 인물 행동으로 나타나게 된다.

이 지점에서 우리는 「신의 희작」의 전략 즉 기본적인 틀만 실제 삶과 같을 뿐 인물의 성격이나 구체적인 사건은 온통 허구일 뿐인데 스스로 본인의 이름을 작품에 넣으면서까지 자전적 소설이라고 한 점, 무엇보다 문제적인 것은 그 인물화가 손창섭 본인의 위악적인 자기의 허구화라는 전략의 산물이라는 점이다. 본인의 가족사와 연결된 어린 시절에 대한 회상과 그로 인해 나타나는 본인의 삶에 대한 음울함과 냉소는 비소설적 글인 「아마튜어 作家의 辯」에서도 드러나는데, 소설적 자기의 위악화는 그러한 본인의 삶에 대한 작가의 깊고 어두운 내면을 드러내는 것이 아닌가 싶다. 그런데 손창섭 문학의 강점은 바로 이 본인의 위악적 소설화가 개인사를 넘어 집단화, 보편화에 대한 인식으로 상향 조정됨으로써 가능해졌다는 점이다. 고아 체험과 만주, 일본 체험이라는 개인적 경험이 일제 식민지와 분단과 전쟁이라는 집단적이고 사회역사적인 한국적 현실 속에서 자각되고 확장되어 소설로 변주되어 나타나게 되었다는 점이다. 여기서 우리는 그의 문학이 개인적인 생래적 조건이 사회적인 현실과 조우함으로써 만들어낸 비극적 현실인식이라는 점을 알 수 있다. 즉 그는 자신과 식민지와 분단, 전쟁을 거치는 가운데 죽거나 절망하거나 혹은 겨우 살아남아 힘겨운 삶의 투쟁을 해나가는 무수한 동시대 사람들을 동일시하였던 것이다. 그는 자신의 조건이 자신만의 개별적 운명이 아니라는 점, 즉 자기 자신이 집단적인 문제를 안고 있는 시대적 인물이요 문제적 인물이라는 점을 깨달았던 것이고 따라서 자신을 통해 역사적 시대적 인물의 문제를 형상화해냈던 것이다.

우리가 이제 손창섭 문학을 연구할 때 깨달아야 하고 분명히 해야 하는 사실은 그의 작품에서 그의 실제 삶의 모습을 찾아내려고 하지 않아야 한다는 것, 오히려 그의 소설적 인물들이 지니는 역사적 시대적 의미를 찾아내야 한다는 점이다. 간단해지는 답 하나, 그런데 왜 위악적인가? 바로 식민지 시대에서부터 전후까지 그 질곡의 역사에서 당대 조선인 한국인 그 어느 한 사람 정상적이고 안정적일 수 없었다는 것, 위악적 인물은 생래적인 듯 보이나 시대와 역사가 빚어낸 상처요 불행이었던 것이다. 위악적 인물에 초점을 맞추는 것이 아니라 그 인물들이 놓여 있는 현실적 조건에 시선을 맞추어야 할 일이다. 그러할 때 현실에 대한 냉소와 환멸의 작가적 시선 역시 이해되고 그 작가의 내면의식이 헤아려지는 것이다. 그것이 손창섭 소설의 진면목인 것이다.

정신적으로 혹은 심리적으로 상처 받거나 아니면 육체적으로 장애를 겪고 있어 세상으로부터 소외되거나 상처받는 인물들은 그의 거의 모든 소설들에 등장하는데, 그것이 손창섭의 체험이라는 자장 안에 있는 경우에는 구체성을 획득하고 나아가 전후 소설이 지니는 비극성을 드러내지만 그렇지 않을 경우에는 엉성한 플롯과 결말로 맥빠진 소설이 되기도 하는 바, 대표적인 소설이 장애인들의 집단 거주지를 배경으로 한 「肉體魂」이라 할 수 있다.

집단적으로 거주하는 장애인들의 비참한 현실을 그리고 있는 이 소설은 소설의 마지막 부분의 '한 폭의 생생한 지옥도'를 그리고자 하는 작가의 의도가 너무나 승해 작가의 체험이 인물들의 삶과 내면을 통해 사실적으로 드러나면서 전후 상황을 비극적으로 그리고 있는 다른 작품들이 갖고 있는 구체성과 진정성을 전혀 획득하지 못하고 마는 결과를 낳고 있다.

이는 장편소설이면서, 작가의 자전적 요소가 「신의 희작」 못지 않게 바탕이 되고 있다고 판단되는 『낙서족』 또한 다르지 않다. 도현의 일본 밀항, 분노와 좌절로 인해 박치기로 나타나는 충동적이며 공격적인 성향, 일본인 여성 노리꼬와 상희 두 여성에 대한 이중적이며 극단적인 심리와 행동 등 S와 닮은 부분이 많지만 S와 달리 도현에게는 자신의 안위와 행복만을 바라는 희생적인 어머니가 있고 기억에는 없지만 조선을 떠나 중국에서 독립 투쟁을 벌이고 있는 아버지와 숙부가 있다. 도현은 그들로 인해 일본 경찰의 탄압을 받긴 하지만 그 자신도 아버지처럼 조국을 위해 한 몸 바치리라는 숭고한 의지도 갖고 있다.

하지만 도현의 충동적인 행동은 단지 성격 때문으로밖에는 해석이 되지 않는, 무모하고 부자연스러우며 뜬금없기까지 하다. 실제 소설 속에서도 그의 행동은 상희로 하여금 걱정과 불안을 느끼게 할 뿐이며 도현 스스로의 내면을 통해서도 보이는 도현은 소영웅주의적이며 무모한 철부지의 모습에 다름 아니다. 우리 소설사에서 드문, 일본 유학생의 일본 체험을 다룬 소설로 평가받지만 사실 『낙서족』은 도현이라는 유학생의 좌충우돌 충동적인 기행담에 불과하다. 손창섭 본인의 힘들었던 일본 유학 체험이 바탕이 되어 만들어 낸 도현이지만 작위적인 아버지의 설정과 그로 인한 일본 경찰의 탄압과 도현의 소영웅주의적 일탈 행위 등은 손창섭 본인의 체험을 넘어서는 영역인 바, 그로 인해 작품의 구체성과 주제의식의 상실이라는 결함으로 나타났다고 판단된다.

여기서 의문이 드는 것은 제목이다. '낙서족'이 의미하는 것은 과연 무엇일까? 한 평론가는 '그의 대표적인 단편소설 가운데 하나는 「인간동물원초(人間動物園抄)」라는 제목을 갖고 있으며 그의 가장 잘 알려진 장편 소설은 『낙서족』이라는 제목을 갖고 있거니와, 이러한 제목들만 보고서도 대충 짐작할 수 있는 바와 같이 <인간은 결국 동물 이상도 이하도 아니다> 그리고 <인생은 결국 낙서 이상도 이하도 아니다>라는 두 개의 명제로 집약될 수 있는 태도'21)라고 해설한 바 있는데 그 이상도 이하도 해석이 되지 않는 바, 낙서 같은 인생을 낙서처럼 쓴 것이『낙서족』이라 할 수 있을 것인데, 인생과 세상, 삶에 대한 냉소적인 태도는 확연히 드러나는 바이지만 기실 그렇게 장난 같은 마음으로 쓴 소설은 아닌 성 싶다. 자신의 삶을 밑그림으로 하되 거기에 작가의 또 다른 욕망, 어머니와 아버지 그리고 그 관계 속에서의 자신의 삶에 대한 의미, 노리꼬로 나타나는 현재적 여성과 상희로 표상되는 구원적 여인상 등 도현이라는 인물의 돈키호테식 소영웅주의적 삶에 대한 희화화 속에 손창섭의 작가로서의 새로운 시각을 느낄 수 있다. 이런 점에서 '자기 모멸적인 인물을 그나마 영웅적 인물로 희화화할 수 있었던 것은 손창섭 소설의 또 다른 변화다. 손창섭이 그만큼 전쟁의 피해의식으로부터 벗어나고 있음을 의미하기 때문이다. 손창섭은 어느덧 전쟁의 폐허로부터 자신을 털고 일어나 객관화된 역사 속으로 몰입하고 있었던 것이다'[22] 라는 평가는 타당한 점이 있다. 그러한 인식의 변화는 작가의 체험에 녹아들지 못해 형상화의 성공을 거두지 못하는 아쉬움을 지니는 동시에 그만큼 작가가 개인적 체험의 울타리를 넘어 세상과 개인에 대한 또 다른 시선을 던지고 있다는 긍정적 평가를 동시에 갖게 한다.

2. 삼각관계 구도가 지니는 소설적 의미

손창섭 소설이 지닌 주제의식을 보다 명확히 알기 위해서는 그의 주

---

21) 이동하, 「손창섭의 『길』에 대한 한 고찰」, 작가연구, 1996 창간호, 96쪽.
22) 송하춘, 위의 글, 위의 책, 89쪽.

요 소설들이 취하고 있는 공통적 특성에 주목할 필요가 있는데, 그것이 바로 인물들 간의 삼각 구도라고 할 수 있다. 「비오는 날」, 「생활적」, 「혈서」, 「미해결의 장」, 「유실몽」 등 손창섭 소설의 대표작들이라 할 수 있는 소설들은 모두 묘한 삼각구도를 이루고 있는데, 인물과 삼각관계를 시점을 통해 살펴보면 손창섭 전후 소설의 진면목을 헤아릴 수 있다고 판단된다.

1953년부터 1956년경 사이 그의 대표작들이 집중적으로 창작 발표되었는데 위에 언급한 작품들이 바로 그러하다. 1953년 발표된 전후 소설의 대표작이라 할 수 있는 「비오는 날」은 원구와 동욱, 동옥 남매의 재회와 이별을 그리고 있는데 원구와 동욱, 그리고 동욱과 동옥 남매와 원구와 동옥 이렇게 묘한 삼각관계를 통해 전후 현실적으로나 정신적으로 피폐하고 황폐화된 젊은이들의 절망적인 전후 현실을 음울하게 그리고 있다.

비오는 날에서 시작해 비오는 날에 소설이 끝나는 이 음울한 소설은 피난지 부산에서 재회한 세 남녀의 짧은 만남을 그리고 있는데, 3인칭 시점의 소설이지만 원구의 시각에서 동욱 남매를 관찰하는, 3인칭 전지적 시점 속에 관찰자적 시점을 혼용하고 있는 독특한 시점을 취하고 있다. 그렇게 보면 원구가 부산에서 우연히 만났던 동욱 남매의 일이 서사의 중심이며 소설 모두에 나오듯 비오는 날이면 우울하게 원구의 기억에 떠올라 심란하게 만드는, 피난지 부산에서 우연히 만났던 동욱 남매의 일이 서사의 중심인 듯 보이지만 원구 역시 동욱 남매와 다르지 않다. 즉 원구의 현실 역시 언제나 비오는 날, 우울할 뿐이다.

동래 변두리에 도저히 사람이 살 수 없을 것 같은 폐가와 같은 집, 흙

바닥 속에서 불구의 몸으로 세상과 단절된 채 초상화를 그리는 동옥과 동옥이 그린 그림을 미군 부대에 파는 것으로 연명하는 동욱의 현실은 절망적이며 따라서 자기 파괴적이다. 삶의 기반도 희망도 상실해버려 자기모멸과 세상에 대한 냉소, 환멸만이 남아 여동생 동옥에까지 정신적 가학을 일삼는 동욱과 불구의 몸으로 모든 불행을 천형인 듯 받아들이며 하루하루 스스로 소진해가는 동옥, 그리고 자신 역시 피폐한 삶의 굴레에서 벗어나지 못해 동욱 남매의 삶을 그저 안타깝게 바라볼 뿐이었던 원구 이런 세 사람의 구도와 오랜만에 동욱 남매의 집을 찾았다가 어디론가 사라져버린 그들의 소식에 망연자실해하는 원구의 절망, 그 전망 없는 현실이라는 결말은 다른 작품들에 공통적으로 드러난다.

「생활적」에 나타나는 동주와 봉수, 그의 딸 순이의 관계가 그러하며 「혈서」의 달수와 준석, 창애의 관계가 그렇고 「미해결의 장」의 나와 문 선생, 그의 여동생 광순의 관계 또한 마찬가지다. 이러한 구도는 「유실몽」과 「사연기」에서도 동일하게 나타난다. 「사연기(死緣記)」는 어린 시절 함께 통학하며 지내던 친구였으나 엇갈린 운명에 의해 전혀 다른 모습으로 기묘한 동거를 하게 된 세 남녀의 인연을 그리고 있다. 해방 이후 좌익에 의해 집안이 풍비박산된 동식과 그 틈을 이용하여 동식의 여자 정숙을 자기 아내로 삼아버린 친구 성규, 동식의 석방을 위해 어쩔 수 없이 성규의 아내가 된 정숙은 전쟁 후 묘한 동거를 하게 된다. 이미 폐병 말기 환자로 죽을 날만 기다리는 성규와 그런 성규의 모진 학대를 묵묵히 감내하며 견디고 있는 정숙, 성규의 저주와 협박, 신경질적인 짜증과 분노를 정숙과 같이 받아넘기며 정숙을 안쓰럽게 지켜보는 동식, 이 삼각관계를 통해 절망적 상황을 극복하지 못하고 패배하고 마는 나약한 인간의 모습, 상실되어가는 인간성을 보여주는데, 이는 전후 현실의 황폐함이 얼마나 인간을 정신적으로 육체적으로 파괴하는 가를 극단적으로 보여주는 것이다. 결국 병으로 죽게 되는 성규를 따라 자살을 택하고 마는 정숙, 정숙의 두 아이 중 첫째가 성규의 아이가 아니라 자신의 아이임을 정숙의 유서를 통해서 알게 된 동식의 절망은 더 이상 추락할 수 없는 극단적 상황을 연출한다.

「생활적」에서 포로수용소에서 인민재판의 혹독하고 끔찍한 경험을 겪고 풀려나온 이후 우연히 만난 천식의 도움으로 봉수네와 한 지붕 아래 살게 된 동주의 현재는 말 그대로 '걸레 조각'같다. 정신적으로 육체적으로 그리고 생활적으로 모두 지쳐 무기력해진 동주와 뒷간 출입도 제대로 하지 못하고 그저 신음소리만 낼 뿐인 순이와 그의 양아버지 봉수의 관계 역시 별반 다르지 않다. 봉수는 자신의 친딸이 아닌, 그것도 장애아인 순이를 그래도 버리지 않고 데리고 살긴 하지만 순이를 대함에 있어서는 냉소적이고 온정적이지 않다. 우연히 길에서 만난 옛 일본인 친구의 여동생 춘자와 동거를 하게 되면서 동주는 성적으로도 피폐해져가고 봉수와 춘자의 사이에서 점차 소외되어가면서 더욱 절망적인 상황으로 빠져 들어간다. 혼자 죽음을 맞이한 순이의 주검 앞에서 '살아 있으니까 죽을 수 있다고 생각했다. 그것만은 자기가 확신할 수 있는 단 하나의 <장래>라고 생각'[23]하는 동주의 모습은 극단적 절망과 마주한 무기력한 인간의 모습이다.

「미해결의 장」은 미국병에 걸려 있는 가족 사이에서 무능력한 인간

---

23) 손창섭, 「생활적」, 위의 책, 168쪽.

으로 소외당하는 나와 아내를 잃고 자신도 병들어 자신을 포함해 노모와 아이들의 생계를 몸 팔아 살아가는 여동생 광순에게 전적으로 기대고 있는 문 선생이 등장한다. 「유실몽」에서는 일방적으로 폭력을 행사하는 남편, 매번 시달리면서도 감내하는 누나, 그 '기이한 부부싸움'을 무심한 듯 방관하는 나와 신경통으로 고생하면서 자신의 큰딸 춘자와 결혼하기를 나에게 끊임없이 요구해대는 강노인, 공장에 다니면서 어떻게든 교원 시험을 보아 새로운 인생을 살고자 하는 춘자가 나온다.

이러한 작품들의 삼각 구도를 정리해보면

A : 무능력하고 스스로 무기력상태에 빠져 있는 인물, 선하고 동정심을 지닌 인물.

B : 무능력하거나 좌절상태에 빠져 있는 인물, 정신적으로 파탄상태 혹은 육체적 장애.

타인과 세상에 대해 냉소적이며 분노에 가득 찬 인물.

C : 여자 혹은 육체적 장애를 지닌 인물.

피해자적인 입장에 처해 있으며 소극적이고 희생적인 성격.

이 세 인물 외에 주변 인물들이 함께 소설의 서사를 이루어가지만 손창섭 소설의 가장 중요한 핵심은 이 세 인물형을 중심으로 한 삼각 구도에 있다. 그 삼각구도의 올바른 이해와 해석은 거기에 미묘하게 나타나는 작가와 인물 간의 거리, 인물 사이의 거리를 제대로 읽어내는 데 있다.

작가와 가장 많이 닮아 있는 인물형은 A라고 할 수 있을 것인데, 무능력한 현실 속에서 스스로 희망을 찾지 못해 무기력 상태에 빠져 있는 인물이다. 「신의 희작」이나 「아마튜어 작가의 변」 등에서 보이는 손창섭 본인의 모습이 가장 많이 투영된 인물임을 헤아리는 것은 그리 어렵지 않다. 전쟁으로 모든 것을 잃어버리고 무능력한 현실에 좌절하여 무기력한 상태에 빠져 있는, 우울과 자살 충동에 시달리는 A는 작가 자신이라 할 수 있을 것이다. 그런 A는 자신의 암울한 일상으로 인해 고통받으면서 동시에 타인이지만 타인이랄 수 없는 묘한 인연으로 얽힌 B와 C, 그리고 주변 인물들을 관찰하고 그들과 관계한다. 방관과 관계의 묘한 이중적 시선은 다르면서 같다는 이중심리를 나타낸다. 즉 A와 B, C의 현실은 그리 다르지 않고 따라서 A와 B, C의 심리적 거리 역시 멀지 않다.

그런데 문제는 A와 작가의 거리 못지않게 다른 두 인물형 역시 작가와 거리가 멀지 않다는 데 있다. A와 기묘한 인연으로 A의 일상에 깊숙이 개입하고 있는 B와 C는 A보다 더욱 비참하고 피폐한 상황에 빠져 있는 인물이다. 손창섭 소설에는 전후 상황이라는 시대적 연유에서뿐만 아니라 신체적 장애나 질병에 시달리는 인물들이 거의 대부분 작품에 등장한다. 거기에 해당하는 인물들이 B, C의 인물형이라고 할 수 있는데 전쟁으로 인해 장애자나 된 경우도 있고, 선천적 장애나 질병으로 인해 세상과 소외되어 비참하게 살아가는 인물들이다.

여기서 B와 C는 부녀지간, 남매지간, 부부지간 등 가족의 관계를 지닌 인물들이라는 점에 주목할 필요가 있다. 가족이란 그 어떤 상황에서든 서로 책임을 지고 서로 보살피고 사랑으로 함께 해야 하는 관계일 것이다. 그러한 관계는 그러나 가족 간의 유대, 사랑으로만 이루어질 수 없는 것이다. 거기에는 그 유대감, 보살핌을 의무가 아닌 사랑으로 행할 수 있게 사회적으로 보장이 되어야 한다. 그 사회적 보장이 실현되지 못하면 가족 간의 유대감도 힘겨운 의무, 끔찍한 고통이 될 수 있다. 더욱이 그것이 사회적 책임이라고 그 누구도 물을 수 없는 전후 상황에서라면 말이다. 사랑이 깊숙이 깔려 있는 증오와 학대는 그래서 더욱 슬프고 처참하다. B나 C 모두 불행한 시대의 피해자들이기 때문이다.

그러한 B, C와 A의 거리는 방관자 혹은 관찰자와 그 대상인 듯 보이나 실은 상당히 밀접해 있다. 그 밀접함이 손창섭 소설을 전후 소설의 대표적인 작품으로 만드는 핵심이라고 할 수 있다. 그것은 두 가지 점에서 그러한데, A만 작가 손창섭의 모습이 투영된 것이 아니라 B와 C 역시 작가의 실제적 삶이 만들어낸 생생한 인물들이라는 사실이며 그러기 때문에 그들의 상황, 정신적, 육체적 고통이 사실적으로 그려지고 있는 것이다. 아버지의 부재와 어머니의 불륜과 가출, 야뇨증과 여성에 대한 혐오와 숭배의 이중적 심리로 시달렸던 손창섭, 만주, 일본을 떠돌며 가난과 고학, 소외에 고통당했던 손창섭의 내면과 상황이 A뿐만 아니라 B와 C 인물 모두의 형상화 바탕이 되고 있는 것이다. 거기에 실제 손창섭이 만나고 관계했던 전후 사회 속에서의 약자들, 빈민들과 이중고를 겪을 수밖에 없었던 장애빈민들, 모든 것을 잃고 실의와 절망에 빠져 자기모멸과 분노만 가득 차 있던 전쟁의 희생자들, 그들의 삶이 보태지면서 손창섭 소설의 인물들은 창조되었다고 할 수 있다. 그것은 손창섭이 자신의 삶과 전후 한국 사회의 수많은 약자들의 현실을 함께 인식하고 있었기 때문이었다. 자신과 불행한 이 땅의 소외된 타자들을 동일시 할 때 거기에는 유대감과 동질감이 형성된다. 이제 관찰은 방관이 아니라 동정과 공감으로 확장되며 그것은 자신에 대한 모멸감과 좌절을 넘어 세상에 대한 정당한 분노와 비판의식, 변혁 의지로 승화될 수 있다.

손창섭의 50년대 초, 중반의 대표작들에는 그러한 동정과 공감, 세상에 대한 정당한 분노와 비판의식이 깔려 있다. 가능성의 상태, 미완의 인식, 의지의 상태로 깔려 있는 것이다. 그러기에 그것은 약이 될 수도, 아니면 독이 될 수도 있는 미확정의 상태이다.

3. 내적 환멸이 비극적 현실을 만났을 때

자신의 불행한 삶의 씨줄이 피폐하고 허랑방탕한 폭력적 세상의 날줄과 만났을 때, 손창섭만의 문학은 천짜기를 시작했고 조금씩 무늬를 달리하면서 끈질기게 투박한 천들을 직조해냈다. 그 개인적 체험의 씨줄이 특히나 강하게 나타났을 때의 문학이 손창섭 문학의 진면목이라 할 것이다. 불행한 태생의 음울한 인간의 내면이 잔인한 체험 속에서 빚어질 때 거기에 전후 한국 현실이 바탕으로 자리하였으니 거기에 리얼리즘과 모더니즘의 혼종이 이루어진다. 53년부터 56,7년 발표된 손창섭의 대표작들은 기실 손창섭의 내적체험이 폭발적으로 표출된 손창섭의 고해이자 불행한 삶에 대한 자기 위안이자 분노이고 그렇기 때문에 진정성이 있고 생생하며 구체적이다. 사실적이라서 오히려 그것은 리얼리즘 소설보다는 모더니즘에 가깝다.

하지만 손창섭 문학은 거기에 머무르지 않는다. 그것은 약이자 독이다. 약이 되기 위한, 약이 될 수 있는 순수한 상태, 가공되지 않은 원석 혹은 흙에 파묻혀 있는 약초뿌리는 이미 그 대표작들 속에 그 상태로 자리하고 있었던 것, 손창섭 문학을 그저 허무주의로 보지 않고, 객관적 현실에 대한 탐구와 반영, 혹은 현실에 대한 강한 비판과 극복의지가 뚜렷한 문학으로 평가하게 되는 소이가 바로 그 때문이다. 그 순수한 상태의 원석이자 약초 뿌리는 '손창섭의 소설 곳곳에서 작품의 배경이 된 당대 현실의 맥점을 정확하고 날카롭게 드러내는 인물들'24)이기도 하지만, 주요인물이 처한 파탄지경, 그 내적, 외적 상황의 구체적이고 사실적인 묘사와 서술, 거기에 드러나는 작가의 인물들에 대한 애정과 폭력적 세상에 대한 분노이다.

> 불현듯 창백한 春子의 얼굴이 눈앞을 얼찐거렸다. 뒤이어 여자의 가느단 울음소리가 들려오는 것 같았다. 그것은 분명히 숨죽여 우는 젊은 여자의 울음소리였다. 이러한 착각을 나는 끝까지 견디어 내야 한다고 생각하며 자꾸만 어둠 속을 헤치고 소년을 따라 걸었다.25)

여기서 보이는 주인공의 내면이 바로 자신을 포함한 소외된 타자들에 대한 손창섭의 수평적인 정서적 공감대와 긍정적인 삶에 대한 버릴 수 없는 의지를 보여준다. 이러한 모습들은 앞서 살펴본 작품들에서 공통적으로 드러난다.

「사연기」의 마지막에서 자살한 정숙의 유서를 통해 명호가 자신의

---

24) 정호웅, 「손창섭 소설의 인물성격과 형식」, 작가연구, 위의 책, 59쪽.
25) 손창섭, 「流失夢」, 『현대한국문학전집 3』 손창섭, 신구문화사, 1981, 246쪽.

아이임을 알게 된 동식은 남겨진 두 아이를 책임져야겠다고 다짐하며 「비오는 날」의 원구는 비가 오면 동욱, 동옥 남매의 비극을 떠올리며 가슴 아파하고, 그들의 비극에 대한 울분을 자신을 향하여도 터트린다. 「생활적」에서의 동주 역시 '구린내 나는 공기가 무거워 견딜 수 없다.' 고 외치면서도 그래도 견디어 내야 한다고 다짐하며 주검이 된 순이의 얼굴에 입을 맞춘다. 이러한 그들의 슬픔과 울분, 좌절은 잃어버린(流失) 꿈(夢)에 대한 절실한 바람이 담겨 있는 것이다.

그러한 요소들을 간과한 채 전후 상황과 손창섭의 개인적 불행을 단순히 이입시켜 허무주의적이며 불행한 삶과 현실에 대한 굴복으로 손창섭 소설을 평가해버렸던 것은 전후 문학의 특징을 우선 단순화시켜 본 데서 기인하는 것이었다고 할 수 있다. 전후 현실을 상처입고 무기력하며 희망을 가질 수 없는 정신적 육체적 장애를 지닌 피폐한 인물들을 통해 적나라하게 보여주는 것, 그것 역시 역설적으로 새롭고 긍정적인 삶을 지향하게 만드는 자양분이 될 수 있는 것이다. 아도르노가 지적했듯 거짓된 화해는 오히려 현실 사회의 부조리하고 폭력적인 실상을 흐릿하게 만들고 따라서 소외된 사람들의 고통과 체념과 한숨을 희석화시킴으로써 그들의 문제를 개인적인 운명이나 능력의 문제로 매도시킬 우려가 있는 것이다. 그런 점에서 손창섭의 소설을 허무주의적으로 보는 시선 안에 놓여 있는 전후 현실의 적나라한 고발이라는 평가는 일면 타당하며 손창섭 문학의 본질일 수도 있을 것이다.

하지만 그것이 손창섭 소설의 전부는 아니라는 점이다. 앞서 살펴보았듯 이미 대표작들에는 삶에 대한 의지, 타인에 대한 수평적이고 동지적인 유대감과 동정, 그에 바탕을 둔 현실에 대한 강한 비판의식 등이 자리하고 있었다. 일제시대, 일본, 해방 정국과 전후 서울, 피난지 부산에 이르기까지 작가의 체험을 바탕으로 한 시공간에 대한 생생한 묘사와 서술이 인물과 어우러져 손창섭만의 특징적인 전후 소설을 이루었다고 할 수 있다. 그랬을 때 손창섭 소설은 반영론적인 리얼리즘 소설보다는 모더니즘 소설이 되는 아이러니를 갖게 되는데, 여기서 문제는 손창섭의 작가 의식이 부조리하고 부패한 전후 한국 사회의 비판으로 확장될 때 과연 리얼리즘적 성취는 획득되었나 하는 점이다. 현재의 관점에서 60년대까지 발표된 손창섭의 소설들을 평가했을 때 그 답은 부정적이라 할 것이다.

작가의 체험을 넘어서서 사회를 총체적으로 바라보고 전망을 제시하는 것은 당시 손창섭에게는 버거운 것이 아니었나 하는 생각이다. 그것의 조짐을 우리는 이미 『낙서족』에서 볼 수 있었다. 작가의 상상에 의해 조작된 주인공의 소영웅주의적 일탈 혹은 좌충우돌은 말 그대로 '낙서'수준을 넘어서지 못했다. 일제시대 일본에서의 유학생 체험이라고 일반화시키기에는 주인공의 좌충우돌식 행보는 보편성과 구체성을 얻고 있지 못하다.

손창섭 본인에게 있어 50년대를 넘어 60년대, 70년대까지 이어지는 가운데 개인 체험의 형상화를 통한 고발을 넘어서는 인식의 질적 변화, 그에 따른 소설의 총체성 구현은 이전과는 달리 의식적으로 일어나는 문제였을 것이며 그렇기 때문에 소설가로서 이루어내야 하는 과제로, 또한 당연히 부조리한 사회를 올바르게 비판하고 긍정적인 사회를 지향해야 할 작가로서의 책임이자 의무로 받아들였을 것이다. 이러한 소설적 성취는 손창섭이 우리 문학사에서 전후 작가를 넘어서서 60년대,

70년대까지 한국 문학에서 중견 작가로 자리할 수 있을지를 가늠하게 만드는 중요한 것이기도 하다.

하지만 그 성취 여부를 가늠하기 전에 미완의 성취, 아쉬움을 남긴 채 손창섭은 이 땅에서 떠나버렸다. 앞에서 그 성취에 대해 부정적이라 평할 수밖에 없는 것 그러면서도 그 부정적인 평가를 확정짓고 싶지 않은 아쉬움과 안타까움은 그 이유 때문이다. 아쉬움과 안타까움으로 부정적 평가를 유보하게 만드는 이유는 앞서 살펴본 50년대 초중반의 작품들에 확연히 드러나는 작가의 삶과 동시대 사람들에 대한 애정 때문이기도 하지만 50년대와 60년대, 발표된 작품들에서 작가의 새로운 소설적 지평의 확장에 대한 긍정적 욕망을 읽을 수 있기 때문이다. 「잉여인간」이나 국내에서 발표한 마지막 장편 소설인 『길』같은 작품이 그러하다.

「잉여인간」에서 손창섭은 적치 삼개월 동안의 그 엄청났던 불안한 긴장 상태에서 헤어나지 못해 무기력해진 봉우라는 인물을 통해 상황의 폭력성을 날카롭게 증언하였다. 특정 이데올로기가 아니라 휴머니즘에 근거한 증언이었던 것인데 이 점은 손창섭이 삶의 무의미함이란 메마른 관념에 폐쇄되었던 작가만은 아니라는 사실을 증거하는 것'[26]이라는 평가는 많은 점은 시사하는 바가 적지 않다. 그런데 이 진술을 조금은 수정할 필요가 있는데, 상황의 폭력성을 증언하고 있음은 분명 손창섭 소설의 강점이지만 그것이 이 작품의 본질은 아니라는 점이다. 그것은 체험의 생생한 형상화라는 손창섭 소설의 강점이 성취해낸 미덕

---

26) 정호웅, 위의 글, 위의 책, 67쪽.

이라 할 것이다. 이 소설을 통해 손창섭이 "삶의 무의미함이란 메마른 관념에 폐쇄되었던 작가만은 아니라는 사실"을 가늠해볼 수 있는 것은 소외된 인물들에 대한 작가의 진한 애정이 인물들을 통해 생생히 드러나고 있다는 점, 만기나 은주, 인숙이 같은 긍정적 인물들의 등장과 삶에 대한 의지 등이 이전 작품에 비해 소설의 중심으로, 주제로 작가가 의식적으로 내세우는 데 있다.

하지만 아쉬움과 안타까움의 부정적인 평가를 거둘 수 없는 이유는 바로 그 '의식적인' 작가의 창작 의도가 충분히 생생하게 사실적으로 인물을 통해 살아나지 못하고 있기 때문이다. 만기라는 인물은『낙서족』의 도현이와 상반되지만 영웅주의적 인물이라는 점에서 관념적이며 비현실적인 인물이다. 가난하지만 인간적으로나 의사로서나 인품이나 인물 모두 완벽한 인물이다. 만기가 중심인물이면서도 봉우나 그의 처가 더 살아있는 인물로 부각되고 있음은 바로 그 때문이다. 잉여인간이라는 제목에 비추어봤을 때 만기의 역할은 축소되었어야 했다. 만기를 향한 처제 은주의 순결한 사랑, 간호사 인숙이의 헌신적이고 고결한 사랑 모두 만기라는 인물과 어우러지면서 관념적 계몽의 수준을 보여주고 만다.

만기와 사뭇 달라 보이지만 같은 속성을 지닌 인물이 장편 소설『길』의 주인공인 칠성이며 칠성을 둘러싼 부조리하고 부패한 현실과 부정적 인물들에 대한 사실적 묘사와 비판, 그러나 긍정적 인물들의 관념성과 막연한 전망은「잉여인간」의 장점과 한계를 그대로 보여주고 있다.『길』의 주인공 최성칠은 열여섯 살 먹은 소년으로 꿈을 안고 서울로 상경한 시골뜨기다. 성칠은 고지식하고 순박하기 이를 데 없으며 자존심이 세고 의지가 굳으며 그렇게 영리하지 않으나 신의를 목숨처럼 중히 여기는 인물이다. 성칠은 바로 부조리하고 타락한 서울에 작가가 보낸 정의의 사도이다.

하지만 그는 정의의 사도가 아니라 힘없는 순례자, 타락한 서울을 우리에게 보여주는 피실험자에 불과하다. 그 앞에 진옥 여사와 강이사의 타락한 삶의 방식, 미옥과 기숙의 그늘진 여성의 삶, 타락한 현실에서 타락한 방법으로 현실에 적응하면서 세속적 욕망을 추구하는 복덕방 부소장이나 자성공업사 사장의 삶과 정지수 선생을 비롯, 특히 신명약국 주인이나 남주가 성칠에게 하는 말은 이 소설에서 가장 분명한 대립 관계를 이룬다.

'그런데 다양한 인물들이 처해 있는 상황, 체제의 논리에 순응하거나 그럴 수 있는 조건도 되지 못해 좌절하는 인물들이 겪는 현실 상황은 나름대로 생생한 데 비해 그러한 현실에 맞서는 혹은 그러한 현실을 극복하고자 하는 이들의 상황은 생동적이지 못하며 그들의 극복 방안 역시 너무나 관념적'[27]이다. 서울 생활을 청산하고 시골로 내려가고자 하는 성칠에게 신명약국 주인은 바로 사는 길이며 성공하는 길은 자신의 취미와 성격에 맞는 직업을 골라 끈질기게 한 우물을 파라고 충고한다. 부조리하고 부패한 현실 속에서 특히 아무 기반도 없는 시골뜨기 소년이 서울에서 타락한 현실의 벽에 부딪혀 귀향하는 이유에 대해 그 충고가 과연 어떤 의미가 있을 것인가. 성칠의 성공은 무엇이며 그는 성공할 수 있을 것인가. 성칠이 귀향할 수밖에 없고 신명약국 주인이 허황

---

27) 이호규, 「타락한 현실, 무력한 의지 그러나 포기할 수 없다」, 손창섭 장편소설 『길』, 북갤럽, 2002, 548쪽.

한 마지막 충고를 할 수밖에 없듯 손창섭 스스로도 막다른 벽과 마주했
던 것은 아닐까.

　이것에 대한 답은 지금까지 유보되고 있다. 그 이유는 손창섭 소설
자체가 정지되어 버렸기 때문이다. 그는 1972년 홀연히 한국을 떠나버
렸다. 그 이후 일본에서도 소설을 발표했다. 무엇을 바라였을까? 부정적
평가를 유보하고 손창섭의 전후 소설의 미덕을 떠올리며 그의 소설이
지닌 가능성과 치열한 작가의식을 기억하고 아쉬워하며 안타까워하고
싶음은 '객관 현실의 핵심적 한 단면을 날카롭게 반영하는 인물들의 의
미가 무화되는 것은 아니다. 부정적이거나 안타까운 피해자인 그들을
통해 손창섭은 그런 인물들을 낳은 역사를, 현실세계의 폭력성을 증언
하고 비판하였기 때문'[28]이라는 진술에 동의하기 때문이다.

---

28) 정호웅, 위의 글, 위의 책, 67쪽.

제 2 부

작가론 및 소설론 ;

손창섭 문학의 내포와 외연

전쟁 세대의 자화상

1. 전쟁, 분단, 가난

손창섭은 1950년대 문학의 자화상이다. 그만큼 전후 한국 사회의 정서와 분위기를 절실하게 표현한 작가가 없기 때문이다. 고은은 특유의 과장법으로 50년대를 '아아 50년대!'라고 명명한 바 있다.[1] "모든 논리를 등지고 불치의 감탄사로서 말하지 않으면" 안 되는 시대, 그것은 한마디로 해결 불가능한 절망과 전망이 부재한 허무의 늪에 빠져 허우적거리던 시대였다. 이런 상황에서 냉철한 논리란 한갓 사치품일 뿐 '불치의 감탄사'만이 자신을 표현할 수 있는 유일한 방법일 수밖에 없었던

---

* 하정일 / 원광대학교 교수
1) 고은, 『1950년대』, 청하, 1989, 19쪽.

것은 어쩌면 당연한 일이었을지도 모른다. 손창섭은 바로 전후 한국인
―특히 지식인―이 느꼈던 해결 불가능한 절망과 전망 부재의 허무 그
자체를 소설의 주제로 삼았던 작가였다.[2] 그를 50년대 문학의 자화상이
라고 한 것도 그 때문이다.

　손창섭 문학의 주제가 절망과 허무 그 자체라는 사실은 50년대 문학
의 본질을 설명해 주는 중요한 단서가 된다. 엄격히 따지자면, 절망감이
나 허무감 같은 정서가 곧 작품의 주제를 이룬다는 것은 소설의 장르적
성격에 어긋나는 현상이라 할 수 있다. 오히려 절망과 허무를 다루더라
도 그런 정서가 생기게 된 연원을 추적하는 것이 소설의 장르적 성격에
보다 잘 어울린다. 하지만 손창섭에게 그 같은 문제는 관심사가 아니다.
따라서 소설적 제재나 사건들도 삶의 제반 연관을 규명하기 위한 장치
가 아니라 절망감과 허무감을 효과적으로 표현하기 위한 소도구에 불
과하다. 물론 손창섭의 작품에도 절망의 연원이 전혀 나타나지 않은 것
은 아니다. 아니 그와는 반대로 그의 모든 소설에는 절망의 연원이 뚜
렷하게 각인되어 있다. 그것은 전쟁과 분단과 가난이다. 그의 소설의 주
요 인물들은 예외 없이 전쟁과 분단과 가난의 상처와 고통 속에서 살아
가는 사람들이다. 가령 「사연기」의 동식과 성규 부부나 「비오는 날」의
원구와 동욱 남매는 월남한 사람들이고, 「생활적」의 동주나 「혈서」의
달수 등은 극도의 가난으로 신음하는 사람들이다. 또한 「잉여인간」의
봉우라든가 「사연기」의 동식은 전쟁과 이데올로기 투쟁의 상처 때문에
정신적으로 방황하는 군상이다. 여타의 작품들에서도 전쟁과 분단과 가

---

2) 이기인, 「개인의 생존과 인간다운 삶에의 집념, 『1950년대의 소설가들』, 나남, 1994,
　41쪽~46쪽.

난은 언제나 절망적 삶의 우울한 배경을 이루고 있다.

하지만 배경이 곧 환경은 아니다. 예컨대 한 남자가 설악산에 갔다고 할 때, 설악산이 배경이 될 수는 있지만 곧바로 환경이 되지는 않는다. 적어도 환경이 되기 위해서는 그의 삶과 설악산 사이에 구체적 연관이 맺어져야 한다. 그러한 구체적 연관이 없이는 설악산은 한갓 공간적 배경에 불과할 뿐인 것이다. 손창섭 문학의 예술적 성취도를 평가하는 데 있어 이 문제는 대단히 결정적인 의미를 지닌다. 절망과 허무가 주제가 되지 말란 법은 없다. 전쟁 직후의 피폐상을 감안하면 절망과 허무를 표현하는 것이야 말로 삶에 대한 정직한 태도라고도 할 수 있다. 고은의 말처럼 50년대는 감탄사의 시대 아닌가. 그러나 감탄사를 어떻게 표현하느냐는 또 다른 차원의 문제다. 말하자면 소설에는 소설 특유의 방식이 있다는 것이다. 환경과의 상호 연광이 중요한 것은 이 때문이다. 50년대 문학이 보여주는 근거 없는 허무주의도 따지고 보면 환경과의 상호 연관이 결여된 데서 기인하는 경우가 많다. 그렇다면 50년대 문학의 자화상인 손창섭의 경우는 어떠한가. 우리가 지금부터 추적해야 할 문제가 바로 그것이다.

2. 성격의 비극

손창섭 문학에 환경이 존재하는가라는 문제를 풀기 위해서는 먼저 그의 소설에 등장하는 인물들부터 살펴볼 필요가 있다. 손창섭 문학의 인물들에 나타나는 가장 두드러진 특징은 비정상성이다. 그의 소설은 비정상적 인간들의 박람회라 해도 과언이 아닐 정도로 비정상인으로 가득 차 있다. 「생활적」의 동주, 「혈서」의 달수, 「미해결의 장」의 나, 『낙서족』의 도현 등 그의 소설에 등장하는 거의 모든 인물들이 그러하다. 그의 작품 중 비교적 정상적인 삶의 세계를 그리고 있는 것으로 평가받는 「잉여인간」의 경우도 마찬가지이다. 무슨 일에나 흥분하는 익준과 아무 일에도 관심 없는 봉우가 정상적인 성격의 소유자가 아닌 것은 분명하다. 주위의 모든 여자들에게 짝사랑 받는 남편을 보면서도 아무런 질투심도 느끼지 않는 만기의 아내나 "한평생 만기만을 생각하고 사랑하며 깨끗이 혼자 늙겠다는" 처제도 정상적인 인간이라고 보기는 좀 어렵다. 게다가 가장 정상적인 듯한 만기 역시 사실은 누구 못지않게 비정상적이다. 세상에 그처럼 완전한 인간이 과연 존재할 수 있을까. 악마가 비정상인 만큼 천사도 비정상이다. 만기는 바로 현실에 존재할 수 없는 천사라는 점에서 비정상적 인간인 것이다.

물론 문학 작품에 비정상적 인간이 등장하면 안 된다는 법은 없다. 아니 오히려 소설속의 인물은 현실의 인물들에 비해 비정상적인 경우가 훨씬 많다. 왜냐하면 현실의 농축인 문학에서는 평균치를 벗어나는 극단적 인물을 그리는 것이 문학적 실감과 핍진성을 살리는 데 보다 용이하기 때문이다. 그러나 손창섭 소설의 인물들은 극단적이라기보다는 예외적이다. 극단성이란 다른 말로 하면 가능성의 최대치라고 할 수 있다. 다시 말해 삶의 제반 조건이 허용하는 최대치를 벗어나지 않을 때 문학적 극단성은 유지된다. 반면에 그러한 최대치를 벗어나는 순간 그것은 예외성으로 전락한다. 손창섭은 후자에 가깝다. 손창섭 문학의 등장인물들은 삶의 조건이 허용하는 최대치를 벗어나는 경우가 허다하다.

『낙서족』의 박도현이 전형적인 예이다. 겉으로만 보면 박도현은 독립 운동가를 아버지로 두고 있는 민족주의자이고 청운의 뜻을 품고 일본에 온 유학생이지만, 그의 사고방식이나 행동은 민족주의적 유학생에게 기대할 수 있는 내용과는 거리가 멀다. 그는 상희에게 잘 보이기 위해 툭하면 엉뚱한 일을 벌이고 강간 행위를 일본에 대한 복수라고 강변하는, 지극히 비정상적인 성격의 소유자이다. 그의 비정상성은 현찰 일만 원을 내놓지 않으면 은행 중역들을 몰살시키겠다고 협박하거나 일본 천황을 암살하고 경찰서도 습격하겠다고 호언하는 데서도 잘 드러난다. 그러나 문제는 박도현의 비정상성이 아니라 그것이 그가 처한 삶의 조건을 십분 감안하더라도 도저히 가능성의 최대치로 볼 수 없는, 그야말로 예외적인 비정상성이라는 점이다. 『낙서족』에서 소설적 현실성을 전혀 느낄 수 없는 것은 이 때문이다.

　이러한 비현실성은 같은 전쟁 세대인 이범선의 「사망보류」와 비교해도 분명하게 드러난다. 「사망보류」의 철 역시 곗돈을 타기 위해 자신의 죽음을 숨기는 비정상적 행태를 보여준다. 하지만 철의 비정상적 행동은 자신이 죽은 후에도 가족이 최소함의 생계를 유지할 수 있도록 하려는 심리적 동기에서 나왔다는 점에서 가능성의 최대치를 벗어나지 않는다. 따라서 극단적이긴 하지만 예외적이지는 않다. 그래서 독자들은 철의 삶과 죽음을 통해 50년대의 극한적 궁핍상을 실감나게 추체험하게 되는 것이다. 여기서 중요한 것이 개연성이다. 즉 철이 극단적이지만 예외적이지는 않은 인물로 그려질 수 있었던 것은 그의 비정상성이 개연성－최소한의 생계를 유지하려는 심리적 동기와 그 같은 강박관념을 만들어낸 극한적 가난－있는 비정상성이었기 때문인 것이다.

　　반면에 박도현의 비정상성에는 이러한 개연성이 결여되어 있다. 무엇보다 박도현이 왜 그런 성격의 인간이 되었는지가 불분명하다. 이에 대한 결론은 박도현은 원래부터 그런 인간이었다는 것인데, 이런 식의 성격화로는 결코 개연성을 확보할 수 없는 법이다. 손창섭 문학의 인물들은 예외 없이 왜 그렇게 되었는지에 대해 아무런 해명도 해주지 않는다. 「혈서」의 달수는 법대생이면서도 왜 아무데나 들어가서 "학비와 식비만 당해 준다면, 무슨 일이든 목숨을 걸고 충성을 다 하겠습니다"라고밖에 취직 운동을 못할까. 「미해결의 장」의 지상은 어째서 미국 유학병에 걸린 가족들에게 아무런 항변도 하지 못하는 걸까. 「신의 희작」의 S는 왜 lifework를 끝까지 worklife라고 우겼을까. 어디서도 이에 대한 단서는 발견되지 않는다. S의 유년기 체험과 야뇨증도 만족스러운 설명을 제공해 주지는 못한다. S와 비슷한 체험을 했으면서도 S와는 다른 삶을 살아간 사람들이 얼마든지 있기 때문이다. 다른 삶을 살아간 사람들이 얼마든지 있기 때문이다. 마지막으로 남는 유일한 설명이 그들은 원래부터 그런 인간이었다는 것이다.

　　얼른 어떻게든 해야겠는데 하고 초조해 하면서도 어떻게 하는 도리가 없었다. 송장처럼 외계의 힘을 빌리지 않고는 적극적으로 자신을 움직여 보지 못하는 위인이었다. 이북에 있을 때만 해도 가까운 친구들이 모두 재빠르게 월남을 했건만 동주만은 만날 벼르기만 하다가 종시 못 넘어오고 만 것이라든지, 사변이 터지자 남들은 죽기를 기쓰고 공산군에 나가기를 기피했건만, 그는 끝끝내 숨어 견디지 못하고 마침내 끌려나가고야 말았던 것도 결국은 동주 자신의 이러한 성격에 원인이 있었던 것이다.(진하게-인용자) 곤경에 직면하게 되면 그것을 극복하기 위

해 끝까지 버둥거려 보는 것이 아니라, 어떻게든 될 대로 되겠지 하고
막연히 시간의 해결 앞에 내어맡겨 버리고 마는 동주였다.[3]

동주가 비슷한 처지의 친지들과 달리 '송장'같은 삶을 살아가고 있는
근본적인 까닭은 결국 동주 자신의 '성격' 때문이다. 다시 말해 동주의
소극적이고 자폐적인 성격이 동주로 하여금 현실에 순응하지도 저항하
지도 못한 채 "어떻게든 될 대로 되겠지 하고 막연히 시간의 해결 앞에
내어맡겨 버리고" 살아가도록 만든 것이다. 손창섭 문학의 인물들은 이
처럼 언제나 성격이 미리 '주어져' 있다.[4] 그러니 성격화의 과정이 생략
될 수밖에 없고, 왜 그렇게 되었는지가 불분명할 수밖에 없다. 성격이
미리 주어질 경우 상황이 아무리 바뀌더라도 성격의 변화를 기대하기
가 힘들어진다. 이때 가능한 것은 상황이 어떻게 변하든 간에 원래의
성격을 일관되게 밀어 부쳐 나가거나(『낙서족』) 현실과의 접촉을 끊고
내면으로 칩거하는(「미해결의 장」) 길이다. 양자는 주어진 성격의 변화 불
가능성이 빚어낸 동정의 앞뒷면이라 할 수 있는데, 손창섭의 모더니즘
적 지향을 확인할 수 있거니와 이와 관련하여 지상의 다음과 같은 독백
은 음미 할만하다.

언제나처럼 어이없는 공상에 취해보는 것이다. 그 공상에 의하면, 나
는 지금 현미경을 들여다보고 있는 병리학자인 것이다. 난치(難治)의 피
부병에 신음하고 있는 지구덩이의 위촉을 받고 병원체의 발견에 착수한

---

3) 손창섭, 「생활적」, 70쪽, 『잉여인간』(한국소설문학대계 30), 동아출판사, 1995.
4) 한수영, 「1950년대 한국소설 연구:남한편」, 『1950년대 남북한 문학』, 평민사, 1991
   년, 57~59쪽.

것이다. 그것이 '인간'이라는 박테리아에 의해서 발생되는 질병이라는 것은 알았지만, 아직도 그 세균이 어떠한 상태로 발생 번식해 나가는지를 밝히지 못하고 있는 것이다. 그러니 치료법에 있어서는 더욱 캄캄할 뿐이다. 나는 지구덩이에 대해서 면목이 없는 것이다. 나는 아이들을 들여다보며 한숨을 쉬는 것이다. 아직은 활동을 못하지만, 고것들이 완전히 성장하게 되면 지구의 피부에 악착같이 달라붙어 야금야금 갉아먹을 것이다. 인간이라는 병균에 침범당해, 그 피부가 느적느적 썩어들어 가는 지구덩이를 상상하며, 나는 구멍에서 눈을 떼고 침을 뱉었다. 그것은 단순한 피부병이 아니라 지구에게 있어서는 나병과 같이 불치의 병일지도 모른다는 생각을 안고 아는 발길을 떼어 놓는 것이다.[5]

　지상의 독백은 손창섭 문학의 내면화 경향과 관련해 다양한 시사를 던져준다. 우선 지상은 지구-즉 현실-과 멀리 떨어져 관조하는 관찰자이다. 지상이 실제 생활에서 받는 갖은 모욕에도 불구하고 자신의 성격을 일관되게 유지할 수 있는 것은 바로 이처럼 현실과의 연관을 끊고 스스로를 철저한 관찰자로 유폐시킨 덕택이다. 현실을 마음대로 조소하고 내면과의 독백적 대화를 즐길 수 있는 것도 이 때문이다. 지상의 독백에서 또 한 가지 주목할 것은 인간관이다. 지상의 분석에 따르면, 인간은 '박테리아'이다.(물론 그 '인간'에서 지상은 제외된다) 요컨대 인간이란 존재는 지구에 전혀 보탬이 안 되는 일개 병균에 불과한 것이다. 손창섭 문학의 인물들이 어째서 하나같이 비정상적인지가 이로써 분명해진다. 인간은 원래부터 비정상적 존재-병균-인 것이다. 게다가 이러한 비정상성 혹은 악마성은 워낙 근원적이어서 바뀔 가능성마저 없다. 그

---

5) 손창섭, 「미해결의 장」, 같은 책, 129~130쪽.

래서 아이들을 바라보면서도 그들이 커서 지구를 갉아먹으리라는 섬뜩한 공상만을 계속하는 것이다. 아이들에게서마저 아무런 가능성도 기대할 수 없다면 그 절망과 허무란 바닥없는 늪이나 다름없다. 여기서 우리는 손창섭 문학의 허무주의가 환경이 아니라 '인간성'에서 기인한 것이라는 사실을 어렵지 않게 짐작할 수 있다. 따라서 전쟁과 분단과 가난은 손창섭의 허무주의를 더욱 그럴 듯하게 장식해주는 소도구에 불과할 뿐이다.

전쟁과 분단과 가난은 손창섭 문학 전체를 둘러싸고 있는 암울한 배경이다. 그럼에도 불구하고 그것이 환경으로까지 나아가지 못한 채 절망과 허무의 정서를 장식해주는 소도구에 머물고 만 것은 인간이 본원적으로 악마적 존재이고 그것은 변화 불가능하다는 인간관 때문이라 할 수 있다. 이러한 손창섭의 인간관이 극명하게 표현된 작품이 「인간동물원초」이다. 「인간동물원초」는 제목부터 의미심장하다. 이 제목의 밑바닥에는 인간은 결국 동물이라는 사고가 깔려 있는데, 그 까닭은 인간 또한 동물과 마찬가지로 욕망덩어리 그 자체이기 때문이다. 이 작품이 감옥이라는 밀폐된 공간을 설정한 것은 감옥과 같은 특수한 환경이 인간의 심성을 어떻게 변화시키는가를 관찰하기 위해서가 아니라 감옥이야말로 인간의 본성이 가장 순수하고도 명료하게 표출되는 공간이기 때문이다. 그럼 점에서 감옥은 현실의 알레고리이다. 이 밀폐된 공간에서는 동물적 욕망을 충족시키기 위한 대립과 투쟁만이 난무한다. 감옥의 구성원들은 욕망의 주체거나 객체이다. 따라서 욕망 이외의 논리가 끼여들 여지라곤 전혀 없다. 자유를 말하는 통역관이 오히려 예외적 존재로 취급되는 것도 그 때문이다. 물론 감옥의 권력자인 방장도 통역관만은 어려워한다. 그러나 통역관에 대한 경원(敬遠)은 지식인에 대한 일반대중의 경원 이상도 이하도 아니다. 감옥 안의 삶에서 통역관은 철저히 소외되어 있고, 감옥 구성원들에게 아무런 영향력도 발휘하지 못한다. 다시 말해 통역관은 경원이란 이름으로 소외되어 있는 것이다. 당연히 통역관과 다른 이들과의 의사소통은 단절되어 있을 수밖에 없다. 그런 점에서 통역관은 「미해결의 장」의 지상과 같은 무력한 관찰자인 셈이다. 따라서 실재하는 것은 동물적 욕망들이며, 인간이란 그러한 욕망의 상징일 뿐이다.

손창섭 문학이 보여주는 현실도 이 연장선상에 놓여 있다. 손창섭에게 현실이란 욕망의 충족을 위한 투쟁의 장이다. 게다가 그 욕망이란 것도 단지 돈·섹스·권력에 대한 욕망일 따름이어서 어떤 인간적이고 고상한 의미는 결코 찾아볼 수 없다. 그러므로 인간과 인간 사이의 합리적 의사소통은 불가능하며, 욕망의 주체와 주체 혹은 욕망의 주체와 객체들 간의 대립과 굴종만이 존재한다. 가령 「공포」를 보자. 대식과 병우의 관계는 철저한 지배/복종의 관계이다. 지배와 복종의 원칙이 얼마나 철저한가 하면, 병우가 대식의 명령을 거부하자 손가락을 잘라버릴 정도이다. 그런데도 병우는 그에 대해 아무런 저항도 하지 못한다. 그 까닭은 공포 때문이다. 하지만 그 공포가 잔인한 보복에 대한 공포만은 아니다. 그보다는 오히려 지배/복종의 관계에서 소외되는 데 대한 공포가 더욱 중요하다. 그래서 병우는 아버지가 대식을 고소했다는 얘기를 듣고 "난 나쁜 놈예요. 장댈 배신한 난 정말 나쁜 놈이란 말예요 그러니깐 난 죽어야 해요. 당장 죽어 없어져야 해요."라고 울부짖는 것이다. 나쁜 일을 시킨 병우에게 맞선 행위를 정의가 아니라 배신이라고 확신하는 병우의 모습에서 우리는 옳고/그름의 기준이 지배/복종의 원칙에 대한 충실성 여부가 되어버린 전도된 상황을 목격하게 된다. 이를 통해 손창섭이 말하고자 하는 바는 지배와 복종이 단순히 외적인 억압과 그에 대한 어쩔 수 없는 굴종만을 의미하지는 않는다는 사실이다. 지배/복종의 관계 속에는 복종이 제공해주는 '편안함'이 숨어 있다. 병우의 공포는 바로 그러한 '편안함'을 잃게 된다는 것은 일종의 소외를 의미하고, 소외에 대한 공포야말로 인간에게 가장 근원적인 공포이기 때문이다. 따라서 문제는 옳으냐 그르냐가 아니라 편안함이냐 소외함이냐 소외냐이다. 병우는 당연히 '편안함'을 선택한 것이고, 그 결과 옳고 그름의 기준마저 뒤바뀌게 된 것이다. 그런 점에서 병우의 복종은 타율적인 동시에 자발적이다. 자발적 복종이 제공하는 편안함은 마침내 대식에게 굴복한 병우 아버지의 심리 변화에서도 잘 나타난다.

> 모래 위에 펄쩍 주저앉은 채, 꼼짝을 않고, 점점 작아져가는 대식의 뒷모습을 겁에 질린 듯, 취한 듯 바라보고 있던 오씨는 그 표정이 차차 체념으로 변하며 마음속 한구석에서는 뜻하지 않게 은근한 자랑과 우쭐해지는 기분마저 느껴 보는 것이었다.6)

공포가 체념으로, 체념이 자랑으로 변해 가는 병우 아버지의 심리 상태는 타율적 복종이 자발적 복종으로 바뀌면서 느끼는 편안함에 다름 아니다. 다시 「인간동물원초」로 돌아오면, 방장과 주사장의 성적 학대에 대한 핑핑이와 양담배의 복종 또한 자발적 복종이 제공하는 편안함

---

6) 손창섭, 「공포」, 같은 책, 578쪽.

과 관련되어 있다. 다시 말해 방장과 주사장이 성적 욕망의 충족을 위해 지배력을 행사한다면, 핑핑이와 양담배는 편안함에 대한 욕망 때문에 자발적인 복종을 계속하는 것이다. 결국 지배와 복종의 관계는 욕망이 낳은 산물이며, 그런 점에서 지배하는 자이건 지배당하는 자이건 너나 할 것 없이 모두 '동물'인 셈이다. 반면에 이러한 현실 원리를 수용하지 않을 경우 그에게 주어지는 것은, 통역관에게서 볼 수 있듯이, 소외이다. 하지만 좀 더 꼼꼼히 들여다보면, 통역관은 이 같은 '인간동물원'의 종속 변수일 뿐이다. 왜냐하면 그는 감옥의 전도된 질서를 냉소할 뿐 거기에 저항하지는 않기 때문이다. 통역관이 할 수 있는 최대치는 「유실몽」의 '나'나 「잉여인간」의 서만기 혹은 「미해결의 장」의 지상처럼 현실과의 단절을 통해 자신의 정체성을 유지하는 것이다. 그러니 현실에 개입할 여지가 없는 것이 당연하다. "저 하늘을 차지하고 싶거든 용감해져야 합니다."라는 통역관의 발언이 공허하게 느껴지는 것도, 그리고 통역관과 감옥 구성원 사이에서 아무런 긴장감도 찾아볼 수 없는 것도 그 때문이라 할 수 있다. 그런 점에서 통역관은 존재(存在)하되 실재(實在)하지는 않는 인물이다. 심하게 말하면, 있으나 마나한 인물이란 것이다.

이렇듯 현실이란 손창섭에게 단지 인간의 악마적 욕망이 외화(外化)된 공간에 불과하다. 요컨대 현실이 현실로서의 상대적 자율성도 갖지 못하고 있는 것이다. 인간성이 선험적으로 주어진 것이고 현실은 한갓 욕망의 외화라면, 주체와의 구체적 교섭체로서의 환경은 존재할 수 없다. 그렇다면 환경이 실종된 소설에서 남는 것은 무엇일까. 그것은 성격의 비극이다. 손창섭 문학은 한마디로 말해 비정상적 인간들의 욕망이 빚어낸 비극의 세계이다. 게다가 그 욕망이란 것도 환경과의 상호작용을 통해 생겨난 것이 아닌, 인간의 악마성 혹은 속물성으로부터 유래한 본원적인 것이다. 요컨대 환경은 실종되고 모든 것은 인간성으로 환원된다. 손창섭 문학의 절망감은 그런 점에서 인간의 본원적 악마성에 기인한 존재론적 절망감이라 할 수 있다.

3. 서사 미달의 문학

손창섭의 문학이 존재론적 절망의 세계라는 말은 결국 그의 소설에 서사성이 부족하다는 것을 의미한다. 물론 손창섭의 묘사력은 치밀하기로 정평이 나있다. 50년대 문학의 전반적인 수준을 감안할 때 이 점은 분명 손창섭이 이루어낸 중요한 성취이다. 특히 대상에 대한 정확하면서도 냉정한 묘사는 감탄할 정도이다. 그런 점에서 손창섭 문학의 힘은 실로 여기에 집약되어 있다 해도 과언이 아닐 것이다. 그러나 묘사가 서사의 전부는 아니다. 묘사가 서사의 기초임에는 틀림없지만 서사는 묘사 이상인 것이다. 소설적 서사의 핵심은 무엇보다 삶의 연관에 대한 인식이라 할 수 있다. 따라서 묘사가 아무리 치밀하더라도 그것들이 서로 아무런 연관도 맺지 못한 채 따로따로 떨어져 있다면 소설로서는 낙제일 수밖에 없다. 손창섭 문학에 부족한 것이 바로 이 점이다. 즉 삶의 연관에 대한 깊은 통찰을 손창섭의 작품에서는 찾아보기 어렵다는 것이다. 성격이 미리 주어진 채 고정되어 있는 것, 환경이 실질적으로 부재한 것, 모든 것이 인간성의 문제로 환원되는 것, 성격의 예외성이 도

드라지는 것 등의 문제점도 이와 관련이 깊다. 왜냐하면 삶의 연관이란 성격과 환경의 상호작용을 통해 드러나는 법인데, 성격이 미리 주어진 채 고정되어 있고 환경이 실질적으로 부재하는 한 성격과 환경의 상호작용은 불가능하기 때문이다.

앞에서 확인한 것처럼, 손창섭 문학에서는 그래서 성격의 비극만이 가능하다. 그러므로 이제 우리의 관심사는 왜 그렇게 되었냐는 점이다. 우선 지적할 것이 인과성의 결여이다. 손창섭에게 삶이란 인과성이 결여된, 지극히 우연적이고 존재론적인 공간이다.

> 아무리 궁리해 보아도 나는 집을 떠나야만 할까 보다. 그것만이 우선 나에게 있어서 하나의 해결일 듯싶게 생각되는 것이다. 그 '해결'이라는 말은 더할 나위 없이 내 맘에 꼭 드는 것이다. 그 말은 충분히 나를 취하게 하는 것이다. 그러나 도대체 나는 언제나 되면 노상 집을 떠날 수 있을 것인가? 하루에 몇 번씩 혹은 몇 십 번씩 '해결'을 생각하고 거기에 도취하면서도 종시 나는 해결을 짓지 못한 채 이러고 있는 것이다. **나는 도무지 주위와 나를 어떠한 필연성 밑에 연결시키지 못하는 것이다**(진하게-인용자) 당장 이 방 안에 있어서의 내 위치와 식구들과의 관계부터가 그렇다.[7]

이 구절에서 주목해야 할 사항은 두 가지이다. 하나는 집을 떠나는 것이 유일한 해결책인 줄 뻔히 알면서도 주인공은 집을 떠나지 못하고 있다는 점이다. 이는 '집'이 주인공에게 일종의 존재론적인 공간, 즉 자신의 의지와는 상관없이 선험적으로 주어진 운명적 세계임을 뜻한다.

---

7) 손창섭, 「미해결의 장」, 같은 책, 122쪽.

그래서 주인공은 가족들과 주위 사람들에게 그토록 모욕을 당하고 현실의 속물성에 진저리치면서도 끝내 집을 떠나지 못하는 것이다. 다른 하나는 "주위와 나를 어떠한 필연성 밑에 연결시키지 못하는" 점이다. 심지어는 가족들과의 관계조차도 주인공에게는 지극히 우연적인 것으로만 느껴진다. 가족들과의 관계가 그럴 정도면 다른 것은 더 말할 나위도 없다. 결국 주인공이 바라보는 세상은 직접적이건 간접적이건 간에 주인공과 아무런 인과적 연관도 갖지 않는, 절대적 타자인 셈이다. 서두에서 손창섭 문학은 절망 자체만을 표현할 뿐 절망의 연원에 대한 천착은 보여주지 않는다고 지적했는데, 그 까닭이 이로써 분명해진다. 인과적 연관에 대한 인식을 결여한 손창섭 문학에서 절망의 연원에 대한 추적은 애당초 불가능할 수밖에 없는 것이다. 환경이 존재하지 않는 것도 궁극적으로 이 때문이다. 우연적이고 존재론적인 환경이란 주체와의 상호작용을 결코 허용하지 않는다는 점에서 실제로는 아무것도 아니란 말과 같다.

이러한 인과적 연관의 결여가 낳은 가장 심각한 폐해는 추상화이다. 손창섭 문학의 추상성은, 50년대의 대다수 작가가 그러하듯, 시공간적 구체성이 부족하다는 사실에서 쉽게 확인된다. 전쟁 직후의 분위기가 강하게 느껴지긴 하지만, 그것은 분위기일 뿐 실체화되지는 못한 상태이다.[8] 그 때문에 시간과 장소를 바꾸어도 의미의 변화가 별로 나타나지 않는다. 물론 삶의 우연성은 어쩌면 50년대의 뿌리 뽑힌 삶의 반영

---

8) 전쟁 직후의 분위기가 실체화되지 못했다는 것은 다른 말로 하면 전쟁 직후의 한국 사회라는 시공간이 단지 배경에 머물러 있을 뿐 주체의 삶과 구체적으로 연관된 환경으로 까지 나아가지 못했다는 의미이다.

이라고 할 수 있다. 전쟁으로 모든 것이 폐허가 된 데다 가족과 고향마저 잃고 어디에도 정착하지 못한 자에게 삶이란 그야말로 횡액이었을 것이다. 손창섭이 바로 그런 처지였기에 삶이 어처구니없는 횡액이란 느낌의 정도는 더욱 컸으리란 점은 짐작하기 어렵지 않다. 하지만 삶의 논리와 소설의 논리는 다르다. 다시 말해 소설에서는 체험의 직접성에 지나치게 긴박되어서는 곤란하다는 것이다. 왜냐하면 그래서는 체험을 '객관화'할 수 없고, 따라서 자신의 주관적 체험과 당대의 보편적 현실을 연결시킬 수 없기 때문이다. 삶의 추상화는 이러한 딜레마를 해결하기 위해 손창섭이 찾아낸 편법이라 할 수 있다.9) 말하자면 '나의 삶이나 너의 삶이나 존재론적으로 동일하다, 그러므로 삶의 우연성은 시공간을 뛰어넘는 보편적 진실이다'라는 식으로 문제를 해결하려 한 결과가 바로 추상화란 것이다. 하지만 이것은 결코 소설의 논리라고 할 수 없다. 시공간적 구체성은 근대소설의 인식론적 출발점이다. 따라서 적어도 소설에서는 시공간적 구체성을 초월한 보편적 진실이란 도대체 존재할 수 없다. 혹자는 그것이 모더니즘의 소설의 특징이라고 강변할지도 모르겠다. 그러나 예컨대 최인훈의『광장』만 보더라도 6·25전쟁과 분단이라는 시공간적 구체성이 이명준의 운명을 규율하는 최종 심급으로 작용하고 있음을 읽어낼 수 있거니와 그런 점에서 모더니즘소설 역시, 매우 간접적이고 복잡하긴 하지만, 나름대로의 방식으로 시공

---

9) 삶의 추상화가 극대화되면 그것은 일종의 알레고리가 된다. 장용학이나 김성한이 대표적인 예이며, 손창섭의 경우에도 때때로 알레고리화 경향이 나타난다. 가령 「인간동물원초」나 「공포」가 그런 경우에 해당된다.『미해결의 장』의 박테리아 비유도 마찬가지이다.

간적 구체성을 담아낸다고 할 수 있다.[10] 반면에 손창섭에게서는 그 정도의 시공간적 구체성도 찾기 힘들다. 그래서 손창섭의 소설이 온전한 의미에서의 근대적 서사성에 미달한 상채라고 평가할 수밖에 없는 것이다.

서사성의 부족과 관련하여 비합리성의 문제도 빼놓을 수 없다. 삶이 인과적 연관을 결여한 우연적 존재라면, 그것에 대한 합리적 인식은 애당초 불가능하다. 아니 좀 더 정확히 얘기하면, 합리적 인식이 먼저다. 다시 말해 삶을 합리적으로 바라보지 않았기 때문에 그것이 우연적인 존재로 보이게 된 것이다. 어느 쪽이 되었든 별 차이가 없을 것 같은데도 굳이 선후를 따지는 이유는 선후 문제가 이외로 중요하기 때문이다. 삶이 우연적이냐 필연적이냐는 삶 자체에 달려 있는 것이 아니라 인식 주체의 시각에 달려 있다. 인식 주체가 삶을 합리적으로 바라보려 노력할 경우 삶은 언제나 필연적이다. 이 말이 삶의 우연적 계기들을 부정하는 것은 아니다. 요는 합리적 인식을 견지하는 한 삶의 우연성 또한 필연성의 큰 테두리 내에 자리매김할 수 있다는 것이다.[11] 따라서 손창섭 문학이 삶의 우연성을 절대화하게 된 것은 삶의 실상이 그렇기 때문

---

10) 하정일, 「후기 자본주의와 근대 소설의 운명」, 『현상과인식』, 1995, 봄, 39~43쪽.
11) 물론 이런 태도가 합리성의 절대화로 이어져서는 곤란하다. 그럴 때 합리적으로 설명되지 않는 현상은 무조건 비정상으로 매도하는 계몽주의적 폭력이 나타나게 된다. 그래서 합리성의 원리가 제대로 구현되기 위해서는 무엇보다 합리성의 한계를 정직하게 인정할 줄 아는 겸손이 절실하다. 그러나 합리성의 한계를 인정한다는 것이 곧 합리적 인식 가능성의 포기를 의미하지는 않는다. 합리적 인식 가능성을 포기하는 순간 삶의 우연성은 절대화된다. 우연성의 절대화된다. 우연성의 절대화 이상으로 위험하다. 왜냐하면 그것은 진리 허무주의에 다름 아니기 때문이다.

이라기보다는 그가 합리적 인식 가능성을 처음부터 포기했기 때문이라고 해석하는 것이 더욱 적절하다.

이처럼 합리적 인식 가능성을 포기할 경우 당연히 합리적 해결책의 모색 역시 불가능해진다. 손창섭 문학에서는 환경에 의해 성격이 변화하고 그러한 성격 발전을 기반으로 환경을 변화시켜 나가는, 이른바 주체와 객체의 변증법을 볼 수 없다. 주객 변증법이 합리성의 원리를 기반으로 한다는 점에서 이는 당연한 귀결인데, 여기서 강조하고 싶은 것은 주체와 객체의 이원화이다. 합리적 인식 가능성의 초기는 주객의 분리로 이어지고, 양자는 서로에게 절대적 타자가 된다. 앞에서 사용한 표현을 빌리면, 환경은 실종되고 배경만 존재한다. 배경은 단순한 시공간적 조건일 수도 있고 인간의 힘으로는 어찌해 볼 도리가 없는 절대 상수(常數)일 수도 있다. 그러나 어느 쪽이건 항상 고정된 채 변화의 여지가 없고 주체와의 구체적 연관이 결여되어 있다는 점에서 그것이 소설에서 갖는 의미는 동일하다. 따라서 손창섭의 소설에서는 고정되어 있는 상황에 대한 주체의 '반응'만이 문제가 된다. '반응'이란 표현을 쓴 까닭은 상황에 대한 주체의 대응이 다분히 즉자적이고 반사적이기 때문이다. 그래서 상황에 쉽사리 매몰되거나 아니면 무모하게 뛰어넘으려 할 뿐 자신을 둘러싼 상황을 차분히 분석하고 성찰하는 모습을 보여주지 못한다. 이는 상황이 절대적 타자로서 주체와의 교섭을 허용하지 않고 있는 조건에서는 당연한 현상이라 하겠는데, 이러니 합리적 해결책의 모색은 기대하기 힘든 주문일 수밖에 없다. 손창섭의 거의 모든 작품이 전망 부재의 허무주의에 빠져 있는 것은 이 때문이거니와 설사 문제 해결을 지향하더라도 『낙서족』의 박도현처럼 돈키호테식의 좌충우돌이 되기 십상이다.

4. 전쟁 세대의 자화상

손창섭 문학의 세계를 여행하면서 내리게 된 결론은 손창섭의 소설은 결국 서사 미달의 문학이라는 것이다. 이렇게 된 가장 근본적인 이유는 손창섭이 6·25전쟁에 너무도 깊이 긴박되어 최소한의 거리도 유지하지 못했기 때문이다. 이런 사정은 이른바 '전후작가' 전체에 똑같이 해당되는데, '전후문학'의 단명(短命)은 그런 점에서 필연이었다고 할 수 있다. 여기서 필자는 손창섭을 비롯한 장용학·김성한·이범선·오상원 등에게 붙여져 있는 '전후 세대'라는 명칭을 '전쟁 세대'로 바꿀 것을 제안한다. 왜냐하면 이들의 문학은 전쟁 체험의 자장에서 끝내 벗어나지 못했고 우리 사회가 6·25의 굴레에서 벗어나려는 노력을 본격화하기 시작하는 순간 문학사적 생명력을 잃어버렸기 때문이다. 그런 점에서 이들의 문학은 6·25에 대한 객관적 거리 감각을 기반으로 현실을 서사적으로 탐구하는 새로운 소설의 기운이 나타나기 전까지 남한문학사의 공백을 메워준, 일종의 과도기적 문학이라 할 수 있다. 전후 세대라는 명칭은 그러므로 오히려 이호철, 하근찬, 최인훈, 박경리 들에게 붙여져야 합당하다. 이들 역시 전쟁 세대와 마찬가지로 절망을 얘기한다. 하지만 이들이 전쟁 세대와 다른 점은 절망의 연원이 무엇인지를 치열하게 추적하고 있다는 점이다. 다시 말해 삶의 인과적 연관을 성찰하고 주체와 환경의 상호작용을 그려내려 노력하고 있는 것이다. 그래

서 이들의 문학 역시 여전히 사적(私的) 체험에 강하게 연루되어 있음에
도 불구하고 그것의 '객관화'를 지향할 수 있었던 것이다.[12]

　이호철이나 최인훈의 등장은 50년대 후반의 문학사적 변화와 맥을
같이 한다. 따라서 전쟁 세대의 문학에서도 이 시기를 전후하여 일련의
변화상이 나타난다. 그것은 무엇보다 주체와 환경의 상호연관을 따지면
서 절망의 극복 가능성을 모색하는 데서 확인된다.「설중행」,「유실몽」,
「잉여인간」 등이 그것인 바, 이들 작품은 인간에 대한 신뢰를 바탕으로
새로운 삶의 가능성을 진지하게 묻고 있다는 공통점을 보여준다. 특히
「유실몽」에서 주인공이 행하는 다음과 같은 다짐은 이와 관련하여 자
못 의미심장하다.

> (…) 이제는 어디로든 나도 떠나야 할 때가 왔다고 생각했다. 그 집에
> 내가 월여를 머물러 있는 것도 누이가 있었기 때문이다. 그렇다고 해서
> 다시 누이를 찾아갈 생각은 아예 없었다. **차라리 나는 누이와는 반대
> 방향으로 가야 한다고 생각하며 대합실을 나섰다.** (진하게-인용자) 밖
> 에는 어둠을 뚫고, 자동차가 수없이 질주하고 있었다. 나는 될 수 있는
> 대로 어두운 쪽을 골라서 걸었다. 십여 살짜리 조무래기 한 놈이 앞을
> 막아섰다.
> 　"아저씨, 하숙 안 가셔요?"
> 　"오냐 가자! 가구말구. 어디라두 가자!"
> 　나는 소년을 따라 걸었다. 어두운 골목으로 들어섰다. 불현듯 창백한
> 춘자의 얼굴이 눈앞을 얼씬거렸다. 뒤이어 여자의 가느단 울음소리가
> 들려오는 것 같았다. 그것은 분명히 숨죽여 우는 젊은 여자의 울음 소

---

12) 이에 대한 좀 더 자세한 설명으로는 졸고,「세계의 속물성에 맞선 기나긴 저항
　　의 여정－박경리론」(『환상의 시기』, 솔, 1996)을 참조하시오.

리였다. 이러한 착각을 끝까지 견디어 내야 한다고 생각하며 자꾸만 어둠 속을 해치고 소년을 따라 걸었다.[13]

"누이와는 반대방향으로 가야 한다."는 다짐은 상황에 매몰된 채 절망만을 곱씹으며 무위도식하던 과거와는 다른 삶을 살겠다는 분명한 의지의 표현이다.[14] 이러한 결단은 손창섭 문학에서 일찍이 볼 수 없었던 새로운 면모임에 틀림없다. 재미있는 것은 '가자!'라는 말이다. 이 '가자!'라는 표현은 이범선의 「오발탄」에서도 등장하거니와 이 같은 떠남 혹은 결별의 모티브는 50년대 후반의 소설에서 꽤 빈번하게 등장한다. 그런 점에서 이 모티브는 전쟁의 상처를 딛고 새로운 삶의 가능성을 적극적으로 탐색하기 시작한 50년대 후반의 문학사적 변화를 표상한다고 할 수 있다. 손창섭 역시 그러한 문학사적 변화의 도도한 흐름에 동참하고 있는 것이다. 하지만 손창섭의 변신은 다른 전쟁 세대 작가들과 마찬가지로 결국 실패로 끝나고 만다. 「유실몽」이나 「잉여 인간」에서 보여준 자기 갱신의 가능성을 가로막은 장벽은 전쟁이었다. 전쟁의 잔혹함은 손창섭을 끝내 놓아주지 않았던 셈이다. 서두에서 손창섭을 50년대 문학의 자화상이라고 했다가 결론에 와서는 전쟁 세대의 자화상이라고 수정한 것도 그 때문이다. 손창섭에게 6·25란 자신의 의지로는 어찌해 볼 도리가 없는 절대적 운명이었던 것이다. 따라서 전쟁 체험의 극복은 다음 세대의 작가들이 감당해야 할 몫이었다.

---

13) 손창섭, 「유실몽」, 같은 책, 199쪽.
14) 하정일, 「전후 단편소설의 세계관과 장르적 특성」, 『민족문학의 이념과 방법』, 태학사, 1993, 397~399쪽.

손창섭 소설의 인물성격과 형식

1. 인간 모멸주의와 추상적 무시간성의 형식

손창섭은 객관 현실에 대한 탐구와 반영에는 거의 관심 두지 않았던 작가이다. 해방 이전의 일본이나 만주, 해방과 전쟁통, 그리고 전쟁 이후의 서울이나 부산이 작품의 배경으로 설정되어 있어 당대 현실의 구체적 면면들이 그려지긴 하지만 그것들 자체로 특별한 의미를 지니는 것은 아니다. 그것들은 대체로 소설 속 등장인물들의 의식이나 정서와는 거의 무관한 하나의 배경일 뿐, 등장인물의 성격과 유기적 관련을 맺고 있지는 않다. 특히 주인공의 관계에서 더욱 그러한데, 말하자면 특정한 시기 특정한 공간의 구체성은 손창섭 소설에서 별다른 의미를 지

* 정호웅 / 홍익대학교 교수

니고 있지 않은 것이다.

그러므로 시간적, 공간적 배경과 관련지워 손창섭 소설을 이해하려는 독법은 효과적이지 않다. 예컨대 1930년대 말 일본을 무대로, 조선인 유학생들을 중심으로 한 장편 『낙서족』의 경우, 그들이 조선인이라는 것, 일본에 유학 와 차별당하고 핍박받는다는 것, 그들 중의 누군가 독립지사의 아들이라는 것 등은 소설의 핵심과는 별다른 관련이 없다. 핵심은 주인공 박도현의 특이한 성격이다. 자굴감(自屈感), 그것과 짝을 이루는 자기과시욕, 그리고 둘 사이의 부조화로 인해 생겨나는 충동적, 자기 파괴적, 폭력적 행동으로의 폭발, 따뜻한 여성의 품에 대한 유아적 그리움 등으로 나타나는 그의 혼란스럽고 불안정한 성격의 안팎이 중심이지 배경은 부차적인 것에 지나지 않는다.

손창섭 문학을 일관하는 근본은 두루 아는 대로 삶의 무의미함에 대한 인식과 인간 모멸의 사상이다.

(ㄱ) 그러나 그보다도 나는 주위와 자신의 중압감을 감당해 나갈 수 없는 것이다. 이 대가리가, 동체가, 팔다리가, 그리고 먼지와 함께 방안에 배꼭 차 있는 무의미가 나는 무거워 견딜 수 없는 것이다.[1]

(ㄴ) 나는 오늘도 걸음을 멈추고 그 구멍으로 운동장을 들여다보는 것이다. 마침 쉬는 시간인 모양이다. 어린애들이 넓은 마당에 가득히 들끓고 있다. (중략) 나는 아이들을 들여다보며 한숨을 쉬는 것이다. 아직은 활동을 못 하지만 그것들이 완전히 성장하게 되면 지구의 피부에 악착같이 달라붙어 야금야금 갉아 먹을 것이다. 인간이라는 병균에 침범

---

1) 「미해결의 장」, 『한국 현대 문학 전집 26』(삼성출판사, 1978), 194쪽.

당해, 그 피부가 썩어 들어가는 지구덩이를 상상하며, 나는 구멍에서 눈을 떼고 침을 뱉었다. 그것은 단순한 피부병이 아니라 지구에게 있어서는 나병과 같이 불치의 병일지도 모른다는 생각을 안고 나는 발길을 떼어놓는 것이다.[2]

　(ㄱ)은 '군소리의 意味'란 부제를 달고 있는 「미해결의 장」의 주인공 지상의 이불 속 독백이다. 삶에서 어떤 의미도 발견하지 못해 그 무의미성의 중압으로 고통스러워하는 그는 우리 소설에서는 처음 나타나는 새로운 유형인데, 전에는 없었던 이른바 '맨얼굴'[3] 그 자체이다.

　인간 삶, 심지어는 인간 존재 자체의 무의미함을 가장 잘 드러낸 작품은 걸작 「인간동물원초」이다. 해방 직후 서울 길거리에서, 미군 부대의 통역을 받아 넘기고 일개월 간 서대문 형무소에서 복역했던 체험[4]에 근거한 것으로 짐작되는 작품이다. 이 작품의 핵심은 두 가지이다. 하나는 폐쇄된 방이란 상황, 다른 하나는 그 속 생활의 무의미함, 한 감방에 갇힌 잡범들의 생활이란 "먹고, 배설하고, 자는 일 이외에는 고작 잡담만이 공식처럼 날마다 되풀이되는[5]" 것이니 당연히도 거기에는 어떤 의미도 깃들어 있지 않다. 무의미 그 자체인 것. 「인간동물원초」는 수감자들의 닫힌 상황과 무의미한 삶을 통해 인간 존재의 일반성을 상징적으로 드러낸 작품이다. 인간 존재란 감방에 갇혀 먹고 배설하고 자고 잡담만을 반복해 일삼는 동물에 지나지 않는다는 것이 이 작품의 전언이다.

---

2) 「미해결의 장」, 같은 책, 197쪽.
3) 김윤식, 「6·25와 소설의 내적 형식」, 『우리 소설과의 만남』(민음사, 1986), 135쪽.
4) 「신의 희작」, 앞의 책, 400~401쪽.
5) 「인간동물원초」, 같은 책, 224쪽.

인간 삶의 무의미함에 대한 인식은 손창섭 소설에서 인간이란 존재에 대한 모멸주의와 나란히 놓여 있다. (ㄴ)이 그것을 잘 드러내고 있는데 인간이란 난치 또는 불치의 '병원체'라는 것, 그 속에 담긴 것은 인간이란 멸절되어야 할 존재라는 의미일 것이다.

운동장에서 환호하며 뛰노는 어린이들의 약동을 보면서 '병원체'를 연상하는 시각은 이미 완성된 것, 또는 더 나아갈 수도 변화될 수도 없는 마지막 지점에 고착된 것이다. 당연하게도 그 내부에는 미래를 향해 열린 시간성이 없다.

미래를 향해 열린 시간성만이 아니다. 삶의 무의미함이란 절대적, 최종적 인식에 붙박혔기 때문에 거기에는 과거와 연결된 시간성도 부재한다. 이미 절대적이고 최종적인 지점에 도달했는데 왜, 어떤 과정을 밟아서 지금 여기에 이르렀는가를 따지는 일 자체가 무의미하기 때문이다. 이렇듯 과거에 연결된 시간성도 미래를 향해서 열린 시간성도 부재하는, 말하자면 인과성이 부재하는 세계의 주인공은 다만 고정된 한 점으로 존재한다. 다만 고정된 한 점으로 존재한다는 것은 그가 삶의 무의미함을 드러내는 하나의 기호, 추상적 관념임을 뜻한다. 비록 그가 전쟁 중 또는 전쟁 직후의 서울이나 부산과 같은 구체적인 시공간 속에서 가족들, 이웃들, 친구들과 함께 생활하고 있는 인물로 그려져 있음에도 구하고 이 같은 진술은 정당하다. 그와 다른 사람들과의 관계, 그리고 그의 일상은 그 자체로서 의미를 지니는 것이 아니라 다만 삶의 무의미함이란 추상적 관념을 전달하기 위한 배경에 지나지 않는 것이기 때문이다.

어떤 추상적 관념을 체현하고 있는 고정된 한 점으로서의 존재이기에 그는 다른 사람들 속에 있지만 그와 다른 사람들 사이에는 어떤 관계도 부재한다. 그는 누구의 아들이고 오빠이고 친구이지만 그는 누구의 아들도 오빠도 친구도 아니다. 그는 그들과는 전혀 무관한 하나의 사물일 뿐이다. "나는 도무지 주위와 나를 어떤 필연성 밑에 연결시키지 못하는 것이다"[6]라고 「미해결의 장」의 주인공은 말한다.

삶의 무의미함이란 완성된, 최종적인 관념이 전부인 세계, 그 같은 관념을 체현하고 있는 주인공이 다만 고정된 한 점일 뿐인 세계이기에 어떤 가치 척도도 무의미하다. 당연하게도 가치를 재는 척도는 없다. 가치 척도가 없으므로 판단도 대립도 있을 수 없다. 손창섭 소설에서 우리는 어떤 척도에 따라 다른 사람을, 사건이나 상황에 대해 판단내리는 인물도 화자도 거의 찾을 수 없다. 중심이 부재하는 것이다.

추상적 무시간성, 관계성, 그리고 중심의 부재란 손창섭 소설의 핵심 특성으로 인해 기승전결이 없는 독특한 형식이 성립하였다. 이른바 "일정한 사건의 시말이 없는"[7] 형식, 필자는 이것을 추상적 무시간성[8]의 형식이라 부른다.

2. 감각의 이중 의미

삶의 무의미함이란 관념만이 전부인 추상적 무시간성의 세계를 사는

---

6) 「미해결의 장」, 같은 책, 192쪽.
7) 이주형, 「채만식의 생애와 작품세계」, 『채만식전집 10』(창작과 비평사, 1989), 628쪽.
8) 이에 대해서는 게오르그 루카치(박성완, 임홍배 역), 『독일문학사』(심설당, 1987), 256쪽 이하 참조.

주인공은 어떤 가치 척도도 지니고 있지 않기에 사유하지도 판단하지도 않는다. 어떤 것이든 그에게는 무의미한 것이니 긍정도 부정도 있을 수 없는 것이다. 사유하지도 판단하지도 않지만 그러나 손창섭 소설의 주인공이 자기 밖의 대상에 대해 전혀 반응하지 않는 것은 아니다. 사물화 되어 한 점으로 경화된 그들을 움직이는 것이 있다.

(ㄱ) 나는 불시에 기름이 자르르 흐르는 쌀밥과 김이 떠오르는 만두국을 생각하는 것이다.9)

(ㄴ) 얼마나 웃기 잘 하는 여자냐? 志叔이와는 꼭 반대인 것이다. 光順의 낯에는 언제든 눈부신 미소가 사리진 적이 없다. 근심도, 애수도, 그 미소의 바닥으로 흘러가 버릴 뿐, 결코 그것을 지워 버리거나 흐려 버리지는 못하는 것이다.10)

(ㄷ) 어렸을 때 얘기가 나서 어딜 가나 강아지 새끼처럼 쫓아다니는 東玉이가 귀찮았다는 말을 하고 중중 때때중을 자랑스레 부르고 다녔다니까 동옥의 눈이 처음으로 티없이 빛나는 것이었다. 갑자기 동욱이가 중중 때때중 하고 부르기 시작하자 동옥도 가느다란 소리로 따라 부르는 것이었다.11)

(ㄹ) 남편과 東植의 사이를 가리듯이 하고 앉아, 남편을 거들어 주는 貞淑의 뒷모습을 어루만지듯이 흐르고 있던 東植의 시선이 貞淑의 오른편 귓바퀴에서 멈추어졌다. 거기에는 참새 눈깔만한 기미가 희미한 불

---

9) 「미해결의 장」, 앞의 책, 294쪽.
10) 「미해결의 장」, 같은 책, 197쪽.
11) 「비오는 날」, 같은 책, 142쪽.

빛에도 또렷이 빛나고 있었다. 그것은 「빛난다」고밖에 형용 할 수 없을
만큼 東植의 눈에는 생생한 기억과 매력으로 반영되곤 하는 기미였
다.12)

(ㄱ)은 미각, (ㄴ)은 시각, (ㄷ)은 시각과 청각, (ㄹ)은 시각과 관련되어
있는데, 모두가 감각적이라는 점에서 동질적이다. (ㄴ)의 핵심은 '눈부
신 미소'라는 시각적 대상이지만 거기에는 편안하게 감싸 안는 모성적
여성의 따뜻하고 부드러운 촉감도 함께 깃들어 있다. 이처럼 감각적인
어떤 무엇이 사물화한 인물들을 일깨워 움직이게 만든다. 그럴 때 그들
은 삶의 무의미함이란 추상적 관념을 드러내는 기호에서 피와 살을 지
닌 인간으로 소생한다. 그러나 다만 그것뿐 그 한순간이 지나면 그들은
다시 추상적 관념을 전달하는 기호로 사물화한다.

어떻든 손창섭 소설 속 이 특이한 인물들을 움직여 사물화 상태에서
한순간이나마 깨어나게 만드는 것은 이 같은 감각적 대상들이다. 이 사
실은 1장에서의 우리 판단이 정당함을 입증하는 유력한 근거이다. 추상
적 관념을 표상하는 기호로써 이미 최종적으로 완성된 의미 속에 갇혀
있는 인물들이기에 논리적 이성에 의한 스스로를 검증할 필요도 변화
시킬 필요도, 그럴 가능성도 없는 것, 다만 어떤 특정의 감각만이 그들
을 일시적으로 움직일 수 있을 뿐인 것이다.

그러나 손창섭 소설 속 인물들이 이 같은 감각에 의해 움직인다는 사
실은 다른 한편 손창섭 문학에 대한 다른 해석으로 우리를 이끈다. 그
감각적 대상들은 하나같이 현재의 고통과 결핍을 위무하고 채워주는

---

12) 「사연기」, 같은 책, 127쪽.

성격의 것들이다. 현재의 결핍과 고통을 채워주고 위무하는 것들에 민감하게 반응하여 사물화 상태에서 깨어난다는 것은 그들의 현재가 고통과 결핍으로 시달리고 있음을 뜻하는 것일 터이다. 말하자면 그들은 한편으로는 삶의 무의미함이란 추상적 관념에 짓눌려 사물화된 존재들이면서 동시에 현재의 고통과 결핍으로 괴로워하는 인간적 존재들이기도 한 것이다. 작가는 애써 후자를 감추면서 전자만을 강조하여 드러내고자 하였지만 두 측면이 함께 어울려 손창섭 문학세계를 구축하고 있는 것이다.

3. 객관 현실의 반영과 비판 정신

이 사실을 염두에 둘 때 우리는 손창섭 소설 속 곳곳에 빛나는 다른 유형의 인물들이 지닌 의미를 이해할 수 있다. 앞에서 우리는 손창섭이 객관 현실의 탐구나 반영에는 별다른 관심이 없었고 따라서 그 같은 측면에 주목해서는 손창섭 문학 세계를 정확하게 이해할 수 없다고 했지만 이 지점에 이르러서는 그 판단을 수정해야만 한다.

앞에서 내린 판단에 따르면 손창섭에게는 현실세계의 실상을 관찰하고 그 속성을 파악하는 작가적 능력이 결여되어 있었다는 추론으로 나아갈 수 있는데 사실은 그렇지 않다. 우리는 손창섭의 소설 곳곳에서 작품의 배경이 된 당대 현실의 맥점을 정확하고 날카롭게 드러내는 인물들을 만난다. 몇 가지 예를 들어 살펴보겠다.

　저이 오빠는 하나님을 배반하구, 모친의 사랑에 반역하는 사람예요. 조국의 기대와 사회의 요구에 역행하는 방탕아예요. 저는 오빠를 경멸해요. 증오해요.13)

「낙서족」에 나오는 동경 유학생 한상혁을 두고 동생인 한상희가 내린 진단이다. 독실한 기독신자이며 포목점을 경영하는 홀어머니와 식민지 조국에 대한 안타까운 사랑을 지닌 그녀가 이처럼 '방탕아'로 진단한 한상혁은 우리 소설에서는 찾아보기 어려운 인물이다. 대체로 우리 소설 속 일본 유학생은 "네 칼로 너를 치리라."라는 명제를 가슴 속 깊이 품고 적국 일본의 심장부로 뛰어든, 우국충정에 불타는 지사적 성격으로 설정되어 있다. 그러나 어디 그런 인물들뿐이었겠는가. 한상혁처럼 술과 여자에 얼혼을 놓은 유학생의 숫자도 만만치 않았을 것이다. 우리는 널리 알려진 정지용의 시 「카페 프랑스」에서 이 부류에 속하는 인물을 만날 수 있다.

　옮겨다 심은 棕櫚나무 밑에
　빗두루 선 장명등
　카페 프랑스에 가자.

　이놈은 루바시카
　또 한놈은 보헤미안 넥타이
　뺏적 마른 놈이 앞장을 섰다.

---

13) 「낙서족」, 같은 책, 27쪽.

밤비는 뱀눈처럼 가는데
페이브먼트에 흐늙이는 불빛
카페 프랑스에 가자.

이놈의 머리는 빗두른 능금
또 한 놈의 心臟은 벌레 먹은 薔薇
제비처럼 젖은 놈이 뛰어 간다.

「오오 패롤(鸚鵡) 서방! 굳 이브닝!」

「굳 이브닝!」(이 친구 어떠하시오?)

鬱金香 아가씨는 이 밤에도
更紗 커-튼 밑에서 조시는구료!

나는 子爵의 아들도 아무것도 아니란다.
남달리 손이 희여서 슬프구나!

나는 나라도 집도 없단다.
大理石 테이블에 닿는 내뺨이 슬프구나!

오오, 異國種 강아지야
내발을 빨아다오.
내발을 빨아다오.

(정지용, 「카페 프랑스」 전문)

널리 알려진 정지용의 「카페 프랑스」이다. 전반부는 묘사, 후반부는 화자의 독백으로 구성되어 있다. 등장인물을 세 명인데 2연과 4연에 그들을 특성이 밝혀져 있다. 혁명을 통해 반봉건 식민지 현실을 일거에 뛰어넘고자 하는 루바시카 입은 사회주의자와 보헤미안 넥타이를 맨 퇴폐적 향락주의자, 그리고 "나라도 집도" 잃어버린 데다 "남달리 손이 흰" 백수라 슬픈, 그 슬픔으로 '뻣적' 마른 화자. 정지용은 「슬픈 인상화」 등의 작품에서 일본에 유학 와 공부하는 식민지 청년의 고뇌와 슬픔을 거듭 드러낸 바 있는데, 이 사실과 연결 지워 생각하면 윗 시의 화자가 정지용 자신임을 짐작할 수 있다. 이렇게 살피면 「카페 프랑스」는 1920년대 후반 일본에 유학했던 조선 청년의 세 유형을 골격으로 짜여 진 작품이라 말할 수 있는 것이다.

정지용이 1926년에 몇 마디 시구로 증언했던 당대 조선인 휴학생의 한 유형을 손창섭은 그로부터 30년이 지난 1959년에 소설 속 인물로 구체화하였다. 그 사이에 쓰여 진 무수한 시사 소설에서 이 같은 인물을 찾기는 대단히 어려운데 이 사실은 중요하다. 우리 문학의 편향성 하나를 드러내는 것이기 때문이다.

> 아무러기로 청년들이
> 평안이나 행복을 구하여,
> 이 바다 험한 물결 위에 올랐겠는가?
> 첫번 항로에 담재를 배우고,
> 둘쨋번 항로에 연애를 배우고,
> 그 다음 항로에 돈맛을 익힌 것은,
> 하나도 우리 靑年이 아니었다.

(임화, 「현해탄」의 5연)

‘희망과 결의와 자랑’을 품고 현해탄을 건넜던 청년들의 높은 뜻과 고결함을 기리고자 하는 시인의 간절한 마음은 ‘평안이나 행복’을 구해 다른 길을 걸었던 청년들의 존재를 애써 부정하고자 한다. 시인은 이 시의 다른 곳에서 “그 중에 희망과 결의와 자랑을 욕되게도 내어 판 이가 있다면, 나는 그것을 지금 기억코 싶지는 않다.”라고 직접적으로 그런 마음을 드러내기도 하였다. 이처럼 좋은 것, 가치 있는 것, 선한 것, 아름다운 것만을 강조하여 드러내고 그렇지 않은 것은 애써 무시하고 지나치고자 하는 마음의 움직임이 일반화되어, 우리 문학의 한 편향성을 형성하였다. 좋은 것, 가치 있는 것, 선한 것, 아름다운 것만을 강조하여 드러내려는 편향성은 대상의 일면만을 부각시키게 마련이며, 주관의 침투로 인해 대상을 왜곡시키거나 대상에 그 속성과는 전혀 무관한, 당연하게도 전혀 다른 의미를 지니는 가공의 이미지를 덮어씌운다. 일면적이지 않고 전면적인, 주관에 의해 왜곡되지 않고 객관적인 대상 파악을 제약하는 것이다.

물론 예외도 있지만 돌아보면, 그런 경우는 손으로 꼽을 수 있을 정도에 지나지 않는다. 예컨대 채만식의 「탁류」에 나오는 고태수, 장형보와 같은 악당, 김남천의 「이리」에 나오는 인신매매업자 권가와 서상호, 이기영의 「고향」 속 안승학, 채만식의 「태평천하」에 등장하는 윤직원 등의 악당 또는 편집광들14). 당대 현실의 핵심 속성을 온몸에 체현하고 있거나 인간 본성의 어떤 측면을 날카롭게 반영하는 이들 인물의 성공적 창조는 예거한 작품들로 하여금 대상에 대한 전면적 진실의 획득을

---

14) 정호웅, 『우리 소설이 걸어온 길』(솔, 1994) 참조.

가능하게 하였다. 이렇게 살필 때 「낙서족」에서 손창섭이 그려 낸 퇴폐적 향락주의자의 의미는 우리 문학의 편향성 하나를 근본에서 비판하고 반성하는 것이라는 점에서 대단히 크다.

바로 위에서 「탁류」에 나오는 악당 고태수와 장형보를 들었거니와 손창섭의 「생활적」에도 비슷한 성격의 인물이 등장한다. "돈과 여자라면 사족을 못 쓰는"15) 아편 장사 봉수라는 사낸데 그는 다음과 같은 세계관의 소유자이다.

> 인간이란 시대의 추세에 민감하지 않아서는 안 된다는 것이다. 시대가 어떻게 움직이는 가를 보아가지고, 언제나 그 시대에 맞게 행동해야 한다는 것이다. 시대에 뒤떨어져서 허덕이거나, 시대의 중압에 눌려 버둥거리지만 말고, 시대와 병행하며, 그 시대를 최대한으로 이용해야만 된다고 했다. 결국 인간이란 수하를 막론하고, 종국적인 목적은 돈 모으는 데 있다는 것이다. (중략) 그러기 자기는 어떠한 시대에나 돈 모으는 데는 자신이 있다는 것이었다. 왜정 시대에는 만주에서 북지로 넘나들며, 엄금되어 있는 아편장사를 대대적으로 했고, 이북에 있을 때에는 그렇게 악착같이 들볶는 공산주의자를 통해서 그래도 고래등 같은 기와집이 일 년에 한두 채씩은 꼭꼭 늘어갔노라고 했다. 이제 앞으로 일이 년이면 자기도 또 여기서도 판을 치고 돌아갈 것이니 두고 보라는 것이다.16)

시대의 추세를 앞질러 파악해 그것에 자신의 삶을 전적으로 일치시키는 인물, '돈'을 위해서는 어떤 행위도 서슴지 않고 저지를 수 있는

---

15) 손창섭, 「생활적」, 앞의 책, 149쪽.
16) 「생활적」, 같은 책, 150쪽.

냉혈한, 윤리도덕이니 관습이니 법이니 하는 이간 사회를 규율하는 것들의 의미망에 구속당하지 않고 오직 자신만을 생각하는 개별자, 당연하게도 다른 사람이나 자신의 속한 사회에 대한 배려의 마음이 전적으로 결여되어 있으며, 자신을 뒤돌아 살피는 반성의 정신도 그것의 바탕인 자의식도 전혀 갖고 있지 않은 인물. 그는 말하자면 '돈'에 영혼을 앗긴 욕망 그 자체이다. 그 욕망을 충족시키기 위해서는 어떤 짓도 거침없이 저지를 수 있음을 물론이니 그는 파괴적 폭력 그 자체이며 철두철미 완전한 악 그 자체이다. 어느 시대 어느 곳에나 있기 마련인 이 같은 인물을 포착, 적확한 언어로 그려내는 손창섭의 대상 투시력과 형상력은 놀라운 수준의 것이다. 봉수와 같은 인물형은 손창섭 소설 곳곳에 등장하는데 다음 인용에서 보듯 "지금 세상에 경멸받는 걸 누가 겁내는 줄 압네까? 덮어놓구 속셈 차려야 해요"라고 거침없이 말하는 「설중행」의 관식, 미국병에 들려 입만 열면 미국 타령, 영어 타령인 「비오는 날」의 주인공인 지상의 가족(지상은 제외) 등등.

> 「난 내가 하구 싶은 거이 뭔지, 내게 필요한 거이 뭔지 그런 걸 똑똑히 알구 있이요.」
> 「네가 안다는 게 고작 그거야?」
> 「암만해두 선생님은 틸레시오. 지금 세상에 경멸받는 걸 누가 겁내는 줄 압네까? 덮어놓구 속셈 차려야 해요」17)

「설중행」의 중심인물은 고선생과 관식이다. 고선생은 관식의 중학교

---

17) 「설중행」, 같은 책, 254쪽.

은사, 지금은 잡지 삽화 그리기와 여학교 그림 지도로 간신히 호구하는 처지이다. 스물다섯 가량인 관식은 올데갈데없는 실업자, 10여 년 만에 우연히 만난 은사에게 막무가내로 들러붙어 식객으로 주저앉았다. 위 인용은 두 사제 사이의 대화 한 토막이다. 총체적 혼란에 빠진 해방 직후의 현실과 그 가운데 돋아나 급속도로 증식 했던 무서운 세계관 하나를 선명하게 드러내 보여주고 있다.

관식은 채만식의 「치숙」에 나오는 소년과 동질적인 인간형이다. 「치숙」의 소년은 자본주의 식민지 현실의 질서를 적극적으로 좇아 살고자 하는 세계관의 소유자인데 그런 그의 눈에 그 질서에 맞섰다가 패배한 이념인이 어리석은 인간으로 보이는 것은 당연한 것, '치숙'인 것이다. 식민지 질서가 공고화되고 자본주의적 실서가 점차 그 뚜렷한 형체를 갖추기 시작했던 1930년대 후반의 이념인은 그 같은 질서를 체득한 신인간의 비판 앞에 할 말을 찾지 못했다. 이미 허무주의의 독수에 침윤되기 시작한 그의 정신은 그 같은 질서에 맞설 수 있는 힘을 거의 상실했기 때문이다.

관식의 세계관을 비판적으로 바라보는 「설중행」의 고선생은 어떠한가. 그 또한 마찬가지이다. "인간으로서 사내로서 또는 화가로서, 제 구실"[18]도 못 하는 처지이니 인정하고 싶지도 인정할 수도 없지만 그 같은 현실 질서에 맞서 싸울 수는 없다. 주변으로 밀려나 사라져갈 뿐이다.

> 高先生은 분을 가라앉히기 위해 밖으로 나갔다. 밖에는 눈이 내리고 있었다. 펑펑 쏟아지는 함박눈이었다. 高先生은 눈을 맞으면서 한참 걸

---

18) 「설중행」, 같은 책, 254쪽.

어갔다. 얼마 뒤 발밑에 한강이 내려다 보였다. 한강 얼음판 위에도 눈은 내렸다. 高先生은 한강을 끼고 길 없는 언덕을 눈 속에 사라지듯 한없이 걸어갔다.[19)]

4. 손창섭 문학의 이면

우리는 앞에서 손창섭이 객관 현실의 탐구와 반영에는 거의 관심 두지 않은 작가이며 따라서 특정한 시기와 공간의 구체적 세부는 별다른 의미를 지니지 못한다고 지적하였다. 물론 그렇다. 그러나 「설중행」에서 보듯, 손창섭이 당대 현실 질서의 근본을 꿰뚫어보고 그것에 대한 부정적, 비판적 입장을 지녔음 또한 명백하다. 어떤 특정 대상에 대해 부정적, 비판적 입장을 갖는다는 것은 그 밖의 다른 어떤 것에 대해 긍정적인 의미를 부여하고 있음을 의미한다. 앞에서 살핀 대로 손창섭은 삶의 무의미를 역설하였고 더 나아가서는 인간 존재를 나병균과 같은 난치 또는 불치의 병원체와 같은 것으로 인식하였다. 그러나 그것만일 수는 없는 것, 만약 그것만이라면 존재 자체가 무의미한 것이거나 죄악이니 자살해야 할 것이며, 더 이상의 지평은 존재하지 않으니 글쓰기 자체가 불가능할 것이다. 그러나 손창섭은 자살하지 않았고 글쓰기 또한 계속 하였다. 말하자면 그 같은 과격한 무의미 사상과 인간 모멸주의는 작가 손창섭이란 정신의 한 부분이었지 전부는 아니었던 것이다. 6·25를 겪으며 병든 한 사내의 비참한 현실을 응시하는 다음과 같은

---

19) 「설중행」, 같은 책, 259~260쪽.

눈길에는 역사의 폭력성에 상처 입은 한 인간에 대한 깊은 연민과 폭력
적인 역사에 대한 커다란 분노가 가득 차 있다.

> 그러한 봉우는 언제나 수면 부족을 느끼고 있다고 한다. (중략) 말하
> 자면 봉우는 오관(五官) 중 다른 감각기관들을 다 자지만은 청각만은 늘
> 끼어있는 셈이다. 그러니까 자연 깊은 잠을 이루지 못한다. 그렇게 된
> 연유를 그는 六.二五 사변으로 돌리는 것이다. 피난 나갈 기회를 놓치고
> 적치(敵治) 삼개월을 꼬박 서울에 숨어 지낸 봉우는 빨갱이와 공습에 대
> 한 공포감 때문에 잠시도 마음 놓고 잠들어 본 적이 없다고 한다. (중략)
> 중학 시절에는 그토록 재기발랄하고 야심가였던 그가 일단 사회에 몸을
> 잠그고 부대끼기 시작하면서부터 차츰 무슨 일에나 시들해지기 시작하
> 더니 전란 통에 양친과 형제를 잃고 난 다음부터는 영 딴 사람처럼 인
> 간 만사에 흥미를 잃은 사람이 되어 버리고 말았다.[20]

우리 문학에서 적치하 삼개월을 그린 작품은 손에 꼽을 정도로 적다.
소설로는 염상섭의 『치우』, 곽학송의 『철로』, 조정래의 『태백산맥』, 박
완서의 『그 산이 정말 거기 있었을까』 등을, 회고록으로는 백철의 『문
학 자서전』을 겨우 떠올릴 수 있을 정도이다. 체험의 강도가 묘사나 설
명을 불가능하게 할 정도로 높았다는 점, 지난 시대 우리 사회를 규율
해 온 핵심 이데올로기 중의 하나인 반공 이데올로기의 강압이 붓길을
가로막았다는 것 등을 그 이유로 들 수 있을 것이다.
　「잉여인간」에서 손창섭은 적치 삼개월 동안의 그 엄청났던 불안한
긴장 상태에서 헤어나지 못해 무기력해진 봉우라는 인물을 통해 상황

---

20) 「잉여인간」, 같은 책, 328쪽.

의 폭력성을 날카롭게 증언하였다. 특정 이데올로기가 아니라 휴머니즘에 근거한 증언이었던 것인데 이 점은 손창섭이 삶의 무의미함이란 메마른 관념에 폐쇄되었던 작가만은 아니라는 사실을 증거하는 것이다.

그렇다면 손창섭에게 긍정적인 삶의 방식 또는 양태, 긍정적인 현실 질서는 무엇이었을까. 그의 소설은 이 물음에 아무런 대답도 하지 않는다. 그러나 그렇다고 해서 지금까지 살펴온 바, 객관 현실의 핵심적 한 단면을 날카롭게 반영하는 인물들의 의미가 무화되는 것은 아니다. 부정적이거나 안타까운 피해자인 그들을 통해 손창섭은 그런 인물들을 낳은 역사를, 현실세계의 폭력성을 증언하고 비판하였기 때문이다.

손창섭 소설의 창작 기법 연구

1. 서 론

손창섭은 「公休日」(1952)과 「死緣記」(1953)가 「文藝」誌에 추천되면서 문단에 데뷔한 뒤, 이후 50년대의 전후문학을 주도한 작가 중의 한 사람이다. 그가 작품에서 일관되게 형상화하고 있는 세계는 육체적, 정신적 불구자와, 그들을 둘러싸고 있는 음습하고 절망적인 삶의 풍경이다. 그 삶의 풍경은 전후의 피난지 혹은 도시의 빈민 지역이라는 시, 공간적 배경 위에서 전개되며, 대개 병과 가난, 실직, 남녀관계와 같은 현실적 문제를 안고 있는 인물들의 일상이 그려진다.

그러나 손창섭이 다른 작가와 변별되는 까닭은, 자연주의적인 관점에

* 구수경 / 건양대학교 교수

서 그러한 불행한 환경에 처한 사람에게 기대되는 인과적인 반응을 전혀 보이지 않는 낯설은 인물들을 그려내고 있다는 데 있다. 그의 소설 속의 인물들은 물질적인 행복이나 가족애, 결혼 등 소위 '인간답게' 산다는 것의 무의미와, 생활에 대한 권태, 무관심의 반응을 통해, 오히려 자신들을 에워싼 비참한 상황의 위력을 약화시킨다. 그 대신에 그들은 의식의 동굴 속으로 숨어 든 채 "시궁창같이 구질구질한 군소리"[1]를 숨김없이 늘어놓는 것을 자신들의 고유한 생존방식으로 선택한다.

손창섭의 이러한 독특한 작품세계는 여러 연구자들에 의해 다양한 수식으로 설명되고 있다.

인간의 본질이나 本性에 대해서 집요한 관심을 기울이면서 손창섭이 보여준 작중 인물의 畵像은 십중팔구가 모멸의 인간상이다. 마치 인간을 그리기 위해서 작중 인물을 묘사한 것이 아니라 그저 모멸하고 냉소하기 위해서 작중인물을 設定하고 操作한다는 인상을 주기까지 한다.[2]

이 작가는 인간이 인간에게 가하는 모멸의 극한을 집요하게 보여 줌으로 해서 매저키즘적인 쾌감을 처음으로 소설 속에 도입한다. (…) 인간 모멸의 이런 극단적 양상이 작가의 기질적 측면에 속하는 것이지만 전쟁과 결부됨으로써 그 문학적 주제의 심화를 획득한 것으로 보아질 수 있다.[3]

병자와 불구자와 의욕상실자가 거의 집단적으로 서식하고 있는 그의

---

1) 손창섭, 「작업여적」, 『한국전후문제작품집』, 신구문화사, 1960, p.406.
2) 유종호, 「모멸과 연민」, 『현대한국문학전집』(3), 신구문화사, 1981, p.449.
3) 김윤식, 『한국현대문학사』, 일지사, 1991, p.51.

그로테스크한 세계는 정신적인 가치의 지표가 유실되어버린 전쟁 직후
의 실존적인 삶의 상황을 병자의 세계를 끌어들임으로써 독특하게 데포
르마숑하고 있는 것이다.[4]

위의 인용들은 한마디로 부정적 인간관으로 요약할 수 있다. 즉 그의
소설에서 구체적인 삶의 목표와 가치를 추구하며 살아가는 긍정적인
인간은 거의 찾아보기 어렵다. 대부분의 작중인물들이 인생의 목표와
가치에 무관심하거나 의미를 느끼지 못하는, "규격 미달의 불구상태"[5]
에서 살아가는 존재들이기 때문이다. 작가는 작품 속에서 작중인물의
그러한 의식과 행동이 전후의 사회적 무질서 및 가치관의 혼란과 관련
되어 있음을 은연 중에 암시하고 있다.

이러한 손창섭의 작품은 소설 속의 시, 공간적 배경을 넘어서서 독자
들을 소설 속의 음습하면서도 내밀한 분위기 속으로 끌어들이는 묘한
정서적 힘을 발휘한다. 먼저 독자는 병자와 불구자, 의욕상실자들로 이
루어진 인간 이하의 살풍경하고 위악적인 삶의 공간을 훔쳐보며, 인간
으로서 지녔던 우월감과 자존심이 무참하게 허물어지는 모멸감을 느낀
다. 아울러 무기력과 권태, 무관심으로 대표되는 작중인물들의 정신적
기형성이, 대타적 삶의 방식을 놓아버리고 내면의 세계로 숨어들고 싶
은 충동을 느낄 때의 자신의 정서와 상당히 닮아 있음에 놀란다. 때문
에 독자는 지나치게 기형적이고 무기력하며 절망적인 작중 현실에 대

---

4) 이재선, 「전쟁 체험과 50년대 소설」, 김윤식·김우종 외, 『한국현대문학사』, 현대
　　문학, 1994, p.338.
5) 손창섭, 「신의 희작」, 『현대한국문학전집』(3), 위의 책, p.410. 이하 작품의 인용은
　　작품명과 페이지만 표시하기로 한다.

해 낯설어하고 몸서리를 치면서도, 어느새 생의 무의미와 허무감이 연기처럼 피어오르는 그 세계의 분위기에 감염되어 일상에서의 일탈충동을 느끼게 된다.

지금까지 손창섭 소설에 대한 연구는 주로 기형적인 작중인물의 의미 분석이나, 동굴 같은 방, 비 오는 날로 대표되는 시, 공간적 배경의 상징성, 전후문학적 특질 등 내용적인 측면[6]에 집중되어 왔다. 그러나 그의 작품들이 비슷한 유형의 인물군과 소재들을 바탕으로 비슷한 분위기를 변주하고 있음에도 불구하고, 매 작품마다 독자로부터 새로운 충격과 감동을 불러일으키는 이유는 무엇인가? 보다 구체적으로 특별한 사건의 시작이나 끝도 없이 비정상적인 인물들의 비상식적인 삶의 묘사로 일관하는 느슨한 플롯에도 불구하고, 손창섭 소설 특유의 서스펜스를 유지하며 독자를 작품세계로 끌어들이는 문학적 장치는 무엇인가? 이를 제대로 구명하지 않고는 그의 소설의 본질을 정확하게 파악했다고 할 수 없다. 실제로 내용의 충격성에서 벗어나 서사기법을 중심으

---

6) 위에 인용된 논문 외에 이에 대한 연구 성과로 다음의 글을 들 수 있다.
조연현, 「병자의 노래」, 『현대문학』, 1955.4.
이선영, 「아웃사이더의 반항」, 『현대문학』, 1966.12.
김병익, 「현실의 도형과 검증」, 『현대한국문학의 이론』, 민음사, 1982.
천이두, 「한국현대소설론」, 형설출판사, 1983, pp.225-234.
이동하, 「손창섭 소설의 세 단계」, 전광용 외, 『한국현대소설사연구』, 민음사, 1984.
김종회, 「손창섭론:체험소설의 발화법, 그 특성과 한계」, 권영민 엮음, 『한국현대작가연구』, 문학사상사, 1993.
조현일, 「허무주의 심연과 극복의 노력」, 구인환 외, 『한국전후문학연구』, 삼지원, 1995.
최혜실, 「손창섭 소설의 등장인물들이 갖는 문학사적 의미」, 『현대소설연구』제3호, 1995.

로 그의 소설을 정독을 해보면, 두서없는 넋두리 같은 화자의 서술이 사실은 작가에 의해 계산된 일정한 원칙에 따라 진행되고 있음을 알 수 있다.

손창섭에 대한 기존의 연구 중 창작기법에 대한 관심은 이광훈, 송기숙, 이기인, 김윤식, 김동환 등의 연구 성과[7]에서 찾아 볼 수 있다. 그러나 그들 중 창작과정에 대한 전반적인 특성을 다루고 있는 송기숙을 제외하면, 대부분의 연구자들이 몇 가지 특징적인 항목의 나열이나 단편적인 효과를 언급하는 데 그치고 있다. 따라서 본고에서는 타작가와 변별되는 손창섭 고유의 작품세계와 독자에 미치는 정서적 효과가 어떻게 형성되고 있는지 그의 창작기법에 초점을 맞추어 고찰해 보고자 한다. 아울러 각각의 창작기법이 작품 내에서 어떤 구조적인 기능과 미학적 효과를 획득하고 있는지를 밝혀 보고자 한다.

본고의 텍스트로는 데뷔작인 "公休日"(1952)과 단편집 「비오는 날」에 수록된 작품 중 완성도가 높은 "死緣記"(1953), "비오는 날"(1953), "生活的"(1954), "血書"(1955), "未解決의 章"(1955), "人間動物園抄"(1955), "流失夢"(1956) 등 8편의 초기 작품들을 그 연구대상으로 삼는다.

---

7) 이광훈, 「패배한 지하실적 인간상」, 『문학춘추』, 1964.8.
　　송기숙, 「창작과정을 통해 본 손창섭」, 『현대문학』, 1964.9.
　　이기인, 「손창섭 소설의 구조」, 서종택/정덕준 엮음. 『한국현대소설연구』, 새문사, 1990.
　　김윤식, 「6·25 전쟁문학」, 문학사와 비평연구회 편, 『1950년대 문학연구』, 예하, 1991.
　　김동환, 「한국 전후소설에 나타난 현실의 추상화방법 연구」, 한국현대문학연구회 편, 『한국의 전후문학』, 태학사, 1991.

2. 인물 구성의 원리

1) 감각적 이미지에 의한 개성 창조

손창섭의 작품에는 병자와 육체적 불구자들이 많이 등장한다. 소설에서 작중인물의 신체적 결함은 작가의 의도에 따라 그의 삶의 조건을 결정짓는 중요한 인자로 강조되기도 하고, 부수적인 인물 정보로 배경화되기도 한다. 손창섭의 소설에서 인물들의 신체적 결함은 전자의 의미를 띠는데, 대개 그것은 정신적 불구성과 연결되고 있다. 특히 그는 불구성, 기형성을 바탕으로 작중인물의 인물적 특성을 형상화하는 데 대단한 재주를 보인다. 지나치리만치 세밀하게 묘사된 절망적인 인간 초상과 그것을 전달하는 화자의 냉정한 서술태도는 독자의 상상력을 압도하는 강한 흡인력을 보인다. 그런 점에서 그의 소설에 등장하는 인물들은 독자에게 동일시의 환상을 유도하지 않는다. 오히려 현실 속에서 전혀 접하지 못했던 인물들, 즉 인간이 처한 극한적인 삶의 풍경을 고통스럽게 그려내는 인물들을 훔쳐보는 놀라움과 낯설음만을 배가시킨다.

그런데 각 작중인물들이 독자에게 강한 인상으로 각인되는 데는 그 정신적, 육체적 불구성을 시각, 청각, 후각 등 감각적 이미지에 의해 묘사하는 손창섭 특유의 표현기교와 관련이 있다.

> 늘 위쪽으로만 꼬리를 살래살래 흔들며 떠돌아가는 붕어 새끼와 이건 반대로 줄곧 밑창에만 들이엎드려 있는 미꾸라지가 서로 결혼을 하게 된다면 그것은 틀림없는 일종의 비극이 아닐 수 없다고 생각되는 것이었다.[8]

편포와 같이 엷어진 흉곽과 거미의 발을 생각게 하는 가늘고 길어만
보이는 사지랑, 생기없는 전신에 비하면 이상하게도 그 눈만은 낭랑히
빛났다. 그러나 그것도 생기와는 성질이 다른 안광(眼光)인 듯했다. 온
몸의 정기가 눈으로만 몰리어 마지막 일순간에 퍼런 불이 펄펄 타오르
는 것 같은 그런 눈이었다. 東植은 聖奎의 그 눈이 싫었다. 성한 사람에
게서는 도저히 볼 수 없는 귀기(鬼氣)가 서린 눈이었기 때문이다.9)

　　아침이 되어도 東周는 일어날 생각을 하지 않는다. 송장처럼 그는 움
직일 줄을 모른다. 그만큼 그의 몸은 지칠대로 지쳐버린 것이다. 몸뿐이
아니다. 마음도 곤비(困憊)한 대로 곤비해 있었다. 심신이 걸레 조각처럼
되는 대로 방 한 구석에 놓여져 있는 것이다. 걸레 조각처럼!10)

　　뒷간 출입도 온전히 못하는 順伊는 진종일 누운 채 그 무겁고 단조로
운 신음소리를 내는 것이었다. <으응, 으응, 으응> 그것은 마치 무덤
속에서 송장이 운다면 저러려니 싶은, 듣는 사람에게 어쩔 수 없이 죽
음을 생각케하는 암담한 소리였다.11)

　　姜老人은 언제나 마찬가지로, 요 위에 사지를 펴고 엎드려서는 죽는
소리를 내고 있었다. 「으으으, 으으으」하는 그 신음 소리는 꼭 무슨 짐
승의 소리 같았다.12)

　　위의 인용에서 볼 수 있듯이 작가는 작중인물을 총체적 혹은 사실적
으로 묘사하지 않는다. 눈이나 누워 있는 모습, 신음소리 등 각 작중인

---

8)「공휴일」, p.126.
9)「사연기」, pp.127-128.
10)「생활적」, p.152.
11)「생활적」, p.152.
12)「유실몽」, p.233.

물의 특성 중 한 가지만을 선택한 뒤 그것을 비유적 표현을 통해 감각적으로 전달한다. 이때 작중인물을 묘사하기 위한 비유의 대상은 붕어새끼나 미꾸라지, 거미의 발 같은 하찮은 동물이거나, 귀신, 걸레 조각 같은 괴기적이고 비천한 물건이 선택된다. 또 폐병과 신경통에 시달리는 병자로서의 특성은 '으응, 으응, 으응'과 '으으으, 으으으'와 같은 의성어로 청각화시키고 있으며, 그 신음소리는 다시 송장의 울음, 짐승의 울음소리에 비유된다. 따라서 독자는 인물들의 총체적인 모습은 상상할 수 없지만, 귀기가 서린 눈을 가진 인물, 걸레 조각처럼 방 한 켠에 누워 있는 인물, 짐승의 울음소리를 내는 병자 등을 시각, 후각, 청각 등 강한 감각적 환기작용을 통해 보다 사실적으로 접하게 된다.

이러한 작중인물들의 외적인 묘사는 그대로 그들의 실존적 상황 혹은 정신적 내면풍경을 암시하는 상징적 장치가 되고 있다. 그들은 외적인 세계 혹은 정상적인 삶의 방식을 상실한 채, "사연기"의 聖奎처럼 죽음을 앞두고 산 자들에 대한 애증에 집착하거나 "생활적"의 東周처럼 심신이 걸레 조각처럼 지쳐서 하루 종일 누워만 있다. 아니면 順伊나 姜老人처럼 자신들의 고통을 신음소리로 호소하면서 최소한의 살아 있음을 증명할 뿐이다. 요컨대 그들은 방 안에 놓여진 가구처럼 언제나 처음 묘사된 그런 모습, 그런 상태를 유지한다. 바로 그들의 생존방식은 절망하지도, 변화를 꿈꾸지도, 새로운 행동을 시도하지도 않은 채 자신들을 둘러싼 환경 속에 숙명처럼 엎드려 있는 것이다.

때로 작가는 정신적 가치를 상실한 인물들의 행동양상을 감각적 이미지를 통해 극단적인 데까지 몰고 간다. 그런 경우 항상 인간의 자기모멸감과 동물적인 폭력성이 수반되고 있다.

판잣문을 반쯤 열고 머리를 기웃한 東周의 눈에 해괴한 광경이 홱 비
친 것이다. 수건 하나 가리지 아니한 알몸으로 順伊는 누운 채 허리를
굽혀 자기의 사타구니를 열심히 들여다보고 있는 것이다. 자연 東周의
시선도 順伊의 사타구니로 끌렸다. 그 어느 한 부분에 쌀알보다 작은 생
명체가 여러 마리 꼬무락거리고 있는 것이 눈에 띄었다. 東周는 그게 이
가 아닌가 생각했다. 順伊도 그때야 깜짝 놀라 東周를 흘겨보며 담요로
몸을 가렸다. 곧 자기 방으로 돌아온 東周는 그제야 그 조그만 생물들이
이가 아니라 구더기인 것을 깨달았던 것이다.13)

達壽의 얼굴에서 차차로 핏기가 사라지기 시작했다. 그는 죽은 사람
처럼 눈을 감으며, 할 수 없다는 듯이 집게손가락을 가만히 내밀었다.
그 손가락 끝이 바르르 떨리었다. 奎鴻이가 놀라서 俊錫의 팔을 붙잡으
려 하는 순간 어느새 도마 위에서는 탁 소리와 함께, 몇 방울의 피가 뻗
치었다. 이어 절단된 손가락에서는 선혈이 철철 흘러내려 도마와 방바
닥을 적시기 시작하는 것이었다.14)

위에 묘사된 충격적인 장면들은 인간의 행동으로 간주하기 어려울
정도로 강한 수치심과 공포감을 불러일으킨다. 자신의 사타구니에 있는
구더기를 무표정한 눈으로 들여다보고 있는 "생활적"의 順伊나, 친구의
손가락을 강제로 자르는 "혈서"의 俊錫의 행동은 마치 사고 능력이 없
는 동물의 세계를 보고 있는 듯한 착각마저 준다. 여기서도 "쌀알보다
작은 생명체가 여러 마리 꼬무락거리고"있다는 시각적인 묘사나 "선혈
이 철철 흘러내"리고 있다는 붉은 색채 이미지는 인물들의 비참하고 절
망적인 상황을 감각적으로 전경화시키는 효과를 낳고 있다.

13) 「생활적」, pp.159-160.
14) 「혈서」, p.183.

결국 작가는 불쾌함과 역겨움을 환기시키는 이러한 감각적 이미지를 통해 병적이고 동물적인 생존방식으로 무력하게 살아가는 인물들을 보다 실감나게 형상화하고 있다고 하겠다.

2) 기형적 인물들의 몽타주에 의한 세계의 기형화

전쟁은 각 개인에게 있어서 이해되거나 감당할 수 있는 영역을 넘어선 엄청난 재난이다. 즉 그것은 모든 정식적 가치와 질서를 무화시키는 파괴의 극한을 보여준다. 따라서 전쟁의 체험은 인간에게 윤리적 양심과 인간의 존엄성이 위협당하는 부조리한 인간 상황과 직면하게 만든다.

손창섭 소설의 시, 공간적 배경은 대개 전쟁 중의 피난지이거나 전후의 피폐화된 도시의 한 빈민촌이다. 그 곳에서 사는 사람들은 한결같이 정상적인 삶에서 떨어져 나와 비참하고 절망적인 상황에 자신을 방치한 채 무력한 모습으로 살아간다. 그들은 모든 것이 파괴되고 부서진 폐허의 공간에서 폐허화된 정신을 늘어놓고 인간에 대한 모멸과 생에 대한 희화를 즐기는 위악적인 모습을 보여 준다. 그런데 그 인물들을 자세히 관찰해보면, 크게 세 부류의 인간들의 각기 자신의 방식으로 삶의 고통을 호소하고 있으며, 그 불행한 표정들이 어우러져 일그러진 삶의 풍경을 만들어 내고 있음을 알 수 있다.

첫째, "사연기"의 聖奎, "비오는 날"의 東玉, "생활적"의 順伊, "혈서"의 昌愛, "유실몽"의 姜老人처럼 병을 앓고 있거나 신체적 결함을 지닌 인물들이다. 그들은 방이라는 폐쇄된 공간에 고립된 채 인간에 대한 증오 혹은 철저한 무관심을 보이는 육체적, 정신적 불구성을 드러내고 있다. 둘째, "공휴일"의 道一, "사연기"의 東植, "비오는 날"의 元求, "생활적"의 東周, "미해결의 장"과 "유실몽"의 '나'처럼 전쟁 전에 고등교육을 받은 바 있는 인물들이다. 이들은 신체적으로는 정상이나 정신적으로 우울함과 권태, 생의 무의미를 느끼며 사회적인 자아로서의 역할을 포기한 정신적 불구성을 보인다. 그리고 마지막으로 "공휴일"의 蓉順, "비오는 날"의 주인집 노파, "생활적"의 春子와 鳳洙, "미해결의 장"의 미국병에 걸린 가족들, "인간동물원초"의 방장과 주사장, "유실몽"의 누이나 매형과 같은 인물들이 존재한다. 그들은 전쟁으로 인한 육체적, 정신적 외상을 입지 않은 채, 오직 자신의 욕망하는 재물, 성적 쾌락, 물질적 성공 등에 끈끈이처럼 매달려 살아가는 정신적 타락성을 나타낸다.

손창섭의 소설은 대부분 1인칭 시점이나, 한 인물의 의식만 들여다보는 선택적 전지시점으로 서술된다. 이때 독자는 한 인물의 의식과 지각 능력, 외적 세계에 대한 해석을 통하여 작중세계에 대한 정보를 얻게 된다. 그의 소설에서 이 세 부류의 인물 중 작중 세계를 관찰하고, 자신과 주변 인물의 특성을 묘사하는 역할을 하는 초점화자는 두 번째의 인물군이다. 그들은 삶의 의욕도, 사회적 역할도 상실한 채 생활과 의식면에서 완벽한 무능력자로 살아간다. 그들이 보여 주는 유일한 미덕은 주변의 충격적이고 비상식적인 인물들의 삶을 세밀하게 관찰하고 냉정하게 묘사하는 예민한 감각을 가지고 있다는 점이다. 이때 그들은 무덤덤한 태도로 자신과 주변 인물들을 묘사하지만, 그들의 얘기를 듣고 있는 독자는 시종일관 그 내용의 충격성 때문에 놀라고 당황하지 않을 수 없다. 그런 점에서 이들 초점화자의 무비판적인 태도와 냉정한 관찰은 작중세계의 기형적인 풍경을 전경화하는 데 결정적인 역할을 한다.

또한 이 세 부류의 인물들은 각 작품에서 처음부터 끝까지 자신들의 불구적인 이미지를 지속적으로 강화할 뿐 결코 변화시키지 않는 평면적 인물들이다. 한 쪽은 점점 악화되는 병의 증세와 자기방어적인 태도로, 또 한 쪽은 감당할 수 없는 삶에의 권태와 무기력으로, 다른 한 쪽은 세속적인 욕망에 맹목적으로 매달리는 속물근성으로 자신의 이미지를 강하게 인상 지운다.

그런데 이 대조적이고 이질적인 세 인물군들은 그로테스크한 작중세계를 몽타쥬하는 데 각각 기여한다는 점에서 동일한 구조적 기능을 하고 있다. 다른 말로 그들은 모두 정상적인 삶의 기회와 방식을 박탈당한 불행한 사람들이라는 점에서 공통점을 지닌다. 그들을 병과 육체적 불구, 정신적 무기력 혹은 타락의 공간으로 내몰고 있는 것은 전쟁과 가난의 현실이기 때문이다. 따라서 현상적으로 그들의 삶이 어떠한 구별 양상을 드러내든 간에, 그들이 각자의 방식대로 주어진 불행을 견뎌내기 위해 버둥거리고 있다는 점에서는 다르지 않다. 일례로 세 번째 부류에 속하는 인물들은 사기를 치거나 성적으로 문란하거나 그릇된 가치관을 노정하는 속악한 행동을 계속한다. 이때 독자는 그들의 행동에 공감하지도 않지만 그렇다고 분노의 반응을 일으키지도 않는다. 왜냐하면 그들의 타락한 삶조차도 비극적인 현실에 대한 날카로운 비명으로 들리기 때문이다. 이것은 소설 속에서 그들을 관찰하고 묘사하는 초점화자의 태도가 지극히 무비판적이며, 오히려 비난보다는 연민에 가까운 반응을 나타내고 있는 사실과 무관하지 않다.

요컨대 손창섭의 소설에는 위에서 언급한 세 부류의 인물들이 유형화를 이루며 반복적으로 등장한다. 작가는 그러한 인물들을 통해 윤리적 비판의식을 불러일으키기보다는 삶의 방향성을 상실한 인물들의 황폐한 내면 풍경을 드러내는 데 초점을 맞추고 있다. 극단적인 인물들이 모여서 만들어 낸 기형적이고 비참한 삶의 음지, 거기에 인물들 사이에 대립이나 갈등이 존재하지 않음으로 해서 더욱 부조리하게 다가오는 실존적인 삶의 공간을 잘 형상화 하고 있는 것이다.

3) 이름의 한자 표기와 그 아이러니적 기능

손창섭의 소설을 읽다보면 다른 작가의 작품에서는 의식하지 못하던 중요한 특징 하나가 발견된다. 그것이 바로 작중인물의 이름에 대한 작가의 집착이다. 그의 작품에서 작중인물의 직업이나 연령이 분명하게 처리되지 않은 경우는 있어도 이름이 명시되지 않은 경우는 거의 없다. 각 작품에서 작중인물들은 부수적인 인물조차도 한자로 정확하게 표기되고 있으며, 죄수들의 감방생활을 다룬 "인간동물원초"는 작품의 분위기에 걸맞게 이름 대신에 '운전수, 통역관, 핑핑이, 양담배' 등 전직 직업이나 별명으로 개성적인 호칭을 부여하고 있다.

특히 작가는 작중인물의 이름을, 전통적인 소설문법에서는 잘 사용하지 않는 한자로 고집스럽게 표기한다. 손창섭이 작중인물의 이름을 한자로 표기하는 것에 대하여 이광훈은 "작중인물의 개성과 인상을 강조"15)하는 효과를 지님을, 김윤식은 "첫째, 종래의 우리 소설에서 작중

---

15) 이광훈, 「패배한 지하실적 인간상—손창섭 초기작품고」, 『문학춘추』, 1964, 8, p. 301.

인물은 처음 나올 때만 한자로 괄호 속에 적은 외에는 모두 한글로 표기했음에 대한 반항이라는 점”, “둘째, 이러한 인물 이름 한자 사용이 인물만을 소설 한복판에 놓게 하는 기능적 몫을 하게 만들었다는 점”16)을 지적하고 있다. 그러나 이들의 지적은 너무 피상적이고 단편적이어서 그 구조적 기능을 간과하고 있다.

첫째, 이름의 한자 표기는 김윤식의 지적대로 작품에서 작중인물을 전경화시키는 결정적인 역할을 한다. 손창섭의 소설은 핵사건의 전개는 없고 인물들의 비정상적인 개성을 드러내는 단편적인 에피소드와 비유적인 묘사로 이루어진다. 즉 등장하는 인물들에 대한 정보를 하나씩 순차적으로 소개하는 데 대부분의 서술이 할애된다. 이때 화자는 의미 단락의 구분을 고려하지 않은 채, 작중인물에 대한 정보를 끊이지 않고 길게 풀어내는 서술 방식을 취한다. 때문에 독서 리듬을 무시한 채 파편적인 정보들을 주저리주저리 늘어놓은 문장을 대하면서, 독자는 시각적인 답답함과 의미 구성의 어려움, 휴지기의 인위적인 연장 등의 낯설은 독서 체험을 하지 않을 수 없다. 이때 이름의 한자 표기는 단편적인 에피소드와 묘사 문장들을 각 인물별로 구분, 수합하는 데 유용한 시각적 기능을 한다. 물론 처음에 독자는 한글 표기라는 소설의 관례를 깨고 생경하면서도 고압적으로 전경화된 한자 이름에 낯설음을 느낀다. 하지만 독서 과정에서, 단편적이고 비슷한 분위기를 환기하는 작중인물들에 대한 다양한 정보들을 인물별로 정리, 기억하는 데 이 한자 표기가 일종의 소제목 역할을 해주고 있음을 발견하게 된다. 단락 나누기도

---

16) 김윤식, 「6・25 전쟁문학」, 앞의 책, p.28.

무시한 채 빼곡하게 채워진 서술 문장 속에서 두드러져 보이는 한자 이름은, 그 변화를 통해 정보 대상의 변화를 알려 주고 있기 때문이다. 아울러 이 한자 표기는 극적인 사건보다는 작중인물의 존재성을 부각시키려는 작가의 의도를 효과적으로 반영하고 있다. 한자 표기로 낯설게 돌출된 이름은 독자로 하여금 작중인물을, 행위자로서보다는 인간적 존재로서 관심을 갖도록 시각적으로 유도하고 있기 때문이다.

둘째, 이름의 한자 표기는 작중인물들의 비규범적 특성과 대조되면서 교묘한 아이러니 효과를 불러일으킨다. 이미 언급한 바와 같이 손창섭 소설에는 병자와 신체적, 정신적 불구자, 도덕적으로 타락한 인간들만이 등장한다. 그들은 한마디로 이미 인간으로서의 위엄과 권위, 정신적 우월감을 포기한 사람들이다. 그런데 이름의 한자 표기는 그 인물들에게서 인간으로서의 품위와 존재의미를 기대하도록 유도한다. 일반적으로 자신의 존재를 높이고 공적인 위치를 확보하고 싶을 때 한자로 이름을 표기하기 때문이다. 따라서 사회적으로 실패한 인간의 형상화와 그 이름의 한자화는 이질적이고 부조화된 소설 분위기를 형성하면서 작중세계에 대한 아이러니적인 반응을 불러일으키고 있다고 하겠다.

셋째, 이름의 한자 표기는, 각 인물들에 대한 호칭의 세세한 배려와 함께 작중세계의 리얼리티를 높이는 데 중요한 역할을 한다. 작가는 "미해결의 장"에서 '나'(志尙)의 형체를 일일이 소개하는 과정에서 志淑, 志雄, 志哲, 志賢 등 돌림자를 맞춰 한자 표기를 하고 있는가 하면, "유실몽"에서는 말도 할 줄 모르는 어린 아이의 이름을 '在順'이라는 한자명으로 분명하게 명시하고 있다. 그런데 이렇게 한자로 정중하게 이름이 소개되고 있는 인물들 중 많은 수가 사실은 언급되지 않아도 스토리의 진행에 전혀 지장을 주지 않는 부수적인 존재들이다. 그들은 단지 주인물의 비극적 상황을 강화하는 배경 조성의 기능을 할 뿐이다. 그럼에도 불구하고 작가가 이 인물들에 대한 세심한 묘사와 함께 한자 이름을 부여하고 있는 것은, 그들이 허구적인 창조물이 아니라 실제로 존재하는 이물인 것 같은 환상을 불러일으키면서 스토리에 대한 신뢰감을 형성하고 있다.

요컨대 이름의 한자 표기는 독자의 독서 방법을 조절하고, 작중 상황의 부조리한 분위기를 환기시키며, 작중 세계의 리얼리티를 강화하는 등 다양한 효과를 위해 손창섭 고유의 문학적 기교로서 선택되고 있다고 하겠다.

3. 플롯 구성의 원리

1) 정보의 폭로에 의한 서스펜스 효과

손창섭의 소설은 대개 1인칭 시점과 선택적 전지 시점의 화자에 의해 서술된다. 따라서 스토리 내의 화자에 의해 서술되든 스토리 밖의 화자에 의해 서술되는 간에, 대부분의 작품이 한 인물의 의식과 지각에 기대어 작중세계를 드러낸다는 점에서는 공통된 특질을 보인다. 특히 그의 소설의 화자는 작중인물보다 한 단계 높은 층위에서 작중세계에 대해 논평하거나 해석하기를 피하고, 작중인물의 사고나 습관, 지각내용 등을 객관적으로 드러내려는 입장을 취한다. 그래서 작중세계를 관찰하고 지각하는 초점화자의 역할은 언제나 작중인물이 맡고 있다. 예컨대

1인칭 시점의 경우, 소설 속에서 상당 부분을 차지하는 사변적인 진술들은 화자로서가 아닌, 작중세계에 속한 인물로서의 의식을 반영한다.

화자가 스토리를 들려주는 서술의 순서 역시 작중인물의 자유로운 의식의 흐름 및 지각 과정에 맞추어진다. 그 때 화자는 정보를 인위적으로 지연시키거나 숨김으로써 독자의 궁금증을 유발하는 전통적인 서사기교에는 관심이 없다. 오히려 작중인물이 작중세계를 관찰하고, 그에 대해 심정으로 반응하는 모든 내용을 '숨김없이' 전달하는 데 목표를 두고 있는 것처럼 보인다. 그래서 대부분의 작품이 하루에서 며칠 간이라는 짧은 스토리 시간을 보이며, 그 내용은 한 인물의 세밀한 주변 관찰과 자신의 적나라한 심경 고백으로 이루어진다. 아울러 그것은 특정한 날의 새로운 사건이 아니라 그 이전에도 그러했고 앞으로도 변화될 가능성이 없는 작중세계의 반복된 일상의 한 토막이다.

그런데 작중인물에 의해 지각되고 화자에 의해 들려지는 작중세계가 한결같이 극히 내밀하고 충격적인 양상을 띠고 있다는 데 손창섭 소설의 독자성이 자리한다. 정상적인 사랑, 정상적인 부부관계, 정상적인 우정이나 삶의 방식을 잃어버린 존재들이 걸레조각처럼, 송장처럼, 유령처럼 살고 있는 비밀스런 공간이 냉정한 시각과 감각적인 묘사 문장으로 잔인하게 폭로되고 있기 때문이다. 이때 독자는 다른 작가의 작품에서처럼 자신의 의도에 따라 정보를 조절함으로써 사건 전개에 대한 궁금증과 극적 긴장감을 고조시키는 화자에 의해 작품에 몰입되는 것이 아니다. 오히려 독자는 작중세계에 대한 정보의 비밀스러운 요소와 그 적나라한 드러냄의 방식에 놀라고 당황하면서 서스펜스를 경험한다. 외부와 철저히 차단된 한 개인의 내밀하고 충격적인 세계를 자신도 모르게 훔쳐본 것 같은 심리적 부담감 때문에 화자와 일종의 공범의식을 갖게 되고, 그와 함께 작중세계의 음침한 분위기, 암담한 상황에 대한 관심과 호기심이 고조된다.

아울러 독자는 그 세계를 관찰하고 그에 대한 심적 반응을 보여주는 "생활적"의 東周, "미해결의 장"과 "유실몽"의 '나' 등이 주변의 충격적인 현실에 대해 놀라기는커녕 무관심과 냉정한 태도로 일관할 때 낯설음과 서스펜스를 느낀다. 작중세계를 지켜보고 지각하는 역할을 맡은 인물—독자와의 동일시가 기대되는—이 도덕적, 상식적 판단을 포기한 시선으로 작중세계의 무의미성에만 주목할 때, 정상적인 시각으로 그 세계의 의미를 해독해 줄 안내자를 찾고 있던 독자는 당황하지 않을 수 없는 것이다. 결국 독자는 비정상적인 인물들이 창출하고 있는 기형적인 삶이 주는 충격과 놀라움, 그리고 그 세계를 무신경하게 관찰하고 묘사하는 초점화자에게서 풍기는 무기력과 권태의 분위기에 이중적으로 압도당하면서 손창섭의 소설에 빠져든다고 볼 수 있다. 그의 소설이 특별한 사건의 진행이나 극적 반전이 없음에도 불구하고 독자를 끌어들이는 흡인력과 강한 인상을 지닐 수 있는 것은 바로 이와 같이 독자의 기대치를 넘어선 작중세계의 적나라한 폭로와 그 충격적인 내용, 그것을 관찰, 묘사하는 초점화자의 반응 부재의 태도 때문이라 하겠다.

2) 미해결의 플롯과 절망적 세계인식

손창섭의 소설은 대부분 특별한 사건이란 것을 포함하지 않는다. 다른 작가의 작품이라면 발단 부분의 정보에 해당될 작중인물들의 소개와, 인물들 간의 관계를 암시하는 일상적이고 단편적인 에피소드들이 소설 전반에 무질서하게 나열되다가 맥없이 끝이 난다. 예를 들어 "공휴일"은 두 달에 한 번씩 찾아오는 공휴일마다 반복되는, 일상에 대한 권태와 무기력, 무관심 속에 어항 속의 물고기의 단조로운 움직임을 관찰하며 보내고 있는 道一의 어느 공휴일을 다루고 있다. 또 "미해결의 장"은 미국병에 걸린 가족들의 욕망지향적 삶에서 일탈하여, 저녁마다 술집에서 일하는 光順에게서 돈 삼백환을 얻어 밥을 사 먹는 것을 유일한 낙으로 삼고 있는 '나'의 반복된 일상을 그리고 있는데, 여기서는 '오월 어느 날', '유월 어느 날'과 같이 막연한 시간 배경을 암시하는 소목차까지 붙임으로써 그 일상성을 강조하고 있다. "인간동물원초"도 여자처럼 가냘픈 몸매를 가진 소매치기를 차지하기 위한 방장과 주사장의 갈등이 나타나고 있지만 그것은 일회적인 사건에 불과하고, 주 내용은 창 밖의 나무 없는 등성이와 그 너머의 푸른 하늘을 바라보거나, 먹는 얘기와 여자 얘기가 대부분을 차지하는 매일매일의 잡담으로 시간을 죽이는 죄수들의 변화없는 감방생활의 권태가 되고 있다.

그래서 그의 소설에서는 일상의 안정과 질서를 깨뜨리는 예기치 않은 사건이 발생하고 그 속에서 인물들이 대립과 갈등을 겪으며 점점 미궁 속으로 빠져들다가 어느 순간 해결의 국면을 맞게 되는 극적인 구조를 발견할 수 없다. 반대로 새로운 사건도 삶의 변화도 기대할 수 없는 정신적, 육체적으로 유폐된 공간 속에서 병든 짐승 같은 울부짖음만이 가능한 세계의 지속성만이 강조되고 있다. 다른 말로 작중인물들은 자신들의 처한 절망적 상황에 대해 반항도, 거부의지도 보여 주지 않으며, 그 당연한 귀결로 상황의 극복이란 해결점은 발견되지 않는다.

물론 그의 소설들의 마지막 부분에서 약간의 변화가 보여지고 있는 것은 사실이다. "공휴일"의 道一은 약혼자인 琴順에게 파혼을 선언하러 처음으로 공휴일에 외출을 하고 있으며, "사연기"에서 貞淑은 남편 聖奎가 폐결핵으로 죽자 큰 아들이 東植의 아이임을 밝히고 자살한다. 또 "비오는 날"에서 東旭, 東玉 남매는 어디론가 사라지고, 達壽의 손을 자른 "혈서"의 俊錫과, 누나의 가출을 지켜 본 "유실몽"의 '나'는 집을 떠나며, "미해결의 장"에서 光順에게 돈을 받아 나오던 '나'는 폭행을 당하고 있다. 문제는 결말 부분에서 나타나는 이러한 행동의 변화가 앞선 상황과 인과 관계를 이루고 있지 않으며, 아울러 자신들을 짓누르는 비극적 상황에 대한 해결의 실마리를 내포하고 있지도 않다는 점이다. 오히려 결말 부분에서 보여 주는 그들의 변화는 자살과 가출, 폭행당함 등 한 단계 더 극단화된 양상으로 인물들의 불행과 암울한 작중 분위기의 비극성을 강화할 뿐이다.

이렇게 시작도 끝도 없이 점점 절망의 심연을 파고드는 손창섭의 소설 세계는 그 미해결의 플롯구조로 인해, 독자를 작중의 부조리한 상황에 그대로 감염시키는 독특한 효과를 낳는다. 소설은 끝났지만 작중인물의 불행은 끝나지 않았음을 암시하는 열린 결말 처리는, 독자로 하여금 작품 속의 비극적 정서를 인생에 대한 비극적인 통찰의 실마리로 삼도록 유도하고 있다. 즉 의미있는 행동과 가치있는 삶을 지향하며 살아가는 외형적인 삶 너머에 도사리고 있는, 인간의 무력함과 삶의 무의미, 허무의 그림자를 보다 분명한 실체로 확인한 것 같은 느낌이 긴 여운으로 지속되면서 독자의 정서를 지배한다.

3) 반복되는 '결혼' 모티프와 그 좌절의 의미

손창섭의 소설에서 절망적인 삶의 극복 가능성을 암시하면서 독자의 호기심을 자극시키는 유일한 내용적 요소가 결혼 모티프이다. 실제로 그의 소설에서 결혼 문제는 빠지지 않고 등장한다. "공휴일"의 道一에게는 약혼녀인 琴順이 있고, 그 외 "사연기"의 東植은 貞淑과, "비오는 날"의 元求는 東玉과, "혈서"의 奎鴻은 昌愛와 "유실몽"의 '나'는 春子와 결혼하도록 각각 여자 쪽의 병든 남편이나 무능한 오빠, 아버지에게서 집요한 권유를 받고 있는 상황이 설정되고 있다. 즉 결혼은 각 작품에서 주인물의 권태롭고 무기력한 삶과, 상대 여성의 절망적이고 비참한 운명을 동시에 구원할 수 있는 유일한 열쇠인 것처럼 희망적인 의미를 담고 대두된다.

그러나 모든 작품에서 중요한 핵사건처럼 독자의 호기심을 불러일으키던 결혼 문제는 언제나 주인물의 마음속에서 가능성이 아닌 불가능성으로 결론이 나고, 따라서 결혼 말이 오가던 두 사람 사이에는 아무 일도 벌어지지 않는 일종의 잠재태로 끝난다. 이렇게 결혼이 무산되는 것은 상대방에 대한 사랑의 결여 때문이 아니라, 사랑 혹은 결혼 자체에 대하여 부담을 느끼고 짐스러워하는 주인물들의 소극적인 태도 때문이다.

팔일오 해방 이래 한결같이 계속되는 초조, 불안, 울분, 공포, 그리고 권태 속에서, 물심 어느 편으로나 잠시도 안정감을 경험해 본 적 없는 東植은, 결혼에 대한 특별한 관심도 가져보지 못한 채, 앞으로 살아가노라면 어떻게든 자기의 <생활>이라는 것이 빚어지려니 싶어 어물어물 지내오다 오늘날까지 남들같이 출세도 못하고 돈도 못 모으고, 따라서 궁상스런 홀아비의 신세도 면하지 못하고 있는 것이다. 그러나 요즈음 와서는 차차로 여러 가지 의미에서 독신의 불편을 느끼게도 되고, 가끔 결혼을 권하는 이도 있지만, 결혼이라는 것의 번거로움과 짐스러움이 앞서 적극적인 태도를 취할 용기가 나지 않았다.[17]

春子와 결혼하여 와병중에 있는 장인과 처제를 거느릴 자신이 내게는 도저히 없었다. 노인과 막내딸 春姬만 없다면, 나는 春子와 결혼해도 좋겠다. 죽든 살든, 합심해서 살아나가 보자고 용기를 낼 수도 있을 것이다. 그렇지만 언제 죽을지 모르는 노인을 바라보는 내게는 그러한 용기마저 솟지 않았다.[18]

이처럼 작중인물들의 결혼에 대한 반응은 삶에 대한 그들의 태도, 즉 의욕상실과 무관심, 무기력증을 그대로 반영한다. 그래서 "공휴일"의 道一이나 "혈서"의 奎鴻처럼 결혼 자체에 대해 방관하든가 관심을 보이지 않거나, "비오는 날"의 元求, "사연기"의 東植, "유실몽"의 '나'처럼 상대방에 대한 관심은 있으나 결혼이 가져다 줄 가장으로서의 의무와 경제적 책임이 짐스러워 결혼 자체를 포기해 버린다.

그런데 그들의 우유부단함과 소극적인 태도는 대부분의 작품에서 자신과 상대 여자쪽 모두를 더욱 불행한 상황으로 몰아넣는 결과를 초래한다. 예를 들어 "사연기"의 貞叔은 자살을, "비오는 날"의 東玉은 의문의 가출을 하게 되고, "유실몽"의 春子는 결혼의 좌절 때문에 깊은 밤 집 뒤에서 숨 죽여 울고 있다. 결국 손창섭의 소설에서 인물들 사이의

---

17) 「사연기」, p.135.
18) 「유실몽」, p.234.

결혼의 무산 혹은 그 기대의 좌절은, 인물들 간의 부조리한 관계방식을 통해 희망이 없는 절망적 상황을 드러내는 데 중요한 상징적 장치가 되고 있다.

그리고 이미 동거의 형태로서 사실혼 관계에 있는 "생활적"의 東周와 春子, "유실몽"의 '나'와 누이와 매형의 부부생활은 또 다른 방법으로 남녀 관계의 허구성을 폭로한다. 위 두 작품에서 春子와 누이는 각각 지금의 東周와 매형을 만나기 전 세, 네 명의 남자와 동거를 한 경험이 있는 정조관념이 희박한 여자들이다. 그리고 東周와 매형은 실업자로서 아내의 돈벌이—공장 직공과 술집 작부—에 기대어 사는 무능력자들이다. 이렇게 부부로서의 기본적인 신뢰가 부재하고 남편과 아내의 역할이 전도된 상태에서의 동거생활은 비정상적인 관계 양상을 노정한다. 東周와 春子는 서로에 대해 간섭하지도 않고 관심조차도 없으며, 매형과 누이는 일방적으로 때리고 일방적으로 맞는 기이한 부부싸움을 반복한다. 결국 "생활적"의 春子는 옆방에 사는 鳳洙와 우동장사를 시작하고, "유실몽"의 누이는 두 살 먹은 딸의 친아버지라는 사람을 따라 가출함으로써 가시적인 동거관계마저 와해되고 있다.

결론적으로 작가는 결혼 자체에 대해 짐스럽고 번거롭게 느끼는 인물들과 이미 결혼했으나 배반과 불륜으로 그 관계가 깨지고 있는 인물들을 통해 인간은 어떤 상황에서도 행복해질 수 없다는 절망적인 세계 인식을 전달하고 있다. 즉 타인을 통한 구원의 방식인 결혼이 결코 그들의 비극적인 운명을 극복할 수 있는 해결책이 될 수 없으며, 오히려 그들의 절망을 극대화하고 강화하는 결과를 초래하게 됨을 보여주고 있다.

4. 서사기법 및 문체의 특성

1) 간접화법에 의한 서사행위의 전경화

손창섭은 주로 동굴 속 같이 느껴지는 방이라는 폐쇄된 공간에서 삶의 의욕도, 행동의지도 상실한 인물들의 암울한 삶의 모습을 그린다. 방안에 고립된 인물들이 자신의 존재를 드러내는 유일한 수단으로 삼고 있는 것은 다른 사람을 향한 모멸에 찬 비난과 일상의 권태를 깨는 충격적인 발언이다. 요컨대 그의 소설에서 작중인물의 담화는 인물의 성격을 개성적으로 창조하는 데 중요한 역할을 한다.

그럼에도 불구하고 독자는 그의 소설에서 충격적인 대화내용만 전달받을 뿐, 인물들 각자의 고유한 목소리와 톤을 접하지는 못한다. 그 이유는 작중인물들의 대화가 대부분 간접화법의 형태로 화자의 서술 문장 속에 삽입되어 있기 때문이다. 작중인물의 대화가 모두 간접화법으로 전달되고 있는 "비오는 날"을 비롯하여, 대부분의 작품에서 대화의 간접 인용은 손창섭의 주요한 문체적 특성으로서 빈번하게 눈에 띈다.

> 느닷없이 불쑥 그런 소릴 하고 나서, 聖奎는 다시 말을 이어, 자기가 죽은 다음에 정식으로 貞淑이와 부부가 되라는 것이었다. 자네가 여지껏 독신을 지켜오는 것도 貞淑을 생각해서일 게고, 貞淑이 역시 내 아내가 된 이상 표면에는 나타나지 않지만, 속으로는 자네를 잊지 못하고 살아왔을 터이니…… 하며 고개를 돌리고 눈을 감아 버리는 聖奎의 바싹 마른 얼굴은 일종의 체념과 안도 속에 더 한층 조그맣게 졸아드는 것만 같았다. 聖奎는 신음하듯 말을 이어, 그때 자기가 貞淑을 뺏다시피 東植과의 사이를 강제로 갈라놓지 않았던들, 이처럼 슬픈 처지에 貞淑

이가 놓이지 않았을 것이라고 중얼거리며, 「후유」하고 한숨을 내쉬었다. 그리고는 별안간 미친 사람처럼 그 뼈만 남은 팔을 내밀어 東植의 양복 가랑이를 움켜쥐더니, 흥분에 떨리는 음성으로 부디 貞淑이와 부부가 될 것을 죽기 전에 자기에게 약속해 달라고 조르는 것이었다. 그럴 것 없이 당장 오늘 밤부터라도 貞淑을 옷방으로 데리고 가라고 떼쓰듯하는 것이었다.[19]

술에 취한 東旭은 다자꾸 元求의 어깨를 한 손으로 투덕거리며, 東玉이년이 정말 가엾어, 암만 생각해도 그 총기며 인물이 아까와, 그런 말을 되풀이하는 것이었다. 그러고는 다시 잔을 비우고 나서, 할 수 있나 모두가 운명인걸 하고 고개를 흔드는 것이었다. 東旭은 머리를 떨어뜨린 채 내가 자네람 주저없이 東玉이와 결혼할 테야 암 장담하구말구, 혼잣말처럼 그렇게도 중얼거리는 것이었다. 종잡을 수 없는 東旭의 그런 말에 元求는 무슨 영문인지도 모르면서, 암 그럴 테지 하며 東旭의 손을 쥐어 흔드는 것이었다.[20]

이튿날 아침에 자개수염이 와서 東周에게 사과를 했다. 어제는 대단히 실례를 했다는 것이다. 우물 소동의 진상이 드러났다는 것이다. 날마다 직장에서 늦게야 돌아오는 독신 남자 몇 사람이, 물을 길러 갈 적마다 우물에 쇠가 잠겨 있는 데 화가 처받쳐서, 참다못해 오물을 퍼넣었다는 것이다. 조금도 나쁘게 생각지 말아 달라고 거듭 뇌이고 나서 자개수염이 돌아가자, 이번에 鳳洙가 들창으로 얼굴을 들이밀고, 春子더러 오늘은 몹시 바쁠 터이니 얼른 나가자고 졸랐다. 그리고 東周를 향해 오늘 오후에는 드디어 개업을 할 예정인데 상호는 <山水屋>이라 했다는 것이다. 이름이 아주 좋지 않으냐고 하고 나서 바람도 쏘일 겸 내려와

---

19) 「사연기」, p.134.
20) 「비오는 날」, p.142.

서 구경도 하고 식사도 하라는 것이었다. 가게일 때문에 오늘 밤부터는 돌아오지 못하겠노라 선언한 다음, 마치 오래 함께 살아온 부부나처럼 春子와 鳳洙가 팔을 끼다시피 하고 언덕길을 내려간 뒤였다.[21]

위에서 볼 수 있듯이 그의 소설에서 작중인물들의 대화는 줄 바꾸기와 인용부호에 의해 분명하게 명시되지 않음으로써 화자의 담화와 시각적인 구분이 모호해지고 있다. 즉 서술문장 속에서 작중인물의 담화는 화자의 담화와 적당히 결합되어 고유한 목소리는 사라지고 전달하려는 메시지만 잔존한다. 그럼에도 불구하고 작가는 간접인용 과정에서 작중 상황의 장면 제시적 효과를 연출하기 위해 3인칭 시점의 소설임에도 불구하고 '내 아내', '내가 자네'라면 등의 직접화법의 문체를 부분적으로 살려 놓고 있기도 하다.

그리고 위 인용 중 "생활적"의 경우, 앞 장면의 마지막 대화와 뒷 장면의 첫 대화를 간접화법의 형태로 연결시킴으로써 한 문장 속에서 장면 전환이 이루어지고 있는 것은 대단히 독특하고 기발한 서사기법이라 할 수 있다. 예를 들어 "조금도 나쁘게 생각지 말아 달라고 거듭 뇌이고 나서 자개수염이 돌아가자, 이번에 鳳洙가 들창으로 얼굴을 들이밀고, 春子더러 오늘은 몹시 바쁠 터이니 얼른 나가자고 졸랐다"는 문장이 그것이다. 이 문장에서 우물에 오물을 퍼 넣은 사람이 東周라고 생각한 마을 사람들의 오해가 풀리고 있는 장면은, 春子가 남편은 東周를 아랑곳하지 않은 채 옆집 남자 鳳洙와 부부처럼 장사를 하러 나가고 있는 장면으로 부드럽게 전환되고 있다. 요컨대 작가는 화자의 서술과

---

21) 「생활적」, p.167.

작중인물의 대화를 하나의 문장 속에 결합시킴으로써 작중인물의 개성적인 목소리를 배경화하고 화자의 이야기 행위를 전경화하는 독특한 기법을 사용하고 있다.

아울러 손창섭의 문체에서 특히 인상적으로 다가오는 것이 서술어미 '것이었다'의 빈번한 사용이다. 위의 인용에서도 간접화법으로 된 문장이 모두 '것이었다'로 끝나고 있음을 볼 수 있는데, 이러한 손창섭의 문체적 특성은 이미 이광훈[22], 김윤식[23] 등에 의해 부분적으로 거론된 바 있다. 서사기법이라는 측면에서 볼 때, 종결어미 '것이었다'의 사용은 전달자인 화자의 역할이 부각되는 효과를 낳는다. 왜냐하면 '것이었다'는 작중인물의 행동 혹은 말을 자신의 언어로 변형시켜 설명하고 있는 화자의 존재를 지속적으로 환기시키는 표현이기 때문이다. 즉 작가는 작중인물 각자의 행동이나 대화를 통해서 이야기를 제시하는 것이 아니라 "사건의 전말과 작중인물의 의식내용을 자신의 육성으로 설명하는"[24] 화자를 통해서 單聲적으로 이야기를 전달하고자 한다. 이러한 서사방식은 평면적인 인물 특성, 소설 전반에 흐르는 암울한 분위기와 함께 작품의 톤을 일관되게 유지하는 데 기여하고 있다.

---

22) 이광훈, 앞의 책, p.306. 그는 이 글에서 각 작품마다 '것이다' 혹은 '것이었다'로 끝난 문장을 계산하여 「혈서」와 「미해결의 장」, 「인간동물원초」에서는 전체 문장의 50% 이상이, 「생활적」과 「비오는날」에서는 40% 이상이 나타나고 있음을 밝히고 있다.
23) 김윤식은 '것이다'는 "'독자들이 의식 속에 사건보다는 그 사건에 의해 환기된 감정을 전달해"주며, "작가 자신이 그의 주인공을 냉소적으로 묘사할 때는 예외 없이 등장하는 종결어미"라고 설명한다.(김윤식/김현, 「한국문학사」, 민음사, 1984, p.250.)
24) 송기숙, 앞의 책, p.116.

  그런데 특이한 것은 인물들 사이의 주변적인 대화는 직접화법으로 제시되고, 상대방과의 갈등을 야기시키는 충격적인 발언은 간접화법으로 내재화되고 있다는 점이다. 이것은 그의 소설에서 인물들의 대화가 플롯 전개를 위한 정보 전달 기능보다는 작중인물들의 음산하고 병적인 내면풍경을 암시하기 위한 분위기 조성 기능이 강조된다는 사실과 무관하지 않다. 즉 대화내용의 충격성과 비상식성은 다른 인물의 행동을 자극하기 위한 것이 아니라 말한 주체의 정신적 기질과 작중세계의 부조리한 분위기를 창출하는 데 기여한다. 요컨대 손창섭은 작중인물의 대화를 전경화하기보다는 내재화하고, 그 충격적인 대화 내용을 화자의 객관적인 서술 문장이 감싸 안는 낯설게하기의 문체를 통해 그로테스크한 작중 분위기를 한층 더 강화하고 있다고 하겠다.

2) 서술 문장의 반복을 통한 의미의 구축

  손창섭의 소설은 독특한 배경, 개성적인 인물, 충격적인 에피소드 등으로 인해 강렬한 인상으로 각인된다. 전체 스토리는 생각나지 않아도 방안의 암울한 풍경, 주인물의 독특한 습관, 인물들 간의 특이한 관계양식 등은 소설을 덮고 난 후에도 강한 이미지로 오랫동안 독자의 의식을 지배한다. 그의 작품이 이처럼 강렬한 정조를 불러일으킬 수 있는 것은 각 작품에서 동일한 묘사, 동일한 표현을 반복적으로 사용하는 특이한 서술방식과 관련이 있다. 즉 작가는 공간이나 인물 묘사, 그리고 행동이나 에피소드의 서술에 있어서 총체적인 정보보다는 강렬한 인상을 주는 특이한 요소를 집중적으로 반복, 전달하는 방식을 취한다.

「죽어라, 죽어!」 그러니 그 이상 더 만족할 만한 욕설이 얼른 떠오르지 않아서 대장은 입만 쫑깃쫑깃거리다가 외면하고 마는 것이다. 나는 약간 실망하는 것이다. 왜냐하면 「죽어라, 죽어!」 소리 뒤에는, 고무장갑 같은 대장의 손이 내 따귀를 갈기는 것이 거의 공식화되어 있었기 때문이다.25)

그러다가 대장의 입에서 「죽어라, 죽어!」 하는 말이 튀어나오고 고무장갑 같은 그 손이 내 뺨을 후려갈기고 나면 할 수 없이 나는 일어나 밖으로 나가는 것이다.26)

그러다가 마침내 「죽어라, 죽어!」 하는 소리가 대장의 입에서 또 폭발된 것이다. (…) 나는 얼른 일어나 앉았다. 대장의 손이 내 따귀를 갈기기에 편리한 자세를 취해 주기 위해서인 것이다. 왼쪽 귀 밑에서 찰싹 소리가 났다. 거푸 오른쪽 뺨에서도 같은 소리가 났다. 「죽어라, 죽어!」 그 뒤에는 적당한 말이 얼른 생각나지 않아서 대장은 입만 히물거리다가 도로 제자리에 돌아가 버린 것이다.27)

그러나 그가 나를 원수처럼 증오한다는 사실은, 「죽어라, 죽어!」 하며 그 고무장갑 같은 손으로 나를 구타하는 것으로 보아 더 정확히 알 수 있는 일이다.28)

「죽어라, 죽어, 당장 나가 즉사하란 말이다.」 그 소리가 끝나는 것과 동시에 고무장갑 같은 대장의 손이 내 따귀를 갈긴 것이다.29)

---

25) 「미해결의 장」, pp.195-196.
26) 위의 작품, p.196.
27) 위의 작품, p.197.
28) 위의 작품, p.203.
29) 위의 작품, p.205.

위의 인용들은 "미해결의 장"에서 '나'에 대한 증오심을 욕설과 구타로 표현하는 아버지—대장—의 상습적인 행동을 묘사하고 있는 부분이다. 여기서 화자는 '죽어라, 죽어!'라는 욕설의 직접인용과, 혈연관계보다는 군대의 상하관계를 연상시키는 '대장'이라는 호칭, '고무장갑 같은 손'이라는 비유적 표현 등을 작품 곳곳에서 반복적으로 사용한다. 이러한 동일 표현의 반복은 아버지와 '나'의 관계를 '미워하고 학대하는 자'와 '미움받고 학대당하는 자'라는 단일한 관계 양식으로 각인시키는 효과를 낳고 있다.

이러한 반복적 표현은 인물의 개성을 창조하는 데 있어서도 주요한 문학적 장치로서 기능한다.

A) 그러나 끝끝내 통역관(通譯官)만은 창 밖을 내다보지 않고 앉아 있는 것이다. 그는 언제나처럼 남을 깔보는 것 같은 눈으로 싱글싱글 웃으며 사람들을 바라보고 앉아 있는 것이다.[30]

오십이 넘은 좌장과, 남을 깔보는 듯한 냉소와 언동으로 무장한 통역관을 제외하고는, 모두 일어나서 창 밑으로 바투 모여 서는 것이다.[31]

그러나 통역관만은 좀 달랐다. 그는 방장이건 좌장이건, 이 방에 있는 사람 전부에게 끊임없이 깔보는 것 같은 태도를 취해 오는 것이다.[32]

통역관은 좋은 지혜를 빌려줄지도 모른다. 그러나 일방 모든 사람을

---

30) 「인간동물원초」, p.217.
31) 위의 작품, p.218.
32) 위의 작품, p.220.

덮어놓고 깔보는 것만 같은 그 눈과 웃음을 생각할 때, 아예 용기가 나지 않는 것이다.[33]

통역관만이 변함없이 남을 깔보는 것 같은 눈웃음으로 여러 사람을 바라보고 있는 것이다.[34]

B) 잠시 뒤 집 후원에서는 여인의 가느단 울음소리가 흘러나왔다. 어둠도 그 소리를 아주 덮어 버리지는 못했다. 땅속으로 길을 찾아 흐르는 물줄기처럼 가느단 울음소리는 어둠 속을 새어 왔다.[35]

그러한 내 귀에 여자의 울음소리가 들려 왔다. 집 뒤란에서 나는 소리였다. 아무도 모르게 숨죽여 우는 울음소리였다. 어둠도 그 소리를 덮어 버리지는 못했다. 땅 속으로 스며 흐르는 물줄기처럼 가느단 울음소리는 어둠 속을 새어 나왔다.[36]

불현듯 창백한 春子의 얼굴이 눈앞을 얼찐거렸다. 뒤이어 여자의 가느단 울음소리가 들려오는 것 같았다. 그것은 분명히 숨죽여 우는 젊은 여자의 울음소리였다.[37]

위의 인용 중 A)는 "인간동물원초"에서 통역관을 묘사하고 있는 문장들이다. 그를 묘사할 때 화자는 '남을 깔보는 것 같은 눈', '남을 깔보는 듯한 냉소와 언동', '깔보는 것 같은 태도', '깔보는 것만 같은 그 눈과

---

33) 위의 작품, p.225.
34) 위의 작품, p.227.
35) 「유실몽」, p.236.
36) 위의 작품, p.242.
37) 위의 작품, p.246.

웃음’, ‘남을 깔보는 것 같은 눈웃음’ 등의 표현처럼 ‘남을 깔보는 듯한’ 냉소적인 표정만을 지속적으로 부각시킨다. 거기에 ‘언제나처럼’, ‘끊임없이’, ‘변함없이’ 등의 부사는 그 태도의 반복성을 강화한다. 사실상 이 작품에서 통역관은 시종일관 남을 깔보는 듯한 태도로 작중 상황에 대한 부정적인 시각을 암시할 뿐 어떤 행동이나 말도 보여주지 않는다. 그럼에도 불구하고 그에 대한 반복적인 묘사 문장은 직접적인 말이나 행동보다도 더 강력하게 감방 내에서의 그의 고압적이며 냉소적인 인물적 특성을 전경화시키는 기능을 하고 있다.

B)는 “유실몽”에서 두 사람의 결혼에 대해 소극적인 태도를 보이는 ‘나’를 만나고 난 뒤에 몰래 울고 있는 春子의 모습을 울음소리라는 청각적 이미지를 중심으로 묘사하고 있는 문장들이다. 여기서도 역시 ‘여자의 가느단 울음소리’라든가 ‘땅 속으로 길을 찾아 흐르는 물줄기처럼’과 같은 표현들이 거의 그대로 반복해서 사용된다. 아울러 이러한 묘사를 통해 자신을 드러내는 법이 없는 春子가 사실은 ‘나’를 좋아하고 있다는 것, 따라서 ‘나’의 우유부단함 때문에 속으로 많이 상처받고 있다는 사실을 간접적이면서도 대단히 효과적으로 전달하고 있다. 그 결과 겉으로는 차갑고 냉소적으로 보이지만 그 이면에는 절망적 현실에 대해 숨어서 아파하는 약한 면을 지닌 春子의 이미지가 선명하게 부각되고 있다.

요컨대 작가는 허구세계의 인물을 창조하는 과정에서 인물에 대한 전반적인 정보보다는 그의 독특한 습관이나 표정, 감정상태 등을 반복적으로 묘사함으로써 개성적 이미지를 구축하는 서사기법을 취한다. 이러한 특성은 개성적인 인물을 그리고 있는 그의 작품 곳곳에서 쉽게 발견된다. 예컨대 "혈서"의 達壽에게는 "울음과 웃음이 반반씩 섞인 운명적인 표정"이라는 표현이 관용어구처럼 따라다니고, "생활적"의 順伊에게는 신음소리를 재현한 "으응, 으응, 으응"이라는 의성어가 으레 쫓아다닌다. 이러한 문장 표현의 반복은 작중인물의 이미지를 강하게 인상 지우는 데 기여할 뿐만 아니라, 비극적 현실의 반복성, 일상의 권태로움을 환기시키는 역할을 하기도 한다. 시작도 없고 끝도 보이지 않는 절망적인 현실 속에서 마치 반복해서 불행을 연기하는 배우처럼 하루하루를 살아가는 작중인물들의 실존적 상황을 반복적인 서술을 통해 간접적으로 암시하고 있다고 하겠다.

5. 결론

이상으로 손창섭의 초기 작품을 중심으로 그의 창작기법과 그 구조적 기능 및 미학적 효과를 구명해 보았다. 그 결과 그의 창작기법의 핵심은 기존의 소설작법 및 그 관례적 기능을 거부하고 무화시키는 데 있음을 알 수 있었다. 그것은 다른 말로 소설의 전통문법을 비트는 낯설게하기의 기법이라 표현할 수 있다.

먼저 작중인물에 있어서 작가는 독자와의 동일시가 용이한 정상적이고 호감을 주는 인물을 형상화하지 않는다. 반대로 독자가 거북해하고 이질감을 느끼는 병자와 무능력자, 타락한 인물들만을 취급한다. 또한 그들의 특성 중 불쾌함과 역겨움을 불러일으키는 요소만을 들춰내어 감각적으로 세밀하게 묘사함으로써 작중 세계의 비참함과 기형성만을 강조한다. 거기에 작중인물의 이름의 한자 표기는 소설적 관례를 거부하는 대표적인 낯설게 하기의 기법이다. 일반적으로 소설을 한글표기로 이루어지기 때문이다. 더욱이 신체적, 정신적 불구자이자 인간 이하의 삶을 살아가는 작중인물들의 특성과 규범적이고 문화적 권위를 대변하는 한자 표기 사이의 부조화는 독자로 하여금 아이러닉한 독서 체험을 하도록 유도한다.

그의 소설에는 다른 소설에서 기대되는 특별한 사건이나 극적인 플롯구조가 발견되지 않는다. 단지 암울한 배경, 기형적인 인물들의 묘사, 그들이 보여주는 충격적인 일화들만이 인과적인 질서를 무시한 채 흩어져 있을 뿐이다. 따라서 그의 소설에서 극적인 긴장감이나 사건의 진행에 대한 호기심을 기대할 수 없다. 그럼에도 불구하고 작가는 그 고유의 방식으로 독자를 작품 속으로 끌어들이고 있다. 그것이 바로 독자의 상상력을 능가하는, 비참하고 추하며 수치스러운 작중인물들의 내밀한 삶의 적나라한 폭로와 냉정한 묘사이다. 따라서 독자는 한편으론 병든 동물의 삶을 연상시키는 작중 세계의 충격적인 모습에 당황하고, 다른 한편으론 그 세계를 잔인할 정도로 적나라하게 드러내고 있는 화자의 태도에 놀란다. 바로 그 충격과 놀라움, 그리고 화자와 비밀을 주고받고 있다는 공모의식은 손창섭의 소설을 읽을 때 갖게 되는 독자의 공통된 독서심리라고 할 수 있다. 아울러 그의 소설에는 빼놓지 않고 남녀의 결혼문제가 거론된다. 이것은 그의 소설에서 유일하게 전통적인 모티프를 수용하고 있는 특성이기도 하다. 그러나 그 모티프의 활용은 역시 낯설게하기의 원리에 기대고 있다. 왜냐하면 어느 작품에서도 낭만적인 연애 장면은 발견되지 않으며, 결혼 문제는 항상 무산되고 있기 때문이다. 결국 작중인물들 사이에서 결혼은 절망적 현실의 고착화, 인간관계의 화해 불가능성 등을 역설적으로 강조하기 위한 수단으로 이용될 뿐이다.

손창섭 소설을 특징짓는 대표적인 요소로 서사기법 및 문체적 특성을 주목하지 않을 수 없다. 소설을 펼치면, 단락의 구분도 없이 빽빽하게 들어찬 문장들, 시각적으로 드러나지 않는 인물들 간의 대화, 앞에서 본 문장 표현이 반복적으로 나타나는 화자의 서술 등 독창적인 서사기법이 그만의 독특한 문체를 낳고 있다. 그리고 그 기능은 작중 세계가 장면적으로 제시되기보다는 화자의 서술을 통해 간접적으로 전달되고 있다는, 서사 행위 자체를 전경화하는 데 있다. 즉 작가는 충격적인 스토리 내용과 그 내용의 충격성을 교묘하게 완충시키는 서사기법 사이의 긴장을 통해 작중 세계의 암울하고 부조리한 분위기를 리얼하게 창출해 내고 있다.

결론적으로 손창섭은 기존의 작품에서 금기시되던 인간의 모멸적이고 자기비하적인 세계를 거침없이 드러내고, 아울러 전통적인 소설적 관례에서 기대되던 효과를 고의로 포기하고 무화시키는 창작방법을 통해 그 특유의 작품 세계와 미학적 효과를 거두고 있다고 하겠다.

주체의 신념과 절망의 변주곡

―손창섭론

1. 손창섭 소설의 주체와 화자

근대의 부정성이 맹위를 떨치고 있음에도 불구하고 '주체'의 문제는 여전히 유효하다. 각종 비판철학이 논의되고 또 '타자'의 문제가 중요한 관심사로 회자되고 있음에도 불구하고, 그 바탕에는 합리적이고 성숙한 주체(subject)에 대한 열망이 내재되어 있다. 우리는 아직도 분단으로 인한 파행적 근대를 살고 있고, 세계화의 격랑은 그것을 타개할 전망을 더욱 미궁 속으로 몰아넣고 있다. 주체를 고민한다는 것은 과거와 현재를 돌아보고 근대성(modernity) 전반을 성찰하는 계기가 될 것이다.

---

* 강진호 / 성신여자대학교 교수

소설에서 '주체'란 서사를 구성하고 조종하는 중심이라 할 수 있다. 소설이 작가의 체험과 가치를 재구성하고 그것도 체험의 단순한 재배치가 아니라 중요한 것과 사소한 것, 옳은 것과 그른 것, 아름다운 것과 추한 것을 선별하고 배제하는 과정을 전제한다면, 주체는 대상을 수용하고 평가하는 근본 원인(原因)과도 같다. 물론 주체는 타자를 전제한다. 자신의 완고한 성채에서 벗어나 타자의 메시지를 받아들이고 그것에 자신을 동일시하는 과정을 통해서 주체는 거듭난다. 개인이 인간으로서, 혹은 특정한 존재로서 어떤 동일성을 획득하고 유지한다는 것은 바로 성숙한 주체가 되었음을 뜻하고,[1] 소설은 이 주체를 전제하는 양식이다. 더구나 서사(敍事)란 삶의 연관성에 대한 성찰이고, 그것은 주체와 세계의 관계에 대한 인식을 전제한다. 루카치가 갈파한 대로 소설은 '근대적 자아(주체)의 길 찾기 과정'이 아니던가. 세계로부터 분리되어 자기 정체성을 소유한 개별화된 주체의 길 찾기 여정이 곧 소설 속 주인공이 걷는 길이고 동시에 그로 형상화된 작가의 길 찾기 과정인 것이다. 그러므로 작가 자신의 맨 얼굴이자 육성과도 같은 실제 모습으로, 혹은 작중 화자나 인물의 목소리를 빌려서 드러나는 주체는 작가와 작품을 이해하는 중요한 매개라 하겠다. 이 글이 손창섭을 주체의 측면에서 고찰하고자 하는 것은 이런 사실과 관계된다.

전후 작가 중에서 손창섭만큼 많은 연구가 이루어진 경우도 드물다.

---

1) 주체에 대해서는 다음 글을 참조하였다. 『자크 라캉:욕망이론』(J. Lacan, 권택영 편, 문예출판사, 1996)과 『철학의 탈주』(이진경외, 새길, 1995), 『현대성과 자아정체성』(A. Giddens, 권기돈역, 새물결, 1997), 『탐구1,2』(가라타니 코오진, 권기돈역, 새물결, 1998), 『타자들』(최종렬, 백의, 1999), 『주체』(이정우 외, 산해, 2001) 등.

초기 평론 수준의 단평에서 최근의 학위논문에 이르기까지 많은 논자
들이 손창섭 소설에 주목해 왔다. 작가의식의 독특함에서 작품의 특성
을 포착한 작가론이나, 아이러니(irony)와 시점(視點) 등 작품의 형식적 특
성에 주목한 연구, 또 전후 현실과의 상관성을 중심으로 작품의 의미를
해명한 경우 등이 그런 사례들이다.[2] 이를 통해서 손창섭 소설의 특성
과 의미는 상당한 정도로 해명되었다. 하지만 안타깝게도 기존 논의의
대부분은 1950년대 소설을 대상으로 한 것이었다. 손창섭이 왕성하게
작품 활동을 했던 시기가 1950년대이고 그런 이유에서 1950년대에 논
의가 집중된 것으로 보이지만, 손창섭이라는 한 작가를 온당하게 이해
하기 위해서는 그 이후의 작품 전체를 고려해야 할 것이다. 아울러
1950년대 소설과 1960년대 이후의 소설을 단절적으로 이해하는 태도
또한 문제가 많다. 가령, 1950년대 소설은 주관적 자의식에 바탕을 둔
모더니즘이고 60년대 이후는 현실에 대한 객관적 인식에 바탕을 둔 리
얼리즘이라는 견해는[3] 한 작가에게 존재하는 서로 다른 두 경향을 논
리적으로 설명하지 못할 뿐만 아니라 개념에 긴박되어 작가의 본질적
특성마저 왜곡할 우려가 있다. 중요한 것은 한 작가를 근본에서 규율하

---

2) 손창섭에 대해서 많은 연구물이 있으나, 이 글은 주로 다음 논문들을 참고하였다.
「모멸과 연민」(유종호), 「희화화된 애국자」, 「자기모멸의 초상화」(정창범), 「수인
의 미학」(이어령), 「긍정에의 의욕」(김우종)<이상 『현대한국문학전집』(3권, 신구
문화사, 1981)의 부록>, 「손창섭소설의 서술자 양상 연구」(김현희, 충남대 석사,
1992), 「손창섭 소설연구」(정은경, 고려대 석사, 1993), 「손창섭 소설의 아이러니
연구」(김지영, 고려대 석사, 1996), 「손창섭 소설에 나타난 주체형성 연구」(김지
영, 서울대 석사, 1997), 「손창섭 소설연구」(김진기, 건국대 박사, 1999), 『작가연
구1』(「손창섭 특집」, 새미, 1996년) 등.
3) 『1960년대 문학연구』(민족문학사연구소편, 깊은샘, 1998)에 수록된 하정일, 정희
모, 차혜영의 글 참조.

는 내적 특질과 그것이 상황에 따라 어떠한 모습으로 발현되는가를 구명하는 일이다. 이 글이 '주체'의 문제에 관심을 두는 것은 이 일련의 과정을 매개하는 것이 바로 '주체'라는 생각 때문이다.

이 과정에서 주목하게 될 항목은 작품 속에서 목격되는 '화자'(話者, narrator)이다. 작품에서 주체는 대개 화자를 통해서 드러난다. S. 채트먼의 지적대로, 모든 서사물은 '이야기'라고 불리는 내용의 국면과 '담론'이라 불리는 표현의 국면을 갖고 있다.[4] 여기서 표현의 국면은 서사적 진술들의 모임이고, 그 진술은 어떤 특정한 발현보다 독립적이며 추상적인 표현 형식의 기본적인 구성요소이다. 물론 이 모든 요소를 구성하고 배치하는 것은 작가이다. 반면, 화자는 작품의 진술에 관계되는 존재이지만 작가의 대리인으로 등장하는 경우가 많다. 물론 작가와 화자는 분리되고 또 동일한 존재도 아니다. 그런데 손창섭의 초기작에서 작가는 화자와 동일인인 경우가 많다. 인물의 행위와 심리를 서술하다가 화자는 돌연 작가의 개인사를 떠올리고 그것을 인물에 투사한다. 그런 까닭에 화자와 인물 사이에는 '거리(distance)'가 존재하지 않으며 작품은 일종의 모놀로그(monologue)와도 같은 양상을 보여준다. 그런데 1960년대 소설에 이르면 인물과 화자 사이에 '거리'가 개입하고 인물의 행동 또한 합리적 시각에서 한층 객관화되어 조망된다. 말하자면 주체의 시선에 '타자'가 개입하고 작품의 서술 역시 서로 다른 시선이 교차하는 등 한층 복합적인 양상을 드러내는 것이다.

본고는 이 주체와 화자의 개념을 중심으로 초기작의 특성과 의미를

---

4) S. 채트먼, 한용환 역, 『이야기와 담론』, 고려원, 1991, 172면.

해명하고, 그것이 『낙서족』(59)을 거쳐 1960년대 이후의 「신의 희작」에 이르면서 어떻게 변화되는가를 살펴보기로 한다. 이를 통해서 본고는 그동안 불명료하게 처리되었던 손창섭 소설의 변화 과정을 규명하고 나아가 분단 현실을 살아가는 작가와 '주체'의 문제를 생각해 보고자 한다.

2. 초기소설의 즉물성과 유아성

손창섭의 초기작은 매우 그로테스크하다. 인물의 비정상적인 성격이나 병적인 행동뿐만 아니라 작품의 배경과 분위기 또한 다른 소설에서 찾기 힘든 특이한 모습이다. 초기의 인물들은 주변 환경과의 교섭을 거부하고 폐쇄된 공간 속에 칩거하며 미래에 대한 꿈을 전혀 갖고 있지 못하다. 근대적 주체의 눈으로 보자면 이해될 수 없는 이러한 모습은 전쟁이라는 상황의 특수성을 전제하지 않으면 그 의미를 포착하기가 쉽지 않다.

많은 논자들이 주목한 것처럼, 「비오는 날」의 동옥은 절름발이이고, 「생활적」의 순이는 죽어 가는 병자이며, 「혈서」의 준석은 다리병신이고, 「사연기」의 성규는 송장과도 같은 폐병환자이다. 「광야」의 춘화는 벙어리이고, 「사연기」의 성규는 폐결핵 말기의 환자로 먼지와 그을음과 파리똥으로 쩔은 음침한 방에서 죽음을 앞에 두고 있다. 우중충한 동굴 같은 방에서 폐병 균을 쏟아 내며 송장이나 다름없는 성규를 두고 작중의 화자는 "차라리 죽여 줄 수 없을까" 하는 유혹을 받기도 한다. 「비오는 날」의 동옥은 "백지에 먹으로 그린 초상화 같은 얼굴"을 한 절름발이 소녀로 세상 사람들이 모두 자기를 조소하고 멸시한다는 생각에서 일절 바깥출입을 하지 않는다. 「혈서」의 인물들 역시 불구적이기는 마찬가지이다. 준석은 세상에 대한 원망과 분노로 가득한 가짜 상이군인이고, 창애는 흰 거품을 물고 쓰러지는 간질병 환자이며, 규홍은 시를 짓는 문학청년이지만 비정상적인 관념에 사로잡혀 있다. 이들에게 삶이란 「인간동물원초」에서 갈파한 대로 '먹고 배설하고 자는' 동물과 다름없고, 그래서 이들이 연출하는 분위기는 병적이고 참담하다.

이들은 또한 서로를 이해하고 인정하는 도덕성을 갖고 있지 못하다. 아내와 자식이 있으면서도 버젓이 처녀와 결혼식을 올리는 「공휴일」의 유부남이나, 성한 사람으로는 도저히 볼 수 없는 귀기 서린 눈을 가지고 아내에게 자신의 병을 옮기지 못해서 안달하는 「사연기」의 성규, 불구자 동생을 믿지 못하고 저주를 퍼 붇는 「공휴일」의 동욱, 거기다 불쌍한 동옥의 돈을 가로채서 도망가는 주인집 노파, 동옥을 매춘부로 팔아먹는 주인 남자 등은 한결같이 정상적인 가치관을 갖고 있지 못하다. 「유실몽」에서는 이 도덕불감증이 반윤리라는 극단의 모습으로 드러난다. 누이는 옆에서 자고 있는 남동생을 의식하지 않고 외간 남자와 정사를 벌이고 또 수시로 남자를 바꾼다. 도덕과 사회성이 배제된 인간의 수성(獸性)적 속성을 거침없이 드러내는 것이다.

손창섭 초기작의 대부분이 이러한 모습을 보이는 것은 무엇보다 작중의 주체가 성숙하지 못한 데 원인이 있다. 초기작을 통해서 확인할 수 있는 '주체'는 '사회적 주체'로 성장하기 이전의 이른바 '상상적 동일시' 단계의 소박하고 유아적인 모습이다. 작중 주인공을 통해서 확인되는 이러한 모습은 인물에 국한된 것이 아니라 작가 자신의 실제 모습이라 해도 과언이 아니다. 인물과 작가가 일치하고 그래서 작중의 인물은 작가를 대리하는 분신이자 '주체'나 다름없는데, 이들은 하나 같이 자기 동일시의 욕망과 대상을 갖고 있지 못하다. 마치 죽음과도 같은 상태로 존재하는 게 초기의 인물들이다. 가령, 「공휴일」의 '도일'은 외부와의 관계를 차단한 채 종일 방안에서만 지내는 것을 다행으로 여기고 자기를 둘러싸고 있는 주변 인물들에게 전혀 흥미나 애정을 느끼지 못한다. 그래서 혈연관계의 인연에 대해서조차도 무감각한 협착한 세계 속을 살아간다. 「사연기」에서 죽음을 기다리고 앉아 있는 '성규'나 하루하루 소진해 가는 남편을 지키고 있는 '정숙', 그리고 팔일오 해방 이래 한결같이 계속되는 초조·불안·울분·공포·권태 속에서 물심 어느 편으로나 잠시도 안정감을 경험해 본 적이 없는 '동식' 등은 삶의 희미한 의욕마저 갖고 있지 못하다. 또 「생활적」의 '동주'는 살아 있으니까 죽을 수 있다고 생각하고, 그것만이 자기가 확신할 수 있는 단 하나의 '장래'라고 생각한다. 이렇듯 하나 같이 자기 세계 속에 칩거할 뿐 스스로를 반성하고 투사하는 동일시의 욕망과 대상을 갖고 있지 못한 게 초기작의 인물들이다.

그런데, 하나의 개인이 온전한 주체로 성장하기 위해서는 타자와의 차이를 인정하고, 그 타자에 대한 동일시를 통해 스스로 조정할 수 있어야 한다. 라캉의 주장을 참조하자면, 하나의 개인이 온전한 주체로 성장하기 위해서는 상상계와 상징계의 단계를 통과해야 한다. 상상계란 인간과 세계, 자아와 타자, 자아와 자아 표현을 명백하게 구별하지 못하는 유아적 존재 상태를 지칭하는 말로 이 상상계 속에서 자아는 대상과의 거리를 갖지 못한다. 상상계에서 '타자'는 자신의 심상을 비추어 보는 거울이 되고 대상은 종잡을 수 없는 불연속성에 굴복한다. 개별적인 주체와 독립적인 타자가 없는 까닭에 삶은 거울 속의 놀이, 자기 반사의 놀이라는 형태가 되며, 존재의 결여를 채우기 위한 지칠 줄 모르는 탐욕에 지배되는 것이다. 말을 바꾸자면, 거울을 바라보는 주체는 거울 속의 대상만을 절대시할 뿐 자신이 또 다른 타자에 의해 보여진다는 것을 자각하지 못하고 단지 거울 속의 대상만을 실재로 믿고 거기서 벗어나지 못하는 고착상태를 보여준다.

유아를 대상으로 한 이러한 견해를 손창섭에게 그대로 적용할 수는 없지만, 작품에서 드러난 화자의 태도는 흥미롭게도 이 유아기의 모습과 흡사하고, 그런 점에서 손창섭의 정신 상태를 이해하는데 많은 시사점을 제공한다.

> 아침이 되어도 동주(東周)는 일어날 생각을 하지 않는다. 송장처럼 그는 움직일 줄을 모른다. 그만큼 그의 몸은 지칠 대로 지쳐 버린 것이다. 몸뿐이 아니다. 마음도 곤비(困憊)할 대로 곤비해 있었다. 심신이 걸레 조각처럼 되는대로 방 한구석에 놓여 있는 것이다. 걸레 조각처럼! 이것은 진부한 표현일지 모른다. 그렇지만 동주의 주제를 나타내는 데 이에서 더 적절한 말은 없을 것이다. 기름기 없이 마구 헝클어진 머리털, 늙은이같이 홀쭉하니 졸아든 채 무표정한 얼굴, 모서리가 닳아서 너슬너슬해진 담요로 싸고 있는 야윈 몸뚱이, 그러한 꼴로 방 한편 구석에 극히 작은 면적을 차지하고 누워 있으니 말이다. 정물인 듯 가만하고 있다가도, 반시간이 못 가서 그는 한번씩 돌아눕곤 한다.5)

5) 손창섭, 「생활적」, 『현대한국문학전집3』, 신구문화사, 1981, 152면.

"송장처럼 움직일 줄을 모른" 채 골방에 틀어박혀 있는 까닭에 이들로부터 자신에 대한 반성이나 자기의식의 욕망을 찾기란 불가능하다. '보여짐'을 의식하지 못하는 까닭에 주변의 상황이란 존재할 수 없고 오직 무력한 자의식만이 절대화되어 드러난다. 그런 점에서 이들에게 '타자'란 없는 것이나 다름없다.

이런 사실은 작가 손창섭의 개인사를 통해서도 확인되거니와, 곧 전쟁은 손창섭에게 현실에 대한 엄청난 환멸감을 심어주었고 주변의 타자를 적의와 부정의 대상으로 각인시켜 놓았다. 「아마튜어 작가의 변」에서 고백된 대로, 불우한 가족사를 갖고 있었던 손창섭은 "따뜻한 가정과 사랑이라는 것을 모르고 어려서부터 거칠고 냉혹한 현실의 물결 속에 던져져야 했"고 "어떻게 해서든지 살아야 된다는 발악과 함께, 육체와 정신은 건전한 발육을 가져오지 못하고, 나날이 위축되고 야위어 가고 일그러져만 갔"고, 그것을 스스로를 자각했을 때는 "부모도, 형제도, 집도, 나라도, 돈도, 생일도 없는 완전한 영양실조에 걸린 육신과 정신의 고아"[6]였음을 알게 된다. 이런 정신의 불모 상태에서 전쟁이라는 아비규환의 폭력을 경험한 까닭에 손창섭에게 '타자'란, 반성하고 의탁할 수 있는 대상이 아니라 "이기와 위선에 찬 적(敵)"으로 드러난다. "그렇게도 절실히 내게 필요한 것들을 남들만이 모두 차지하고 있었다. 뿐만 아니라 그들은, 나도 가질 권리가 있는 그런 것들을 독점한 채, 분여(分與)하려 하지 않았다. 여기서 그것들을 뺏기 위한 나의 타인(他人)과의 투쟁은 더욱 격렬해질 수밖에 없었다."[7]고 한다. 그런 까닭에 그에게

---

6) 위의 책, 473면.
7) 위의 책, 474면.

타자란 동일시(同一視)의 대상이기보다는 오히려 적의와 부정의 대상일 수밖에 없었다.

손창섭의 초기작이 '모놀로그(monologue)'의 형태로 드러나는 것은 이러한 작가의 왜곡된 심리가 작품에 직정적으로 투사되어 작품에 대한 거리감 형성을 방해하기 때문이다. 작품에서 어떤 유형의 화자가 어떤 시각으로 사건을 바라보느냐에 따라 사건은 어느 부분이 강조되고 또 어느 부분은 삭제되고 하는 서술의 양상과 소설 전체의 의미에 상당한 영향을 주는데,8) 초기작에서 목격되는 화자는 대체로 대상 인물과 거리를 유지하지 못하고 일체화된 상태로 나타난다. 이를테면, 화자에게 타자로 존재해야 할 작중 인물은 진정한 의미의 타자가 아니라 화자와 '동일한 타자'인 셈이다.

이번 피난통에 드러나게 주름이 늘어난 모친의 얼굴을 그는 한참이나 물끄러미 바라보다가 느닷없이 뚱딴지같은 말을 묻는 것이었다.
① "어머니가 정말 저를 낳으셨수?"
② 이 어린애 같은 질문에 어머니는 그만 어처구니가 없어서 무어라고도 대답 못 했다. 어머니의 얼굴을 들여다보고 있노라면 어인 까닭인지 이이가 어째 내 어머니일까? 그렇게 도일에게 느껴지는 것이었다.
③ 혈연관계의 인연이 그에게는 어인 까닭인지 도무지 애정적으로 느껴지지가 않았다. 직장에 있어서 자기 위의 과장이나 부장이 갈려 새 사람이 오듯이 부모나 형제라는 것도 그렇게 쉬 바꾸어질 수 있을 것처럼 도일에게는 생각되는 것이었다.9)(밑줄-인용자)

---

8) 서술자(혹은 화자)에 대한 자세한 언급은 F.K. 슈탄젤의 『소설의 이론』(김정신역, 문학과 지성사, 1988) 참조.
9) 「공휴일」, 앞의 책, 21면.

여기서 화자의 역할이란 도현이 ①과 같은 말을 하게 된 내면의 이유를 설명하는 데 바쳐진다. 또 ②에서 "어린애 같은 질문"이라고 작가는 인물의 행동에 대한 평가를 내리고 있지만, 바로 다음에 도현의 내면을 이해하고 설명하는 ③과 같은 진술을 첨부함으로써 도현의 행동을 당연한 것으로 합리화한다. 작가와 인물 사이에 존재하는 '거리'가 인물과 동일시된 화자의 부연으로 사라지고, 작중의 인물은 독립성을 갖지 못한 채 화자의 생각과 가치를 전달하는 대리인으로 전락하는 것이다. 게다가 이 과정에서 화자는 손창섭의 개인사를 연상케 하는 과거의 기억들을 수시로 환기함으로써 작가와 화자, 인물은 서로가 분리되지 않는 하나의 존재라는 사실을 은연중에 암시한다. 조그만 방안에 틀어박혀 신문이나 잡지에 게재할 글을 쓰고 최근에 바다를 건너온 각종 잡지며 신문을 뒤적이는 도일의 모습에서 작가의 실제 모습을 떠올리는 것은 그리 어려운 일이 아니다. 이런 점들은 자전소설 「신의 희작」을 비롯한 「공휴일」, 「사연기」, 「생활적」, 「혈서」, 「미해결의 장」, 『낙서족』 등 거의 모든 작품에서 확인되는데 가령, 해방되던 해 봄에 한국 청년과 결혼해 가지고 해방이 되자 곧 남편을 따라 한국으로 나왔다는, 손창섭의 아내를 떠올리게 하는 춘자의 일화(「생활적」), 친구집을 전전하면서 취직자리를 찾아 전전하는 달수의 모습(「혈서」), 일본에 밀항하여 기행을 되풀이하면서 일본 여자를 폭행하는 도현의 행동(『낙서족』) 등은 모두 작가의 개인사에 바탕을 둔 진술들이다.

이와 같이 초기작은 인물과 화자 그리고 작가가 동일 인물로 존재하기 때문에 인물과 화자 사이에는 비판적 거리감이 존재하지 않으며 작품은 모놀로그와도 같은 형태를 보여주는 것이다.[10] 초기소설의 인물들이 무기력한 의식 속을 방황하며 실존을 감당하지 못하는 것은 이렇듯 주체가 즉물적이고 유아적인 상태에서 벗어나지 못하고 있었기 때문이다.

3. 타자의 시선과 주체의 균형감각

『낙서족』(59)은 1950년대의 과잉된 자의식을 벗고 객관적인 거리감을 회복하는 과정을 보여주는 소설이다. 전후의 현실에서 식민치하로 시선을 돌리고 한 청년의 독립에 대한 열정을 그린 이 작품은 손창섭의 첫 장편으로서뿐만 아니라 해방 후 본격적으로 씌어진 일제시대에 관한 최초의 소설이라는 데 의의가 있다.[11] 50년대의 세계에서 벗어나 사회와 역사 현실로 시선을 돌리고 서사의 지평을 확대한 것은 작가의 변신을 무의식적으로 암시한 것이고, 실제로 손창섭은『낙서족』이후「신의 희작」,『부부』(62),『길』(68)을 통해서 이전과는 확연히 다른 모습을 보여준다. 주관적 관념 속에 파묻힌 미성숙한 주체를 반영했던 단계에서 벗어나 점차 타자를 의식하고 수용하는 사회적 주체로 변신하는데,『낙서족』은 이러한 변화의 중간 단계에 놓인 작품으로, 그 두 개의 국면을 동

---

10) 실제로, 초기작을 주로 수록한『손창섭 대표작전집』(1-4)(1970)의 43편의 작품 중에서 35편이 3인칭 시점이고, 단지 8편이 1인칭 시점이다. 3인칭 시점을 상대적으로 선호하는 것을 볼 수 있는데, 그것도 35편중에서 전지적 시점은 10여 편 정도이고, 그 나머지는 모두 인물 시각적 서술자 시점으로 되어 있다. 다시 말하면, 총 43편의 작품에서 약 10여 편만 이야기 외부에 서술자를 위치시켰고, 그 나머지 30여 편은 이야기 내부에 서술자를 위치시켜 이야기를 담화해 낸다. 김현회의「손창섭 소설의 서술자 양상 연구」(충남대 석사논문, 1992) 참조.
11) 송하춘,「전후시각으로 쓴 첫 일제체험」, 앞의『작가연구』, 69면.

시에 보여준다. 이를테면 작품에는 초기의 미성숙한 주체의 모습과 이후의 성숙한 주체의 시선이 교차되고, 그 둘의 어색한 길항관계로 인해 작품은 소극(笑劇)과도 같은 특유의 희화적 분위기를 드러내는 것이다. 그런 점에서『낙서족』은 손창섭 소설의 전개 과정에서 중요한 결절(結節)점으로 이해할 수 있다.

『낙서족』의 내용이란 사실 간단하다. 작품의 초점은 주인공 도현의 기괴한 행적에 맞추어져 있다. 그는 만주에서 독립운동을 하는 아버지와 좌익운동을 하는 숙부를 둔 지사 집안의 아들이다. 도현은 주위의 감시와 압박을 이기지 못하여 만주로 탈출을 시도하지만 실패하고 대신 삼촌의 도움을 받아 일본으로 밀항한다. 하지만 일본에서도 경찰의 감시를 피할 수 없는 상황이다. 도현이 연락을 취하는 국내의 친구 덕기가 일경의 끄나풀인 형에게 정보를 고스란히 뺏기고 있었던 까닭이다. 계속되는 일경의 감시와 압박을 견딜 수 없었던 도현은 수시로 하숙을 바꾸면서 감시를 피하고자 하지만 그것이 오히려 경찰의 경계를 더욱 강화하는 결과를 초래한다. 이에 도현은 일경에 맞서서 천황을 암살하려는 계획을 세우고 그를 추종하는 몇몇 유학생들과 함께 다이너마이트 제작에 들어간다. 그런데 그런 무모한 계획은 희생만을 불러올 뿐이라는, 도현이 존경해마지 않는 상희의 완강한 반대에 부딪히고, 결국 계획을 포기하고 도현은 상희의 권유대로 중국으로 밀항한다.

이런 내용의 작품에서, 우선 도현의 성격이 초기 인물들과 크게 다르지 않다는 것을 알 수 있다. 초기작의 인물들처럼 도현은 주관적 환상 속에 사로잡혀 스스로를 반성하지 못한다. 자신의 행동이 상식적으로 도저히 이루어질 수 없는 기행임에도 불구하고 그것을 깨닫지 못할 뿐만 아니라 맹신하기까지 한다. 아버지가 독립운동에 관여한다는 사실에 큰 자부심을 갖고 있고 그것이 그를 규율하는 중요한 요인이 되지만 실제 행동은 그와는 거리가 멀다. 도현의 엉뚱한 행동은(희화화된 모습은) 작품 곳곳에서 목격되는데 가령, 친구와 독립단원 이야기를 주고받다가 갑자기 '걷잡을 수 없는 분노와 복수심'에 사로잡혀 '경찰을 한 번 멋지게 곯려주고 싶다'고 생각하고 곧바로 조선은행에 협박 전화를 걸어 독립 자금을 요구한다. 또, 일본에서는 상희에 대한 육체적인 흥분을 느끼고 집으로 돌아온 뒤 곧바로 하숙집 주인의 딸 노리코를 겁탈한다. 하지만 도현은 그런 자신의 행위를 "일경에 대한, 아니 일본인 전체에 대한 복수"라고 합리화한다. 이를테면 "일본 사람 전부가 달라붙어서 노리코에게 이렇게 하라는 거나 마찬가지"라고 정당화하는데 이 역시 정상인의 행동은 아니다. 이렇게 보자면 도현은 타자를 의식하지 못한 채 주관 속에 갇혀 있는 과대망상의 돈키호테와 다름없다. 말하자면 개별적인 주체와 독립적인 타자가 없는 까닭에 도현의 삶은 거울 속의 놀이와도 같은, 존재의 결여를 채우기 위한 지칠 줄 모르는 탐욕에 지배되고, 그래서 민족적 투쟁으로 서술되는 은행 협박 소동이나 다이너마이트 제작과 테러 기도 등은 전혀 진정성을 갖지 못한다.

하지만 그럼에도 불구하고 도현이 주목을 끄는 것은 미흡하나마 '타자'를 의식하고 수용하는, 초기작과는 다른 변화를 보여준다는 데 있다. 그것은 우선 상희와의 관계를 통해서 드러난다. 도현이 누구보다도 존경하고 따르는 상희는 도현의 희극적 성격을 드러내는 대비적 인물이지만, 한편으론 도현에게 "가슴이 쩌릿하도록 신선한 모습" "고상하고 진실한 여자" "신성하고 벅찬 딴 생명의 감촉"을 느끼게 하는 여자로 이상화되어 나타난다. 그녀는 손창섭 소설에서 찾기 힘든 합리적이고 냉철한 사고방식을 소유한 인물로, 그녀 또한 3·1운동으로 희생된 아버지를 둔 독립 운동가 집안의 자식이다. 그래서 동병상련의 심정으로 도현을 이해하고 후원한다. 그런데 도현은 그와는 달리 상희의 아름다운 외모와 분별력 있는 행동에 감격한 상태이고, 상희의 말이라면 죽는 시늉까지 서슴지 않을 정도로 맹신적이다. 도현이 상희의 말을 피상적으로나마 수용하는 것은 상희가 그에게는 절대적인 타자로(라캉의 표현을 빌리자면 대타자 A로) 작용하기 때문이다. 가령, 노리꼬가 자살을 하자 도현이 심한 죄의식에 사로잡혀 스스로를 저주하고 뉘우치는 것은 상희의 냉철한 모습을 의식한 때문이고, 또 다이너마이트를 제작하여 천황을 살해하겠다는 계획을 중도에 철회한 것도 상희의 설득 때문이었다. 상희는 도현의 행동이 자기만을 희생시킬 뿐인 무모한 짓이라고 비판하고, 대신 중학을 마치고 대학에 진학해서 차분하게 힘을 기르고 결정적인 시기가 된 뒤에 행동하라고 권유한다. 상희의 이런 설득으로 인해 도현은 자신의 행위를 중단한다. 그런 점에서 상희가 원하는 모습이란 곧 타자가 요구하는 도현의 모습이고, 그것은 바로 타자를 거쳐서, 타자의 메시지를 통해 형성된 사회적 주체로서의 도현의 모습인 것이다. 상징적 동일시란 타자를 통해서 곧 상징적인 것을 통해서 형성된 '나'의 이미지와 자신이 동일하다고 가정하는 것이고, 결국은 타자의 메시지를 그 이미지를 통해 받아들이고 그 이미지의 지배하에 포섭되는 것을 의미한다.[12] 도현이 과대망상증에 사로잡힌 인물임에도 불구하고 현실성

---

12) 앞의 『철학의 탈주』, 35면.

을 갖는 것은 상희를 통해서 점차 타자를 인식하는 합리적인 면모를 보여주기 때문이다.13)

　『낙서족』이 이전 작품과는 달리 한층 현실성을 획득하는 또 다른 이유는, 도현을 바라보고 서술하는 '화자'의 시선과 관계된다. 작가의 분신이나 다름없는 화자는 작중인물과는 엄정한 거리를 유지하는데, 이는 사회적 주체로 정립되는 작가의 모습을 무의식적으로 드러낸 것으로 볼 수 있다. 화자는 인물로부터 거리를 유지하면서 그를 관찰하고 비판한다. 이를테면, 도현의 행동을 서술하는 과정에서 그의 행동이 마치 돈키호테와도 같은 영웅적 환상에 사로잡혀 있음을 부단히 환기하고 그것이 갖는 사회적 의미를 상기시킨다.

　　덕기의 편지는 도현에게 무거운 압박감을 가중해 주었다. 그것은 모친이나 자신이 어떤 거대한 바위 밑에 짓눌리어 있는 것 같은 숨가쁨을 느끼게 했다. 도현은 그 압박감에서 벗어나 보기 위해서 두 차례나 만주로 탈출하려다가 굴욕적인 실패를 맛보고 말았던 것이다. 그렇게 되자 도현은 하루라도 조선에 머물러 있을 마음의 여유를 가질 수가 없어 미칠 듯이 초조한 나날을 보내다가 새로운 앞길을 뚫어보자는 의욕에서 마침내 위험을 무릅쓰고 일본에 밀항해 왔던 것이다. '새로운 앞길' 그것도 역시 '기어코 성공해야 된다'는 생각이나 마찬가지로 너무나 막연한 의욕과 관념에 지나지 않았다. 그래도 도현이 거의 무모할 만큼 구체적인 현실의 장벽에 전신으로 부닥쳐 갈 수 있는 것은 그렇듯 막연한

---

13) 물론, 이 과정에서 도현이 상희의 요구를 진정으로 자각하고 수용하는 것은 아니다. 아직 온전한 주체로 정립되지는 못하고 여전히 폐쇄적인 자기세계의 껍질을 벗지 못한 상태이다. 그런 이유로 도현의 행동은 충동적이고 무모한 것으로 비칠 뿐 진정성을 갖지 못한다.

관념이 말하는 내적 명령에 의해서였다. 거기에다가 '나는 조국 광복에 헌신하고 있는 독립투사의 아들'이라는 정신적인 과중한 부채(負債) 의식과 혈통적인 연관성은 결국 그로 하여금 눈물겨운 넌센스를 연출케 하고야 마는 것이다.14)

도현의 심리와 행동을 서술하면서 그의 행동에 논평을 가하고 있는 부분으로, 여기서 특히 주목할 점은 도현의 행동을 "독립투사의 아들이라는 정신적인 과중한 부채의식"에서 비롯된 "눈물겨운 넌센스"라고 보는 대목이다. 도현은 스스로를 민족적 영웅으로 생각하고 자신의 모든 행위를 애국심으로 합리화하고 있으나 그것을 바라보는 화자의 시선은 그의 행동이 일제라는 타자 앞에서는 기껏 넌센스에 지나지 않는다는 것은 냉정하게 꿰뚫고 있다. 화자가 보기에 도현의 행동은 한갓 당랑거철(螳螂拒轍)과도 같은 무모한 짓일 뿐인데, 이는 초기작에서 화자가 인물의 행동을 부연하고 상술했던 것과는 달리 인물의 행동을 한층 합리적 시선으로 조망하는 성숙한 태도로 이해할 수 있다. 실제로『낙서족』은 그러한 도현의 '눈물겨운 넌센스'를 서술한 것이기도 하다.

또 하나 이 작품에서 주목할 대목은 화자의 진술을 통해서 공산당에 대한 작가의 적개심이 한층 정연한 형태로 표현된다는 점이다. 준비론 사상에 대한 긍정적인 시선과 무장독립투쟁에 대한 비판을 통해서, 또 상희의 침착한 태도와 도현의 저돌적인 행동과의 대비를 통해서 확인되는 이런 사실은 이후 타자와의 관계 속에서 진행될 손창섭의 행보를 암시하는 중요한 대목으로 볼 수 있다. 무모한 행동을 일삼지 말고 성

---

14) 손창섭,『한국소설문학대계』(30), 두산동아, 1995, 395면.

실하게 미래를 준비하라는 상희의 주장은 준비론과 연결될 수 있고, 테러와 폭파를 계획하는 도현의 행동은 무장투쟁론과 연결될 수 있을 것이다. 여기서 손창섭이 무장투쟁을 비판하는 것은 그 무모함과 아울러 일사불란한 규율에서 비롯되는 전제적 성격 때문인데, 이는 손창섭이 한국을 떠나게 된 이유를 암시하는 대목이기도 하다. 손창섭에게는 공산당과 분단 현실에 대한 거부감이 가슴 깊이 내재되어 있었고, 『낙서족』은 그 이유를 한층 정연한 형태로 내보인 것이다.

이와 같이 『낙서족』에는 인물의 시선과 화자(혹은 작가)의 시선이 동시에 드러남으로써 인물의 행동은 초기작과는 달리 한층 객관화되고 그로 인해 작품은 주관성에서 벗어난 균형을 갖추게 된다. 또 초기작이 모놀로그와도 같은 자기대화의 형식이었다면 여기서는 타자의 시선이 적극적으로 개입되는 한층 복합적인 양상을 보여준다. 그렇다면, 『낙서족』은 주체 형성 과정에서 주관의 울타리에 갇혀 있던 작가가 점차 자신의 행위를 객관화하고 조정하는 이를테면, 상상적 동일시에서 상징적 동일시로 넘어가는 중간 과정에 있는 작품으로 이해할 수 있다.

4. 체험의 고백과 성찰의 서사

「신의 희작」(61)은 『낙서족』이 씌어진 뒤 2년 후에 발표된 작품으로, '자화상'이라는 부제에서 알 수 있듯이 작가 자신의 개인사를 숨김없이 고백하여 전기 연구의 중요한 근거로 제시되는 작품이다. 여기서 작가는 고백하기 쉽지 않은 치부나 다름없는 불구적인 가족사와 유년의 체

험을 숨김없이 드러냄으로써 독자들을 당혹스럽게 하는데, 이 작품이
주체 형성 과정에서 중요하게 평가될 수 있는 것은 이런 '진솔함'이『낙
서족』과는 다른 한층 성숙한 주체를 표상한 데 있다. 이를테면 자기를
절대시하고 타자를 의식하지 못했던 고립적이고 자폐적인 세계에서 벗
어나 스스로를 객관적인 지평 속에서 성찰하는 정체성 형성의 중요한
과정을 보여준다.

「신의 희작」의 내용은 사실 손창섭의 여러 소설에 산재되어 있던 개
인사를 집약해 놓은 형국이다. 홀어머니 밑에서, 그것도 유곽이라는 불
우한 환경에서 정상적인 교육을 받지 못하고 자라야 했던 유년의 체험
과 자신도 모르게 소변을 누게 되는 야뇨증과 그로 인한 수치심과 강박
관념, 그런 비정상적인 성장 과정에서 형성된 자기모멸과 반항 심리, 일
본에서의 곤궁한 생활과 아내와 만나게 된 내력, 공산치하 북한에서의
고통스러웠던 체험과 전쟁 등 작가의 개인사를 숨김없이 고백해 놓은
게 작품의 내용이다.「공휴일」,「사연기」,「생활적」,「혈서」,「미해결의
장」,『낙서족』등에 산견된 단편적인 개인사를 총괄해서 연대기 형식으
로 정리해 놓았고, 이를 통해서 작가는 궁극적으로 과거사를 성찰한다.
그런 점에서 이 작품은 기든스(A. Giddens)의 용어를 빌리자면 일종의 '전
기적 서사(傳記的 敍事)'에 해당한다. 기든스는 과거사를 단편의 형태로 정
리함으로써 과거에 일어났던 일과 그때 겪었던 느낌을 가능한 한 정확
히 재현하고 그것을 통해서 새로운 출발의 전기를 마련하고자 하는, 자
아 형성 과정의 중요한 단계를 '전기적 서사'라고 명명한 바 있는데,15)

---

15) A.Giddens, 권기돈 역,『현대성과 자아정체성』, 새물결, 1997, 136-161면.

「신의 희작」이 바로 그런 경우에 해당한다.

「신의 희작」에서 개인사에 대한 성찰은 크게 두 가지로 나타난다. 하나는 어머니의 부정한 행위와 관련된 유년기의 체험이다. '멧돼지 같은 남자와 어머니가 동침하던 광경'을 목격하고 또 자신의 성기를 어루만지는 어머니의 손장난을 경험하면서 어린 화자는 "왜 그런지 죽고 싶을 만큼 창피한 일이며, 집안의 운명을 망치는 무서운 결과가 올 것만" 같은 공포에 사로잡힌다. 사춘기에 접한 어머니의 난잡한 성관계와 부도덕한 생활, 게다가 그것을 지켜보는 화자에게 가해지는 성적인 희롱 등은 화자의 정상적인 성장을 가로막는 장애물이 되어 어머니에 대한 믿음을 완전히 부정적인 것으로 바꾸어 놓았다. 그에게 어머니란 신뢰와 믿음의 대상이기보다는 수치와 공포의 대상이었다. 이 과정에서 화자는 "까닭 모를 공모(共謀)의식"까지 경험한다. 즉, 어머니의 손장난에 반응하여 자신의 성기가 발기하자 이를 향락하는 미묘한 심리에 빠져드는데, 이는 수치심의 한 모퉁이에 도사리고 있는 은밀한 욕망에 눈뜨는 과정이자 동시에 자기모멸과 자괴감을 야기한 원죄의 확인이기도 하다. 화자가 부엌에서 목을 매어 자살을 시도한 것은 그런 죄의식에서 비롯된 것이다. 성장 과정에 대한 이러한 회고를 통해서 우리는 손창섭의 기이한 성격과 더불어 초기작에서 목격되는 인물들의 비정상적인 행동의 근원을 이해할 수 있다.

다른 하나는 야뇨증과 관련된 수치와 공포심이다. "야뇨증에서 오는 수치심과 공포심은, 그에게 열등감을 깊이 뿌리박게 해 주었다."는 작중의 고백처럼, 야뇨증은 손창섭의 왜곡된 성격을 형성하게 한 또 다른 결정 요인이었다. 성인이 된 뒤에도 근절되지 않은 야뇨증은 그를 여러 형태로 괴롭혀서 성기를 학대하는 '성기 증오증'을 보이는 등 자학과 모멸의 정신적 상처를 남겨 놓았다. 선배의 집에서 하룻밤을 유숙하면서도 흥건히 요를 적셨고, 심지어 결혼 후에는 아내와 한 이불을 사용하면서도 방뇨를 하는 어처구니없는 행동을 연출하였다. 그런 수치심에서 고무풍선을 성기에 끼우고 잠을 청해보기도 하지만 소용이 없는 일이었다. 이런 상황에서 손창섭은 스스로를 자학하고 급기야 불량배와 같은 일탈적 행동을 일삼는 문제아로 변해간다. 중학 시절 불량소년으로 낙인찍혀 '겡까도리(싸움닭)'이라는 별명을 얻었던 것은 그런 증오와 부끄러움 때문이었고, 그것이 급기야 '자기 자신은 별수 없는 인간'이라는 깊은 정신적 상처로 내면화된다. 또 그것이 야비한 성욕과 결합하여 연약한 여성을 폭행하는 등의 음행으로 이어진다. 손창섭이 아내를 맞게 된 동기 또한 그런 가학적 심리에서 비롯되었다. 조선인이라는 이유로 자기를 멀리하고 외면하는 친구 아버지의 편견에 반발해서 친구의 여동생을, 마치 『낙서족』의 도현이 일본인에 대한 복수심에서 노리꼬를 겁탈하듯이, 성폭행하고 그것이 계기가 되어 부부 관계로 발전한 것이다. 이런 회상을 통해서 우리는 손창섭이 스스로를 통제할 수 없는 피해망상에 사로잡혀 있고, 그것이 『낙서족』과 같은 작품에서 왜곡된 자의식과 야비한 성욕에 지배된 유아적 모습으로 드러난 것을 이해할 수 있다.

손창섭이 자신의 개인사를 이렇듯 고해(告解)하듯이 서술한 것은 과거와의 결별을 통해서 새롭게 삶을 기획하려는 의도로 볼 수 있다. 스스로를 진실하게 돌아봄으로써 자신이 살아온 내력을 정리하고 그것을 통해서 허위적 자아로부터 진실한 것을 선별해내고, 궁극적으로 '나는 누구이고, 어떻게 살아야 하는가'에 대한 답을 찾고자 하는 것이다. 사실 주체란 마음속으로든 명시적으로든 '나는 누구이다'라고 언표할 때 성립한다. 주체는 타자와 구분되는 자아, 곧 하나의 개체성이 존재한다는 의식을 통해서 더욱 온전해진다. 한 개인이 자서전적인 글쓰기를 통해서 과거를 재구성하는 것은 자신의 장단점을 파악하여 삶의 주인이 되고, 그것을 통해서 미래에 대한 전망을 마련하자는 데 종국의 목적이 있고, 따라서 손창섭이 불우한 환경과 성장사를 신원(伸冤)한 것은 타자와 구별되는 자기만의 개체적 규정성을 분별해내는 과정으로 볼 수 있다. 작가는 이 과정에서, 자신은 숙명적으로 '피해자'였고 그래서 언제나 피해와 모욕에 대한 '복수 의식'에 불탔다는 것, 하지만 그럼에도 불구하고 항상 '불의와 부정을 응징하는 정의의 용사'였다고 말하는데, 이는 곧 타자와 구별되는 자기만의 고유한 성격, 곧 주체의 내용성에 대한 깨달음인 것이다. 더구나 그것은 자신을 그렇게 만든 현실에 대한 적의와 부정의 심리를 내포한 것이라는 점에서 사회적 자각이기도 하다. 앞에서 살핀 대로, 손창섭이 피해 의식에 사로잡혀 있었던 것은 불구적인 가족사와 함께 식민지와 전쟁으로 이어지는 황폐화된 현실에서 비롯되었고, 따라서 '정의의 용사'라는 말을 강조한 이면에는 그런 현실을 극복하고자 하는 강렬한 지향성을 내재하고 있다.

작품의 화자가 이전과는 다른 모습을 보이는 것은 이런 사실과 관계될 것이다. 「신의 희작」은 3인칭 전지적 시점을 빌어서 서술되고 또 화자와 주인공(S)이 일치되어 드러나는 「혈서」를 비롯한 초기작과 별 차이가 없지만, 화자의 성격은 크게 다르다. 초기작에서 목격되는 화자(혹은 인물)는 대체로 암담한 현실에 체념하거나 불행했던 과거사에 긴박되어

미래에 대한 전망을 확보하지 못한 절망적 상태였다. 미래에 대한 전망
이 존재하지 않기에 현재의 결핍은 절대적인 것이 되고, 그래서 가난한
고학생이 판검사가 되는 등의 변화는 일어날 수 없는 상황이다.[16] 그런
데 「신의 희작」의 화자는 그런 과거와 결별하려는 완강한 의지를 보여
준다.

> S는 결혼식이나 장례식뿐 아니라, 졸업식이니, 무슨 축하회니, 수상식
> 이니, 기념회니 하는 식전이나 집회도 딱 질색이다. 야생 인간인 그의
> 생리는 인습적이요, 형식적이요, 공식적인 것들을 무조건 거부하는 것이
> 다. (…) 이 개똥 같은 권위의식이나 명사 의식은, 그가 가장 싫어하고
> 타기하는 것의 하나다. (…)
>
> 이러한 그의 비현대성, 비문화성, 비일반성은 그의 정신과 육체의 기
> 본 형성 요소인 기형성과 불구성에서 돋아난 가지(枝)로서, 그의 생활과
> 문학에 비극과 희극을 동시에 투영해 온 근원인 것이다. 그렇다면 그는
> 그러한 비극을 연출하기 위한 의미로만 존재하는 것일까. 신은 이 세상
> 만물 중 어느 것 하나 의미 없이 만든 것이 없다고 하니 말이다. 여기서
> S는 너무나 저주스럽고 짓궂은 신의 의도와 미소를 발견하고, 새로운
> 도전을 결의하지 않을 수 없는 것이다. 그 자체가 이미 하나의 완전한
> 넌센스인 도전을.[17]

"야생 인간"으로 살아왔음에도 불구하고 이제 "새로운 도전을 결의
하지 않을 수 없는 것이다"라는 진술에서 이전과는 다른 작가의 새로운

---

16) 김종갑, 「문학과 현실(손창섭의 '혈서'의 서술분석)」, 『서술이론과 문학비평』, 서
　　울대 출판부, 1999, 158면.
17) 앞의 전집, 442-443면.

의지를 목격하는 것은 그리 어려운 일이 아니다. "그 자체가 이미 하나의 완전한 넌센스"일지도 모르지만 그럼에도 불구하고 "도전"을 포기하지 않겠다는 것은 체념과 절망에서 벗어나 새롭고 진실된 모습으로 세상을 살겠다는 굳은 결심이고, 그런 진정성의 환기를 통해서 손창섭은 상황에 짓눌려 살다시피 했던 이전과는 다른 새로운 삶을 소망하는 것이다.

그런 점에서 주인공 S가 사회적 지평으로 시야를 넓히고 스스로를 조망하면서 자신의 길을 모색한 것은 작가 스스로가 온전한 주체로서 자기 동일성을 확보했다는 것을 뜻하고, 그렇게 형성된 동일성이 주체 자신의 이미지로 굳어지고 결국은 그것이 상상적 동일시라는 오인을 통해 개인을 지배하게 되었음을 말해준다. 물론 여기서 주체의 의지가 구체적으로 무엇인지는 알 수 없으나, 인용문을 통해서 그 대략적인 방향만은 짐작할 수 있다. 화자는 "이 세상 만물 중 어느 것 하나 의미 없이 만든 것이 없다"는 믿음에서, "야생인간"으로서 자신의 생리에 반하는 "인습적이요, 형식적이요, 공식적인 것들"에 대해서 "무조건 거부"하겠다고 선언한다. '결혼식이나 장례식·졸업식과 같은 의례적인 행사'를 포함해서 인간의 자연스러운 본성에 반하는 '모든 인위적인 것'들에 대해서 도전하겠다는 것은, 말을 바꾸자면 개인의 존엄과 자유를 추구하겠다는 뜻으로 이해할 수 있다. 공산치하에서 보냈던 2년간을 회상하면서 그곳은 "인간성이 결코 뿌리박을 수 없는 불모의 지역"이나 다름없었다고 술회했던 것은 그런 맥락에서 이해된다. 손창섭이 「신의 희작」이후 『부부』(62), 『길』(68), 『삼부녀』(70), 『유맹』(76), 『봉술랑』(77) 등을 통해서 사회 현실로 시선을 돌리고 정의감에 지배된 긍정적 인물을 통해서 속된 현실에 맞서고자 했던 것은 그런 의도와 관계될 것이다. 이렇게 보자면 「신의 희작」 전반을 관통하는 것은 성찰과 다짐의 파토스(pathos)라 하겠다.

5. 주체의 탄생 혹은 절망

주체는 타자와의 '차이'에 대한 자각을 통해서 이루어진다. 차이가 없을 때에는 적막하고 고요한 등질성뿐이고, 그것은 주체가 해체된 상태를 말한다. 초기작에서 목격되는 자아와 타자를 구별하지 못하는, 이른바 상상계의 단계가 바로 그런 경우이다. 『낙서족』과 「신의 희작」은 이러한 상태에서 벗어나 타자를 의식하고, 타자와는 다른 자기만의 개체적 특성을 인식함으로써 한층 성숙한 주체로 성장했음을 보여준다.

손창섭의 일련의 소설들이 한 개인의 인성 형성과 성장과정을 보여주는 '교양소설'의 면모를 보인다는 것은 그런 점에서 매우 시사적이다. 일련의 소설들은 편모슬하의 어린이가 역사의 격동 속에서 자아를 형성하고 성장하는 과정을 보여주는 중요한 (소설적) 사례로 이해될 수 있다. 즉, 손창섭 소설의 전개 과정은 크게 보자면 박경리, 이문구, 김원일 등의 소설에서 목격되는 현대사의 급격한 전개과정을 배경으로 한 개인의 고통스런 성장과정과 여러 모로 흡사하다. 이들은 하나 같이 전쟁과 분단의 피해자들이다. 손창섭 또한 예외가 아니어서, 앞의 『낙서족』과 「신의 희작」에서 간략히 암시된 공산주의에 대한 적개심은 『유맹』에서 한층 적극적인 형태를 띠어서 조총련계 인물들의 허위와 가식에 대한 통렬한 비판과 연민으로 드러난다. 그런 까닭에 손창섭의 일련의 변화는 불행했던 가족사와 전쟁이라는 트라우마(trauma)적 사건을 어떻게 수용했는가를 보여주는 중요한 사례로 기억될 수 있다. 손창섭은 전쟁을 통해서 인간 존엄의 심각한 훼손을 지켜보았고, 그것을 바로잡는 게 자신과 사회의 중요한 임무라고 생각하였다. 그런 생각에서 손창섭은 1960년대 이후 계몽성 짙은 통속적 장편소설을 대거 창작하게 된 것으로 보인다.

1960년대 들어서 손창섭은 『저마다 가슴 속에』를 필두로 『부부』, 『인간교실』, 『길』, 『삼부녀』[18]를 연이어 발표하고 도일(渡日) 후인 1976년에는 『유맹』과 『봉술랑』(77)을 <한국일보>에 연재하였다. 단편작가에서 장편작가로 완전한 변신을 보였고, 또 이전과는 다른 새로운 경향의 작품 세계를 선보인 것이다. 물론 손창섭이 왕성하게 장편소설을 창작했던 것은 글을 발표해서 생계를 꾸려야 하는 전업작가였다는 사실과 무관하지 않지만, 그 이면에는 주체의 계몽적 의도가 깊게 도사리고 있음을 확인할 수 있다. 이들 작품은 공통적으로 부정적인 현실을 교정(矯正)하겠다는 의지에 바탕을 두고 있다. 가령, 민중의 의사에 반해서 정권을 탈취한 5·16 군사 정권의 파렴치한 행태를 전도(顚倒)된 부부 관계를 통해서 희화화한 것으로 보이는 『부부』나 성실하고 문제적인 소년 최성칠을 통해서 사회 전반의 타락을 고발하고 그것과는 결코 타협하지 않겠다는 완강한 의지를 내보인 『길』, 재일 한인들이 일제치하에서 겪었던 비극을 조망하고 국토의 양단에 따른 민단과 조련계의 갈등과 화해

---

18) 여기서 『저마다 가슴속에』와 『인간교실』은 확인하지 못했음을 밝힌다.

를 다룬 『유맹(流氓)』 등은 모두 작가의 계몽적 열정에 의해서 조율되는 작품들이다.[19] 물론 이 과정에서 『길』이나 『유맹』처럼 작가의 의도가 지나치게 개입해서 서사의 흐름을 방해하는 경우도 있으나 왜곡된 현실을 바로잡겠다는 계몽적 열정만은 시종일관 유지되는데, 이는 손창섭에게 문학보다는 현실이 그만큼 중요했다는 것을 말해준다.

하지만, 과연 이러한 열정이 온전한 형태의 서사(敍事)를 만들었는가에 대해서는 회의적이다. 가령, 분단이라는 인위적 장애물이 여전히 현실을 가로막고 있고 또 손창섭이 부정해마지 않았던 "비현대성, 비문화성, 비일반성"이 한층 강화된 현실에서, 소설을 통해 그런 현실을 바로잡겠다는 것은 한편으로는 무력한 자기 위안일 수밖에 없다. 『길』, 『유맹』, 『봉술랑』 등이 계몽 의지에 바탕을 둔 안이한 수준을 맴도는 것은, 가라타니 코오진의 지적처럼, 소설의 구성은 작가의 지적 능력이나 의지만으로 해결되는 문제가 아니라는 사실을 반증하는 것이기도 하다. 손창섭이 1970년대 들어서 작품 활동을 중단하고 일본으로 건너간 것은 어쩌면 완고한 현실과 과도한 이상(理想) 사이에 가로놓인 그 아득한 심연과도 무관하지 않을 것이다. 현실에서 진실을 찾고자 했던 삶이 사기와 거짓으로 가득 찬 모습으로 다가올 때 주체는 현실(혹은 타자)을 의심하게 되고 궁극적으로 자신 외에는 믿을 게 없다고 생각할 것이다. 손창섭이 도일 후 공원이나 거리에서 성경이나 불경 등 여러 경전에서 좋은 구절들을 뽑아서 쪽지에 적은 뒤 사람들에게 나누어 주면서, '사람들의 심성을 바로잡아 좋은 세상을 만들고 싶다'는 심경을 토로했다는 풍문

---

19) 『길』과 『유맹』에 대한 자세한 논의는 앞의 『작가연구』에 수록된 김동환과 강진호의 글 참조.

은[20], 그 사실성 여부를 떠나서, 지금까지의 논의로 미루어 충분히 예견되는 행동이다.

손창섭이 보여준 일련의 변화는 전후의 혼란을 수습하고 새롭게 탄생하는 주체의 모습을 상징하지만, 그 이후의 도일과 작품 활동의 중단은 그런 변화 과정 속에서도 결코 자유로울 수 없었던 전후 주체의 절망과 비극을 동시에 시사해준다. 그런 점에서 손창섭은 분단으로 인한 파행적 근대가 계속되는 오늘날도 여전히 문제적인 작가라 하겠다.

---

20) 앞의 『작가연구』 1호 160-164면 참조.

손창섭의 세태소설 분석
―『길』을 중심으로

1. 서 론

손창섭은 1952년 『공휴일』로 「문예」지에 추천되면서 문단에 등단한 이래 그는 50년대를 대표하는 전후세대작가로서 전쟁으로 인한 충격과 피해의식으로 채색된 인간들의 특징을 소설화하는데 관심을 기울였다. 그는 1950년의 시대적 상황을 배경으로 한 그의 작품경향을 보면 주로 작중인물의 의식적인 가면과 암울한 작품의 분위기에 초점이 맞춰지고 있다.

손창섭 소설에 대한 연구성과를 보면 연구의 대상이 되기 시작한 초

* 박배식 / 동신대학교 교수

기에는 작중인물 창조의 동기를 조명해 보려는 논의가 시작되었는데 이는 손창섭의 작품세계가 지닌 특이성을 작가 정신과 관련시켜 파악함에 주시하였다. 이어서 시대상황이나 혹은 그 관계 속에서 작중인물이 벌이는 행동의 내면적 주제의식에 대한 논의가 탐구되어 주제론적 평가를 통한 손창섭 소설의 세계관이 모색되었다. 그리고 시간이 흐르면서 객관적 시각의 확보를 통한 손창섭 소설의 문학사적 맥락의 평가가 이뤄졌으며 문체론적 고찰 외에 상징적 의미의 추출 연구 성과까지 기대할 수 있었다. 이러한 일련의 연구 성과는 각기 손창섭의 소설세계의 특징을 밝히는 일정한 몫을 담당하고 있는데, 기존 논자들이 가장 주된 논의의 대상으로 삼은 텍스트는 '자화상'이라는 부제가 붙은 『神의 戲作』을 중심으로 한 초기 단편들이었다. 그런데 손창섭이 발표한 작품을 보면 50년대에는 『公休日』을 비롯한 40여 편의 단편이 주로 발표되었고, 60년대에는 9편의 단편 외에 8편의 장편소설이 발표되었음을 알 수 있는데, 한 작가의 작품세계를 논의하기 위해서는 총체적인 작품을 대상으로 한, 공시적 통시적 고찰이 필요하리라 여겨진다.

　손창섭의 후기 작품은 그의 작품변모과정에 대한 새로운 평가를 가능하게 하며 특히 장편 『길』[1]은 자전적 소설 『神의 戲作』으로 자신의 정체를 자학적으로 드러낸 후 종적을 감추었던 10년 동안의 시간이 여기에 개입되었다고 평가되기도 했다.[2] 손창섭의 장편 『길』에 대한 본격

---

1) 손창섭의 『길』은 동아일보에 1968년 7월부터 연재되어 1969년 동양출판사에서 단행본으로 간행되었으며, 다시 1974년에 삼중당(한국대표문학전집)에서 출판되었다. 본고의 텍스트는 삼중당의 『길』을 텍스트로 한다.
2) 김현·김치수 외, 『한국현대문학의 이론』, 민음사, 1984. p.339.

적 논의는 아직 없다.[3]

『길』은 하나의 '현실'이라는 도시공간의 지도를 그려놓고, 동심과 순수성을 가진 15세의 시골소년 성칠로 하여금 도시인이 무심코 지나다니는 그 길을 걷게 하여 도시인에게는 이미 무감각해져버린 '세태의 현장'에 대한 진상을 검증한 작품이다.

본고에서는 세태소설의 개념을 먼저 규정하여 『길』을 세태소설의 범주에 포함하는 타당성을 먼저 검증하고 이어서 작가 손창섭이 『길』에서 보여주고자 하는 오탁된 세태의 모습과 이를 극복하기 위해 제시한 인간형성의 길은 무엇인지를 규명하여 작품에 나타난 세태소설적 내용을 분석하고자 한다.

2. 세태소설의 개념

1930년대 후반에 우리 문학계에 세태소설이라는 말이 주로 임화와 김남천에 의해 사용되어지기 시작했다. 세태소설의 개념규정은 1930년대 후반기 소설론의 핵심적 명제였는데 당시의 세태소설의 규정은 오늘날까지 그 유효성을 가진다.

세태라는 용어가 최초로 사용된 것은 "『川邊風景』은 都會의 一角에 움죽이고 있는 世態人情을 그렸고"[4] 라는 최재서의 언급이다. 여기서

---

3) 손창섭의 『길』에 대한 논의는 김병익이 "現實의 圓形과 檢證", (김치수, 김현 외 『한국현대문학의 이론』)의 제목으로 손창섭의 다른 작품 및 발자크의 『사라진 幻想』의 인물을 중심으로 언급한 단평이 유일한 것임.
4) 최재서, "리얼리즘의 확대와 심화", 『문학과 지성』, 인문사, 1938, p.98.

세태소설이라는 말이 사용되지는 않았지만 소재적 측면에서 세태라는 용어가 등장하였다. 결국 최재서의 말은 박태원의 『川邊風景』이 세상의 변화에 따른 천변사람들의 인정을 그렸다는 뜻으로 이해된다.

세태소설이 장르의 개념으로 사용된 것은 임화의 "세태묘사의 소설이란 직접적으로 內省의 소설과 대조되는 것으로"[5] 라는 지적에서이다. 임화는 당시 채만식과 박태원의 1935~1938년까지 몇 년간의 문학적 경향을 사상성의 감퇴로 파악하고 그것 대신에 새로운 경향의 특색으로 박태원의 『川邊風景』, 채만식의 『濁流』, 현덕의 『남생이』 등을 예로 들었다. 임화의 세태소설에 대한 논의는 내용과 형식적인 측면에서 다음과 같이 정리된다.

"世態小說 가운데선 作家는 注意를 한군데 集中시키는 법이 없다. 현실의 어느 것이 중요하고 어느 것이 중요치 않은가 이것을 區別하는 것이 진정한 레알리즘이다."[6]

"세태소설은 순전히 陳腐한 일상세계의 전개"[7]

"세태소설이 소설가운데서 그중 散文的인 문학인 이유……"[8]

"小說의 構造가 '시츄에이션'으로 分離되어 버린다면 세태소설적 묘사란 결국 모래알 같은 세부묘사의 集合에 불과하고 만다."[9]

---

5) 임화, 『문학의 논리』, 학예사, 1940. p.345.
6) 임화, 위의 책, p.357.
7) 임화, 위의 책, p.356.
8) 임화, 위의 책, p.349.

"『川邊風景』이나 『濁流』의 구조가 '모자이크'적"[10]

위의 언급을 통해 임화의 세태소설론에 대한 장르 논거의 주요성격을 정리하면 첫째, 현실묘사에 있어서 일상의 현실(현재)을 그린다. 둘째, 산문적인 문학형식이므로 인과(因果)성이 없는 개별상황의 나열이다. 따라서 이러한 성격으로 인해 장면과 등장인물이 고정되어 있지 않다는 것이다.

위와 같은 임화의 언급은 세태소설에 대한 최소한의 내용과 형식적 근거의 마련이다. 이에 대한 김남천의 이해를 보면 세태소설이 경향문학 퇴조 후 조선 소설계의 사상성이 현저히 후퇴한 대신에 나타난 소설 조류 가운데 하나라는 것을 인정하고, 1938.3.8~3.12까지의 5회에 걸친 "道德의 과학적 把握"이라는 글에서 모랄과 풍속에 관한 논의를 드러냈다. 이 글에서 김남천은 과학과 문학의 동일함과 차이점을 언급하며 '美의 自律性'을 주장하였다.

> 文學的 表象이 科學 속에 들어가면 科學性을 損傷케하여 과학의 詩化와 俗化를 結果하고 …… (중략) …… 과학의 문학에의 침해는 가능할 뿐 아니라 전혀 필수적이다.[11]

위의 예문에서 드러나는 바는 '文學的 方法 속에 科學을 結合'시키는 것이 '科學的 美學'이라는 그의 논리이다. 또한 그는 '文學이 實在

---

9) 임화, 위의 책, p.358.
10) 임화, 위의 책, p.358.
11) 김남천, 『조선일보』, 1938.3.11.

反映의 一樣式이며 작가가 사회적으로 한 사람의 인간일 진데 그리고 그가 현실과 어떠한 의미에서든지 실랑이하며 생활하고 있을 때에 문학이 그것을 반영하는 것이 당연하다'12)고 함으로써 문학의 대상으로서의 道德을 이야기 한 다음 이것을 풍속과 연결시켰다. 김남천의 풍속에 대한 견해는 경제현상도 정치현상도 문화현상도 아닌 사회의 물질적 구조 위에 있는 제 계단의 일괄된 하나의 공통적인 사회현상을 말하는 통전적 개념으로 이는 발자크에게서 영향을 받은 것이었다.13) 김남천의 이러한 관점은 삶의 형태가 순전히 경제적 토대에 근거한 풍속으로 귀결되어지는 것이므로 한 사회의 반영으로서의 문학, 특히 소설은 풍속의 해부 혹은 묘사에 이르러야 한다는 것으로 세태소설의 발전적 전개를 제시한 것이다.

세태소설에 대한 용어를 최재서가 최초로 사용하고 이어서 임화와 김남천이 그대로 인용한 이래 현재의 우리 문학계에서도 거부감없이 사용되는 시시점14)에서 지금까지 논의한 바를 가지고 그 변별적 특성을 추출하여 세태소설의 개념을 정의하면 첫째, 세태소설은 사회적 변혁기 인간들의 집합적 삶의 양태를 총체적으로 그린다. 둘째, 인물의 행동 양식의 묘사에 있어서 물질(하부 구조로서의 경제)이 인간의 사고 행위를(윤리적 일탈행위, 사회적 모랄) 결정한다. 셋째, 소재적 측면에서 세태소설도 정치, 종교, 철학적 상황을 그릴 수 있지만 구성의 집점(集点)면에서

---

12) 조선일보, 1938.4.22.
13) 김재남, 『김남천 문학론』, 태학사, 1991. p.103.
14) 김준오 외, '한국근대문학에서의 전통과 근대', 『한국근대문학의 쟁점2』, 한국정신문화연구원, 1992. p.15.

사상성이 배제된다. 넷째, 세태소설이 당대 세태의 변화에 중점을 두는 바 인물의 다양함과 그에 따라 소설의 구조(시간, 공간)에 있어서 과학적 방법의 소설 양식을 지닌다.

위와 같은 세태소설의 개념을 중심으로 손창섭의 『길』에 나타난 세태소설적 요소를 분석하고자 한다.

3. 모랄상실의 윤리

르네상스 시대에서부터 부르조아 시대에 이르기까지의 성모랄의 역사를 추적한 에드 아르드 푹스(Eduard Fuchs)의 다음과 같은 지적은 상당한 암시를 제공하고 있는데, 그는 결혼 등의 합법적 연애와 매춘이나 간통 등의 비합법적 연애에 대한 동시대의 사고가 전적으로 물질적인 토대 위에서 성립된다는 견해를 펴고 있다.

> 어떤 시대의 특정한 도덕 활동 및 그 도덕활동에 관한 법 가운데서도 마치 법사상, 종교, 예술적 표현 등의 경우에서처럼 그 시대의 경제적 토대의 사회적 특질이 발견된다. …… (중략) …… 따라서 사유재산제, 즉 물질적인 이해관계가 성 모랄의 모든 토대를 결정하고 또 싫든 좋든 끊임없이 성 모랄의 하부구조를 결정한다. 바꾸어 말하면 사유재산이라는 것이 모랄 전체의 토대이기 때문에 성모랄은 그 커다란 틀속에서 조금씩 변화하고 또 성 모랄을 지배하는 사유재산제가 겪게되는 변화와 발전에 따라 변화해 간다.15)

---

15) E.Fuchs, 『풍속의 역사1』, 이기웅, 박종만 역, 까치, 1987. p.29.

　　자유연애가 자본주의의 산물이라는 것은 주지의 사실이거니와, 손창섭의 『길』에서 주인공 성칠의 눈에 비친 도시여인의 성모랄은 철저히 물적 토대 위에 형성되어 있다.

　　성칠이가 상경하여 처음 취직한 진옥여관의 여주인인 진옥여사는 국회의원 출마를 꿈꾸는 강이사와 틈틈이 만나는 사이이다. 성칠의 눈으로는 이들을 존경도 하게 되고, 함께 목간까지 하는 두 사람의 모습이 사랑으로 비친다. 그러한 진옥여사에 대해 복덕방 부소장은 "고급 요정의 기생으루, 일류 캬바레의 마담으루 굴어먹던 여자야 그러면서 정계와 재계의 인물들을 주물러 온 여자란 말야. 지금은 저렇게 아담한 여관을 차리구 들어 앉아 숙녀인 체, 하지만 대단한 여자라구." 하며 성칠에게 귀띔해 준다.

　　제 12장에서 여관의 여주인은 술에 만취되어 돌아와 엉뚱한 넋두리를 늘어 놓는다.

> "좋든 나쁘든 여잔 그저 사내의 이용물이야. 사랑이 어쩌구 저쩌구 해도 여자란 결국 사내의 이용물 밖엔 안된단 말이다. …… (중략) …… 내 돈을 먹어 볼려구. 어떻게 번 돈인데. 그게 혼자사니까 사내에게 환장한 줄 알아. 사내없이두 돈을 늘리며 얼마든지 혼자 살 테니 두고봐. 늙은거구 젊은거구 뭐가 어쩌구 어째. 산전수전 다 겪구. 세상의 쓴맛 단맛 다 봐온 내가 그렇게 쉽게 먹힐 줄 알았더냐."16)

　　여관에서 일하는 봉순이와 기숙에게서 들은 말에 의하면 진옥여사는

---

16) 『길』, p.83.

본시 평화로운 가정에서 여학교를 다녔다. 그러던 것이 6·25와 1·4후퇴 때 가족과 헤어져 버린 후 불우하게 사회의 밑바닥을 헤엄쳐오면서 세상인심이 어떻다는 걸 배웠고 돈이 얼마나 귀한가를 뼈에 사무치게 깨달은 주인 여자는 오직 돈을 모으는 길만이 자기가 농락당한 사회와 남성에 대한 복수요, 승리라 결심하고 악착같은 노력으로 도리어 남자들을 역이용해 가면서, 마침내 수천 만원에 달하는 오늘의 재산을 이루었다[17]고 한다.

기숙이도 여관에서 일하면서 강이사와 여관지배인의 두 남자 사이를 오락가락하다가 결국 임신을 하게 되는데, 『길』에 등장하는 진옥여사나 기숙, 미옥에게 있어서의 남녀관계의 성모랄은 전적으로 금전에 의해서 결정되어진다. 금전으로 인한 성모랄의 결정요인은 불륜의 관계에서만 아니라 결혼에 있어서도 마찬가지이다.

봉순은 진옥여사가 현실비관으로 자살한 후 여관을 나와 동대문 시장의 과일가게에 취직하게 된다. 성칠과 봉순이는 그렇게도 험한 세상 풍파를 겪으면서도 서로간의 순수함을 잃지 않고 결혼을 약속한 사이이다. 성칠에게 있어서의 봉순은 완전히 '내 사람'이 된 것 같이 느끼었고, 앞으로는 다만 일정한 기간을 거쳐 결혼식을 올리는 일만이 남아 있었다. 봉순과 헤어져서 지내야 한다는 것은 견딜 수 없는 일어어서, 군대에 들어가기 전 정식으로 봉순을 아내로 맞아들일 각오를 한 것이다. 성칠은 더욱 분발하지 않으면 안 되었고, 그러기에 그토록 보고 싶은 봉순이와도 두 달에 한 번씩만 만나기로 하고, 하루도 아니 한 시간

---

17) 『길』, p.84.

도 쉬지 않고 과일장사에 전심전력하기로 했던 것이다. 그러나 시간이 흐르면서 차츰 달라지는 봉순의 태도에 성칠은 불안감을 느끼게 되면서도 성칠은 "빨리 성공해. 네가 성공만 하면 난 맘 안 변해"라는 봉순의 말을 생각하며 비가 오는 날이 아니면 하루도 쉴 새 없이 일을 한다. 그러나 성칠과 봉순의 관계는 결국 파국을 가져오게 된다. 약속한 결혼을 파기하고 이리저리 피하던 봉순이를 성칠은 어렵사리 만나게 된다.

> 봉순은 머리도 고데를 하고 화장도 눈에 띄게하고, 시계도 차고, 보석 반지도 끼고 있어서 어른 같았다. "미안해 날 용서해 줘" 첫말이 이것이었다.
> "종래 가게 주인과 결혼한다면서?"
> "그렇게 됐어 모르는 새에 그만"[18]

물론 위에 드러난 결혼의 사고 속에는 물질적 비교를 떠난 성애(性愛)가 있을 수 있지만 작가가 그려내고자 하는 것은 사회경제성에 기초한 사랑과 결혼의 결정요인이다. 결혼에 대한 이러한 사고에 대해 유종호 교수는 "세상에 떠도는 온갖 낭만적 수사나 쾌적한 신화와 관계없이 결혼을 실질적으로 좌우하는 것은 신분 상승이나 재산에 대한 고려와 같은 사회경제적인 요소"[19]라고 지적했는데 손창섭의 『길』에 나오는 여인들의 성모랄은 철저히 물질에 기초한 자본주의적 계약행위임을 알 수 있다.

성적 관계를 사회계약적 사고의 일환으로 보고 소설 속에서 그 양상

---

18) 『길』, p.214.
19) 유종호, 『사회 역사적 상상력』, 민음사, 1987, p.263.

을 고찰한 낸시 암스트롱(Nancy Armstrong)은 "계몽주의 철학의 산물인 사
회계약은 서로 간에 보탬이 되는 교환의 실행"[20]이라고 말한다. 이러한
통찰은『길』에 등장하는 여인들 성모랄이 사회경제적 토대위에서 이뤄
진다는 점에서 유효한 지적이라 하겠다. 진옥여사와 강이사의 간통도
성모랄의 사회경제적 계약의 연장선상에서 이해될 수 있는데 두 사람
의 간통 또한 자본주의에 나타나는 신경의 팽팽한 요구와 그것의 성적
방출[21]이면서 동시에 자본적인, 그리고 성애적 교환인 것이다.

　지금까지 살펴본 것처럼『길』은 간통, 성적교환, 결혼 등 윤리적으로
중요한 현상 뒤에 숨겨져 있는 성모랄의 사회경제적 결정요인에 대한
분명한 관찰과 비판을 핵으로 삼아 성칠의 경험을 통한 세태의 제시라
고 볼 수 있다. 이는 결국에 있어서 성모랄의 풍속세태에 대한 작가의
비판의식이라고 여겨진다.

4. 경제적 토대의 세태

　소설이 리얼리티의 지속적인 탐색이며 소설의 탐구영역은 항상 사회
적 세계이며, 그 분석의 재료는 항상 인간영혼의 방향을 지시해주는 세
태인 것이다.[22] 라고 언급한 트릴링은 세태의 변화요인으로서 돈을 상
정하고 서구적 소설 장르의 원형이라 할 수 있는 세르반데스의『돈키호

---

20) Nancy Armstrong.『Desire and Fiction』, Oxford, 1987, pp.30-31.
21) E.Fuchs,『풍속의 역사6』, 이기웅·박종만 역, 까치, 1988, pp.194-195.
22) Lionel Trilling,『Essays on Literature and Society』, N.Y.Harcourt Brace Jovanovich,
　　1950, p.195.

테』가 소설이 사회적 요소로서의 돈의 출현과 더불어 태어난 것을 드러내 준다고 했다. 사회의 현실적 리얼리티를 구성하는 개별적 현상으로서 세태를 말하고 그러한 세태를 돈이라는 매개물에 의한 변화의 측면에서 보고 소설의 발생과 결부시킨 것이 트릴링의 주된 논지인 것이다. 화폐가 인간에게 갖는 기능을 마르크스는 다음과 같이 기술하고 있다.

> 화폐는 … 참된 인간의 힘과 자연의 힘을 한갓 추상적인 관념으로 바꿔놓고 급기야는 허무한 것으로 만들어 놓는다. 그리고 다른 한편으로는 실제 허무한 것과 관념적인 것, 즉, 개인의 상상의 세계에서만 존재하는 비현실적인 힘을 현실의 힘으로 둔갑시킨다. 돈은 성실을 악으로, 악덕을 미덕으로, 노예를 주인으로, 주인을 노예로, 무지를 이성으로, 이성을 무지로 바꾸어 놓는다.[23]

위와 같은 언급은 인간관계에서도 그대로 적용되는 바, 돈과 세태와의 뗄 수 없는 함수의 관계를 소설이 리얼리티의 지속적 탐구로 그려낸다고 볼 때 『길』에서의 주인공 성칠이 도시로 올라 온 이유나 그가 시정(市井)의 소년이 되면서 추구해 나가는 궁극적 목표는 경제적 토대위에서의 삶의 추구이다. 작가는 성칠이와 서울사람이 추구하는 경제 추구의 방법론이 분명히 다름을 역설하고자 했지만 결국은 성칠이가 귀향하면서 얻은 것은 도시에서의 갖가지 경험과 이십만원의 금전이다.

3층짜리 여관을 혼자서 운영하며 성공한 듯 보이는 진옥여사는 오직 돈을 모으는 길만이 자신이 추구하는 삶의 목표이다. 그녀는 성칠에게

---

23) Erich Fromm, 『건전한 사회』, 김병익 역, 범우사, 1975, p.125.

도 "요즘은 대학꼴 나와 가지구두 취직을 못해 쩔쩔매는 세상인데, 고
작 중학교나 다니다 말걸 학관 가서 뭘하니. 차라리 지금부터 세상공부
나 해두는 게 낫지. 세상이 어떤 걸 잘 알아 가지구 돈 벌 궁리나 하란
말이다"라며 성칠의 공부에 대한 관심을 돌리려고 타이른다.

> "그러니 공부두 지위두 다 소용없는 거야. 첫째, 돈이야, 돈. 너두 괜
> 스레 격에 맞지 않는 공부니 뭐니 하구 바람만 들지 말구 일찌감치 실
> 속이나 차리란 말이다 실속을. 알았어?"24)

야간 중학교에라도 가려고 하는 성칠의 소청에 오직 돈 만을 강조하
는 진옥여사의 최종 결론이다. 자동차 부속품 사장의 성공 역시 "열명
중 아홉 놈은 도둑이라는 오랜 경험"을 갖고 돈만을 강조하며 성칠의
곧은 마음을 믿어주지 않는다. 더운 날 수돗가에서 등을 밀어주는 성칠
에게 하는 공장장의 말이다.

> "서로 속이구 속구, 잡아먹구 멕히구 하는 게 세상야. 아 눈 똑바로
> 뜨구 속는 놈이 바보구, 먹히는 놈이 병신이지, 저만 똑똑하문 왜 남한
> 테 속구 먹혀 …… (중략) …… 그러니 너두 눈 똑바루 뜨구 사람 살아
> 가는 이치와 요지경 속을 배우란 말야 말이다."25)

성칠에게 있어서 새로운 직장이요, 기술을 배우고자 했던 자동차 부
속공장도 진옥여관과는 딴 의미에서 경계해야 할 비행과 범죄의 소굴

---

24) 『길』, p.51.
25) 『길』, pp.106-107.

이 아닐 수 없다. 도둑 물건을 사면 경찰에 잡히지 않느냐고 반문하는 성칠에게 함께 일하는 직원인 두창은 "그야 뻔하지 뭐. 이걸 먹인거지, 이걸"하면서 손가락으로 동그라미를 그려 보인다. "그러니까 지금 세상엔 돈이 젤야, 돈이. 돈만 많음, 겁나는 것두 두려운 것두 없거든. 돈. 돈."하는 두창이의 얘기를 어느 정도까지 믿어야 할 지 모르는 성칠이도 제 26장 대금업(貸金業)편에서 결국은 그동안 쓸 데도 안 쓰고 악착같이 모아온 십만원 뭉치를 은행에서 찾아 이자를 많이 주겠다는 사람에게 덜썩 맡기며 고리 대금 업자로 변신한다.

돈에 대한 세태풍속은 직업여성의 세계에 발을 디딘 기숙에게서도 마찬가지이다.

> 그들이 지상목표로 삼고 있는 <성공>이란 돈을 모으는 일이다.
> 남보다 별로 못한 점이 없으면서도, 단지 돈하나 없기 때문에 남자의 간악한 유혹에서 발을 헛디뎌 시궁창에 굴러 떨어져서 뭇 사내의 농락물이 되어야 했으니 무리도 아니다.[26]

『길』에 등장하는 여인들이 자신들의 타락상의 원인과 성공의 관념을 단순한 돈의 문제로 인식하고 있음은 돈만을 추구하는 도시인들의 의식을 표현한 작가의 세태인식이라 여겨진다. 또한 손창섭이 그리고자 했던 도시세태의 풍속은 돈과 함께 명예를 추구하는 시정의 세계이기도 하다. 중앙청 국장을 지내고 차관이 될 뻔 했던 강이사의 성공은 돈과 함께 지닌 서울 사람들의 악성적인 비밀이다.

---

26) 『길』, p.120.

명예를 얻기 위해 교묘한 갖은 수법으로 이면에서는 온갖 탐욕을 채우면서 표면적으로는 유유히 화려한 출세가도를 달리는 강이사가 성칠에게는 꼭 무슨 괴물처럼 느껴지기도 한다. 올바르게 살려고 노력하는 남주 아가씨가 결국 아버지에게 테러를 당하며 선거에까지 이용당하는 장면은 명예를 추구하기 위해 가족 간의 윤리마저 져버리는 타락된 세태의 극단적 제시라고 볼 수 있다.

5. 세태속의 희망적 인간상

손창섭의 소설에 나타나는 작중 인물들은 대개가 정신적, 육체적 불구자로 궁핍한 생활에서 삶의 의욕과 의미를 상실한 채 좌절 절망하는, 무목적 무능력한 인간의 군상들로 그려져 있다. 손창섭의 문학 세계에 대해 평할 때 '인간이 주체에 대해 무의미 하다는 윤리적 콤플렉스'와 '무기력하고 불안한 인간의 묘사'에 초점을 맞추고 있다는 점에 보편적인 인식을 같이 하고 있다.

전후에 등단한 손창섭이 문단의 주목을 받게 됨은 인간에 대한 특이한 작가의 인간관 때문이었다.[27] 그의 작품에는 자의식이나 대인, 사회, 혈연관계 등 어떠한 관계에서도 정상적으로 적응해 나가는 인간이란 찾아 볼 수 없는 것이다. 김윤식은 손창섭의 문학적 특성을 다음과 같이 지적한다.

27) 엄혜영, 『한국 전후 세대 소설연구』, 세종대 박사학위논문, 1992, p.89.

한국소설사에서 가장 전후세대다운 작가가 손창섭이며, 그의 작품의
분위기의 음울성, 병신만이 등장하는 불구성 따위는 전후문학의 상징적
의미를 집약시킨 것으로 볼 수 있다.[28]

같은 전후작가 계열 가운데 한사람으로 손창섭이 다른 작가와 달리
이러한 평가를 받는 것은 작가의 개인적 성향 때문이라 볼 수 있겠다.
손창섭의 작품에 이상과 같이 희망이 제거된 인간의 유형이 주를 이
루는 까닭은 당대의 전후 상황과 작가의 현실과 환경의 비극적 인식에
서 기인된 것으로 여겨진다.

그런데 손창섭의 후기작품에서는『소년』,『고독한 영웅』,『剩餘人間』을
기점으로 삶에 대한 애착과 부조리한 현실에 대한 반항의식을 갖춘 인
물이 제시되면서 드디어 장편『길』에 이르러, 건전한 인간상의 등장, 진
정한 가치에 대한 모색, 절대자에 대한 긍정적 인식 등이 극대화를 이
룬다. 곧 손창섭 소설에서 이전에 다루었던 부정적 인간형에 대비한 희
망적 인물 전환의 시작은『剩餘人間』의 주인공 서만기이며, 그 완성은
『길』에서의 성칠인 것이다. 손창섭은『길』에 등장하는 진옥여사, 강이
사, 기숙, 미옥, 봉순 등의 불구적 인간을 통해서는 인간이 지녀야 할 가
치를 역설적으로 제시하는 반면 주인공 성칠을 통해서는 직접적으로
희망적인 인간상을 제시하고 있다.

15세의 소년으로 청운의 뜻을 품고 기차를 탄 성칠은 화려하고 깨끗
하기만 한 대도회로 상상했던 서울에 다소 실망을 느낀다. 서울의 첫
인상은 고향의 소도시와 별 다름없는 지저분한 도시였던 것이다. "간혹

---

28) 김윤식, '낙서족',『한국현대문학명작사전』, 일지사, 1979, p.75.

이삼층 짜리 건물이 눈에 띄긴 했지만 유리창이나 벽이나 먼지가 낀 위에 비가 뿌려서 오줌 싼 요처럼 얼룩이 져 있었다. 화려하고 깨끗하기만한 대도회지를 상상했던 성칠은 다소 실망했다." 서울 사람들은 너무나 익히 알고 있으면서도 만성이 되어버리거나 놓쳐버린 그 명암의 동루(同樓), 그러나 그것이 혼동 이상의 것이 아니라는 사실을 성칠은 직감적으로 깨닫는다.29) 성칠은 이 같은 거리의 인상을 약 3년 동안의 서울 저변 생활을 통해 수없이 재확인한다. 타곳 사람이 와서 묵는 데가 여관으로 알았는데 아버지뻘 되는 남자와 딸 같은 여자가 재미를 보러 오는 곳이라는 사실을 인식하고, 그의 인생에 있어서 첫 모험은 자기가 가는 길이 '악취가 풍기고 병균이 득실거리는 쓰레기로 뒤덮인 지저분한 뒷골목'이란 명백한 사실을 깨닫게 된다. 그러한 혼탁한 현실은 차츰 청년으로 성숙해가는 변화하는 성칠이에게 온갖 자극과 유혹이 말려있는 적지였다. 이러한 환경에서도 성칠이는 자기의 목표와 그 목표에 이르는 길을 확실히 알고 있다. 신사숙녀들이 그가 이해할 수 없는 비밀을 저지르고 있다는 것을 깨닫고 혼란을 느끼기도 하면서도 '그런 꼴을 보구들구 해도 물들지 않는다.'고 자신의 윤리관을 확인하는 성칠이다.

성칠을 향한 불의의 유혹이 강한만큼 그의 완강한 저항도 기적이리만큼 분명하고 철저하다. '동물처럼 수치심이 제거된 여자의 노골적인 자세'로 '음화의 한 장면'으로 다가오는 진옥여사에 대해 성칠은 황홀한 매력을 느끼기보다는 오히려 추악한 타락상과 굴욕감이 앞섰다. 주

---

29) 김현, 김치수 외, 『한국현대문학의 이론』, 민음사, 1984, p.334.

인여자에게 옷을 갈기갈기 찢기고 할퀴며 피를 번지기까지 하면서 유혹을 물리치고 어렵사리 얻은 직장을 미련없이 그만둔다. 새로운 직장에서는 그보다 한 살 위인 들창코마저도 재미를 보기위해 도둑질 하자고 제의하나 '사람이란 나쁜 짓을 하면 못 쓰는 거야 바르게 살아야 해.'라고 충고하며, 이어서 들창코에게 정략적으로 끌려간 창가에서도 반죽음이 될 정도로 비참한 봉변을 당하면서까지 창녀의 교태를 거부하고 순결을 지킨다. 그렇다고 그에게 이상이 있는 것은 아니다. 처음엔 남녀가 히히덕거리는 것만 봐도 더럽게 느껴지는 감정이 차차 사춘기를 의식하면서 이성에 대한 호기심으로 높아진다. 따라서 여체에 대한 매력이 높아져 스스로 당혹하기도 하고 자위행위로 욕구를 해소하기도 한다.

성칠이 그 혹독한 유혹을 아슬아슬 넘기며 동정을 유지할 수 있는 현실 극복의 가능성에 대해 작가는 주인공의 내면의식에 깔린 절대자의 힘으로 제시한다.

> 성칠은 국민학교 오학년 때 담임이었던 정지수 선생님을 잊을 수가 없다. 그 선생님은 성칠의 인간형성의 과정에 있어서 뚜렷한 기초를 마련해 준 분이다. 그 선생님은 기독교 신자로서 …… 그 선생님에게서 알게 모르게 배우고 영향받은 것이 많지만 그중에서도 그의 가슴 속에 혈육으로 살아 있는 것은 바로 부지런한 사람이 되라는 것, 올바른 목적을 위해서는 어떤 고난도 참고 이기라는 것, 그렇기 위해서는 힘이 필요한데 그『힘』이란 즉 지식과 교양이니, 책을 많이 읽고 열심히 공부하라는 것[30]

성칠은 이성에 대한 육체의 신비를 느끼는 감정이 일때나, 주변의 유혹을 받을 때마다 초등학교 담임선생님의 교훈을 생각한다. 아마 결혼한 부부사이에만 육체관계를 가질 수 있다는 견고한 도덕율과 그것을 굳게 지키려는 퓨리탄적 의지는 초등학교 담임선생의 교육적 영향 때문이지만 결국 그 영향은 담임선생님이 갖고 있는 절대자의 힘에서 비롯된 것이다.

성칠의 성에 대한 퓨리탄적인 태도의 근저에는 돈에 대한 근대적 경제인의 요소도 뿌리박혀 있다. 가난에 시달려 상경한 그의 제일 목표는 돈버는 일이었고 그 목적을 위해 도에 지나칠 정도로 금전 의식에 예민해진다. 이러한 성칠은 그를 진심으로 아껴주며 충고해주는 남주아가씨의 교훈을 통해 다시 자신을 발견하게 된다.

> "그러나 돈이 인간의 가치를 결정짓는 절대적인 거라고 생각하면 안
> 돼요. 내가 최군을 좋아하게 된 건 도리어 가난하기 때문이야. 가난한
> 대신 그 마음속에 값진 정신적인 보석을 간직하고 있기 때문야. 그러니
> 그 보석을 더 소중히 여겨야 해. 내말 알겠어?"
> 이러며 성칠의 손을 꼭 쥐어 주었다. 성칠은 뿌듯한 감동을 느끼었다.
> 정지수 선생 외에, 이렇듯 뜻있는 자극과 마음에 스미는 말을 들려준
> 사람은 없었다.[31]

또한 돈에 너무 과열한 나머지 고리대금업자로 변한 그에게 남주아가씨와 약방주인의 충고는 성칠로 하여금 돈벌이에 대한 마음의 자세

---

30) 『길』, p.49.
31) 『길』, pp.74-75

를 바로잡아 준다. 여기서 그의 돈에 대한 집념과 돈을 버는 방법은 다른 인물과 다름을 알 수 있다. 진옥여사나 미옥, 강이사나 공장사장처럼 돈을 탐하는 점에서는 성칠 역시 똑같지만 그는 결코 부정한 방법, 도둑질과 다름없는 불의의 돈벌이는 거부한다. 진옥여관에서는 창녀로부터 받은 돈이 소개 사례금인 것을 알자 즉시 뉘우치고 한 달 봉급보다 많은 액수의 돈을 야유를 받으면서까지 그들에게 돌려주며, 공장에서는 월급의 몇 배가 넘는 부속품 하나를 팔아먹자는 동료의 요구를 거절하다 곤경에 빠진다. 어쩌면 성칠이 희망하는 부는 어머니와 동생을 돌보며, 소원하는 공부를 하기위한 뒷받침을 위한 것이었다.

성칠이 갖가지 유혹과 강압에 굴하지 않고 당초의 태도와 가치관을 끝까지 고집할 수 있는 힘은 곧 절대자로부터의 힘에서 기인된 것이다. 성칠의 고집은 세태 속에 묻혀 사는 도시인들에게 현실의 재반성과 새로운 삶의 태도를 요구하는 작가정신인 것이다. 따라서 『길』의 성칠은 무질서하고 부정하며 가치가 전도된 세태에 던져진 현실의 정탐자이며 우리는 어떤 인간으로 살 것인가에 대한 작가의 희망적 인간상의 제시이다.

6. 결론

손창섭의 소설작품에 대해 기존 논자들이 가장 주된 논의의 대상으로 삼은 텍스트는 '자화상'이라는 부제가 붙은 『神의 戲作』을 중심으로 한 몇 편의 초기 단편들이었다. 그런데 손창섭의 작품을 보면 50년대에는 『公休日』을 비롯한 40여 편의 단편이 주로 발표되었고, 60년대에는 6편의 단편 외에 8편의 장편소설이 발표되었음을 알 수 있는데, 한 작가의 작품세계를 논의하기 위해서는 총체적인 작품을 대상으로 한 공시적 통시적 고찰이 필요하리라 여겨진다. 특히 손창섭의 작품세계에 있어 후기 작품은 뚜렷한 변모의 모습을 보여준다.

본고에서는 세태소설의 개념을 규정한 후 손창섭의 『길』을 세태소설의 범주로 넣고 이어서 작품에 나타난 세태소설적 요소를 규명하였다.

첫째, 임화의 개념과 김남천의 풍속소설론의 논의를 통한 변별적 특성을 추출한 바 세태소설의 개념을 정의하면 1) 세태소설은 사회적 변혁기 인간들의 집합적 삶의 양태를 총체적으로 그려야 하며, 2) 인물의 행동 양식의 묘사에 있어서 물질(하부 구조로서의 경제)이 인간의 사고 행위(윤리적 일탈행위, 사회적 모랄)를 결정하고, 3) 소재적 측면에서 세태 소설도 정치, 종교, 철학적 상황을 그릴 수 있지만 구성의 집점(集点)면에서 사상성이 배제된다는 것이다. 4) 또한 세태소설이 당대 세태의 변화에 중점을 두는 바 인물의 다양함과 그에 따라 소설의 구조(시간, 공간)에 있어서 과학적 방법의 소설양식을 지닌다.

둘째, 모랄이 상실된 도시 윤리의 세태의 사회경제적 세태로서, 이는 『길』에서 주인공 성칠의 눈에 비친 여인들의 성모랄이 철저히 물적 토대 위에 형성되어 있다는 점이다. 금전으로 인한 성모랄의 결정요인은 불륜의 관계에서만이 아니라 결혼에 있어서도 마찬가지이다. 물론 결혼의 사고 가운데에는 물질적 비교를 떠난 성애가 있을 수 있지만 작가가 그려내고자 하는 것은 '사랑과 결혼의 사회경제적 기초'로 인한 상실된 성모랄의 세태이다. 『길』은 간통, 성적 교환, 결혼 등의 윤리적으로 중요한 현상 뒤에 숨겨져 있는 사회경제적 결정요인에 대한 분명한 관찰과 비판을 핵으로 삼아, 성칠의 경험을 통해 도시의 세태를 보여주는 것이라 하겠다. 이는 결국 성모랄의 풍속세태에 대한 작가의 사회 경제적 비판의식의 토대위에서 이루어졌다고 본다.

셋째, 경제적 토대의 도시 세태를 그렸다는 점이다. 돈과 세태와의 뗄 수 없는 함수의 관계를 소설이 리얼리티의 지속적 탐구로 그려낸다고 볼 때『길』에서의 주인공 성칠이 도시로 올라온 이유나 그가 시정(市井)의 소년이 되면서 추구해 나가는 궁극적 목표는 경제적 기반이다.『길』에 등장하는 인물들은 한결같이 자신들의 타락상의 원인과 성공의 관념을 단순한 돈의 문제로 인식하고, 또한 명예를 추구하기 위해 인간의 윤리를 상실해 가는데 이는 작가가 인식한 시대의 세태인식이라 여겨진다.

넷째, 세태속의 희망적 인간상의 제시이다. 손창섭의 소설에 나타나는 작중인물들은 대개가 정신적, 육체적 불구자로 궁핍한 생활에서 삶의 의욕과 의미를 상실한 채 좌절절망하는 무목적 무능력한 인간의 군상들로 그려져 있다.

손창섭의 작품에 희망이 제거된 인간의 유형이 주를 이루는 까닭은 당대의 전후 상황과 작가의 현실과 환경의 비극적 인식에서 기인된 것으로 여겨진다. 그런데 손창섭의 후기작품인『소년』,『고독한 영웅』,『剩餘人間』을 기점으로 삶에 대한 애착과 부조리한 현실에 대한 반항의식을 갖춘 인물이 제시되면서 드디어 장편『길』에 이르러, 건전한 인간상의 등장, 진정한 가치에 대한 모색, 절대자에 대한 긍정적 인식 등이 극대화를 이룬다. 곧 통시적 관점에서 손창섭의 소설을 볼 때, 부정적 인간형에 대비한 희망적 인물전환의 시작은 『剩餘人間』이며, 그 완성은 『길』
에서의 성칠인 것이다.

결국 손창섭의 『길』은 대도시적의 삶의 축도라는 점에서 도시소설의
면모를 띠지만, 그 인물들의 얽힘에 의해 결과되어지는 사회상에 대한
작가적 주석과 개입이 존재한다는 점에서 세태소설의 모습을 드러내고
있는 것이다. 곧 『길』에 등장하는 여러 인물들이 서로 얽히면서 엮어가
는 삶의 형태, 곧 경제에 기초한 남녀의 성모랄, 가정의 몰락, 결혼약속
과 파경, 매춘, 정치인의 이중적 삶 등은 그 자체로서 중요한 것이 아니
라 그러한 현상이 비롯된 사회적 제 관계의 변화의 반영이라는 점에서
의미를 갖는 것이다. 이들의 다양한 행동양식의 결정요인이 물질적·경
제적 관심에서 표출되어 나온다는 점에서 『길』의 세태소설적 면모를
찾을 수 있다.

손창섭 소설에 나타난 폭력성

−1950, 60년대 소설을 중심으로

1. 억압적 폭력에 감금된 상상력

폭력은 인간의 역사와 엇비슷하게 발생했다. 이런 이유로 인간이 있
는 곳에 폭력이 존재하고, 폭력이 부재한 곳에 인간도 부재한다는 말조
차 성립 가능하다. 폭력은 폭력의 피해자뿐만 아니라 가해자의 인간성
도 파괴한다. 즉 폭력에 있어 가해자나 피해자나 모두 인간성 파괴란
측면에서 피해자이다. 그럼에도 인류 역사에 있어 폭력은 소멸되지 않
은 채 계속되어 왔다. 폭력의 지속적 위협 속에 인간은 그것을 극복하
려는 응전력의 발휘로 문명을 발전시켜 왔다. 그렇지만 핵무기가 등장

<hr>

* 최강민 / 경희대학교 학술 연구교수

한 20세기에 이르러 폭력은 더 이상 인간의 응전력으로 감당할 수 없는 수준에까지 이르렀다. 이제 대규모적인 폭력의 발생은 인류의 진보가 아닌 파멸을 재촉하는 뇌관으로 작용할 뿐이다.

20세기 들어 한민족은 두 번에 걸쳐 결정적인 거대 폭력[1]을 경험한다. 식민지 시대가 일본 제국주의의 침략이란 외부세력에 의해 거대 폭력이 발생되었다면, 6·25전쟁은 비록 냉전체제의 산물이었지만 같은 민족이 총부리를 들었다는 점에서 내부적인 거대 폭력이었다. 이 두 개의 거대 폭력은 한국의 현대사에서 싫든 좋든 폭력 문화를 한반도에 증식시키는 주요 동인으로 자리 잡는다. 즉 내외적인 거대 폭력의 경험은 부딪치고 확산되면서 우리 한민족의 공동체 의식을 분열시킨 주범이었다.

1922년에 평양에서 출생한 작가 손창섭은 20대 초반까지 일제식민지 시대를, 20대 중반에 혼란스러웠던 해방공간을, 20대 후반에는 6·25전쟁을 체험했다. 즉 손창섭이란 개인은 내외적인 거대폭력을 모두 경험했던 것이다. 특히 6·25전쟁은 그에게 커다란 외상적 폭력이었다. 여기에 작가 자신의 개인사적 폭력 체험[2]이 상호 충돌하여 증폭되면서 손창섭을 옭아맸다. 이 시점에서 그의 작품 활동은 폭력의 올가미를 벗

---

1) 폭력은 분류 기준에 따라 다양하게 나뉠 수 있다. 폭력의 주체에 따라 개인적 폭력과 사회적(집단적) 폭력, 폭력의 빈도에 따라 산발적 폭력과 구조적 폭력, 폭력의 인지 여부에 따라 가시적 폭력과 비가시적 폭력, 폭력의 크기에 따라 거대 폭력과 미시 폭력 등으로 분류된다. 이들 개개의 폭력은 혼자 고립되어 있는 것이 아니라 서로 긴밀하게 연관되어 있다.
2) 손창섭은 「아마튜어 작가의 변」(≪현대한국문학전집≫3, 신구문화사, 1967, 473쪽)에서 자신에 대해 다음과 같이 고백하고 있다. "따뜻한 가정과 사랑이란 것을 모르고 어려서부터 거칠고 冷酷한 현실의 물결 속에 던져져야 했던 나는, 어떻게 해서든지 살아야 된다는 발악과 함께, 육체와 정신은 건전한 발육을 가져오지 못하고, 나날이 위축되고 야위어 가고 일그러져만 갔다."

어나기 위한 몸부림이었다. 손창섭이 폭력에 대응하는 방식은 소극적 수동성이었다. 지향할 목적점도 상실한 채 중층적 폭력이 가져다준 외상적 체험의 자장 속에 손창섭은 허무주의와 손을 굳게 잡았던 것이다. 이때 그는 작품에서 불구자나 병자들을 등장시켜 폭력에 의해 일그러진 인간성을 보여준다.

손창섭은 가해자보다 피해자의 아픔을 드러내는데 주력하면서 폭력의 폐해성을 드러내는데 주력했다. 이것은 가해자보다 피해자의 아픔에 작가의 시선이 닿아 있음을 의미한다. 게다가 전쟁이란 폭력이 가져다준 공포와 불안은 손창섭이 가해자에 대해 냉정하고 진지하게 성찰할 여유를 주지 않았다. 그는 가해자가 가한 폭력 속에서 비참한 삶을 살아가는 피해자를 통해 바로 전후의 시대상과 자신의 아픔을 형상화했던 것이다. 우리는 비록 폭력의 총체적 형상화는 아니었지만 그의 작품을 통해 전후의 상처에 접근할 수 있는 작은 길을 발견한다. 하지만 그것은 너무 비좁고 우울한 색채를 지닌 통로였다.

폭력의 형상화는 50년대에 손창섭만이 지닌 독특한 색깔은 분명 아니었다. 장용학, 선우휘, 오상원 등에서도 폭력은 주요 동인으로 얼굴을 내밀고 있다. 그럼에도 손창섭은 전후에 한반도를 지배했던 폭력의 실체를 가장 첨예하게 드러낸 대표적 작가라 할 수 있다. 그에게 있어 폭력은 작품 창작의 시작이자 끝이었기 때문이다. 흔히 손창섭은 전후작가 중 가장 전후적 특성을 지닌 작가로 평가받는다. 그것은 칭찬의 말이자 동시에 바로 한계성을 지적하는 비판이었다. 그의 작가적 상상력이 폭력의 문제를 끝까지 물고 늘어지지 못하고 도피했다는 말이기 때문이다. 폭력과의 관련성에서 작품을 쓸 수 있었던 손창섭은 폭력의 문제를 회피했을 때 그의 작품도 소멸할 수밖에 없었다.

손창섭은 한국을 떠나 1972년에 일본으로 건너가 정착한다. 그 후 한국일보에 1976년부터 1978년까지 『유맹』과 『봉술랑』을 연재한 것을 제외하고 더 이상의 작품을 한국에서 발표하지 않았다. 현재 그는 도쿄에서 부인과 단 둘이 살면서 여전히 한국측 인사와 단절한 채 조용한 삶을 영위하고 있다. 그는 자신의 작중인물처럼 염인증적 태도를 보이면서 실제 삶을 살아가고 있는 것이다. 그에 대한 연구는 전후작가 중에서 가장 많이 행해져 온 것이 사실이다. 하지만 그것이 질적인 깊이를 담보했는지는 의문이다. 그에 대한 심화된 연구는 이제부터 시작이라고 할 수 있다. 최근 전후소설에 대한 연구자들의 관심이 증대하고 있는 것은 그 토대가 마련되고 있음을 암시한다. 이 글은 손창섭의 작품 중 50, 60년대 소설을 중심으로 하여 폭력의 측면에서 접근할 것이다.

2. 피해의식과 모멸의식의 발현

손창섭은 「아마튜어 작가의 변」에서 "부모도 형제도 고향도 집도 나라도 돈도 생일도 없는, 완전한 영양실조에 걸린 '肉身과 정신의 孤兒'였다. 이것이 어처구니없게도 처음으로 내가 발견한 '나'였"다고 고백한다.3) 그는 더 나아가 이런 자신이 발견한 세계가 이기(利己)와 위선에 찬 적이었음을 진술한다. 이런 손창섭의 고아의식은 세계와 만나 따스한 안식을 얻기보다 멸시와 배척을 당하면서 생성되었다. 이와 같이

---

3) 손창섭, ≪현대한국문학전집 3≫, 신구문화사, 1967, 473쪽.

'나'란 주체와 '남'이란 타자의 발견은 손창섭에게 "인간 및 사회에 대한 불신과 반발심을 길러 주었고, 심지어는 神에 대한 원망마저 품게 하였"다.4) 그 결과 손창섭의 삐뚤어진 반항의식과 피해 의식은 자기모멸의식으로 발전하게 된다.

손창섭의 고아의식이 주로 개인적 폭력의 경험에서 배태된 것이라면 해방공간, 전쟁, 전후사회의 혼란 속에서 경험했던 멸시와 배척은 사회적 폭력의 모습으로 다가온다. 이런 폭력의 경험 속에서 생겨난 그의 피해의식과 모멸의식은 기성사회와 기성권위에 대해 반발하면서 냉소와 자조, 실의와 체념, 위장된 냉소주의, 허위와 불신, 질서의 상실, 애정 촉각의 마비, 생활의 분열 등을 보여준다. 결국 폭력은 손창섭의 작품세계를 규정했던 주요 동인이었던 것이다.

손창섭은 폭력에 대해 분노하지도 투쟁하지도 않는다. 그는 폭력과 대결한다고 세상이 아름답게 변하리라고 생각하지 않았던 것이다. 이러한 소극적 자세는 작가가 희망을 떠올릴 수 없을 정도로 절망하고 있었기 때문이다. 1950년대에 죽음은 먼 곳의 이야기가 아니었다. 바로 가까운 곳에서 친척이나 친구가 졸지에 팔다리를 잃거나 사망했다. 무차별적 폭력이 근접 거리에서 휘둘러지면서 인간이 인간임을 드러내게 해 주었던 모든 도덕적 가치들이 사살되었다. 이런 상황에서 손창섭은 인간임을 포기하는 모멸의식으로 폭력과 대응한다. 그는 작품에서 구데기, 박테리아, 수컷, 송장 등의 저급한 대상을 인간과 등가로 연결시켜 모멸의식을 표현한다. 이런 자기비하의 심리에는 바로 폭력의 잔혹성을

---

4) 손창섭, 앞의 책, 473-474쪽.

드러내려는 작가의 의도가 숨어 있다.

손창섭은 피해의식과 모멸의식을 보여주기 위해 정상적인 인간보다 비정상적인 인간을 대거 등장시킨다. 「사연기」에서 폐결핵을 앓는 성규, 「비오는 날」에서 절름발이인 동옥, 「생활적」에서 폐병을 앓고 있는 순이, 「혈서」에서 간질병 환자인 창애와 다리 병신인 준석, 「육체추」에서 온갖 불구자들이 등장하여 손창섭이 지닌 부정적 세계관을 극적으로 대변한다. 이들은 육체적 불구자일 뿐만 아니라 정신적 불구자이기도 하다. 이외에도 손창섭은 육체는 멀쩡하지만 정신이 병들은 정신적 불구자들을 등장시키기도 한다. 「공휴일」의 도일, 「생활적」의 동주, 「혈서」의 달수, 「피해자」의 병준, 「미해결의 장」의 지상, 「잉여인간」의 봉우 등은 정신이 곪을 대로 곪아 현실 공간에서 비틀거리는 인물들이다. 손창섭은 이런 불구자들을 다수 출현시켜 그렇게 불구자로 만든 폭력적 세상에 대해 '야유와 조소'를 보내고자 했다.

이런 작중인물은 "송장처럼 외계의 힘을 빌지 않고는 적극적으로 자신을 움직여 보지 못하는 위인"[5]들이다. 그들은 무의미한 권태와 무기력에 쌓여 집밖으로 나서기를 꺼려하는 나르시스트들이다. 「공휴일」(1952)에서 도일은 자기를 둘러싼 현실에 흥미도 애정도 느끼지 못한다. 이런 도일에게 결혼이란 굴레는 자아의 확대가 아닌 종속일 수밖에 없다. 결혼이라는 제도는 타자와의 관계 맺음을 통해 사회와 굳건하게 연결되는 기초적 단위이다. 이런 점에서 도일의 파혼 행위는 바로 사회와 관계 맺기를 거부하고 자기 세계에 유폐하려는 행위이다. 이런 양상은

---

5) 손창섭, 「생활적」, 앞의 책, 158쪽.

「혈서」(1955)에서도 반복된다. 다리 하나 없는 준석은 하루종일 이불 속에 누운 채 일어나려 하지 않는다. 그에게 있어 집밖은 부재하는 공간이다. 이처럼 폭력은 인간 사이의 신뢰적 관계를 파괴하며 개인을 사회라는 관계망에서 축출시키는 소외를 발생시킨다.

염인증적 태도를 보이는 나르시스트에게 사회 활동을 통해 자아실현을 하려는 욕망은 삭제되어 있다. 인간이 사회적 존재라는 것을 고려하면 사회에 대한 욕망이 없다는 것은 인간의 존립 근거가 붕괴되었음을 말해 준다. 인간은 결핍된 욕망의 충족을 위해 끊임없이 움직이는 존재이다. 이런 점에서 손창섭의 작중인물이 보여준 욕망의 모습은 기이하기까지 하다. 그의 작중인물이 보여준 욕망 추구의 부재는 불교에서 말한 해탈이 아니라 폭력의 체험 속에 욕망 추구 자체가 억압되었던 것이다.

이러한 욕망의 억압 속에 광범위하게 퍼진 작중인물의 무기력과 권태는 바로 전후 분위기와 분리해서 생각할 수 없다. 「생활적」(1954)에서 전쟁포로수용소에 갇힌 적이 있었던 동주는 전쟁이 가져다 준 폭력의 체험 속에 마음과 몸이 모두 지쳐 버린다. 그는 전쟁이 끝났음에도 불구하고 악몽이나 환상을 통해 폭력이 몰고 오는 공포를 체험한다. 이런 그는 현실에서 제대로 된 삶을 영위할 수 없다. 그에게 있어 타자는 폭력을 언제 가할지 모르는 위험한 대상으로 비춰지기 때문이다. 피해의식에 사로잡힌 동주는 집안에만 머무르고자 한다. 옆방에서 폐병을 앓으면서 죽어 가는 순이의 모습은 바로 폭력의 공포 속에 죽어 가고 있는 동주 자신의 모습이기도 하다. 순이의 주검에 두 번의 키스를 하는 동주의 모습은 자신의 살아 있음을 확인하는 행위이자 머지않아 죽을 자신과의 키스였던 것이다.

東周의 감은 눈에는 포로 수용소 내에서 적색 포로에게 맞아 죽은 몇 몇 동지의 얼굴이 환히 떠오르는 것이었다. 따라서 올가미에 목을 걸린 개처럼 버둥거리며 인민재판장(人民裁判場)으로 끌려 나가던 자기의 환상을 본다. 동시에 벼락같이 떨어지는 몽둥이에 어깨가 절반이나 으스러져 나가는 것 같던 기억. 세번째의 몽둥이가 골통을 내리치자 '윽'하고 쓰러지던 순간까지는 뚜렷하다. 東周는 그만 가위에 눌린 때처럼, '어, 어'하고 외마디 신음소리를 지르고 몸을 꿈틀거려 돌아눕는 것이다. 이마에는 식은땀이 약간 내배이는 것이었다. 6)

이밖에 「잉여인간」(1958)에서도 봉우는 피난 나갈 기회를 놓쳐 적치(赤治) 삼개월을 서울에 숨어 지낸다. 그때 봉우는 빨갱이와 공습에 대한 공포감 때문에 잠시도 깊이 잠들지 못한다. 이러한 불안한 긴장 상태가 전쟁이 끝나고도 고질화되어 현재까지도 지속된다. 그 결과 봉우는 세상일에 흥미를 잃은 채 항상 수면부족에 괴로워한다. 그에게 있어 아직 전쟁은 계속되고 있는 것이다.

이와 같이 손창섭의 작중인물은 정도의 차이는 있지만 전쟁이란 폭력의 영향권에서 벗어나 있지 못하다. 피해의식과 모멸의식에 휩싸인 작중인물들은 가해자가 행사하는 폭력에 일방적으로 노출되어 있을 뿐 그것을 중단시킬 어떤 적극적 행동도 취하지 않는다. 그것은 그들이 폭력을 제압할 만한 권력이 원천적으로 부재하기 때문이다. 나약함만이 존재하는 그들에게 무기력과 권태만이 역설적으로 살아 있음을 증언할 뿐이다.

폭력에 대한 피해의식과 인간 모멸의식이 무성한 곳에서 기존의 가

---

6) 손창섭, 「생활적」, 앞의 책, 155쪽.

치 서열체계는 해체될 수밖에 없다. 손창섭의 작중인물들은 폭력체험을 통해 일종의 아노미적 상태를 보인다. 「공휴일」에서 도일은 자신의 여동생을 보고 '도숙 씨'라고 호칭하고, 「생활적」에서 동주는 해골들이 발견된 우물의 물을 아무렇지도 않은 듯 마시고, 「인간동물원초」에서 방장과 주사장은 남색질에 몰두하는 등 기존 위계질서의 전복이 이루어진다. 이런 전복은 폭력에 의해 일그러진 사회상을 반영한다.

3. 죽음의 본능과 폭력의 모방

삶이 죽음을 배워 가는 과정이라 할 때 삶도 죽음도 없는 소외 속에서 폭력은 광범위하게 퍼진다. 소외된 주체는 폭력을 타자에게 발산함으로써 삶과 죽음의 소외에서 벗어나려는 욕망의 유혹을 받는다.[7] 폭력의 가해자가 피해자에게 물리력을 행사하는 순간 가해자에겐 삶이, 피해자에겐 죽음의 기운이 일시적으로 넘실거린다. 이런 폭력이 존재하는 곳에 붉은 피가 발생한다. "피를 흘리게 하는 것은 살아 있다는 느낌을 주고 강하고 독특하고 다른 모든 사람들보다도 우월하다는 느낌을 준다. 죽이는 것은 가장 원초적인 수준에 있어서 강렬한 도취가 되고 강렬한 자기 확인이 된다."[8] 이러한 강렬한 도취와 자기 확인의 근저에는

---

7) 심리학에서는 폭력보다 공격이란 용어를 선호한다. 앤토니 스톨은 *Human Destructiveness*(Ballantine Books, 1992, 21쪽.)에서 다음과 같이 언급하고 있다. "공격은 자기보존, 자기주장, 자기확인과 밀접하게 연관된 것처럼 보인다. 그리고 자기보존이 위협받거나 또는 자기확인이 부정되었을 때만 미움과 파괴로 바뀌어진다."
8) Erich Fromm, 『인간의 마음』, 황문수 역, 문예출판사, 1977, 32쪽.

죽음의 본능이 완강하게 자리 잡고 있다. 피를 대량으로 흘렸을 때 인간은 죽음으로 치닫기 때문이다. 대부분의 인간은 삶을 긍정적으로 바라보면서 인생을 영위하려는 삶의 본능인 에로스(eros)가 작용한다. 하지만 소외로 인해 삶의 본능이 제대로 꽃피지 못할 때 파괴와 소멸을 통해 실존을 인식하고자 하는 죽음의 본능인 타나토스(thanatos)가 작동한다.9) 죽음의 본능이 극단적으로 발산된 형태는 살인과 자살이다.

손창섭은 개인적, 사회적 폭력에 의해 소외가 발생하자 죽음의 본능을 서글프게 자극 받는다. 자전적 소설인 「신의 희작」(1961)은 죽음의 본능에 사로잡힐 수밖에 없었던 작가의 모습을 적나라하게 노출한다. 이 작품에서 손창섭은 S를 삼류작가 손창섭이라 서두에 지칭하면서 소설을 전개한다. 어린 시절에 S는 어머니가 외간 남자와 정사하는 장면을 목격한다. 게다가 어머니는 S의 고간(股間)을 만지작거려 S에게 이상야릇한 쾌감과 수치감을 동시에 안겨 준다. S는 자살 시도를 통해 이런 현실에서 벗어나고자 했으나 실패하고, 어머니는 멧돼지 같은 남자와 함께 만주로 도망쳐 버린다. 그 후 S는 소학교를 졸업하고 일년 가까이 만주 각처를 전전하다가, 일본으로 건너가 신문배달과 우유배달을 하며 중학교에 다녔다. 이 무렵 다 컸음에도 불구하고 S는 치욕적인 야뇨증으로 고생하다가 또 한 번의 자살 시도를 한다.

이런 경험들이 일종의 폭력체험으로 작용하면서 S는 폭력을 모방해

---

9) 에리히 프롬은 『인간의 마음』(앞의 책, 53쪽)에서 삶의 본능과 죽음의 본능에 대해 다음과 같이 언급한다. "순수하게 죽음을 사랑하는 사람은 미친 사람이고 순수하게 삶을 사랑하는 사람은 성인이다. 대부분의 사람들에게 있어서는 죽음을 사랑하는 정위와 삶을 사랑하는 정위는 특수하게 섞여 있으며 중요한 것은 두 경향 중에서 어느 것이 지배적인가 하는 것이다."

일본에서 툭하면 싸움질에 몰두한다. 부모형제도 없고, 생리적인 불구자로서 죽음을 겁내지 않는 S는 비위에 거슬리는 놈을 닥치는 대로 때려죽이고 죽어도 좋다고 생각한다. 이처럼 죽음의 본능에 사로잡힌 S는 폭력을 가해 자신과 상대방을 파멸로 내몰거나, 아니면 내면세계로 침잠해 밖으로 나오지 않으려는 자폐증 증세를 보인다. 이때 '살인과 자멸'의 충동은 별개가 아닌 하나이다.

> 「될 대로 되라.」
> 는 자포자기와,
> 「그 놈을 죽여 버리고 나도 없어지면 그만 아냐?」
> 　살인과 자멸의 충동으로 기울어지곤 했다. 그것은 그에게 있어서 조금도 놀라운 일도, 무서운 일도 아니요, 언제나 무엇에 도취하듯 자신있게 저질러 버릴 수 있는 자랑스러운 가능성이었다. 그러나 자식이 있으면 아무래도 그러한 가능성이 박약해질 수밖에 없어서 그게 싫었던 것이다. 그와 같은 가능성의 약화는 마치 그의 인간 가치가 존재의 의미가 약화되는 것같이 겁났던 것이다. 10)

　S에게 "정체불명의 터무니없는 복수심은 대개 성욕을 자극하는 기묘한 심리적 현상으로 나타난다. 복수의 쾌감이 곧 섹스 아피일"11)과 통했던 것이다. 이 부분은 폭력을 행사하고 싶은 주체의 욕망이 성폭력으로 유도되고 있음을 말해 준다. 그렇다면 손창섭은 「낙서족」의 도현, 「신의 희작」의 S처럼 왜 유독 강간이란 성폭력에 집착할 수밖에 없었을까.

---

10) 손창섭, 「신의 희작」, 앞의 책, 441쪽.
11) 손창섭, 앞의 책, 429쪽.

그것은 죽음의 본능에 지배된 작가의 자기 모멸의식과 관련성이 깊다. '자기 모멸의식'은 자기비하의 감정으로서 태어났다는 사실에 대한 자학적 분노이다. 생명의 탄생은 남녀의 성관계를 통해서만 이루어진다. S는 강간과 같은 성행위로 여성을 모욕하면서 생명 자체에 대한 거부감을 표시했던 것이다. 이런 까닭에 「신의 희작」에서 S는 아내 지즈코와의 사이에서 아기가 태어나는 것을 한사코 싫어한다. S는 자신과 같은 불구자를 또 하나 생산하고 싶지 않았던 것이다.

「신의 희작」뿐만 아니라 다른 작품에서도 손창섭은 성폭력을 자주 등장시킨다. "성적 폭력과 무질서는 바로 죽음의 심연과 다른 것이 아"12)니다. 그것이 사랑이든지 강간이든지 성행위는 간접적인 죽음을 경험함으로써 삶의 실존을 획득하려는 몸짓이다. 죽음의 본능에 지배된 인간들은 성행위를 통해 삶을 확인하려고 하지만 그 가능성은 별로 높지 않다. 일반적이고 바람직한 성행위는 삶의 본능에 바탕을 둔 양자가 성관계를 맺음으로써 삶 속에서 죽음을 엿보는 것이다. 즉, 삶의 본능에 지배된 주체는 타자와의 성행위 속에서 죽음의 본능과 교감하였다가 다시 삶의 본능으로 되돌아온다. 이때 죽음의 본능과 교감한 주체가 지닌 삶의 본능은 예전보다 더욱 건강한 모습을 띤다. 이에 비해 죽음의 본능에 지배된 주체는 타자와의 성관계 속에서 삶의 본능을 잠시 접하기도 하지만 대부분 죽음의 본능을 증폭시킬 뿐이다. 소외된 주체와 타자의 도피적, 강제적 성행위는 성관계의 순간을 제외하고는 결코 소외를 벗어날 수 없다. 성폭력이 「유실몽」과 「인간동물원초」에서 보듯 도

---

12) Georges Batailie, 『에로티즘』, 조한경 역, 민음사, 1989, 114쪽.

착적 성행위로 발전할 때, 존재가 소외를 벗어날 가능성은 더욱 줄어든
다. "도착은 에로스와 죽음의 본능의 궁극적인 일치 또는 죽음의 본능
에 대한 에로스의 굴복을 암시"[13]하고 있기 때문이다.

「유실몽」(1956)이란 작품을 보자. 여기에서 누이와 매형 상근은 거의
이틀거리로 돈 문제 때문에 부부 싸움을 한다. 매형은 때리기만 하고
누이는 맞기만 하게 마련인 이들의 싸움은 전형적인 새디스트와 매저
키스트들의 풍경이다.[14] 이들은 줄기차게 부부싸움을 하지만 그에 못지
않게 성관계에 열심이다. 오히려 폭력은 성적 흥분을 배가시키는 요소
로 작용한다. 이런 기묘한 관계를 유지했던 누이는 어느 날 무단가출하
여 상근의 곁을 떠난다. 그 떠남의 이유가 무자비한 폭력이 아니라 돈
문제였다는 것은 이들에게 있어 폭력은 폭력이 아니라 유희였음을 증
명한다.[15] 매저키스트와 새디스트의 등장은 당대 사회에 만연한 폭력문
화가 구조적인 것임을 암시한다. 새도매저키즘은 소외가 만발한 곳에서
만 기생하는 것이기 때문이다.

> 남편이 덤벼들기 시작하면, 누이는 재빨리 두 무릎 사이에 얼굴을 처
> 박고, 두 손으로 머리를 감싸안은 채 꼼짝하지 않는 것이다. 남편의 주
> 먹이 떨어질 적마다 움칠움칠 놀라면서도 그냥 몸을 더 웅크릴 뿐이다.

---

13) Herbert Marcuse, 『에로스와 문명』, 김인환 역, 나남, 1989, 55쪽.
14) 린 챈서는 『일상의 권력과 새도매저키즘』(심영희 역, 나남, 1994, 51쪽)에서 새
    도매저키즘(새디즘과 매저키즘의 합성어)에 대해 다음과 같이 언급한다. "가부
    장제는 여성은 보다 매저키스트적인 위치로 돌아가게끔 사회화하고 남성은 보
    다 새디스트적인 역할을 담당하도록 사회화함으로써 새도매저키즘이 성차별화
    하는 경향을 창출한다."

간혹, "아야! 아야!" 하고 유창한 비명을 지르는 것이 고작이었다. 그것은 참말 비명으로 듣기에는 너무나 느리고 부드러운 발음이었다. 하기는 누이도 어쩌다가 아픔을 참지 못하는 듯, "한 군데만 자꾸 때리지 말아요! 여기저기 좀 골라가면서 때리라구요." 하고 호소하는 일이 있었다.[16)]

폭력은 일회성으로 그치는 것이 아니라 폭력은 다른 곳으로 전염된다. 즉, 폭력의 가해자는 폭력을 행사함으로써 더욱 폭력에 집착하도록 만들고, 폭력의 피해자는 가해자를 모방하여 폭력을 행사한다. 이런 점에서 폭력의 발생은 악순환적 고리를 형성한다. 「혈서」(1955)에서 전쟁이란 거대폭력 속에서 다리 병신이 된 준석은 자기와 별반 다른 위치에 있지 않는 무기력한 달수의 손가락을 절단하는 폭력을 사용하고, 「소년」(1957)에서 초등학생 창훈은 집에서 받은 폭력을 또래에게 폭력으로 화풀이하고, 장편 「낙서족」(1959)에서 도현은 일경에 의한 폭력을 보상받기 위해 힘없는 일본 여성을 폭력으로 진압해 강간한다.

이와 같이 손창섭의 작중인물은 자신도 모르게 폭력을 모방한다. 그 모방하는 욕망의 근저에는 다음과 같은 심리가 자리잡고 있다. 첫째, 자신에게 폭력을 행사했던 가해자와 같은 폭력 행사 그룹에 들어감으로써 다시 자신에게 가해자의 폭력이 행사되지 않도록 하려는 방어심리이다. 동료는 같은 동료를 해치지 않는다는 원칙이 적용된 것이다. 둘째, 폭력을 행사함으로써 삶의 권태에서 벗어나 삶의 실존을 확인할 수 있다는 심리이다. 셋째, 폭력을 통해 모든 것을 파괴함으로써 복수를 성

---

16) 손창섭, 「유실몽」, 앞의 책, 228쪽.

취하면서 죽음에 이르고자 하는 심리이다. 넷째, 폭력이란 권력에 매혹되어 폭력을 흉내 내어 그것을 획득하고자 하는 약자의 심리이다. 이상의 네 가지 심리가 개별적이거나 복합적으로 작용하면서 손창섭의 작중인물은 폭력을 모방하도록 채찍질 받았던 것이다.

4. 지배와 피지배의 생성과 구원의 모색

폭력은 하나의 물리력으로만 존재하는 것은 아니다. 폭력은 발생하면서 가해자와 피해자 사이에 상하의 위계질서를 창조하는 권력이기도 하다. 인류 역사에 있어 타국의 침략을 통해 자국의 영토 확장과 식민지 개척을 도모했던 것은 흔한 일이었다. 당대에 가장 큰 폭력을 행사하는 집단은 언제나 합법화와 지배층이란 탈을 쓰고 나타나 타자를 주변화 시키면서 자신을 정당화시켰다. 이런 점에서 어디까지가 폭력이고, 어디까지가 폭력이 아니냐는 경계선의 설정은 언제나 논쟁의 소지를 안고 있다.

폭력이 발생하는 곳에서 일반적으로 소외는 무성하게 번성한다. 죽음의 본능에 사로잡힌 일부 사람들은 폭력을 통해 소외에서 탈출을 시도하기도 한다. 그들은 타자를 마음대로 할 수 있는 폭력과 권력을 행사할 때 삶의 실존을 확보할 수 있다고 생각한다. 하지만 이때 폭력과 권력욕망의 주체가 타자를 피지배자란 기호로 폭력적으로 감금하는 것이라면 주체의 해방 가능성은 많지 않다. 타자가 하나의 사물로 격하될 때 주체와 타자의 진정한 교감은 끊어질 수밖에 없기 때문이다. 그럼에도 폭력과 권력욕망에 사로잡힌 주체는 소외감에서 벗어나기 위해 폭력에 더욱 매달리고, 그에 비례하여 소외감도 커지는 악순환이 반복된다.

「공포」(1965)는 폭력이 하나의 권력으로 작용하면서 작중인물의 심리가 어떻게 영합하는지를 희화화해 보여준다. 이 작품에서 어른인 오씨는 소년인 장대식이 몰고 온 폭력의 기세에 눌려 공포와 불안에 떨다가 그의 부하가 된다. 비록 장대식은 비록 어리고 체구도 작았지만 타인을 제압하는 기백이 있었기에 덩치가 큰 놈도 함부로 덤비지 못한다. 장대식의 부하가 된 오씨의 모습은 폭력이 어떻게 한 인간을 파괴하고 추락시키는지를 보여준다. 대식의 위협에 어쩔 수 없이 부하가 된 어른 오씨는 처음 낭패감에 휩싸인다. 하지만 평범했던 자신이 대식을 통해 권력에 접근하였다는 생각에 그는 은근한 자랑과 우쭐해지는 기분을 느낀다. 이런 오씨의 모습에서 폭력과 권력에 종속화 되어 왜소화된 현대인의 자화상을 엿볼 수 있다.

손창섭의 작품은 권력의 중심부에서 배제된 타자들이 주변부에서 만들어 내는 슬픔의 미학이다. 대부분 그의 중요 작중인물은 폭력의 발생 속에서 피해자 역할에 머무른다. 이것은 작중인물이 현실 권력에서 철저하게 소외되어 있음을 말해 준다. 그렇다고 소외된 작중인물이 그것에서 벗어나기 위해 적극적인 행동을 보여주지도 못한다. 이것은 존재가 지향할 탈출구 자체가 전쟁이란 폭력 속에 궤멸되어 버렸기 때문이다.

폭력이 권력과 불가분의 함수 관계를 가진다면 그것은 또한 가부장제와 긴밀한 관련성을 갖는다. 남성이 우월적 권력을 행사하는 가부장제 사회에서 손창섭도 여성과 마찬가지로 중심부 권력에서 소외된 존재이다. 이런 점에서 손창섭과 여성은 가부장제의 폭력 속에서 피지배자란 기호로 전락해 버린 동지이다. 그래서 그는 남성보다 여성에게 따스한 시선을 던진다. 비록 그는 「잉여인간」에서 치과의사인 서만기를 긍정적 인물로 그리고 있지만 그 모습은 남성보다 여성에 더 가깝다. 여기에서 다시 한 번 여성적 세계관에 대한 손창섭의 긍정적 시선을 확인할 수 있다. 손창섭은 성별로 보았을 때 남성보다 여성에게서 구원의 가능성을 더 많이 발견한다. 그래서 그는 「미소」의 귀양, 「소년」의 남영, 「미해결의 장」의 광순, 「낙서족」의 상희, 「신의 희작」의 지즈코 같은 긍정적 여성상을 창조한다. 이것은 작가가 여성적 특성인 섬세함, 포용성, 감성에서 폭력의 상처를 치유할 가능성을 보았기 때문이다.

「미소」(1956)는 수작은 아니지만 여성을 통한 구원의 모색과 폭력의 관계를 잘 보여준다. 이 작품에서 '나'는 기독교 냄새를 풍기는 투명한 귀양의 미소에 매혹된다. 이때 '귀양'은 실체적 인간이 아닌 '나'란 주체의 소외를 해결해 줄 수 있는 가공의 대상으로 안식, 포용, 희망을 상징한다. 이런 귀양의 모습은 상황에 따라 처녀나 어린 소녀 등으로 다양하게 나타난다. '나'는 어느 날 귀양을 만나 부드러운 미소를 보려고 다가가지만 귀양의 당혹스러운 표정과 다른 사내들의 폭력에 의해 좌절된다. 그럼에도 '나'는 귀양의 미소를 접해 보겠다는 열망을 포기하지 않는다. 신기루같은 희망마저도 없다면 현재의 절망을 도저히 견딜 수 없기 때문이다. 이런 양상은 창녀 광순을 좋아하는 대학생 지상이 등장한 「미해결의 장」에서도 유사하게 나타난다.

　　나는 거의 울상이 되어, 貴孃에게 매어달리듯이 애걸했읍니다. 그러
　나 결과는 참 어처구니없었읍니다. 즉석에서 나는 너댓 명의 사내에게

붙들려 교회당 밖으로 질질 끌려 나왔읍니다. 그러면서도 뿌리치고 貴
孃 쪽으로 달려가려는 나를, 그들은 마침내 쥐어박고 뺨을 치고 했읍니
다. 나는 정말 억울했읍니다. 무지한 사내들의 폭력에 눌리어 나는 절호
의 기회를 놓치고 만 것입니다. 그러나 나는 추호도 貴孃을 오해하지는
않습니다. 貴孃의 그 투명한 미소에 가래침을 뱉을 수는 없기 때문입니
다. 貴孃에 대한 나의 염원은 더 맹렬히 불타오를 것입니다.[17]

손창섭은 긍정적 시선만이 아니라 그에 못지않게 부정적 시선을 여
성에게 던진다. 조건 좋은 남자를 찾아 떠난 「공휴일」의 아미, 돈 벌어
오라고 남편을 핍박한 「피해자」의 조순실, 「신의 희작」에서 부도덕한 S
의 어머니 등은 작중주인공을 핍박하거나 치욕을 주었던 대상으로 나
타난다. 특히 「치몽」(1957)에서 소년들에게 희망의 기호였던 '을미'는 다
방에 나가 가부장제적 사회에 적응하면서 순수함을 잃고 영악한 처녀
로 변신한다. 이렇게 여성을 부정적으로 보는 것 외에도 손창섭은 자신
보다 약자인 여성을 단순한 성적 대상물로 격하시켜 버리기도 한다. 손
창섭은 「신의 희작」과 「낙서족」에서 작중 주인공을 빈번하게 여성을
강간시킨다.

이처럼 여성에 대한 극단적 양면성은 그가 여성을 통한 삶의 구원에
실패했음을 의미한다. 그에게 있어 희망의 기호인 여성은 언제나 신기
루처럼 먼 곳에 있었고, 다가가려는 존재의 몸짓은 폭력에 의해 좌절되
었다. 게다가 가부장제적 폭력문화 속에서 여성을 폭력이라는 적과 맞
서기 위해 연대해야 할 동료임을 손창섭은 객관적으로 파악하는데 실

---

17) 손창섭, 「미소」, 앞의 책, 283쪽.

패했다. 그는 같은 약자라는 처지에서 생겨난 동병상린 이상으로 여성을 생각하지 못했다. 그래서 오히려 어떤 작품에서 손창섭의 작중인물은 폭력의 억압에 대한 분풀이로 가부장제의 폭력을 모방해 자신보다 약자인 여성에게 폭력을 행사했다. 이때 그는 여성을 피지배자란 기표로 자신을 지배자란 기표로 설정했던 것이다. 그는 가부장제적 폭력에 반감을 느꼈지만 자신도 그런 폭력을 모방해 파생시키는 구성원 중의 하나임을 깨닫지 못했던 것이다. 그 결과 손창섭이 보여준 존재의 탈출구 찾기는 어디까지나 모색에 그칠 수밖에 없었다.

5. 객관화에 실패한 폭력의 형상화

인간은 관계를 통해서만 세상에 존재할 수 있다. 그렇지만 손창섭 소설을 보면 이 관계는 폭력에 의해 그 연결 고리가 파괴되어 있다. 타자와 교감할 수 없어 나르시스트로 변신한 이들은 손창섭 작품에서 대부분 정신적, 신체적 불구자이다. 「공휴일」과 「생활적」에서 보듯 피해의식과 모멸의식에 지배된 나르시스트들은 권태와 무기력에 침윤된다. 이와중에 기존의 가치 서열체계는 무너지고, 죽음의 본능에 휩싸인 작중인물은 「혈서」와 「소년」에서 보듯 폭력을 모방하기까지 한다. 게다가 「유실몽」처럼 폭력은 부정적 이미지를 넘어 유희의 차원으로까지 확대된다. 그렇지만 폭력을 유희화한 새도매저키즘의 등장은 더욱 소외를 확산시킬 뿐이다.

이런 절망적 상황에서 희망은 낯선 타자일 수밖에 없다. 그럼에도 인간은 희망 없이 살 수 없기에 기만적인 희망이라도 떠올려야 한다. 손창섭은 「미해결의 장」과 「미소」에서 보듯 여성적 세계를 지향함으로써 절망의 탈출을 모색한다. 그렇지만 가부장적 유산을 완전히 버릴 수 없었던 그는 여성과 연대해 폭력에 대항하지 못한다. 오히려 그는 「신의 희작」과 「낙서족」처럼 남성인물을 지배자로 여성인물을 피지배자인 성적 대상물로 설정하여 폭력을 휘두르기까지 했다. 그래서 존재의 구원은 자꾸만 멀어지고, 작중인물의 절망은 깊어 갔다.

이와 같이 손창섭은 1950년대에 고통스러운 폭력 체험의 파편들을 소설의 전면에 배치시켰다. 타인에게 쉽게 말할 수 없는 폭력의 기억을 소설화시킴으로써 그는 폭력이 얼마만큼 인간성을 파괴하고 있는지를 보여주고자 했던 것이다. 이런 소설화 전략은 폭력에 억압된 무의식의 심층을 표층으로 끌어올려 공론화 시키는 작업이었다. 하지만 무의식의 형태로 숨겨진 주관적 폭력 체험은 노출화 전략 속에 객관적 폭력체험으로 완전히 드러나지 못한다. 그래서 그가 보여준 폭력의 양상은 보편적 차원으로까지 확대되지 못한다.

손창섭은 「신의 희작」에서 보듯 소설을 자기고백의 문학으로 생각한다. 따라서 허구와 실재는 끊임없이 상호 자리바꿈하여 그에게 작용한다. 이런 그에게 있어 작중인물과의 거리는 중요하다. 거리 확보에 실패하면 작중인물이 지닌 시선의 한계에 그대로 함께 갇혀 버리기 때문이다. 손창섭은 객관적 시점인 3인칭을 자주 사용해 그 거리를 확보하고자 했다. 그렇지만 자신이 경험한 폭력적 체험을 소설화하는 것이었기에 종종 손창섭은 그 거리 유지에 실패한다. 이런 이유로 그가 보여준 폭력 피해자의 아픔은 독자에게 보편적 차원으로까지 확대되어 전달되지 못하고 특이한 개성의 표출이었다는 식에 머문다. 손창섭이 선보인 주관화된 폭력의 모습은 전후 분위기를 짓눌렀던 폭력의 실체를 온전히 드러낼 수 없었던 것이다.

손창섭은 자신이 경험한 폭력의 악몽에서 벗어나기 위해 폭력을 드러냄으로써 폭력을 극복하고자 했다. 그렇지만 그의 시선은 심층에 숨은 가해자의 정체를 꿰뚫는 데까지 도달하지 못한다. 이것은 작가가 폭력을 직시하기보다 「유실몽」의 '나'처럼 방관자적 태도를 취하거나 「피해자」의 병준처럼 문제 해결보다 피해 다니기에 급급했기 때문이다. 그래서 손창섭은 폭력의 전체를 형상화하지 못하고 일부분만을 형상화했다. 이것은 작품에 나타난 폭력이 유기적으로 전체 사회와 연결되지 못하고 개별적으로 펼쳐졌음을 의미한다.

이것은 폭력의 직·간접적 피해자의 입장에 서 있는 손창섭에게 어쩔 수 없는 한계였는지 모른다. 게다가 당시는 폭력의 실체를 이론적으로 규명할 만한 학문적 체계와 시간적 여유도 없었기에 작가의 직관에 의존할 수밖에 없었다. 그렇다고 그의 소설이 간직한 취약성을 덮어 버릴 수는 없다. 우리는 폭력의 종식을, 죽음의 본능보다 삶의 본능이 세상에 더 충만하기를 한없이 바라고 있기 때문이다. 손창섭 이후 김원일, 조정래, 이동하, 임철우 등은 폭력을 통해 사회현상과 인간성에 접근한다. 그들이 보여준 폭력에 대한 깊이 있는 시선은 바로 손창섭이란 앞선 작가가 있었기에 가능했다. 이런 점에서 손창섭이 보여준 폭력의 미학은 비록 총체적 형상화에 못 미쳤음에도 불구하고 1950년대적 의미망을 획득한다.

'아버지되기'의 실패와 '실체없는' 구원의 여성상

—손창섭 소설의 허무의식을 중심으로

1. 서론

1) 기존 논의 검토와 문제 제기

50년대는 전쟁의 군신인 마르즈의 시대요, 잔학의 시대다.[1] 6·25 전쟁을 간과한 채, 우리는 50년대의 어떠한 것도 말할 수 없다. 당대 정치·사회·사상 등 모든 것이 전쟁의 포화와 그 후유증 속에서 몸살이를 앓고 있었고, 이러한 사정은 문학 또한 마찬가지였다. 이처럼 전쟁이 모든 것의 발생론적 기반이 될 수밖에 없었던 비극 속에서, 우리 문학

---

* 유선혜 / 서강대학교 박사과정 수료
1) 이재선, ≪현대한국소설사≫, (서울;민음사, 1991), 82쪽.

은 나름대로 사회를 읽어내고 형상화시키는 작업에 부심한다. 당대의 문학을 '재난의 상상력'이라 규정한 이재선 교수의 말 그대로, 우리의 소설 속에서 '전쟁이라는 재난과 파국 속에서의 죽음과 상처, 가치의 붕괴체험, 희생과 안주부재, 방향 상실, 분열, 굶주림, 증오와 같은 일련의 삶의 피해나 정서적으로 손상된 삶의 상황과 조건에의 제시가 편제화[2]하기에 이르는 것이다.

이러한 시대를 대표하는 작가로 우리는 손창섭을 꼽기에 주저하지 않는다. '손창섭 문학의 흥륭과 쇠퇴는 전후소설의 그것과 운명을 같이 하고 있는 것이며, 이 점에서 그의 작품세계는 한국 전후 소설의 대표 가운데 하나라는 정도를 넘어서 그것의 조재 자체에 대한 상징'이라 한 이동하의 말을 상기하지 않고서도, 우리는 1950년대 사회의 제양상을 자신의 소설들 속에 '재난의 상상력'으로 풀어냈으며, 이후 자신의 온 힘을 소진한 듯 작품 활동을 중단한 채 일본으로 귀화해 버린 손창섭을 제외하고는 '전후문학'이라 일컬어지는 당대 소설의 제양상을 온전히 이해할 수 없다.

이러한 손창섭에 대해 기간 학계의 연구 또한 활발하게 이루어져 왔던 것이 사실이다. 우리는 이러한 손창섭 연구를 다음과 같은 범주로 묶어 살펴볼 수 있을 것이다. 첫째, 손창섭을 연구하는 대부분의 논자들은 손창섭 문학 연구의 중심을 작가의식과 작중인물의 특이성에 두는 모습을 보여주었다[3]. 이는 그의 문학 속에 등장하는 작중인물과 이를

---

2) 이재선, 위의 책, 82쪽.
3) 이러한 연구를 중점적으로 행한 논자들을 뽑아보면 다음과 같다.
   유종호, "모멸과 연민", ≪현대문학≫, (1959.9-10)

통해 드러나는 작가의 인간관이 전의 소설들과는 판이하게 다른 양상을 띠고 있었기 때문인데, 유종호의 '모멸의 인간상', 김상일의 '거대한 근대 메커니즘 속의 수동적·기계적 인간상', 이선영의 '아웃사이더로서의 작중인물'은 모두 그러한 손창섭 소설의 인물이 갖는 특이성을 주목한 것이었다. 물론, 논자들은 이러한 작중인물이나 작가의식이 특이성이 전쟁 체험과 긴밀히 맞물려 있음을 간과하지 않았으며, 더 나아가 이를 손창섭의 개인사와 연결 지으려는 노력을 보여 주기도 한다. 이처럼 작품을 작가의 개인사와 연결하는 작업은 손창섭이 「신의 희작」이라는 자전적 소설을 발표하면서 더욱 활성화되기에 이르러, 송기숙이나 신경득 같은 논자들은 <신의 희작>을 원텍스트로 하여 그의 전 작품을 정신병리적인 측면에서 해석하려는 모습들을 보여주게 된다. 요컨대, 이들은 '작가가 창조한 작중인물이 작자 자신의 일면을 나타내고 있는 수가 많다'[4]는 명제를 중심 테제로 「신의 희작」을 통해 밝혀진 작가의 '섹스 콤플렉스·열등감 콤플렉스·외디푸스 콤플렉스·사디즘·남근선망' 등의 성향을 중심으로 작품을 해석하는 면모를 보여주었던 것이다. 그러나, 이후 이러한 연구들은 작품 내재적 원리나 형상화 원리를 배제한 채 작가나 작품을 정신병리의 측면에서만 일의적으로 파악했다는 비판을 받게 된다.

김상일, "손창섭 또는 비정의 신화", 《현대문학》, (1965.10)
이선영, "아웃사이더의 반항", 《현대문학》, (1966.12)
______, "한국현대소설과 인간소외", 《인문과학》 24·25합집, (1971)
송기숙, "창작과정을 통해 본 손창섭", 《현대문학》, (1946.9)
신경득, "반항과 좌절의 미학", 《월간문학》, (1978.12)
4) 유종호, 위의 글, 88쪽

둘째, 우리는 앞선 논자들과 동일한 입장—작가정신과 작중인물 연구—에 서면서도 그들이 개괄적인 작품 연구에 머물렀던 것을 반성하면서, 손창섭 소설의 통시적인 변모 양상을 고찰하려 한 논자들의 노력을 발견할 수 있다[5]. 손창섭 소설은 일관해서 '병리적'이고 '모멸적'인 인간상을 제시하는 단면성을 노출하고 있다는 평가에 반해, 이들 논자들은 텍스트를 고찰하는 가운데 그의 세계관 내지는 인간관이 1950년대 후반을 기점으로 '부정'에서 '긍정'으로 선회하고 있음을 밝히는 데 주력했다. 조남현은 손창섭의 초기소설을 '병자의 소설'로 명명하고, 이러한 소설들이 '비가 오거나 음산한 날(시간적 배경), 낡아 빠진 셋방(공간적 배경)에서 정신이나 육체가 병든 남녀(인물)가 계속 앓고 있다(사건)는 공식을 중심에다 두고 있'다고 정리한 후, 1958년을 전후로 발표된 <가부녀>・<고독한 영웅>・<잡초의 의지>・<잉여인간> 등에 이르러서는 이러한 '인간부정론으로 치달렸던 일원론적 인간관에서 부정적 현상과 긍정적 현상의 공존을 인정하는 이원론적 인간관으로 자리를 옮'겼으며, 이에 따라 손창섭이 '건강하고, 가치 지향적인 인간형들에게도 관심'을 기울이는 긍정적인 반향전환을 보여 주었다고 평가한다. 이동하는 <미해결의 장>으로 대표되는 '자전적 소설군'과 <잉여인간>으로 대표되는 '긍정에의 노력을 담은 소설군', 그리고 이 두 소설군을 통합

---

5) 뒤에서 상술하겠지만, 이에 속하는 논자들의 글을 먼저 제시해보면 다음과 같다.
조남현, "손창섭 소설의 의미 매김", ≪문학정신≫, 33-34호, (1989.6-7)
이동하, "손창섭 소설의 세 단계", 전광용 외 ≪한국 현대소설가 연구≫, (서울;민음사, 1989)
김종회, "체험소설의 반화법- 그 특성과 한계", ≪문학사상≫, (1989.3)
이부순, "한국 전후소설 연구", 서강대 박사, (1994)

하는 위치에 있는 <낙서족>으로 손창섭 소설을 삼분한 후 '손창섭의
소설은 언제나 변함없이 유우머와 페이소스의 복합을 기줄 삼고 있되,
그 속에 담긴 작가의식이나 인간관에 있어서는 많은 변모를 거쳐 왔다
고 말할 수 있'다고 하면서 결론을 맺고 있다. 이 밖에도 '1952년 <공휴
일>을 발표한 이래 1958년 <잉여인간>에 이르기까지 7년 간에 걸쳐
내놓은 20여 편의 초기소설들'을 '어두운 지하에 유폐된 수인의 기록'
이라 정의하고, 이후 <미해결의 장>·<인간동물원초>·<설중행>·
<낙서족>·<잉여인간> 등의 작품군이 '삶에 대한 긍정적 의욕'을 드
러내고 있다고 한 후, 1960년대 이후 <청사에 빛나리>·<길> 등의
작품에서는 작가가 서정적 감성으로 사회를 바라보거나 대중적 경향을
띠는 변모를 보이고 있다고 주장한 김종회의 논의, 전후소설의 작품내
재적 특성을 고찰하는 가운데 '전도된 상상력·생명중심성·편집중적
비전'이라는 세 가지 요소를 도출하고, 이를 손창섭 문학에 적용시켜
<미해결의 장>을 기점으로 그의 문학적 변모를 고찰한 이부순의 논의
등이 이에 속하는 연구 성과물이다.

  첫째 부류의 논의들이 주로 외재적인 입장을 취하여 컨텍스트 중심
의 논의를 펼치고, 둘째 부류의 논의들이 이러한 컨텍스트 중심의 논의
를 작품 내적 원리로 끌어들이는데 노력했다면, 이제 내재적 입장을 보
다 중시하면서 작품 자체의 미적 원리나 형상화 과정 등을 밝히려는 논
의들을 우리는 셋째 부류로 범주화할 수 있을 것이다. 작품의 '상징적
배경·설득력 있는 심리묘사·비판과 풍자·연민을 내포한 이중시점'
등을 손창섭 소설이 아직까지 설득력을 가질 수 있는 요인이라고 분석
한 이기인의 논의, 손창섭 소설의 '미적 양상'을 브레통의 '<그로테스

크 블랙 유우머>와 <부조리 블랙 유우머>'라는 개념을 빌어 와 설명한 이태동의 논의, 시간의 측면에서 손창섭 소설의 의미를 탐색하면서 그의 소설들을 '추상적 무시간성의 형식'·'정지된 시간의 세계' 등으로 평가한 정호웅·서준섭의 논의, '손창섭의 총체적 소설세계'가 '인간의 獸性的인 비인간화·가치의 무의미화와 전도화·불구와 병리·방향상실·비로써 상징되는 우울한 분위기의 편재화 등으로 편성된 세계'임을 입증한 이재선의 논의, <비오는 날>에서 '네 가지 서사적 형식─① 비가 내리고 있는 것 ② 모든 인물명칭이 한자로 표시되어 있다는 것 ③ 문장의 거의 대부분이 '것이었다'로 서술된다는 것 ④ 3인의 인물등장과 그 중 한 명이 육체적 불구라는 것─을 도출하고 이런 기본 형식을 통해 손창섭이 '이성'이라는 가면을 쓴 얼굴만을 보여 주었던 종래의 소설에서 탈피해 인간의 '맨얼굴'을 보여 줌으로써 '이성적인 것에' '항의'하려 했다고 평가한 김윤식의 논의, 이전의 논의들이 '작품에서 어떠어떠한 형태의 위선적인 인간이 많이 발견된다는 결과상의 사실 확인에서 그치'는 문제를 드러냈다고 비판하면서, 손창섭 소설의 형상화 방식의 원리를 '아이러니'라고 보고 서술자의 관찰자적 태도가 갖는 아이러니의 효과를 고찰, 이를 부조리 인식과 연결시킨 한상규의 논의 등[6]

---

6) 이광훈, "손창섭 문학 산고", ≪고대 문화≫ 3집, (1961.8)
　이기인, "손창섭 소설의 미적 구조", ≪어문 논집≫ 27, (고대 국어국문학회, 1987.12)
　이태동, "비극적 유우머와 욕망과 현실사이", ≪한국소설의 위상≫, (서울;문예, 울;예하, 1987)
　정호웅, "50년대 소설론", 문학사와 비평연구회 편, ≪1950년대 문학연구≫, (서울;예하, 1987)
　서준섭, "정지된 세계의 소설", ≪한국전후문학의 형성과 전개≫, (서울;태학사,

이 이에 속한다. 최근에는, 기존에 논거나 방법적 기준 없이 일컬어져왔던 '허무주의'라는 손창섭의 작품 경향을 고드스블룸(J.Goudsblom)의 허무주의 이론에 비추어 보다 정치하게 분석해낸 논의가 나왔는데, 이는 손창섭의 작품 경향을 전후 상황과 관련하여 실존주의의 측면에서만 다루려 해 왔던 기존 논의를 비판, 그의 사상적 입각점을 허무주의라는 특정 기준에 기대어 자세히 고찰한 논의로서 주목된다.7)

이상, 지금까지 이루어져 왔던 손창섭 연구를 범주화해 봄으로써, 우리는 문학 연구가 작품 외재적 측면에서 정치해지는 과정에서 그의 작품세계는 물론이요, 그가 형상화시킨 당대 사회의 면모까지도 보다 정확한 모습을 드러내고 있음을 알 수 있었다. 작가의 개인사에 치중해 작품을 보려는 초반의 연구에 내재된 함정이 지적·보완되고, 손창섭의 작중인물이 갖는 특이성에 맞추어 인물 연구 일변도로만 흘러오던 연구의 방향 또한 수정된 것은 물론이요, 작품세계의 내적 조망을 통해 작가의 사상을 심도있게 밝히려는 노력 또한 진행되어 왔음을 확인할 수 있다.

그러나 이 지점에서 필자는 이러한 손창섭 문학 연구의 성과에 하나의 문제를 제기하지 않을 수 없다. 그의 작품 내적 세계의 면모와 '허무

1933)

이재선, ≪현대한국소설사≫, (서울;민음사, 1991)

김윤식, "6·25와 우리 소설의 내적 형식", ≪한국문학≫, (1985.6)

한상규, "손창섭 초기소설에 나타난 아이러니의 미적 기능", ≪외국문학≫, (1993, 가을)

7) 조현일, "허무주의의 심연과 극복의 노력", 구인환 외, ≪한국 전후문학 연구≫, (서울;삼지원, 1995)

의식'을 연결 짓는 과정에서 매개역할을 해야 할 요소가 빠져 있다는 것이 바로 그것이다. '지상(<미해결의 장>의 주인공)이 이처럼 지독한 허무주의자가 되어버린 이유는 무엇일까?… 만족할 만한 해답은 발견되지 않는다.'8)라는 이동하의 언급에서 볼 수 있듯이, 논자들은 손창섭의 작품 속에 '허무'의 원인이 무엇인지가 밝혀져 있지 않다고 주장해 왔다. 그리고, 이처럼 손창섭 소설의 인물들의 제성향이 작품 내적 세계의 조망을 통해 밝혀질 수 있는 것이 아니기에, 작가의 개인사나 전쟁이라는 컨텍스트로 비약되어 이해될 수밖에 없었다. 작중인물들은 작가가 원래 그러하기에, 당대 사회가 원래 그랬기 때문에 '아프고' '허무'할 뿐이다. 그러나, 이러한 논의들만으로는 이제껏 그래왔듯이 손창섭의 작품 성향을 '추상적 허무주의·휴머니즘', '(작품 내적으로는) 원인 없는 허무주의'라고 평가하는데 그치고 말 수밖에 없으며, 이랬을 때 당대뿐만 아니라 지금까지도 커다란 영향력으로 작용하고 있는 전쟁이라는 컨텍스트를 작가나 논자들 모두 아무런 여과 없이 작품 속으로 가져왔다는 판단만이 가능해질 뿐이다. 필자의 문제제기는 바로 이 지점에서 출발한다. 작품 속에 작중인물의 허무의식이나 병리성의 원인을 반영하는 요소는 정말로 부재하는가? 요소는 존재하지 않는가? 작중인물이 '허무'할 수밖에 없는 직접적인 원인은 과연 무엇인가? 이러한 질문이 답해질 때, 요컨대 작품 내적으로 조건 지워져 있는 허무의 원인·과정이 정체를 드러낼 때, 그 토대 위에서 '전쟁'이라는 컨텍스트의 의미 또한 보다 명확해질 수 있을 것이다.

---

8) 이동하, 앞의 글, p.439.

2) 연구방법

라캉에 따르면, '부성paternity이란 주체가 법 안에, 더 구체적으로는 성차의 법 안에, 근친상간 금지의 법 안에, 또는 언어의 법 안에 위치할 수 있도록 만드는 장소place이다.'[9] 그는 구체적으로 이를 상징적 아버지라 부른다. 이때 상징적 아버지란 라캉이 제기한 세 개의 영역—상상계, 상징계, 실재계—가운데 상징계 구조의 근본 요소가 되는 기능적 장소를 일컫는 말이다. 그는 문화·법·언어 등을 수립하는 기능, 요컨대 상징계적 질서를 세우는 기능으로 존재한다. 그리고 이처럼 아버지가 상징적 기능이라는 의미를 담아내게 될 때, 이러한 상징적 아버지는 그 자체로 '문화적 성문화(成文化)'를 이루는 중심항이 되기에 이른다. 이때, 우리는 부성이라는 것이 실제 아버지를 의미하는 것이 아님을, 그것이 하나의 기능이요, 자리임을 상기할 필요가 있다. 그는 가족이라는 기초 단위를 지배하면서 주체가 사회적 코드의 외형을 수락할 수 있도록 돕는 텅 비어 있는 기표이다. 그 비어 있는 자리에 주체가 선택과 배제 과정을 통해 아버지의 존재를 채워 넣고 그를 모방하게 될 때, 주체는 비로소 상징적 질서 내에 자신의 위치를 점하게 된다. 요컨대, 주체는 이처럼 상징적 아버지의 자리를 통해 언어를 포함한 사회적 코드를 사용·해석하고, 사회적 법을 체현함으로써 비로소 정체성을 획득하게 된다는 것이다[10]. 이 과정을 라바떼Rabat, J.M.는 '아버지되기fathering'[11]라

9) Rabat, Jean-Michel, "A Clown's Inquest into Paternity", Modern Critical Views, (New York;Chelsea House, 1987), p.81.
10) Evans, Dylan, An Introductory Dictionary of Lacanian Psychoanalysis, (London & New York;Routledge, 1996), p.62.

는 용어로 설명한다. 주체가 '부성'의 힘을 빌어 자신을 둘러싸고 있는 상징적 질서 속에 정상적으로 편입해 들어가 상징적 아버지의 자리에 자신이 들어서는 것, 이것이 바로 주체가 성공적으로 상징적인 질서 내에 자신의 위치를 점하게 되는 '아버지되기'의 과정이라는 것이다. 요컨대, '아버지되기'란 주체가 자신을 둘러싼 세계 내에서 사회적 정체성을 획득하게 되는 과정을 의미하는 용어이다.

필자는 이러한 '부성'과 '아버지되기'라는 개념을 중심항으로 삼아 손창섭 소설의 인물이 겪는 제양상을 해석해 보고자 한다. 그의 소설이 정상적인 주체가 거치기 마련인 이 과정에 문제가 발생하는 지점들을 은밀히 배치하고 있으며, 그 결과 상징적인 '아버지되기'의 과정을 정상적으로 거치지 못하는 주체들이 허무나 권태 속으로 함몰하는 모습을 노출시키고 있기 때문이다. 우리는 이 두 가지 중심용어―'부성'과 '아버지되기'―를 손창섭 소설의 틀로 사용함으로써, 그의 작가의식이나 세계관으로 거듭 강조되어 왔으면서도 텍스트 내적으로 그 원인이 규명되지 않았던 '허무'의 근원이 작품 세계 내에 잠재되어 있었음을 발견하게 될 것이다[12].

---

11) Rabat, Jean-Michel, 위의 글, 81쪽.
12) 이러한 과정을 살펴서 손창섭 소설의 한 단면을 드러내기 위해, 필자는 다음 <공휴일>·<생활적>·<층계의 위치>·<설중행>·<미해결의 장>·<낙서족>·<미소>·<사연기> 등을 텍스트로 삼았다. 필자의 목적이 기존에 작가의식의 중요 항목으로 설정되어 왔던 '허무의식'이 '아버지되기'의 실패가 결과한 감정의 양태이며, 이것이 손창섭의 문학 세계를 관통하고 있다는 사실을 밝히는데 있기 때문에, 본고에서는 작품 간의 통시적 변이양상이나 주체의 '아버지되기' 과정에 포괄되지 않는 다른 제 요소들이 배제될 수밖에 없었음을 미리 밝혀둔다. 텍스트는 ≪한국소설문학대계≫(서울;동아출판사, 1995)에 수록된 것을 대상으로 삼았다. 이후 페이지 번호는 이 책의 번호를 따른 것이다.

2. 상징적 질서의 허위성과 '실체없는' 구원의 여성상

1) 상징적 부성 찾기의 실패 : 상상적 아버지에의 고착

보통 아들은 일련의 선택과 배제를 수반하는 선전과정을 통해 자신이 상속할만한 가능한 아버지를 찾아낸다.[13] 그로부터의 상속의 과정을 거쳤을 때에만, 주체는 사회와 역사로의 입사를 수행하고 사회적 코드를 해석하면서 자신만의 권위를 세워 나갈 수 있다[14]. 이때 '가능한 아버지possible father'란 곧 상징적 아버지를 일컫는 것에 다름 아니다. 앞서 언급했듯이, 이러한 아버지는 실제 부성을 소유하고 있는 것만으로 이루어지는 것이 아니며[15], 오히려 부재와 철저한 타자성을 전제로 한다. 그가 스스로 주체로서 기능하지 않고 단지 또 다른 주체—아들—를 상징적 질서로 인도하는 매개항으로 머물러 있을 때만, 아들이 그의 모든 지혜와 권위·합법성을 자신의 것으로 전유하면서 '아버지되기'를 달성할 수 있을 것이기 때문이다.

그런데, 손창섭의 소설의 곳곳에서 우리는 이러한 '가능한 아버지/상징적 아버지'를 찾는데 실패하고 마는 아들을 만나게 된다. 아들은 자신의 정당한 권리인 선택과 배제의 과정을 거쳐 스스로 체화할만한 아

---

13) 앞서 설명했듯이, 이러한 '상속할만한 가능한 아버지'란 실제 혈연 관계를 맺고 있는 아버지를 의미하는 것이 아님을 다시 한 번 상기하도록 하자. 그는 또한 인물이 아니어도 좋다. 주체를 사회화시키는 존재라면 그것이 무엇이든—인물이든 특정 대상이든, 또는 국가라는 보다 넓은 의미의 관념이든—, 그(것)는 상징적 아버지로 기능한다.

14) Brooks, Peter, Reading for the Plot, (New York;Random House, 1985), p.64.

15) Rabat, 앞의 책, p.87.

버지를 발견하지 못하고, 상상적으로 타자의 욕망이 만들어낸 아버지의
이미지에 고착되거나, 실제 아버지의 위압과 허위성에 짓눌리고 만다.

"…지금 부친이 어디 계시지? 자네 대장의 주소 말이야."
"…한 번두 연락이 온 일이 없습니다. 생사조차 모르는걸요."
…그는 사실 아무것도 모르는 일이었다. 하기는 언젠가 부친이 국내
에 침입해 왔을 때 모친과 함께 몰라 부친을 만나 본 기억이 있기는 하
지만 그것은 아직 그가 보통학교에도 들어가기 전인 까마득한 옛날 일
이었던 것이다. …형언할 수 없는 어떤 중압감이 그의 마음을 태산처럼
누르고 있다. (<낙서족>, 376-378쪽)

저의 부친을 독립운동에 투신하구 계십니다. 지금 중국에 망명중이거
든요!
그 말은 예상 이상의 효과를 거두었다. 상희의 얼굴에는 …경이와 감
동이 소용돌이치는 표정이었다. …도현은 부친이 택한 수난의 길이 어
떤 의미에서나 자기 운명에 미치는 영향력을 재인식했다. 그것은 그에
게 커다란 정신적 부담을 강요하는 것이기도 했다. (<낙서족>, 402쪽)

이처럼 <낙서족>의 아들 도현은 실제 아버지가 '자기 운명에 미치
는 영향력'을 끊임없이 상기하지 않을 수 없다. 타자들의 욕망의 시선
이 언제나 도현을 넘어서 그들 스스로의 욕망을 통해 만들어진 위대하
게 현현하는 상상적 아버지의 이미지[16]를 향하고 있기 때문이다. 그의

---

16) 상징적 아버지가 주체를 상징계로 인도하는 매개항인 반면에, 상상적 아버지
imaginary father란 주체가 환상을 통해 만들어내는 상상적인 이미지, 즉 이마고
imago를 의미한다. 이러한 상상적 아버지는 종교에서의 신의 형상과 같이 권세
있는 보호자나, 반대로 아들을 실패로 이끄는 공포스런 아버지의 이미지로 나

일본 유학 생활 동안 유일한 의지처가 되고 있으며, 그가 자신의 마돈
나로 흠모해 마지않는 '상희'는 언제나 도현 자신보다는 그의 부친의
이미지에 비추어 도현의 행동을 통제하고 조정한다. 그가 상희에게서
일말의 호의를 얻고 애정을 얻을 수 있었던 것은 도현 스스로 인정하고
있듯이 '자신의 가치' 때문이 아니라 '부친이 택한 수난의 길' 때문이었
다. 이를 알고 있는 도현은 언제나 '나 자신의 가치를 갖자'(415쪽)고 되
뇌이지만, 이 끊임없는 되뇌임은 자신이 수락할 만한 가능한 아버지를
찾는 데까지 추인되지 못한다. 그러기에는 타인들이 실제한다고 믿는
도현 부친의 위력이, 아들과 부친을 '동일시'하고자 하는 타자의 욕망이
너무나 강력하게 주체에게 '정신적 부담'으로 다가오기 때문이다. 이에
따라 도현은 결국 타자의 욕망이 만들어낸 상상적 아버지의 미지에 고
착되어, 합리성이나 논리를 획득하지 못한 엉뚱한 행동의 소유자로 전
락해 버린다.

이러한 사정은 <낙서족>의 다른 아들 '상혁' 또한 마찬가지이다.

"어머닌 아버님이 3·1운동 때 학살당하셨다는 걸 다시없이 자랑으
로 여기셔요. 그러기에 저이 남매에게 밤낮 귀에 못이 박히도록 하시는
말씀은 아버님의 그 거룩한 뜻을 물려받으라는 부탁이에요. … 그런데
두 오빠가 저렇게 몰지각한 생활루만 빠져들어가구 있으니 간이 마를
지경이에요. (<낙서족>, p.408)

타난다. 그 이미지의 양상이 어떤 것이든 그는 전지전능성을 소유하는 존재이
며, 따라서 주체가 상징적 질서 속에 정당한 위치를 점하는데 방해 요인으로 작
용한다. (Evans, Dylan, 위의 책, 62쪽)

　　상혁이 밖에 나가기만 하면 왜경에 학살당한 부친이 이름을 부르며
제게 아무개 영식이라고 하며 모두들 색다른 눈으로 바라본다. 그러한
주위 사람들의 주목에 상혁은 참을 수 없는 구속을 느낀다는 것이다.
그러기에 고향 집에 달아가 지낸다는 건 그게 죽어 지내는 것이지 살아
있는 푼수가 못 된다는 것이다. (<낙서족>, p.426)

　　상혁은 여러 가지 면에서 도현과는 다른 인물이다. 도현이 홀어머니
밑에서 가난하게 자라다가 일경의 눈을 피해 몰래 일본으로 들어간 후,
그 곳에서도 늘상 부친의 이미지를 향한 모방욕 때문에 엉뚱한 행동에
의 추력에 이끌리는 '행동형' 인물임에 반해, 상혁은 일찍 아버지를 여
의었지만 부유한 가정에서 자라면서 사회적인 행동에의 욕망보다는
'돈'과 '여자'로 일상생활을 영위하는 것에 더 매력을 느끼는 인물이다.
그러나 타자의 욕망이 만들어낸 아버지의 이미지에 억눌려 있다는 점
에 있어서, 상혁과 도현은 서로의 분신이다. '상혁'은 만세 운동 당시
'왜경에 학살당한 부친'의 이름을 업고 세상을 살아가는 인물이다. 도현
의 어머니가 그러하듯, 상혁의 어머니 역시 아들에게 남편의 이미지를
강조한다. <낙서족>의 아들들은 이처럼 상상적인 아버지의 이미지를
강요하는 타자들의 시선에 에워싸여 있다. 그들은 부재하는 자리를 통
해 상징적 질서 속으로 유입되지 못하고, 타자가 만들어낸 상상적 이미
지에 고착되어 버리는 것이다. 상혁이 느끼듯 상징적 질서 속에 아버지
의 자리만이 있고 아들의 자리가 예비되어 있지 않다는 점에서, <낙서
족>의 아들들은 '죽어' 있는 상태이다. 그들은 부성으로부터 권위·합
법성·지혜를 정당하게 상속[17]받지 못하고, 타자의 만들어진 이미지에
승복할 것을 강요당한 불쌍한 아들들인 것이다.

또 한편으로, 손창섭 소설 속의 아들들은 아버지의 위압적이고 허위에 가득 찬 모습에 짓눌리기도 한다. 이러한 공포스럽지만 허위에 가득 찬 아버지의 상이라는 것이 <낙서족>의 위대한 아버지의 이미지와는 정반대에서 있는 것임에도 불구하고, 그들은 아들이 상징적 질서 속으로 진입하지 못하도록 막는 기능을 담당한다는 점에서 <낙서족>의 아버지와 동일한 지점에 서 있다.

> 대장[父親]은 지금 막 뜯어 놓은 넝마 무더기에서 쓸 만한 것을 열심히 추려내고 앉아 있는 것이다.… 얼굴에서는 제법 자개수염이 특색이다. … 대장이 그렇게 소중히 여기는 근엄성이나 위엄은 찾아볼 수가 없다. 그래도 그런 것이 조금이라도 남아 있다면, 저 자개수염 끝에서나 엿볼 수 있을까? 넝마를 뒤적거리고 있는 대장은 굶지 않으려고 버둥대는 제품 직공에 불과한 것이다. (<미해결의 장>, 122-123쪽)

> 도대체 대장은 어째서 다섯 번이나 고문시험을 쳤는지, 그리고 인간이 무슨 탓으로 장관을 지내보고 죽어야 하는지, … 어쨌든 나는 대장이 꿈에도 잊지 말라는 그 장관의 거상을 억지로 떠메고 다니느라고, 대가리가, 동체가 이렇게 무거워졌는지도 모르겠다. (<미해결의 장>, 126쪽)

위의 인용에서 볼 수 있는 것처럼 <미해결의 장>의 아들 '나'는 공포스러운 아버지의 현존과 그 허위 앞에서 한없이 위축되어 있는 존재로 남는다. 기껏해야 '자개수염 끝'에나 '근엄성과 위엄'을 묻히고 '넝마

---

17) Brooks, Peter, 위의 책, 63쪽

무더기'를 뒤적거리거나 '재봉틀'을 돌리고 있는 아버지, 폐허 속에서 생활을 방기한 채 그래도 '장관의 거상'이나 '미국 유학'이라는 허황된 꿈을 자식에게 강요하는 아버지에게서 아들은 단지 '허위'와 '위선'만을 느낄 뿐이다. 그러나 그 '허위'는 아들이 냉소로 무시해버릴 만큼 사소한 힘이 아니라 '대가리가, 동체가' '무거워'질 정도로 내 삶을 위축시키는 '정신적 부담'(<낙서족>, 402쪽)이다. '대장'이라는 호명이 바로 이러한 사정을 반영한다. 아들의 아버지에 대한 '대장'이라는 호명은 위선적 아버지에 대한 냉소이면서, 동시에 그 아버지가 자신의 전 생애를 쥐고 흔들고 있다는 아들의 공포스런 현실에 대한 반응에 다름 아니다.

이처럼 손창섭 소설의 아들들은 가공할만한 허위성이나 권위에 짓눌리면서, 상징적 아버지를 찾아내 그의 권위나 합법성·지혜를 정당하게 계승할 기회를 박탈당한다. 이제 그들이 갈 길은 자명하다. 이미 박탈당해버린 상징적 질서에 비정상적인 방식으로 반응하거나, '상상적 영역'으로 함몰해 들어가는 것, 상징적 아버지를 선택할 수 없는 그들에게 손창섭의 소설들은 이 두 길만을 열어 놓는다.

2) 상징적 질서에 대한 불신 : 아버지되기의 실패

앞서 언급했듯이, 그가 계승할만한 정당한 부성을 찾아내지 못한 아들에게 열려 있는 하나의 길은 자신에게 아무런 가치도 점하지 못하는 상징적 세계에 비정상적인 방식—냉소·허무·관음증—으로 반응하는 것이다. 아들들은 자신이 몸담고 있는 세계의 부정성을 절감한다. 아버지의 상이 드러내는 공포스러움이나 위대함이 자신의 운명에 미치는 막강한 힘에 짓눌리어 상징적 질서 내에 자신만의 고유한 권위와 합법성을 세우지 못한 아들들에게는 무력하게 삶을 견디면서 상징적 질서에 부정적 시선으로 일관하는 것 외에 다른 방법이 없기 때문이다. 정당한 부성을 찾지 못한 아들들에게 상징적 질서란 진실한 부성이 소유한 합법성이나 지혜의 장소로 서지 못하고, 오히려 아버지의 이미지가 보여주는 허위성을 그대로 닮은 허위의 장소로 변모해 버린다. 그리고 이렇게 삶 전체가 허위에 가득 찬 것이 되어 버리는 순간, 아들들은 삶의 공간으로부터 자신을 유폐시킨 채 허무의 나락 속으로 빠져 들어가게 되는 것이다.

우리는 이렇게 주체—아들—가 상징적 질서를 허위로 인식하는 장면을 <미해결의 장>의 가장들의 모임인 '진성회' 평가 부분에서 발견한다.

> 그들은 이 지구상에서 자기네 세 사람만이 가장 진실하고 성실한 인간이라고 자처하고 있는 것이다. 따라서 민족과 인류를 위해 진실하고 성실한 일을 할 수 있는 인재도 역시 자기들뿐이라고 자신하고 있는 것이다. … 그들은 우리집에서 열리었던 결성식 및 제일회 총회에서, 상당한 토론 끝에 나에게 준회원의 자격을 부여했던 것이다. 그때 나는 참말 어처구니없이 당황했던 것이다.… 진성회의 정회원이 될 바탕이 내게 있다면 사실 나는 마지막이라는 생각이 들었다. (<미해결의 장>, 132쪽)

위의 인용을 통해 알 수 있듯이, '진성회'란 '진실하고 성실한' 사람들의 모임을 의미한다. '진성회'를 결성한 '대장[부친]'과 '문선생', '장선생'은 '민족과 인류를 위해 진실하고 성실한 일을 할 수 있는 인재'는 오직 '자기들뿐이라고 자신'한다. 그래서 '한 달에 한 번씩 정례회의

를 열고 세상이 자기들을 몰라주고 하늘이 때를 허락하지 않음을 개탄'
하다가 헤어지고는 한다. 서술자이자 아들인 '나'는 이러한 '진실'과
'성실'에 내재하는 '위선'과 '허위'를 폭로하기에 주저하지 않는다. 그
'진성회'라는 것이 고작 가장으로서의 의무를 방기한 채 여성에게 기생
해 사는 인물들, 따라서 '남성다움', 더 나아가 '인간다움'까지 상실한
보잘것 없는 이들의 모임이라는 것을 '나'는 냉소와 함께 독자들에게
소개한다. '진성회의 정회원이 될 바탕이 내게 있다면 사실 나는 마지
막이라는 생각이 들' 정도로, 아들에게 '진성회'란 아버지의 허위와 위
선을 대변하는 모임이다. 손창섭의 소설에서 아들들은 이처럼 허위에
가득 찬 세계를 마주하고 있다. 아니, 그 아들들이 자신들을 둘러싼 세
계가 '허위'로 가득 차 있다는 전제를 갖고 세계를 바라본다는 것이 보
다 옳은 진술일 것이다. 왜냐하면, 그는 자신이 정당하게 승계할 상징
적 아버지, 합법성과 권위의 부성을 발견하지 못했고, 결과적으로는 언
제나 거짓된 이미지들에 짓눌려있다고 느끼기 때문이다. 이럴 때, 아들
이 기존에 세워진 질서 자체를 '허위'로 인식하는 것은 일견 당연하다.
  그리고 이러한 상징적 질서에 대한 반응은 '언어'의 문제로 전치되어
텍스트에 제시되기에 이른다.

  순이의 신음 소리를 분명히 듣고 난 봉수는,
  "오늘두 무사했군. 괜스레 죽었을까 봐 걱정하면서 왔더니."
  하고 버릇처럼 입맛을 다시는 것이었다. 그 말을 들을 적마다 동주는
  언어가 지니는 무거운 우울을 견디어 내야 하는 것이다. 왜냐하면 기실
  순이가 하루라도 속히 죽기를 기다리고 있는 봉수였기 때문이다. (<생
  활적>, 73쪽)

　　그러나 동주는 아무 말도 하지 않았다. …아무리 동주가 아니라고 변
명을 한 대야 곧이들어 주지 않을 것이 아니냐. 아무 대답이 없이 동주
는 벽을 향해 도로 얼굴을 돌려 버리고 말았다. …동주는 그저 무거웠
다. 온 몸뚱이가, 그리고 이 구린내 나는 공기가 무거워서 견딜 수 없는
것이다. 그러나 견디어 내는 수밖에 달리 어쩔 수 없지 않느냐? (<생활
적>, 82쪽)

　　한 주체가 자신의 정체성을 찾고자 하는 순간, 그는 부성이 조건 지
어놓은 언어라는 상징적 질서를 필요로 하게 된다. 이때 언어란 부재·
차이·불확실의 장이다. 우리는 언어의 속성이 존재의 본질을 감추고
계획적으로 차이를 노정시키며 불확실한 것을 확실한 것으로 위장하는
것임을 알고 있다. 그러나 주체가 이러한 부재·차이·불확실의 유희를
전제로 한 언어의 규칙들을 수락할 때에만, 그는 나와 타자와의 관계를
선(先)결정해 왔던 상징적 코드의 외형을 통해 정체성을 획득할 수 있
다[18]. 요컨대, 언어와 상징적 아버지는 상징적 질서의 제 요소 가운데서
도 가장 밀접한 관련을 맺는 것이 아닐 수 없다. 그렇다면, 아버지의 허
위에 가득 찬 이미지에 전염된 것으로 상징적 질서를 파악하고 있는 손
창섭 소설의 아들들이 언어에 대해 어떤 반응을 보일지 추론하기는 그
리 어렵지 않다. 그들은 언어에 대해 철저한 불신으로 일관한다. 위의
인용을 통해 알 수 있듯이, <생활적>에서 '동주'는 '언어가 주는 무거
운 우울'을 절감한다. '봉수'에게서 내뱉어지는 발언이 '순이'의 죽음을
바라는 '봉수'의 욕망을 감춘 진실의 부재 상태에 놓여 있음을 '동주'가

18) Rabat, 위의 책, 89쪽.

정확히 꿰뚫고 있기 때문에, 그에게 '언어'는 '무거운 우울'을 줄 뿐인 것이다. 그는 이처럼 부재와 불확실을 전제로 한 언어 규칙의 속성을 수락할 수가 없다. 때문에, 차라리 '동주'는 침묵을 택한다. 동네 사람들로부터 모함을 당하는 순간 그는 적극적으로 자신을 변호하지 않고 그들로부터 등을 돌리고 침묵해 버린다. 상징적 코드를 적극적으로 수락하기에 앞서 '언어가 주는 우울'을 절감해 버린 그는 타인들과의 의사소통 회로를 불신하고, 스스로 그 회로를 단절시켜 버릴 수밖에 없었기 때문이다.

이러한 주체의 반응을 우리는 <층계의 위치>를 통해서도 발견하게 된다.

> 한 사람의 실언이 이렇게까지 다른 사람에게 중대한 영향을 미치는가 생각할 때, 나는 누구 앞에서나 말하기가 무서워지는 것이다. (<층계의 위치>, 261쪽)

> 한 사람의 실언이 이렇게까지 두고두고 남을 구속할 수도 있는가 생각하며, 나는 기운 없이 이층의 내 방으로 올라가 버리고 말았던 것이다. (<층계의 위치>, 264쪽)

<생활적>의 '동주'가 언어의 허위성을 절감한 나머지 의사소통의 회로로부터 '얼굴을 돌려'버린 주체라면, <층계의 위치>의 '나'는 언어의 그 공포스러운 권력 앞에 무릎을 꿇어 버린 주체이다. 하숙집을 알아보러 온 '나'를 따라온 '신군'이 허름한 집을 욕하는 것을 '집주인'이 듣고 그 둘 사이에 싸움이 벌어진 이후, '나'는 두 사람의 말싸움에 얽

매여 결국 마음에 내키지도 않는 집에 하숙을 하게 된다. 그리고 내가 '섣불리 값도 싸고 좀 깨끗한 집으로 옮기겠다고 신청을 할 말이면 주인아주머니는 단박 안색이 변해 가지고, 신군의 실언 사건을' 끄집어내며 '트집을' 건다. '나'는 주인아주머니가 신군과의 싸움 사건을 얘기하는 순간, 마치 큰 실수라도 한 것처럼 슬그머니 물러서 버린다. 그는 타인들의 말의 그물망에 갇혀 발언의 자유를 박탈당해 버리는 것이다. 실로 '한 사람의 실언이' 다른 사람의 삶 전체를 지배할 정도로 '중대한 영향을 미치는' 순간이다. 발언의 자유가 박탈당하면서 그는 자신의 삶 또한 구속되어버림을 느낀다. 그와 타인과의 의사소통은 완전히 차단된다. 언어의 공포스러운 위력 앞에서 그는 자신의 자리를 찾지 못하고 방황할 수밖에 없는 것이다.

이제, 그가 '무위'를 견뎌내는 유일한 방편은 건너편에 있는 삼층 건물에 관음증적 욕망을 투사하는 것이다. 주체가 정상적인 방식으로 '아버지되기'를 달성하지 못할 때, 요컨대 주체가 정상적인 사회화 과정을 거쳐 상징적 질서 내에 자리를 점하지 못하게 될 때 그는 비정상적인 일탈을 꿈꾸게 된다. 도착적인 방식으로 아버지의 자리에 뛰어들기, 관음증은 바로 이러한 주체의 도착적 행위를 제시해 준다. 남이 나를 볼 수 없는 자리에서 금기시되어 있는 것을 즐기는 주체의 모습은 상상적이고 도착적인 방식 속에서라도 권력을 향유해보려 하는 주체[19]의 눈물겨운 노력 그 자체에 다름 아니라는 것이다. 다시 말해, <층계의 위치>에서 드러나는 작중인물의 관음증적 욕망이란 <생활적>의 동주가

---

19) Bal, Mieke, "Myth lalettre", Ed. Slomith Rimmon-Kenan, Kiscourse in Psychoanalysis and Literature, (London & New York;Mehtuen, 1987, p.77)

보여주는 '견뎌냄'의 또 다른 양상, 다시 말해 언어의 공포스런 위력을 절감하고 스스로 의사소통의 회로를 단절한 주체가 빠져드는 상상적이고 도착적인 국면을 일컫는다는 것이다.

이처럼, 손창섭 소설의 인물들은 언어에 내재하는 허위성, 그것이 발휘하는 공포스러운 '구속력'을 절감하는 가운데 타인들과의 의사소통 불능상태에 빠져 버린다. 상징적 질서로의 진입이 언어 규칙의 습득과 동시에 이루어진다는 점을 상기할 때, 이러한 인물들의 상태는 그들이 상징적 질설 속에 자리를 점하지 못하고 있음을 다시 한 번 방증한다. 그리고, 역으로 이는 손창섭 소설의 인물들이 정당한 부성을 발견하지 못했기 때문에 발생하는 당연한 결과이기도 하다. 상징적 질서 속에 진입하기 위해 체화할 수밖에 없는 언어의 본성을 '구속력'으로, '허위'로만 인식할 수밖에 없는 그들은 자신들이 계승할 상징적 아버지를 발견하지 못한 아들들이라는 것이다.

손창섭의 소설에서는 이 외에도 기존에 세워진 상징적 질서의 권위들이 여지없이 무너지는 모습을 자주 발견할 수 있다. <공휴일>에서 결혼제도와 가족제도에 대해 회의를 느끼는 '도일'의 상태, <설중행>에서 '인생'이란 것이 '그저 진실한 체해 보이는' '연극'에 불과하다는 '귀남'의 발언, <낙서족>에서 정체불명의 사내의 응시 속에서 자신을 짓누르는 '거대한 벽'을 떠올리고 공포를 느낄 수밖에 없는 '도현'의 모습 등은 손창섭 소설의 인물들이 기본적으로 상징적 질서를 수락하기보다는, 그 질서에 내재된 위력과 허위를 끊임없이 문제시하고 있음을 알려준다. 그러나, 이들이 그 기존 질서에 내재한 허위를 문제 삼는다고 달라지는 것은 아무것도 없다. 그 허위에 대한 인식이라는 것이 자신의 존재기반에 관련되어 있는 것일 때, 인물들은 그저 '견뎌'내거나 도착적으로 일탈해버리는 것 외에 달리 할 일이 없다는 것이다. 따라서, 그들의 '허무'나 '권태'·'피로'는 바로 이러한 상태, 다시 말해 자신의 존재기반 자체가 갖는 위력과 허위성에 짓눌린 나머지 '아버지되기'에 실패해버린 상태의 아들들이 취할 수 있는 유일한 반응양태가 되어 버린다.

3) 상상적 영역으로의 회귀 : 여성적·감각적 이미지의 '실체없음'

물론, 손창섭 소설의 아들들에게는 앞 장에서 보았던 '허무'에 빠져들어가지 않을 수 있는 길이 아직 남아 있다. 아버지의 '허위'나 위대한 이미지의 현현 앞에 위축될 때마다 그들이 회귀하는 여성(모성)적 이미지의 영역이 바로 그것이다. 상징적 질서 내에 자리를 잡지 못한 아들에게는 그것만이 확실한 구원의 빛이다.

> 'ㅎ'발음이며 b와 d를 구별 못 하는 내 두뇌의 치매성이나, 가을비 내리는 음산한 풍경이 회색 바탕으로 끝없이 전개된 내 인생의 정신 풍토 위에는 귀양의 투명한 미소를 충분히 형체화시킬 수 있는 운명적인 필연성조차 내재해 있는 것입니다. 모든 인간을 불신하지 않을 수 없는 나는, 최후로 귀양만을 믿는 것입니다. 나는 이제 서슴지 않고 귀양을 찾아 나설 것입니다. (<미소>, 249쪽)

우리는 위의 인용이 손창섭 소설에 등장하는 주체(아들)의 상태를 단적으로 설명해주고 있음을 알아차릴 수 있다. 그는 'ㅎ'발음이며 b와 d를 구별 못하는', 다시 말해 언어를 포함한 상징적 질서의 규칙을 수락하지 못한 존재이며, 때문에 '가을비 내리는 음산한 풍경'만이 '회색 바탕으로 끝없이 전개'될 수밖에 없는 '정신 풍토'를 지닌 존재이다. 그런데, 그러한 불신과 허속에 살아오던 그가 이제 '최후로 믿는' 구원의 빛을 찾아 나서겠다고 외치기 시작한다. 그 존재는 바로 '귀양'의 '미소[20]'이다. <미소>는 이처럼 자신을 인간 불신의 늪으로부터 구원해 줄 '미소 '의 실체를 포착하기 위해 끊임없이 '귀양'을 찾아 헤매는 아들의 이야기를 담아낸다.

그리고, 이러한 '미소'는 손창섭의 여타의 소설들에서 각기 다른 이미지로 전치되어 반복 등장한다.

남편과 동식의 사이를 가리듯이 하고 앉아 남편을 거들어 주는 정숙의 뒷모습을 어루만지듯이 하르고 있던 동식의 시선이, 정숙의 오른편 귓바퀴에서 멈추어졌다. 거기에는 참새눈깔만한 기미가 희미한 불빛에

20) 이부순은 '삶의 의미 찾기와 미소의 발견'("한국 전후소설 연구", 서강대 박사, 1994, 105-110쪽)이라는 장에서 <미소>·<가부녀>·<포말의 의지>·<잡초의 의지>·<잉여인간> 등을 분석하는 가운데, 손창섭 소설의 주인공들이 '무의미로부터 벗어나 의미 있는 어떤 것을 탐색하거나 지키기 위한 전환'의 '기미'를 보여주는 것이 바로 '미소'라고 주장한 바 있다. 필자 또한 이와 동일한 맥락에서 '미소'가 갖는 함의를 '기미'나 '웃음' 등 손창섭 소설에 등장하는 여성의 이미지로 확장시켜 그 기능을 살펴보려 한다. 앞의 논자가 주장한 그대로 '미소의 발견'은 곧바로 '삶의 의미 찾기'로 연결된다. 그가 '삶의 의미'를 찾을 수 있는 것은 바로 이 '미소' 속에서 뿐이다. 다시 말해, 이러한 여성적 이미지는 상징적 질서 속에 진입하지 못한 주체가 위안을 얻을 수 있는 유일한 장소라는 것이다. 그러나, 우리는 이러한 '미소'가 그 '실체없음'으로 인해 주체를 또 다시 나락으로 빌어넣는 양가적인 기능을 담당한다는 점을 상기해아 힐 것이다. 상술되겠지만, 그러한 여성적 이미지의 명징성은 당연히 갖추고 있어야 할 실체가 없는, 단지 이미지로만 존재하는 것이기 때문에, 주체는 끝끝내 자신을 포용해줄 여성의 '몸'을 발견하지 못하고 절망하고야 만다.

도 또렷이 빛나고 있었다. 그것은 '빛난다'고밖에 형용할 수 없으리만큼 동식의 눈에는 생생한 기억과 매력으로 반여오디고 하는 기미였다.

(<사연기>, 33쪽)

광순을 생각하면 그 얼굴에 넘치는 미소가 내 눈에는 먼저 보이는 것이다. 광순이라면 덮어놓고 웃는 얼굴이 떠오르는 것이다. 피부는 보이지 않고 그냥 웃음만으로 윤곽을 새겨 놓은 모습처럼 느껴지는 것이다.

(<미해결의 장>, 138쪽)

삶의 무위와 허위에 지친 인물들에게 여성은 이처럼 시각적 이미지의 명징성으로 다가온다. 하여 <미소>에서 '나'가 그토록 찾아 헤매던 '귀양'이란 <사연기>의 '정숙'이 되고, <미해결의 장>의 '광순'이 된다. 그들의 '빛나는' '기미'·'눈부신' '미소'만이 <미소>의 '나'가 외치듯 '모든 인간을 불신하지 않을 수 없는' 자신이 '최후로 믿는 것'이다. 권태와 피로·허무 속을 헤매던 아들이 이러한 여성의 이미지를 통해서야 비로소 생명력을 가지고 '생생한 기억'을 되찾을 수 있기 때문이다. 이처럼 여성의 감각적 이미지가 환기하는 상상적 영역으로 후퇴할 때, 그는 상징적 질서 속에서의 불신과 허무를 위무 받을 수 있게 된다.

그러나, 손창섭 소설에서는 이러한 상상적 영역 내에서의 위무 또한 아이들에게 온전히 허락되지 않는다.

내 생의 전부가 그대로 귀양의 투명한 미소와 연결되어 있다는 것을 자각하고 있었습니다. 귀양을 찾아헤매는 일이 곧장 삶에 통하는 길임을 깨달았단 말입니다.… 마치 내 인생의 의미란 평생을 두고 이렇게 헤매는 데 있는 것 같았습니다. 나는 차츰 피로하였습니다. (<미소>, 256쪽)

제 2 부 작가론 및 소설론 ; 손창섭 문학의 내포와 외연 221

이처럼 '귀양'을 찾아 '나의 얼굴에 귀양의 미소가 떠오르고 귀양의 품에 내가 안기는'(<미소>, 258쪽) 것은 불가능의 상태로 남는다. '내 생의 전부가 그대로 귀양의 투명한 미소와 연결되어 있다는 것을' 자각하고 있는 주체의 피나는 노력에도 불구하고, '귀양의 실체'는 끝내 모습을 드러내지 않는 것이다. 때문에, 그의 '인생의 의미란 평생을 두고 이렇게 헤매는 데 있는 것', 자신의 불신과 허무를 극복할 대상을 평생 찾다가 죽는 것일 따름이다. 그가 수동적인 모습을 벗고, 스스로 자신을 구원할 존재를 찾아나서는 적극적인 행각을 시작할 때조차, 그에게는 운명처럼 '피로'가 따라붙는다. 그는 '귀양'을 찾을 수도 없고, 구원의 여성상인 '춘자'(<유실몽>)나 '광순'(<미행결의 장>)과 진실한 소통의 회로를 발견할 수도 없으며, '생생한 기억' 속에서 '빛나는 기미'로 살아 있는 '정순'(<사연기>)의 자살로 인해 구녀와 유대를 맺을 수도 없게 되어버린다. 그녀의 '실체-몸-'과의 융합의 순간이 영원히 요원해지는 순가, 아들은 '피로'(<미소>)를 느끼며, '숨죽여 우는 젊은 여자의 울음 소리'의 환청을 뒤로 한 채 '어둠 속을 헤치고 걸'어가거나(<유실몽>), 그녀의 이름을 '신음 소리처럼 불러' 볼 뿐이다. 여성과의 유대를 통해 '회색빛'의 인생을 눈부신 감각의 명징성으로 채우려던 '나'는 그녀들로부터 버림당한 채 다시금 '가을비 내리는 음산한' 인생길을 홀로 걸어가게 되는 것이다.

바로 이 지점에서, 우리는 기존의 논자들이 손창섭 소설을 해석하는 원텍스트로 활용해왔던 <신의 희작>을 필요로 하게 된다. 필자가 판단하기에, 자전적 소설 <신의 희작>은 거기에 내재하는 손창섭 개인의 여러 가지 콤플렉스를 원천으로 삼아 그의 문학세계를 탐색—기존의 논의가 그래왔던 것처럼—할 수 있기 때문에 의미가 있는 것이 아니다. 오히려, 그의 문학 속에 드러나는 아들의 상태, 예컨대 정당한 부성도 찾지 못하고 여성과의 융합도 이루어내지 못한 아들의 '피로'와 '허무'의 상태를, 작가의 개인사를 통해 추론하는 마지막 단계에 이르러서야 <신의 희작>은 비로소 의미를 갖게 된다. 상징적 아버지되기에 실패하는 인물들이 통상 빠져 들어가기 마련인 상상적 영역내의 여성[모성]과의 유대조차 제대로 맺지 못하는 손창섭 소설의 인물들과 마주하면서, 우리는 <신의 희작>에서 드러나는 작가의 정신적 외상, 예컨대 어려서 어머니의 간통 장면을 목격했으며, '칵, 뒈져라, 뒈져, 요 망종아'를 입에 달고 사는 어머니에게서 모정을 느낄 기회를 가져보지 못했던 그러한 작가의 상태가 문학 속에 어떻게 변형 된 채 모습을 드러내고 있는지를 알아차리게 된다. 이 지점에 이르면, 우리가 작가의 무의식을 드러내는 징후적 텍스트인 문학 속에서 상징적 부성을 발견하지도 못하고 그렇다고 상징적 영역으로 회귀하지도 못하는 인물들을 마주하게 되는 것은 하등 이상할 것이 없다. 작가의 무의식 속에는 어머니로 대표되는 상상적 영역의 그 거대한 융합과 포용의 힘이 부재하기 때문이다. 요컨대, 사회사적—전쟁—으로 그리고 개인사적으로 작가의 내면 속에서 상상적 영역의 안위나 상징적 영역의 합법성이 정당하게 위치할 자리가 존재하지 않았던 것이다.

3. 결론

이제 우리는 손창섭 소설의 인물들이 공통적으로 드러내는 '허무'와 '권태'·'피로'의 원인이 무엇인지를 텍스트 내적으로 정확히 진단할 수 있게 되었다. 정당한 부성으로부터 합법성과 권위를 상속받지 못한 채 아버지의 공포스럽고 허위에 찬 모습에 짓눌린 아들은, 이러한 허위를 상징적 질서 전체의 것으로 이해하고 불신의 늪에 빠져들어 가면서, 이로부터 탈출할 유일한 영역, 즉 여성[모성]과의 유대의 기회마저 놓쳐버렸다. 이제 아들은 자신의 전 존재기반을 상실한 채 그저 삶을 견딜 수밖에 없다. 어쩌면 그에게는 이렇게 삶을 견뎌내는 것이 유일한 '인생의 해결'(<미해결의 장>)인지도 모른다.

물론, 이처럼 작품 안에서 재구된 손창섭 소설의 특성이 50년대라는 상황, 좀 더 구체적으로 말해 '전쟁'이라는 컨텍스트나 작가의 개인사와 긴밀히 연결되어 있을 것임은 새삼 강조해도 지나치지 않을 것이다. 그는 전쟁의 포화가 가시지 않은 상태에서 월남민, 즉 뿌리 뽑힌 자라는 결여를 지녔을 뿐만 아니라, 어머니라는 가장 근원적인 존재로부터도 버림을 받은 인물이었다. 실로 그의 인생은 외상으로 점철되어 있었으며, 그는 그 속에서 세상을 도착적인 시선으로 바라볼 수밖에 없는 작가였던 것이다. 그러나, 그는 자신의 소설 속에 등장하는 인물들과는 반대로 그 외상 속에 머물러버린 주체는 아니었다. 우리는 손창섭에게서 자신이 뿌리내릴만한 토대를 모두 상실한 허무의 주체가, 자신의 허무와 좌절을 표현하기 위해 가장 상징계적인 '언어'를 사용할 수밖에 없었던 역설을 발견한다. 그 역설 속에서, '언어의 우울'과 '언어'의 '힘'

사이의 공간에서 손창섭의 소설들은 탄생한다. 어쩌면, 그의 모든 도덕이 폐기되고, 삶에 내포된 의미가 상실되었으며, 곳곳에서 폭력이 자행되고 있는 일상의 현실, 예컨대 상징적 질서의 합법성을 발견할 수도, 상상적 영역의 위안을 발견할 수 없는 그 숨 막히는 절망의 현실 속에서 '글쓰기'를 통해 '아버지되기'를 달성하려는 소설가였는지도 모른다. 그는 '글쓰기'라는 행위를 통해서 비로소 자신에게 실제로는 허락되어 잇찌 않았던 '아버지의 자리'를 차지하게 된다. 상징적 질서나 상상적 영역의 결여·부재를 상징적이고 권위적인 행위—글쓰기—를 통해 드러내려 한 역설의 자리에서, 상징적 질서를 허위로 인식하면서도 그 상징적 질서의 '힘'을 사용해서만 비로소 '아버지되기'를 달성할 수 있었던 그 양가성의 자리에서 손창섭 소솔은 의미를 발하게 되는 것이다.

제 3 부

작품론;

손창섭 소설 깊이 읽기

손창섭의 「生活的」에 나타난 전후의식

1. 서론

1950년대 문학은 한국전쟁과 그 후유증에 압도당한 문학이었다. 50년대 초반의 전시문학은 말할 것도 없고 50년대 중·후반의 전후문학 또한 한국전쟁의 직접적인 영향권 아래 있었다. 50년대 문학을 거론하기 위해서는 한국전쟁을 먼저 언급하지 않을 수 없다.

한국전쟁은 일원적 세계를 양극단으로 분리시키고 대립시킨 사건이었다는 점에 주의를 기울여야 한다. 戰前의 세계에서도 사람들은 좌·우 중 어느 한 쪽을 선택하기를 강요받았지만, 전쟁은 두 체제의 양극화를 더욱 공고히 하였다.[1] 하나의 세계였던 한반도는 해방과 더불어

---

* 조명기 / 부산대학교 한국민족문화연구소 HK전임연구원

분단되는데 전쟁은 이 분단의식을 적대의식으로 변화시켰다. 전쟁에서의 패배는 곧 죽음을 의미했고, 그런 상황에서 나/너, 아군/적군의 대립의식은 삶/죽음과 동일시되었다. 이분화 자체는 많은 사람들에게 엄청난 고통의 원인을 제공하는데,[2] 전쟁은 '엄청난 고통'을 '삶과 죽음의 문제'로 극대화하고 '많은 사람'을 '모든 사람'으로 확대한다. 단일민족, 단일국가를 형성하고 있었던 한반도 사람들은 자신의 생존을 위해 상대의 정체를 확인해야만 했다. 오랫동안 하나의 세계를 형성하고 있었기에 적과 아군의 구분은 쉽지 않았다. 따라서 생존을 위해 상대의 정체를 확인하는 작업은 가혹한 폭력을 동반하고 진행되었는데, 상대를 폭력적 방법으로 타자화하는 이런 태도만이 한국전쟁이 형성한 이원적 세계에 적합한 것이었다. 이분법적 사고는 좌·우의 이데올로기뿐만 아니라 모든 상황의 판단에 작용하였고, 당대인들에게 편재화·내재화되어 삶의 유일한 기준이 되었다.[3]

또한, 극도로 경직화된 사상체계로 인해 집단에 의한 개인의 규율이라는 극단적 집단주의가 전후사회에서 발호하였다.[4] 국가의 이념과 국가의 권력기구는 개인을 묶어주는 최고의 정신적·물리적 기구가 되었다. 따라서 국가는 모든 국민을 개인으로 파편화시켜서 국가의 직접적인 통제 아래 둘 수 있었다.[5] 각 개인은 사실상 모두 파편화되어 있었

---

1) 고은, 『1950년대』, 청하, 1989, 13-14쪽 참조.
2) J. E. Cirlot, *A DICTIONARY OF SYMBOLS*, Routledge & Kegan Paul, 1981, p.25.
3) 김승환, 「분단문학과 분단시대」, 김승환·신범순 편, 『분단문학비평』, 청하, 1987, 46쪽 참조.
4) 차원현, 「1950년대의 한국소설의 분단의식」, 문학사와 비평 연구회 편, 『1950년대 문학연구』, 예하, 1991, 110쪽 참조.

지만, 한 개인에게 있어 다른 개별자들의 폭력은 집단 전체의 폭력과 동일시되었으며 결국 자신 이외의 모든 것은 집단 혹은 유사집단을 의미하게 되었다.

결국, 한국전쟁은 하나의 세계를 극단적 대립의 이원적 세계로 양분하면서, 개인을 집단의 폭력 아래 구속하는 결과를 가져왔다. 50년대 소설은 흑과 백을 선연히 구별해야 하는 한국전쟁의 논리 좀 더 구체적으로는 이분법적 사고에 기반한 집단의 폭력과 개인의 일방적 패배를 문학적 양식과 일치시키고 있다.[6] 특히, 장용학, 손창섭, 이범선 등 1950년대 소설의 전형을 보여준 신세대 작가들은 한국전쟁의 후유증에 특히 민감했던 것으로 보인다.

장용학은 「요한詩集」, 「非人誕生」, 「易姓序說」, 「現代의 野」 등을 통해 이분법적 사고를 다양한 형태로 형상화하면서 비판한다. 그의 소설들은 공간과 인물, 문체의 양분화를 통해 이분법적 세계를 표현해냈으며, 두 공간을 양분하고 있는 경계선을 부각시키고 인물을 이동시킴으로써 이분법적 사고의 극복을 모색하고 있다.[7] 장용학이 이분법적 사고에 기반한 이차집단[8]과 공식적 집단[9]의 폭력을 직접 다루었다면, 손창

---

5) 김동춘, 「한국전쟁과 지배이데올로기의 변화」, 한국사회학회 편, 『한국전쟁과 한국사회변동』, 풀빛, 1992, 159쪽.
6) 전영태, 「6·25와 한국소설의 재발견」, 『한국문학』, 1985년 6월호, 327쪽 참조 ; 조명기, 「손창섭 단편 「血書」의 인물 대립 양상과 그 의미」, 『국어국문학』31집, 부산대학교 국어국문학과, 1994, 162-163쪽 참조.
7) 조명기, 「장용학 소설의 서사구조 연구」, 부산대 석사논문, 1992, 47-60쪽 참조.
8) 이차집단의 전형은 군가, 군대, 도시 등이며, 그 특성은 비인격적·형식적 구실과 구조, 공리적 특성 등이다.(김경동, 『현대의 사회학』, 박영사, 1978, 307쪽 참조)
9) 공식적 조직(formal organization)은 조직체의 성원들의 지위 및 역할이 신중하게 고려되고 의도적으로 구조화된 집단을 뜻한다.(사회문화연구소 편, 『오늘의 사회

섭은 전후사회에 편재화되고 다양화된 폭력 주체의 위력과 패배해가는 개인의 모습에 초점을 맞추고 있다.

본고는, 손창섭의 「生活的」(『現代公論』, 1954.11)을 분석함으로써, 이분법적 사고에 기반한 집단의 폭력이 전후사회에 어떤 형태로 변형되어 존속하고 있는가, 그리고 집단의 폭력 혹은 다양한 층위에서 굴절되고 변형된 집단의 폭력에 대해 개인과 작가는 어떤 대응 태도를 취하고 있는가를 살펴보고자 한다. 폭력의 유형, 폭력 주체의 변화 양상과 그 의미, 폭력에 대한 저항 전략 등을 살펴보는 이 작업은, 기존의 연구가 주목해온 전후소설의 특징 즉 불안감·패배의식·허무의식 등이 어디서 연원하는지를 탐구하는 작업이기도 하다.

2. 폭력 유형의 변화 양상과 그 의미

「生活的」은 "심신이 걸레 조각처럼"(152쪽) 되어 버린 동주를 묘사하는 것부터 시작한다. 소설의 주인공 동주는 두어 달 전 포로 수용소를 나온 뒤부터 계속 몸이 허약해져만 간다. 소설은 뒤이어 순이의 신음소리를 묘사하는데, 그녀가 내는 신음소리는 "죽음을 생각케 하는 암담한 소리"(152쪽)다. 동주와 순이는 죽음을 앞둔 허약한 몸을 지녔다는 점에서 동질의 인물들이다. 그런데, 문제는 자신들의 몸이 허약해져 가는 이유를 그들이 모른다는 데 있다. 순이는 "병명조차 모르는 채"(155쪽) 죽어가며, 동주는 "무엇을 차근차근 생각하는 힘을 잃"(161쪽)어 버린 채

학 입문』, 사회문화연구소 출판부, 1993, 112쪽)

순이보다 "자기가 먼저 죽을 거라"(160쪽)고 생각한다. 결국, 소설은 동주와 순이의 몸이 점점 허약해져 마침내 죽음에 이르게 된 원인을 밝히는 데 먼저 바쳐진다.

동주와 순이의 허약함은 외부에서 가해지는 폭력에 기인한다. 동주는 세 번의 폭력을 겪는데, 시기상으로 볼 때 가장 먼저 체험하는 폭력은 포로 수용소에서의 폭력이다.

> 죽음까지도 참고 살아오지 않았느냐 말이다. 東周의 감은 눈에는 포로 수용소 내에서 적색 포로에게 맞아 죽은 몇몇 동지의 얼굴이 환히 떠오르는 것이었다. 따라서 올가미에 목을 걸린 개처럼 버둥거리며 인민 재판장(人民裁判場)으로 끌려 나가던 자기의 환상을 본다. 동시에 벼락같이 떨어지는 몽둥이에 어깨가 절반이나 으스러져 나가는 것 같던 기억. 세 번째의 몽둥이가 골통을 내려치자 「윽」하고 쓰러지던 순간까지는 뚜렷하다. 東周는 그만 가위에 눌린 때처럼, 「어, 어」하고 외마디 신음소리를 지르고 몸을 꿈틀거려 돌아눕는 것이다. 이마에는 식은땀이 약간 내배이는 것이었다.10)

포로 수용소는 남한의 포로와 북한의 포로가 극단적으로 대립했던 공간이었다는 점에서 한국전쟁의 축소판이다. 따라서 포로 수용소에서 행해진 폭력은 전장에서 행해진 폭력과 동질의 것이 된다. 극도로 체계화되고 배타적인 이차집단은 타집단의 존재 자체를 허락하지 않는다. 포로 수용소에서의 삶은 이편이냐 저편이냐를 반복해서 확인하는 삶이

---

10) 손창섭, 「生活的」, 『現代韓國文學全集』 3, 신구문화사, 1981, 155쪽. 이하 인용문은 인용면수만 기입.

다.11) 포로 수용소에서 동주가 겪은 폭력은 집단이 지닌 극도의 폭력성과 개인의 무력함을 집약해서 보여준다.

그런데, 포로 수용소에서의 폭력과 현재 사이에 놓인 시간적 거리는 불과 "두어 달"(157쪽)밖에 되지 않는다. 신음소리를 내고 식은땀을 흘리는 등의 육체적 반응을 불러일으킬 만큼 포로 수용소에서의 폭력은 현재까지 지속되고 있다. 포로 수용소에서의 체험을 떠올리는 것은 기억의 재현이 아니라 현재를 기술하는 행위가 된다. "본다, 뚜렷하다" 등 현재형으로 사용된 단어와 "환히" 같은 단어들 또한, 동주가 집단의 폭력을 소멸된 과거의 것으로 받아들이지 않고 있음을 증명한다.

전쟁이 끝난 후 동주는 군대와 같은 이차집단을 직접 대면하지는 않는다. 따라서 그가 조직적이고 폐쇄적인 집단으로부터 폭력을 다시 경험할 가능성은 거의 없다. 그러나, 동주는 전후사회의 파편화된 개별자들을 자신에게 폭력을 행사하는 한 무리의 군중으로 인식한다.

> 모두들 東周가 다니는 범바위 우물로 몰려드는 것이었다. 조석 끼니 때가 아니라도 샘터는 시장처럼 욱적거렸다. 거센 사투리들이 얽히어 싸움이 그칠 새가 없었다. 따라서 東周는 물을 길어 오기가 더욱 어려워졌다. 아주머니들 틈으로 비비고 들어가다가는 핀잔을 받고 밀리어 나왔다. 기운이 없는 東周는 젊은 아주머니가 떼다미는 바람에 바께쓰를 붙안고 나가 동그라진 적도 한두 번이 아니었다. 東周는 드디어 범바위 샘터를 단념하는 수밖에 없었다.(164-165쪽)

> 범바위 우물을 먹는 사람들끼리 모여 대체 똥을 퍼다 부은 사람이 누

---

11) 김현, 「인간이라는 기호의 모습」, 『세계의 문학』 1982년 가을, 민음사, 52쪽 참조.

구이겠는가에 관해 진지하게 토의를 했다는 것이다. 그 결과 전부의 의
견이 東周가 그랬을 것이라는 데 일치했다는 것이다. 어느 한 사람의 의
견이 그런 것이 아니라, 실지 날마다 우물에 가 살다시피한 아주머니들
의 의견이 모두 그렇다는 것이다.(166쪽)

우물가는 수많은 사람들이 물을 긷기 위해 모여드는 하나의 생활전
장이다. 물을 긷기 위해 우물가에 모여든 사람들은 각자 파편화된 개별
자들이지만, 개인의 의도(물을 긷다)를 방해하는 것은 마찬가지의 의지를
가진 수많은 사람들이라는 군중이다. 우물에 접근하는 행위는 개인을
개별자로 남겨두지 않고 군중에 포함된 존재로 재구성한다. 또한 우물
에 접근하는 수많은 개인들은 하나의 거대한 군중이 되어 타인의 접근
을 방해한다. 동일한 목적 하에 모인 사람들은 타인들을 제어하고 물리
쳐야 할 경쟁자로만 받아들이는데, 이런 인식은 우물에 모인 사람들에
게는 당연한 것이다. 우물가 사람들이라는 군중은, 이 군중을 꿰뚫고 앞
으로 나아가고자 하는 공통된 목적을 지닌 개인들에게 있어 거대한 장
애물이 된다. 즉, 개인은 타인의 의지를 지연시키거나 좌절시키는 군중
인 동시에, 군중의 방해에 맞서야 하는 개별자이다. 동주 또한 물을 긷
기 위해 우물에 접근한다. 그가 자신의 목적을 성취하기 위해서는 우물
에 모인 군중들을 밀치고 앞으로 나가야 한다. 이때 동주는 타인들을
개별자로 인식하는 것이 아니라 자신의 목적을 침해하는 거대하고 "적
지않이 무서운"(156쪽) 하나의 존재로 인식한다. 그는 군중의 핀잔과 힘
에 막혀 "바께쓰를 붙안고 나가동그라진"다. 우물가 사람들은 서로에게
폭력을 가하는데 폭력의 가장 손쉬운 상대는 "기운이 없는" 사람이다.

동주는, "아주머니들 틈에 좀체 뚫고 들어가 한몫 끼일 용기가"(156쪽) 나지 않기에 우물가 군중에서 제외된 인물이 된다.

동주는 군중에 속하지 못하고 늘 패배한 개인으로 남게 된다.[12] 군중에 속하지 못했다는 점 때문에 그는 처벌을 받게 되는데, 이것은 두 번째 인용문에서 확인할 수 있다. 누군가가 우물에 오물을 넣으면서 우물은 훼손된다. 우물가 군중들은 우물의 훼손이라는 공동의 피해를 계기로 집단성[13]을 뚜렷하게 드러낸다. 군중은 강한 결속력을 지닌 집단으로 변화하는데, 집단은 동주가 집단에서 제외되었다는 사실을 부각시켜 집단과 동주를 대립적 관계로 규정한다. "물 한번 제대로 못 긷고 줄곧 괄시만 받아왔으니 응당 반감을 품고 있으리라"(166쪽)는 것이다. 더구나 집단을 대표하는 자개수염은, 동주가 우물에 똥을 넣었을 것이라는 의견이 집단의 의견임을 강조한다. 그들은 개인이 아닌 "전부" "모두"라는 집단의 이름으로 동주를 찾아와 처벌하려고 하며, 동주는 "구린내나는 공기가 무거워서 견딜 수 없"(166쪽)어 한다. 그는, 우물가 사람들의 폭력은 포로 수용소에서 겪었던 조직적 폭력이 비조직적이고 일상적인 것으로 변형된 것에 불과하다고 받아들이고 있다.

「生活的」의 중심축을 형성하는 봉수-순이, 동주-춘자의 관계는 서사의 진행에 따라 재편된다. 이 재편 과정 역시, 이원적 대립에 기반한 집단의 폭력이 전후사회에서 다양한 형태로 변형되고 내재화되어 가는

---

12) 이용남, 「서정과 고발의 미학」, 『한국의 전후문학』, 1991, 81쪽 참조.
13) 집단성은 공통된 관심(이익)이 그 집단 구성원 전체의 관심(이익)이 된다는 것이 경험으로 확증되어야 한다.(H. D. 라스웰, A, 카플란(김하룡 역), 『권력과 사상』(상), 문명사, 1972, 120쪽)

과정을 보여준다. 봉수가 살고 있는 산꼭대기 집은 두 공간으로 나뉘어 있다. 봉수와 그의 딸 순이가 방 한 칸을 차지하며, 동주와 춘자가 나머지 방에 거주하고 있다. 또한, 봉수와 동주는 이 집의 소유권을 나누어 가지고 있다. 그러나 두 공간은 균등하게 분할된 공간일 뿐 이원적으로 대립된 공간이 아니다. 각 공간에 거주하는 인물들은 서로 동질감을 느끼지 못할 뿐만 아니라 이질적이기까지 하기 때문이다. 봉수는 "돈과 여자라면 사족을 못쓰는"(153쪽) 인물로, 일제시대와 이북에서 살 때도 권력자들을 통해서 돈을 모았으며 "만주와 북지를 돌아다니면서 여자들을 녹여"(160쪽)냈다고 자랑하는 인물이다. 그는 타락한 시대이든 아니든 자신의 욕구(돈과 성욕)를 충족시키기 위해 당대의 집단을 추종한다. 봉수의 이런 성격은 동주와 춘자에 대한 호칭에서도 드러난다. 그는 봉수를 "미스터 高상"으로 춘자를 "미세스 하루꼬상" (15쪽)으로 부른다. 일본어는 일제강점기가 요구한 덕목에 충실했던 과거의 흔적이며, 영어는 현재·미래가 요구할 덕목에 충실하고자 하는 욕구의 표출이다. 두 외국어의 공존은 시대의 추세 즉 집단의 지향점을 주체화하고 복제하려는 봉수의 의지를 담지하고 있다. "미스터 高상"이나 "미세스 하루꼬상"이라는 호칭은 "시대에 맞게 행동해야"(154쪽) 한다는 그의 처세관을 정확히 반영하고 있다. 반면, 병 때문에 "멀지않아 죽을지도 모르는" 순이는 "밤낮없이 누워서 신음소리만을 내"(153쪽)는 인물이다. 순이는 모든 집단으로부터 소외된 존재, 거부당한 존재로, 오직 동주와만 접촉하는 외톨이이다. 또한, 봉수와 순이는 표면적으로는 부녀관계이지만 실상은 친부녀 사이가 아니다. 순이는, "여자의 장사 수완과 재산에 미친 鳳洙가 제편에서 억지도 뛰어들다시피 해서 남편이 됐던"(160쪽) 여자의 딸이다. 봉수는 순이에게 아무런 애정도 지니고 있지 않을 뿐만 아니라 그녀의 죽음을 방조, 조장하기까지 한다. "順伊 아버지(봉수-인용자 주)는 한번도 환자를 병원에 데리고 가거나 의사를 청해다 보이려 하지 않"(155쪽)는 것이다. 봉수는 소설 전체에서 단 두 번 "順伊 아버지"로 호명되는데, 순이의 죽음을 기대하는 장면에서 이 호칭이 사용되고 있다. 표면적인 가족 관계에도 불구하고, 봉수와 순이는 아무런 유대관계를 갖지 못하고 있다.

춘자는, 동주를 만나기 전 세 명의 남편과 살았던 인물로 "거의 밤마다 東周를 가만 두지 않"(162쪽)을 만큼 강한 성적 욕구를 지닌 여자다. 반면, 동주는 허약한 몸의 소유자로, "성적 흥분을 거의 상실"(162쪽)한 상태이기에 춘자의 성적 욕구를 충족시키지 못한다. 봉수와 순이의 관계처럼 동주와 춘자의 관계 또한 허위적이다. 그들의 동거는, 춘자가 "고리짝 하나를 지고 굴러들어"(161쪽)오면서부터 갑작스럽게 시작된다. 더구나 동주와 춘자의 관계는 고정적이지 않고 유동적이다. 이는 동주에 대한 호칭에서 적나라하게 드러난다. 호칭은 관계를 구체화하고 규정하는 명목14)인데, 춘자는 동주의 호칭을 하나로 고정시키지 않는다. 그녀는 "신세타령을 하거나 고향 이야기를 할 때에는 으레 <오빠>"라고 부르며, "밤에 잠자리에서나 그밖에 대개는 <당신>"이라 부르며, "어떤 문제에 대해서 의견을 물을 때"는 "<선산님>"(161쪽)이라 부른다. 춘자에게 있어 동주는 하나의 인격을 가진 전일체적 인간이 아니라 춘자 자신의 필요에 따라 위치가 변화하는 인물일 뿐이다. 동주와 춘자

---

14) 김윤식·김현, 『한국문학사』, 민음사, 1991, 254쪽 참조.

의 관계는 이 같은 "우울한 공식"(161쪽)에 의해 성립되기에 진정한 것이 될 수 없다.[15]

동주는 자신을 포함한 네 명의 인물들이 어떠한 성격을 지니고 있는지를 정확히 파악하고 있다. 그는, 봉수와 춘자가 동주 자신의 죽음을 어떻게 받아들일지를 상상한다. 그들은 주검에 대한 본능적인 공포에 잠시 놀란 후 "이 집을 독점할 수 있게 되어 은근히 만족해"(157쪽) 하면서 장례비용을 아까워할 것이라고 동주는 생각한다. 그는 춘자와 자신의 관계가 "무의미"(157쪽)하다고 단정하고 있다.

이질적인 성격의 두 인물들(동주·춘자, 봉수·순이)끼리 각각 짝이 되어 방 하나씩을 차지하고 있는 상태에서 소설은 출발한다. 그러나 이런 상태는 더 이상 지속되지 못하고 재편된다. 재편의 주체는 봉수와 춘자다.

> 東周더러 집을 팔지 않겠느냐는 것이다. 마침 이 집을 사겠다는 사람이 나섰다는 것이다. 자기도 이 집을 팔아 버리고 밑으로 내려가 우동 가게라도 내고 싶다는 것이다. (중략) 春子가 돌아오자 鳳洙는 판자 너머로 미세스 하루꼬상 하고 은근히 부르는 것이었다. 그리고는 자기가 거리에 우동 가게를 내려고 하는데, 마땅한 일본 여자를 하나 소개해 달라고 했다. (중략) (춘자는—인용자) 좀 더 즐겁게 살 수 있는 터전을 닦아 보고 싶다는 것이다. 마침 鳳洙가 우동가게를 같이 하자고 하니 이 야말로 절호의 기회라는 것이다. 오늘 낮에 鳳洙와 함께 가게를 가 보았는데 목도 좋더라는 것이다.(163-164쪽)

봉수는 집을 처분함으로써 그들의 관계를 변화시키고자 하지만, 집의

---

15) 강춘삼, 「손창섭의 1950년대 단편소설 연구」, 전남대 석사논문, 1990, 39쪽 참조.

처분은 동주의 동의를 필요로 한다. 동주는 그의 제안을 단번에 거절한다. 결국 봉수는 춘자와의 결합을 직접 시도하며 춘자 또한 봉수의 제안에 적극적이다. 춘자는 봉수의 제안을 두고 동주와 의논하는 듯하지만, "열적은 자기의 심정을 변명하듯 한번 그래본 것"일 뿐 "東周의 승낙같은 건 기다리지도 않"(164쪽)는다. 동주는 봉수와 춘자의 결합에 아무런 영향을 끼칠 수 없는, 관계 재편의 대상일 뿐이다.

네 인물의 관계 재편은 지극히 당연한 현상으로 보인다. 왜냐하면 소설 첫머리부터 순이와 동주의 상호 의존적 관계가 강하게 드러나고 있기 때문이다. 동주는 꼼짝하지 않고 누워만 지내는 순이의 식사를 책임짐으로써 순이의 생존을 가능케 한다. 동시에, 동주는 순이의 신음소리를 통해 자신의 생존을 확인한다. 포로 수용소에서의 체험에 반응하는 도중 지르는 동주의 신음소리가 곧바로 순이의 신음소리와 연결되는 것은 우연이 아니다.16) 순이의 신음소리는 "최선을 다한 생활"(153쪽) 즉 순이의 삶 그 자체인데, 동주는 "順伊의 신음소리에 간신히 자기가 살아 있다는 것을 의식"(166쪽)하는 것이다. 동주와 순이는 서로의 존재를 지탱해주고 확인해주는 유일한 근거인 셈이다.

결국, 동주·춘자, 봉수·순이의 관계는 봉수·춘자, 동주·순이의 관계로 재편성되는데 이 변화는 인물간의 관계 변화 이상의 의미를 지닌다. 인물들 간의 관계 변화는 공간의 변화를 동반하면서 이루어지기 때문이다. 유사한 성격을 지닌 봉수와 춘자는 집단·군중 속에 편입해 들어가기 위해 "목도 좋"은 우동집 즉 산 밑으로 이동한다. 봉수·춘자

---

16) 포로 수용소 체험에 대해 서술된 바로 다음, "옆방에서는 한결같이 順伊의 신음소리가 들려오고 있었다."(155쪽)는 문장이 이어지고 있다.

는 인간관계 재편성과 공간 변화를 동시에 성취해낸 것이다. 반면, 동주와 순이는 목이 좋은 곳 혹은 집단·군중과는 멀리 떨어진 산꼭대기에 여전히 머물게 된다. 동주·순이가 머무는 산꼭대기는 허구적 재구성의 공간17)으로 산 밑과 대립되는 공간이 된다. 집단 혹은 사회에 적합하지 않은 인물들은 집단으로부터 철저히 소외당한다. 봉수와 춘자가 산 밑으로 이동하는 행위는, 그들과 동주·순이를 분별짓는 행위인 동시에 동주와 순이가 집단·사회에 부적합한 인물임을 다시 한 번 확인하고 결정하는 행위이다. 나아가 봉수와 춘자가 우동집을 개업하는 날 "아무도 없는 방에서 順伊는 혼자 당연히 죽어간"(168쪽)다. 봉수·춘자의 집단·사회 편입과 순이의 죽음은 동시에 이루어진다. 집단에의 편입과 타인의 배제는 동일한 것이 되는데, 이 현상은 지극히 "당연한" 것으로 인식된다. 이분법적 사고에 기반한 폭력은 전후사회에 접어들면서 일상의 차원에서 너무나 당연하고 자연스러운 형태로 진행되고 있다.

「生活的」이 보여주는 세 종류의 폭력 형태는 동일하지 않다. 포로 수용소에서의 폭력이 조직적 집단이 이데올로기적 목적을 위해 의도적으로 행하는 폭력이라면, 우물가의 사람들이 동주에게 행하고자 하는 폭력은 비조직적 군중이 그에 속하지 못한 사람에게 가하게 되는 일상적 폭력이다. 봉수와 춘자가 각각 순이와 동주와 결별한 후 산밑으로 이동하는 행위는 파편화된 개인들이 집단·군중에 편입하기 위해 타인에게 가할 수 있는 폭력의 형태를 보여준다. 특히, 병으로 인한 순이의 죽음은, 사회에 성공적으로 편입하고자 하는 욕망을 지닌 자와 욕망을 지니

---

17) 김정자, 『한국여성소설연구』, 민지사, 1991, 64쪽 참조.

지 못한 자를 구별짓고 분리시키려는 의지로 인해 사실상 방임되고 의도된 것임에도 불구하고 지극히 자연스러운 결과인 것처럼 보인다. 결국, 세 가지 폭력은, 조직적, 의도된 것, 거대한 것→비조직적·파편적, 자연스러운 것, 일상적인 것이라는 변화 양상을 담고 있다.

그러나 이 세 폭력은 모두 전쟁으로 인해 고착화된 이분법적 사고에 기초해 있다. 전쟁이 발발한 직후의 긴박감이 일상적 시간으로 대치되고 나면 전쟁은 일상적 시간과 결합하면서 개인의 삶에 영향력을 행사하게 된다.[18] 개인은 일상을 관찰함으로써 현실을 파악한다기보다는 현실적 조건을 통해 일상을 구성하는데,[19] 전후의 일상 역시 이분법적 대립의 시각에서 형성되어 갔던 것이다.

3. 폭력에 대한 대응 양상 — 자기소멸

조직적 집단과 군중, 파편화된 개별자들의 의지는 폭력을 동반하면서 동주에게 전달되는데, 동주는 이에 어떻게 반응하는가.

샘터에 모이는 여인네들은 자기를 빙충이거나 정신병자로 여겼을지도 모른다고 東周는 생각하는 것이다. 게다가 물 한번 제대로 못 긷고 줄곧 괄시만 받아 왔으니 응당 반감을 품고 있으리라고 믿고 있을 것이다. 그랬기 때문에 이런 경우에 그런 짓을 할 수 있는 가장 가능한 인물

---

18) 김종욱, 「염상섭의 <취우>에 나타난 일상성에 관한 연구」, 『관악어문연구』 17집, 1992, 146쪽 참조.
19) 카렐 코지크(박정호 역), 『구체성의 변증법』, 거름, 1985, 67쪽 참조.

로 東周를 먼저 의심하는 것은 어쩔 수 없는 일일 것이다. (중략) 그렇
다면 아무리 東周가 아니라고 변명을 한대야 곧이들어 주지 않을 것이
아니냐. 아무 대답이 없이 東周는 벽을 향해 도로 얼굴을 돌려 버리고
말았다. (중략) 東周는 그저 무거웠다. 온 몸뚱이가, 그리고 이 구린내
나는 공기가 무거워서 견딜 수 없는 것이다. 그러나 견디어 내는 수밖
에 달리 어쩔 수 없지 않느냐?(166쪽)

　「설마 미스터 고상이 그러디야 않았을 테디.」鳳洙의 말을 들으니 東
周는 정말 자기가 그런 짓을 할 리가 없다고 생각되는 것이었다. 그렇
지만, 東周가 내처 잠자코만 있으니까 春子도 鳳洙도 부쩍 의심을 품는
모양이었다. 「그거 참. 아 먹는 물에 똥을 타문 어떻게, 허허 그거 참」
鳳洙가 곁눈질로 東周를 보며 어처구니없다는 듯이, 그러자, 「바르게 말
이 해봐요. 오빠가 그렇게 했소? 오빠가 그랬지요?」春子는 왈칵 들이대
듯이 캐묻는 것이었다. 그 말을 들으면 東周는 참말 자기가 그랬는지도
모른다고 생각이 드는 것이었다. 그렇게 생각하니 어쩨 꼭 그럴 것만
같다.(167쪽)

　동주는, 포로 수용소의 조직적 집단이 자신에게 폭력을 가해도 "참고
견디는 도리밖에 없다고 생각"(155쪽)한다. 조직적 집단의 처벌은 "몇몇
동지"를 죽음에 몰아넣을 만큼 가혹하지만, 그것은 '참고 견딤'의 대상
일 뿐 반발이나 저항의 대상이 되지 않는다. '참고 견디어야 한다'는 내
용의 문장은 세 번 연이어 반복된다.[20]
　첫 번째 인용문에서 보듯, 동주는 우물가 군중에 대해서도 저항하지

---

20) "東周는 참고 견디는 도리밖에 없다고 생각하는 것이었다. 오늘까지 삼십여 년
　간 모든 것을 참고 견디어만 오지 않았느냐! 죽음까지도 참고 살아오지 않았느
　냐 말이다."(154-155쪽) 이 다음에 곧바로 포로 수용소 체험이 서술되고 있다.

않는다. 그는, 집단·군중에서 배척되고 추방된 개인은 집단·군중에 반감을 품을 것이기에 집단·군중의 적이 될 수밖에 없다고 생각한다. 다시 말해, 집단에 소속되지 않은 개인은 배제되고 처벌받아야 할 적이라는 우물가 군중의 논리[21]는, 포로 수용소의 적색 포로가 죽음에 이를 만큼 가혹한 폭력을 행사할 수 있었던 논리적 근거와 동일하다. 동주가 우물가 군중들에게 보일 수 있는 반응이란 포로 수용소에서와 마찬가지로 '참고 견딤'뿐이다.

그런데, 우물가 군중들에 대한 '참고 견딤'은 자기소멸을 의미한다. 포로 수용소에서의 폭력이 저항 불가능한 상황에서의 일방적 폭력이었다면, 우물가 군중의 폭력은 어느 정도의 저항 혹은 적극적인 해명이 가능한 폭력이다. 개인→집단·군중으로 향한 의사소통이 가능한 상황에서도 동주는 스스로 의사 전달을 포기하고 있는 것이다. 소통 단절의 원인은, 동주와 집단·군중이 대립적 위치에 있음에도 불구하고 동주가 스스로를 타자화한다는 데 있다. 집단·군중은 자신의 논리를 설명한 적이 없다. 오히려 처벌의 대상인 동주가 집단·군중의 논리를 해명한다. 동주가 집단·군중의 논리를 적극적으로 설명하는 이유는 집단·군중의 논리를 비판하거나 풍자하려는 데 있지 않다. 도리어 그는 집단·군중의 논리를 자발적으로 이해하면서, 정당하고 타당한 것으로 인정하는 태도를 취한다. 동주는 자신의 시선, 언어로 자신의 결백을 주장하는 것이 아니라, 집단·군중의 시선, 언어로 자신을 설명한다. 집단·군중

---

21) 동주를 찾아온 우물가 군중들은 "「그새끼 끌어내다 때리우. 그래야 정신 드우다.」하고 소리를"(165쪽) 지르며, "끌어내라, 다리를 꺾어놔라, 똥을 퍼다 먹여줘라"(166쪽)고 위협한다.

의 논리를 자발적으로 이해하면서 스스로를 타자화할 때, 그는 결코 주체가 되지 못하며 따라서 집단에 대한 저항은 불가능하게 된다.

두 번째 인용문은 집단·군중의 폭력에 대한 개인의 소멸을 극명하게 보여준다. 먼저, 우물가 군중─봉수와 춘자─동주의 관계부터 살펴보자. 우물가 군중은, 봉수와 춘자에게 "우물 소동"을 들려주면서 "東周가 그 사건의 장본인이라는 지적 밑에, 동거자로서의 책임을 철저히 추궁"(166쪽)한다. 즉, 우물가 군중은 봉수와 춘자를 타자화하면서 동주와 동류항으로 묶으려 하는 것이다. 봉수와 춘자에게 있어 그것은, 집단·군중으로부터 추방될 뿐만 아니라 적으로 규정될 수도 있다는 일종의 위협이다. 봉수와 춘자는 우물가 군중의 위협으로부터 스스로를 보호하기 위해 자신들과 동주와 분리시키려 한다. 그들이 사용하는 방법은 우물가 군중이 사용했던 것과 동일한 방법 즉 추궁이다. 그들은 우물가 군중의 언어 즉 추궁이라는 권위적이고 배타적인 언어[22]를 차용함으로써 동주를 타자화하고 배제하는 데 성공한다. 봉수와 춘자는 자신들의 집단성을 증명하면서 마침내 산 밑에서 우동집을 개업할 수 있게 된다.

파편화된 개별자들이면서 우물가 군중의 일부가 된 봉수와 춘자에 대해 동주는 어떻게 반응하는가. 봉수와 춘자는 동주에게 상반된 질문을 하지만, 동주는 그들의 상반된 발언을 적극적으로 수용하고 인정한다. 사실 혹은 진실은 객관적 형태로 존재하는 것이 아니라 봉수와 춘자의 언어 속에 있다. "할 리가 없다", "그랬는지도 모른다", "그럴 것만 같다"와 같은 추측의 표현을 통해서도, 동주는 자신의 과거 사실을 봉

---

22) 미하일 바흐찐(전승희, 서경희, 박유미 역), 『장편소설과 민중언어』, 창작과비평사, 1988, 161쪽 참조.

수와 춘자의 발언에 부합되게 변경하고 수정하고 있음을 알 수 있다. 즉 군중의 의지에 따라 자신의 인격·정체성을 부정하고 변경하는 태도를 취하고 있는 것이다. 결국 동주는 동일성의 감각이 없는 불연속적 인물 즉 비동일 인물[23], 정체성을 상실한 인물이 되고 만다.

외부의 폭력에 대한 동주의 반응은, 그들의 언어와 폭력을 '참고 견딤'→'그들의 시선으로 봉수 자신을 바라봄'→'변경 불가능한 자신의 과거를 그들의 판단에 맞추어 변경함'의 방향으로 진행되고 있다. 이 과정은 폭력의 주체가 집단→군중→파편화된 개별자로 바뀌어가는 과정이며, 폭력 행사의 공간이 남북의 대립이라는 거대담론의 공간에서 일상 생활이라는 미시담론의 공간으로 바뀌어가는 과정이다. 또한 폭력의 대상이 자아를 상실하고 스스로를 소멸시켜가는 과정이기도 하다.

의사소통은 집단·군중·파편화된 개별자들에서 개인으로 향하는 일방적인 것이기에 파토스적·단선율적 대화[24]에 불과하다. 개인은, 자신의 의사를 전달하지 못하고 포기하거나 집단·군중·파편화된 개별자의 의지를 주체화함으로써 저항·갈등의 가능성을 자발적으로 차단하면서 소멸해간다.

4. 작가의 저항 전략―풍자와 자아 회복

주인공의 일방적인 패배, 자기 소멸에도 불구하고 「生活的」은 폭력

---

23) Hans Meyerhoff(김준오 역), 『文學과 時間現象學』, 삼영사, 1987, 77-78쪽 참조.
24) 미하일 바흐쩐(김근식 역), 『도스토예프스끼 시학』, 정음사, 1988, 279-287쪽 참조.

주체들에 대한 공격의 목소리를 담고 있다.

> 범바위 우물이라는 샘이 있다. 그리로 통하는 길 언저리에는 맨 똥이
> 다. 거기뿐 아니라 이 부근 일대는 도대체가 똥 오줌 천지였다. 공기마
> 저 구린내에 절어 있는 것이었다. (중략) 이 산 전체가 거름더미같이 지
> 린내와 구린내를 쉴 사이 없이 발산하는 것이었다. (중략) 東周에게는
> 이 일대 주민들이 온통 구더기처럼만 보이는 것이었다. 이 방대한 거름
> 더미에서 무수히 꿈틀거리고 있는 구더기 구더기.(156쪽)

> 이렇게 지린내와 구린내와 땀에 절어 가지고, 파리와 구더기 속에서
> 들 살면서도 노상 송장물을 가리는 사람들이 東周에게는 우스웠다. 그
> 러나 東周는 春子나 鳳洙에게는 송장물이라는 말을 하지 않았다. 春子도
> 鳳洙도 돌아오는 길로 땀에 젖은 샤쓰를 벗어 걸고는 송장물을 한 그릇
> 씩 들이키고 나서 냉수맛이 제일이라고 했다.(165쪽)

> 東周를 향해 오늘 오후에는 드디어 개업을 할 예정인데 상호는 <山
> 水屋>이라 했다는 것이다. 이름이 아주 좋지 않느냐고 하고 나서(167
> 쪽)

우물가 군중들이 집단의 결속력을 자랑하면서 동주에게 폭력을 가하
는 이유는 동주가 우물을 훼손시켰다고 믿기 때문이다. 우물 훼손은
"이 일대 주민"들에게 위해를 가하는 행위이기에 우물가 군중이 동주에
게 폭력을 행사하는 것은 정당한 듯도 보인다. 그러나 첫 번째 인용문
으로 인해 폭력의 정당성을 허위적인 것이 된다. 우물가 군중은 우물
훼손을 문제삼고 있지만, 실상 그들이 거주하고 있는 산 전체가 이미
훼손된 상태이기 때문이다. 우물가 군중은, "산 전체가 거름더미"가 되

어 버린 것에는 무관심하면서 우물의 위생에는 예민하게 반응한다. 그들이 지니고 있는 치명적 약점은 방치해둔 채 타인이 저지른 상대적으로 사소한 악행만을 문제 삼는 것은 일종의 아이러니이며 자기 풍자에 해당한다.25) 산 전체를 거름더미로 규정한 동주는 여기서 더 나아가 우물가 군중을 구더기로 규정한다. 이 규정 또한 우물가 군중의 위선과 우둔함, 어리석음을 지적하고 비판하는 풍자적 성격을 띤다. 우물가 군중이 구더기라면 우물에 인분을 넣는 행위는 위해를 가하는 행위가 아니라 생활 환경을 구더기에게 적합하게 개선시키는 행위가 되기 때문이다. 구더기인 군중들이 우물에 인분을 넣은 행위를 비판하는 것은, 자신의 존재를 제대로 파악하지 못한 어리석은 행위로서 통렬한 자기 풍자이다.

두 번째 인용문 또한 군중들의 우둔함, 위선을 전경화하기 위한 에피소드다. 봉수와 춘자 또한 우물가 군중과 마찬가지로 물의 훼손에 민감한 반응을 보이지만, 실상 그들은 훼손된 물과 훼손되지 않은 물을 구별하지 못한다. 그들이 훼손된 물을 예찬하는 행위는 자신의 우둔함과 어리석음을 스스로 내보이는 자기 풍자가 된다. 세 번째 인용문 역시 이와 마찬가지다. 봉수와 춘자는 우동집 상호를 '산수옥'이라 짓고는 그 이름에 아주 만족해한다. 그들은 '산의 물'을 상호로 자랑스럽게 내걸지

---

25) 이대욱은, 손창섭은 대부분의 문장을 아이러니로 장식함으로써 더욱 뚜렷하게 풍자적 효과를 얻어 내고 있다고 평가한다.(이대욱, 「손창섭 소설에 나타난 풍자 연구」, 『국어국문학』 28, 서울대, 1987, 88쪽 참조) 또한 배성은은, 손창섭의 소설 전체에 깔려 있는 아이러니를 극적 또는 구조적 아이러니라고 지적한다. (배정은, 「아웃사이드의식에 비추어 본 이상, 손창섭, 장용학의 작품고」, 이화여대 석사논문, 1973, 92쪽 참조)

만 '산의 물'은 이미 오염된 상태이다. 산에는 두 개의 우물만이 있는데, 두 우물은 각각 누군가가 넣은 오물과 송장에 의해 모두 훼손되었다. 따라서 "이름이 아주 좋지 않느냐"는 봉수의 발화는 우스꽝스런 자기 풍자가 된다. '산수옥'이라는 명칭은 봉수와 춘자, 우물가 군중을 하나의 부류로 묶으면서 그들의 위선, 어리석음을 폭로하는 구실을 한다.

우물가 군중, 봉수와 춘자의 자기 풍자는, 「生活的」의 작가가 취할 수 있는 거의 유일한 공격 방법이다. 왜냐하면, 저항·공격의 주체가 되어야 할 동주는 집단·군중의 폭력에 굴복하여 스스로를 소멸시키고 있기 때문이다. 따라서, 우물가 군중, 봉수와 춘자를 조롱하고 공격할 수 있는 인물은 그들 자신밖에 없다.

집단·군중·파편화된 개별자들에 대한 저항은 개인의 정체성 회복을 통해서도 이루어진다.

> 이미 싸늘하게 식은 소녀의 손을 東周는 쥐어 보았다. 그리고 잠시 고요한 얼굴을 들여다보다가 그는 왈칵 시체를 끌어 안았다. 자기의 입술을 順伊의 얼굴로 가져갔다. 인제는 順伊가 아니다. 주검이었다. (중략) 주검 위에 무엇이 떨어졌다. 눈물이었다. (중략) 자기는 분명히 지금도 살아 있다고 東周는 의식했다. 살아 있으니까 죽을 수 있다고 생각했다. 그것만은 자기가 확신할 수 있는 단 하나의 <장래>라고 생각하며, 東周는 주검의 얼굴 위에 또 한 번 입술을 가져가는 것이었다.(168쪽)

동주에 따르면, 봉수와 춘자는 동주가 죽더라도 본능적인 공포를 느낀 뒤 자신들의 물질적 욕망을 충족시킬 수 있기에 기뻐할 것이다. 그러나 동주가 순이의 죽음을 받아들이는 태도는 이와는 사뭇 다르다. 동주는 순이의 죽음을 통해 동주 자신의 죽음을 미리 엿본다. 그리고 죽음에 대한 의식은 살아 있음에 대한 의식으로 치환된다. 순이의 주검 위에 떨어지는 눈물이 "섧지도 않"(168쪽)은 이유는 죽음이 자신의 삶을 확인하고 증명해주기 때문이다. 따라서 눈물을 흘리는 순간은 외부의 폭력에서 해방되고 순수한 자아와 만나는 순간이다. 이제 삶은 순전히 동주 자신의 것이 된다. 자신의 과거 사실에 대해서도 확신을 갖지 못했던 동주는 죽음에 대한 "확신"을 통해 자신의 정체성을 회복한다.

또한, 주검에 대한 입맞춤은 순이에 대한 입맞춤이 아니다. 그것은 동주 자신에 대한 입맞춤임과 동시에 죽음을 통해 자신의 삶을 확인하는 모든 개인 즉 "지금도 살아 있"는 모든 개인에 대한 입맞춤이다. 동주에게 있어 순이의 죽음은, 자기 정체성을 확인할 뿐만 아니라 전인류와의 연대의식[26]을 획득하는 계기가 된다.

그러나, 애정의 확산은 죽음과 결부될 때 가능해진다. 집단·군중과 개인의 화해는 불가능한 상황이기에,[27] 죽음만이 "자기가 확신할 수 있는 단 하나의 <장래>"이며 죽음에 이르러서야 개인은 자아를 회복할 수 있다는 것이다. 따라서, 죽음까지의 과정 즉 삶의 과정은 자아 회복을 기대할 수 없는 자기 소멸의 과정일 뿐이다. 동주는 객관적 상황의 맹목적인 주민임을 완강히 거부하는 에고의 소유자이면서도 또 별 수 없이 그 주민으로 살아갈 수밖에 없는 것이다.[28] 죽음과 결부된 자아 회복은 실존주의에 도움받은 갑작스런 비약이라는 혐의를 지울 수 없다.[29]

---

26) 사르트르(조영훈 옮김), 『지식인을 위한 변명』, 한마당, 1999, 83-85쪽 참조.
27) 김치수, 『문학사회학을 위하여』, 문학과 지성사, 1991, 29쪽 참조.
28) 천이두, 「분단현실과 한국문학」, 『월간문학』 124호, 1979. 6월, 188-189쪽 참조

6. 결론

한국전쟁은, 하나의 세계를 극단적 대립의 이원적 세계로 양분하였다. 전쟁은 나/너, 아군/적군의 이분법적 사고로 1950년대 한반도를 호출하였으며, 이분법적 사고에 기반한 집단은 폭력을 통해 개인을 집단에 구속시켰다. 이분법적 사고는 전후사회에 편재화·내재화되어 삶의 유일한 기준이 되었다. 이분법적 사고에 기반한 집단의 폭력과 개인의 피해의식에 대해 50년대 소설은 어떤 식으로든 반응할 수밖에 없었다. 본고는, 손창섭의 「生活的」을 통해, 집단의 폭력이 전후사회에서 어떤 형태로 지속되고 있으며 그에 대한 개인, 작가의 대응은 어떠한지를 살펴보았다. 그 결과는 다음과 같다.

첫째, 「生活的」에는 세 유형의 폭력이 존재한다. 하나는 포로 수용소의 조직적이고 배타적인 이차집단에 의한 폭력이다. 이 폭력은 현재진행형일 뿐만 아니라 전후사회에서 다양한 형태로 변주된 폭력들의 원형에 해당한다. 두 번째는 우물가 군중의 폭력이다. 물을 긷고자 하는 동일한 목적은 우물가의 개별자들을 하나의 군중으로 묶는 동시에 개별자 각자를 배타적인 존재로 만든다. 다시 말해 우물가 군중은 파편화

---

29) 실존주의가 50년대 소설에 끼친 영향에 대해서는 이미 많은 연구가 이루어져 있다. 대표적 연구로는 다음을 들 수 있다. 경규진, 「손창섭 소설의 자의식 연구」, 서울대 사대 논문집, 1982 ; 신경득, 『한국전후소설연구』, 일지사, 1983 ; 임헌영, 「실존주의와 1950년대 문학사상」, 『한국현대문학사상사』, 한길사, 1988 ; 이기윤, 「1950년대 한국소설의 전쟁체험 연구」, 인하대 박사논문, 1989 ; 우한용, 「실존주의의 소설적 수용」, 『한국현대소설구조연구』, 삼지원, 1990 ; 전기철, 「한국전후문예비평의 전개양상에 대한 고찰」, 서울대 박사논문, 1992 ; 이상원, 「1950년대 한국 전후소설 연구」, 부산대 박사논문, 1993.

된 개별자와 집단의 성격을 동시에 지니고 있는 것이다. 우물이 오물에 의해 훼손되자 우물가 군중은 집단으로 조직화되면서, 물을 긷는데 계속 실패했던 동주를 범인으로 간주하여 그에게 폭력을 행사한다. 세 번째 폭력의 주체는 파편화된 개별자인 봉수와 춘자다. 그들은, 동주·춘자, 봉수·순이의 관계를 해체하여 봉수·춘자, 동주·순이의 관계로 재편성한다. 봉수와 춘자는 시대의 대세 즉 집단의 지향성을 추종하고 복제하는 인물들이며, 타인과 진정하고 인격적인 관계를 맺지 않는 인물들이다. 반면, 동주와 순이는 집단에서 소외되고 추방당한 인물들이다. 봉수와 춘자는 우물가 군중의 언어와 방법을 차용하여 동주와 순이를 타자화함으로써 자신들의 집단성을 증명한다. 봉수와 춘자는 동수와 순이를 집단 밖의 공간인 산꼭대기에 남겨 둔 채 군중 속(산 밑)으로 이동한다. 이 세 폭력은 이분법적 사고에 기초해 있다는 점에서 공통점을 지닌다. 그러나 세 폭력은 일정한 변화상을 내포하고 있다. 포로 수용소에서의 폭력→우물가 군중의 폭력→동주와 춘자의 폭력은, 집단의 폭력→군중의 폭력→파편화된 개별자의 폭력인데, 이는 조직적인 것, 의도된 것, 거대한 것→비조직적, 파편화된 것, 자연스러운 것, 일상적이고 미시적인 것으로의 변화라는 의미를 담고 있다.

둘째, 집단의 폭력에 대한 개인의 반응은 저항 포기와 자기 소멸이다. 동주는 적색 포로·우물가 군중·봉수와 춘자의 폭력을 참고 견뎌야 할 것으로만 이해한다. 의사전달은 폭력의 주체→개인에게 향하는 일방적인 것이다. 또한 동주는 집단의 논리를 자발적으로 이해하기도 한다. 그는 우물가 군중의 폭력에 대해 자신의 언어로 자신의 과거를 설명하는 것이 아니라 우물가 군중의 언어로 그들의 사고를 설명함으로써, 결과적으로 군중의 폭력을 정당화하게 되며 스스로를 타자화한다. 나아가, 동주는 폭력 주체의 의지를 내면화하는 태도를 보이기도 한다. 그는 봉수와 춘자의 상반된 질문을 모두 수용하고 인정한다. 동주의 과거 정체성은 봉수와 춘자의 언어에 의해 결정되는 셈이다. 결국 동주는 자기 소멸을 경험하면서 비동일성 인물, 자기 정체성을 상실한 인물이 된다.

셋째, 「生活的」은 개인의 일방적인 패배를 보여주는 데서 그치지 않고 폭력 주체에 대한 저항을 시도한다. 저항의 방법은 두 가지인데 하나는 폭력 주체의 자기 풍자이다. 그들 자신과 산 전체가 이미 훼손된 상태임에도 불구하고, 우물가 군중은 우물을 훼손했다는 혐의로 동주를 처벌하려고 한다. 동주를 처벌하려는 의지가 강할수록 우물가 군중의 어리석음과 우둔함, 즉 자신들과 산 전체가 훼손된 상태임을 깨닫지 못했다는 사실은 더욱 강조된다. 또한, 봉수와 춘자는 우동집의 상호명인 '산수옥'을 자랑스러워하는데, 이는 집단·군중 편입에 성공했다는 성취감의 표출 그 자체이다. 그러나 산의 물은 살아 있는 사람과 죽은 사람에 의해 모두 훼손된 상태이기에, '산수옥'이라는 상호명은 자랑스러운 것이 될 수 없다. 우물가 군중과 봉수·춘자의 행위는 자신들의 어리석음을 스스로 폭로하는 자기 풍자에 해당한다. 저항의 주체가 되어야 할 동주가 스스로를 소멸시키고 있기에, 폭력에 저항할 수 있는 인물은 폭력의 주체 자신들밖에 없는 것이다. 폭력 주체에 대한 두 번째 저항 방법은 패배한 개인의 자아 회복이다. 동주는 순이의 죽음을 통해 자신의 생존을 확인함으로써, 완전한 자기 소멸을 방지하며 나아가 패배한 모든 개인들 즉 인류 전체에 대한 애정을 갖게 된다. 그러나 정체성 회복은 자기 소멸을 유일한 근거로 한다는 점, 인류애를 획득하는

과정이 피상적이고 비약적이라는 점에서, 개인의 정체성 회복은 일정한
한계를 가질 수밖에 없다.

손창섭 소설의 반어적 기법 연구

―「비오는 날」을 중심으로

1. 머리말

이 글은 손창섭 소설의 서술기법[1]을 분석하여 미적 자질과 효과를 밝히려는 형식 미학 연구의 일환이다.[2]

---

* 박유희 / 고려대학교

1) 본고에서 서술은 서사텍스트의 표현국면을 지칭하는 용어로서, 전언(傳言)으로서의 이야기가 서술자에 의해 독자에게 전달되는 소통과정과 '서사텍스트를 구성하는 데 동원되는 언술[enunciation]'을 포괄한다.

2) 이 연구가 주목하는 형식은 '작가가 그의 독자들과 관계를 확립하고 자기 작품에 대한 독자의 반응을 끌어내고 유도하는 방편이 되는 기교', 즉 '작가가 그의 독자를 조종하는 수단'이다. 따라서 이 연구는 수사학[rhetoric] 연구에 해당된다고 할 수 있다. 문학비평용어로서의 수사학 개념은 Peter Dixon, Rhetoric[수사법], 강대호 역(서울대학교 출판부, 1979) 참조.

손창섭 소설은 협소하고 유폐적인 공간에서 극단적인 인물들이 살아가는 모습을 집요하게 탐사한다. 당대 비평부터 꾸준히 지속되어 온, "病者의 노래"3), "人間 侮蔑의 白書"4), "無能한 族屬들의 絶望에서의 不逞한 性意識"을 "지나친 誠實性으로 探究"5)하고 "敗北한 地下室的 人間像"6)만을 보여준다는 지적 등은 손창섭 소설의 일면을 말해 준다. 이는 시대적인 상황과 연관되며 손창섭 소설에 전후(戰後)의 절망과 폐허의식을 반영하는 전형적인 1950년대 소설이라는 의의를 부여한다. 이와 같은 논리는 손창섭 소설에 대한 일반론을 이루며 현재까지 지속된다.7)

그러나 이러한 논의는 다음과 같은 점에서 석연치 않다.

첫째, 손창섭 소설이 일반적인 독자와 상관없는 비정상적인 인물을 보여주는 데 그치고 있다면 손창섭 소설의 감동의 연원은 무엇인가라는 점이다. 위와 같은 논리 속에서 반세기 동안 많은 논자들의 관심을 끌어 온 손창섭 소설의 미적 자질과 호소력은 해명되지 않는다.

둘째, 섣불리 소설과 시대 상황을 연계시키는 것은 손창섭 소설에 대해 의의를 부여하는 것이 아니라, 전후의 폐허 상황에서만 의의를 가지는 작품으로 한정하고, 과도기적인 의미만을 지니는 미숙한 문학으로 폄하하는 계기가 된다. 소설의 형성 원리가 우선적으로 규명되고 그것

---

3) 조연현, "病者의 노래: 孫昌涉의 作品世界", 현대문학(1955.4).
4) 유종호, "人間侮蔑의 白書", 사상계(1959.4).
5) 윤병로, "血書의 內容: 孫昌涉論", 현대문학(1958.12).
6) 이광훈, "敗北한 地下室的 人間像: 孫昌涉 初期作品考", 문학춘추(1964.8).
7) 손창섭 소설에 대한 기존 논의는 크게 세 가지로 정리된다. 첫째, 텍스트의 사회적 상황성과 관련하여 작가의 인식적 특징을 추론하는 논의, 둘째, 작가의 정신적 외상과 작품의 상관성을 밝히는 정신분석적 접근, 셋째, 형식미학의 연구이다. 기존 연구의 대다수를 차지한 것은 첫째와 둘째 경우에 해당된다.

의 시대적 의미가 해석되어야 할 것이다.

손창섭 소설은 인간의 열등하고 추악한 면모에 유난히 집중한다는 점에서 소설사에서 독특한 양상을 보인다. 그러나 극단적인 인물이 그토록 집요한 정성으로 반복 서술되는 것에는 이미 단순하게 말해 버릴 수 없는 양면성이 내재한다. 손창섭 소설은 이러한 양면성이 다양한 서술기법을 통해 모순의 형태로 드러난다. 모순의 길항(拮抗)에서 빚어지는 긴장이 손창섭 소설 미학을 형성하고 지탱하는 힘으로 작용한다. 따라서 손창섭 소설 이해에서 먼저 짚어야 할 것은 '무엇을 말하는가'보다 '어떻게 말하는가'라는 측면이다.

손창섭 소설의 모순적 자질에 대한 논의는 논자들이 인상 비평이나 주제 고찰 차원에서 손창섭 소설의 극단적인 양상을 논하면서도 "모멸과 연민"8), "긍정을 향한 부정의 자세"라든가 "비극의 극복을 위한 비극성"9), "대타의식을 통한 책임과 그 책임에 의한 앙가쥬망"10), "표류하는 욕망과 행동의 괴리에서 빚어지는 비극적인 유우머"로서 "공포와 희극적 분위기를 동시에 창조"11)한다는 지적을 덧붙이고, "위트, 패러독스, 나르시소스"12) 등의 다면적인 특징을 함께 나열하는 것에서부터 소략하게나마 엿보여 왔다.

그러나 1990년대 초반까지 형식에 대한 연구13)가 상대적으로 미약했

---

8) 유종호, "侮蔑과 憐憫: 孫昌涉論", 現代文學(1959.9～10).
9) 이광훈, "敗北한 地下室的 人間像: 孫昌涉 初期作品考", 文學春秋(1964.8).
10) 서준섭, "정지된 세계의 소설", 한국소설문학대계30(동아출판사, 1995).
11) 이태동, "비극적 유우머와 욕망과 현실 사이: 孫昌涉論", 한국현대소설의 위상(문예출판사, 1985).
12) 천이두, 韓國現代小說論(형설출판사, 1985).

던 만큼, 본격적인 논의가 이루어지지는 못했다. 최근 들어 소설 연구 전반에서 '소설이 어떻게 말하는가?'에 대한 관심이 증폭되고 1950년대 소설의 의의가 형식적 차원에서 규명될 필요가 제기되면서 구체적인 연구가 진행되고 있다. 손창섭 소설에 대해서도 서술이론과 수사학적 차원에서 분석한 성과들이 축적되고 있다.[14)

이 글은 이러한 연구사적 맥락에서 손창섭 소설이 가진 다중적인 모순과 양면성의 원리를 진의(眞儀)를 우회적으로 표현하는 수사법인 반어적 기법[15)의 분석을 통해 규명하려 한다. 손창섭 소설은 표면적인 의미

---

13) 이러한 연구로서 이유식의 "戰後小說의 文章變遷考"(현대문학, 1970.7.)와 김상태의 "1950년대 소설의 문체 연구"(『한국의 전후문학』, 태학사, 1991) 등이 있으며, 송하춘의 "1950년대 한국 소설의 형성"(『1950년대 소설가들』, 나남, 1994)과 구인환의 "戰後 韓國文學의 地形圖"(『韓國 戰後文學 研究』, 삼지원, 1995) 등은 형식 분석의 필요성과 구도를 제시하여 준다. 이외에 유선희의 "손창섭 소설의 문체론적 연구"(석사학위논문, 전북대교육대학원, 1985), 이화경의 "손창섭 소설의 문체 연구"(석사학위논문, 전남대 대학원, 1989), 안성희의 "신세대 작가의 文體論的 研究"(석사학위논문, 이화여대 대학원, 1990. 11) 등이 있다.

14) 우선 수사학적 차원에서 손창섭 소설을 '아이러니'로 파악하는 일련의 논문이 있는데, 한상규의 "손창섭 초기 소설에 나타난 아이러니의 미적 기능"(외국문학, 1993. 가을호.), 김지영의 "손창섭 소설의 아이러니 연구"(석사학위논문, 고려대학교 대학원, 1996), 홍순애의 "손창섭 소설의 아이러니 연구"(석사학위논문 서강대학교 대학원, 2000.12) 등이 여기에 해당된다. 김현희의 "손창섭 소설의 서술자 연구"(석사학위논문, 충남대 대학원, 1992), 이수정의 "일인칭 소설의 '신빙성 없는 화자'에 대한 연구"(석사학위논문, 서강대학교 대학원, 1992), 정춘수의 "1950년대 소설의 문체적 특징과 화자양상"(석사학위논문, 성균관대학교 대학원, 1993), 장은수의 "1950년대 손창섭 단편소설 연구"(석사학위논문, 연세대학교 대학원, 1996), 김성아의 "손창섭 초기소설의 미적 구조 연구"(연세대학교 대학원, 1997) 등은 손창섭 소설의 서술적 특성을 분석한 논문들이다.

15) 본고에서 반어(反語)는 기존 연구에서 통용되어 온 '반대물을 배치하여 표면상의 의미와 다른 의미를 창출하는 기법과 그 효과'라는 개념으로 사용된다. 이 반어 개념은 기존 문학사에서 반어적 작가로 논의되어 온 현진건, 김유정, 채만식, 이상 연구에서 사용된 개념들을 토대로 공통되는 요소를 추출한 것이다.

로써 드러내는 바가 상대적으로 적으며 문맥을 통해 생성되는 이면적 의미와 미적 효과가 손창섭 소설의 핵심이라 판단되기 때문이다.

기존의 연구에서 손창섭 소설의 모순적 자질을 '아이러니'[16]로 파악한 일련의 논문이 있다. 이 논문들은 주로 인물의 모순적 특징을 통해 작가 인식의 양면성을 추출하는 데 주력하여 일정한 성과를 거두었다. 그러나 손창섭 소설에 드러나는 모순은 인물에 국한되지 않으며, 표현 국면 전반에서 다중적(多重的)인 양상을 띤다. 이 연구는 모순의 다중적 양상과 그것을 구현하는 표현기법들에 유의하고자 한다. 근본적으로 이 연구는 통계적 분석 방법이나 연역적인 이론에 근거한 유형화에서 벗어나 내재 분석을 기초로 귀납적인 추론을 지향한다.[17]

---

16) 기존 연구에서 반어와 아이러니는 동의어로서 혼용되어 왔다. 그러나 두 용어는 각각 동양 문화권과 서양 문화권에서 역사가 있는 용어들이며 엄밀한 의미에서 동의어는 아니다. 근대 이후에 반어가 아이러니의 번역어로서 사용되기 시작하면서 동의어로 쓰이고 있으나, 반어(反語)라는 용어 자체에 이미 수사학적인 함의가 강한 반면, 아이러니는 매우 포괄적인 정신적 영역을 내포한다. 본고는 문학 언어의 탐색을 통해 문학의 본질을 밝히려는 문제의식에서 출발한 만큼 수사학적인 함의가 강한 반어(反語)라는 용어가 연구의 본원적인 문제의식에 닿을 뿐만 아니라, 본고의 입장을 오해의 소지 없이 전달하는 데에도 적합하기에, '반어(反語)'라는 용어를 사용한다. 또한 대부분의 사전에 반어가 아이러니와 동의어로 나와 있는 만큼 반어가 아이러니의 번역어로서도 정착되고 심화되어야 한다고 판단된다.
17) 기존의 형식 연구는 크게 세 가지로 정리할 수 있다. 첫째, 통계적 분석방법에 의존하여 언어학적 품사 단위로 텍스트의 어휘들을 분류하고 해석하는 것, 둘째, 외국 이론의 모형을 우리 소설에 연역적으로 적용하여 분석하는 것, 셋째, 인식적 특성을 중심에 세우고 그 부수적 장치로서 형식을 논하는 것이다. 첫째와 둘째 경우가 본격적인 형식 연구에 해당된다. 첫 번째의 경우, 통계가 문학 언어에 과학적으로 접근하는 기초적인 방법의 하나이기는 하나, 각 요소들이 어떤 문맥에서 작용하고 있는가를 살피는 것이 더욱 중요하다. 두 번째의 경우, 외국의 텍스트에서 형식미학을 규명하는 과정을 참조할 수는 있으나, 도출된

　　손창섭의 1950년대 소설은 인물, 구성, 문체 면에서 전반적으로 매우 유사한 양상을 띤다. 손창섭 소설에 대해 "맨 처음 발표된 「사선기」부터 「비오는 날」, 「생활적」, 「혈서」, 「미해결의 장」, 「설중행」, 「잉여인간」에 이르기까지 전체가 하나의 모습이다."[18]라는 지적은 손창섭 소설의 단일한 경향을 말한 것이다. 이러한 맥락에서 이 글은 손창섭 소설의 출발점을 보여주는 초기작이자 대표작인 「비오는 날」을 중심으로 분석한다. 「비오는 날」은 손창섭 소설의 대부분을 차지하는 서술방식인 삼인칭 인물시각서술로 이루어지며[19], 손창섭 하면 「비오는 날」이 떠오를 정도로 손창섭 소설 세계를 상징하는 명실상부한 대표작이기도 하다. 「비오는 날」에 나타난 반어적 기법을 고찰하는 작업이 손창섭 소설의 양상을 해명하는 데 준거가 되리라 판단된다.

2. 시각의 교체와 반성적 거리

　　손창섭 소설은 주로 인물시각서술[20]로 이루어진다. 인물시각서술은

개념을 우리의 소설에 적용하는 것은 반성적인 과정을 필요로 한다.
18) 송하춘, "전후시각으로 쓴 첫 일제 체험: 손창섭의 낙서족론", 작가연구(새미, 1996.4), 69쪽~70쪽.
19) 손창섭의 1950년대 소설 중에서 일인칭 서술로 이루어진 것은 「未解決의 章」, 「流失夢」, 「層階의 位置」 등이고, 그 이외의 대부분은 삼인칭 인물시각서술로 이루어진다.
20) F.K.쉬탄젤은 『소설형식의 기본유형』, 안삼환 역(탐구당, 1996)에서 소설을 서술 상황이라는 입각점에서 고찰하여 3대 기본유형으로 구분하면서, 주석적 소설, 일인칭 소설이라는 용어와 함께 인물시각적 소설이라는 말을 사용하였다.
　김인환은 "소설의 방법", 언어학과 문학(고려대학교 출판부, 1999)에서 서술방법을 작가주석서술, 객관중립서술, 인물시각서술로 나누고 작가주석서술이 주격

한 인물의 시각을 전면에 내세워 특정인을 변호하기 때문에 작가나 독
자의 상식을 벗어나는 인물의 모습을 보여주기에 적합한 서술방법이다.
인물시각서술은 한 인물의 시각에 밀착하여 서술이 진행되어 독자로
하여금 시각의 주체가 되는 인물, 즉 초점자[focalizer][21]의 입장에 공감하
도록 유도한다. 손창섭 소설도 서술자가 초점자에 밀착하여 서술하되,
서술자가 초점자와 거리를 확보하며 초점자를 되비추는 서술이 교차된
다. 이를 통해 모순되는 입장이 제시되는 동시에, 독자는 한 입장에 공
감하는 것이 방해되어 자연히 반대물[22]을 이루는 모순되는 입장에 대
해 반성적 거리를 갖게 된다. 여기에서 서술자의 존재를 드러내며 초점
의 운용과 결합하여 서술대상에 대해 거리를 조절하는 기능을 하는 것
이 '-것이다'이다. '-것이다'라는 종결어미는 손창섭 소설의 대표적인 문
체적 특징으로 거론될 만큼 눈에 띄게 자주 사용되며,[23] 반성적 거리

서술이고, 객관중립서술이 대격서술이라면 대격 속의 주격 서술, 또는 주격 속
의 대격서술이라고 할 수 있는 것이 '인물시각서술'이라고 말한다. 따라서 일인
칭 서술도 인물시각서술에 포함된다. 이것은 제라르 즈네뜨가 Narrative Dis-
course: An Essay in Method, trans. Jane E. Lewin(New York: Cornell University
Press, 1980)에서 서술자의 위상을 검토하며 채택한 '초점화(focalization)' 개념에
서 '내적 초점화된 서술' 개념과 상통한다. 본고에서는 혼동을 피하기 위해 일
인칭 인물의 시각서술은 일인칭 서술로, 삼인칭 인물의 시각서술은 삼인칭 인
물시각서술로 칭한다.
21) G.즈네뜨는 보는 자와 말하는 자의 분리를 주장하며 보는자, 즉 시각의 주체로
서 초점자[focalizer]를 설정하였다. 이 개념은 손창섭 소설에서 시각의 교체를 분
석하기에 매우 유용하다.
22) 일반적으로 반어의 필수적인 요소로 합의된 것은 반대물[opposites]과 거리[dis-
tance]이다. 반대물이란 언술, 상황, 태도에서 차이, 모순, 상반을 구성하는 두 가
지 이상의 요소를 일컫는다.
23) '-것이다'의 사용은 인물시각서술을 보여주는 최명익의 소설에서도 발견된다.
최명익의 소설에서 '-것이다'는 초점자의 행동을 서술하는 문장의 종결어미로서

확보의 장치로서 기능한다.[24)]

　다음은 원구가 동욱을 처음 만나는 부분을 전반부와 후반부로 나누어 인용한 것이다. 전반부에서는 주로 서술자가 원구의 시각에 밀착하여 동욱의 행동을 서술한다. 후반부에서는 화제가 동옥으로 옮겨 가면서 동욱의 말과 행동에서 모순이 자주 드러난다. 동시에 원구의 이중적 심리도 함께 표출되고 '-것이다'가 빈번하게 쓰인다.

　　[前] <가>東旭의 거처를 왕방하기 전에 元求는 어느 날 거리에서 東旭을 만나 저녁을 같이한 일이 있었다. 東旭은 밥보다도 먼저 술을 먹고 싶어 했다. 술을 마시는 東旭의 태도는 제법 애주가(愛酒家)였다. 잔을 넘어 흘러내리는 한방울도 아까워서 東旭은 혀 끝으로 잔 굽을 핥았다. 기독교 가정에서 성장했을 뿐 아니라 몇몇 교회에서 다년간 찬양대를 지도해 온 東旭의 과거를 元求는 생각하며, 요지음은 교회에 나가지 않느냐고 물어 보았다. 東旭은 멋적게 씽긋 웃고나서 이따마큼 한 번씩 나가노라고 하고 그런 때는 견딜 수 없는 절망감에 숨이 막힐 것 같은 ① 날이라는 것이었다. <나>東旭은 소매와 깃이 너슬너슬한 양복 저고리에 교회에서 구제품을 탄 것이라는, 바둑판처럼 사방으로 검은 줄이 죽

　　부분적으로 사용된다. 이때 '-것이다'는 독자가 초점자와 거리를 두게하는 장치로 사용된다. 손창섭 소설의 '-것이다' 용법이 최명익의 그것을 근본적으로 계승하고 있기는 하나, '-것이다'를 문체적 특징으로 거론될 만큼 활용하며 다양한 효과를 유발시키는 것은 손창섭 소설의 독특한 기법이다.

24) '-것이다'에 대해서는 단편적이나마 자주 언급이 있어 왔다. 선학들의 지적은 논의의 관점이 달라서 술어의 사용이 다양하나, '-것이다'가 독자의 공감을 방해하는 거리 확보의 장치라는 것을 공통적으로 드러낸다. 이광훈의 "敗北한 地下室的 人間像: 孫昌涉 初期作品考", 문학춘추(1964.8), 송기숙의 "創作過程을 通해 본 孫昌涉", 현대문학(1964.9), 김윤식의 "6・25 전쟁문학", 1950년대 문학 연구(예하, 1991), 정호웅의 "1950년대 소설론", 1950년대 문학 연구(예하, 1991) 등에서 '-것이다'에 대한 해석을 살필 수 있다.

죽 간 회색 쯔봉을 입고 있었다. 무엇보다도 그는 구두가 아주 명물이
었다. 개미허리처럼 중간이 잘룩한데다가 코숭이만 주먹만큼 뭉툭 솟아
오른 검정 단화를 신고 있었다. 그건 꼭 챠프링이나 신음직한 괴이한
구두였기 때문에, 잔을 주고 받으면서도 元求는 몇번이나 東旭의 발을
㉠내려다 보는 것이었다. 그동안 무얼하며 지내느냐는 元求의 물음에
東旭은 끼고온 보재기를 끌르고 스크랩북을 ⓐ퍼 보이는 것이었다. 몇
장 벌컥벌컥 뒤는데 보니, 서양 여자랑 아이들의 초상화가 드문드문 붙
어 있었다. 그 견본을 가지고 미군 부대를 찾아다니며, 초상화의 주문을
②맡는다는 것이었다. 대학에서 영문과를 전공한 것이 아주 헛일은 아
니었다고 하며 東旭은 싱글싱글 웃었다. <다>東旭의 그 싱글싱글한 웃
음을 元求는 이전부터 몹시 꺼렸다. 상대방을 조롱하는 것 같은, 그러면
서도 자조적(自嘲的)이요, 어쩐지 친애감조차 느껴지는 그 싱글싱글한
웃음은, 元求에게는 어떤 운명적인 중압을 암시하여 감당할 수 없이 마
음이 ㉡무거워지는 것이었다.25)

[後] <라>東旭의 말에 의하면 지난번 一四후퇴 때 데리고 왔는데, 요
새 와서는 짐스러워 후회될 때가 있다는 것이었다. 그의 남편은 못 넘
어왔느냐니까, 뭘 엽때 처년데, 했다. 지금 몇살인데 미혼이냐고 묻고
싶었지만, 元求는 혼기가 지난 東旭이나 자기 자신도 아직 독신인걸 생
각하고, 여자도 그럴 수가 있을거라고 속으로 주억거리며 입을 다물었
다. 東玉의 나이가 지금 이십오, 륙세가 아닐까 하고 元求는 지나간 세
월과 자기 나이에 비추어 속 어림으로 ㉢따져보는 것이었다. 술에 취한
東旭은 다자꾸 元求의 어깨를 한 손으로 투덕거리며, 東玉이 년이 정말
가엽서 암만 생각해도, 그 총기며 인물이 아까워, 그런 말을 ⓑ되푸리하
는 것이었다. 그러고는 다시 잔을 비우고 나서 할 수 있나 모두가 운명
인걸 하고 고개를 ⓒ흔드는 것이었다. 東旭은 머리를 떨어뜨린 채, 내가

---

25) 손창섭, 「비오는 날」, 문예(1953.11), 159쪽~160쪽.

자네람 주저없이 東玉이와 결혼할테야, 암 장담하구 말구, 혼잣말처럼 그렇게도 ⓓ중얼거리는 것이었다. 종잡을 수 없는 東旭의 그런 말에 元求는 무슨 영문인지도 모르면서, 암 그럴테지, 하며 東旭의 손을 ㉣쥐어 흔드는 것이었다. <마>東旭은 음식점을 나와 헤어질 무렵에 두 손을 元求의 양 어깨에 얹고 자기는 꼭 목사가 되겠노라고 했다. 그것이 자기의 갈 길인 것 같다고 하며 이제 새학기에는 신학교에 ③들어가겠다는 것이었다. 어깨가 축 늘어져서 걸어가는 東旭의 초라한 뒷모양을 바라보고 서서 元求는 또다시 東旭의 과거와 그 집안을 그려보며, 목사가 되겠노라고 하면서도 술을 사랑하는 東旭을 아껴줘야겠다고 ㉤생각하는 것이었다.26)　　[밑줄, 외곽선 표시는 모두 필자의 것]

초점자인 원구의 관찰 대상이 되는 동욱은 모순이 많은 인물로 드러난다. 전반부에서 동욱의 과거와 현재에 대한 정보가 전달된다. 원구의 기억 속에서 동욱은 기독교 가정에서 성장했고, 다년간 교회에서 찬양대를 지도했으며 영문학을 전공했다. 그러나 현재 원구의 눈에 포착된 동욱은 채플린 같이 우스꽝스러운 옷차림으로 미군 부대의 초상화 주문을 맡으며 고향 친구에게 얻어먹는 공짜술이 아까워 잔을 핥는다. 과거와 현재의 확연한 대조는 현재의 비참한 처지를 부각시키고 동욱이 충격적 경험 이후에 변화했으리라는 추측을 잠시동안 가능케 한다. 이는 동욱의 현재 처지에 대해 독자가 연민할 수 있는 여지를 제공하며 독자와 서술대상과의 거리를 좁힌다. <가>에서는 '-것이다'도 원구의 질문에 대한 동욱의 대답을 중개하는 간접화법의 어미로서 한 번 사용될 뿐이다.

---

26) 손창섭, 「비오는 날」, 문예(1953.11), 160쪽~161쪽.

그러나 <나>에서 제시되는 서술이 독자의 일관된 감정 유지를 방해한다. 우선 모순된 정보가 계속 제시되어 독자는 동욱에 대해 일관된 판단을 하기 힘들다. 독자는 동욱이 과거에 교회에 다니는 영문학도였다는 언술에서 동욱의 현재 모습과 상반되는 모습을 상상한다. 그러나 동욱의 외모에 대한 희화적인 묘사가 드러나는 <나>에 이어 제시되는 <다>의 언술은 독자로 하여금 동욱의 비참한 현재 처지에 대한 단순한 연민에서 벗어나 원래부터 모순된 동욱의 성격에 관심을 돌리게 한다.

후반부에서는 동욱의 모순된 말과 행동이 제시된다. 동욱은 전반부에서 가끔 교회에 가면 절망감에 숨이 막힐 것 같다고 했다가 후반부에서는 꼭 목사가 되기 위해 새학기에는 신학교에 들어가겠노라고 말하는 것으로 서술된다. 또한 동옥이 짐스럽다고 했다가, 모든 것이 운명이라며 체념하고, 동옥의 총기와 인물이 매우 아깝다며 원구에게 결혼을 종용하는 것이 제시된다. 동욱의 절망과 무모한 치기, 이기심과 자책감, 체념과 회피심리 등 혼란스럽고 모순된 심리가 계속 드러난다.

동욱의 행동은 원구의 시각을 통해 관찰되고, 동욱의 말은 간접화법으로 중개된다. '-것이다'는 간접화법의 어미로서 기능하는 동시에 동욱의 모순이 드러나는 곳에 사용된다. 앞서 지적한 전반부와 모순된 정보가 후반부에 제시되는 문장에서는 어김없이 '-것이다'가 사용된다.

위 인용문에서 ①②③과 ⓐⓑⓒⓓ로 표시된 것은 동욱의 말과 행동에 대한 서술부이다. ①②③의 '-것이다'는 동욱의 말을 중개하는 간접화법의 어미로 쓰이는 동시에 동욱의 말에 대한 불신이나 모멸의 어감을 풍기며 동욱을 희화화시키고 동욱과 거리를 확보하는 데 기여한다. ⓐⓑⓒⓓ의 '-것이다'는 동욱의 혼란된 행동을 서술하는 데 사용되어 동욱의 혼란을 객관화시킨다. 여기에서 '-것이다'는 원구의 시각에 의한 서술로 귀속된다. 따라서 동욱의 모순된 말이나 행동에 사용된 '-것이다'는 원구와 독자를 밀착시키고, 독자는 원구가 동욱에게 느끼는 양면적인 심리를 함께 공감하게 된다.

그러나 틈틈이 원구의 행동이 서술되는 부분에서 서술자의 시각으로 교체되며 원구와 독자의 거리가 멀어진다. 원구에 대한 서술에서 서술자는 '-것이다'를 통해 적극적으로 개입하면서 독자가 원구의 시각에 몰입하는 것을 방해한다. 이때 현실논리와 연민 사이에서 갈등하는 원구의 양면적인 심리는 독자의 공감에서 벗어나 객관적인 관찰의 대상이 된다.

위 인용문에서 ㉠㉡㉢㉣㉤으로 표시된 부분은 서술자의 개입을 드러내는 '-것이다'가 사용된 부분이다. 서술자는 원구가 주어인 문장의 ㉠'내려다 보다', ㉡'무거워지다', ㉢'따져보다', ㉣'손을 쥐어 흔들다', ㉤'생각하다'를 동사로 하는 서술부에서 '-것이다'를 통해 원구와 거리를 취한다. 다섯 가지 서술부는 모두 문맥 안에서 연관되며 원구의 모순된 행동을 구성한다.

㉠에서 원구가 고향 친구를 오랜만에 만나 술을 마시면서 친구의 옷차림을 아래위로 유심히 훑어보는 행동은 옛 친구임에도 불구하고 동화될 수 없는 거리를 드러낸다. 이는 '제법 애주가'와 같이 경멸적인 어감을 풍기는 표현이나 원구가 동욱의 웃음을 싫어한다는 언술과 동궤(同軌)를 이룬다. 그러나 ㉡에서 원구가 그래야 할 이유가 드러나지 않은 채 남남인 동욱에 대해 운명적인 중압감을 느끼는 것은 ㉠과 같은 행동과는 상치(相馳)된다. ㉢에서 동옥이 아직 혼전(婚前)이라는 말을 듣고 속

으로 동옥의 나이를 따져보는 것과, ㉣에서 동옥과의 결혼을 종용하는 동욱의 이기적 언사에 대해 무조건 동의하는 것, ㉤에서 동욱을 아껴줘야겠다고 생각하는 것 등은 모두 동욱에 대해 경멸과 거리를 드러내던 원구의 태도와 모순을 이룬다. 모순이 계속 병치되는 서술은 원구의 이기심과 무책임함, 그리고 동욱에 대한 연민 등의 복합적인 심리를 드러낸다. 여기에 공통적으로 쓰인 '-것이다'는 독자가 원구의 시각에서 벗어나 동욱의 모순과 마찬가지로 원구의 이중성에도 거리를 확보하게 한다.

이러한 서술기법은 「비오는 날」 전체에서 반복된다. 독자는 초점자의 시각에서 인물의 모순을 바라보다가 몰입했던 시각에서 벗어나 다시 서술자의 시각에서 방금 전까지 몰입했던 시각의 모순을 바라보는 경험을 교차적으로 하게 된다. 여기에서 독자는 반대물을 이루는 시각의 긴장 속에서 어느 시각에 대해서도 완전한 긍정도 부정도 할 수 없는 반성적 거리를 확보하며 모멸, 냉소, 연민, 공감 등의 모순된 감정 속에서 불편한 긴장을 경험한다. 손창섭 소설의 미학적 특질은 이와 같은 양가적(兩價的)27)인 감정의 유발과 연관된다. 양가적인 감정 유발을 통해 독자는 결과적으로 공감을 경험했던 원구가 동욱과 다름없는 모순에 찬 인물이라는 것을 보게 되고, 원구와 공감했던 독자 자신도 모순에 찬 인물과 다르지 않을 수 있다는 반성적 인식을 하게 된다.

---

27) 양가적[ambivalent]이라는 것은 원래 심리학에서 나온 용어이며 모순되는 감정의 공존상태를 가리킨다. 본고에서는 서술대상에 대해 모순된 판단이나 양립하는 감정을 가지는 상태를 지칭한다.

3. 묘사의 한정성과 관용성

양가적인 감정 유발은 손창섭 소설의 서술대상인 무능하고 혐오스러운 인물들을 보편적인 이해의 영역으로 끌어들인다. 손창섭 소설에서 매우 큰 비중을 차지하며 정서적 효과를 유발하는 데 핵심적인 서술 방법으로 기능하는 묘사는 이러한 특성을 잘 드러내면서 강화한다.

서술은 행동이나 사건의 재현과 사물이나 인물의 재현을 포괄하는데, 후자가 묘사에 해당된다. 묘사는 공간 속에 동시적으로 병치된 사물들을 담화의 시간적인 연속 양태로 재현한다. 따라서 묘사적 언어는 그 대상과 시간적인 차원에서 어긋날 수밖에 없다는 특징을 가진다. 묘사는 동시성 속에서 간주된 사물과 존재들에 관심을 보이고 절차 그 자체까지도 하나의 정경으로 간주한다는 점에서 시간의 흐름을 정지시키고 이야기를 공간 속에다 펼쳐 놓는 데 기여한다.[28] 손창섭 소설의 정태적인 분위기와 그 안에서 생성되는 반어적 긴장은 묘사방식과 깊이 관련된다.

손창섭 소설은 묘사에서도 모순적인 요소가 교차하며, 양립하는 가치 사이의 균형적 긴장을 통해 반성적 거리를 형성한다. 손창섭 소설에서 묘사는 주로 인물과 공간에 집중된다. 인물의 처지는 공간의 형상과 환유적 관계를 가진다. 일반적으로 한 인물의 물리적 환경은 그의 인간적 환경과 함께 그 인물의 특성을 내포하는 환유로서 사용되는 경우가 많다. 손창섭 소설은 인물의 환유로서 공간 묘사가 매우 강화되어 있다.

---

28) 롤랑 부르네프·레알 웰레 공저, 현대소설론, 김화영 편역(현대문학, 1996), 198쪽~199쪽.

손창섭 소설에서 공간과 인물을 묘사하는 데 동원되는 수식어구나 매체어[vehicle]들은 죽음이나 오물 등 음침하고 불결한 심상을 유발시키는 어휘 영역에서 채택되어 인물의 부정적인 면만을 부각시킨다. 여기에 긴 수식어구가 앞에 배치되고 그것이 수식하는 체언이 맨 뒤에 배치되거나, 주어 동사가 도치되는 문장의 잦은 사용은 한정적이고 폐쇄적인 인상을 형성하며 인물들이 가진 돌파구 없는 극단적인 부정성의 성격을 강화한다.

다음은 동욱 남매가 사는 방이 묘사된 부분이다.

> ㉠비오는 날인데다가 창문까지 거적때기로 가리어서 방안은 굴 속같이 침침했다. ㉡다다미 여덟장 깔리는 방인데, 다다미 위에다 세멘종이로 장판 바르듯 한 것이었다. ㉢한켠 천장에서는 쉴 사이 없이 빗물이 떨어졌다. 빗물 떨어지는 자리에는 바께쯔가 놓여 있었다. ㉣촐랑 촐랑 촐랑 쪼르륵 촐랑, 빗물은 이와 같은 연속적인 음향을 남기며 바께쯔 안에가 떨어지는 것이었다. ㉤무덤 속같은, 이 방안의 어둠을 조금이라도 구해주는 것은 그래도 빗물 소리 뿐이었다. ㉥그러나 그 빗물 소리마저, 바께쯔에 차츰 물이 늘어갈수록 우울한 음향으로 변해가는 것이었다.29)   [동그라미 속의 자음 표시는 필자의 것]

인용문에서 방은 '무덤 속', '굴 속'으로 비유되어 어둠이나 죽음과 연관된다. 인용문은 비교적 짧은 문장으로 구성되어 있으나, 문장구조 면에서 수식어구의 전진 배치나 도치문이 자주 사용되는 경향을 보여준다. 우선 첫 문장 ㉠은 부사절이 앞에 나오고 주어와 서술어가 뒤에

---

29) 손창섭, 비오는 날, 문예(1953.11), 164쪽.

나오는 도치문이다. ⓒⓔ도 부사절이 앞에 나온 도치문이고, ⓜ은 관형절이 앞에 나와 뒤에 있는 주어를 수식하는 형태의 문장이다.

ⓖ에서 비오는 날씨와 거적때기가 방안의 어둠을 형성하는 요소이며 침침한 방안은 굴 속에 비유된다. 손창섭 소설의 방은 창 하나 없는 경우도 많다. 그나마 「비오는 날」의 방은 창은 하나 있으나 거적때기로 가리어서 없는 것과 진배없다. 창이 없다는 것은 비상구나 돌파구가 원천적으로 차단되었다는 상징적 의미를 가진다. ⓛ의 주어는 방인데 주어는 생략되어 있다. 서술부의 '방'은 '다다미 여덟 장 깔리는'이라는 관형절로 수식되어 수식어구가 앞에 나오고 피수식어가 한정되는 문장 구조를 보여준다. 쉼표 뒤의 문장에서도 주어가 생략되어 있으며, 주어는 '방바닥'이다. 이것은 '다다미 위에다 세멘종이로 장판 바르 듯 한'이라는 관형절로 연결되고, 피수식어는 불완전명사의 형태로 쓰인 '-것'이다. 손창섭 소설에서 '-것이다'는 '-것'이 불완전명사로서 기능하며, 수식어구를 수렴하고 단정적인 효과를 내는 데에도 기여한다. ⓔⓜⓗ에서 모두 불완전명사 '-것'이 활용된다. ⓜ에서는 '-것'이 주어로 쓰이고 있으며, '무덤 속 같은'이 '이 방안의 어둠'을 수식한다. 이것은 '구해주는 것'과 결합하여 명사절의 형태로 주어 기능을 하며 '빗물 소리 뿐이다'라는 서술부와 연결되어 가분수적인 문장 형태를 만든다. 앞에 열거된 '무덤 속'이나 '어둠'이 '빗물소리 뿐'이라는 표현으로 집중되며 대조를 이루어 방안의 어둠과 적막을 부각시킨다. 그러나 ⓗ에서 그 빗소리마저 방안의 어둠과 우울에 동화된다.

'방안'에 대한 묘사는 어둡고 절망적인 심상을 환기시키는 표현들로 일관되나, 그 표현은 '무덤 속', '굴 속'과 같이 관용적인 표현으로 이루어진다. 게다가 손창섭 소설에서 자주 쓰이는 직유는 이러한 표현의 효과를 더욱 강화한다. 손창섭 소설은 '~처럼', '~인 양', '~같이' 등의 연결 어구를 통한 직유나, '~인 것 같다', '~듯하다' 등의 양태서술이 자주 사용된다. 직유에서 원관념[tenor]과 매체어[vehicle]의 관계나 양태서술은 관용적 표현의 범주에 머무르는 경우가 많다. 표현의 관용성과 직유나 양태서술이 결합하여 극단성을 매우 보편적이고 익숙한 것으로 만드는 데에 기여한다. 위 인용문에서도 '방안'을 비유할 때 '굴 속 같이', '무덤 속 같은'의 형태로 직유적 매개 표현이 수반된다.[30] 손창섭 소설의 묘사는 대상의 일반적인 인식을 뒤집으며 대상의 부정적인 면만을 부각시키면서도 그것이 관용적인 표현의 한계를 넘지 않을 뿐만 아니라 직유적 비유구조 속에 안치시켜 비유에 드러나는 인식을 낯선 동시에 매우 익숙하게 만드는 효과를 강화한다.

　치밀하게 한정하는 문장의 힘과 다시 그것을 익숙하고 보편적인 의미로 전이시키는 문장의 힘이 길항하며 긴장이 유발된다. 긴장은 독자로 하여금 추악하고 극단적인 것과 익숙하고 보편적인 것 사이에 반성적 거리를 확보하게 만들며, 추악한 것도 보편적일 수 있다는 인식을 환기시킨다.

---

30) 직유는 사물에 대하여 일반적인 차원에서 호소하며, 은유와 같이 절대적이고 전체적인 유추가 일어나는 것이 아니라 일시적이고 단편적인 비교나 의미작용에 그친다. 직유는 어떤 사실을 뒤엎는 것이 아니고, 다른 현상을 별개의 것으로 유지한 채, 그 사실에 대한 일반적인 인식작용을 가볍게 자극하며 환기작용을 한다. 직유는 예외적인 것을 끌어내더라도 '~처럼', '~같이' 등의 매개 표현을 통해 예외적인 것을 지속적이고 친밀한 것으로 안치시킨다. 이러한 직유적 특성이 전략적으로 잘 활용되고 있는 것이 손창섭 소설이다.

4. 피동적 표현31)의 반복과 이중폭로

「비오는 날」에서 앞서 살핀 시각의 교체와 묘사가 반어적 의미와 긴장을 생성하며 반복적으로 제시된다. 이것은 인물이 일정한 공간을 맴돌며 행동을 반복하는 것과 연관된다.

일반적으로 인물시각서술로 이루어진 소설들은 내성적이고 관찰자적인 성격의 인물을 초점자로 채택하여 인물의 내면을 탐사하고 인물의 시각에 비친 외부 세계의 다양한 계기들을 파편적으로 드러낸다. 손창섭 소설도 이와 같은 특성을 보여주는데 매우 극단화된 경우에 속한다. 인물시각서술은 서술자가 인물의 시각에 밀착하는 만큼, 초점자가 움직이지 않는 한 고정된 카메라처럼 초점자 주변의 사건만이 서술될 수밖에 없다. 손창섭 소설의 초점자는 정도 차이는 있지만, 대개 육체는 온전하되 행동 자체에 대한 의욕이 거의 없이 외부에 일어나는 사건들에 대해 최소한의 반응을 하며 골방으로 숨고만 싶어하는 극단적인 인물로 설정된다.

「비오는 날」의 원구는 손창섭 소설의 초점자 중에 그나마 가장 능동

---

31) 피동적 표현이나 '-것이다'와 같은 표현에 대해 1950년대 신세대 작가의 성장 과정에서 비롯된 미숙한 한국어 사용의 예일 뿐이라고 무시해 버리는 의견도 있다. 그러나 이것은 너무나 단순한 견해이다. 중세국어부터 '-것이다'와 피동 표현은 이미 존재하였으며, 그 영향관계에 대해서는 문체변천사적 차원에서 좀 더 검토되어야 할 문제이다. 중요한 것은 손창섭 소설에 나타나는 '-것이다'나 피동표현의 경우, 단순히 미숙한 한국어 사용이라고 무시하기에는 표현의 비중과 작품 속에서의 미학적 기능이 너무나 크다는 점이다. 설사 그것이 일본어의 영향이라고 하더라도 한국어로 소화되어 작품 속에서 미학적 기능을 담당하고 있다면 신중한 판단이 요구된다.

적이고 현실적으로 설정된 인물에 속한다. 그럼에도 불구하고 행동 표현에서 피동적인 경향이 드러나기는 마찬가지이다.

> ㉠이렇게 비 오는 날이면 元求의 마음은 감당할 수 없도록 <u>무거워지는 것이었다.</u> ㉡그것은 東旭 남매의 음산한 생활 풍경이 <u>그의 뇌리를 영사막처럼 흘러가기 때문이었다.</u> ㉢빗소리를 들을 적마다 元求에게는 의례이 東旭과 그의 여동생 東玉이가 <u>생각나는 것이었다.</u> ㉣그들의 어두운 방과 쓰러져가는 목조건물이 비의 장막 저편에 우울하게 <u>떠오르는 것이었다.</u> ㉤비록 맑은 날일지라도 東旭 오뉘의 생활을 생각하면, 元求의 귀에는 빗소리가 설레이고 그 마음 구석에는 빗물이 스며 <u>흐르는 것 같았다.</u>[32]　(동그라미 속의 자음 표시와 밑줄은 필자의 것)

밑줄 친 표현들은 초점자인 원구의 내면을 서술하는 것들이다. 그런데 원구가 감각하고 인지한다는 내용의 서술에서 원구를 문장의 주어로 삼지 않는 경우가 많을 뿐만 아니라, 원구를 주어로 하는 문장에서도 문장 주체가 외부의 힘에 의해 마지못해 한다는 피동 표현을 수반한다.

첫 문장 ㉠은 '마음이 무거워지다'라는 변화와 피동의 의미를 함께 가진 표현으로 이루어진다. '-아/어지다'형의 피동 표현은 손창섭 소설에서 가장 자주 발견되는 것이다. 이것은 사건이 인물의 의지와는 관계없이 이루어진다는 것을 부각시킨다. ㉡도 동욱 남매에 대한 생각이 원구의 의지와는 관계없다는 것을 드러낸다. 영사막은 주체가 가만히 있어도 눈앞에 돌려지는 것이다. 주체가 의식적으로 그것을 보지 않으려고 하지 않는 한 그것은 주체의 의지와 관계없이 흘러간다. ㉢과 ㉣의

---

32) 손창섭, 「비오는 날」, 문예(1953.11), 159쪽.

서술어는 '생각나다'와 '떠오르다'이다. 이것은 원구가 생각하는 것이 아니라 원구의 의지와 관계없이 사념이 발생하는 것을 드러내며, '무거워지다'나 '흘러가다'와 같은 특성을 보여주는 서술어이다.

문장의 피동적 경향은 초점자가 자의에 의해 행동하지 않는다는 것을 드러내면서도 결국 행동을 나타내는 동사와 결합하기 때문에 초점자의 심리와 행동 사이의 갈등을 드러낸다. ㉠에서 원구의 마음이 '무겁다'는 표현이나 ㉤에서 '동욱 남매를 생각하면'이라는 능동적인 표현과 모순을 이룬다. 비록 '무거워지다'라는 피동 표현으로 이루어져 있지만, 내적인 동기 없이 외부의 압력에 의해서만 마음이 무거울 이유는 없다. 또한 원구가 동욱 남매를 스스로 생각하기도 한다는 것은 동욱 남매에 대해 '마음이 무거워진다'는 것이 단순히 외부의 압력 때문만은 아니라는 것을 증명한다. 이를 통해 결국 위의 인용 단락은 생각하면서도 생각하고 싶어하지 않고, 마음이 무거우면서도 기피하고 싶어하는 원구의 이중적인 심리를 드러낸다.

또한 피동적 표현은 주체의 의지와 관계없이 주체의 행동을 좌우하는 외부의 힘을 감지케 하여, 인물들의 문제가 인물 자체에만 있는 것이 아니라는 것을 드러낸다. 이는 사건의 우발성[33)]과 연관된다. 초점자

---

33) 우발성(contingency)이란 필연에 반대되는 것으로서 일반적으로는 예기치 않은 사건들을 가리키는 것이며, 아리스토텔레스의 우연은 바로 이런 뜻으로 사용되었다. 스토아 학파나 기계적 유물론은 우연을 원인에 관한 무지라고 생각했는데, 이러한 입장에서 보면 우연은 객관적으로 존재하지 않는 것이 되어 버린다. 그러나 우연은 객관적으로 존재하며, 이런 뜻에서의 우연이란 원인을 알 수 없는 것 혹은 원인 없는 것이 아니라, 어떤 인과 계열 또는 법칙들로부터는 발생하지 않는 것을 말한다. 현대소설에서 사건의 전개는 인과성 뿐 아니라 이와 같은 우발성에도 크게 의존한다. 최근으로 가까이 올수록 이러한 경향은 더욱 두드러진

가 행동이나 판단을 피하고자 하며 눈앞에 보이는 인물들의 과거나 현
재를 연상의 형식으로 생각하는 것이 제시된다. 그 와중에 일어나는 사
건은 갑자기 일어나는 것으로 표현되며, 초점자의 의지나 예측과는 상
관없는 놀랍고 우연한 것이라는 점이 강조된다. 따라서 손창섭 소설에
서 사건의 우발성과 초점자의 피동적 특징은 동전의 앞뒷면과 같은 관
계를 가진다.

사건의 우발성을 설명하기 위해 원구가 동욱의 집을 처음으로 방문
하는 부분을 인용한다.

> ⑦ 元求는 좀 더 큰소리로, 안녕하십니까? 하고 물어 보았다. 元求는
> 제 소리에 깜짝 놀랐다. 목에 엉켰던 가래가 풀리며 탁 터져 나오는 음
> 성이 예상외로 컸던 탓인지, 그것은 마치 무슨 비명처럼 들리었기 때문
> 이다.[⋯⋯]
> ⑥ 자기가 발길을 돌리자마자 차마 쓰러질지도 모른다는 생각에, 의
> 제나 저제나 하고 집을 지켜보고 섰던 元求는 흠칫, 놀라듯이 몸을 떨었
> 다. 창문 안에 느리운 거적을 캄파스 삼아 그림처럼 선명히 떠올라 있
> 는 흰 얼굴이 눈에 띄었기 때문이다. [⋯⋯]
> ⑥ 그러한 東玉이와 마주 앉아 자기는 도대체 무엇을 생각해야 하며,
> 또한 어떠한 포-즈를 지속해야 하는가? 元求는 이렇게 무의미한 대좌(對
> 座)를 감당할 수 없어 차라리 부엌에 나가 풍로에 부채질이나마 거들어
> 줄가도 생각해 보는 것이었다. 그러나 고만한 행동도 이 상태로는 일종

다. 손창섭과 장용학 소설 이전에도 우발성에 의존한 사건 전개는 있었다. 이상
이나 박태원, 최명익의 소설과 같이 인물의 내적 계기에 의해 장면이 전환되고
사건이 유발될 경우 인과율이 해체되고 우연으로 표출되는 것은 자연스러운 것
이다. 그럼에도 불구하고 손창섭, 장용학, 김성한 소설만큼 우발성을 부각시킨
예는 일찍이 없었으며, 이것은 1950년대적인 기법으로서 특징을 이룬다.

의 비약(飛躍)이라 적지 아니한 용기가 필요했다. 그러는 동안 元求는 벼란간 엉뎅이가 척척해 들어옴을 의식했다. […]

ⓔ 그 뒤로는 비가 와서 가게를 벌릴 수 없는 날이면 元求는 자주 東旭이네 집을 찾아가는 것이었다. 불구인 그 신체와 같이, 불구적인 성격으로 대해주는 東玉의 태도가 결코 대견할 리 없으면서도, 어느 알구진 힘에 조종당하듯이, 元求는 또 다시 찾아가지 않을 수 없는 것이었다.34)
[동그라미 속의 자음 표시와 밑줄은 필자의 것]

모든 사건들이 주체의 의지와는 관계없이 놀랍고 예기치 않은 것으로 서술된다. 예기치 못한 돌발적 계기의 강조는 손창섭 소설에 '벼란간', '흠칫', '예상외로' 등의 갑작스러움이나 놀라움을 표현하는 부사어들이 유난히 많이 사용되는 점에서부터 드러난다.

원구는 ⓐ에서처럼 제 소리에조차 깜짝 놀란다. 이는 적막한 상황을 드러내는 동시에 제 소리에조차 놀랄 정도로 위축되고 주눅들어 있는 초점자의 심리를 보여준다. ⓑ에서도 원구의 불안하고 멍한 정신 상태가 나타난다. 이는 "차마 쓰러질지도 모른다는 생각에", "이제나 저제나 지켜보고 섰다"는 표현에서 드러난다. 원구가 몸까지 떨며 '흠칫' 놀라는 것은 동옥의 얼굴 때문인데, 이는 넋을 놓고 있는 상태에서 가능한 일이다. 원구는 항상 정신이 없으며 목적의식도 없고 소극적인 것으로 드러난다. ⓒ에서 원구의 시각으로 서술된 "도대체 ~하는가?"라는 문장은 어찌할 바를 모르는 원구의 상태를 보여준다. 동옥과의 대좌를 견디지 못하면서도 "고만한 행동도 일종의 비약이라" 움직이지 못한다는

---

34) 손창섭, 「비오는 날」, 文藝(1953.11), 162쪽~165쪽.

언술은 소극적인 원구의 성격을 드러낸다. 손창섭 소설의 대부분의 인물들은 원구와 같이 어찌할 바를 모르는 상태에 있는 소극적인 성격으로 표출된다. 손창섭 인물의 특징적 경향으로 지적되어 온 '피해의식'이나, '정신적 외상을 지닌 인물'이라는 등의 지적은 이러한 서술에 기인한다. 따라서 인물의 행동을 유발하는 계기가 대부분 우연적인 것으로 표현되는 것은 '서사적 인과성의 결여'35)가 아니라 손창섭 소설의 내재적 논리 속에서는 당연한 것이 된다.

ⓒ에서 원구가 흘러드는 빗물이 아니면 원구는 그대로 앉아 있었을 것처럼 서술되고 ⓔ에서 원구가 스스로 동욱 남매를 찾아가는 행동이 '얄구진 힘' 때문에 '찾아가지 않을 수 없어서'인 것으로 서술된다. 인물이 행동하면서 마지못해 한다는 것을 함께 부각시키는 서술기법은 행동과 심리의 괴리를 드러내며 불편한 긴장을 형성한다. 동시에 이것은 인물을 계속 행동하게 하는 '얄구진 힘'의 존재를 상기시키며 소극적인 주체의 문제와 외부의 부조리한 힘을 동시에 드러낸다.

외부의 힘은 원구의 피동적인 행동 양태의 반복을 통해 계속 드러나는 동시에 동욱 남매가 처한 상황의 악화를 통해서도 구체화된다. 원구의 행동은 처음부터 끝까지 극적 반전이나 충격이 없는 순차적인 반복으로 이루어진다. 같은 동사가 되풀이되어 나타나고, '오늘도 여전히'나 '마찬가지로'와 같이 변함없는 반복을 의미하는 부사구들이 자주 사용될 뿐만 아니라, 실제로 '되풀이'라는 어휘가 종종 쓰이기도 한다. 그러나 원구의 반복되는 행동과 상관없이 동욱 남매의 상황은 악화되며, 소

---

35) 역사주의 비평방법으로 손창섭 소설을 해석하는 많은 논자들이 손창섭 소설이 서사적인 인과관계를 결여하고 있다는 것을 단점으로 지적한다.

설 전체를 통해 행동의 반복과 상황의 악화가 미묘한 긴장을 형성한다.

다음은 「비오는 날」에서 반복적인 행동에 해당되는 '만남'을 서술 순서대로 필자가 요약하여 나열한 것이다. 「비오는 날」은 총 6회의 만남이 제시된다. 두 번은 밖에서 원구가 동욱만을 만나는 것이며, 네 번은 원구가 동욱의 집을 찾아가 동욱 남매를 만나는 것이다. 맨 앞의 번호는 사건의 순서이고, 쌍점표 앞의 표제어는 만남의 형식과 그에 따른 제시의 순서이다. <行>은 원구의 행동이고, <況>은 만남에서 드러나는 내용을 필자가 정리한 것이다.

① 만남1: <行> 원구는 길거리에서 우연히 동욱을 만나 술을 마신다.
　　　　　<況> 원구는 동욱 남매의 현재 처지를 알게 된다.
② 방문1: <行> 비오는 날 원구가 동욱의 집을 찾아간다.
　　　　　<況> 원구는 동욱 남매의 비참한 집을 확인하고, 동옥이가 절름발이라는 것을 알게 된다.
③ 방문2: <行> 비오는 날 원구가 동욱의 집을 찾아가 자게 된다.
　　　　　<況> 원구는 동욱 남매의 갈등을 알게 되고, 동욱으로부터 동옥과의 결혼을 제의받으나 대답하지 못한다.
④ 만남2: <行> 동욱이 원구를 찾아와 술을 마신다.
　　　　　<況> 원구는 동욱 남매가 생업을 중단하게 되었다는 것을 알게 된다.
⑤ 방문3: <行> 비오는 날 원구가 동욱의 집을 찾아간다.
　　　　　<況> 원구는 동옥이 주인 노파에게 돈을 떼어 먹혀 방을 비워줘야 한다는 말을 듣는다.
⑥ 방문4: <行> 비오는 날 원구가 동욱의 집을 찾아간다.
　　　　　<況> 동욱남매는 행방불명이 되고 원구는 주인집 남자가 동옥을 팔아 먹었다는 심증만을 가지고 돌아온다.

사건의 서술은 크게 두 축으로 진행된다. 하나는 원구가 동욱을 반복해서 만나는 행동이고, 또 하나는 동욱 남매의 상황이 점차로 악화되어 가는 것이다. 원구는 반복적인 만남을 통해 상황이 악화되는 것을 확인하기만 할 뿐인 것으로 드러난다. <行>과 <況>의 두 축은 서로를 완전히 모른 척하지도 못하고 적극적으로 영향을 미치지도 못하는 상태를 끝까지 지속하며 긴장을 형성한다. 손창섭 소설을 읽은 이후에 남는 무겁고 단조하지만 선명한 감동은 긴장의 특성과 관계가 깊다.36)

큰 변화 없는 반복 속에서는 작은 변화도 큰 의미를 드러내는 수가 많다. 위에서 여섯 번의 만남 중에 원구의 자발적인 의지가 표시된 것은 첫 번째 방문과 마지막 방문뿐이다. 그 중에서도 의지가 구체적으로 드러나는 것은 마지막 방문이다. 마지막 방문을 유발하는 계기와 다른 만남과의 차이점은 「비오는 날」의 결말 부분을 이해하는 데 유용하다.

「비오는 날」에서 대부분의 만남은 '우연히 길거리에서', '볼일이 있어서 근처에 들른 길에', '얄구진 힘에 조종되어' 이루어진다고 서술된다. 그 '얄구진 힘'은 소설 안에서 일관된 논리를 발견하기 힘든 현상으로 구체화된다. 원구가 동욱에 대해 연민과 책임감을 느끼는 것도 이유를 알 수 없는 '얄구진 힘', 혹은 '운명'으로 표현되고, 동욱 남매의 처지가 악화되는 계기가 되는 현실의 힘도 인물들로서는 파악할 수 없는 '얄구진 힘'에 속하는 것이다.

---

36) 반어적 긴장은 반대물이 있는 한 필연적으로 수반되는 것이다. 그런데 긴장의 효과와 기능은 반대물의 관계에 따라 달라진다. 반대물의 관계가 힘의 균형을 이루며 지속적일 때 긴장 자체가 반어의 효과를 형성한다. 반어적 긴장을 이루는 반대물에서 한쪽의 힘이 우위를 이루거나, 서로를 부정하는 관계일 때 반어의 효과는 긴장이 파열되면서 형성된다.

초상화를 그려 먹고살던 동욱 남매가 미군 부대 출입이 강화되자 양키들이 동욱의 불리한 처지를 얕보면서 수금이 안되어 생업을 폐업하기에 이르는 것, 동욱이 국민병 수첩을 분실하지만 재교부 받는 절차가 까다로워서 군대에 다시 끌려갈 수도 있는 것, 모아 두었던 돈마저 사기를 당하는 것은 동옥이 불구가 된 것과 마찬가지로 현실적 계기가 드러나지 않으며 인물들의 능력이나 의지 밖에 위치하는 강고한 힘에 의한 것으로 드러난다. 이 힘은 인물의 어리석고 무능한 성격과 반대물을 이루며 불행의 책임 소재에 대해 양가적인 판단을 유발한다.

인물들의 불행을 초래하며 틈입해 들어오는 외부의 힘은 인물들의 처지와 환유적인 관계를 가지며 골방에 사정없이 파고드는 비로 상징된다. 「비오는 날」에서 비오는 정경은 반복적으로 제시된다.[37]

방문1에서 동욱의 방은 '한 켠 천장에서는 쉴 사이 없이 빗물이 떨어지는' 형상을 보여준다. 방문2에서 동욱의 방은 양동이로 천장에서 새는 빗물을 받는 것으로 새는 비를 감당할 수 없어서 아예 바닥에 구멍이 뚫린 것으로 묘사된다. 비는 동욱의 방을 수직으로 관통하는 형상이 되며 동욱 남매가 비를 피할 수 있는 공간의 넓이가 점차 좁아진다. 게다가 여러 군데에서 비가 샌다는 그 다음 진술은 조만간 빗줄기가 수직으로 관통하는 구멍이 방안에 늘어날 것이며, 그리되면 방안에서도 비가 내리는 형국이 될 것이라는 점을 짐작케 한다. 이것은 항상 비에 젖

---

37) 이기인에 의하면 「비오는 날」에는 비와 관련된 배경 묘사가 16군데나 반복된다고 한다. 따라서 손창섭 소설의 배경 묘사는 작품의 모두(冒頭)에 상투적으로 제시되는 배경이 아니라 작품 전체를 암울한 느낌으로 끊임없이 뒤덮는 요소라고 지적한다. 이기인, "손창섭 소설의 구조", 한국현대소설연구(새문사, 1990) 참조.

어 있는 동욱의 옷이나 동욱의 찢어진 지우산과 같은 맥락으로서 동욱
이 현실의 힘을 피할 수 없다는 것을 암시한다.

　마지막에서 원구의 방마저 비에 젖는다는 설정은 원구도 폭력적인
힘 앞에서 벗어날 수 없다는 것을 상징적으로 드러내며 마지막 방문의
계기를 마련해 준다. 동욱이 원구를 찾아오는 두 번의 만남에서는 비가
내리지 않았다는 것을 상기하면 비의 상징적 의미가 더욱 확연해 진다.
장마는 좌판 장사를 하는 원구의 생활에도 위협으로 작용하며 원구도
동욱 남매와 같은 조건을 가진 인간이라는 것을 실감케 한다. 따라서
원구의 자발적인 방문은 동욱 남매의 불행에 끌려 들어가지 않으려고
경계에서 망설이던 원구가 스스로 동욱 남매에게 동류의식을 느낀 데
에서 연유한다는 해석이 가능하다.

　　元求가 얻어 있는 방도 지리한 비에 습기로 눅눅해졌다. 벗어 놓은
　옷가지며, 이부자리에까지도 곰팡이가 끼었다. 그의 마음 속에까지 곰팡
　이가 쓰는 것 같았다. 이런 날 이런 음산한 방에 쳐박혀 있자니, 東旭과
　東玉의 일이 자연 무겁고 우울하게 떠오른 것이었다. 점심 때가 거진 되
　어서 元求는 퍼붓는 비를 무릅쓰고 집을 나섰다. 오늘은 東旭이와 마주
　앉아 곰팡이 쓴 속을 술로 씻어내리며, 東玉이도 위로해 줘야겠다고 생
　각하고 元求는 술과 통조림을 사들고 찾아갔다.38)

　'원구의 방도'라는 표현에는 '동욱의 방과 마찬가지로'라는 의미가
들어 있다. 그러나 원구는 마지막 방문에서도 여전히 이중성을 드러내

---

38) 손창섭, 「비오는 날」, 문예(1953.11), 170쪽.

며 동옥에 대한 책임을 회피하려는 심리를 보여준다. 그것은 '위로'라는 어휘에서 드러난다. 위로는 온정과 연관되지만, 보통 더 나은 입장에 있는 사람이 자신보다 못한 경우의 괴로움을 어루만져 달랠 때 쓰인다. 방문3에서 동욱이 원구에게 '동욱이와 결혼할 용기는 없는가?'라고 물었을 때 원구를 뜬눈으로 지새우게 했던 '용기'가 가지는 함의를 상기하면 '위로'의 의미가 더 선명해진다. 원구는 동옥을 구원할 용기는 없이 위로에 그치고 싶어 한다는 것이 단적으로 드러난다. 원구(元求)라는 이름은 그의 이러한 태도에 대한 반어적 표현이다. 마지막에 원구가 자신이 동옥을 팔아먹었다는 가책을 느끼는 것은 이중적 심리에 대한 원구의 자각을 부각시킨다. 다음은 「비오는 날」의 마지막 부분이다.

> 이 놈 네가 東玉을 팔아먹었구나, 하고 대들듯한 격분을 마음속 한 구석에 의식하면서도, 천근의 무게로 내리 누르는 듯한 육체의 중량을 감당할 수 없어 그는 말없이 발길을 돌이키었다. 이놈, 네가 東玉을 팔아 먹었구나, 하는 흥분한 소리가 까마득히 먼 곳에서 자기를 향하고 날아오는 것 같은 착각에 오한을 느끼며, 元求는 호박넝쿨 우거진 밭두둑길을 앓고 난 사람 모양 허전거리는 다리로 걸어나가는 것이었다.[39]
>
> [밑줄은 필자의 것]

앞서 살폈듯이 「비오는 날」에서 서술자는 동욱 남매에 대해 연민과 모멸의 갈등을 느끼는 원구의 내면에 들어가 원구의 심리와 의식을 줄곧 중개하다가 밀착되어 있던 원구의 시각에서 벗어나 원구의 행동을 서술

---

[39] 손창섭, 비오는 날, 문예(1953.11), 171쪽.

하곤 한다. 마지막 부분에서 시각의 교체가 더욱 선명하게 드러난다.

"네가 동옥을 팔아먹었구나"로 드러나는 원구의 자책이 원구의 심리에 밀착한 서술을 통해 드러난다. 여기에서 독자는 원구와 함께 자책을 공감한다. 그런데 밑줄 친 부분에서 서술자가 원구로부터 거리를 확보하면서 완전히 전면으로 나서고 원구의 행동을 서술한다. 이러한 서술은 자책 속에 괴로워하는 원구의 심리에 독자가 공감하는 것을 차단하며 원구의 무력한 행동을 객관화시킨다. 원구와 함께 자책을 공감하던 독자는 원구에 대한 객관화와 동시에 독자 자신에 대해서도 반성적 거리를 확보하게 된다. 이를 통해 불행의 책임에 대한 질문이 던져지고 독자는 인물들의 불행이 인물의 문제에만 기인하는 게 아니라는 것을 인식한다. 즉 불행에 대한 책임이 원구에서 독자, 그리고 세계의 부조리로 이어지면서, 극단적인 인물들의 불행이 보편적인 문제로 확대된다.

5. 맺음말

지금까지 「비오는 날」에 나타난 반어적 기법에 주목하여 손창섭 소설의 미적 자질과 효과를 살펴보았다. 「비오는 날」에 나타난 반어적 기법은 크게 세 가지로 나뉜다. 첫째, 시각의 교체를 통해 독자로 하여금 반대물을 이루는 시각들에 대해 반성적 거리를 확보케 하는 것이다. 둘째, 묘사에서 서술대상을 부정적인 쪽으로만 연관시키며 한정하는 기법과 한정성을 익숙하게 만드는 기법이 동시에 작용하여 극단적인 것도 보편적일 수 있다는 인식을 환기시키는 것이다. 셋째, 피동적 표현이 반복적으로 사용되며 인물의 이중성과 불가항력적인 상황의 폭력성이 동시에 폭로되는 것이다.

이러한 기법들에 공통적으로 드러나는 서술태도는 반대물을 이루는 모순적 요소에 대해 단일한 긍정도 부정도 하지 않는 태도이다. 이는 서술자가 양가적인 판단과 감정을 견지하는 균형감각을 잃지 않을 때 가능한 일이다. 따라서 손창섭 소설이 부정적이고 극단적인 면만을 부각시킨다거나 개인적 상처에 근거한 편협한 기록이라는 등의 평가는 재고되어야 한다. 손창섭 소설이 가진 그러한 일면을 부정할 수는 없으나, 그의 소설은 문맥을 통해 생성되는 이면의 의미를 통해 더 많은 것을 말한다. 손창섭 소설은 무능하고 유약하고 모멸스러운 것을 말하되, 그것이 보편적일 수 있다는 인식을 환기시키며 끊임없이 독자에게 인간의 근본에 대한 질문을 던진다. 손창섭 소설의 흡인력은 극단성과 보편성이 이루는 팽팽한 긴장에 기인하며, 그 긴장은 탐색과 반성의 긴장을 늦추지 않고 균형감각을 견지하려는 치열한 정신 자세를 드러낸다. 손창섭 소설이 보여주는 긴장과 양가적인 태도는 그것이 흑백논리로 점철된 1950년대에 이루어진 것이기에 더욱 값지다고 할 수 있다.

손창섭 소설의 소외 의식 연구
-〈비 오는 날〉의 모티프를 중심으로

1. 머리말

문학 연구에 있어서, 작품을 그 자체로만 볼 것이 아니라 역사 발전의 총체 속에 포함시켰을 때 그 객관적 의미를 제대로 추출할 수 있는 것[1]이라면, 1950년대의 한국문학을 살피는 경우에는 6·25 전쟁이라는 민족사적 상황을 결코 도의시할 수 없을 것이다.

주지하다시피 한국의 1950년대는 전쟁의 참화를 쓰라리게 경험한 시대이다. 남북으로 나뉜 동족간의 이념적 대결은 결국 국토 분단의 고착

---

* 장병호 / 광양시 중마고등학교 교장
1) 루시앙 골드만. 송기형·정과리 옮김. 『숨은 신』(서울:연구사, 1986), 10쪽.

화와 더불어 숱한 인명의 살상과 정치·경제·사회적 혼란을 몰고 왔
다. 게다가 인간에 대한 존엄성의 상실과 혼란, 윤리적 타락 등과 같은
정신적인 폐해도 이루 말할 수 없는 형편이었다.

이념 대립으로 전쟁을 치른 결과, 사람들은 이념 자체에 대한 환멸과
현실적 삶의 가열성에 대한 혐오를 느끼게 되었고, 이러한 경향은 문학
인들로 하여금 정신적으로 방황하고 현실로부터 눈을 돌리게 만드는
주요인으로 작용하였다. 그리하여 당시에는 인간 존재와 삶의 의미를
질문하는 실존주의가 문학 논의에서 필수품이 되다시피 하였다.[2]

1950년대의 이러한 정신 풍토는 결국 삶과 죽음 혹은 인간성에 대한
근원적인 회의와 함께 인생의 가치에 대한 의미 상실과 인간 소외를 불
러 일으켰고, 이는 1950년대 전후소설의 중심 주제[3]로 자리잡기에 이르
렀다. 대개 1950년대를 대표하는 작가로는 장용학·서기원·김성한·
손창섭 등을 꼽을 수 있는데, 이들은 몸소 겪은 전쟁의 참담함과 전후
의 피폐상, 사회적 부조리와 생활의 궁핍 등 50년대 사회 현실을 다양
한 형태로 그려냈다.

이 가운데서 특히 손창섭(孫昌涉, 1911~)은 6·25 전쟁 직후의 우리 사
회의 정신적 혼란과 궁핍한 상황을 배경으로 하여, 현실에 적응을 하지
못한 주인공들의 자의식의 세계를 주로 묘사함으로써 1950년대의 현실
을 누구보다도 정확하게 그려낸 작가로 평가받고 있다. 그의 소설은 설

---

2) 최유찬, "1950년대 비평 연구(1)." 한국문학연구회 편. 『1950년대 남북한 문학』
(서울:평민사, 1991). 14-5쪽
3) 이기윤, "1950년대 한국소설의 전쟁 체험 연구." 인하대 대학원 박사논문, 1989.
18쪽

화 방식으로 볼 때, 자의식의 과잉, 시간의 정지, 타자와의 진정한 관계 부재, 섬세한 심리 묘사를 통해 전쟁으로 인해 손상된 병적인 인간들의 내면의식을 조명한 것으로 보다 최명익, 이상 등의 자양분을 얻은 것으로 짐작된다.[4] 본디 모더니즘은 현실과 단절된 인물을 등장시켜 그의 내면 세계를 그리는 것을 특징으로 하며, 소외된 인물의 내면세계가 중심에 놓이는데, 그 가운데 그가 현실을 상실한 요인이 얼마간 암시적으로 나타난다.[5]

손창섭 소설의 인물들은 사회 문제에 관심을 가지고 현실과 대립 갈등하기보다는, 대부분 현실과 단절된 상태에서 현실에 적응하지 못하는 허무적 실존의식에 빠져 있는 경우가 많다. 바로 이러한 점에서 손창섭 소설의 모더니즘적 성격을 엿볼 수 있다.

물론 손창섭 소설은 리얼리즘적 성격[6]을 띠는 것도 없지 않다. 그러나 그의 소설의 주요 특징이라고 할 수 있는 세부 묘사는 참다운 현실 반영이라기보다는 주관적 논리에 의해 파악되는 현실의 개별적 단면에

---

4) 서준섭, "정지된 세계의 소설." 『잉여인간』, 한국소설문학대계, 30. (서울:동아출판사. 1995). 582쪽
5) 나병철, 『근대성과 근대문학』(서울:문예출판사, 1995), 219쪽
6) 한수영, "1950년대 한국소설 연구:남한편," 한국문학연구회 편. (1950년대 남북한문학)(서울:평민사, 1991), 59쪽
   이 글에서 필자는 손창섭의 <소년>(1957), <잉여인간>(1958), <낙서족> (1959) 등을 "긍정적 가치를 추구하는 인물의 의지를 정당하게 그려냄으로써 건실한 리얼리즘에 한발 가깝게 다가가는 변모를 보여준다."고 평하였다.
   한편 이태동은 손창섭을 가리켜, "이상이 개척한 자의식과 반항적인 문학전통을 50년대 전후의 쓰라린 경험으로 부각되었던 부조리한 현실 상황과 지식인의 갈등 문제를 통해 독특한 개성을 지닌 낭만적 리얼리즘의 차원으로 확대 심화시켜 나갔다"고 평하고 있다. [이태동, 『한국현대소설의 위상』(서울:문예출판사, 1986), 63쪽]

머무르고7) 있는 점에서, 그의 소설은 모더니즘 계열로 분류할 수 있다. 손창섭 소설의 인물들은 대부분 외부와 동떨어진 장소에서 격리된 생활을 하고 있으며, 세속적인 가치와 관습을 거부하고 스스로 자폐적인 공간으로 칩거하여 무력감에 빠져 있다. 또한 그들은 정신적 육체적으로 장애를 지닌 경우가 많다. 따라서 이 두 가지 특징을 동굴 모티프와 장애자 모티프로 이름지을 수 있다.

이 글에서는 손창섭의 소설 <비 오는 날>(1953)을 중심으로 하여, 여기에 나타난 동굴 모티프와 장애자 모티프를 통해 손창섭 소설의 소외 의식을 살펴보고, 그 소외의 의미를 시대적 환경과 관련하여 밝혀 보고자 한다. 이러한 소외 의식의 해명을 통해 손창섭 소설의 특성을 더욱 상세히 밝힐 수 있다고 본다.

2. 손창섭 소설의 주요 모티프와 소외

1) 동굴모티프와 소외

손창섭은 1922년 평양의 가난한 가정에서 태어나 만주를 거쳐 일본으로 건너가 경도와 동경에서 고학으로 몇 군데의 중학교를 다녔고, 니혼 대학을 다니던 중 1943년 중퇴하였다. 해방이 되어 1946년 귀국을 한 그는 고향에 갔다가 1948년 월남한다. 그리고는 교사, 잡지 편집기자, 출판사원 등으로 일하다가 단편 <공휴일>(1952)와 <사연기(死緣

---

7) 게오로그 루카치, 황석천 역. "모더니즘의 이데올로기", 『현대리얼리즘론』(서울: 열음사, 1986), 51쪽.

記)>(1953) 등을 발표하면서 ≪문예≫지의 추천으로 문단에 나왔다. <혈서>(1955)로 현대문학 신인문학상, <잉여인간>(1958)으로 제 4회 동인문학상을 수상한 바 있으며, 1972년 일본에 건너가 현재까지 일본 동경에 거주하고 있는 것으로 알려져 있다.8)

손창섭 소설은 특히 자전적인 요소가 많다. 더욱이 그의 소설 <신의 희작>(1961)은 '자화상'이라는 부제를 붙이고 있으며, 작가 자신의 이름이 작품 안에 그대로 등장하기도 한다. 이 소설을 보면 손창섭은 불우한 환경에서 어린 시절을 보냈고, 생리적인 결함에서 오는 열등감과 수치감을 상당히 많이 갖고 있었음을 알 수 있다. 이러한 성장 과정의 환경적 요인이 작가의 성격 형성에 어떠한 영향을 끼쳤는가 하는 것은 그의 여러 소설 작품에서 충분히 확인할 수 있는 바다.

또한 손창섭은 1950년대의 작가로서, 6·25 전쟁을 겪고 난 사람들의 육체적 정신적 상처들을 주로 조명하였다. 보기를 들어, <생활적>(1954)의 동주는 반공포로 수용소에서 나와 무기력에 빠져 있고, <혈서>의 준석은 다리를 잃은 열등감 때문에 타인을 향해 공격성을 띠는 인물이고, <잉여인간>의 천봉우는 6·25때 피난을 가지 못하고 적치하의 서울에서 극도의 불안 속에 지낸 끝에 마침내 이상성격자가 되어버린 인물이다. 특히 <비 오는 날>은 초기작으로서, 손창섭 소설의 원형9)이라고 해도 좋을 만큼 그의 소설적 특징들이 잘 나타나 있는 것을 볼 수 있다.

<비 오는 날>은 피난지 부산에서 살아가는 월남 피난민들의 구차한

---

8) 손창섭 연보. ≪작가연구≫, 창간호.(서울:새미, 1996), 159쪽.
9) 김윤식, 『한국현대문학사론』(서울:한샘, 1988), 88쪽

삶을 그리고 있다. 이 소설의 줄거리는 다음과 같다.

피난지에서 장사를 하는 주인공 원구는 어느 날 우연히 동욱이란 친구를 만난다. 그는 피난을 내려오기 전 고향에서의 동창생이다. 그런데 동욱이는 너무나 많이 변해 있었다. 그는 기독교 가정에서 태어나 대학까지 나왔는데, 지금은 미군 부대에서 초상화를 주문받아다 주며 살아가는 신세로 전락해 있는 것이다.

주인공은 동욱의 집에 방문하여 그의 여동생 동옥을 만나게 된다. 그는 다리 한 쪽이 불구라 바깥출입을 못하고, 오빠가 주문을 받아 온 미군 초상화를 그려주는 일을 맡고 있는데, 성격적으로도 온전치가 못하여, 타인에게는 철저히 마음의 문을 닫고 지낸다.

그런데 주인공을 자주 만나면서 동옥은 서서히 마음의 문을 열게 된다. 그러나 그가 주인집 노파에게 사기를 당해 그동안 모은 돈을 몽땅 잃어버리면서, 남매는 집에서 쫓겨나게 되고 마침내는 서로 행방을 모르게 된다.

<비 오는 날>의 소설적 분위기는 시종 어둡고 무겁다. 그리고 이러한 분위기를 만들어 주는 것은 제목에서 암시하는 바와 같이 '비'이다. 소설에서 본디 배경이란 소설의 분위기를 형성해 주고 소설의 주제를 구체화시키는 구실을 한다.[10]

<비 오는 날>은 처음부터 끝까지 비 내리는 날씨를 배경으로 삼고 있는데, 이야말로 작품의 비극적 분위기를 조성해 주는 중요한 구실을 한다. 이 소설의 첫 대목은 '비' 이야기로 시작된다.

---

10) 성기조, 『문학이란 무엇인가』(서울:한국문화사, 1997). 207쪽.

　　이렇게 비 내리는 날이면 원구(元求)의 마음은 감당할 수 없도록 무
거워지는 것이었다. 그것은 동욱(東旭) 남매의 음산한 생활 풍경이 그의
뇌리를 영사막처럼 흘러가기 때문이었다. 빗소리를 들을 때마다 원구에
게는 원구에게는 으레 동욱과 그의 여동생 동옥(東玉)이 생각나는 것이
었다. 그들의 어두운 방과 쓰러져가는 목조건물이 비의 장막 저편에 우
울하게 떠오르는 것이었다.(45쪽)[11]

　이렇게 소설의 첫머리에서부터 비를 끌어 들임으로써 우울하고 답답
한 분위기를 만들어 내고 있다. 비란 곧 흐림과 어두움을 상징한다. 그
러므로 비는 대개 긍정적인 이미지보다 부정적인 이미지로 작용한다.
이 비의 이미지는 작중 인물의 어두운 심리 상태를 나타내는 것으로서,
그들의 절망적인 소외 상태를 표현하는 효과적인 장치라 할 수 있다.
따라서 <비 오는 날>을 읽는 이는 첫머리에서 이미 앞으로 전개될 사
건들이 결코 순탄치 않을 것이며, 필경 암담한 결말로 치닫게 되리라는
것을 알 수 있게 된다.
　이처럼 비 내리는 날의 우중충한 분위기는 인물들의 남루한 삶과 황
폐한 내면에 대응하여 손창섭 문학의 기조[12]를 이루고 있는데, 이와 함
께 지은이는 <비 오는 날> 속에서 동욱이 남매의 모습도 비의 이미지
와 연관시키고 있다.

　비록 맑은 날일지라도 동욱의 오뉘의 생활을 생각하면, 원구의 귀에

---

11) 손창섭, <비 오는 날>. 『잉여인간』, 한국소설문학대계 30. (서울:동아출판사,
　　1995). (앞으로 인용되는 본문의 쪽수는 모두 이 책의 것임)
12) 김윤식·정호웅, 『한국소설사』(서울:예하, 1995), 329쪽.

는 빗소리가 설레이고 그 마음 구석에는 빗물이 스며 흐르는 것 같았다. 원구의 머리 속에 떠오르는 동욱과 동옥은 그 모양으로 언제나 비에 젖어 있는 인생들이었다.(45쪽)

이처럼 원구의 머리 속에 두 오누이는 '비에 젖어 있는 인생들'로 기억된다. 여기서 등장인물과 비의 이미지와의 연관은 곧 그들이 정상적인 생활을 영위하고 있지 못함을 뜻한다.

이 소설의 등장인물의 면모를 살펴보면, 작품의 초점인물인 원구와 동욱인 둘 다 대학까지 나온 엘리트들이다. 그러나 전쟁으로 인한 피난지의 환경은 본능적인 삶만을 강요한다. 무엇보다 먼저 굶지 않고 사는 일이 중요하다. 그래서 원구는 리어카 행상을 하고 있고, 동욱은 동생 동옥과 함께 미군들의 초상화를 그려주는 일을 하며 생계를 유지한다. 여기서 이들이 대학을 나왔으면서도 정상적인 직업을 갖지 못하고 있는 것은 전쟁으로 인해 삶의 뿌리가 뽑혀 버렸기 때문이다. 이 소설의 인물들이 갖고 있는 직업은 모두 호구(糊口)를 위한 임시방편적인 것이다.

이러한 임시적인 직업은 그들의 불안정한 삶을 말해 준다. 리어카에서 잡화를 파는 원구는 비가 오면 쉬어야 하는 형편이고, 동욱 오누이의 경우는 초상화 일거리가 계속 생길 보장이 없으므로 항상 불규칙적이고 불안한 생활일 수밖에 없다. 이러한 불안정한 직업은 그들이 살고 있는 다 쓰러져가는 목조 건물과 마찬가지로 그들의 위태로운 삶을 반영하고 있다. 결국 이 소설의 '비에 젖어 있는 인생'들은 직업을 잃고, 사기를 당해 돈과 집을 잃고, 이산가족이 되어 더욱 영락한 삶으로 추락하게 된다. 이처럼 <비 오는 날>에 나타난 암울한 비의 이미지는 궁

극적으로 이 작품이 그리고자 하는 인간 소외 상황과 무관하지 않다고
할 수 있다.

한편 손창섭 소설의 공간적 배경을 살펴보면, 대개 누추하고 그늘진
집이거나 좁은 방 안인 것을 발견할 수 있다. 그리고 그 공간 속에는 대
개 무기력하고 병적인 인간들이 비정상적인 생활을 영위하고 있다. 그
러니까 손창섭 소설에 나타나는 방은 "생활과 휴식의 공간이 아니라 끝
없이 침전하는 무기력을 수용하는 밀폐된 동굴"13)이라고 할 수 있다.
이때 소설의 공간적 배경은 항상 무겁고 어두운 색채를 띠고 있다.

<비오는 날>의 작품 배경 역시 어둡고 누추하기 이를 데 없다. 동욱
오누이가 살고 있는 집의 모습을 보면 다음과 같다.

> 동욱이가 들어 있는 집은 인가에서 뚝 떨어져 외따르이 서 있었다.
> 낡은 목조건물이었다. 한 귀퉁이에 버티고 있는 두 개의 통나무 기둥이
> 모로 기울어지려는 집을 간신히 지탱하고 있었다. 기와를 얹은 지붕에
> 는 두세 군데 잡초가 반 길이나 무성해 있었다. (중략) 들이치는 비를
> 막기 위해서 오른편 창문 안에는 가마니때기가 늘이워 있었다. 이 폐가
> 와 같은 집 앞에 우두커니 우산을 받고 선 채, 원구는 한동안 움직이지
> 않았다. 이런 집에 도대체 사람이 살고 있을까? 아이들 만화책에 나오
> 는 도깨비집이 연상되었다. 금시 대가리에 뿔이 돋은 도깨비들이 방망
> 이를 들고 쏟아져 나올 것만 같았다.(48쪽)

동욱의 집은 외딴 곳에 있었고 매우 낡은 목조건물이었다. 그곳을 처
음 방문했을 때의 주인공 원구의 눈에 비친 집의 풍경이 '도깨비들이

---

13) 김윤식 · 정호웅, 앞의 책, 331쪽.

방망이를 들고 쏟아져 나올 것 같은' 곳으로 묘사되고 있다. 그만큼 퇴락한 장소임을 알 수 있다. 정상적인 인간으로서는 도저히 살 수 없을 것 같은 어둡고 불결하고 낡은 공간이라고 할 수 있다. 더욱이 그들 오뉘가 살고 있는 방안의 풍경은 또 어떠한가.

> 비 오는 날인데다가 창문까지 거적대기로 가리어서 방 안은 굴 속같이 침침했다.(50쪽)

> 무덤 속 같은 이 방안의 어둠을 조금이라도 구해 주는 것은 그래도 빗물 소리뿐이었다.(50쪽)

동욱이의 방이 '굴 속' 또는 '무덤 속'으로 비유되고 있다. 하나같이 어둡고 퇴락한 닫혀 있는 공간으로 그려진다. 이러한 장소에서 밝고 행복한 이야기가 펼쳐질 리가 없다. 필경 참담한 비극적인 이야기가 전개될 수밖에 없을 법한 공간 설정이다. 과연 이 소설의 끝에서 동욱 오누이는 집주인에게 사기를 당해 집을 잃고 쫓겨나서 더욱더 비참한 삶의 나락으로 떨어지는 비운을 맞는다.

그런데 여기서 찾아 볼 수 있는 손창섭 소설의 주요 모티프의 하나가 바로 '동굴 모티프'이다. 동굴은 어둠의 장소이다. 위의 '굴 속' 또는 '무덤 속'과 같은 방의 묘사는 어두운 동굴의 이미지를 표출하고 있다. 본디 동굴은 암흑의 공간으로서, 무덤과 같은 죽음의 세계나 악의 세계를 상징한다. 그리하여 동굴은 은둔처나 피신처, 또는 죽음과 재생의 현장, 이승과 저승의 갈림길의 구실을 하는 것으로 인식된다.[14]

손창섭 소설에 등장하는 동굴 모티프 또한 이와 같은 어둠과 죽음,

불행의 이미지와 밀접한 관계를 맺고 있다.

이러한 동굴 모티프는 손창섭의 다른 작품에서도 쉽게 찾아 볼 수 있다. 예를 들어 <사연기>(1953)에서 폐결핵 환자인 성규가 앓아 누워 있는 방 안을 보면 좁고 어둡고 낡은 장소임을 알 수 있다.

> 먼지와 그을음과 파리똥으로 까맣게 절은, 창 하나 없는 벽과 천장 구석구석에는 거미줄이 얽히어 있고, 때고 또 때고 한 장판 바닥에서는 먼지가 풀썩풀썩 이는 음침한 단칸방이었다. 이 방에 들어설 때마다 동식은 어느 옛날 얘기에나 나옴직한 끔찍스러운 괴물이라도 살 것 같은 우중충한 동굴을 연상하는 것이었다.(27쪽)15)

성규가 살고 있는 '음침한 단칸방'이 '우중충한 동굴'로 그려지고 있다. 그리고 그것은 '끔찍스러운 괴물이라도 살 것 같은'으로 묘사되고 있는데, 이것은 <비 오는 날>에서 동욱의 집을 가리켜 '금시 대가리에 뿔이 돋은 도깨비들이 방망이를 들고 쏟아져 나올 것 같은'이라고 비유한 것과 흡사한 표현이다.

바로 이 같은 '우중충한 동굴'과 같은 배경 설정에서 '동굴 모티프'를 발견할 수 있다. 손창섭 소설에서 동굴 이미지는 하나같이 부정적인 성격을 띠고 있다. 그러므로 동굴 모티프를 갖고 있는 그의 소설들은 하나같이 불행한 결말 구조를 취하게 된다. 과연 <사연기>에서 이 방에 살던 성규 내외는 모두 죽게 된다. 서규는 병마에 시달려 죽고, 그의 아

---

14) 한국문화상징사전편찬위원회 편, 『한국문화상징사전』(서울:동아출판사, 1992). 227-229쪽.
15) 손창섭, <사연기>, 『잉여인간』, 한국소설문학대계 30. (서울:동아출판사, 1995)

내 정숙은 자살하고 마는 것이다. 결국 손창섭 소설의 비극성은 이 동굴 모티프와 밀접한 관련이 있는 셈이다.

이 밖에도 동굴 모티프는 손창섭 소설 전반에 걸쳐 많이 나타나 있음을 볼 수 있다. 즉 <생활적>(1954), <혈서>(1955), <인간동물원초>(1955), <육체추>(1961) 등에 두루 발견된다. <생활적>에서 판자로 절반을 칸막이한 좁은 방이 나오고. 그 곳에 송장처럼 누워 있는 동주와 이름 모를 병에 걸려 종일 신음 소리를 내고 사는 옆방의 순이가 있다. <혈서>에는 문짝 대신 거적을 친, 겨울 들어 불이라고는 지펴 본 적이 없는 냉방이 나오고, <인간동물원초>에서는 폐쇄된 감방이 배경이다. 또 <육체추>의 경우에는 '성혜애호원'이란 간판을 가진 불구자 수용소가 그 배경인데, 작품 속에서 '폐물 인간의 사육장' 또는 '파괴된 인간 육체의 전시장'으로 소개된다. 모두들 어둡고 비좁고 외부와 단절된 장소로 등장하여 밀폐된 공간, 즉 동굴의 이미지를 풍기고 있다.

현대소설에서 공간은 단순한 자연 공간의 재현이 아니라 작가로서건 인물로서건 그의 내면세계를 반영하는 하나의 의미 공간이 된다. 카프카 이후 현대의 비극이 무엇보다도 공간이라는 차원에서 표현되고 있다.[16]

그 만큼 현대 문학에서 공간이 차지하는 의미적 비중이 크다는 이야기이다.

<비 오는 날>의 경우에도 작품의 공간으로서 동굴 모티프는 이 소설에 나오는 인물의 성격과 작품 전체의 분위기, 그리고 무엇보다 작품의 주제와 밀접한 관련을 맺고 있음을 보게 된다. 이 소설에 나오는 동

---

16) 를랑브르뇨프 · 레알웰레 · 김화영 편역, 『소설이란 무엇인가』(서울:문학사상사, 1986). 187쪽.

옥은 남과 접촉을 회피하려는 대인 기피증을 갖고 있는 인물이다. 주인공 원구가 방문했을 때 그가 보여 주는 냉담한 반응이 그의 성격을 잘 말해 준다.

> 살결이 유달리 희고 눈썹이 남보다 검은 그 여인은 원구를 내다보며 좀처럼 입을 열지 않았다. 저게 동옥인가 보다고 속으로 생각하며, 여기가 김동욱 군의 집이냐는 원구의 물음에 여인은 말없이 고개를 끄덕여 보였을 뿐이다.
> 눈썹 하나 까딱하지 않는 그 태도는 거만해 보이는 것이었다. 동욱 군 어디 나갔습니까 ? 하고, 재차 묻는 말에도 여인은 먼저처럼 고개만 끄덕했다. 그리고 나서 원구를 노려보듯하는 그 눈에는 까닭모를 모멸과 일종의 반항적 태도까지 서리어 있는 것이었다.(48쪽)

동옥은 자기의 집을 처음 찾아 온 원구의 물음에 대답을 하지 않고, 겨우 고개를 끄덕이는 정도의 반응만을 보이고 있다. 이렇게 낯선 사람과 접촉을 기피하려는 동옥의 증세는 곧 자폐증(自閉症, autism)의 한 징후라고 볼 수 있다. 자폐증이란 성인의 정신분열증에서 나타나는 외부세계로부터의 퇴행현상으로서, 사회적 관계의 결핍, 의사소통능력의 결핍, 계속적인 강박 행동, 변화에 대한 저항으로 특징지어지는 아동기의 증후군[17]으로 설명된다. 동옥은 허물어져 가는 외딴 목조가옥에서 외부와의 교류가 단절된 상태로 지내고 있으며, 말을 하지 않으려고 하는 폐쇄적 성격을 지니고 있는 점에서 자폐증의 증세와 동일하다. 그런데 이

---

17) 마리아 J.펠러즈니, 이화여자대학교 언어청각임상센터 옮김, 『자폐증』(서울:이대출판부, 1995), 17-20쪽.

러한 동옥의 자폐증도 동굴 모티프와 연관된 것으로 볼 수 있다. 즉 그는 외부와의 관계를 차단한 채, 자기의 공간만을 세계의 전체로 받아들이는 자폐적 공간에 살고 있는데, 이러한 공간이 바로 동굴의 이미지와 상통하는 것이다.

또한 이러한 동굴 모티프는 손창섭 소설이 말하고자 하는 있는 소외 상황을 그대로 반영해 주는 효과적 장치로 볼 수 있다. 일반적으로 소외란 퍼스낼리티의 일부 혹은 전체와 경험세계의 중요한 측면간의 단절 혹은 소원(疎遠, estrangement)상태[18]를 가리킨다. 소외된 인간은 세계와의 생산적 관계에서 일어나는 에네르기의 부단한 흐름이 결여되어 있다. 그리고 소외된 인간은 자아의식이 결핍되기 마련이고, 이러한 자아의식의 결핍은 깊은 불안을 낳기 마련이다. 그리하여 소외된 사람은 자기 자신이 남들과 조화되지 못한다고 생각할 때마다 열등의식을 느낀다.[19]

문덕수는 동굴 원형이 갖는 상징적 의미를 세 가지로 정리하여, 첫째 폐쇄성과 단절성, 둘째 외부로부터의 피난과 휴식, 셋째 죽음과 재생 등으로 설명한 바 있다.[20]

그런데 여기서 첫째와 둘째의 내용이 소외의 상태와 그대로 통하는 점을 발견할 수 있다.

첫째, 동굴은 폐쇄성과 단절성을 지닌다. 그리하여 외부세계, 즉 현실적인 사회 및 역사와는 폐쇄 단절되어 마치 성벽이나 고도(孤島)와 같이

---

18) 이골 S. 콘, "현대사회학에 있어서의 소외 개념", 조희연 편역, 『현대소외론』(서울:참한, 1983). 65쪽.
19) 에리히 프롬, 김병익 역, 『건전한 사회』(서울:범우사, 1991), 193-195쪽.
20) 문덕수, "20년대 낭만시의 동굴 모티프." ≪문학과 비평≫, 1987. 가을호, 228쪽.

그 자체의 차단된 공간과 시간을 가진 별개의 세계를 형성한다. 이러한 동굴이 임시건 영원이건 거주의 장소가 될 때, 현실세계와는 완전히 분리, 또는 격리된 장소가 되고, 따라서 소외, 예의, 또는 별개의 인간들(선인이거나 초인, 또는 격리 수용된 죄수나 환자)이 거주하는 곳이라는 의미가 부여된다.

둘째, 동굴은 구조상 외부세계에 대하여 비밀의 유지, 설한풍우와 적으로부터의 방어와 보호, 피난과 휴식이라는 의미가 형성된다. 방어, 휴식, 보호, 도피, 피난, 안락 등의 의미를 지니는 이러한 동굴 모티프는 더욱 발전하여 낙원사상의 방향으로 확대되어 유토피아와 결부될 수 있고, 또 한편으로는 정적, 명상, 밤, 슬픔, 그리고 지옥과 죽음의 세계와도 연결된다.[21]

여기서 첫째의 상징은 동굴 모티프의 성격이라면, 둘째의 상징은 동굴의 기능이라고 할 수 있다. <비 오는 날>에서 동옥이 칩거하고 있는 집은 이러한 동국과 같은 공간의 성격을 지니며, 도피처의 기능을 하는 셈이다. 동옥은 그 안에서 외부 세계와 단절된 상태를 유지하고 있으며, 그는 스스로 그 곳에 자신을 유폐시킨 상태에서만 안락을 느낀다. 이런 점에서 동옥은 자폐증 한자로 규정될 수 있다.

결국 이 같은 동굴 모티프를 통해 인물의 소외 양상을 엿볼 수 있다. 동굴은 어둠의 세계이다. 동옥이 밝은 외부의 세계보다 어두운 동굴 안의 세계를 선호하는 모습에서 그의 어두운 의식세계와 그의 생애에 걸친 암울한 운명의 비극성을 짐작할 수 있다.

---

21) 문덕수, 같은 책, 같은 곳.

2) 장애자 모티프와 소외

손창섭 소설의 인물들에 나타나는 가장 두드러진 특징은 비정상성이다. 손창섭 소설의 주인공들은 대부분 정상적인 육체와 삶을 소유하고 있지 않다. 대다수의 인물들이 질병을 앓고 있거나 신체장애자들이며, 심리적으로도 불완전하여 무기력, 정신분열증과 같은 정신 질환의 징후를 보이고 있다. 그의 초기 단편들은 심신 장애자를 주인공으로 삼고 있으며, 후기 단편들은 비정상적인 삶을 영위하는 인간들을 주인공으로 내세우고 있다.

예를 들어 <사연기>의 성규는 폐결핵 환자로서 의처증을 가진 인물이다. <혈서>의 창애는 간질병 환자이고, 준석은 다리가 하나 없는 데다 비뚤어진 성격의 소유자이다. <미해결의 장>(1955)에 나오는 장인은 애꾸눈이며, 터무니없이 큰 머리를 가진 의붓자식이 등장한다. <인간동물원초>에는 변태성욕자들의 살인 행위가 그려지고, <육체추>에는 불구자 수용소를 배경으로 신체장애자들의 아귀다툼이 묘사된다.

이 밖에도 손창섭 소설에는 비정상적 인간들이 무수히 등장한다. 때로 신체적인 장애자가 아닌 인물이 등장하는 경우도 있으나, 그런 경우에는 그 인물은 대신 정신 장애를 지니고 있는 경우가 많다. 이처럼 손창섭 소설은 대부분 정신적 육체적인 장애인을 등장시키고 있어 가히 "비정상적 인간들의 박람회"22)라 할 만하다.

<비 오는 날>의 동옥은 정신 장애와 신체장애를 함께 지닌 인물이다. 앞 장에서 살핀 대로 동옥은 정신 질환으로 자폐증을 앓고 있다. 이 자폐

---

22) 하정일, "전쟁 세대의 자화상", ≪작가연구≫, 창간호. (서울:새미, 1996), 37쪽.

증은 정신분열증의 하나로서 현실로부터 도피하려는 심리 경향을 띠며, 행동이나 태도의 유연성이 없고, 무표정하며 사람을 기피하거나 주위에 무관심하다. 그리고 고독감이나 불안을 느낀다.[23] 그의 집을 처음 방문한 원구를 대하는 싸늘한 태도에서 그러한 증세를 확인할 수 있다.

그렇다면 그는 왜 이런 질환을 얻게 되었을까? 여기서 동옥의 자폐증의 원인은 그의 정황으로 보아 대체로 두 가지 정도로 생각해 볼 수 있다. 첫째는 그의 온전치 못한 신체에서 오는 열등감 때문이다. 여성으로서 그의 신체적 장애는 그의 가장 큰 약점이요 비밀이라 할 수 있다. 이러한 약점이 열등감이 되어 그의 자유로운 행동을 제약하고 나아가 자폐증으로까지 발전하게 된 것으로 보는 것이다.

원구는 처음에 동옥이 신체 부자유자라는 사실을 알지 못했다. 동옥이 그 사실을 눈치 채이지 않게 하려고, 방안에서 일어서지도 않고 옮겨 앉지도 않았던 것이다. 그러나 비가 새는 방 안에서 실수로 빗물 받은 바께스를 엎지르면서 원구는 동옥의 신체적 비밀을 목격하게 된다.

순식간에 방바닥은 물바다가 되고 말았다. 여지껏 꼼짝 않고 앉아 있던 동옥도 그제만은 냉큼 일어나 한 걸음 비켜서는 것이었다. 그 순간의 동옥의 동작이 예사롭지가 않았다. 원구에게 또 하나 우울의 씨를 부려 주는 것이었다. 원피스 밑으로 드러난 동옥의 왼쪽 다리가 어린애의 손목같이 가늘고 짧았기 때문이다. 그러한 다리를 옮겨 디디는 순간, 동옥의 전신은 한쪽으로 쓰러질 듯이 기울어지는 것이었다.(51쪽)

---

23) 김흥규, 『인간 행동의 이해』(서울:양서원. 1994), 328쪽.

동옥은 소아마비로 왼쪽다리의 발육이 덜 된 장애자였던 것이다. 그는 자신이 가장 숨기고 싶어 하던 치부를 엉겁결에 드러내 버렸다. 동옥이 자신의 신체에 대한 콤플렉스가 얼마나 큰 것인가는, 그가 원구 앞에서 자기의 다를 본의 아니게 내 보인 순간, "희다 못해 파랗게 질린 얼굴에 독이 오른 눈초리로 원구를 잡아먹을 듯이 노려보는"(51-2쪽) 행동을 통해 충분히 짐작할 수 있다. 결국 동옥의 대인기피증과 자폐증은 자신의 신체적 장애에서 온 것으로 확인할 수 있다.

이와 같이 동옥의 이상 성격의 원인이 자신의 신체에 연유한다는 사실은 동욱이 원구에게 자기의 여동생을 부탁하는 부분에서도 짐작할 수 있다.

> 동욱은 한동안 말이 없이 술잔만 빨고 앉았다가, 가끔 찾아와서 동옥을 좀 위로해 주라는 것이었다. 세상 사람들이 모두 자기를 조소하고 멸시한다고만 생각하고 있는 동옥은 맑은 날일지라도 일체 바깥출입을 않고 두더지처럼 방에만 처박혀 산다는 것이다. 그리고 모든 사람에게 반감을 품고 있다는 것이다.(57쪽)

여기서 "세상 사람들이 모두 자기를 조소하고 멸시한다."고 생각하는 동옥의 피해망상은 바로 자신의 신체적 약점에서 비롯된 것이며, 그가 세상 사람들에 대해 반감을 품고 있는 것도 신체적 열등감에서 나온 행동이라는 것을 알 수 있다. 바로 이러한 요인들이 복합되어 결국 동옥을 자폐의 상태로 이끈 것이라 하겠다.

또 한 가지 동옥의 자폐증의 원인으로 생각해 볼 수 있는 것은 바로 그가 처한 시대적 환경 요인이다. <비 오는 날>은 6·25 전쟁을 그 배경으로 한 소설이다. 비록 전투 장면은 등장하지 않으나, 이 소설은 피난지의 삶터를 배경으로 삼아 전쟁으로 인한 뿌리 뽑힌 인간들의 비참한 모습을 잘 보여 주고 있다.

동욱이 오누이는 6·25 전쟁의 피난민이다. 전란을 피해 고향을 떠나 1·4 후퇴 때 월남하여 부산에까지 흘러 왔다. 그들의 그동안 삶의 방식은 작품 속에 구체적으로 나오지 않았으나, 고향을 잃은 그들이 피난지에 정착하기까지의 형편이 순탄치 않았으리라는 것은 충분히 짐작할 수 있는 바다. 전쟁은 인간의 삶을 극도로 황폐화시키고 인간의 운명을 송두리째 바꾸어 놓기도 한다. 원구의 눈에 비친 동욱의 행동거지는 전란의 와중에서 그가 얼마나 큰 상처를 입었는가를 말해 준다.

동욱은 밥보다도 먼저 술을 먹고 싶어 했다. 술을 마시는 동욱의 태도는 제법 애주가였다. 잔을 넘어 흘러내리는 한 방울도 아까워서 동욱은 혀끝으로 잔 굽을 핥았다. 기독교 가정에서 성장했을 뿐만 아니라 몇몇 교회에서 다년간 찬양대를 지도해 온 동욱의 과거를 원구는 생각하며, 요즘은 교회에 나가지 않느냐고 물어 보았다. 동욱은 멋쩍게 씽긋 웃고 나서 이따만큼 한 번씩 나가노라고 하고, 그런 대는 견딜 수 없는 절망감에 숨이 막힐 것 같은 날이라는 것이었다.(46쪽)

기독교 가정에 태어나 교회에서 찬양대를 지도하던, 독실한 신앙심을 갖고 있던 청년이 오랜만에 만나 보니 밥보다도 술을 더 밝히는 애주가로 변해 있었다. 이것은 그가 전쟁을 겪는 동안에 생활난으로 인하여 그의 의식과 생활 태도가 하늘과 땅의 차이만큼이나 변했다는 것을 말해 준다. 낯선 피난지에서 고향 잃은 오누이가 생계의 위협 속에 죽지 않고 살아남기 위하여, 비록 쓰러져 가는 집일망정 숙식을 해결할 방을 얻고, 초상화 그리기나마 생업을 얻게 되기까지 그들이 그동안 얼마나 모진 세파와 싸워야 했는가를 미루어 알 수 있다.

이처럼 전쟁이 동욱을 딴 사람으로 변화시켰듯이, 그의 여동생 동옥 역시 전쟁으로 인한 각박하고 사악한 현실의 위협을 피해 자폐증 환자가 되었을 것으로 추측해 볼 수 있다. 인간은 어떤 식으로든 환경의 영향과 지배를 받기 마련이다. 동옥의 정신 질환과 환경과의 관련성을 시사해 주는 증거로 작자 자신의 성장과정에 대한 고백을 참고해 볼 수 있다.

> 따뜻한 가정과 사랑이란 것을 모르고 어려서부터 냉혹한 현실의 가파름 속에 던져져야 했던 나는 어떻게 해서든지 살아야 된다는 발악과 함께 육체와 정신은 건전한 발육을 가져오지 못하고 나날이 위축되고 야위어 가고 일그러져만 갔다. 진부한 말이지만 이렇듯 기구한 운명과 역경 속에서 인간 형성의 가장 중요한 소년기와 청년기를 보내 온 내가 비로소 자신을 자각했을 때, 나의 눈앞에 초라하게 떠오른 나의 인간상은, 부모도 형제도 고향도 집도 나라도 돈도 생일도 없는, 완전한 영양실조에 걸린 '육신과 정신이 피폐한 고아'였던 것이다.[24]

손창섭은 자기가 "어려서부터 거칠고 냉혹한 현실의 가파름 속"에서 살았기 때문에, 그 결과 자신의 "육체와 정신은 건전한 발육을 가져 오지 못하고 말았다"고 술회하고 있다. 이 글은 다소 자기 비하적인 면이

---

24) 손창섭, "아마추어 작가의 변", 『그때 그 시절 그 소설』(서울:자유교양사, 1993), 5-6쪽.

있긴 하나, 작가 자신의 솔직한 내면 토로인 만큼 어느 정도 신빙성을 기대할 만하다. 이처럼 작가 자신도 열악한 환경의 영향 때문에 "육신과 정신이 피폐한 고아"로 변하고 말았으며, 그에게 타인은 "이기와 위선에 찬 적"[25)]으로 파악되고 있는 사실을 놓고 볼 때, <비 오는 날>의 동옥의 경우도 전쟁의 혼란과 피난지의 각박한 생활이 그의 폐쇄적인 성격을 형성하는데 상당한 요인으로 작용했음을 짐작할 수 있는 것이다.

요컨대 동옥의 자폐증은 그 자신의 신체적 콤플렉스와 더불어 전쟁으로 인한 피난 생활의 고초에 힘입은 복합적인 요인에 의한 것이라고 진단할 수 있다. 이렇게 볼 때, 손창섭 소설에 나타난 장애자 모티프는 상당히 중요한 의미를 띠게 된다. 즉 그의 소설에 두루 나타나는 신체적 장애나 질병은 그 발생 원인이 단순히 그것을 앓는 당사자의 결함에 의한 것이 아니라 개인적인 차원의 문제가 아니라 시대 환경과 결부되는 문제로 환치될 수 있기 때문이다.

손창섭 소설의 인물들은 모두 상처받은 인물들이다. 그의 인물들은 대부분 한두 가지 이상의 질환을 앓고 있다. 손창섭 소설이 전후문학을 대표한다고 볼 때, 결국 그의 비정상적 인물들은 근원적으로 전쟁이라는 폭력에 훼손당한 피해자들이라고 해도 지나친 단정이 아닐 것이다.

김우종의 견해는 이를 뒷받침해 준다. 그는 손창섭 소설의 주인공들이 거의 모두 병적인 인간형임을 지적하면서, 그러한 인간형이 나오게 된 필연적 동기가 우리의 불행한 역사에 있다고 말하고 있다.

---

25) 손창섭, 위의 글, 6쪽.

　　병적인 인간형임에도 불구하고 그들은 그럴 수밖에 없는 필연적 동
기를 지니고 있으며, 그 동기는 바로 우리의 현실이다. 즉 우리의 불행
한 역사는 필연적으로 그럴 수밖에 없는 병적 기형적인 인간형들을 얼
마든지 만들어 나갔다는 것이다. 그런 의미에서 정상적인 인간형보다는
이 같은 병적인 인간형들을 그려나간 손창섭의 문학이 더 밑바닥에 접
근하여 진실 캐냈다고 볼 수 있을 것이다.[26]

　여기서 병적인 인간형을 양산한 불행한 역사란 물로 6·25 전쟁을 가
리킨다. 손창섭 소설을 가리켜, "전쟁이라든가, 그로 인한 1950년대 현
실의 황폐상 등 객관적 현실의 탐구에는 전혀 관심을 두지 않았다."[27]
는 비판은 일부 작품에는 해당될지언정 전적으로 마땅한 것은 아니다.
손창섭의 작품의 주된 소재는 대부분 전쟁으로 뿌리 뽑힌 빈민들의 불
안정한 삶인 것이다. <사연기>의 동식과 성규 부부, <비오는 날>의
원구와 동욱 남매는 모두 월남한 피난민들이다. <생활적(生活的)>의 동
주나 <혈서>의 달수는 극도의 전쟁으로 인한 충격으로 가난과 무기력
에 시달리는 사람들이다. 또한 <잉여인간>의 봉우나 <사연기>의 동
식은 전쟁과 이데올로기 투쟁의 상처 때문에 정신적으로 방황하는 군
상들이다. 손창섭의 작품들은 전쟁은 인간의 생명과 삶의 터전을 파괴
시킬 뿐만 아니라, 인간의 정신에까지도 치명적인 상처를 입힌다는 것
을 보여 준다. 따라서 <비 오는 날>의 동옥의 정신질환은 역시 그가
처한 전쟁과 피난 생활이라는 환경적인 요인과 결코 무관하지 않은 것
으로 파악할 수 있다. 다시 말해 동옥은 전쟁으로 인해 훼손당한 비극

---

26) 김우종, 『한국현대소설사』(서울:성문각, 1978), 327쪽.
27) 김윤식·정호웅, 앞의 책, 331쪽.

적 인간상의 한 유형이라 할 수 있는 것이다.

3) 타락한 세계의 불안정한 삶

<비 오는 날>에 등장하는 세 인물 가운데서 특히 동옥은 소외된 인물이다. 자폐증을 지닌 동옥은 스스로 타인과 벽을 쌓아 자기만의 동굴에 갇혀 살아간다. 여기서 동옥의 소외는 자아와 세계와의 대결에서 패배한 자가 취하는 매저키즘적 퇴행[28]과 같이 스스로 세계로부터 고립되려고 하는 유형에 속한다고 볼 수 있다. 이러한 소외는 주위의 인간들이 자아에게 폭력적일 때, 자아와 타인이 긴밀하게 관계를 맺지 못할 때, 인간관계가 불화와 불신의 적대적인 관계일 때, 그 위협을 피해 자아는 스스로를 안전한 혼자만의 공간에 유폐시키는 데서 발생한다. 동옥은 전쟁이라는 환경의 폭력에 대하여 피해의식을 지니고 있으며, 자기 보호 본능에 따라 스스로 단단한 껍질 속으로 들어가 좀처럼 나오려고 하지 않는 것이다.

그러면 이러한 소외의 극복 방안은 무엇인가. 콘에 따르면 어떠한 소외건 그 발생의 원인을 제거하면 그러한 소외 상태로부터 벗어날 수 있다고 한다. 다시 말해 소외가 사회적 원인을 갖고 있다면 사회적 조건을 변경시킴으로써 극복할 수 있고, 소외가 개별적 심리현상이라면 정신요법과 같은 방법으로 개인적 태도를 변화시킴으로써 소외에서 벗어

---

28) 에리히 프롬, 이규호 역, 『자유로부터의 도피』(서울:삼성출판사, 1982.), 144-7쪽. 프롬은 지배나 복종을 통하여 인간이 부담스러운 개인적 자아나 자유로부터 도피함으로써 그의 자아와 적대적 외부세계에 직면하지 않아도 될 수 있도록 해 주는 심리 기제를 사디즘과 매저키즘에서 찾는다.

나게 할 수 있다는 것이다.[29] 동옥의 소외는 그 신체적 장애와 더불어 전쟁으로 인한 정신적 상처에서 비롯되었음을 이미 살핀 바 있다. 여기서 신체적인 문제는 어절 수 없는 것이라 치더라도, 그의 정신적인 상처는 점진적으로 치유할 수가 있는 것으로 보인다.

실제로 <비 오는 날>에는 이러한 소외 문제에 대한 극복 가능성이 얼마간 제시되어 있다. 그것은 동옥과 원구의 만남 부분에 나타난다. 바깥출입이 없이 초상화를 그리며 살던 동옥은 원구가 등장하기 전까지는 극도의 자폐 상태에 빠져있음은 이미 살핀 바와 같다. 그런데 그러한 동옥의 태도가 원구를 만나게 되면서 점차 변하기 시작한다.

> 정말 동옥의 태도는 원구가 찾아가는 횟수에 따라 현저히 부드러워지는 것이었다. 두 번째 찾아갔을 때 동옥은 원구를 보자 얼굴을 붉히었다. 그리고는 고개를 숙였다. 세 번째 찾아갔을 때는 원구를 보자 동옥은 해죽이 웃어 보인 것이었다.(52쪽)

마음의 문을 닫아걸고 실어증 환자처럼 묻는 말에 대답을 기피하던 동옥이 이렇게 표정이 바뀌고 웃음이 나오게 된 것은 엄청난 변화인 셈이다. 그 원인은 어디에 있는가. 그것은 다름 아닌 원구의 따뜻하고 지속적인 관심 때문이라고 할 수 있다. 원구는 이 친구의 여동생이 어릴 적에 강아지처럼 자기를 따라다니며 귀찮게 했고, '중중 때때중' 노래를 부르고 다니던 일을 기억하고 있다. 그래서 동욱 오누이의 집을 방문하여 그들의 딱한 처지를 눈으로 본 다음부터 친절히 대해줘야겠다고 생

---

29) 이골 S. 콘, 앞의 책, 68쪽.

각한다.

이때 동욱이 지나가는 말투를 "내가 너라면 동옥과 결혼하겠어."라고 말을 띄워 보는 것은 결코 가벼운 농담이 아닐 것이다. 동욱의 간절한 소망이 그런 식으로 표출된 것이다. 그러나 원구는 동옥이에 대해서 인간적 동정심을 가질 뿐, 연인으로서의 애정을 느끼는 정도는 아니다.

어쨌든 원구의 내방을 받으면서 동옥은 서서히 자폐의 상태에서 마음의 빗장이 풀리기 시작한다. 바로 여기서 동옥의 소외가 극복될 계기가 마련된다. 그 계기는 원구와의 인간적인 관계의 형성이다. 그것이 꼭 연인간의 애정이 아니더라도 인간과 인간 사이의 관심과 신뢰가 얼어붙었던 마음을 녹이고, 닫혀 있던 마음을 열게 하는 것이다. 여기서 각박한 현실 속에서도 인간적인 유대감의 형성이야말로 소외를 이겨내는 밑바탕이 되는 조건임을 암시 받을 수 있다.

그러나 이 같은 행복의 시간은 오래 지속되지 못한다. 뒤이어 동욱 오누이에게 가해지는 현실의 횡포가 너무 가혹했던 것이다. 초상화 일자리를 잃고 설상가상으로 저축했던 돈마저 집주인에게 떼이고 난 뒤, 동욱은 행방불명이 되어 버리고 동옥은 새 집주인에게 쫓겨나게 된다. 자기를 보호할 최소한의 공간마저 잃어버린 동옥의 삶은 이전보다 더 큰 절망의 나락으로 떨어졌을 것이 틀림없다. 오랜만에 원구가 찾아갔을 때 새 집주인이 암시하듯 동옥이 몸을 파는 길로 빠져들었다면 동옥의 소외 상태는 더욱더 심각해졌을 것으로 추측할 수 있다. <비 오는 날>은 제목이 상징하듯이 암울한 분위기 속에 절망감을 안겨 주며 끝이 난다.

본디 손창섭 소설은 무한궤도와 같이 모든 사태가 결말이 없는 것이 특징이다.30) <비 오는 날>은 끊임없이 내리는 '비'의 이미지대로 끝없는 불행과 비극의 연속을 보여 준다. 사악한 인간의 이기성으로 인해 순수함을 지닌 주인공이 정신적으로 상처를 받고 타락의 지경에까지 이르게 되는 것이다. 앞으로 이러한 주인공의 소외 상황이 더 나은 상태로 개선되리라는 전망은 소설 어디에서도 찾아 볼 수 없다. 바로 이러한 데서 손창섭 소설의 "전망을 상실한 모더니즘적 세계관"31)을 확인할 수 있다.

결국 손창섭 소설은 1950년대라는 시대상황과 따로 나누어 생각할 수 없다. 그의 소설에 나타나는 병적인 인간상은 바로 그 시대의 한국 사회의 병리 현상을 말해 준다. 6·25 전쟁으로 인한 사회적 불안정, 전통적 가치체계의 붕괴, 경제적인 궁핍 등과 같은 시대적 상황과 함께 작가 개인의 불우했던 성장과정이 어우러져서 손창섭 소설의 밑바탕을 이루고 있는 것이다. 따라서 그의 소설에 나타난 소외된 인간은 시대의 혼란과 경제적 압박에 의해 자기 정체성을 상실한 인물로 규정할 수 있다.

소외의 관점에서 손창섭 소설을 살필 때, 타락한 세계 속에서 불안정한 삶이 지속적으로 인간의 소외를 가중시키고 있음을 알 수 있다. 물론 손창섭 소설이 근대적인 삶의 보편적인 인간 소외를 성공적으로 형상화하였다고는 할 수 없다. 그의 소설은 인간 소외 자체를 절대화하고 인간의 실존 자체를 허무주의적으로 인식함으로써, 그러한 부정적 현실 속에서도 의연히 전개되는 인간 역사의 발전 방향을 탐색하는 데까지 나아가지 못했기 때문에, 이 점을 한계로 지적할 수 있다.

---

30) 김윤식, 『한국현대문학사론』, 88쪽.
31) 엄해영, 『한국전후세대소설연구』(서울:국학자료원, 1994), 175쪽.

그렇지만 그의 소설이 비록 삶의 왜곡을 초래하는 구조적 문제에 대한 사고가 애초부터 차단되어 있다고 하더라도, 그가 그려낸 어둡고 암울한 세계는 전후의 황폐한 사회상의 한 상징[32]으로서 의의를 찾을 수 있다. 결국 손창섭 소설에 나타난 비정상적이고 소외된 인간형은 전통적인 관습과 규범의 기준으로 인간을 창조해 온 기존의 문학에 비해 한층 심화된 것임에 틀림없다. 따라서 그의 소설이 그리고 있는 인간 소외의 문제는 1950년대 한국인의 삶의 모습과 비극의 원인을 다양한 각도에서 생각해 볼 수 있는 근거를 제시하고 있는 점에서 한국소설사적으로 매우 중요한 의의를 지닌다고 할 수 있다.

3. 맺음말

이 연구는 손창섭 소설에 나타난 소외 의식을 그의 소설 전반에 나타나는 동굴 모티프와 장애자 모티프를 중심으로 살펴본 것이다.

손창섭 소설의 공간적 배경은 주로 도시의 빈민가이고, 구체적 장소는 방 안이다. 손창섭의 소설은 대부분 어둡고 초라한 방을 구체적 공간으로 삼고 있다. 여기서 방이란 곧 동굴의 의미를 갖고 있는 것으로, 단순히 공간적 의미로서의 방이 아니라 일상 세계, 외계와는 단절된 권태의 무의미로 가득 찬 인물들의 내면의식을 반영하는 것이다. 바로 이 동굴 모티프에서 닫힌 공간에 갇힌 손창섭 소설인물의 어둡고 병적인

---

32) 김철, "냉전체제의 고착과 1950년대 문학", 『민족문학사 강좌』, 하, (서울:창작과
   비평사, 1996), 227쪽

소외 의식이 극명하게 나타난다.

또한 손창섭의 작품은 거의 대부분 비정상적인 인간을 묘사하고 있다. 심신이 정상적이지 못하고 인간다운 삶의 조건을 갖추지 못한 사람들이 그의 창작의 주요 대상들이다. 그런 만큼 그의 작품을 지배하는 분위기는 매우 암울하다. 여기서 손창섭 소설의 또 하나의 특징인 장애자 모티프를 발견할 수 있다. 손창섭 소설의 인물들은 신체적으로 정신적으로 장애를 당하거나 질병을 앓고 있는데, 이러한 결함 때문에 그 인물들은 더욱 주위의 인물들과 소외되어 있다.

<비 오는 날>은 이러한 동굴 모티프와 장애자 모티프를 통해 인물의 소외를 나타내고 있으며, 그것은 특히 '비'의 이미지를 통해 극대화된다. 이 소설에서 다리가 온전치 못한 동옥의 대인기피증은 자신의 신체적 장애가 그 직접적인 원인이지만, 한편으로는 전쟁과 피난으로 인한 현실적 삶의 위협이 그로 하여금 주변세계와의 고립을 부추겼다고도 볼 수 있다. 여기서 작가가 문제 삼고 있는 것은 인간의 삶을 규정하는 사회 현실과 함께 인간과 인간 사이의 바람직한 관계 문제이다. 결국 이 작품에서 동욱 남매의 비극적 결말을 촉진하는 것은 그 어떤 것보다 속악한 환경의 폭력인 것이다. 결국 손창섭 소설에 나타나는 동굴 모티프와 장애자 모티프는 인간 소외와 관련되며, 나아가 이는 궁극적으로 1950년대 한국이라는 사회 환경의 불건전성을 함의하는 장치로 볼 수 있다.

손창섭의 소설은 전반적으로 암울한 분위기에 지배되고 있으며, 주인공들의 결말 역시 더 한층의 비극으로 전개될 뿐 조금이라도 희망적인 내일을 기약할 수 없음을 보여 준다. 이러한 인식은 손창섭의 허무주의

로 연결된다. 그렇기 때문에 그의 소설은 자의식에 갇혀 있어 전망을 상실한 모더니즘적 세계관으로 평가되기도 한다. 물론 그의 소설은 인간 소외 자체를 절대화하고 인간의 실존 자체를 허무주의적으로 인식한 점이 한계로 지적될 수 있다.

그러나 손창섭 소설에 나타난 비정상적이고 소외된 인간형은 전통적인 관습과 규범에 얽매인 기존의 문학에 비해 한층 발전된 것임에 틀림없으며, 그의 소설에 나타난 인간 소외의 문제는 1950년대 전쟁으로 인한 비극적인 삶의 양상을 다양한 각도에서 천착하게 하는 점에서 문학사적 의미가 큰 것이다.

손창섭의 ≪낙서족≫에 관한 일고찰
—자전적 소설과 세대론의 관점에서

1. 문제제기

지금까지 손창섭의 소설은 주로 전후 소설의 맥락에서 연구되어 온 것으로 판단된다. 근년 들어 손창섭을 주제로 삼아 연구한 논문들도 이러한 성격에서 크게 벗어나지는 않고 있다.[1]

---

* 방민호 / 서울대학교 교수

1) 박유희, 「1950년대 소설의 반어적 기법 연구」(고려대학교, 2002), 조현일, 「손창섭, 장용학 소설의 허무주의적 미의식에 관한 연구」(서울대학교, 2002), 나은진, 「1950년대 소설의 서사적 세 모형 연구」(이화여자대학교, 1999), 김진기, 「손창섭 소설 연구—1950년대를 중심으로」(건국대학교, 1999), 심영덕, 「손창섭 소설의 심리학적 연구」(영남대학교, 1998) 등 손창섭에 대한 연구는 근년에 들어서도 꾸준히 증가하고 있는데, 이들은 대체로 손창섭 소설과 한국전쟁 후 1950년대라는 시

그러나 역설적으로 전후 문학 내지 전후 소설에 대한 개념적 정의는 아직도 충분히 정립되지 못한 가운데 그것은 대체로 1950년 한국전쟁 발발 이후, 그리고 1960년 4·19혁명 이전에 씌어진 작품을 가리키는 것으로 통용되고 있다.[2]

같은 맥락에서 전후 작가 내지 전후세대 작가라는 용어가 통용되고 있음을 볼 수 있는데, 이때는 그 개념 한정에 진폭이 생긴다. 즉 전후 작가 내지 전후세대 작가란 한국전쟁 발발 전후에 등단한 작가로서 주로 1950년대에서 1960년대 전반기에 걸쳐 활발한 활동을 보여준 작가를 의미하게 된다.

논점은 다음과 같은 점에 있다. 즉 한국전쟁과의 관련성만을 특권화하면서 전후 작가 내지 전후 소설을 다루게 될 때 그들 작품이나 작가는 전쟁 및 그 이후의 현실에 대한 인식과 그것의 표현이라는 측면에서

대적 상황과의 불가분리한 관련성을 전제로 한다. 예를 들어 조현일의 「손창섭, 장용학의 허무주의적 미의식에 관한 연구」는 손창섭과 장용학의 소설을 전후소설의 맥락에서 심도 있게 검토한 논문이다. 그럼에도 "본 연구는 손창섭과 장용학 소설의 핵심이 대재앙으로서의 전쟁체험이며, 그것이 소재적 차원의 표현을 넘어 좀 더 본질적인 세계관적·미학적 차원에서 표현되고 있다는 전제에서 출발한다." (국문초록) "손창섭과 장용학의 소설은 대재앙으로서의 전쟁체험으로 인해 발생한 허무주의를 보여줄 뿐만 아니라, 허무주의에 입각한 고유의 미의식을 구현하고 있다." (19면) 는 등의 문장을 통해서 살펴볼 수 있듯이 손창섭의 소설을 한국전쟁과 본질적으로 관련짓고 있는데 이러한 시각은 논의의 여지가 있는 것으로 판단된다.

2) 조남현의 「한국전시소설 연구」(『한국현대소설의 해부』, 문예출판사, 1993)나 신경득의 『한국전후소서 연구』(일지사, 1983)의 서론에서 볼 수 있듯이 '전시소설' 내지 '전쟁소설'의 개념 문제에 관해서는 자세한 논의가 축적되어 있지만 오히려 전후 문학 내지 전후 소설의 개념적 내포에 관련된 문제는 충분히 논의되지 못한 인상이 강하다.

는 깊이 검토될 수 있겠지만 그 밖의 다른 측면은 부각되지 못할 수도 있으리라는 것이다.

손창섭의 경우에 이러한 측면을 간략히 짚어 보면 다음과 같다. 첫째 손창섭을 위시한, 이른바 전후 작가들은 많은 경우 1920년대 생으로서 1930년대에 성장기를 보냈으며 일본에 유학하기까지 한 작가들로서 일제말기에 심각한 정체성 위기를 노정한 세대들인데 이에 관한 검토는 충분히 못하게 된다.

둘째, 손창섭은 1950년대에는 주로 단편소설을 창작했지만 1960년대 이후 1970년대까지 장편소설을 창작한 작가다. 그러나 손창섭과 그의 소설을 주로 한국전쟁과의 관련 속에서 다루게 되면 1960년대 이후 손창섭의 장편소설은 대부분 관심권에서 멀어지는 결과를 빚게 된다. 실제로 각 대학의 박사학위 논문들은 그와 같은 양상을 보여주고 있다. 손창섭 소설을 전체적으로 접근하지 못하고 1950년대 단편소설만을 특권화해서 연구하게 되면 1950년대와의 시대적 관련성은 깊이 있게 검토되는 반면에 손창섭과 그의 문학 전반에 걸친 이해는 불명료하게 되는 난점이 있다.3)

---

3) 주로 일본에서 한국에 유학한 연구자들 가운데 손창섭의 소설을 한국 전후소설의 맥락만이 아니라 일본 전후문학과의 관련 속에서 검토하고자 하는 연구가 행해진 것을 볼 수 있다. 예를 들어, 가와무라 마치코의 「손창섭과 추명린삼의 전후 소설 비교 연구」(경희대학교, 2002)는 손창섭의 단편소설을 일본의 시이니 린조의 작품과 비교하여 검토하고 있는데 그 대상은 일본의 전후문학을 제1차 전후파 작가와 제2차 전후파 작가로 구분하는 논리를 인용하고 있는데, 그에 따르면 시이나 린조는 제2차 전후파에 해당한다.(논문, 15면) 만약 한국의 전후문학에서 그와 같은 구분이 가능하다면 그것은 한국전쟁 전에 등단했거나 일본 유학 경험을 가진 작가들과 전행 직후에 등단한 작가들로 나눌 수 있을 것이다. 그리고 이러한 구분법에 따른다면 손창섭은 제1차 전후작가에 해당하는 셈이 된다. 이는 역설적으로 시이

이와 같은 난점을 극복하기 위한 방법의 하나로서 손창섭과 그의 소설을 자전적 소설의 관점 및 세대론의 관점에서 새롭게 접근할 필요가 있다는 것이 본 연구의 전제다. 이는 손창섭과 그의 소설을 1950년대라는 시대와의 관련성을 넘어서 1920년대부터 1940년대까지 이르는 그의 성장기 및 의식 형성의 관점에서 새롭게 보는 것이다.

1920년대 초반에 평양에서 출생하여 어린 나이에 일본으로 떠나 그곳에서 학창시절을 보낸 손창섭은 그와 공통적인 성장 경험을 보여주는 일군의 작가들 가운데서도 가장 극단적인 경우에 속한다. 따라서 손창섭의 이러한 자전적소설과 세대론의 맥락에서 읽는다는 것은 장용학, 김성한, 유주현 등 같은 맥락에 놓일 수 있는 작가들에 대한 또 다른 접근법을 시도할 수 있음을 의미하리라고 본다.

본 연구는 이와 같은 맥락에서 손창섭의 대표적인 장편소설 가운데 하나인 《낙서족》(일신사, 1959)을 위해서 제기한 시각에서 재검토해보고자 한다. 《낙서족》을 대상으로 삼은 이유에 관해서는 다음 장에서 손창섭의 생애 및 작품행위와 관련하여 해명해 보고자 한다.

2. 손창섭의 개인사적 특수성과 《낙서족》의 위치

손창섭과 손창섭 소설 연구에 있어 가장 중요한 매개 고리가 될 수 있는 것은 그가 지금 한국에서 살고 있지 않다는 사실일 것이다. 주지하듯이 손창섭은 지금 한국에 머물러 있지 않고 그의 아내의 나라인 일

나 린조와 손창섭을 단순 비교하기 어렵다는 방증이 되는 것 같다.

본에 가서 머무르고 있다. 그는 1973년 12월 25일에 아내의 나라 일본
으로 떠나 아직까지 돌아오지 않았던 것이다. 고은에 따르면 그는 세인
들 모르게 일본행을 단행했고 이 사실은 나중에서야 문단에 알려졌다.[4]
그런데 이처럼 한 작가가 자기 모국어의 나라를 떠나 돌아오지 않고 있
다는 사실은 해당 작가를 이해하는데 있어 다른 어떤 요소보다 중시되
어야 할 요소일 것이다. 손창섭과 그의 소설에 대한 연구에 있어 한국
전쟁과의 관련 양상 이전에 먼저 검토되어야 할 것은 바로 이 같은 점
이 아닐까 한다.

또한 이 점에서 보면 손창섭의 문제성이 뚜렷이 부각될 수 있을 것이
다. 그는 일생을 한 곳에 정주하지 못한 채 방랑과 유랑의 삶을 살아온
작가인 것이다.[5] 기존의 연구들을 참조함과 함께 새롭게 추가될 수 있
는 사실을 종합하여 이를 간략히 검토해 보면 다음과 같다.

1922년에 평양의 빈민가에서 태어난 손창섭은 1935년에 만주로 건너
갔고 1936년에는 다시 일본으로 건너갔다. 일본에서 성장기의 가장 중
요한 시절을 보낸 그는 고학을 통해 대학에서 수학하기까지 하고 일본
인 아내와 함께 살게 되지만 해방과 더불어 홀홀 단신 귀국한다. 그 이
후의 행적도 복잡하다.

한 자전적인 소설의 기록에 의하면 귀국 후 서울서 1년여를 보낸 그는

---

4) "뒤늦게 알려졌다. 지난 해 12월 25일 작가 손창섭은 그의 아내의 나라 일본으로
   가족을 먼저 보내고 이주했다. 그는 언젠가 꼭 다시 오겠다는 말을 했다."-고은,
   「'상황'은 절망을 낳고 절망은 이주를 낳는가」, 『조선일보』, 1974.1.31, 5면.
5) 세꼬구치 마꼬또, 「손창섭 초기 작품에 나타난 작가의식」(고려대학교, 1995)은 손
   창섭이 1973년에 일본인으로 귀화했다고 서술하고 있는데 그 근거는 밝혀져 있
   지 않다. 이는 이후 검토를 필요로 하는 중요한 문제다. 논문, 2-3면 참조.

월북하여 평양으로 들어가 2년 가량 머무른 것으로 되어 있다. 그러나 일제 말기에 천황제 파시즘이 지배하던 일본에서 성장한 그가 사회주의 체제로 변한 고향에서 머무르기란 어려웠을 것이다. 그럼에도 그의 평양 체류 2년에 대해서는 작가론적 차원의 검토가 필요하리라고 본다.

이후 손창섭은 한국전쟁 발발을 전후로 해서 부산에서 약 5년을 보낸 것으로 되어 있고 부산 시절 이후에는 쭉 서울에 머물렀지만 생활은 곤궁했던 것으로 보인다. 그는 줄곧 셋방살이를 전전하다가 그의 장편소설 ≪부부≫(정음사, 1962)의 주인공 또는 일본에 가서 쓴 <유맹>(『한국일보』, 1976.1.1-1976.10.28)의 주인공처럼 흑석동 부근에 겨우 살림집을 장만하게 된다. 그곳에서 그는 약 17년간 정주하게 되는데 이는 손창섭의 인생에서 가장 긴 정주 기간이다.

그가 갑작스럽게 渡日한 것은 앞에서도 언급했듯이 1973년 말경이다. 그 후 그는 지금까지 간혹 한국을 방문한 외에 아예 돌아오지는 않은 것으로 알려져 있다.6) 그가 일본행을 선택한 이후의 행적은 지금까지 베일에 가려져 있으며 극히 단편적인 사실 외에는 밝혀진 것이 없다. 도일 후 만 2년 만에 『한국일보』에 연재한 자전적인 장편소설 <流氓>에서 작가의 분신에 해당하는 화자는 언젠가는 고국에 돌아가겠다는 심경을 피력하고 있지만 아직 그 귀환은 유예되고 있는 셈이다.

이상과 같이 방랑과 유맹으로 점철된 손창섭의 생애는 손창섭 및 손창섭 소설 연구에 있어 매우 중요한 단서를 이루고 있는 것으로 판단된다. 또한 이러한 맥락을 중시하게 되면 기존의 손창섭 연구에서 중시된

---

6) 손창섭, <유맹>, 『한국일보』, 1976.10.13 참조.

소설과 그렇지 못한 소설의 서열에도 변화가 있을 수 있지 않을까 한다.

기존의 손창섭 연구는 앞에서 언급했듯이 단편소설 중심이었다. 이는 <사연기>(『문예』, 1953.6.), <비오는 날>(『문예』, 1953.11.), <생활적>(『현대공론』, 1953.11.) <피해자>(『신태양』, 1955.3.), <미해결의 장>(『현대문학』, 1955.6.), <인간동물원초>(『문학예술』, 1955.8.), <유실몽>(『사상계』, 1956.3.), <설중행>(『문학예술』, 1956.4.), <치몽>(『사상계』, 1957.7.), <잡초의 의지>(『신태양』, 1958.8.), <잉여인간>(『사상계』, 1958.9.) 등 1950년대에 발표된 단편소설들이 소설로서 완성도가 높다는 점 외에 무엇보다 이들이 전후의 현실과 그 속에서 무기력하고 허무주의에 빠져 있는 인간을 밀도 있게 그려냈다는 점 때문이었다.

그러나 이렇게 주로 그의 초기 단편소설들에 주목함으로써 그의 첫 장편소설 ≪낙서족≫ 및 중편소설 <신의 희작>(『현대문학』, 1961.5.) 이후의 작품은 결과적으로 관심권에서 멀어지는 결과가 빚어지게 되었다. 근년에 들어서야 이들 1960년대 이후의 장편소설들은 새롭게 재조명을 받고 있는 실정인데,[7] 그렇다면 손창섭과 손창섭 소설에 관한 전반적인 연구는 이제 막 새로운 단계에 들어섰다고 볼 수도 있을 것이다.

이와 같은 상황에서 ≪낙서족≫을 재검토 대상으로 삼는 이유는 다음과 같다. 첫째 ≪낙서족≫은 손창섭의 첫 장편소설로서 단편소설에서 장편소설로 나아가는 계기를 이룬다. 작가가 선택하는 장르상의 변화가

---

7) 이러한 재조명의 일례로 단적인 것은 『작가연구-손창섭 편』(편집위원회 편, 새미, 1996)이다. 이 연구서는 손창섭을 재조명하는 가운데 ≪낙서족≫ 이후의 장편소설들을 작품론으로 검토하였다. 이는 손창섭 장편소설에 대한 재조명의 계기를 제공한 것으로 보인다.

의식의 변화를 반영하고 시사한다면 이는 ≪낙서족≫이 그만큼 중요하다는 뜻이 된다.

둘째 ≪낙서족≫을 자전적 소설의 측면에서 보면 이 작품을 작가의 자기 세대에 대한 탐구로 읽을 수 있는 길이 열린다는 점에서 시사적인 효과가 있다. 널리 알려진 손창섭의 사소설 <신의 희작>과 관련하여 검토해 보면 ≪낙서족≫은 자전적 요소가 함축되어 있으면서 동시에 이를 적절히 가공함으로써 소설 내적인 주제화를 이룬 작품임을 알 수 있다. 그리고 이 주제에는 세대론적인 함의가 담겨 있다. 이는 손창섭 소설에 대한 작가론적 연구와 세대론적 연구가 ≪낙서족≫을 매개로 통합될 수 있음을 의미한다.

셋째 ≪낙서족≫은 작가 손창섭과 그의 세대의 의식 형성상의 특수성에 대해 깊이 검토할 수 있게 해주는 텍스트 기능을 한다. 이는 ≪낙서족≫을 통한 손창섭 세대의 외식 지형에 관한 연구가, 전후 작가 내지 전후 소설이라고 했을 때 그 전후의 의미를 한국전쟁과 관련하여 논의하곤 했던 기존의 방법에 대한 보완적 기능을 할 수 있음을 의미한다.

본 연구는 이와 같은 관점에서 먼저 ≪낙서족≫을 자전적 소설의 측면에서 검토한 후 나아가 세대론의 측면에서 다시 한 번 분석해 보고자 한다.8)

---

8) 손창섭의 소설을 자전적 소설의 맥락으로 검토할 수 있는 방법은 크게 세 가지가 있다. 하나는 완전한 설득력을 갖는 것으로서 아직 생존해 있는 손창섭을 만나 그의 삶에 관해 직접 듣고 기록하는 것이다. 이것이 가능하게 된다면 손창섭의 소설을 그의 삶과 관련하여 전면적으로 새롭게 해석할 수 있는 길이 열릴 것이다. 다른 하나는 전자의 방법이 불가능한 상황에서 그가 남긴 수필, 잡문 등을 통해 그의 삶을 재구성하거나 주변 사람들의 회상을 통해 손창섭의 삶을 불완전하

3. 자전적 소설의 측면에서 본 ≪낙서족≫

지금까지 논자가 검토한 바에 따르면 손창섭의 소설 세계를 그의 삶과 관련하여 살펴볼 수 있게 해주는 중요한 작품은 ≪낙서족≫, <신의 희작>, <유맹> 등 세 편이다. 앞의 두 작품은 해방 후 서울에 정착하기까지 손창섭의 생애를 재구성할 수 있게 해 주는 반면 뒤의 한 작품은 재도일 후 작가가 살아온 삶에 관해 커다란 자료적 가치를 갖는다. 이외에 단편소설 가운데 <광야>(『현대문학』, 1956.5.) 등은 작가의 만주 체험이 투영된 작품으로 중요하게 다루어질 필요가 있다.

이 논문에서 보다 중요하게 다루고자 하는 것은 ≪낙서족≫과 <신의 희작>의 관계이다. 이 두 작품은, 하나는 장편소설이고 다른 하나는 중편소설로서 분량상 차이가 크다. 또한 두 작품의 발표 시기 사이에는 약 2년 간의 격차가 놓여 있으므로 그동안에 작가의 생각에 변화가 있었으리라고 생각해볼 수 있다. 마지막으로 ≪낙서족≫과 <신의 희작>은 장르상 차이가 있다. ≪낙서족≫은 박도현이라는, 일견 작가와 전연 관련 없는 것처럼 보이는 제3의 인물을 주인공으로 삼아 이야기를 전개해 간다. 반면에 <신의 희작>은 "자화상"이라는 부제가 달려 있을뿐더러 "시시한 소설가로 통하는 S-좀 더 정확히 말해서 삼류작가 손창섭

게나마 재구성해 보는 일이다. 그러나 문단과 교류가 거의 없었던 손창섭의 경우 이 또한 쉽지만은 않은 직업이다. 마지막으로 손창섭의 소설에서 익히 잘 알려진 자전적 요소를 찾거나 작품에서 반복적으로 나타나는 모티프를 조사함으로써 삶과 작품 사이의 거리를 측정하는 작업이다. 이는 지금 그대로 가능한 방법이다. 이 논문은 앞의 두 방법을 기약하면서 이 마지막 방법에 따라 ≪낙서족≫을 분석할 것이다.

씨는, 자기 자신에게 숙명적인 유우머를 발견하고 있는 것이다."[9]라고 시작되는 첫 문장을 통해서 알 수 있듯이 고백의 문법을 따르는 것처럼 보이는 사소설이다.

그러나 이런 차이에도 불구하고 두 작품을 좀 더 깊이 읽어보면 두 작품 사이에 중요한 공통점이 자리 잡고 있음을 볼 수 있다. 두 작품 사이에는 공통적인 여러 모티프가 자리를 잡고 있다.

첫째, ≪낙서족≫의 주인공인 박도현과 <신의 희작>의 주인공인 S의 세대상 공통점이다. ≪낙서족≫의 박도현은 19세가 되는 1938년 2월에 평양에서 도쿄로 도일을 감행하고 있다. 이는 <신의 희작>의 S와 약 3년 정도의 격차만을 가진 인물로 설정된 것이다. <신의 희작>의 S를 사소설의 논법을 따라 작가 자신과 동일한 존재로 보면, 박도현은 1919년생이고 S, 즉 손창섭은 1922년생이 된다. 둘 사이에는 약 3년의 격차가 발생하지만 이러한 차이는 무시해도 좋을 정도다. 두 주인공은 같은 세대에 속한 인물들이다.

이와 같은 사실은 도현과 S 사이에 어떤 연관성이 있음을 암시한다. 두 사람은 모두 고향이 평양이고 일본으로 건너와 수학하고 있다는 공통점이 있다. 물론 한 사람은 독립투사의 아들로 설정되어 있고 다른 한 사람은 일찍 아버지를 여의고 어머니 밑에서 자라다 만주를 경유하여 일본으로 건너간다는 차이점은 있다. 그럼에도 도현이 작가 자신의 한 분신일 가능성은 남는다.[10]

---

9) 손창섭, <신의 희작>, 『현대문학』, 1961.5, 12면.
10) 두 주인공 사이에 가로놓인 3년의 격차는 작가가 박도현을 조선에서 대규모 독립투쟁이 벌어진 1919년생으로 처리할 만한 이유가 있었음을 시사한다.

둘째, ≪낙서족≫의 박도현과 노리꼬 관계와, <신의 희작>의 S와 지즈꼬 관계 사이에 놓인 상관성을 고려할 필요가 있다.

≪낙서족≫의 도현은 일경의 눈을 피해 하숙을 전전하다가 品川의 허름한 하숙집에 머무르던 중에 그 집 처녀 노리꼬를 범하게 된다. 노리꼬의 하숙집에는 노리꼬와 노리꼬의 양친 등 세 사람만 살고 있는데, 모친은 2년째 숙환으로 누워 지내고 있고 나중에 밝혀지지만 부친은 의붓아비다. 도현은 상희라는 여인에 대한 욕망과 일제에 대한 복수심을 노리꼬를 범함으로써 대리 충족하는 것으로 나타난다.

도현과 노리꼬의 비정상적인 관계는 <신의 희작>의 S와 지즈꼬의 관계와 유사하다. 작중에서 지즈꼬는 S의 친구의 여동생으로 나타난다. 전쟁이 끝나고 S는 징집되어 간 친구의 소식을 듣기 위해 지즈꼬의 집에 자주 들르는데, 이를 거북하게 여긴 그녀의 부친은 지즈꼬에게 S를 만나지 말라고 하고 S에게도 내방을 금한다. 오기가 발동한 S는 지즈꼬의 부친이 출타하고 없는 중에 지즈꼬를 범하고 만다.

≪낙서족≫의 도현과 노리꼬, <신의 희작>의 S와 지즈꼬 사이에는 한국인 청년과 일본 여성과의 연애 관계라는 것, 둘 다 비정상적인 방식으로 육체 관계를 맺게 된다는 것, 나아가 그로부터 아이가 생겨난다는 공통점이 있다. 이는 도현과 노리꼬가 S와 지즈꼬의 관계를 모델로 삼았을 가능성을 시사한다.

셋째, ≪낙서족≫에서 도현이 습관처럼 행하는 "배설의 쾌감"[11]과 <신의 희작>에 나타나는 S의 야뇨증 사이에도 역시 상관관계가 있다.

---

11) 손창섭, ≪낙서족≫, 일신사, 1959, 41면.

≪낙서족≫의 도현은 어렸을 때부터 소변을 누면서 땅바닥에 글자를 쓰는 버릇이 있다. 일본에서 하숙집을 옮긴 다음에도 수상한 사내가 주변을 감시하고 있는 것을 알게 된 도현은 하숙집으로 들어가지 못하고 헤매다 공터를 발견하고는 소변을 보면서 "개 같은 놈"이라고 쓴다. 이를 화자는 "정신적 배설 작용의 핍색에서 오는 습관인지도 모른다."[12]고 설명하고 있다. 즉 과중한 정신적 억압을 완화시키려는 보상적 행동이라는 것이다.

<신의 희작>에도 그와 양상은 다르지만 생리적인 방식으로 정신적인 억압을 이완시키려 한다는 점에서는 동일한 현상이 묘사되어 있다. ≪낙서족≫의 배설 쾌감 공격적으로, 대리 충족적으로 나타난 도현의 민족적 저항 의식을 상징한다면 <신의 희작>의 야뇨증은 잠과 꿈, 즉 무의식 차원에서 드러나는 S의 고립감, 모멸감 등을 표상한다. 야뇨증으로 인한 수치감, 공포심은 S로 하여금 뿌리 깊은 열등감을 앓게 하면서 S를 체념적, 절망적 심리에 빠뜨린다. S 자신에 의해서 야뇨증은 "간질병처럼, 숙명적인 불치의 고질", "생리적인 결함이라기보다도 정신박약증 비슷한, 어떤 정신적 불구성 혹은 기형성에 기인한 것"[13]으로 받아들여진다.

"배설의 쾌감"과 야뇨증 모두 노리꼬와 지즈꼬라는 여성을 통해서 해결을 얻는다는 점에서 두 작품은 통한다. 노리꼬는 도현의 육체적 욕망과 복수심의 희생양으로 전락하는 반면에 지즈꼬는 S의 야뇨증을 자연스러운 생리적 현상으로 받아들임으로써 S로 하여금 "처음으로 온전한

---

12) 위의 책, 같은 면.
13) 손창섭, <신의 희작>, 『현대문학』, 1961.5, 21면.

인간의 대우를 받는 것 같은 심정"에 사로잡히도록, "할머니보다도 어머니보다도 오히려 더 가깝고 따뜻한 혈육의 정 같은 것을 벅차도록 맛"14)보도록 한다는 점에서 차이점이 있다. 그러나 정신적 상태를 생리적인 현상과 연결시키는 방식은 동일하다.

넷째, 위와 같은 맥락에서 ≪낙서족≫의 도현은 복수심을 성적인 폭력으로 충족시키는 성향을 보여주고 있다. 이는 <신의 희작>의 S가 보여주는 성향과 맥락이 같다. 예를 들어 도현은 하숙집 주인여자가 경찰의 사주를 받고 자기를 감시하고 있다는 사실을 알고는 그녀를 폭행함으로써 복수한다.15) 이는 <신의 희작>의 S가 자기를 괴롭힌 영어선생에게 복수하기 위해 그의 장녀를 폭행하고 자기의 야뇨증을 알아차린 하숙집 딸을 폭행한 것과 같은 맥락이다. "성욕을 합리화시키기 위해 복수심을 불러일으키는 것이 아니라", "정체불명의 터무니없는 복수심은 대개 성욕을 자극하는 기묘한 심리적 현상"16)이라는 점에서 도현과 S는 같은 이상 심리의 소유자이다.

다섯째, 그러한 도현과 S는 유년시절에 모친의 정사장면을 목격하고 충격을 받은 경험을 공유하고 있다는 점에서 서로 통한다. 물론 도현은 몰래 국내로 잠입한 부친과 어머니의 정사 장면을 목격한 것으로 설정되어 있고 S는 어머니가 불륜을 저지르는 장면을 목격한 것으로 설정되어 있다는 점에서 차이가 있다.17) 그러나 이 역시 S의 경험담 쪽이 모태

---

14) 위의 책, 22면.
15) 손창섭, ≪낙서족≫, 일신사, 1959, 104-7면 참조.
16) 손창섭, <신의 희작>, 『현대문학』, 1961.5, 32-3면.
17) 손창섭, ≪낙서족≫, 54면 및 <신의 희작>, 13-4면 참조.

가 되었을 가능성을 시사해 준다.

여섯째, ≪낙서족≫에서 도현의 숭배의 대상으로 나타나는 상희와 <신의 희작>에서 S의 짝사랑의 대상으로 나타나는 미요꼬의 상관관계를 살펴볼 필요가 있다. ≪낙서족≫의 상희는 3·1운동 때 학살당한 애국지사의 딸로 청교도적인 가치관을 갖고 살아가는 이지적인 학생이다. 도현은 그런 상희에게서 "구원"[18]을 느끼지만, 그녀는 신성불가침한 존재로서 이성애의 대상이 될 수 없는 존재다. 도현에게 있어 그녀는 정신적인 숭모의 대상으로 고정되며 바로 그 탓에 도현의 육체적 욕망은 노리꼬를 통해서 대리 충족될 수밖에 없다. <신의 희작>에서도 노리꼬만큼 역할은 크기 않지만 S로서는 접근 불가능한 사랑의 대상으로서 미요꼬라는 여학생이 등장한다. 어느 병실에서 S는 그녀의 친절에 감동해 그녀와 결혼할 생각이라고 말해버리지만 그녀는 S의 머리가 돈 모양이라며 간단히 거절해 버리고 만다.[19]

일곱째, ≪낙서족≫에서 도현을 조선인 유학생들의 우상으로 만들어 준 것은 부당하게 퇴학당한 조선인 학생 편에 서서 교내투쟁을 주도한 사건이다. 이로 인해 도현은 경찰서까지 끌려간 끝에 퇴학당하지만 조선인 학생들의 우상으로 떠오른다.[20] <신의 희작>에서도 S가 조선인 학생이 부당하게 퇴학당한 사건에 항의하는 운동을 주도하는 이야기가 등장하고 있음을 볼 수 있다.[21] 이는 ≪낙서족≫의 도현의 '영웅담'이

---

18) 손창섭, ≪낙서족≫, 일신사, 1959, 48면.
19) 손창섭, <신의 희작>, 『현대문학』, 1961.5, 28-9면 참조.
20) 손창섭, ≪낙서족≫, 일신사, 1959, 115-121면 참조.
21) 손창섭, <신의 희작>, 『현대문학』, 1961.5, 27-8면 참조.

작가 자신의 체험에 기초한 이야기일 가능성을 강하게 시사한다.

지금까지 살펴본 것을 요약해 볼 때 ≪낙서족≫은 이후에 발표된 <신의 희작>에 나타난 작가 자신의 체험담을 기초로 허구화를 꾀한 유형의 작품임을 알 수 있다. 그렇다면 <신의 희작>이라는 사소설과 ≪낙서족≫이라는 허구성 강한 장편소설의 주제적 차이는 어디에 있는 것일까.

사소설로서 <신의 희작>은 자기 해명과 자기 소설의 해명을 함께 시도한 작품이라고 할 수 있을 것이다. 작품의 서두에서 그는 "그의 지극히 빈약한 인생 그 자체가 이미 하나의 유우머로서 존재"[22]하고 있을 뿐더러 그의 소설이라는 것 또한 "작자의 육체적 정신적 기형성에 연유한 것으로서, 여기에 그의 비극적인 유우머가 있는 것"[23]이라고 말하고 있다. 그는 이처럼 "넌센스"로 존재하는 자기의 삶과 소설의 의미를 생각하기 위해, 그럼으로써 자기 운명에 도전하기 위해 <신의 희작>을 쓴다. 다음의 인용문이 보여주듯이 <신의 희작>은 그 자신의 개체로서의 존재 의미를 해명하기 위해 쓰여진 작품이다. 신 앞에서 개인은 구원되어야 할 개체 이상이 될 수 없다.

> 이러한 그의 비 현대성, 비 문화성, 비 일반성은 그의 정신과 육체의 기본적 형성 요소인 기형성과 불구성에서 돋아난 가지로서, 그의 생활과 문학에 비극과 희극을 동시에 투영해온 근원인 깃이다. 그렇다면 그는 그러한 비극을 연출하기 위한 의미로만 존재하는 것일까. 신은 이

---

22) 위의 책, 12면.
23) 위의 책, 13면.

세상 만물 중 어느 것 하나 의미 없이 만든 것이 없다고 하니 말이다. 여기서 S는 너무나 저주스럽고 짓궂은 신의 의도와 미소를 발견하고, 새로운 도전을 결의하지 않을 수 없는 것이다. 그 자체가 이미 하나의 완전한 넌센스의 도전을.24)

<신의 희작>이 위의 인용문아 보여주는 것처럼 자기 존재 의미의 발견에 목적을 두고 씌어진 작품이라면 이러한 작가 자신의 삶을 모델로 삼되 여기에 허구적인 요소를 첨가함으로써 박도현이라는 제3의 인물을 주인공으로 내세운 ≪낙서족≫의 주제는 무엇일까.

<신의 희작>이 작가 자신의 개체적 의미에 초점을 맞춘 작품이라면 ≪낙서족≫은 자기 세대의 탐구, 또는 1920년생 세대에 속하는, '조선인'으로서의 자기에 대한 탐구에 해당한다는 것이 논자의 생각이다. 다음 장에서는 이에 관해 살펴보고자 한다.

4. 세대론적 측면에서 본 ≪낙서족≫

≪낙서족≫은 자전적 소설의 측면에서 검토해 볼 수 있지만 허구성이 강화된 작품인 만큼 작중 인물의 경험적 측면보다 작가가 그려내고자 한 주제적인 측면에 각별히 유의할 필요가 있다.

≪낙서족≫의 주제를 찾아보기 위해서는 무엇보다 <신의 희작>에서 중요한 의미를 형성하고 있는 "넌센스"라는 표현에 유의할 필요가 있

---

24) 위의 책, 48면.

다. 작중 도현은 독립투사인 아버지의 뒤를 이어 일제에게 타격을 주려
는 의도에서 은행협박 사건을 일으켰다가 일경의 감시에 시달리는 처
지가 되자 두 차례의 만주행 시도 후 그럴 바에는 차라리 마음 놓고 공
부나 하자는 뜻에서 일본으로 밀항한다. 덕기라는 친구가 국내에 있는
모친과 일본의 도현을 매개해 주는 역할을 맡아준다. 도현은 덕기와의
편지 왕래를 통해 어머니와 연결되는데 이 대목에서 두드러지게 나타
나는 것은 도현의 과도한 강박관념이다.

> 덕기의 편지는 도현에게 무거운 압박감을 가중해 주었다. 그것은 모
> 친이나 자신이 어떤 거대한 바위 밑에 짓눌려 있는 것 같은 숨 가쁨을
> 느끼게 했다. 도현은 그 압박감에서 벗어나 보기 위해서 두 차례나 만
> 주로 탈출하려다가 굴욕적인 실패를 맛보고 말았던 것이다. 그렇게 되
> 자 도현은 하루라도 조선에 머물러 있을 마음의 여유를 가질 수가 없어
> 미칠 듯이 초조한 나날을 보내다가 새로운 앞길을 뚫어 보자는 의욕에
> 서 마침내 위험을 무릅쓰고 일본에 밀항해 왔던 것이다. '새로운 앞길'
> 그것도 역시 '기어코 성공해야 된다'는 생각이나 마찬가지로 너무나 막
> 연한 의욕과 관념에 지나지 않았다. 그래도 도현이 거의 무모할 만큼
> 구체적인 현실의 장벽에 전신으로 부닥쳐 갈 수 있는 것은 그렇듯 막연
> 한 관념이 말하는 냇적 명령에 의해서였다. 거기에다가 '나는 조국 광복
> 에 헌신하고 있는 독립투사의 아들'이라는 정신적인 과중한 부채(負債)
> 의식과 혈통적인 연관성은 결국 그로 하여금 눈물겨운 넌센스를 연출케
> 하고야 마는 것이다.25)

실로 ≪낙서족≫은 "눈물겨운 넌센스"의 연속이라고 해도 과언이

---

25) 손창섭, ≪낙서족≫, 일신사, 1959, 39면.

아니다. 이러한 넌센스의 원인은 어디에 있을까. 그것은 도현의 관념적 당위와 그가 처한 실제 현실 사이의 모순 내지 괴리에 따른 것이라고 볼 수 있다.

"'나는 조국 광복에 헌신하고 있는 독립투사의 아들'"이라는 자부심은 그로 하여금 "정신적인 과중한 부채(負債) 의식"에 시달리게 만들지만 그것은 "막연한 관념이 말하는 냇적 명령"에 따른 것일 뿐 내포를 갖춘 정신, 즉 현실적 의식에 입각한 것은 못 된다. 내포 없는 관념에 따라 생각하고 행동하되, 그것이 "구체적인 현실의 장벽에 전신으로 부닥처"가는 행위가 되는 것이야말로 그의 "넌센스"의 요체일 것이다.

여기서 도현의 세대적 위치에 대해 검토해 볼 필요성이 제기된다. 앞에서 간단히 언급했듯이 도현은 1919년 생으로 설정되어 있다. 왜 작가는 자기 자신을 모델로 삼은 도현이라는 인물을 3·1운동이 일어난 1919년 생으로 설정했을까.

이 점은 ≪낙서족≫을 쓴 작가의 의도를 파악함에 있어 중요하다. 작가는 자기 자신을 모델로 삼되 도현을 작가 자신의 자연적 연령과는 달리 1919년 생으로 올려 잡음으로써 그러한 도현으로 상징되는 자기 세대의 위치를 파악하고자 한 것이다. 도현은 거족적인 독립운동이 실패로 돌아간 해에 태어나 1920년대에 유년기를 보내고 1930년대에 십대를 보낸 세대로 전형화 된다. 그렇다면 그들 세대의 특징은 무엇인지 살펴볼 필요가 있을 것이다.

첫째, 도현으로 대표되는 작가 손창섭의 세대는 '전후세대'라는 표현이 무색한 전쟁세대다. 그들은 1931년 만주사변 발발 이후 일층 강화된 일본 군국주의 체제 아래서 학창시절을 보내면서 1937년의 중일전쟁,

1941년의 태평양 전쟁 등을 겪으며 1945년의 해방에 이르게 된다. 그들에게 있어 전쟁이라는 것은 차라리 성장과 생활의 항상적 조건이라고 해도 과언이 아니다. 유럽의 30년 전쟁(1914~1945)에 비견될 만한 "15년 전쟁"(1931~1945)[26]을 통해서 성장한 것이 바로 그들이며 따라서 그들에게 한국전쟁이란 또 하나의 전쟁일 뿐 유일무이한 전쟁이 아니다. 군국주의적인 집단논리가 지배하는 상황에서 개인의 존재 의미가 괄호 안에 갇혀버리는 상황 아래서 그들은 성장한다.

둘째, 그들은 內鮮一體로 대변되는, 1937·8년 경 이후 南次郎 총독 체제 아래서 학창시절을 보낸 이들로서 國語常用, 創氏改名, 徵用徵兵에 적극적으로 동참하도록 강요받은 세대다.

해방 후 국어사전을 통독하면서 소설 창작수업을 다시 할 수밖에 없었다는 장용학의 고백처럼[27] 그들의 문학어는 차라리 일본어였고 그들의 민족적 정체성은 미형성 상태에 놓여 있거나 형성되어 있다 해도 실체성이 상당한 정도로 결여된 상태에 머물러 있었을 가능성이 크다.

손창섭은 그들 세대 가운데서는 한국어 문장에 가장 익숙한 작가였

---

26) 학견준보, 『전시기 일본의 정신사』, 암파서점, 1991, 12-3면 참조. "15년 전쟁"이라는 개념은 유럽의 "30년 전쟁" 개념을 참조하면서 일본 현대사를 근본적인 차원에서 해석하기 위한 개념이다. 유럽이 세계 제1차대전부터 세계 제2차대전까지 30년에 걸쳐 전쟁을 치렀다면 일본은 만주사변부터 태평양 전쟁까지 15년 전쟁을 치렀다는 것이 그 요점이다. 이는 이 시기를 전쟁과 평화가 난속적으로 이어지는 과정으로 보지 않고 근본적으로 폭력적인 정책을 통해 국가 목적을 실현코자 한 과정으로 본다는 점에서 한 시대를 그 근저에 놓인 역학의 차원에서 읽을 수 있는 시각을 제공한다고 할 수 있다.

27) 장용학은 그가 박종화의 ≪금삼의 피≫를 읽으려다 실패한 후 조선어사전으로 낱말 공부부터 다시 해야 했다고 고백하고 있다. -장용학, <작가수업>, 『현대문학』, 1956.1, 154면 참조.

음에 틀림없으나 일찍이 고향을 떠나 만주와 교토 등지를 떠돈 이력에서 알 수 있듯이 그의 민족적 귀속 의식은 ≪낙서족≫의 도현의 경우와 마찬가지로 다분히 관념적 차원에 머물러 있었을 것임을 추측해 볼 수 있다. 장용학의 민족적 정체성 문제는 언어에 있다면 손창섭의 정체성 문제는 방황과 유맹으로 점철된 그의 삶에서 찾아야 할 것이다.

요약컨대, ≪낙서족≫의 도현으로 전형화된 작가 손창섭의 세대, 즉 1920년 전후 출생자들은 군국주의적 분위기 아래서 집단에 대비되는 개인의 존재가치에 대해서도, 일본의 대동아주의에 대비되는 조선인으로서의 정체성에 대해서도 실체감을 가질 수 없는 조건으로 성장했다고 할 수 있다. 일제 지배의 군국주의적 분위기는 그들로 하여금 개인으로서 자기를 존중하는 방도에 대해 알지 못하게 했으며, 그들의 명확한 실체감을 결여한 그들의 민족의식은 관념적 중압감으로 작용하는 경우가 많았다.

≪낙서족≫의 도현이 바로 그러한 존재다. 도현은 도현과 마찬가지로 독립운동을 하다 학살당한 아버지를 둔 상희를 이상적인 숭배의 대상으로 간주할 뿐 하나의 개체로 사랑할 수 있는 방법은 알지 못한다. 이 점에서는 상희도 마찬가지다. 또한 도현의 부친은 독립투사로 처리되어 있지만 정작 도현은 그를 만나 본 기억조차 희미하다. 5, 6세 때 단 한 번 스쳐 지나가듯 보았을 뿐인 도현의 부친은 작품 말미에 이를 때까지 소문만 무성할 뿐 행방이 묘연한 존재다.[28]

---

28) 도쿄에 건너오자마자 경찰서에 끌려가 아버지의 행방에 관해 취조를 받게 된 도현은 정작 아버지에 대해서도, 또한 공산주의자가 되어 연안에서 투쟁하고 있는 숙부에 관해서도 아무 것도 알고 있는 것이 없다. "그는 사실 아무 것도

이러한 맥락에서 <신의 희작>으로 돌아와 보면, S의 정신적인 고아 상태, 아버지 부재 상태는 시사하는 바가 크다. 작중에서 그는 걸핏하면 부모도 형제도 집도 돈도 없다고 뇌까리고 있는데, 그 가장 극정인 표현에 들어서면 여기에 고향도, 조국도 없다는 말이 덧붙게 된다. 즉 절망적인 상황에서 그는 "나는 부모도 형제도 집도 돈도 고향도 조국도 없는 놈이다."29)라고 허공에 대고 울부짖는 것이다. "우리 아버지는 일본의 손아귀에서 조국을 다시 찾으려고 싸우고 있는 혁명투사"30)라는 도현의 과도한, 그러나 내포 없는 민족의식은 일찍이 아버지를 여윈 S의, 자기는 부모도, 고향도, 조국도 없다는 절망감과 동전의 양면을 이루는 것으로 해석되어야 하지 않을까.

이처럼 <신의 희작>과 ≪낙서족≫을 함께 읽으면 개체의 측면에서 볼 때(<신의 희작>) 세상에서 완전히 버림받은 존재라는 절망감 내지 자포자기로 나타나는 감정의 이면에는 세대적으로나 민족적으로(≪낙서족≫) 관념적 중압으로 작용할 뿐인 민족적 정체감이 놓여 있음을 알 수 있다. 그리고 이는 ≪낙서족≫을 더 적극적으로 읽을 필요성을 제기한다.

≪낙서족≫ 가운데 가장 문제적인 대목은 도현과 노리꼬의 관계일 것이다. <신의 희작>은 작가의 분신인 S와 지즈꼬가 맺어지는 과정에서 민족 차별 문제가 개입되어 있었을 가능성을 시사한다. 지즈꼬의 부

모르는 일이었다. 하기는 언젠가 부친이 국내에 침입 해 왔을 때 모친과 함께 몰래 부친을 만나본 기억이 있기는 하지만 그것은 아직 그가 보통학교(초등학교)에도 들어가기 전인 까마득한 옛날 일이었던 것이다." -손창섭, ≪낙서족≫, 일신사, 1959, 14면.
29) 손창섭, <신의 희작>, 『현대문학』, 1961.5, 37면.
30) 손창섭, ≪낙서족≫, 일신사, 1959, 46면.

친이 지즈꼬로 하여금 S를 만나지 못하게 하고 S의 내방까지 금했다면, 통상적으로는 여러 가지 이유가 있을 수 있겠지만, 그 가운데 특히 S가 조선 청년이라는 이유를 누락시킬 수는 없다. "어떤 밸풀이"[31)로 지즈꼬를 건드려 말썽이 생겼다는 대목은 그 밸풀이에 해당하는 것이 민족 차별 문제였으리라는 점을 말해준다.

≪낙서족≫에서는 그와 같은 문제가 보다 전면적으로 나타난다. 작가 자신의 개체적 의미에 초점을 맞춘 <신의 희작>에서는 "밸풀이" 정도로 암시만 했을 뿐인 S와 지즈꼬 사이의 폭력적 관계가 ≪낙서족≫의 도현과 노리꼬 사이에서는 민족적 복수심의 발로로서 의미 확장을 이루고 있음을 볼 수 있다. 그럼에도 이 민족적 복수심조차 도현의 육체적 욕망의 빌미를 제공한데 불과하다는 논리야말로 이 작품의 핵심적 내용 가운데 하나일 것이다. ≪낙서족≫은 도현의 민족의식이 실체감 없는 관념적 당위에 불과했음을 보여주기 위해 여러 모티프를 동원하고 있다.

작중에서 도현이 노리꼬를 범하게 되는 이유는 두 가지로 설명된다. 상희라고 하는 신성불가침한 존재를 향한 육체적 욕망의 대리 충족적 의미가 그 하나라면, 어느새 강박관념이 되어버린 일본 경찰에 대한, 일본인 전체를 향한 복수심의 발로가 다른 하나다. 그러나 후자는 전자에 대한 빌미 역할을 하는데 지나지 않는다. 도현의 민족의식 내지 저항의식이 허구적인 관념에 지나지 않음은 이를 통해서도 확인된다. 민족적 투쟁을 선도하는 사람이 되고자 하는 의지를 간직한 그였지만 실제로

---

31) 손창섭, <신의 희작>, 『현대문학』, 1961.5, 22면.

그를 움직인 것은 "자신 속에 눈뜬 남성"[32]인 것이다. 이 또 다른 존재가 상희라는 이름으로 대변되는 거대한 정신적 가치 앞에 직면했을 때 출구를 잃어버린 욕망은 노리꼬라는 대리충족 대상을 발견한다.

이러한 노리꼬의 의미는 이른바 "배설의 쾌감"으로 다시 한 번 변주된다. ≪낙서족≫에는 노리꼬와의 관계를 중심으로 이러한 배설 행위의 의미를 보다 극적으로 설명해 주는 대목이 보인다.

> "당신이 하라는 대로 할께요. 무슨 일이나……. 절 버리지 마세요! 네."
> 노리꼬는 도현의 팔을 붙들고 늘어졌다. 도현은 힘껏 뿌리치고 밖으로 뛰어나와 버렸다. 그러기는 했지만 가슴속이 개운하지 않았다. 잔인하다는 말이 가시처럼 걸리었다. 그는 변명하듯 "나는 일본년에게 복수를 하는 거야!" 그렇게 게정거리며 되는 대로 밤거리를 걸었다. 소변이 마려웠다. 인가가 끊어져 있는 컴컴한 공터에 버티고 서서 사타구니의 단추를 따고 호스를 집어냈다. 배설의 자유. 이 기분을 그냥 넘길 수 없다. 오줌발로 땅에 글자를 그렸다. 글자는 어두워서 제대로 되지도 않고 보이지도 않았다. 도현은 때에 따라 오줌발로 의미있는 글자를 쓰기도 했다. 그 글자는 조국, 자유, 행복, 투쟁, 그런 것이기도 했다. 그런 때는 그 글자가 지닌 엄청난 의미가 몽둥이로 때리듯이 도현을 반격해 오는 것이었다.[33]

일제에 대한 실제적인 저항이 어떻게 해야 현실화될 수 있는지 알 수 없고 따라서 실질적인 저항 행위로 나아갈 수 없는 도현에게 있어 "조국, 자유, 행복, 투쟁" 등은 감당할 수 없는 관념이다.

---

32) 손창섭, ≪낙서족≫, 일신사, 1959, 22면.
33) 위의 책, 113-4면.

소변을 보는 중에 글자를 쓰는 행위는 이러한 정신적 압박을 완화시켜 보려는 심리적 보상 행위의 의미를 갖는다. 그러나 이처럼 "조국, 자유, 행복, 투쟁" 등을 쓰는 행위가 작중에서 볼 수 있듯이 배뇨 행위로 일경을 향해 개 같은 놈이라고 욕설을 쓰는 행위의 수준에서 이루어지고 있다는 것이야말로 그의 투쟁을 희비극적인 것, 넌센스적인 것으로 만드는 요체다. 일제에 대해 적극적인 행동을 개시하고 싶어 하는 그는, 그러나 대신에 오줌발로 문자를 쓸 뿐이다. 민족적 이상을 상징하는 상희에 대한 육체적 욕망을 품고 있는 그는, 그러나 노리꼬를 범하는 것으로 욕망을 대리 충족할 뿐이다. 이러한 그가 다른 곳도 아닌 "공중변소"에 이르러서야 비로소 "구원"과 완전한 "자유"를 느꼈다는 것은 의미하는 바가 매우 크다. "공중변소"로 대변되는 폐색된 공간은 도현의 폐색된 의식을 상징한다.

도현은 어두운 골목만을 골라서 숨어 걸으며 몹시 초조했다. 만일 경찰관에게 발견되면 호되게 들볶일 판이다. 갈곳이 없었다. 눈 앞에는 그대로 우중충한 집 천지였다. 그러나 그 집들의 어느 구석방 하나라도 도현을 위해 있는 것은 아니었다. 쌀쌀한 가을밤 잠든 거리에 빗방울까지 뿌리기 시작했다. 도현은 몸보다 마음이 추웠다. 도현은 그답지 않게 어떤 민족의 상징적인 의미를 자신에게 느끼었다.

그는 갑자기 어느 건물 앞에서 걸음을 멈추었다. 조그만 공원 비슷한 아이들의 놀이터 옆을 지나고 있었다. 그 한 구석에 말쑥한 건물이 있었다. 공중변소였다. 도현은 불시에 구원을 느꼈다. 변소는 거리낌 없이 이 무모한 에뜨랑제를 위해서 문호를 개방해 주었다. 이 넓은 천지에 변소간만이 도현을 위해 겨우 문을 열어 주었다는 것은 함축성 있는 사실이 아닐 수 없었다. 변소에는 대변 보는 간은 하나밖에 없었다. 그 속에 들어가서 도현은 물론 안으로 고리를 잠갔다. 천장에는 제창전등까지 달려 있었다. 그는 만족했다. 다만 대변용 구멍이 뻥 뚫려져있어서 냄새가 나고 앉기가 불편했지만 그 정도는 감수하는 수밖에 없었다. 다행히 바닥은 말끔했다. 도현은 옆 벽에 등을 기대고 앉아서 다리를 변기 위로 쭉 건너 뻗었다. 도현은 다시 한 번 실내를 둘러보고 만족했다. 비록 구린내 나고 옹색할지라도, 요만한 방으로서 완전히 자유를 보장해 주는 세계가 있다면 도현은 평생을 그 속에 갇히어 지내도 불행하지 않을 것 같았다.[34]

한밤중의 "공중변소"란 아무도 들여다보려고 하지 않은 혼자만의 밀폐된 공간이다. 이러한 밀폐 공간에 들어섰을 때 비로소 "구원"을 느끼고 "자유"를 느꼈다는 서술은, 도현이 근본적으로 퇴폐적인 존재, 즉 사회로부터 스스로를 소외시킴으로써 사회의 병폐를 입증하는 유형의 인물에 속함을 의미한다.

전체주의와 군국주의가 군림하는 시대에 군역을 기피하고 성적인 탐닉으로 일관한 영화 <감각의 제국>의 주인공처럼 도현은 사회로부터 완전히 단절된 공간에 들어서서야 비로소 구원과 자유를 맛본다. 그로써 그의 민족적 저항의식이 한갓 허구적인 관념의 소산이었음도 함께 드러난다. 그는 그러한 관념을 감당할 수 없는 세대의 일원, 끝내 일제에 항거하는 방법을 찾지 못한 채 중국으로 밀항할 수밖에 없는 비현실적 존재였다.

이렇게 보면 ≪낙서족≫은 <신의 희작>에서 S로 나타나는 작가 자신의 세대적 고민을 담은 문제작임이 드러난다. 즉 <신의 희작>이 개

---

34) 위의 책, 148-9면.

체로서의 자기를 문제 삼고 있다면 ≪낙서족≫은 자기 세대를, 또는 세대의 일원으로서의 자기를 문제 삼는다.

≪낙서족≫을 새롭게 보아야 하는 이유가 여기에 있다. 작품은 도처에서 도현의 피로감에 대해 서술하고 있는데 이것은 작가 자신의 피로감에 다름 아니다. 그는 자기를 잃어버린 세대의 일원으로 조선을, 만주를, 일본을, 북한과 남한을 떠돌면서 살아가야 할 피로한 존재에 다름 아니다. 그러한 작가에게 있어 한국전쟁과 한국전쟁이 낳은 피폐한 상황은 근본적인 문제가 될 수 없다. 나는 누구인가, 라는 질문 앞에 서 있는 작가에게 그와 같은, 이미 결정된 현실 문제는 심각하다 해도 부차적 문제다.

≪낙서족≫에서 <신의 희작>에 이르는 작품 활동이 보여주듯이, 그는 한 번은 허구적 의장을 갖춘 장편소설의 형태로, 한 번은 사소설의 형태로 자기 자신에 대한 정신분석을 시도했으나 그와 같은 그의 의도는 이 작품이 발표될 당시의 평단에 의해서 깊이 있게 이해되지 못했다.35) 또한 그러한 영향 탓에 이후의 연구자들 역시 이 작품의 의미를

---

35) 다음과 같은 평가는 그 단적인 예가 될 것이다. "다른 작가 같으면 <독립투사의 아들>이라는 부채의식을 걸머진 도현을 좀 더 숭고한 방향으로 추구해 나갔을 것을 손창섭은 오히려 그를 야유하고 희화화했다는 색다른 각도만은 인정한다. 그러나 색다른 각도를 설정한 그 점만이 의미가 있을 뿐이지 그밖에 또 다른 의의란 없는 것이다. 그저 막연하게 박도현이라는 기묘한 인간형도 다 있구나 하는 정도의 감상밖에 남는 것이 없다. 박도현의 부채의식, 그가 처해 있는 상황, 다른 작중인물들의 자세가 박도현을 그런 정도의 인간형으로 만들어 놓기를 바라지 않을 만큼 절박하고도 진지하다는 것을 손창섭 자신도 잘 알고 있을 터인데도, 굳이 박도현을 기형화해 놓았다. 이것은 손창섭의 악취미적인 데몬이 시킨 일이다. 이 데몬을 과감히 추방할 때 손창섭은 새로운 전신의 가능성을 발견할 것이다." -정창범, 「희화화된 애국자-낙서족」, ≪현대한국문학전집

새롭게 인식하는 데는 다소 무관심했던 듯하다. 그러나 손창섭은 그 이후에도 ≪낙서족≫과 <신의 희작>의 문제의식을 버리지 않고 밀고 나갔으니 1970년대에 발표한 <유맹>은 이를 입증해 주는 좋은 예다.

5. 결론

지금까지 전후소설에 관한 많은 연구들이 축적되어 왔다. 그러나 전후 소설 자체의 개념적 내포에 관한 연구는 충분히 못해 보인다. 이를 반영하듯이 손창섭과 그의 소설에 관한 연구는 지금까지 대체로 그를 전후작가로, 그의 작품을 전후소설로 보는 전제 위에서 이루어졌으나, 1920년대의 일제하 조선에서 한국에서 태어나 일제시대 내내 성장기를 보내고 태평양 전쟁의 자장 속에서 의식 형성을 이룬 손창섭과 그의 소설을 한국전쟁과의 관련 속에서만 다루는 것은 방법상의 한계가 없지 않을 듯하다.

본 연구는 이러한 방법론상의 난점을 극복하기 위한 실험적 의도의 하나로서, 손창섭의 첫 장편소설인 ≪낙서족≫을 손창섭의 삶과 관련지어 논하면서 그 주제를 새롭게 해석함으로써 손창섭과 그의 소설에 대한 새로운 이해를 시도하는데 있다.

이를 위하여 본 연구는 먼저 손창섭의 소설 창작 과정에서 ≪낙서족≫이 점하는 위치를 먼저 검토하고(2장) 나아가 손창섭의 대표적인 자전적 소설로 알려진 <신의 희작>과 ≪낙서족≫을 비교 검토함으로써 ≪낙

3≫, 신구문화사, 1965, 461-2면.

서족≫이 작가의 체험을 기반으로 허구화된 소설임을 밝히고(3장), 나아가 <신의 희작>이 개체로서의 작가 자신에 대한 탐구인데 반해 ≪낙서족≫은 1920년대에 태어나 1930년대와 1940년대에 성장기를 보내면서 전후세대라기보다는 '전쟁세대'로서 살아온 작가 자신에 관한 세대론적 탐구임을 밝히고자 했다.(4장)

≪낙서족≫을 자전적 소설과 세대론의 관점에서 읽게 되면 전후소설의 연장선에서 읽는 것과는 다른 주제 및 내용을 얻을 수 있다는 것이 본 논문의 초점이다.

첫째 자전적 소설로서 ≪낙서족≫을 읽는다는 것은 손창섭 문학에 대한 기초적 이해의 폭을 넓히는 일이자 ≪낙서족≫의 주제를 보다 심층적으로 이해할 수 있는 계기를 이룬다. 소설은 어떤 의미에서는 모두 자전 내지 자서전이라는 평범한 상식에서 벗어나 자전적 소설이라는 매개 범주를 설정하고 어째서 ≪낙서족≫이 자전적 소설인가를 따져보게 될 때 손창섭의 삶은 보다 풍부하게 재해석될 가능성을 얻는다. 작가의 삶에 대한 이해가 작품에 대한 이해를 넓힌다는 것은 뉴크리티시즘의 형식주의에 대한 비판적 반성 이후 상식이다. 작가가 왜 ≪낙서족≫과 같은 작품을 써야 했는가 등의 의문은 ≪낙서족≫ 자체의 연구만으로는 충분히 해명될 수 없다. ≪낙서족≫이 작가 자신을 원모델로 삼았다는 점에 천착함으로써 그와 같은 문제를 해결할 수 있다.

둘째 세대론의 관점에서 ≪낙서족≫을 읽게 되면 손창섭과 손창섭의 소설을 전후 한국이라는 시공간의 반영이라는 측면에서 읽을 때보다 폭넓은 해석을 얻게 되는 장점이 있다. 전후소설의 맥락에서 보면 ≪낙서족≫은 1959년에서 1960년으로 이어지는 동시대의 고민과는 다소 동떨

어진 자리에 외따로서 있는 작품으로 보이기 쉽다. ≪낙서족≫이 발표
된 시기는 4월 혁명을 눈앞에 둔 시기로서 전후의 부조리와 모순이 중
첩을 거듭하다 못해 폭발 직전의 양상을 보이던 때였다. 이러한 시기에
해방 전 일본이라는 시공간을 배경삼아 우스꽝스러운 민족주의자 도현
을 둘러싼 희비극에 관해 쓴다는 것이 어떤 의미를 가질 수 있겠는가.
이러한 의문이 ≪낙서족≫에 대한 불만족을 불러일으켰을 것임은 명확
하다. 세대론의 관점은 ≪낙서족≫의 주인공이 보여주는 아이러니가 손
창섭 세대의 고민임을 알 수 있게 해준다. 그럼으로써 손창섭이 앓고 있
는 전후라는 시대와의 거리감 내지 소외감도 파악할 수 있게 된다.

그럼에도, ≪낙서족≫을 허구적 장치가 가미된 자전적 소설의 하나로
검토하고 이를 다시 세대론의 맥락에서 읽는 작업은 손창섭의 삶과 그
의 소설 전체를 연결짓고, 여기에서 손창섭 문학의 대주제를 찾고, 이를
통해 한국의 전후문학이라고 불리우는 문학사적 현상과 손창섭의 문학
을 연결짓는 커다란 작업의 일환일 뿐이다. 즉 이러한 방법은 그 자체
로 완결된 방법이라고만 볼 수는 없으며, 손창섭 문학을 한국전쟁 및
그 영향과 관련지어 검토해온 기존의 시각이 제공할 수 있는 내용과 상
보적인 관계를 갖는 것으로 보인다.

손창섭에 대한 이러한 접근법이 전후 작가와 전후 문학을 해석하기
위한 유효한 시도의 하나로 자리 잡을 수 있기를 바라면서 결론에 대신
코자 한다.

'탈민족'의 관점에서 본 『낙서족』

1. 서론

한국전쟁의 성격을 한마디로 규정할 수는 없지만, 근대 민족국가의 형성이라는 관점에서 보자면 한국전쟁은 근대 민족국가 수립의 방향을 둘러싼 대립의 연장으로서, 결과적으로 남한에서는 '반공국가'라는 민족국가의 성격을 확고히 결정지은 사건이었다. 한편 전쟁을 겪은 개인의 입장에서 볼 때 그것은 자아의 위기를 가져다 준 사건이었다. 특히 전후 월남작가들은 복합적인 의미에서 자아의 위기를 겪게 된다. 이들에게 전쟁은 체제 선택을 강요한 사건이었고, 국가 체제의 폭력을 경험한 사건이었으며, 이전의 생활 세계를 상실하고 전혀 낯선 곳에서 단독자로

---

* 류동규 / 경북대학교 강사

서의 삶을 이어가야 하는 실존적 상황을 가져다 준 사건이기도 했다.

해방기와 한국전쟁을 거치면서 민족-국가 담론이 전후 사회의 지배 담론으로 자리 잡게 됨으로써 '민족적 정체'(nationality)는 개인의 자아정체성을 구성하는 핵심적인 요인이 되었다.[1] 민족은 종종 원형적 동질성을 지닌 유기체적 실체인 것으로 받아들여졌고, 이러한 원형적 동질성을 파괴하는 것이야말로 반민족적인 것으로 부정되었다. 한편 민족-국가 담론은 개인의 욕구와 기억을 재조직하는 과정에서 자아에게 억압을 가하기도 했다. 손창섭의 『낙서족』(1959)은 이 시기 민족-국가 담론이 어떤 방식으로 자아에게 정체성의 형식을 부여하였는지, 그리고 동시에 그것이 어떻게 자아를 억압하였는지, 또 억압된 자아는 어떤 방식으로 욕망을 표현하는지를 보여주는 작품이다.

『낙서족』은 당시 독자에게 매우 낯선 작품이었다. 『낙서족』은 애국투사의 아들인 주인공을 돈키호테적 인물로 그리면서 희화화하고 있는데, 이는 당시 독자들이 '민족', '독립운동' 등의 단어에서 환기하는 숭고함과 어울리기 어려운 것이었다.[2] 그렇다면 이러한 숭고함은 어디에

---

1) 근대 이후, 한 개인이 '민족적 정체'(nationality)를 갖는다는 것은 너무나도 자연스럽고 보편적인 것으로 받아들여져 왔다. 최근 소개되고 있는 민족주의에 대한 이론에 따르면 이러한 가정은 근거 없는 것이며, 따라서 '민족'은 특정한 조건 아래에서 역사적으로 존재하게 된 문화적 조형물로 규정된다. 이들 민족주의 이론은 우연적으로 창조된 '민족'이 어떤 과정으로 여러 정치적, 이념적 유형을 통합하면서 개인에게 깊은 애착심과 충성심을 불러일으키게 되었는지를 밝힘으로써, '민족'이 자연스럽고 보편적인 것이라는 신화를 다양한 방식으로 해체한다. 어네스트 겔너, 「근대화와 민족주의」, 백낙청 엮음, 『민족주의란 무엇인가』, 창작과비평사, 1981; E.J. 홉스봄, 『1780년대 이후의 민족과 민족주의』, 창작과비평사, 1994; 베네딕트 앤더슨, 『상상의 공동체』, 나남출판, 2002.
2) 『낙서족』에 대한 작품평은 이 작품이 당시 평론가들의 기대와는 다른 방향의 작

서 오는 것일까? 그것은 한 개인이 지니는 민족적 정체가 자연스러운 것이고, 민족에 대해 가지는 애착심과 충성심은 당연한 것이라고 가정하는 데서 오는 것이라 할 수 있다. 그렇다면 손창섭이라는 한 개인에게 있어서 민족적 정체는 어떤 것이었을까? 이미 알려진 바와 같이 손창섭은 해방 전 일본에서 고학을 하면서 일본인 아내와 결혼했고, 해방 후 한국에서 약 20년간 작품 활동을 하다 1973년 아내의 나라 일본으로 간 후 현재까지 돌아오지 않고 있다. 『낙서족』을 '탈민족'[3]의 관점에서 읽고자 하는 본고의 시도는 이러한 민족적 정체와 관련된 손창섭의 독특한 위치와 관련된다.

손창섭의 소설에 대한 연구는 주로 그의 단편소설을 중심으로 이루어졌고 이들 연구에서 『낙서족』은 단편소설의 연장으로 다루어졌을 뿐, 개별 작품 연구에서 『낙서족』을 주목한 예는 그리 많지 않다.[4] 유선혜

품이었음을 보여준다. 김우종은 애국투사의 아들과 일본 유학생을 주인공으로 등장시켜 이들을 희화화한 데 대한 불만을 표시하였다. 또 김동리는 '민족'과 '독립'에 대한 좀 더 다른 의미 부여가 있어야 할 것을 주문하면서, 일제시대에 독립운동은 '비장한 행위'인데 이를 박도현의 돈키호테적인 성격과 결부시킨 것이 어색하고 부자연스럽다고 지적한다. 「『낙서족』을 읽고」, <사상계> 1959년 4월, 315-323쪽.

[3] 본고는 '탈민족'이라는 용어를 개인이 민족적 정체를 자아정체성의 핵심 요인으로 받아들이는 과정에 한정하여 사용한다. 한 개인이 민족적 정체를 갖는 것이 당연하고 보편적인 것으로 받아들이는 태도를 해체하고, 자아와 민족적 정체 사이에 균열을 드러내는 시도를 '탈민족'적인 것으로 규정하고자 한다.

[4] 정창범, 「희화화된 애국자」, 『현대한국문학전집』 3, 신구문화사, 1981; 송하춘, 「전후시각으로 쓴 일제체험-손창섭의 『낙서족』론」, 『작가연구』 창간호, 새미, 1996; 유선혜, 「이중 플롯짜기와 권위적 시선의 경합」, 『한국소설연구』 2, 한국소설학회, 1998; 방민호, 『한국 전후문학과 세대』, 향연, 2003; 김희진, 「손창섭의 『낙서족』 연구」, 숙명여대 석사논문, 2004.

는 라캉의 부성 개념을 통해, 『낙서족』이 상징적 아버지 되기에 실패하고 상상적 아버지에 고착되는 과정을 보여준 것으로 파악했다.[5] 이 연구는 손창섭 소설의 내적 원리를 세밀하게 설명하고 있음에도 불구하고, '전후'라는 역사적인 맥락을 충분히 고려하지 못하고 있는 것으로 보인다. 한편 방민호는 『낙서족』에 나타난 주인공의 민족적 정체성에 주목하고, 『낙서족』을 손창섭과 그의 세대가 당위론적 민족주의와 그 내포적 실체감의 결핍으로 인해 민족적 정체성 부재의 삶을 살았음을 보여주는 작품으로 평가했다.[6] 『낙서족』의 중심 주제를 민족적 정체의 문제로 파악하고 있다는 점은 타당하지만, 『낙서족』이 보여주는 민족적 정체의 혼란을 1920년대에 출생한 세대 일반으로 확장하는 데에는 무리가 있다. 또 이 작품이 민족적 정체성 부재의 삶을 표현하고 있다고 평가할 때, 여기에는 한 개인이 지니게 되는 민족적 정체가 확고하고 자연스러운 것이라는 부당한 전제가 내포되어 있다.

본고는 『낙서족』을 자아정체성 형성의 서사로 규정하고, 주인공 도현이 민족적 정체를 받아들이는 과정에서 드러나는 균열에 주목하여 이를 민족-국가 담론에 대한 비판으로 해석하고자 한다. 이를 위해 2장에서는 손창섭이 겪은 자아의 위기가 어떤 것이었는지, 그리고 그의 소설에서 이러한 자전적 경험이 어떻게 드러나고 있는지를 살필 것이다. 손창섭에게 있어서 자아의 위기는 아버지의 부재, 어머니의 부정(不貞) 등으로 인한 기초적 신뢰감의 결핍에서 비롯되었는데, 『낙서족』은 이를

---

5) 유선혜, 「'아버지 되기'의 실패와 '실체 없는' 구원의 여성상」, 『한국문학이론과 비평』, 한국문학이론과 비평학회, 1998.
6) 방민호, 「손창섭의 자전적 소설들」, 앞의 책, 192쪽.

'가족 로망스'의 변형으로 그려내고 있다.[7] 이어서 3장에서는 가족 로망스의 변형 양상을 두 가지로 나누어 살피고, 더 나아가 각각의 양상에서 자아의 분열 및 욕망의 전도가 나타나고 있다는 점에 주목하여, 이러한 자아의 분열과 욕망의 전도를 민족-국가 담론 비판으로 해석할 것이다. 지젝은 주체가 이데올로기의 호명을 통과할 때 그것을 벗어나는 잔여물이 있다고 보고, 이를 상징적 질서 자체에 존재하는 균열을 드러낸 것으로 본다.[8] 이를 통해 『낙서족』을 본다면, 『낙서족』은 민족-국가 담론의 실패한 호명 과정과 그 결과로서의 잔여물을 그린 작품이라 할 수 있다. 지젝의 논의는 이데올로기의 전체화에 포섭되지 않는 주체의 가능성을 확보하고 있다는 점에서, 1950년대 말 민족-국가 담론의 전체화를 벗어나는 탈민족적 주체의 가능성을 설명하는 데 유용할 것으로 판단된다.

2. 자아의 위기와 그 극복 과정으로서의 서사

손창섭은 자신의 작품에 대해 '나와의 공존과 공감을 허용하려 하지 않는 기성사회, 기성 권위에 대한, 억압된 나의 인간적 자기 발산이 문학 형태로 나타난 것'이라고도 했고, '소설의 형식을 빌은 작자의 정신

---

7) 가족 로망스란, 아이들이 부모로부터 독립하는 과정에서 겪게 되는 심리적 위기를 극복하기 위해 자기들이 낮게 평가한 부모 대신 사회적 지위가 높은 사람으로 대체하고자 하는 환상을 가리킨다. 지그문트 프로이트, 「가족 로맨스」, 『성욕에 관한 세 편의 에세이』, 열린책들, 2003.
8) 슬라보예 지젝, 『이데올로기라는 숭고한 대상』, 인간사랑, 2002, 3장 참고.

적 수기요, 도회(韜晦) 취미를 띤 자기고백의 과장된 기록'이라고도 했다. 소설이란 '결국 작자 자신의 이야기 외의 아무것도 아니라는 결론'이다.9) 실제로 손창섭의 작품에는 작가의 자전적 요소가 흔히 드러나 있고, 작가의 분신이라고 할 수 있는 인물들이 등장하고 있다. 1950년대 손창섭의 단편소설은 서로 다른 이야기를 담고 있으면서도, 유사한 인물 유형이 반복해서 드러난다는 점에서, 그리고 이들 인물들이 상호 소통하지 못하고 근원적인 이해 불가능성의 상황에 놓여 있다는 점에서 공통점을 지닌다. 그리고 이러한 공통점으로 인해 이들 서로 다른 작품이 마치 하나의 이야기의 연결처럼 보이기까지 한다. 이는 그만큼 손창섭의 소설에 작가 자신의 삶의 흔적이 깊이 각인된 결과라 할 것이다. 손창섭의 소설은 자신이 겪은 자아의 위기를 극복하고자 하는 시도였는데, 자아의 이야기가 반복해서 씌어져야 했던 이유는 그만큼 작가가 겪은 자아의 위기가 자아정체성 형성에 심대한 영향을 끼치고 있었음을 보여주는 것이라 할 수 있다.

여기에서 손창섭이 겪은 자아의 위기가 무엇이었는지를 단도직입적으로 묻는 것은 적절하지 않다. 왜냐하면 손창섭 소설이 이 물음에 답하는 데에는 오랜 기간 동안의 창작 방법론상의 우회가 필요했을 만큼, 자아가 겪은 위기는 심각한 것이었기 때문이다. 손창섭의 초기 단편소설에서 볼 수 있는 허무와 절망, 분열된 자아는 위기가 남겨놓은 결과물로 볼 수 있는데, 여기에도 자아의 위기를 극복하고자 하는 고단한 시도가 내재해 있음은 물론이다.

---

9) 손창섭, 「아마튜어 작가의 변」『현대한국문학전집 3』, 신구문화사, 1981, 473-476
　　쪽.

　손창섭의 초기 단편소설에서 자아의 위기를 극복하는 전형적인 방식은 분열된 자아를 응시하는 서술자를 설정함으로써 분열되어 있는 자아의 차원을 벗어나는 것이다.[10] 손창섭의 초기 단편소설에서 자아의 분열은 두 유형의 인물을 통해 표현된다. '우울자'와 '동물적 인간'으로 정식화된 이 두 유형의 인물[11]은 기실 분열된 자아의 한쪽 단면을 형상화한 것이다. 「생활적」, 「미해결의 장」, 「유실몽」 등 손창섭의 단편소설에는 비윤리적이면서 돈과 성욕의 지배를 받는 인물 유형과, 이들을 바라보는 윤리적이지만 욕망이 거세되어 버린 인물 유형이 등장한다. 이 두 유형의 인물들은 매우 우연하게 같은 공간에서 살아가지만 결코 상호 소통할 수 없다. 서술자는 이 두 유형의 인물들이 근원적으로 단절되어 있다는 점을 강조한다. 우연하게 같은 공간에 있으면서 결코 소통할 수 없는 두 유형의 인물은, 자아의 분열상을 보여주는 알레고리라 할 수 있다.

　분열된 자아를 형상화한 두 유형의 인물과 이들 인물들을 거리를 두고 바라보는 서술자를 설정한 것은 자아의 분열상을 단적으로 보여주

---

10) 손창섭 단편 소설에 나타난 자아 확립의 문제와 서술자의 위치 및 서술태도는 긴밀하게 관련된다. 졸고, 「손창섭 소설의 아이러니 연구」 경북대 석사논문, 1998 참고.
11) 조현일은 손창섭 소설의 인물 유형을 '우울자'와 '동물적 인간'으로 나누어 살폈다.
　'동물적 인간'은 '성욕과 식욕 등의 감각적, 육체적 욕구에 의해 지배되는 인물'로서, 작가는 이들의 도덕적 무구성을 통해 도덕적 가치에 대한 회의를 표현하는 것으로 설명된다. 이들 '동물적 인간'은 '우울자'의 시선을 통해 드러난다. '우울자'들은 '도덕의 초월과 도덕에 대한 회의의 경계선상에 존재하면서, 그로부터 발생하는 불행의식과 우울에 사로잡혀 있는 인간들'로 규정된다. 조현일, 「손창섭·장용학 소설의 허무주의적 미의식에 대한 연구」 서울대 박사논문, 2002.

는 데는 효과적이지만 그것을 극복하기 위한 시도로는 불완전하다. 왜냐하면 이러한 시도는 자아정체성의 기원이 되는 최초의 위기 상황으로부터의 도피이자, 일종의 유희이기 때문이다. 그래서 1950년대 후반 이후 손창섭의 소설은 자아가 경험한 최초의 위기 상황으로 거슬러 올라가 그것을 응시함으로써 통합된 자아를 구성하고자 하는 시도를 보여준다. 「광야」(1956)와 「소년」(1957)을 거쳐 『낙서족』(1959), 「신의 희작」(1961)에 이르는 과정은 자아의 위기 상황을 응시함으로써 자아정 체성의 기원을 탐색하고자 한 과정으로 볼 수 있다.

이러한 자아정체성 서사의 정점에 놓이는 작품은 「신의 희작」이다. '자화상'이라는 부제를 붙인 이 작품은 작중 인물인 소설가 'S'와 실제 작가와의 연결을 의도하고 있다는 점, 그리고 이 작품이 아버지의 부재와 어머니의 부정(不貞)으로 인해 빚어진 작가 자신의 기형적이고 불구적인 성격을 적나라하게 표현하고 있다는 점에서 이전의 작품과 구별된다. 「신의 희작」에 와서야 비로소 이전 작품에 나타나 있는 자아의 분열이 이와 같은 자아의 위기에서 비롯되었음을 확인하게 된다. 대부분의 전후 월남작가들이 월남 경험으로 인해 겪은 가족과의 격리와 비교할 때, 손창섭이 경험한 자아의 위기는 훨씬 더 근원적이다. 남쪽에서의 해방따라지 경험과 북쪽에서 겪은 체제 경험, 그리고 뒤이은 전쟁 경험은 '인간 몰락의 종점'으로 표현될 만큼 극도로 비참한 것이었지만, 그는 '전보다 불행하거나 절망하지 않았다'.[12] 왜냐하면 그는 그 이전에 이미 실로 심대한 자아의 위기와 이로 인한 자아의 분열을 경험한

---

12) 손창섭, 「신의 희작」 『현대한국문학전집 3』, 신구문화사, 1981, 435-436쪽.

터였기 때문이다. 이 작품이 자아의 위기를 교정하기 위한 시도였음은
물론인데, 이처럼 적나라한 자기 고백에 이르는 데에는 오랜 기간에 걸
친 우회가 필요하였다. 그리고 이와 병행하여 손창섭의 초기 단편에서
보이던 서술자는 그 기능이 점차 약화되거나 사라지게 된다.

이상과 같이 손창섭의 소설을 자아정체성 서사의 변모로 파악할 때,
『낙서족』은 그 결절지점에 위치한다. 『낙서족』은 초기 단편소설과 유
사한 태도를 지닌 서술자가 설정되어 있으면서도 자아정체성의 기원을
탐색하고자 하기 때문이다. 또 『낙서족』은 식민지 시대 말기 일본에서
겪은 자전적 체험을 담고 있다는 점에서 이전의 단편소설과 구별된다.
식민지 시대의 경험을 다룬 자아정체성 서사는 필연적으로 민족적 정
체를 자아정체성의 핵심 요인으로 부각시킨다.

『낙서족』은 도현의 민족적 정체를 가족 로망스의 변형으로 표현하
고 있다.13) 이 작품에서 아버지의 존재는 '민족'을 환기시킨다. 작품은
주인공 박도현이 밀항에 성공하여 도쿄에 도착하는 것으로부터 시작되
는데, 이 곳 도쿄에서 아버지는 부재함으로써 존재하는 인물이다. 독립
투사인 아버지는 한 번도 실제 모습을 드러내지 않지만, 도현으로 하여
금 일본 경찰의 감시를 받게 하는 동시에 상희와 조선인 열혈청년들의
흠모를 받게 하는 궁극적인 원인 제공자이다. 아버지뿐만 아니라 상희
역시 민족을 표상한다. 도현은 일본 경찰의 감시와 독립투사의 아들이

---

13) 린 헌트는 프로이트의 가족 로망스를 혁명기 프랑스 사람들의 집단적인 정치적
무의식과 연관시켰다. 즉 혁명기 프랑스 사람들은 정치 질서를 가족 관계에 관
한 이야기의 틀을 통해 받아들였다는 것이다. 이 점은 한국전쟁 이후, 특히 월
남 작가의 작품에도 적용될 수 있을 것으로 본다. 린 헌트, 『프랑스 혁명의 가
족 로망스』, 새물결, 1999.

라는 중압감을 견디지 못하게 되자 상희를 찾아가 위안을 얻고자 한다. 상희는 도현에게 있어서 더없이 숭고한 여성, 다시 말해 모성(母性)적 존재이며 아버지와는 다른 방식으로 민족을 표상하는 인물이다.

아버지의 부재를 민족의 상실과, 모성을 원형으로서의 민족과 연결하고자 한 것은 전후소설에서 흔히 볼 수 있는 시도이지만,[14] 『낙서족』은 다른 작품과 비교할 때 아주 특이하다. 『낙서족』의 특이성은 아버지로 인해 부과된 민족적 정체를 받아들이는 과정에 놓여 있는 근본적인 불가능성을 통찰하고 있는 서술자의 시선에서 비롯된다. 서술자는 주인공 도현이 아버지의 위치에 도달하고자 분투할수록 아버지의 위치에 도달할 수 있는 길은 점점 멀어지게 될 수밖에 없다는 것을, 그러므로 주인공의 시도는 '눈물겨운 넌센스'일 뿐이며 결코 '성공'할 수 없는 기획이라는 점을 절망적으로 통찰하고 있다. 아버지와 상희의 형상을 통해 민족을 표상하고자 하는 『낙서족』의 가족 로맨스는, 손창섭 소설 특유의 서술자에 의해 더욱 복잡한 양상으로 전개된다.

---

14) 월남 작가들에게 있어서 월남 경험은 가족과의 격리로 인해 자아의 위기를 겪게 된 사건이었으므로, 아버지의 부재 혹은 아버지로부터의 단절은 전후소설에서 흔히 볼 수 있는 구도이다. 한편, 모성으로서의 민족은 이와는 다른 방식으로 민족의 영원성, 원형성을 표상하였다. 권명아, 「한국 전쟁과 주체성의 서사 연구」 연세대 박사논문, 2002; 졸고, 「전후 월남작가의 자아정체성 기원」 『비평문학』 24, 2006.

3. 가족 로망스의 변형 양상과 민족-국가 담론의 균열

3.1. '민족적 정체(nationality)'의 우연성과 자아의 분열

전후소설에서 '민족'은 종종 신화적·원형적인 것으로 그려졌고, 개인의 민족적 정체 역시 한 개인에게 있어서 고유한 것으로 받아 들여졌다. 그러나 이런 관점에서 볼 때 『낙서족』은 낯설 뿐만 아니라 기괴하기까지하다. 『낙서족』에서 주인공이 민족적 정체를 받아들이는 과정 은 우연적이며, 일단 민족적 정체를 자신의 자아정체성으로 받아들인 주체는 그것에 부합하는 내용을 갖기 위해 분투하지만, 이 분투는 실패할 수밖에 없는 것으로 드러나고 자아는 분열된다.

『낙서족』은 독립투사의 아들 박도현이 밀항하여 도쿄에 도착, 일본 경찰을 피해 다니다가 결국 만주로 도피하기까지 겪게 되는 자아정체성 형성의 이야기이다. 두 차례에 걸친 월만(越滿) 계획이 실패한 후 도쿄로 밀항하는 것으로 시작되는 이 이야기는 상상적 질서를 벗어나 상징적 질서로 편입되는 과정으로 해석할 수 있는데, 여기에서 자아정체성 형성의 핵심이 되는 것은 독립투사인 아버지의 존재로 인해 위임된 '민족적 정체'이다. 도현은 아버지가 자신에게 위임한 정체성을 받아들이고 거기에 도달하기 위해 분투하지만, 도현의 분투가 치열해질수록 아버지의 위치로부터 멀어지고 그의 분투는 '눈물겨운 넌센스'가 되고 만다. 『낙서족』이 예민하게 그려내고 있는 바는 자아가 받아들이게 된 민족적 정체가 외부로부터 우연적으로 주어진 것이라는 점, 그리고 이를 자아가 자신의 것으로 받아들이는 과정에 결코 감추어질 수 없는 균열이 존재한다는 점이다.

도현은 도쿄에 도착하자마자 일본 경찰의 감시를 받게 되는데, 그 이유는 그가 독립투사의 아들이었기 때문이다. '독립투사'라는 아버지의 이름은 도현의 자아정체성에 일정한 형식을 부여한다. 아버지는 단 한 번도 그 모습을 드러내지 않고, 도현의 기억 속에 희미하게 남아있을 따름이며, 그 기억마저도 독립투사로서의 면모와는 가장 거리가 먼 것이지만, 그럼에도 불구하고 도현은 아버지로부터 벗어날 수 없다.[15] 여기에서 문제가 되는 것은, 아버지의 존재로 인해 부여받게 된 '독립투사의 아들'이라는 이름에 걸맞는 내용을 실제 도현이 갖추고 있지 않다는 점이다.

> 「난 될 수 있으면 사정을 봐 주고 싶은데 종시 바른 대답을 않는군 그래. 그러면 끝으루 한 가지만 더 묻구 말겠어. 대체 자넨 누구의 지시로 누구와 연락을 취하기 위해 여길 왔는가? 이것만 대 보게.」
> 도현은 어이가 없었다. 도현은 영원히 이 자들의 의심을 풀어 줄 수는 없다고 생각했다.[16]

위의 인용문에서 일본 경찰의 질문은 도현의 정체에 대한 것으로서, 도현에게 '독립투사의 아들'이라는 이름이 부여되자 자연스럽게 따라

---

15) 『낙서족』의 아버지는 라캉적 의미에서의 '상징적 아버지'라 할 수 있다. '상징적 아버지'(The symbolic father)란 실질적인 존재가 아니라 하나의 위치 또는 기능으로서, 외디푸스 콤플렉스에서 법을 정하고 욕망을 통제한다. 또 어머니와 아이 사이에 꼭 필요한 '상징적 거리'를 만들어 주기 위해 그들 모아간의 상상적 이자관계에 끼어들게 된다. 딜런 에반스, 『라캉 정신분석 사전』, 인간사랑, 1998, 226쪽.
16) 「낙서족」, 『현대한국문학전집 3』, 신구문화사, 1981, 14쪽.

온 것이다. 그러나 도현에게 있어서 이 물음은 자신의 정체와 전혀 동떨어진 것이었다. 이는 상징적 질서가 주체에게 위임한 위치가 어떤 것인지를 보여주는 것이라 할 수 있다. 주체는 항상 상징적인 관계의 상호 주관적인 네트워크 속에서 어떤 자리를 위임받게 되는데 이러한 위임은 궁극적으로 항상 자의적이다. 타자는 마치 주체가 왜 자신이 이런 위임을 맡게 되었는지를 알고 있다는 듯이 그에게 묻지만, 그는 결코 대답할 수가 없다. 주체는 자신이 상징적인 네트워크에서 왜 그 자리를 차지하게 되었는지를 전혀 모르기 때문이다. 타자의 질문에 주체는 '왜 나는 사람들이 가정하는 그것인가?', '왜 나는 이런 위임을 맡게 되었는가?'라는 히스테리적인 질문으로밖에 대답할 수 없다. 이때 히스테리란 실패한 호명의 효과와 증언으로서 상징적인 동일시를 완수할 수 없는 주체의 무능력, 상징적인 위임을 완전하고 거리낌 없이 수행할 수없는 무능력의 표현이다.[17]

상징적 질서의 네트워크 속에서 위임된 자리와 실제 자아가 지니고 있는 자아 관념 사이의 균열은 『낙서족』의 중심 서사를 이룬다. 『낙서족』은 이 균열을 메우기 위한 주인공의 분투로 점철되어 있다. 그러나 이러한 주인공의 분투는 항상 실패할 수밖에 없다. 그 이유는 아버지에 도달하고자 하는 자아의 내적 명령을 따를 수 없는 자아의 또 다른 차원이 도사리고 있기 때문인데, 그것은 바로 육체의 욕망이다.

여자가 옆방에 다녀가고 나면 도현은 자기가 먼저 피로했다. 그때마

---

17) 슬라보예 지젝, 앞의 책, 198쪽.

다 도현은 새삼스레 자신 속에 성숙한 남성을 발견했다. 열아홉이라는
자기의 나이를 헤아려 보고 수긍이 갔다. 자신 속에 눈 뜬 남성이란 도
현에게는 주체스러운 괴물이었다. 그는 얼마 안 가서 그 괴물에게 자주
굴복당하게 되었다.[18]

위 인용문에서 도현이 자신의 내부에서 일어나는 욕망을 '주체스러
운 괴물'로 발견하는 것은 자신의 욕망을 타자화하고 있음을 단적으로
보여준다. 문제는 이러한 타자의 시선이 어디에 위치해 있는가이다. 그
것은 한편으로는 독립투사인 아버지가 서 있는 위치이자 일본 경찰의
억압에 맞선 대척점이며, 다시 말해 '민족'이다. 이러한 큰 타자의 시선
과 이로 인한 육체의 타자화는 자아의 분열로 이어진다.

2장에서 손창섭 소설의 인물 유형인 '우울자'와 '동물적 인간'이 자
아의 분열상을 보여준 것이라고 언급하였거니와, 『낙서족』의 주인공 도
현은 어떤 과정에 의해 이 두 유형으로 자아의 분열이 일어나는지를 보
여준다. '우울자'는 자신의 욕망을 타자화함으로써 욕망을 거세한 채 윤
리적 시선만을 간직한 인물 유형인데, 도현이 하숙방에 누워 옆방에 서
들려오는 상혁과 카페 여급과의 정사 장면을 엿들으며 자신의 욕망 을
타자화할 때 이는 우울자의 초기 형태를 보여주는 것이라 할 수 있다.
한편 도현이 상희에 대한 욕망을 거세하고, 엉뚱하게 노리꼬를 강간함
으로써 욕망을 분출하는 데에서 '동물적 인간'의 초기 형태를 볼 수 있
다. 이 점에서 '동물적 인간'이란 전도(顚倒)된 방식으로 욕망을 분출하
는 인물 유형이다.

---

18) 「낙서족」 앞의 책, 18쪽.

육체가 큰 타자인 민족-국가 담론의 상징화에 포섭되는 것은 궁극적
으로는 불가능하다. 육체는 이러한 호명과정에 존재하는 균열을 드러냄
으로써 저항한다. 작품의 표제에서도 드러나는 '낙서'는 이를 단적으로
보여주는 행위이다.

> 도현은 목재 더미에 다가서서 사타구니의 단추를 따고 온기가 통하
> 는 짤막한 호오스를 내놨다. 약간 노르끄레한 액체가 호오스 끝에서 이
> 내 줄기차게 내뻗었다. 배설의 쾌감. 도현은 한손으로 호오스 끝을 조종
> 해서 땅바닥에 글자를 쓰기 시작했다. 어려서부터의 버릇이다. 그것은
> 정신적 배설 작용의 핍색(逼塞)에서 오는 습관인지도 모른다. <개같은
> 놈>이라고 쓰려고 했지만 <은>자를 끝마치지 못한 채 오줌발이 끊어
> 지고 말았다. 도현은 불만인 대로 호오스 끝을 툭툭 털고 바지 속에 도
> 로 밀어넣었다. 그리고 돌아서 발길을 떼어 놓으며 그는 채 끝내지 못
> 한 글자를 입속으로 한번 뇌까려 보는 것이다.
>
> 「개같은 놈」[19]

> 그는 변명하듯 <나는 일본 년에게 복수를 하는 거야> 그렇게 게정
> 거리며 되는대로 밤거리를 걸었다. 소변이 마려웠다. 인가가 끊어져 있
> 는 컴컴한 공터에 버티고 서서 사타구니의 단추를 따고 호오스를 집어
> 냈다. 배설의 자유, 이 기분을 그냥 넘길 수 없다. 오줌발로 땅에 글자
> 를 그렸다. 글자는 어두워서 제대로 되지도 않고 보이지도 않았다. 도현
> 은 때에 따라 오줌발로 의미 있는 글자를 쓰기도 했다. 그 글자는 조국,
> 자유, 행복, 투쟁 그런 것이기도 했다. 그런 때는 그 글자가 지닌 엄청
> 난 의미가 몽둥이로 머리를 때리듯이 도현을 반격해 오는 것이었다.[20]

---

19) 위의 책, 27쪽.
20) 위의 책, 62쪽.

이와 같은 육체의 글쓰기는 상징적 질서가 주체에게 부여한 위치를 확인하고 이를 받아들이려는 시도이지만, 이러한 행위는 언제나 불완전하다. 글씨는 채 쓰여 지지 못하고, 제대로 되지도 않고 보이지도 않는다. 작가의 차원에서 보면 작가의 자전적 글쓰기는 도현이 육체로 쓰는 낙서와 같은 의미의 시도였다고 볼 수 있다. 「미해결의 장」에서는 이러한 작가(서술자)의 글쓰기가 '군소리를 끄적거리고 있다'는 표현으로 드러나 있기도 한데, 이 역시 주체를 상징적인 네트워크에 종속시키고 포함시키려는 호명과정에 대한 주체의 저항이라 할 수 있다.

3.2. 모성으로서의 여성상과 전도(顚倒)된 성적 욕망

아버지에 의해 위임된 위치에 도달하지 못하는 주인공은 어디로 갈 것인가? 상희가 그 답이 된다. 일본 경찰의 심문을 받을 때마다 가지게 되는 패배감과 우울감을 처리하기 위해 도현은 상희를 찾아간다. 도현이 상희를 통해 위안을 얻음으로써 자아정체성을 확인하고자 하는 시도는, 상징적 질서에 편입하는 데 실패한 주체가 상상적 질서로 퇴행한 것으로 해석할 수 있다.

도현에게 있어서 상희는 더 없이 숭고하고 고결한 존재이다. 상희는 존경해야 할 대상이지 결코 사랑하거나 욕망할 대상은 아니다. 도현은 상희를 자신의 '애인'이라고 칭하는 일본 경찰에게 모욕감을 느끼면서, 상희는 '다시없이 고상하고 진실한 여자'이며 자신은 상희를 '존경하고 있을 뿐' 결코 애인이 아니라고 강변한다. 상희를 숭고하고 고결한 존재로 인식할 때 도현의 시선이 위치하는 곳이 어디인가? 그것은 타락하

고 방탕한 세계, 다시 말해 카페 여급과의 정사로 삶을 허비하는 상혁
과 이에 공모하는 도현 자신의 위치이다. 도현의 시선은 자신의 타락함
에 대한 죄의식과 더불어 자신이 그렇게 되고 싶은 숭고하고 고결한 이
미지에 대한 상상적 동일시를 함축하고 있다. 그렇다면 도현이 동일시
하는 상희의 위치는 어디인가? 그것은 훼손되지 않은 모성적 세계로서
의 민족이다. 도현은 상희의 육체를 느낄 때에도 그 욕망을 억압하는데,
이는 도현이 상희를 모성적인 존재로 받아들이고 있다는 증거이다. 상
희의 육체를 욕망한다는 것은 어머니, 혹은 민족에 대한 모독이 되기
때문이다.

> 도현은 상희에게서 처음으로 육체를 느꼈다. 상혁과는 반대로 상희에
> 게서는 지금까지 단지 내면 세계가 풍기는 인품―다시 말해서 정신만을
> 느껴왔던 것이다. 오늘 비로소 도현은 상희에게서 육체를 발견했다. 무
> 심한 자태로 묵묵히 창밖을 내다보고 있는 상희는 단순히 한 사람의 소
> 녀에 불과했다. 정신성보다는 더 많이 육체미를 과시하는 아름다운 여
> 자였다. 도현은 정신없이 상희의 새로운 일면을 바라보고 서 있었다. 정
> 면보다도 측면이 더 매력적이었다. 셀 수 있을 정도로 자주 깜빡거리는
> 속눈썹. 물기를 머금은 가볍게 다문 입술과 비밀을 감춘 가슴의 팽창감.
> 그것들은 확실히 자극적이었다. 도현에겐 너무 독했다. 후두두 가슴을
> 떨었다. 도현은 악마 같은 욕정에 휩싸였다. 국부의 발기를 의식했다.
> 도현은 얼굴을 붉히었다. 슬며시 돌아서서 벽에 기대었다. 도현은 천사
> 처럼 순결한 상희를 모독했다고 생각했다.[21]

---

21) 위의 책, 50-51쪽.

상희를 모성의 위치에 놓게 되면서 억압된 욕망은 민족-국가 담론의 경로를 따라 우회하면서 전도된 방식으로 표출된다.

> "무슨 용건이신가요?"
> 노리꼬는 무릎을 모으고 앉아 조심스레 물었다. 도현은 좀 주저했다. 그러나 이내 알맞은 핑계를 발견했다. 도현은 자기 속에서 일종의 복수심을 찾아낸 것이다. 일본 경찰에 대한 아니 일본인 전체에 대한 복수심. 어쩌면 그것은 단순한 핑계만은 아닐지도 모른다. 도현의 가슴 속에서는 비록 구체성은 띠지 못했을망정 그러한 복수심이 끈기 있게 타오르고 있었기 때문이다. 사건은 결정적이었다. 도현은 자기에게 노리꼬를 정복할- 혹은 유린할 권리가 당당히 있다고 생각했다.[22]

도현의 욕망이 민족-국가 담론의 경로를 따르는 한 노리꼬와의 관계도 정상적으로 이루어지지 못한다. 그는 노리꼬와 관계하는 동안에도 상희의 모습을 눈앞에 그리면서 상희를 욕망하고 있기 때문이다. 그리고 결과는 매우 비극적이다. 노리꼬는 도현과의 관계에 절망하여 자살을 선택하고, 도현은 자신이 더럽혀졌기 때문에 고결한 상희로부터 더 멀어졌다고 느낀다. 도현은 이제 독립투사의 아들로서가 아니라 강간범으로서 일본 경찰에 쫓기는 신세가 된다. 그리고 이러한 상황을 만회하기 위한 도현의 시도는 더욱 무모해진다. 도현이 이러한 폐쇄된 순환의 회로를 벗어나는 길은 단 한 가지, 죽음뿐이다. 따라서 작품 곳곳에서 도현이 맹렬한 죽음의 충동으로 달려가는 것은 놀랄 만한 일이 아니다.

이러한 사건의 전개에서 주목되는 것은 상희가 도현에게 원하는 것

---

22) 위의 책, 52쪽.

과 실제 도현의 위치 사이의 불일치, 다시 말해 도현에 대한 상희의 시
선과 서술자의 시선 사이의 불일치이다. 상희는 도현의 계속되는 어이
없는 행동과 무모한 계획을 접하면서도, 심지어 노리꼬를 강간한 사실
을 알고서도 도현에 대한 지지를 철회하지 않으며, 여기에 어떤 의심이
나 망설임도 없다. 이에 반해 서술자는 주인공의 좌충우돌에 대해 '눈
물겨운 넌센스', '저돌적인 행동'이라는 평가를 내린다.

> 제가 어줍잖게 이런 말씀 드려서 불쾌하실지 모르지만 저는 도현씨
> 의 인품을 믿기 때문에 진심에서 말씀드린 거예요. 저는 도현씨를 알구
> 있다구 자부해요. 도현씨의 그 나이브한 성품과 저돌적인 용감성을 잘
> 조절만 하면 무슨 일을 하실 수 있다구 믿어요.23)

> 도현은 비장한 각오가 넘쳐흐르는 표정을 지어 보였다. 그것은 정말
> 의식적인 포즈나 연기가 아니었다. 천성이 시키는 무의식적인 본연의
> 자세였다. 이러한 그의 외부적 조건과 내부적 자세는 그로 하여금 저돌
> 적인 행동으로만 자꾸 밀고 나가게 마련이었었다.24)

도현의 행동이 서술자에 의해 희화화되고 있는 것과 대비할 때 상희
의 도현에 대한 절대적 지지는 아이러닉하다. 이 같은 도현에 대한 서
술자의 판단과 상희의 태도 사이의 미묘한 불일치에서 다시 다음과 같
은 물음이 도출된다. '그렇다면 상희가 원하는 것은 무엇인가?'25)

---

23) 위의 책, 74쪽.
24) 위의 책, 90쪽.
25) 이 물음은 라캉적 의미에서 '어머니의 욕망'에 대한 물음이다. 아이는 자신이
　　어머니의 욕망을 완전히 충족시켜 주지 못한다는 사실과 어머니의 욕망은 자신

상희가 도현에게 관심을 가지고, 무모한 행동에도 불구하고 끝까지 도현을 지원하는 것은 도현이 '독립투사의 아들'로서 조국과 동포를 위해 가치 있는 일을 할 것을 기대하기 때문이다. 좀 더 정확히 말하자면, 상희가 도현에게 원하는 것은 도현 자신이 아니라 상징적 네트워크 속에서 위임된 도현의 위치인 동시에 도현에게 그 위치를 부여한 '민족' 자체이다. 도현이 상희가 원하는 그것을 충족시킬 수 있는 방법은 아버지의 위치에 도달하는 것, 다시 말해 아버지가 되는 것이다. 도현은 결코 아버지의 위치에 도달하지 못하고 민족-국가 담론이 주체에게 위임한 자리를 얻지 못하지만, 서술자는 이러한 주체의 차원을 벗어난 지점에 존재하면서 민족-국가 담론이 주체에게 일정한 자리를 위임하는 방식 자체에 의문을 제기함으로써 '탈민족' 주체의 가능성을 열어 놓는다.

4. 결론

본고는 『낙서족』을 비롯한 손창섭의 소설에 나타난 자전적 요소에 주목하여, 손창섭의 소설을 자아의 위기 극복과 자아정체성 확립의 과정으로 파악하였다. 특히 『낙서족』은 작가의 식민지 시대 경험을 바탕으로 하고 있다는 점이 특징적인데, 이로 인해 이 작품은 민족적 정체

을 넘어선 그 무엇인가에 향하고 있다는 사실을 곧장 깨닫고서, '너는 나로부터 무엇을 원하니?(Che vuoi?)'라는 질문에 대한 답을 찾고자 한다. 아이가 찾아낸 답은 어머니가 욕망하는 것이 상상적 남근이라는 사실이다. 그래서 아이는 상상적 남근을 동일시함으로써 어머니의 욕망을 충족시켜 주려고 노력한다. 딜런 에반스, 앞의 책, 232-234쪽.

를 자아정체성의 핵심 요인으로 부각시킨다.

『낙서족』은 한 개인이 민족적 정체를 받아들이는 과정을 우연하고 의심스러운 것으로 표현하고 있다는 점에서 '탈민족'적이다. 도현은 독립투사인 아버지로 인해 '독립투사의 아들'이라는 위치를 위임받게 되지만, 도현 자신은 이러한 위치에 걸맞는 내용을 갖추고 있지 않다. 그래서 이야기는 이 간극을 메우기 위한 도현의 분투로 전개된다. 한편, 아버지의 위치에 결코 도달할 수 없음을 아는 도현은 상희를 통해 위안을 얻고자 한다. 도현은 상희를 숭고하고 고결한 존재, 즉 모성적 존재로 받아들인다. 이로 인해 상희를 향하는 성적 욕망은 억압되어 전도된 방식으로 표출된다.

이와 같은 도현의 자아정체성 형성 과정은 상징적 동일시와 상상적 동일시의 순환 운동으로 설명된다. 주체는 이러한 순환 운동을 통해 상징적 질서로 통합되는데, 이 과정은 항상 잔여물을 남긴다. 실패한 호명의 결과로서의 이 잔여물은 『낙서족』에 설정되어 있는 손창섭 소설 특유의 서술자를 통해 분명히 드러난다. 작품의 표제에도 드러나 있는 '낙서'는 이러한 잔여물을 단적으로 보여준다. '낙서'는 상징적 질서로부터 위임받은 위치에 대한 주체의 히스테리적 저항으로서, '독립투사의 아들'이라는 위임이 궁극적으로 우연적이며 따라서 주체는 이러한 상징적인 위임을 완전하게 수행할 수 없음을 보여주는 행위이다. 한편 도현을 바라보는 서술자의 태도와 상희의 태도 사이에 미묘한 균열이 놓여 있는데, 이 균열에서 상희가 원하는 것은 무엇인가라는 물음이 도출된다. 서술자는 도현이 결코 상희가 원하는 그것, 즉 민족 자체에 도달할 수 없다는 것을 보여줌으로써 상징적 질서의 호명 과정 자체에 의

문을 제기한다. 한국전쟁 이후 민족-국가 담론이 지배 이데올로기로 자리 잡고 있었다는 점을 염두에 둔다면, 『낙서족』에서 한 개인이 민족적 정체를 받아들이는 과정을 우연적인 것으로 그리고 있는 것은 민족-국가 담론에 대한 비판으로서의 의미를 지닌다.

『낙서족』이후 1960년대의 10년 동안 손창섭은 10편의 장편소설을 신문에 연재하였고, 도일(渡日) 후 두 편의 장편소설을 연재하였다.[26] 손창섭의 첫 장편소설인 『낙서족』은 이들 장편소설의 주제를 예고하고 있다는 점에서도 그 의의가 크다. 『부부』와 『인간교실』은 남녀 사이의 미묘한 부조화와 어긋난 관계를 다룬 작품으로 당시 독자들로부터 큰 반향을 불러일으킨 문제작이기도 한데, 『낙서족』의 도현과 상희, 도현과 노리꼬의 전도된 관계는 이러한 주제를 함축하고 있다. 또 도일 후 쓴 작품인 『유맹』은 도일 전후 작가의 자전적 요소를 포함하고 있는 작품으로, 재일 한국인의 민족적 정체의 혼란과 좌절을 그리고 있는 작품이다. 『유맹』은 객관적 시선으로 주제에 접근하고 있다는 점에서 『낙서족』과 구별되지만, '민족적 정체'라는 주제가 손창섭 개인에게 있어서 매우 중요한 문제였음을 다시 한 번 확인해 주고 있다. 본고에서 수행한 『낙서족』의 분석 절차는 이후 손창섭의 작품을 일관되게 해명하는데에도 유용한 틀을 제공할 것이라 생각한다.

---

26) 홍주영, 손창섭 소설에 나타난 부성 비판의 양상 연구, 서울대 석사논문, 2007, 93쪽.

손창섭의 『길』에 대한 한 고찰

1

오늘날의 독자들이 손창섭의 이름을 기억한다면 대부분의 경우 그것은 「공휴일」(1952)에서 「청사에 빛나리」(1968)에까지 이르는 일련의 단편소설들과 『낙서족(落書族)』(1959)이라는 제목의 장편소설을 통해서일 것이다. 다른 측면에서 보자면 이것은 오늘날 다수의 독자들이 손창섭하면 떠올리는 작품들의 목록 속에 그의 또 다른 장편소설 『길』(1969)이 포함되어 있지 않다는 사실을 의미한다. 『길』에 대한 평문으로 씌어진 김병익의 「현실과 도형과 검증」이라는 글―이것은 제대로 된 『길』론으로서 지금까지 내가 알고 있는 유일무이한 글이다.―속에 <『길』이 연재될

* 이동하 / 서울시립대학교 교수

때 그처럼 많은 인기를 얻으며 엮어나간 줄거리란(…)>[1] 운운의 표현이 나오는 것을 보면 이 작품이 처음 발표될 당시에는 상당히 많은 사람들의 관심을 모았던 모양인데, 바로 그 작품이 오늘날에 와서는 이처럼 잊혀진 작품이 되어 버리고 만 것을 보면 격세지감이 있다고 말하지 않을 수 없다.

그런데 이처럼 손창섭의 문학을 생각하는 자리에 설 경우 그의 장편소설로서는 『낙서족』 하나만을 떠올릴 뿐 『길』과 같은 작품은 아예 고려해 넣을 마음을 먹지 않는다는 점에서는 사실 나 자신도 예외가 아니다. 아니, 조금 더 정확하게 말하자면, 바로 얼마 전까지만 해도 예외가 아니었다. 내가 손창섭의 주요 작품들을 처음으로 접한 지는 벌써 20년이 넘고 있으며 10년쯤 전에는 내 나름의 손창섭론을 한 편 쓴 일까지 있지만 그런 나로서도 그의 『길』이라는 소설을 읽어 본 것은 솔직히 말해 이번이 처음이었으니, <바로 얼마 전까지만 해도 예외가 아니었다>라는 말이 가장 정확한 표현이라고 할 수 있는 것이다.

그러면 이번에 처음으로 이 『길』이라는 작품을 읽어 보고, 나는 어떤 생각을 하게 되었던가. 이 물음에 대한 답을 제시하는 것이 바로 지금 나에게 주어진 과제의 요체인 셈이다. 그러나, 이 물음에 대한 답을 제시하기 전에, 먼저, 그전부터 잘 알고 있었던 손창섭의 작품들—「공휴일」에서부터 「청사에 빛나리」에까지 이르는 일련의 단편소설들과 『낙서족』이라는 제목의 장편소설—에 대하여 내가 가진 생각이 지난 20년의 세월 동안 어떤 변화의 과정을 거쳐 왔는가를 조금 이야기해 두고

---

1) 김병익, 「현실의 도형과 검증」, 김병익 외 3인, 『현대한국문학의 이론』(민음사, 1972), p.344.

지나가지 않을 수 없다.

　20년 전, 처음으로 손창섭의 여러 단편들과 장편 『낙서족』을 읽었을 때 내가 느꼈던 감정은 한마디로 말해서 신선한 흥미라고 일컬을 만한 것이었다. 두루 알다시피 그의 대표적인 단편소설 가운데 하나는 「인간동물원초(人間動物園抄)」라는 제목을 갖고 있으며 그의 가장 잘 알려진 장편소설은 『낙서족』이라는 제목을 갖고 있거니와, 이러한 제목들만 보고서도 대충 짐작할 수 있는 바와 같이 <인간은 결국 동물 이상도 이하도 아니다> 그리고 <인생은 결국 낙서 이상도 이하도 아니다>라는 두 개의 명제로 집약될 수 있는 태도가 그 당시 나의 손에 잡힌 그의 많은 작품들을 일관되게 꿰뚫고 있었던 것인데, 인간을, 그리고 인생을 도대체 이런 시각으로 볼 수도 있다는 사실 자체가 20세의 청년이었던 나에게는 참으로 새로운 것, 인상적인 것, 오래 기억해 둘 만한 것으로 다가왔던 셈이다. 하지만 그뿐이었다. 손창섭의 소설들은 나의 마음속에서 어떤 공감의 불길을 깨워 일으키지는 못했다. 손창섭과 같은 방식으로 인간을, 그리고 인생을 보고 싶다는 생각은 나에게 조금도 들지 않았던 것이다. 그렇다고 해서 그의 시각이 나에게 무슨 강한 반발을 불러일으켰느냐 하면 그런 것도 아니었다. 나는 그의 시각에 대하여 굳이 공감해야 할 이유를 느끼지 못했던 것과 꼭 마찬가지로 굳이 반발해야 할 이유도 느끼지 못했다. 그저 <새로운 것, 인상적인 것, 오래 기억해 둘 만한 것을 하나 알았다>라는 발견의 즐거움, 그것만이 손창섭으로부터 내가 느낀 전부였던 셈이다.

　그 후 오랫동안 손창섭의 문학은 내 관심의 주된 대상에서 벗어나 있었다. 처음에 그의 작품들을 읽었을 때 느꼈던 신선한 흥미도 시간의 흐름과 더불어 차차차차 퇴색해 가기만 했다. 그 후의 세월 가운데 대부분을 나는 비판적 합리주의의 열렬한 지지자로 시종하였는데, 손창섭의 단편소설이니 『낙서족』이니 하는 것들은 비판적 합리주의의 시각으로 보자면 별로 흥미를 느낄 만한 존재가 아니었다. 그런가 하면 그 후의 세월 가운데 대부분을 나는 또 진보적 기독교의 착실한 지지자로 시종하였는데, 손창섭의 단편소설이니 『낙서족』이니 하는 것들은 하는 것들은 진보적 기독교의 시각으로 볼 때에도 별로 흥미를 느낄 만한 존재가 되지 못했다. 또 다른 측면에서 보면 그 후의 세월 가운데 대부분을 나는 한국인의 정체성을 밝혀내는 데에 집요한 관심을 쏟는 한 국학도로 시종하기도 했는데, 손창섭의 단편소설이니 『낙서족』이니 하는 것들은 한국인의 정체성을 밝혀내는 일에 관심을 가진 국학도의 시각으로 볼 때에도 별로 흥미를 느낄 만한 존재가 아니었다. 그러니 그 후의 세월 가운데 대부분의 기간 동안 손창섭의 문학이 내 관심의 주된 대상에서 벗어나 있었던 것은, 아니 내 관심의 주된 대상에서 벗어난 정도가 아니라 거의 완전하게 잊혀져 버린 존재가 되다시피 했던 것은, 도무지 피할 수 없는 귀결에 다름 아니었던 셈이다.

그런데, 바로 최근 수년 사이에, 손창섭 문학과 나 사이의 이처럼 소원한 관계에는, 썩 눈에 띄게 두드러지지는 않지만 그래도 전적으로 무시할 수만은 없는, 상당히 의미있는 변화가 일어나기 시작했다. 수년 전 그 어느 때인가부터 나에게는, 손창섭의 많은 단편소설들과 내가 아는 그의 유일한 장편 『낙서족』 속에 나타나 있는, 인간을, 그리고 인생을 바라보는 저 독특한 시각을, 그전에 없었던 애정과 공감을 가지고 다시 떠올려 보는 일이, 비록 어쩌다 가끔씩 이기는 하지만, 그래도 어쨌든 분명히, 생기기 시작한 것이다.

  이러한 변화는, 내 마음 속에서 비판적 합리주의의 무게가 줄어들기 시작한 것과 동시에 발생한 것이다. 또한 이러한 변화는, 내 마음 속에서 진보적 기독교의 무게가 줄어들기 시작한 것과 동시에 발생한 것이기도 하다. 그런가 하면 이러한 변화는, 내가 한국 이외의 지역을 직접 나의 눈으로 관찰해 보고 나의 발로 밟아 보는 일이 늘어나기 시작한 것과 동시에 발생한 것이기도 하며, 우주라든가 생태계라든가 유전자라든가 하는 것들에 대하여 이전과는 비교가 되지 않을 만큼 강렬한 관심을 쏟기 시작한 것과 동시에 발생한 것이기도 하다. 그리고 이 모든 일들의 배후에는, 90년대에 들어와서 우리 한국사회가 겪게 된 거대한 지각변동의 체험이 공통의 배경으로, 혹은 근원으로, 자리 잡고 있다.

  90년대에 들어와서 우리 한국사회가 겪게 된 거대한 지각변동이란 무엇인가. 그것은 말할 나위도 없이 마르크스주의, 혁명, 역사의 진보, 계급투쟁 등등의 말들이 위력을 상실해 버리고 만 일이며, 세계가 넓다는 것, 그 넓은 세계 어니에나 인간이 산다는 것, 그 넓은 세계 어디에나 살고 있는 인간들이란 다 비슷비슷하게 복잡한 존재라는 것 등등을 만인이 생생한 실감으로 깨닫게 된 일이다.

  이러한 지각변동의 드라마 속에 휩쓸리면서, 또 어떤 경우에는 이러한 지각변동의 드라마를 앞질러 가면서, 나는, 내마음 속에서 비판적 합리주의가 차지하는 무게를 줄여 나갔고, 진보적 기독교가 차지하는 무게를 줄여 나갔으며, 한국 이외의 지역을 직접 나의 눈으로 보고 나의 발로 밟아 노는 기회를 늘려 나갔고, 우주라든가 생태계라든가 유전자라든가 하는 것들에 대하여 공부하고 생각하는 시간을 늘려 나갔다. 그러는 동안에 이간을, 그리고 인생을 보는 나의 시각에는 나도 모르는 사이에 상당한 변화가 생기기 시작했는데, 그러한 변화는, 한마디로 말해서, 일찍 손창섭이 그의 많은 단편들과 『낙서족』이라는 장편에서 보여주었던 시각에로 조금이나마 가까이 다가가는 것에 다름아니었다. 손창섭이 그의 많은 단편들과 『낙서족』이라는 장편에서 보여준 <인간은 결국 동물 이상도 이하도 아니다>라는 명제나 <인생은 결국 낙서 이상도 이하도 아니다>라는 명제를 오늘 이 시간 이 자리에서 대할 때 나의 가슴속에서 일어나는 공감의 파장은, 아직 그렇게 강력한 것이라고 말할 수는 없지만, 그래도 20년 전, 혹은 10년 전의 시점에서 내가 느낄 수 있었던 공감의 파장보다는 비교도 안 될 만큼 커진 것이 사실이다. 이점은 부정할 도리가 없다. 손창섭이 그의 소설들을 통해 제시한 두 개의 명제를 지금의 시점에서 곰곰이 음미하다 보면, 다음과 같은 생각이 저절로 떠오르곤 하는 것이다. <따지고 보면 손창섭은 오늘을 살고 있는 많은 지식인들이 흔히 그들에게 따라붙기 쉬운 '운명적 자만심(fatal conceit)'[2]이라는 것을 떨쳐 버리고 냉정하게 인간과 세상을 직시할 경우 어렵지 않게 발견할 수 있는—그러나 대개의 경우 바로 그 '운명적 자만심' 때문에 발견을 거부하고 있는—진실의 한 모습을 1950년대에 일찌감치 발견해 내고 사람들에게 널리 알려준 것에 불과하지 않을까. 그러니만큼 손창섭의 소설을 논하면서 그의 많은 소설이 창작된

---

2) 하이에크가 만들어 제시한 이 <운명적 자만심>이라는 개념은 많은 지식인들이 두루 보여주고 있는 심각한 문제점을 해명하는 데 아주 유용한 도구로 활용될 수 있다. 기 소르망, 『20세기를 움직인 사상가들』(강위석 역, 한국경제신문사, 1991), p.287 참조.

시대적 배경 즉 1950년대라는 배경을 지나치게 강조하고, 그렇게 함으로써, 그 작품들에 들어 있는 두 가지 중요한 명제의 의의가 마치 1950년대에만 유효한 것처럼, 혹은 최소한, 1950년대에만 그 명제들이 분명한 현실적합성을 가지는 것처럼 암암리에 시사하는 것은 잘못된 태도가 아닐까.>

오늘의 시점에서 나의 마음속에 가끔가끔 이러한 생각이 떠오르곤 한다는 사실을 출발점으로 해서 조금 더 일반론적인 방향으로 논의를 진전시켜 보면, 지난 수년 동안 거대한 지각변동을 겪는 바람에 이제는 사뭇 새로운 지형도를 보여주게 된 90년대 중반 현재의 시점에서 볼 때, 「공휴일」을 위시한 일련의 단편들과 장편소설 『낙서족』로 대표되는 손창섭의 문학세계는 나 아닌 다른 많은 사람들에게 있어서도 지난 70년대나 80년대와는 조금 다른, 좀 더 큰 절실성을 지니고 다가들 수 있는 존재라고 하는 결론이 나옴직하다. 마르크스주의, 혁명, 역사의 진보, 계급투쟁 등등의 말들이 위력을 상실해 버리고 만 자리에서, 그리고 세계는 넓고 인간은 많으며 그 인간들이란 다 비슷비슷하게 복잡하다는 사실을 생생한 실감으로 깨닫게 된 자리에서 새로이 인간을, 그리고 인생을 생각할 때 <인간은 결국 동물 이상도 이하도 아니다>라는 명제와 <인생은 결국 낙서 이상도 이하도 아니다>라는 명제가 지난 70년대나 80년대와는 상당히 다른 울림을 가지고 스며들어 오는 것을 느끼는 사람은 나 말고도 얼마든지 있을 수 있기 때문이다.

물론, 위와 같은 두 개의 명제가 전과는 다른 울림을 가지고 스며들어 오는 것을 느낀 사람이 그 느낌을 바탕으로 하여 다시 어떤 사유, 어떤 행동, 어떤 삶으로 나아갈 것인가, 어떤 사유, 어떤 행동, 어떤 삶에로 나아가는 것이 바람직한가 하는 것은, 결코 일률적으로 답할 수 없는 문제이다. 그러나 어쨌든, 위와 같은 두 개의 명제가 전과는 다른 울림을 가지고 스며들어 오는 것을 느끼는 사람이 적지 않게 존재할 수 있다는 사실 그 자체만 해도, 이미 상당한 의의를 가지는 것이 아닐 수 없다. 이러한 두 개의 명제와 마주쳤을 경우 그것들을 아예 무시하고 지나가 버릴 것이 틀림없는 사람들로 가득 찬 사회의 모습과, 그랬을 경우 그 두 개의 명제를 도저히 무시할 수 없다고 생각하며 잠깐이라도 가던 걸음을 멈추고 음미해 본 다음에 다시 자기의 갈 길을 계속할 것이 틀림없는 사람들이 적지 않게 존재하는 사회의 모습은, 어디가 달라도 다를 수밖에 없는 것이다.

2

내가 그전부터 잘 알고 있었던 손창섭의 작품들을 대상으로 해서 진행된 이야기의 분량이 애초의 예정보다 꽤 길어지고 말았다. 그러면 이제는 나에게 주어진 과제의 요체에로 돌아와서,『길』에 대한 논의를 시도해 보기로 하자. 그런데 이글의 첫 부분에서 이미 언급되었던 바와 마찬가지로 이『길』이라는 작품은 오늘날에 와서는 대부분의 독자들에게 있어서 생소한 존재가 되고 말았다. 그러니만큼 이 작품에 대한 논의를 제대로 진행하기 위해서는 무엇보다 먼저 이 작품에 대한 조금 구체적인 소개가 전제되어야 할 것으로 판단된다.

『길』의 주인공은 최성칠이라는 소년이다. 시골의 가난한 집안에서 태어난 데다가 어려서 부친을 잃은 그는 결국 초등학교 밖에 나오지 못하고 말았다. 그보다 먼저 서울로 올라가 어느 여관의 종업원이 된, 어린 시절 소꿉동무였던 봉순의 주선으로 그도 그 여관에 취직이 되어, 난생 처음 서울행 기차를 타는 데서 소설은 시작된다. 이때 그의 나이는 열여섯 살. 3년 동안은 집안과 연락을 끊고 지낼 것을 남은 가족들과 약속한 데서도 짐작할 수 있듯 실로 비상한 결심을 품고 서울로 올라와 생활전선에 뛰어든 그는 여관의 종업원에서 자동차 부속품 공장의 직공으로, 또 구두닦이로, 과일 행상으로 전전하면서 2년 8개월이라는 세월을 보낸다. 그 세월 동안 그는 세상의 온갖 혼란스러운 세태를 생생하게 목격하며, 끊임없이, 그 혼란스러운 세태 속에 적극적으로 동참하라는 유혹 또는 압력을 받는다. 처음 취직한 여관에서 그는 문란한 성풍속의 만화경을 날마다 보게 된다. 그 중에서도 특히 그에게 충격적이었던 것은, 국장급의 관직을 역임하고 차관이 될 뻔한 일도 있으며 앞으로는 국회의원에 출마할 계획이라는, 그래서 성칠에게는 훌륭한 인생의 모범을 보여준 것으로 생각되어 존경심의 표적이 되는 강이사라는 사람과 여관의 여주인 진옥여사 사이에서 벌어지는 치정관계이다. 어느 날 술에 취한 진옥여사의 노골적인 성적 유혹을 뿌리친 것이 원인이 되어 여관을 그만둔 후 어렵게 취직한 자동차 부속품 공장에서도 그는 압도적인 위력을 가지고 다가오는 세상의 추악상을 보고서 당혹감을 금하지 못한다. 입지전적인 인물로 여겨졌던 그 공장 사장의 성공 역시 어디까지나 <도둑놈 수법>에 힘입어 이루어진 것이었는가 하면, 인간다운 삶에 대한 최소한의 배려도 그곳에는 존재하지 않았던 것이다. 참다못해 그 공장을 나와 버린 후에도 여전히 성칠은 혼란스러운 세태의 한복판에 갇힌 채 힘든 삶을 계속하지 않을 수가 없다. 악착스러운 노력 끝에 겨우 저축하게 된 10만원의 돈을 남에게 빌려 주었다가 떼이기도 한다. 순수한 애정으로 맺어져 있으며 장래를 약속한 것이나 다름없다고 믿었던 봉순이 자기를 버리고 다른 남자에게로 가 버리는 의외의 사태를 당하고 마음의 상처를 입기도 한다. 그런가 하면 어색하게 헤어진 후에도 성칠이 그의 마음 한편에서 존경심을 가지고 대해 오던, 그리고 사실 그렇게 대할 만한 가치를 가진 인물인 진옥여사가 자살인지 타살인지 모를 죽음으로 일생을 마감하는 것을 목격하게 되기도 한다. 자기 부친인 강이사의 추악한 행태에 대하여 과감한 비판을 서슴지 않는 반면 성칠에게는 순수한 호의를 품고 도와주곤 하던 남주라는 여대생이 바로 그 아버지가 고용한 폭력배들에게 습격당하여 중상을 입었는데 정작 딸에 대한 폭력을 사주한 강이사 자신은 국회의원 선거에서 당당히 승리하는 꼴을 목격하게 되기도 한다. 그러고 보면 성칠이 서울에서 보낸 2년 8개월의 기간은 그를 절망 속에 빠뜨리거나 아니면 타락한 세태에 적극적으로 영합하는 비도덕적 인간으로 만들거나 하기에 충분한 세월이라고 말하지 않을 수 없다. 그러나 성칠은 결코 절망에 빠지지 않으며, 결코 비도덕적인 인간이 되지도 않는다. 그는 어떠한 유혹도 물리치고 어떠한 압력도 이겨내는 것이다. 그가 그렇게 할 수 있는 이유는, 일차적으로는, 그가 비상한 성실성과 인내심과 용기의 소유자이기 때문이다. 하지만 좀 더 자세히 살펴보면, 성칠이 이처럼 꿋꿋한 <인간승리>의 궤적을 그려갈 수 있도록 만든 가장 큰 원동력은, 이른바 선천적으로 타고난 좋은 성격이라는 것이 아니라 사실은 다른 것임을 알 수 있다. 그 다른 것의 이름은<희망>이다. 성칠은 바로 이러한 희망의 힘을 최대의 에너지원으로 삼고 그 자신이 타고난 좋은 성격을 부차적인 에너지원으로 삼아, 그에게 닥쳐오는 모든 유혹과 압력을 뚫고 나아가는 것이다. 그렇다면 그 희망은 구체적으로 말해서 어떤 종류의 희망인가? 그것은 바로 <돈을 벌어서 성공한 사람이 되고 싶다는 희망>이다.

「너, 정말 그렇게 돈을 벌고 싶으냐?」
「그러문요. 세상에서 돈이 젤 아닙니까.」
「넌, 틈만 있으면 책을 읽는 걸 보니까, 공부를 많이 해가지구, 그걸로 출세하려는 줄 알았는데.」
「아닙니다. 공부는 그저 살아나가는 데 불편하지 않을 만치 해 두려는 거얘요. 공부로 출셀 하려면 대학을 나와야 하지 않습니까. 중학교에도 못 가는 제가 어디 대학교에 갈 팔잔가요. 그러니까 돈을 벌어야 해요. 돈 버는 걸루 성공해야겠어요. 아주머니만큼 성공하면 한이 없겠어요.」
그것은 성철의 솔직한 심정이다. 그가 지금까지 듣고, 일고, 생각해 온 바에 의하면 사람이 성공하는 길에는 세 가지가 있다.
첫째는 부자가 되는 길, 둘째는 대통령이라든지, 장관이라든지 국회의원 같은 것이 되어서 권세를 잡는 길, 셋째는 공부를 많이 해서 유명한 학자가 되는 길이다.
이 중에서, 초등학교 밖에 못 나온 자기가 성공할 수 있는 길은 부자가 되는 길밖에 없다고 생각하고 있는 그였다.[3]

위에 인용된 대목은 성철이 서울로 올라올 당시에 지녔던 희망이 도

---

3) 손창섭, 『길』, 『한국대표문학전집』 제10권(삼중당, 1973), p.46.

대체 어떤 것이었는가를 독자들에게 분명히 알려 주고 있다. 우리는 위에 인용된 대목을 보고서 성칠이 지닌 희망의 기본적인 방향을 파악할 수가 있다. 그런가 하면, 이 무렵까지만 해도 그가 지닌 희망은 아직 구체적인 세목을 갖추지 못한, 상당히 막연한 수준의 것이었다는 사실도 아울러 알아낼 수가 있다. 그렇다면, 바로 이 시점에서 성칠에게 주어진 과제는, 첫째로는 그 희망 자체를 잃지 않고 계속 굳게 지켜 나가는 일이요, 둘째로는 그 희망에다 구체적인 세목을 부여하는 일이라고 할 수 있으리라. 위에 인용된 대목에 뒤이어서 계속 전개되는 『길』의 그 다음 내용들은, 성칠이 바로 이 두 가지 과제를 어떻게 수행해 나갔는가를 추적하고 기록하는 과정이라고 규정해도 좋을지 모른다. 이 중 첫 번째의 과제에 관해서는 이미 위에서 충분히 언급한 셈이라 할 수 있거니와, 그럼 두 번째의 과제는 작품 속에서 어떻게 처리되고 있는가? 이 물음에 대한 답은 다음 두 군데의 인용문을 참고해 보면 금방 얻을 수 있다.

(1) 「무슨 장살 하든, 처음엔 어려운 일도 있겠지만 거래처와 고객에게 신용만 얻어 놓으면 그게 또한 자본금 이상의 큰 밑천이란다. 그리되면 망하고 싶어도 망하지 않고 점점커지는 거야. 세금 관계가 골칫거리긴 하지만.」

「장사도 아저씨 말씀처럼 양심적으로만 하면 존 일이죠?」

「암, 존 일이지. 손님이 절실히 필요로 하는 좋은 물건을 싼값에 구입해다가 적절한 이윤을 붙여서 친절하고 성의있게 수요자에게 공급해 주는 일은 훌륭한 사회적 봉사란다.」

「아저씨, 전 꼭 그렇게 될 테애요. 가장 신용있고 양심적이고 친절한 상인으로 반드시 성공하고야 말겠어요. 두고 보세요.」

성칠은 전신에서 새로운 힘과 자신이 샘솟는 것을 느끼었다. 성칠에

게는 이제는 뚜렷한 목표가 서써기 때문에 자신을 갖고 앞날을 설계할
수가 있었다.4)

(2) 「그런데 말입니다. 아저씨. 전 서울서 이러고 떠돌아다니기보다
차라리 시골로 아주 내려가 버리면 어떨까 하는데, 아저씨 생각엔 어떻
습니까?」
성칠은 자신의 문제로 화제를 바꾸었다.
「농살 짓게? 시골 가서.」
「한 이십만원 있는데, 그걸 찾아갖고 내려가서 농살 시작해 볼까 해
요. 그만 돈 가지구 서울선 가게 하나도 낼 수 없잖아요. 그렇다구 달리
성공할 길이 있는 것도 아니구요.」
「글세, 그건 너 자신이 정할 문제겠지. 어디서 무엇을 하든 바로사는
길이란, 그리고 성공에의 길이란 험하구 먼 거야. 다만 어디가서 무얼
하든 취미와 성격에 맞는 직업을 골라, 끈기있게 한 우물을 파. 지금의
나로선 네게 이 한 마디밖에 할 말이 없다.」
약국 주인은 엄숙하게 말하고 성칠의 어깨를 한 손으로 만져 주었다.
그것은 성칠의 마음 속에 깊이 새겨지는 말이었다.5)

위에 인용된 두 개의 대목 중 먼저 (1)의 대목을 보면, 성칠이 처음에
품었던 막연한 희망은 이 단계에 이르러 <유능하고 양심적인 상인으로
성공하는 일>이라는 세목을 갖추게 되었음을 알 수 있다. 그리고 다시
(2)의 대목을 보면, (1)의 대목에서 성칠이 품었던 희망의 세목이 그 후
그에게 밀려닥친 여러 가지 시련 때문에 애초의 광채를 상당부분 잃어
버린 후, <농사를 지어서 송공하는 일>이라는 세목이 그 자리를 대신

---

4) 같은 책, p.167.
5) 같은 책, pp.237~238.

하게 되었음을 알 수 있다. 그리고 이 소설은, 성칠의 마음속에 간직 된 희망의 구체적인 세목이 이처럼 <농사짓는 일>로 잡혀갈 즈음 그의 고향으로부터 어머니의 부음이 날아오고, 이에 따라 그가 귀향길을 서두르면서, 다음과 같은 상념에 잠기는 모습을 보여주는 것으로 끝나고 있다.

이제 고향에 닿아서 모친의 장례를 치르고 나면 어린 두 동생을 데리고 전보다 더 무거운 새 출발을 해야 한다. 그것은 신명약국 주인의 말대로 험하고 먼 길이 될지 모른다. 그러나 이번만은, 이제부터는 경험을 살려 실패 없고 후회 없는 전진을 하리라고 차창에 비친 자신의 침통한 얼굴을 쏘아보며 그는 몇 번이나 다짐하는 것이었다. 진실한 의미에서의 출세나 성공이란 과연 무엇인가에 대하여 새로운 의문을 느끼면서.[6]

3

지금까지, 『길』이라는 작품에 대하여 조금 상세한 소개를 시도해 본 셈이다. 그러면 위에서 소개된 내용을 바탕으로 하여, 이제부터 이 작품에 대한 몇 가지 논의를 진행해 보기로 한다.

위에서 소개된 내용을 바탕으로 삼아 이 작품의 성격을 규정해 보고자 할 경우 우선 한번쯤 떠올려 볼 수 있는 것은 세태소설이라는 개념이다. 이 작품의 주인공 성칠은 서울에 올라와 여관으로, 자동차 부속품 공장으로, 또 어디로 어디로 떠돌아다니는 동안 참으로 다양한 세태풍

---

6) 같은 책, p.238.

속을 목격하게 되고 또 적지 않은 경우 그 세태풍속의 소용돌이에 휘말려 곤욕을 치르기도 하는데, 바로 이처럼 때로는 단순한 관찰의 대상으로 그의 눈앞에 나타나 다가서고 때로는 심각한 체험의 소재로 그의 발앞에 나타나 달겨드는 수많은 세태풍속의 명세표에다가 초점을 맞추면서 이 작품을 조명해 나갈 경우, 자연스럽게 세태소설이라는 명칭이 떠오를 수 있는 것이다. 그리고 세상의 많고 많은 세태풍속들 중 이 작품에서 특별히 주된 관심의 표적이 되고 있는 것이 바로 성과 돈에 관련된 세태풍속이라는 사실도 우리들로 하여금 한번쯤 이 작품은 세태소설로 규정될 수 있지 않을까 하는 생각을 가져 보도록 만드는 요인이 된다. 소설사 속에 세태소설이라는 명찰을 달고 등재되어 있는 작품들 중 대다수가 성과 돈에 관련된 세태풍속을 그 주된 관심의 표적으로 삼고 있다는 사실을 우리는 진작부터 잘 알고 있기 때문이다.

그러나, 성급한 결론을 피하고 다시 한 번 『길』의 본문에로 돌아가 이 작품의 실제적인 면모를 자세하게 점검해 나가다 보면, 이 작품을 세태소설로 규정하고 들어감으로써 우리가 정말로 얻을 수 있는 것은 아무래도 별 것이 없겠다는 판단에 도달하지 않을 수가 없다. 우선, 이 작품이 제대로 된 세태소설에 해당한다고 보기에는, 여기에 나타나 있는 세태풍속의 양상들이 너무나 단조롭고 표피적이다. 단순히 가짓수만을 세어 보는 방식으로 접근하는 사람이라면 여기에 나타나 있는 세태풍속의 양상들이 꽤 풍성한 면모를 자랑한다는 결론을 내릴지도 모르지만, 작품 속에서 이 세태풍속이라는 것이 도대체 얼마만큼이나 밀도 있게, 깊이 있게, 생동감 있게 다루어지고 있는가를 좀 더 본격적으로 따져 보고자 하는 사람이라면, 이 작품이 제대로 된 세태소설에 해당한

다는 말은 아마 좀 하기 어려울 것이다. 그런가 하면 논자에 따라서는
세태소설이라는 말을 다분히 부정적인 의미로p. 그러니까 세태풍속의
실감나는 묘사라는 목적 이외의 좀 더 진지한 주제의식을 결여한 소설
이라는 의미로−사용하기도 한다는 점을 감안해서 『길』이 바로 이처럼
부정적인 의미에서의 세태소설에 해당하는가 하는 질문을 던져볼 수도
있을 텐데, 이러한 질문에 대해서 우리가 제시할 수 있는 답변 역시, 그
렇지 않다는 쪽이다. 『길』이라는 소설은 분명히 세태풍속의 실감나는
묘사라는 목적 이외의 좀 더 진지한 주제의식을 갖추고 있는 작품으로
판단되기 때문이다. 물론 그 좀 더 진지한 주제의식이 도대체 무엇인가,
그리고 그 좀 더 진지한 주제의식을 가지고 이 작품의 작가는 과연 좋
은 소설을 만들어낸 셈인가 하는 것들은 별도로 해답을 찾아보아야 할
문제들이지만 말이다.

4

　세태소설이라는 개념을 가지고서 『길』이라는 작품의 참모습을 조명
하고자 하는 시도를 포기하고 다른 각도에서의 접근을 모색할 경우 우
리가 무엇보다 먼저 관심의 초점으로 삼아야 할 것은 이 작품의 주인공
인 성칠이 가지고 있는 개성적인 면모이다. 앞서 이 작품을 소개하는
자리에서 충분히 드러났던 바와 같이 성칠은 첫째, 도덕적인 인간이며,
둘째, 강인한 생활력을 가진 인간이고, 셋째, 아직 나이 어린 <소년>이
다. 바로 이 세 가지 항목이 성칠이라는 한 사람의 인물에게 빠짐없이

해당되도록 만든 결과, 성칠은, 그때까지 이룩되었던 손창섭의 소설세계 전체를 통해 비슷한 예를 하나도 찾아볼 수 없는, 그러니까 <전대미문>이라고 불러서 조금도 과장이 아닌, 그런 인물이 되었다. 이것은 우리가 정신을 바짝 차리고 주목해 보지 않으면 아니 될 사실이다.

손창섭이 『길』 이전에 이룩해 놓은 소설세계를 한번 돌이켜 보자. 그 세계에는 도덕적인 인간이 있었던가? 물론 있었다. 꽤 많이 있었다고 할 수도 있다. 그런데 그 도덕적 인간들이란, 거의 예외 없이, 생활력이 박약한 인간들이었다. 그 세계에는 강인한 생활력을 가진 인간이 있었던가? 물론 있었다. 꽤 많이 있었다고 할 수도 있다. 그런데 그 강인한 생활력을 가진 인간들이란, 거의 예외 없이, 반도덕적인 인간이거나, 도덕 따위와는 아랑곳없이 살아가는 인간, 그러니까 도덕의 피안에 서 있는 인간들이었다, 특히, 손창섭이 그때까지 쓴 작품들에서 주인공의 자리에 세워 놓은 인물 가운데에는, 도덕적이면서 동시에 강인한 생활력을 가진 인간은, 단 한명도 나온 일이 없다 하여 과언이 아니다. 손창섭이 모처럼 단단히 작정하고 자기가 생각하는 이상형에 가까운 인물을 부조하고자 시도한 결과로 간주되는 「잉여인간」(1958)의 서만기조차도 강인한 생활력을 가진 인간이라고 평가될 만한 존재는 아니었다, 그런데 『길』에 이르러 드디어 그런 인간─도덕적이면서 동시에 강인한 생활력을 가진 인간─이 나온 것이다. 최성칠이라는 이름을 갖고서. 이런 점으로만 보아도 이미 최성칠은 전대미문의 존재라는 칭호를 부여받기에 아무런 손색이 없음을 알 수 있다.

그 다음, 최성칠이 가지고 있는 중요한 면모 가운데서 세 번째의 항목으로 들었던, <소년>이라는 면모를 생각해 보자. 손창섭이 그때까지 쓴 소설 가운데, 소년을 비중 있는 인물로 등장시킨 작품이 있었던가? 물론 있었다. 여러 편 있었다. 그러나『길』의 최성칠과 마찬가지로 도덕적이면서도 강인한 생활력을 가진 소년은 그때까지 송창섭의 소설세계 속에 등장한 일이 없다. 「치몽(稚夢)」(1957)의 세 소년들? 그들이 착하기는 하나 너무 미숙한 존재들이다. 최성칠과는 전혀 동떨어진 존재들이다. 「소년」(1957)의 이창훈? 그는 전혀 도덕적이지 못한 존재이다. 역시 최성칠과는 거리가 먼 존재이다. 「저녁놀」(1957) 인갑이? 그는 도덕적이기도 하고 제법 의젓하기도 하다. 장차 더 크면 최성칠과 비슷한 존재가 될 가능성도 없지 않은 것으로 보인다. 하지만 「저녁놀」의 이야기 자체가 전개되는 시점에서는, 그는 아직, 너무 어리다. 생활력이 강인한지 그렇지 못하지를 따져 보기에도 아직 지나치게 어린 상태이다. 이렇게 보면, 『길』의 최성칠은, 주인공이냐 아니냐를 불문하고 <소년>이라는 지표만을 갖다 대어 따져 볼 경우에도, 역시, 전대미문의 존재라는 평가를 받기에 모자람이 없는 셈이다.

이처럼 여러 가지 측면에서 전대미문의 존재라는 평가를 받아도 좋은 인물인 『길』의 주인공 최성칠은, 그러나 물론 완전무결한 인물은 아니다. 아니, 완전무결이라는 말과는 도무지 거리가 먼 인물이라고 해야 마땅한 존재이다. 그가 지니고 있는 다소 지나치게 고지식한 면이나 다소 지나치게 성급한 면을 볼 때 우리는 그가 완전무결이라는 말과는 도무지 거리가 먼 인물이라는 판단을 내리지 않을 도리가 없다. 하지만 그는 아직 어린 <소년>이기에, 소년 중에서도 도덕적인 성품을 지닌 데다가 강인한 생활력까지 구비한 소년이기에, 우리는 그의 다소 지나치게 고지식한 면이나 다소 지나치게 성급한 면을 모두 가벼운 미소로 넘겨 버릴 수

가 있다. 소년에 대해서라면, 그 중에서도 도덕적인 성품을 지닌 데다가
강인한 생활력까지 구비한 소년에 대해서라면, 우리는 당연히 그의 현재
보다 그의 미래에 대하여 더 큰 관심을 갖게 되고 더 큰 기대를 걸게 되
는 터이기에, 현재의 시점에서 그가 보여주는 여러 가지 약점들은 도무
지 심각한 의미를 띤 것으로 받아들여지지가 않는 것이다.

그리고, 이처럼 주인고의 역할을 담당하고 있는 인물이 소년, 그 중
에서도 특히 도덕적인 성품을 지닌 데다가 강인한 생활력까지 구비한
소년일 경우, 그래서 독자의 입장에서는 그 소년의 현재보다 그의 미래
에 대하여 더 큰 관심을 갖게 되고 더 큰 기대를 걸게 되는 경우, 부수
적으로 또 한 가지 효과가 발생하는 것을 우리는 간과할 수 없다. 그 부
수적 효과란, 작품 속에 묘사되어 있는 타락한 세태라든가 시대적 암운
이라든가 하는 것들 역시 그것이 원래 갖고 있는 심각성을 상당부분 경
감당하게 된다는 효과이다. 이러한 효과가 발생하게 되는 것은, 주인공
에게서부터 퍼져 나오는 다분히 낙관적인 전망의 광채가 그 타락한 세
태라든가 시대적 암운이라든가 하는 것들 속으로까지 파고들어, 그것들
이 원래 갖고 있는 어둠의 색조를 다만 얼마만큼이라도 지워 버리는 힘
을 발휘하기 때문이다. 우리 날의 소설사 속에서 이러한 현상을 잘 보
여준 대표적 실례로 금방 떠오르는 것이 바로 채만식의 유작

「소년은 자란다」(1949, 공개는 1972)이거니와, 바로 이런 측면에서 보면
『길』은 「소년은 자란다」의 동생과 같은 면모를 보여준다고 해도 그다
지 틀린 말이 아닐 것이다(작중의 사건이 진행될 당시 그 주인공의 나이가 몇
살이냐 하는 점에서 보면 『길』의 성칠이 「소년은 자란다」의 영호보다 형뻘에 해당하
지만).

　지금까지 우리는 『길』의 주인공인 최성칠에게 초점을 맞추어 놓고 일련의 논의를 전개해 본 셈이거니와, 이러한 논의의 과정을 통해서 드러난 사실들을 종합하고 다시 그 결과를 확대해서 정리해 보면, 결국 『길』이라는 작품 자체가 손창섭의 문학세계 속에서는 전례를 찾을 수 없는 존재-좀 더 거창하게 말하자면, 전대미문의 존재-에 해당하는 것이라는 결론이 자연스럽게 내려진다. 이러한 나의 진술을 앞에 놓고, 도대체 어떤 의미에서 전대미문이란 말인가? 라는 질문을 제기하는 사람은, 아마 이 글을 지금까지 읽어 온 독자들 중에서는 없을 것이라고 생각한다. 도대체 어떤 의미에서 『길』이 손창섭의 문학세계 속에서 전대미문의 작품으로 규정될 수 있는가 하는 물음에 대한 답은 지금까지 내가 해 온 이야기 속에서 이미 지나칠 정도로 자세하게 드러난 셈이라 하여 과언이 아닐 터이기 때문이다. 그렇기 때문에 여기서는 위의 질문에 대한 직접적인 답을 제시하는 일은 생략하기로 한다. 그 대신에, 김병익이 『길』을 대상으로 삼아 쓴 글 중에서 이와 관련하여 참고가 될 만한 부분을 인용해 두기로 한다.

　손창섭에게서 『길』을 발견할 수 있다는 것은 반가운 일이다. 왜냐하면 바라크의 음울한 골방 속에서 거의 환상적이리만큼 고통스런 신음과 악몽으로 자신의 몸과 마음을 삭이어 오던 그가 현실이란 문밖의 거리로 나섰기 때문이며 제나름으로 지겨운 삶을 거느리면서도 오늘의 우리 사회 속에 자신의 위치를 부감해 볼 겨를을 갖지 못한 우리에게 종횡의 축을 세워 혼돈의 좌표를 설정해 주었기 때문이다. (…) 전후에 혜성처럼 등장하여 왕성한 저력으로 10년 동안 발표해 온 그의 작품들을 통해 그는 자신이 외곬의 공간을 파고 드는 작가임을 보여주었을 뿐이지 선

을 남기는 동작을 조작하지 않았기 때문에 실상 그의『길』을 접한다는
것은 의외였다.[7]

　김병익이 위에 인용된 대목에서 <반가운 일>, <의외> 등의 표현을
쓰고 있는 것은『길』이라는 작품이 손창섭의 문학세계 속에서 전례를
찾을 수 없는 존재라고 한 나의 단정이 올바른 것임을 말해 주는 하나
의 방증자료로 인정되어 무리가 없을 것이다.

　그런데, 위에 인용된 김병익의 발언을 보면, 지금까지 우리가 논의의
초점으로 삼아 온 것과는 조금 다른 맥락에서, 흥미를 끄는 점이 있다.
그가『길』의 출현에 대하여 하필이면 <반가운 일>이라는 표현을 써서
분명한 환영의 뜻을 표시하였다는 사실이 바로 그것이다. 왜 이런 사실
이 흥미를 끄느냐 하면, 내가 이 글의 첫머리에서 언급하였던 바와 같
이,『길』이라는 소설에 대하여 본격적인 검토를 행한 사람은 김병익 이
외에는 거의 없을 정도로 이 작품은 대다수 평론가들의 냉대를 받은 셈
이고, 그런 냉대가 후일까지 계속된 결과 이 작품은 오늘날 거의 잊혀
진 존재가 되고 말았다는 사실이, <반가운 일>이라는 김병익의 발언을
보는 순간 새삼 강렬하게, 인상적으로 되살아나기 때문이다. 도대체 왜
김병익을 제외한 대다수의 평론가들은 그처럼 싸늘한 태도로『길』을
맞이하고 또 보내 버렸던 것일까? 이것은 분명 한번쯤 탐구해 볼 만한
가치가 있는 물음이다. 그러나 섣불리 그럴 듯한 해답을 찾아보겠다고
덤벼들었다가는 어설픈 추측이나 상상 이상의 아무 것도 보여주지 못
하고 말 가능성이 큰 물음이기도 하다. 나로서는 이 물음에 대하여 자

7) 김병익, 앞의 글, p 339.

신 있는 모범답안을 제시할 능력이 없음을 시인하고 단지 『길』이라는 작품에 대한 나 자신의 개인적인 소감을 밝히는 것으로써 해답을 대신하기로 한다. 그러나 이 작품에 대한 나 자신의 개인적인 소감을 구체적으로 밝히기 이전에, 먼저 짚고 넘어가야 할 문제가 있다. 그것은 이 작품에 나타나 있는 성칠의 <희망>—<돈을 벌어서 성공한 사람이 되고 싶다>는 희망—과 관련하여 떠오르는 문제이다. 따지고 보면, 이 문제를 제대로 짚고 난 다음에라야, 『길』에 대한 나의 개인적인 소감을 구체적으로 밝히는 일도 온전하게 이루어질 수가 있을 것이다.

5

앞서 『길』이라는 작품의 내용을 소개하는 자리를 마련했을 때 나는 이 작품에 나타나 있는 성칠의 희망 즉 돈을 벌어서 성공한 사람이 되고 싶다는 희망과 관련되는 부분에 대하여 조금 이례적이라는 느낌을 줄 만큼 상세한 언급을 행한 바 있다. 오로지 그 부분에 한해서만 소설의 본문을 제법 길게, 그것도 여러 차례나 인용하는 특전(?)을 베풀었던 것이 그 단적인 증거이다. 내가 그렇게 했던 것은 말할 나위도 없이 이 부분이 『길』이라는 작품 속에서 비상한 중요성을 가지고 있으며 바로 이런 부분이야말로 『길』이라는 작품이 그 나름의 독자적인 개성을 확보하도록 만드는 데에 결정적인 기여를 한 부분이라는 판단이 있었기 때문이다. 그렇다면 도대체 어떤 점에서 이와 같은 판단이 가능한가? 이 물음에 대한 해답의 단서는 다음과 같은 김병익의 말 속에 들어 있다.

그의 섹스에 대한 퓨리턴적 태도의 근저에는 돈에 대한 근대적 <경제인>의 요소도 뿌리 박혀 있다. 가난에 시달려 상경한 그의 제일의적 목표는 돈 버는 일이었고 그 목적을 위해도에 지나칠 정도로 엄격한 에코노믹 애니멀이 된다. (…) 그러나 그의 돈에 대한 집념, 돈을 버는 방법은 다른 경제적 동물과 질적으로 다르다. 진옥여사나 미옥이, 부속품 공장 사장이나 강이사처럼 돈을 탐하는 점에서 성칠이 역시 똑같지만 그는 결코 부정한 방법, 도둑질과는 다름없는 불의의 돈벌이는 거부한다. (…) 그가 부를 희망한 것은 어머니와 동생을 돌봐야 한다는 이유와 배우지 못했기 때문에 선택할 수 있는 것은 그것뿐이라는 이유에서였다. 그리고 돈과 권력, 학문에는 기본적으로 인격이 병행해야 한다는 것을 굳게 믿고 있었다. 그가 많은 <성공한> 사람에게 실망하는 것은 그 같은 인격의 결여 때문이었다. 그는 정말 저구자본주의의 주체가 되었던 칼빈주의자의 합리주의 혹은 근대경제학이 설정한 이상적 경제인의 소지를 갖는 것이다.[8]

앞의 작품 소개에서 이미 자세하게 밝혀진 바와 같이 성칠은 돈을 벌어서 성공한 사람이 되고 싶다는 희망을 처음부터 끝까지 흔들림 없이 간직해 나간다. 서울에 올라온 이후의 그에게 있어서는, 시간의 흐름에 따른 성장의 과정이라는 것은, 처음에는 상당히 막연했던 그 희망에다가 차츰차츰 구체적인 실현의 방략을 구비시켜 나가는 과정 바로 그것이기도 했다. 이러한 과정의 모든 단계에 걸쳐서 그는 강인한 생활력을 갖춘 도덕주의자의 면모를 견지하거니와, 이와 같은 성칠의 면모는 김병익이 말한바 그대로 <서구자본주의의 주체가 되었던 칼빈주의자의 합리주의 혹은 근대경제학이 설정한 이상적 경제인>에 접근하고 있는

---

8) 같은 글, pp 346~347.

것이다. 그렇다면, 이와 같은 면모를 갖춘 성칠이라는 인물을 긍정적 주인공으로 내세워 놓고 그에게 아낌없는 애정을 쏟아 부은『길』의 작가는, 결국, 자본주의적 경제인의 이념형에 대해 아낌없는 긍정을 표시한 것이 되며, 더 나아가서는, 이런 자본주의적 경제인의 이념형에 해당하는 사람들을 주역으로 해서 이루어지는 사회, 즉 자본주의 사회의 이념형에서도, 역시 아낌없는 긍정을 표시한 것이 되는 셈이다. 대표적인 예로, 앞서 이 작품의 내용을 소개할 때 내가 직접 인용해 보인, 성칠과 약국 주인 사이의 대화 장면 (1)을 보라. 거기에 나타나 있는 것은, 자본주의 사회의 이념형에 대한, 가능한 최대치의 긍정, 바로 그것이 아닌가.

물론,『길』의 그 다음 전개양상을 보면, 성칠은 약국 주인과의 대화 장면 (1)에서 드러내었던 포부를 실제로 성취시키지 못하고, 약국 주인과의 대화 장면 (2)에서 보듯 농사짓기로 방향을 전환하며, 후일 실제로 귀향의 길에 올랐을 때에는 <진실한 의미에서의 출세나 성공이란 과연 무엇인가에 대하여 새로운 의문을 느끼>게 되기까지 한다. 그렇기는 하지만, 작품의 뒷부분이 이런 식으로 전개된다 하여, 이 작품이 자본주의적 경제인의 이념형에 대하여, 그리고 자본주의 사회의 이념형에 대하여 아낌없는 긍정을 표시한 것으로 간주된다고 한 앞서의 결론이 어떤 위협을 받게 된다고 보기는 어렵다. 성칠이 장사에 대한 꿈을 버리고 농사짓기에 관심을 기울이게 된 것은 어디까지나 구체적인 실현 방략의 차원에서 이루어진 방향 전환일 뿐 그가 간직하고 있는 희망의 근간 그 자체에는 아무런 변화도 없는 터이기에 우선 그러하며, 귀향의 차중에서 잠시 그를 사로잡은 <새로운 의문>이라는 것이 그동안 그가 간직해 온 희망의 근간 그 자체에까지 어떤 위협적인 영향을 줄 가능성은 전무 하다고 보아야 하겠기에 또한 그러하다.

『길』이라는 작품에서 손창섭이 자본주의적 경제인의 이념형에 대하여, 그리고 자본주의 사회의 이념형에 대하여 아낌없는 긍정을 표시한 셈이라는 사실 그 자체는 지금까지의 논의를 통해 충분히 밝혀진 것으로 보고 더 이상의 부연 설명을 생략하고자 하거니와, 이러한 태도에 기초하여 손창섭은, 다시 성칠과 신명약국 주인—성칠의 정신적 교사라 할 수 있는 인물이며, 어떤 의미에서는 작가 자신의 대변자라고 할 수도 있는 인물—사이에 다음과 같은 대화가 교환되도록 만들고 있기도 하다.

> 「그래도 근래에 와선 건설도 잘되고 질서도 잡히고, 차차 조금씩 나아져 가고 있지 않아요.」
> 「그건 나도 인정한다. 오일륙 혁명 이후, 어쨌든 표면상으로는 점점 나아지고 있는 게 사실이지. 그러나 대부분의 국민이 다 잘 살 수 있게 되려면 아직 요원한 얘기야. 지금은 특수층만이 기적적으로 나날이 비대해 가고 있지 않니. 이게 문제란 말이다.」
> 「그럼 어떻게 하면 국민이 다 잘 살 수 있게 될까요?」
> 「결론은 간단하지. 첫째는 부정 부패의 일소, 둘째도 부정 부패의 일소, 셋째도 부정 부패의 일소다. 여기에 협동과 단결과 노력까지 첨가된다면 우리는 세계에서 으뜸가는 나라축에 들 거다. 그렇지만 이게 안 되면 아무리 건설 건설 해도 밑 빠진 독에 물 부어넣은 결과 밖에 안 될 거다.9)」

---

9) 손창섭, 앞의 책, p 237.

이러한 장면을 읽으면서 우리는 『길』의 작자가 5·16 이후의 한국 현실에 대하여 세부적인 차원에서는 많은 불만을 품으면서도 그 <자본주의적 근대화>의 기본 방향 자체에 분명해 이미 자본주의적 경제인의 이념형에 대하여, 그리고 자본주의 사회의 이념형에 대하여 아낌없는 긍정을 표시한 바 있는 그이고 보면, 이는 실로 당연한 일이라 하지 않을 수 없다.

바로 이 지점에서 나는, <바로 이런 부분(돈을 벌어서 성공한 사람이 되고 싶다는 성칠의 희망과 관련되는 부분)이야말로 『길』이라는 작품이 그 나름의 독자적인 개성을 확보하도록 만드는 데에 결정적인 기여를 한 부분>이라고 했던 나의 앞서의 발언을 다시 한 번 독자들에게 상기시키고 싶다. 앞서의 그 발언에 담겨 있었던 진정한 의미는 결국 <돈을 벌어서 성공한 사람이 되고 싶다는 성칠의 희망과 관련되는 부분들을 통하여 드러나는, 자본주의적 경제인의 이념형 및 자본주의 사회의 이념형에 대한 작가의 아낌없는 긍정이야말로 이 작품이 그 나름의 독자적인 개성을 확보하도록 만드는 데에 결정적인 기여를 한 측면>이라는 것이 되는 셈인데, 이제는 나의 이와 같은 생각을 좀 더 구체적으로 명시해 두어도 무방한 지점에까지 이르렀다는 느낌이 드는 것이다.

『길』에 나타나 있는, 자본주의적 경제인의 이념형 및 자본주의 사회의 이념형에 대한 작가의 아낌없는 긍정이 이 작품으로 하여금 그 나름의 독자적인 개성을 확보하도록 해 주었다는 지적은, 우선 손창섭 자신이 『길』 이전에 내놓았던 많은 작품들―「공휴일」에서 「청사에 빛나리」에까지 이르는 많은 단편들과 장편소설 『낙서족』 등등―과 이 『길』을 비교해 보는 작업에 의하여 그 정당성이 어렵지 않게 입증될 수 있다. 그리고 그 다음

으로는, 해방 후 한국소설문학의 주류에 해당하는 존재로 부각된 다수의
작가·작품들이 자본주의적 경제인의 이념형에 대하여, 자본주의 사회
의 이념형에 대하여, 또 5·16 이후 한국 현실의 대세를 이룬 자본주의
적 근대화의 기본 방향에 대하여 과연 어떤 자세로 대응해 왔던가를 조
사해 보는 작업에 의하여, 역시 어렵지 않게, 그 정당성이 입증될 수 있
다. 과문한 나로서는, 자본주의적 경제인의 이념형에 대하여, 자본주의
사회의 이념형에 대하여, 또 5·16 이후 한국 현실의 대세를 이룬 자본
주의적 근대화의 기본 방향에 이『길』만큼 적극적인 긍정의 자세를 가지
고 입한 경우를, 이른바 본격문학의 테두리 속에 포함되는 작품들 가운
데서는, 별로 잘 알지 못하고 있는 것이다. 나 자신이 잘 알지 못한다 하
여 그런 작품이 반드시 전무하리라고 단정 짓는 것은 물론 위험한 노릇
이지만, 최소한, 그런 작품이 아주 드물다는 정도의 단정은, 아무런 위험
도 느끼지 않는 상태에서, 자신 있게 내려도 좋을 듯싶다. 그리고 이런
정도만으로도,『길』이 바로 이와 같은 측면에서 그 나름의 독자적인 개
성을 확보한 작품이라는 평가를 내리는 데에는 전혀 부족함이 없을 것이다.

6

　이제까지의 논의에 의해,『길』속에 나타나 있는 성칠의 <희망>과
관련하여 떠오르는 문제를 짚어 보는 작업은 다 수행이 된 셈이다. 그
렇다면 이제는 앞에서 약속했던 대로 이 작품에 대한 나의 개인적인 소
감을 밝혀 둘 차례이다.

이 글의 첫 부분에서 이미 언급했던 바와 마찬가지로, 내가 이『길』
이 라는 소설을 직접 읽어 본 것은 이번이 처음이다. 손창섭의 많은 단
편들과『낙서족』을 이미 읽어 본 상태에서 처음으로『길』을 접하는 사
람이라면 아마 거의 대부분이 <아, 같은 작가의 작품이, 아무리 그 사
이에 얼마쯤의 시간적 거리가 있다 하더라도, 정말, 이렇게 다를 수
가……>하는 느낌에 사로잡힐 테지만, 나 역시 여기서 예외가 되지 않
았다. 그리고 나를 사로잡은 그러한 느낌은 당연히 <왜 손창섭은『길』
에 이르러서 이처럼 커다란－거의 과격하다고 표현해도 무방할 것 같
은－변모를 보여주게 된 것일까?>라는 의문을 낳았고, 나로 하여금, 이
러한 의문에 대한 내 나름의 해답을 이것저것 생각해 보며 한동안 제법
자유분방한 상상의 공간을 비행하도록 만들었다. 이때 내가 생각해 본
내 나름의 이런저런 해답이란 구체적으로 어떤 것이었던가를 여기에
적을 필요는 없으리라. 어차피 그 중 어느 것도 객관적인 자료의 뒷받
침을 받고 있는 것은 아니며, 또 <자유분방한 상상의 공간> 이라고 표
현하긴 했지만 따지고 보면 상식적으로 상정 가능한 추론의 범주를 벗
어나는 것은 하나도 없으니까 말이다.

방금 언급한 느낌 이외에 또 어떤 소감을 말할 수 있을까. 재미?『길』
은 나에게 소설 읽는 재미를 느끼게 해 주었던가? 그렇지 않았다고 말
할 수는 없다. 그러나, 솔직하게 말해서『길』이 나에게 제공해 준 재미
는, 그의 여러 훌륭한 단편들이나「낙서족」을 처음으로 대면하였을 때
내가 느꼈던 저 <신선한 흥미>에 비하면 상당이 약한 것이었음을 부
정할 수 없다. 후자의 <신선한 흥미>라는 것은 이야기 자체의 진진한
재미 위에 다시 <인간을, 그리고 인생을 도대체 이런 시각으로 볼 수도

있는 것이로구나!> 하는 충격적 발견이 결합된 것이기에 상당히 강렬한 에너지를 동반할 수 있었던 것이지만, 『길』을 읽으면서 내가 느낄 수 있었던 재미라는 것에는 그런 충격적 발견의 광휘가 따르고 있지 않았으니, 후자의 <신선한 흥미>를 따라가기에는 어림도 없는 노릇이었을 수밖에 없다.

그러면, 대충 이런 정도의 이야기만으로 『길』에 대한 나의 소감을 마무리 지어도 좋을까? 그렇지는 않다고 여겨진다. 왜냐하면 내가 바로 앞에서 거론하였던 사실 즉 이 『길』이라는 소설은 자본주의적 경제인 및 자본주의 사회의 이념형을 아낌없이 긍정하는 입장에 서 있는 드문 작품이라는 사실의 존재 때문이다. 이러한 사실은 앞에서 이미 충분하게 언급하였던 바와 마찬가지로 객관적인 시각에서 볼 때 이 작품이 그 나름의 독자적인 개성을 가진 존재로 인정될 수 있게 만든 중요한 원인을 이루고 있거니와, 객관적인 시각의 차원으로부터 단순히 개인적인 소감의 차원으로 초점을 이동시킬 경우에도, 이러한 사실은 역시 중차대한 의미를 가진 것으로 살아나 움직이면서 나에게 다가오는 것 같은 느낌을 받지 않을 수가 없다. 왜 그런가. 나 자신 자본주의적 경제인의 이념형이라든가 자본주의 사회의 이념형에 대하여 개인적으로 전폭적인 지지를 보내고 있는 것은 아니지만, 우리나라의 문학인들 가운에 꽤 많은 수가 저 <운명적 자만심>에 근거해서, 혹은 이런저런 다른 이유들(그리고, 계산들)에 근거해서, 자본주의적 경제인 및 자본주의 사회의 현실태뿐 아니라 자본주의적 경제인 및 자본주의 사회의 이념형 자체에 대해서까지 조금의 망설임도 없이, 조금의 진지한 자기회의도 없이, 온통 허점투성이의 논리를 가지고 비난을 퍼붓는가 하면, 그 반대의 자리에 서는 이데올로기의 이념형 및 현 실태에 대하여서는 또 온통 허점투성이의 논리를 가지고 찬양과 동경의 언어를 헌납하는 모습을 보면서는, 참으로 착잡한 감회를 느껴 오지 않을 수가 없었기 때문이다. 그런 사람들 중의 상당수가 정작 그들 자신의 삶은 어디까지나 <현명하게>, <자본주의적으로> 영위하고 있다는 사실까지 감안해 보면, 방금 말한 나의 착잡한 감회라는 것은 다시 몇 배로 증폭되지 않을 수 없는 터이기도 하다. 그런 사람들에 비하면, 『길』을 쓴 손창섭은 얼마나 다른가. 그가 창조해 낸 주인공 최성칠의 좋은 점 가운데 일부를 그 또한 얼마나 분명하게 공유하고 있는가. 그런 사람들을 생각하다 보면, 저 「공휴일」에서부터 「청사에 빛나리」에까지 이르는 일련의 단편들과 장편소설 『낙서족』이, 그 작품들에서 거듭거듭 부각되고 있는 두 개의 인상적인 명제들이, 새삼 강한 현실감을 동반하면서 떠오르는 것을 어찌할 수 없다. 데즈먼드 모리스의 다음과 같은 말이, 반드시 전폭적인 공감을 수반하지는 않은 채로, 마음의 한쪽에서 펀뜻 떠올랐다 스러지는 것을 어찌할 수 없다.

> 나는 인간을 동물로 간주하는 동물학자로서, 현재 상황에서는 이데올로기의 차이를 심각하게 받아들이기가 어렵다. 말로 포현된 이론이 아니라 실제 행동이라는 관점에서 집단 사이의 상황을 평가한다면, 이데올로기의 차이는 그보다 훨씬 기본적인 조건 옆에서는 의미를 잃어버린다. 그 차이는 수천 명의 생명을 죽이는 것을 정당화해 줄 만큼 어마어마한 이유를 대기 위해 일부러 찾아낸 핑계일 뿐이다.[10]

---

10) 데즈먼드 모리스, 『인간 동물원』(김석희 역, 한길사, 1994), P.150.

마지막으로, 한마디만 덧붙이고 이 글을 끝내기로 하자. 앞에서 나는 왜 대다수의 평론가들이 『길』을 싸늘한 태도로 맞이하고 또 보내 버렸던 것일까라는 물음을 제기한 다음, 이 물음에 대한 답은 내가 가진 능력의 한계 때문에 제시하지 않겠다는 뜻을 밝힌 바 있다. 그런데 내가 그런 말을 하고 난 뒤에 계속해서 진행된 논의의 내용을 잘 살펴보는 사람이라면, 위의 물음에 대한 답의 조그마한 일부는 그 논의의 진행과정 속에서, 나 자신도 미처 깨닫지 못하는 사이에, 제시되어 버린 셈임을 알 수 있을 것이다.

강요된 디아스포라

─손창섭의 『유맹』론

1. 들어가는 말

이제까지 손창섭에 대한 기존의 논의들은 거의 대부분, 그의 작가적 정체성을 '1950년대 전후작가'라는 표지로 규정해 왔다. "손창섭은 1950년대 문학의 자화상"[1], "손창섭 소설의 현주소는 대부분 6·25전쟁 직후의 피난지다"[2]라는 규정 들은 그와 같은 기존 연구들의 방향성을 극

---

* 공종구 / 군산대학교 교수

1) 하정일, 「전쟁 세대의 자화상」, 『20세기 한국문학과 근대성의 변증법』, 소명출판, 2000, 289면.
2) 송하춘, 「전후 시각으로 쓴 첫 일제 체험」, 송하춘 편, 『손창섭』, 새미, 2003, 213면.

명하게 보여주는 대표적인 사례들이다. 극도의 혼란과 절망으로 점철된 1950년대 전후의 시대상황에 대한 문제의식을 적극적으로 반영하고 있는 작가는 물론 손창섭만이 아니다. 특정한 사회 역사적인 상황에서 조건 지워진 현존재로서의 1950년대 작가들 또한 "모든 논리를 등지고 불치의 감탄사로써 말하지 않으면 안 되었던"[3] 전후의 황폐한 현실을 외면하기 어려웠을 것이다. 서사의 초점이나 전망, 기법이나 담론의 문법 등에서 적지 않은 차이를 드러내면서도 장용학, 서기원, 김성한, 선우휘, 오상원, 전광용, 이범선, 오영수 등 많은 작가들이 서사의 중심에 전후의 황폐한 현실과 그 속에서 유령처럼 존재했던 병적인 인간 군상들을 끊임없이 호출할 수밖에 없었던 이유 또한 원천 서사로서의 한국전쟁이 지니는 절대적인 하중으로부터 결코 자유로울 수 없었던 그들의 실존적 정황 때문이었을 것이다. 사정이 그러함에도 불구하고 장용학과 더불어 손창섭을 1950년대 전후작가의 상징으로 표상하는 이유는 어디에 있는 것일까? 다른 무엇보다도 1950년대 그의 대부분 작품들이 "전쟁으로 인해 훼손된 삶의 모습과 그로 인한 절망과 방황"[4]을 다른 어느 작품들보다 더 핍진하게 형상화하고 있기 때문일 것이다.

모든 사물에는 빛과 그림자가 공존하는 법. 1950년대 작가라는 맥락에서 손창섭의 작가적 정체성을 규정하는 기존의 대부분 논의들은 그것이 지니는 충분한 설득력에도 불구하고 한가지 결정적인 문제를 지니게 된다. 그 문제의 핵심은 손창섭을 1950년대 작가의 표지에 고착시

---

3) 고은, 『1950년대』, 청하, 1989, 19면.
4) 이기인, 「개인의 생존과 인간다운 삶에의 집념」, 송하춘 이남호편, 『1950년대의 소설가들』, 나남, 1994, 34면.

키면서 논의의 대상 또한 1950년대 작품들에 한정시키게 됨은 물론 그
결과, 도일 이후 1970년대까지 지속된 그의 다른 중요한 성취들을 서자
취급하게 된다는 점이다. 실제로 손창섭은 1950년대 황폐한 전후 현실
에 대해 지녔던 현실인식과 문제의식을 그대로 유지하면서 1970년대
후반에 이르기까지 활발한 창작활동을 지속했음을 알 수 있다. 구체적으
로 이 시기(1959-78)에 "손창섭은 『낙서족』이나 『유맹』 외에도 『길』, 『부
부』, 『이성연구』, 『삼부녀』, 『여자의 전부』, 『아들들』 등의 장편소설을
다수 남겼고 일본에 건너가서도 『유맹』에 이어 고려 시대 무인 집권 시
대를 배경으로 삼은 『봉술랑』을 연재한 바 있다."5) 그럼에도 불구하고
1950년대 이후에 발표된 작품들에 대해서 관심을 보이지 않는 것은 온
당하거나 공정한 처사라고 하기 힘들다. 이 글의 문제의식이 발기하는
장소는 바로 이 지점에서이다. "이처럼 손창섭과 그의 소설을 한국전쟁
의 코드로만 이해하게 되면 특히 1960년대 중반 이후의 손창섭 소설에
대해 관심을 갖지 않게 되면서 손창섭 소설이라는 현상 전체를 이해하
고 해명하는데 한계로 작용할 수도 있다"6)라는 지적은 이 글의 문제의
식을 뒷받침하고 있다.

　1960년 이후 발표된 장편들 가운데 특히 『길』과 『유맹』은 주목을 요
하는 작품들이다. 우선 『길』은 언젠가 꼭 다시 오겠다는 말과 함께 "일
본인 처와 함께 도일하게 된 가장 큰 동기로 거론되고 있는, 5·16이후
군사정권 아래에서의 타락하고 부패한 현실에 대한 환멸"7)의 소설적

---

5) 방민호, 『한국 전후문학과 세대』, 향연, 2003, 200면.
6) 앞의 책, 166면.
7) 강진호, 「도일 후의 손창섭에 대하여」, 『작가연구』 창간호, 새미, 1996, 160면.

보고서의 성격을 지니고 있어 아직까지도 의문부호로 남아 있는 손창섭의 도일에 관한 동기를 엿볼 수 있는 작품이고, 상당 부분 손창섭의 개인사적 정보와 일치하고 있다는 점에서 사소설적인 면모를 많이 지니고 있는 『유맹』은 재일 한인들의 비극적인 실상에 대한 소설적 보고서의 성격을 지니고 있어 도일 이후에도 여전히 한국과의 소통 단절로 인해 많은 궁금증을 자아내게 하고 있는 손창섭에 관한 정보를 엿볼 수 있게 하는 작품이기 때문이다. 이 두 장편들 가운데서 먼저 이 글이 논의의 대상으로 초점화하고자 하는 작품은 『유맹』이다. 크게 두 가지 이유에서이다. 하나는 앞서 말한 바와 같이 이 작품에 대한 기존 논의가 거의 없다라는 점이다. 강진호의 「재일 한인들의 수난사」와 방민호의 「손창섭의 『유맹』과 재일의 운명」 등 두 편의 주목할 만한 성과를 제외하곤 이 작품에 대한 기존의 논의를 찾아볼 수 없다. 다른 하나는, 이 작품이 최근 들어 많은 연구자들에게 관심의 초점으로 부상하고 있는 디아스포라 체험과 관련하여 생산적인 자극을 제공하고 있다는 점이다. 이러한 문제의식과 동기에서 출발한 이 글이 도달하고자 한 목표는 구체적인 작품 분석을 통하여 재일 한인 디아스포라에 대한 손창섭의 문제의식을 밝혀보고자 하는 작업이다.

2. 강요된 디아스포라의 정체성의 분열

『유맹』은 도일 이후 1976년 1월 1일부터 10월 28일까지 252회에 걸쳐 『한국일보』에 연재된 장편소설이다. "이 작품에도 작가의 자전적 체험이 강하게 투사되어 있다"8), "단순한 자전적 소설이 아니라 사소설적 면모가 짙은, 자전적 성격이 매우 강한 소설"9)이라는 지적들에서 알 수 있는 바와 같이, 이 작품은 손창섭의 개인사와 작품의 서사정보 사이의 상관성이 두드러지는 서술 특성을 지니고 있다. 이와 같이 서술적 자아와 경험적 자아 사이의 서술적 거리가 아주 가까워지는 서술 특성으로 인해 이 작품은 도일 이후 손창섭의 세계관이나 작가의식을 엿볼 수 있는 좋은 자료로 기능한다. "나의 작품은 소설의 형식을 빌린 작자의 정신적 수기요, 도회 취미를 띤 자기 고백의 과장된 기록"10)이라는 자신의 소설관을 피력한 손창섭이 이 작품을 통해서 말하고자 했던 문제의식의 핵심은 무엇일까?

이 작품에서 지배적인 서사 대상으로 초점화되는 서사 단위는 최원복 노인 일가의 비극적인 가족사이다. 최원복 노인 일가의 비극적인 가족사가 문제성을 지니는 것은 그것이 한 개인의 가족사 문제로 국한되는 것이 아니고 "1947년 12월 말까지 외국인 등록을 마친 후 현재 일본에서 '특별 영주'의 자격으로 정주하고 있는 약 60만 명에 달하는 재일조선의 원형"11)을 전형적으로 보여주고 있기 때문이다. 최원복 노인의 비극적인 가족사를 매개로 손창섭이 전달하고자 한 문제의식의 핵심은 크게 두 가지이다. 하나는, 재일 한인들의 디아스포라가 주체적인 의지

---

8) 강진호, 「재일 한인들의 수난사」, 송하춘편, 앞의 책, 242면.
9) 방민호, 앞의 책, 236면. 이 소설의 사소설적 면모의 구체적 사실에 대해서는 이 책의 236-245면 참조.
10) 손창섭, 「아마츄어 작가의 변」, 송하춘 편, 앞의 책, 317면.
11) 김광열, 「재일 조선인은 어떻게 형성되었나」, 한일민족문제학회 엮음. 『재일조선인 그들은 누구인가』, 삼인, 2003, 73면.

나 자발적인 선택에 의한 것이 아니라 일제의 폭력적인 식민지배와 수탈에 의해 강요된 것이라는 점이다. '강요된 디아스포라'와 관련된 작가의 문제의식을 담지하는 초점인물로 기능하는 인물이 최원복 노인이다. 다른 하나는, 이 작품이 연재되던 1970년대 당시 일본 사회의 차별과 억압 수준이 재일 한인들에게 정체성의 분열을 경험하게 할 정도로 일상적이고 폭력적이라는 점이다. '재일 한인들의 소외와 정체성 분열'과 관련된 작가의 문제의식을 담지하는 초점인물로 기능하는 인물은 최원복 노인의 막내아들인 최성기이다. 이 두 개의 서사가 교직되는 서사구조로 이루어진 이 작품에서 작가의 문제의식을 전달하는 대리인으로 기능하는 인물은 서술자 '나'이다. '더구나 내가 북한의 평양 출신이며, 거기서도 3년간 살았다는 말을 하자', '내가 보통학교를 나온 직후 만주에 가 있을 때다', '더구나 난 성격적으로 내 얘기 하길 좋아하지 않는 편이라서' 등과 같은 여러 가지 서사정보를 실제 손창섭의 개인사와 비교해 볼 때 '나'가 손창섭의 분신임을 짐작하기란 어렵지 않다. 작가의 문제의식을 전달하는 대리인으로 자연인 손창섭의 면모가 강하게 투영된 나로 설정한 것은 서술의 핍진성과 객관성을 확보하기 위한 서술 전략으로 보인다. 두 가지 이유에서이다. 우선 먼저 나 또한 재일 한인으로서 일본 사회의 폭력과 편견으로 인한 민족 차별을 직접 경험한 바 있는 당사자라는 사실이다. '나'가 최원복 노인 가족을 알게 된 계기가 딸 종숙이 학교에서 당한 민족 차별로 인한 것이라는 서사 설정은 서술의 핍진성을 확보하기 위한 작가의 서술 전략과 밀접한 관련이 있어 보인다. 또 다른 이유는 일본인 처를 다라 일본에 오기 직전 남한 사회에서의 거주 경험이 있는 나의 이력 때문이다. 이러한 나의 이력은 남한 사회 경험이 전혀 없는 최원복 노인 일가를 비롯한 주변의 재일 한인들에 대해 서술의 우위를 확보하게 되고, 이러한 서술의 우위는 단순한 풍문이나 왜곡된 정보에 의해 남한사회에 대한 오해와 편견을 쉽게 버리지 못하는 최성기를 비롯한 주변 재일 한인들의 편향된 시각에 대한 균형추 역할을 하기 때문이다.

1) 강요된 디아스포라

"일제는 중일전쟁 발발 후 1939-1945년까지 전쟁을 수행하기 위해 일본 각지의 석탄 금속 광산을 비롯한 군수 산업체의 부족한 노동력을 메우기 위해 수많은 조선인을 강제로 동원하였다. 이 전시기에 강제로 동원된 사람들은 이주 성격의 도일자가 아니기에 조국 해방 후에 거의가 귀환했다. 그러나 전시기 이전에 고향에 경제적 근거를 두지 않고 이주성의 도일을 한 사람들 중에는 1945년에 조국이 해방되었어도 즉시 돌아갈 수 없었던 사람이 많았다. 이들 본인과 후손이 현재의 재일 조선인인 것이다,"[12] 비유하자면 옛날 강과 호수에 있다가 식민지배라는 홍수의 시대에 일본이라고 하는 수레바퀴 흐름 속으로 끌려들어간 존재들이 바로 이들 재일 조선인[13]들인 것이다. 이와 같이 현재 약 60여만 명에 달하는 재일 한인들은 거의 대부분 자신들의 의지나 의도와는 전혀 상관없이 일제 식민지배의 결과로 일본에 거주하고 있는 존재들이다. 최원복 노인의 비극적인 개인사가 문제성을 지니는 것은 그의

---

12) 앞의 글, 79면.
13) 서경식·김혜신, 『디아스포라 기행』, 돌베개, 2006, 30면.

인생유전이 불법적인 식민지배와 폭력적인 식민수탈로 인해 인간 실존의 근저이자 행복의 샘인 고향으로부터 강제로 분리당하는 재일 한인 디아스포라의 원형을 전형적으로 보여주고 있기 때문이다.

최원복 노인이 존재의 출발이면서 뿌리이자 중심인 고향에서 축출되어 재일 한인 디아스포라의 처지로 전락하게 되는 것은 일제의 가혹한 식민수탈로 인해 시바다구미 댐공사장 계약 노동자로 전락 후 노동 이민 생활 시작―한인 노동자의 권고에 의해 탈주 후 야스모도 함바 축항공사장 자유 노동자로 신분 이동―일제의 강제 징용령에 의해 아시지노 비행장 확장 공사장 강제 수용―노동기계를 강요당하는 혹독한 노동조건을 피해 고광일과 함께 탈출―불신검문에 적발된 후 비호로 비행장 확장공사장으로 강제 이송―해방―고향인 북한을 갈 수 없어 일본 거주의 과정을 통해서이다. 시바다구미 댐 공사장 계약 노동자 생활을 시작으로 노동기계를 강요당하는 전시 공사 현장을 전전하다 종전 후 환국하지 못하고 재일 디아스포라 신세로 전락한 최원복 노인의 인생유전을 매개로 손창섭은 재일 한인들의 디아스포라가 불법적인 식민 지배와 가혹한 식민수탈을 통한 일제의 식민주의적 폭력에 의해 강요된 이산이었음을 증언하고자 했던 것으로 보인다. 그러한 판단을 가능하게 하는 중요한 근거는 두 가지이다. 하나는 최원복 노인이 노동이민을 오게 된 직접적인 동기를 일제의 가혹한 식민지배와 수탈로 인한 처가의 몰락에서 찾고 있다는 점이다. 그것은 최원복 노인이 재일 한인 디아스포라로 전락하게 되는 결정적인 동인을 일제 식민 당국의 조작에 의해 사상범으로 몰린 처남 구명운동을 위해 담보로 잡힌 전답 때문에 처가는 물론 최원복 노인 가족까지 몰락하게 되고, 몰락한 가정경제의 회복을 위해 떠난 노동이민에서 찾는 데서 잘 드러나고 있다. 다른 하나는 종전 이후 일본에서 거주한 이후에도 한민족으로서의 민족적 정체성을 고집하는 최원복 노인의 태도와 고국에 대한 향수 및 귀환의지이다. 최원복 노인은 이질적인 타자로서 감수해야 할 차별과 억압에도 불구하고 한인으로서의 자기의식을 지탱하는 기반이자 민족 정체성의 중요한 표지로 기능하는 모국어는 물론 음식이나 풍속과 같은 일상에서도 한민족으로서의 정체성을 고집한다. 또한 온갖 차별과 억압으로 인해 일본사회에 안주하지도 못하고, 그렇다고 분단된 조국 현실에 대한 양가적인 감정으로 인해 명확한 귀속의지도 지니지 못하는 불행한 의식에 포박되어 소외된 삶을 살아가는 아들이나 사위와 같은 재일 한인 2세들과는 달리 최원복 노인은 조국에 대한 도저한 향수와 명확한 귀환의지를 지니고 있다. 나의 주선에 의해 아내와 막내아들의 유골과 함께 귀환하는 영주 귀국 환송연 자리에서 '비록 고향이 아니라도 좋으니, 난 내 나라에 돌아가서 죽고 싶어. 일본이 아무리 살기 좋고, 동네 분들이 친절하게 해줘도, 결국 일본은 남의 나라지 내 나라는 아니지 않은가'라는 말과 함께 탁한 음성으로 아리랑을 부르는 대목은 자기 동일성의 근원으로 복귀하고자 하는 최원복 노인의 향수와 귀환의지의 진정성에 대한 강력한 원군으로 기능한다.

한편 노동기계를 강요당하는 가혹한 노동조건의 전시 공사 현장을 전전하는 최원복 노인의 인생유전을 통해서 손창섭은 야만의 얼굴을 한 일제의 노동수탈 강도에 대해서도 증언의 의지를 적극적으로 드러내고 있다. 최원복 노인을 비롯한 식민지 조선의 이주 노동자들은 임금 차별을 위시한 유형 무형의 각종 차별, 인간의 한계를 초월하는 열악한 환경에서의 고강도 노동으로 인한 크고 작은 노무 사고 및 노무 감독들의 폭력행위와 같은 가혹한 노동수탈과 폭력적인 노무관리에 일상적으로 노출되다시피하였다. 당시 노무 동원 정책에 의해 이주해 온 식민지 조선의 노동자들은 일제의 식민주의자들에게 군수 산업체의 부족한 노동력을 메우기 위한 노동기계 이상의 의미를 지닐 수 없었던 사물화된 존재에 불과했다. 최원복 노인의 회고를 통해서 전해지는 노동현장 상황은 일제의 식민 당국에 의해 "전시노무동원된 조선인 노동자들은 노동현장에서 무상노동에 가까운 저임금, 장시간 노동의 강요, 노동상해율의 급증 등 참혹한 노동조건과 병역적 이데올로기적 노동통제 아래 실로 육체 소모적인 희생을 강요"14)당했던 당시의 실상에 그대로 부합하고 있다. '비국민인 너희들 조선놈의 새끼 노동현장에서 쏴 죽이든 때려죽이든 우리 맘대로'라는 아시지노 비행장 확장 공사장 현장 감독의 폭언을 전달하는 최원복 노인의 회고와 "네깐 놈들보다는 말 한 마리가 더 소중하다. 알았느냐? 네 따위들 목숨 열 개가 문제되지 않아. 말 한 필이 훨씬 가치가 있단 말이야"15)라는 노동현장 군사훈련 교관의 폭언을 전달하는 강제 징용 탄광 노동자의 증언의 일치는 최원복 노인의 회고적 진술이 순전한 허구가 아니라 구체적 사실에 기초한 의사 역사 기록이자 증언임을 극명하게 보여주고 있다. 이를 통해 손창섭은 당시 식민지 조선의 이주 노동자들을 노동기계로서의 효용가치가 다하면 "전쟁중 사회적인 말살이며 신체적으로도 죽음을 의미하는 무서운 호명이었던 비국민"16)이라는 주홍글씨의 낙인과 함께 폐기처분했던 소모

---

14) 김민영, 『일제의 조선인 노동력수탈 연구』, 한울, 1995, 152면.
15) 앞의 책, 152면.

품적인 존재로 취급할 정도로 야만의 얼굴을 지녔던 일제의 폭력적인 노동수탈을 증언하고 있다.

2) 일상적인 차별과 폭력에 의한 정체성 분열

재일 한인의 정체성을 해명하는 문제는 대단히 어려운 일이다. 일본 사회의 마이너리티에 해당하는 재일 한인은 국민=민족적 동일성으로 환원되지 않는 독특한 중층적인 정체성을 지니고 있기 때문이다. 이와 같은 재일 한인의 중층적인 정체성과 관련하여 초점인물로 기능하는 최성기는 문제성을 지닌 인물이다. 일본사회의 일상적인 차별과 폭력에 의한 소외 및 정체성 분열을 감당하지 못하고 분신자살로 자신의 젊은 삶을 마감하는 최성기의 비극적인 개인사는 그것이 한 개인만의 문제에 국한되는 것이 아니라 일본 주류사회에 적응하거나 편입되지 못하고 온갖 차별과 폭력을 일용할 양식으로 이질적인 타자의 삶을 강요당했던 수많은 재일 한인 2세들의 소외와 상실감을 전형적으로 대변하고 있기 때문이다.

최원복 노인의 막내아들인 최성기는 차별로 인한 전망 부재의 이유를 들어 대학을 자퇴한 후 실존의 구심점과 방향성을 상실한 채 끊임없이 출구로서의 일본 사회 바깥을 모색하는 적응장애를 지닌 주변인이다. 대학 시절 학생운동과 기독교에도 깊은 관심을 가지고 참여한 바 있었던 그의 이력에서 짐작할 수 있는 바와 같이, 비판적인 사회 역사의식의 소유자인 그에게 가장 절실한 화두는 자신의 민족적 정체성에

---

16) 니시카와 나가오, 윤대석 역, 『국민이라는 괴물』, 소명출판, 2002, 40면.

대한 심각한 고민과 모색, 민단과 조련계로 분열된 재일 한인사회의 갈
등과 남북으로 분단된 조국에 대한 애정과 불만 등 한인 2세라는 자신
의 존재론적 조건과 관련된 사회 문제들이다. 취업이나 승진 등을 비롯
한 각종 사회 경제적 지위에서 침묵을 강요당하는 타자로서의 소외와
상실감에 시달리던 그는 사귀던 일본 아가씨 기요코와의 결혼이 좌절
당하는 일을 계기로 23살의 젊은 나이에 분신자살로 삶을 마감하는 비
극적인 운명의 주인공이 된다. 일본인 아가씨 기요코를 만나는 과정에
서 더욱 민감하게 의식하게 된 자신의 민족 정체성에 대한 모색과 고민
은 최성기로 하여금 분신자살이라는 극단적인 선택을 감행하게 할 정
도의 실존의 분열을 자극했던 것으로 보인다.

> '나는 순수한 남조선인도 북조선인도 아니다. 구태여 자신의 정체를
> 분석해본다면 4, 3, 3의 비율로 남조선인, 북조선인, 일본인이다. 그리니
> 어찌 40퍼센트만의 입장을 대변할 수 있겠는가'
> 이 말을 처음 들었을 때 나는 적잖은 충격을 받았었다.(89면)[17]

> 아무 데서나 부모가 마구 한국말을 쓰는 것도 싫었다. 서툴러 빠진 부
> 모의 일어도 듣기 거북했다. 그것은 음의 강약을 나타내는 탁음도 인토네
> 이션도, 장단도 무시한 우스꽝스러운 한국식 일어이기 때문이다……
> 성기는 부모와 외출하는 일이 거의 없었다. 부모가 한국말을 써도 일
> 본말을 써도, 걸음을 멈추고 묘한 낯으로 힐끔힐끔 돌아보는 게 싫어서
> 다……

---

17) 앞으로 작품인용의 각주 처리는 인용 다음에 면수만 밝히는 방식으로 통일하고
자 한다. 작품 인용 텍스트는 『유맹』, 실천문학사, 2005.

　　그는 정말 학교도 집어치우고, 아예 집을 나와 어디로든 먼 데로 떠나버리고 싶은 충동을 가끔 느끼었다. 일인 사회에 적절히 조화되지 못하는 부모가 원망스러웠고, 한국인으로 태어난 것이 한스러웠다.(97-98면)

　　허구적인 식민주의 담론의 권력기제가 효율적으로 작동하기 위해서는 담론의 폭력적인 반복을 통해 그 담론의 허구성을 실재로 승인하고 내면화하는 식민지 주체의 형성이 전제되어야 하는데, 일본과 남북한의 틈새에서 부유하는 경계인으로서의 분열증적 정체성으로 인해 고민하고 갈등하는 최성기 군의 모습은 식민지 주체의 정체성 분열과 혼돈을 전형적으로 보여주고 있다. 이방인으로서의 소외와 상실감을 감당하지 못하고 충동적인 도피심리를 반추하며 끊임없이 실존의 돌파구로서 일본사회 바깥을 모색하는 최성기가 자신들의 일본인 이복동생인 사부로를 유괴한 후 석방의 조건으로 아프리카에 가서 살 수 있는 비용 1억원을 요구하는 구니오와 다케오 형제를 적극적으로 이해하려 하는 것도 일본 사회의 차별과 억압으로 인한 피해의식과 분열증적 정체성을 공유하고 있다는 동류의식과 연민 때문이다. 일본사회의 일상적인 차별과 폭력에 의한 소외 및 정체성 분열의 문제에 대해 손차섭은 그 문제가 예민한 감성과 비판적인 역사의식을 소유한 최성기라는 한 예외적인 개인에게만 해당되는 예외적인 현상이 아니라 거의 대부분이 재일 한인 2세들에게 실존의 결단을 강요할 정도로 절실했던 문제라는 시각에서 접근하고 있다.

① "소장님의 호구조사가 또 시작됐네. 뭐 대한민국인임을 어떻게 생
각하느냐구요? 뭐가 대한민국입니까, 뭐가. 우린 말예요, 대한민국 사람
도, 남조선사람도, 북조선 사람도, 일본 사람도 아니에요. 뭐고 하니, 우
린 재일 한국인, 재일 조선인, 반드시 대가리에 그놈의 재일이란 딱지가
붙어다니는 특수족이에요. 아시겠어요? 소장님" (370면)

② "그런 의미에선 아버님 연대 분들이 차라리 행복할지 몰라요. 저
희처럼 일본서 나서 자란 사람들은, 관념상의 조국이 막연히 있을 뿐이
지 그토록 못 견디게 돌아가고 싶은, 말하자면 피부로, 체온으로 실감할
수 있는 조국이란 없거든요."
최노인의 사위인 박 청년이 이런 말을 했다. (504면)

①은 남북한 체제에 대한 사상의 차이로 조련계 아내와 이혼한 백도
선이 동일한 질문에 대해 냉소와 위악으로 답변하는 장면이고, ②는 최
원복 노인의 영주 귀국 환송연 자리에 모인 가족 친지들이 자신들의 소
회를 자유롭게 주고받는 과정에서 최노인의 사위인 박씨가 조국에 대
한 자신의 심경을 허심탄회하게 밝히고 있는 장면이다. 이 두 사람의
진술을 통해서 분명하게 확인할 수 있는 사실은 1970년대 당시 일본 사
회의 차별과 폭력에 의한 소외와 정체성 혼돈으로 인해 겪어야만 했던
재일 한인 2세들의 고통과 분열의 실존의 해체를 야기할 정도로 심각하
다는 점이다. 태어난 조국으로서의 식민지 조선에 대한 명확한 기억과
단호한 귀환의지를 지닌 최원복 노인과 같은 한인 1세대들은 정체성의
혼돈이나 분열로부터 상대적으로 훨씬 자유로운 입장이다. 이에 비해
일본에서 태어나 조선과 일본의 관계성 속에 존재하는 백도선이나 최
원복 노인의 사위인 박씨와 같은 한인 2세들에게는 조선과 일본은 조화

되지 않는 분열된 이원적인 것으로 양자 사이에는 뛰어넘기 어려운 균열이 있다. "일본 식민지배의 결과 의도하지 않은 채 이 나라(일본)에서 태어난 재일조선인의 대다수는 이 나라의 언어밖에 모르고, 여기밖에는 집이 없고, 여기밖에 직장이 없고, 여기밖에는 친구도 아는 사람도 없다. 다시 말하면 삶의 기반이 여기 외에는 없는"[18] 이들에게 그러나 조국은 조선(남북한)이며, 국적은 한국이거나 일본이거나 조선적인 채로 분열되어 있다. 이들이 민족 정체성의 분열과 혼돈을 경험하는 것은 따라서 지극히 당연한 사실이다. "좋은 싫든 간에 과거를 이어받은 일본과 조선의 틈새에서 양가적인 자기 동일화의 작업을 필연적으로 요구받고 있는 '재일'은 일본과 조선 중 그 어느 쪽인가이기보다는, 일본과 조선의 양쪽에 항상 주박된"[19] 경계인으로서의 불행한 의식을 감당해야만 하는 실존의 소유자들이기 때문이다.

한편, 일본 사회의 일상적인 차별과 폭력으로 인한 재일 한인들의 정체성 혼돈은 일본 사회의 중심성을 유지하는 한편 재일 한인들의 타자성을 자명한 것으로 승인한기 위한 배제 전략으로서의 지배 담론을 내면화하게 된다. 일본 사회의 폭력과 차별에 시달리며 침묵을 강요당하는 타자로서의 재일 한인들이 살아남기 위한 생존전략으로 선택하게 되는 가장 일반적이면서도 무난한 방식은 허구적인 식민주의 지배 담론을 내면화하는 길이기 때문이다. "사이드가 말하는 오리엔탈리즘은 동양을 열등한 '타자'로 담론화함으로써 동양에 대한 서양의 헤게모니

---

18) 서경식, 앞의 책, 30면.
19) 윤건차·이지원, 「재일 조선인의 아이덴티티」, 정문길 최원식 외 엮음, 『주변에서 본 동아시아』, 문학과 지성사, 2004, 217면.

를 확립하는 기능을 수행한다. 그런 점에서 오리엔탈리즘은 서양의 자기 이미지를 우월한 문명으로 심화하는 일종의 책략이 된다. 오리엔탈리즘은 정형화된 이분법적 재현 체계를 통해 동양과 서양의 정체성을 구분하고 본질화하며, 유럽과 아시아의 차이를 고착시킨다. 오리엔탈리즘에 의해 구성된 동양은 '실재적' 동양의 객관적으로 신빙성 있는 재현이 아니라 본질적으로 담론이 구성한 상상의 공간이다. 따라서 동양에 관한 서양의 모든 지식은 어차피 식민지 팽창의 역사와 공모 관계에 있으며, 따라서 '순수하고 사심없는' 지식은 존재하지 않는다. 이러한 맥락에서 사이드의 오리엔탈리즘은 '전원적' 체제를 구성하고, 이를 통해 주체를 '재구성 재조'하고 통제함으로써 주체가 권력의 대상으로서 주어진 사회체제 안에서 적응하도록 만드는 기제인 푸코의 권력"[20] 개념에 정확하게 부응한다.

1868년 메이지 유신 이후 "'문명'과 '야만'의 이원론을 중심으로 구축되어 가는 식민주의적 이항 대립주의 담론이 최종적으로는 선과 악의 이항 대립으로 수렴되어 가는 너무나 전형적인 사례"[21]인 탈아입구를 국가적 프로젝트로 설정한 일본은 서구의 근대에 대한 콤플렉스를 지닌 근대의 후발 주자이면서도 그 당시까지도 여전히 전근대적인 전통적 질서에 갇혀 있던 동양에 대해 엘리뜨 의식으로 무장하면서 다양한 헤게모니 장치와 폭력적인 강제를 동원하여 식민지 조선의 모든 부문을 식민 모국의 이해를 반영하는 구조로의 재편을 강제로 관철해간다.

---

20) 바트 무어-길버트, 이경원 역, 『탈식민주의! 저항에서 유희로』, 한길사, 2001, 114-131면.
21) 고모리 요이치, 송태욱 역, 『포스트콜로니얼』, 삼인, 2002, 61-62면.

서구 근대에 대한 식민지적 무의식을 은폐하기 위해서 자신들이 '서양'과 동일한 수준의 문명국가임을 확인해야 할 필요성에 직면했던 일본은 자신들의 중심성을 가능하게 하는 야만적인 타자의 발견을 필요로 하게 된다. 그들의 야만적인 타자성은 서구 따라잡기의 우등생을 자처하던 일본이 그들을 동화시키거나 배제시킬 수 있는 이유이기도 했다. 이와 같이 전도된 오리엔탈리즘으로 왜곡된 일제에 의해 근대화가 진행되는 과정에서 식민지 조선의 전통은 철저할 정도로 문명(일본 제국, 서양)/야만(식민지 조선, 동양)의 이분법적 틀 속에서 해체된 후 부정적인 타자로 주변화된다. 그러한 억압과 폭력의 질서는 종전과 함께 종식된 게 아니고 끊임없이 확대 재생산되면서 전후 일본사회의 재일 한인들에게 여전한 현재형으로 작동 중에 있음을 이 작품은 여실하게 증명하고 있다.

> 대체적으로 조선 사람은 신용이 없어요. 게다가 협장성이 농후하고, 몰경우하고… 한국민의 이러한 일면을 지적하는 것은 비단 최씨 부부만이 아니다. 그동안 조사서에 응답해 준 20명 가까운 교포 중, 3분의 2 이상이 이와 비슷한 대답을 했다.(25)

> 이곳에서 나서 자란 2세와는 달리, 한국말을 알면서도 꼭 일어만을 쓰는 교포가 많은 데 나는 놀랐다. 내가 한국어로 말을 걸어도 일어로 응대해오는 교포가 대부분이다. 한국말을 모르느냐고 물으면, 오래 쓰질 않아서 서툴고 어색하다는 것이다. 그런 사람들은 동포끼리도 으레 일어만을 쓴다.(82)

"인종적/문화적/역사적 차이들을 인정하면서 부정하게 하는 하나의

장치로서의 식민지 담론은 똑같이 정형화되어 있지만 서로 정반대로
평가되는 식민자와 피식민자의 지식들을 생산함으로써 그 전략을 권위
화하려 시도한다. 식민지 담론의 목적은 정복을 정당화하고 관리와 훈
육의 체계를 확립하기 위해 피식민자를 근본적 기원의 기준에서 퇴보
한 유형의 민중으로 해석하는 것이다.”22) 일제의 식민주의자들 또한 자
신들의 불법적인 식민지배를 정당화하기 위해 다양한 수준에서의 식민
지 담론을 개발·학습시키는데 민족적 패배주의와 열등감을 조장하는
내용으로 구성하는 식민지 담론은 그들의 주요한 담론 생산 방식의 하
나였다. 재일 한인들이 신용이 없어 신뢰할 수 없다는 평가는 그와 같
은 식민지 담론의 연장선에서 전후 재일 한인들에 대한 차별과 편견을
정당화하기 위해 이데올로기적으로 타자성을 구성하는 과정에서 생산
된 담론에 불과하다. 하위주체들의 문화적 인종적 차이를 자신들의 지
배와 권력 행사의 정당성을 위한 차별로 전유한다는 점에서 재일 한인
들에 대한 일본사회의 차별과 편견은 식민주의 담론의 전형적인 사례
에 해당하기 때문이다. 그러한 맥락에서 문면에서 보는 바와 같이 ‘조
선 사람들은 신용이 없다’라는 일본사회의 편견과 차별을 자기들 스스
로 승인하고 내면화하거나 적극적으로 일본말을 사용하는 허위의식 등
은 “문화적 중심에 주변부가 그저 받아들여질 뿐만 아니라 마치 양자(養
子)처럼 완전한 양자 결연을 맺어 그 일부가 되는 욕망을 가지고 과도한
모방을 하는 현상인 의식적인 양자 관계 만들기(affiliation)”23)나 “식민지
화된 지역의 사람들이 종주국의 문화나 담론에 대해 ‘적절한 모방’을

---

22) 호미 바바, 나병철 역, 『문화의 위치』, 소명출판, 2003, 153면.
23) 고모리 요이치, 앞의 책, 44면.

강요받고, 결과적으로 종주국의 논리에 '점유'(appropriate)되고 마는 과정"24)의 전형적인 사례라고 할 수 있다.

최성기의 비극적인 개인사나 재일 한인들의 허위의식 및 왜곡된 가치관을 통해서 손창섭은 재일 한인들에 대한 일본사회의 일상적인 차별과 억압이 어느 정도로 폭력적이었나를 증언하기 위한 문제의식을 반영하려 했던 것으로 보인다. 평소 "나는 현실에서 또는 작품 속에서 나보다 더 괴로운 사람, 불행한 사람들을 찾아내려고 애썼고 한편 그들과 친하기를 원했다"25)라는 생각을 밝힐 정도로 하위주체들의 불행에 관심이 많았던 그에게 도일 이후 직접 경험이나 목격 등을 통해 보고 들은 재일 한인사회에 대한 일본 사회의 차별이나 편견은 그러한 문제의식을 자극하는 결정적인 촉매로 작용했을 것으로 보인다. 그리고 한번도 안정된 존재론적 기반을 가져보지 못한 채 평생을 유랑과 방랑으로 보내는 과정에서 형성된, 주변부적 타자의 소외와 상처에 유달리 민감한 촉수와 연대의식 또한 그러한 문제의식을 자극하는 중요한 동인으로 작용했을 것으로 보인다.

최성기의 비극적인 개인사나 재일 한인들의 허위의식 및 왜곡된 가치관을 일본사회의 차별과 억압의 증언 의지라는 문제의식과 관련해서 접근하는 해석은 최성기의 분분한 자살 동기에 대해서 '다만 분명히 말할 수 있는 것은 ´그가 일본이라는 특수 상황 속에 사는 한국인이 아니었더라면 죽지 않았을 것´이라는 점이다'라는 나의 고백적 진술을 통해서 그 정당성과 설득력을 확보하게 된다. 자신의 딸인 서종숙에 대한

---

24) 앞의 책, 47면.
25) 손창섭, 「나의 작가수업」, 송하춘 편, 앞의 책, 299면.

다케오의 폭력에서 작품을 시작하는 설정, 최원복 노인의 귀환과 관련된 대소사를 적극 주선하는 노력, 조련계의 부인과 이혼한 후 방황하는 백도선과 일본인 아가씨와의 애정 갈등으로 방황하는 최성기 등 두 재일 한인 청년들과 격의 없이 주고받는 친구 이상의 친밀감, 일본인 아가씨와의 애정갈등에서 촉발된 민족 정체성의 문제로 고민하는 최성기의 고민을 명쾌하게 해결해주지 못하고 돌려보내는 자리에서 반추하는 '흡사 채권자를 맨손으로 돌려보낸 것 같은 개운치 않은 심정이다'라는 술회와 '남한을 '남조선', 북한을 '북조선', 남북한을 통틀어 '조선'이라 듣고 부르며 자랐고, 지금도 그렇게 불러야 조국의 영상이 어렴풋이나마 떠오르는 이 젊은이에게 초로에 접어든 '한국인'이 진실로 할 수 있는 말은 과연 무엇인가.'라는 자문을 통해서 드러나는 부채의식과 무력감, 분신자살로 자신의 젊은 삶을 비극적으로 마감한 최성기의 빈소에서 혈육의 죽음 이상의 절절한 애도와 비통함으로 임하는 조상, 다카무라라는 일본인으로 귀화한 고광일의 두 아들인 다케오와 구니오 형제의 일본인 이복동생 유괴사건에 대해서도 자신의 불행했던 과거의 어린 시절을 회상하면서 "위로부터의 억압감을 아래로 순차적으로 이양시킴으로써 전체의 균형을 유지하는 체계인 억압의 이양에 의한 정신적 균형의 유지"26)로 해석하면서 '소년들은 견딜 수 없이 고독하고, 불안하고, 피로한지 모른다'라는 이해와 공감의 시선으로 서술하는 태도 등은 모두 그러한 문제의식의 연장선상에서 해석해야 그 진정한 함의를 정확하게 파악할 수 있는 정보들이다.

---

26) 마루야마 마사오, 김석근 역, 『현대정치의 사상과 행동』, 한길사, 1997, 61면.

3. 문제의식으로서의 귀환의지

작가의 문제의식과 관련하여 이 작품에서 주목할 만한 또 다른 대목은 상대적으로 남한보다 북한을 더 좋은 사회로 높게 평가하는 일본과 재일 한인 사회의 편향된 시각에 대한 나의 태도이다. 최성기의 친구인 백도선의 조련계 부인과 최원복 노인의 친구인 한창일 노인과의 논쟁과 충돌, 일본 사회에서 재일 한인을 만날 때마다 반사적으로 작동하는 민단과 조련계에 대한 강박적인 구분 기제, 남한보다는 북한사회를 더 좋은 사회로 높게 평가하는 일본 사회의 주류적 시각에 대한 나의 민감한 태도 등에서 알 수 있는 바와 같이, 남북한의 평가에 대한 편향된 시각에 대해 나는 강박에 가까울 정도의 민감한 알레르기 반응을 보인다. 그러한 편향된 시각에 민감한 반응을 보이는 이유는 여론 형성에 결정적인 역할을 하고 있는 일본 사회의 대중 매체가 개방사회(남한) / 폐쇄사회(북한)이라는 본질적인 차이를 전혀 고려하지 않고 북한이 공식적인 경로를 통해 전달하는 일방적인 선전에 의한 왜곡된 정보를 마치 객관적인 사실인 것처럼 보도하는데다가 재일 한인 사회가 그와 같은 왜곡된 정보들을 그대로 승인 확대 재생산한다라고 생각하기 때문이다. '그렇지 않아도 일본의 신문, TV, 잡지 등 매스컴의 지나친 편파성에 나는 울화통이 터질 지경이었다. 남한에 대해서는 어떻게 해서는 헐뜯으려고만 든다. 그런가 하면 북한에 대해서는 덮어놓고 칭찬이다. 마치 북한의 선전문 같은 기사를 싣고 있다.'와 같이 일본사회의 친북한 편향적인 보도성향이나 '그렇지만 북조선은 지상 천국이구, 남조선은 도둑놈 소굴이라던데요'와 같이 남한사회에 대한 재일 한인들의 근거 없는 풍문이나 왜곡된 정보에 의한 편견과 오해 등에 의해 민감한 반응을 보이는 나의 태도는 작품 도처에서 산견된다.

　이러한 나의 태도는 물론 당시 남한을 주변화하는 일본 사회의 편견과 차별에 대한 비판과 교정을 통해 남북한 사회의 정확한 실상을 객관적으로 평가하게 할 수 있는 균형감각의 회복을 성찰하게 한다는 점에서 무시할 수 없는 의의를 지닌다. 하지만 역으로 남한 사회를 특권화하는 나의 태도는 냉정적인 사고와 국가주의의 틀로부터 결코 자유로울 수 없는 문제나 한계를 지니게 된다. 특히, "한 사람의 인간 속에, 조선과 일본이라는 두 개의 국가나 민족, 출신이나 언어, 습관이나 문화 등이 혼재하고 있어 조선과 일본의 관계성 속에 있는"27) "재일 동포 사회를 관통하는 한반도의 남/북과 일본의 경쟁하는 국가주의를 넘어서는 제4의 모험적 도정이 열리기를 기원"28)하는 현재의 시점에서 보면 나의 태도가 지니고 있는 한계는 너무나도 분명해 보인다. 하지만 그 어떤 예외적인 개인도 주체의 태도나 의식 형성에 구조적인 영향력을 행사하는 객관적인 구조로서의 아비투스를 완전히 무시하거나 초월할 수는 없는 법. 이 작품이 『한국일보』에 연재되던 1976년 당시는 해방 이후 소모적인 체제경쟁과 대결 구도를 유지해 온 남북한의 분단체제가 가장 완고하게 작동하던 시기였다. 따라서 이 시기는 남북한 모두 정도의 차이야 있겠지만 사회 구성원들에게 감시와 처벌의 시선을 내면화하면서 일상의 왜곡과 의식이 분열을 강요하던 시기이기도 했다. 당시

---

27) 윤건차, 앞의 글, 216-217면.
28) 최원식, 「주변, 국가주의 극복의 실험적 거점」, 정문길 최원식 외 엮음, 앞의 책, 332-333면.

반공주의 이데올로기와 권위주의적 질서를 통해 취약한 제도적 정당성
을 보완해나가던 유신정권의 경직된 체제를 전제로 연재를 했던 손창
섭 또한 국가주의에 포섭되지 않는 경계인의 시선을 통해 남북한을 형
상화하기는 어려웠을 것이다.

　이러한 객관적인 정세 이외에 해방 직후 20대 중반의 청년기(1946-48)
때 직접 체험한 북한 사회의 실상 또한 이러한 나의 태도를 형성하는 데
중요한 동인으로 작용했을 것으로 짐작된다. 손창섭이 머물던 당시 북
한사회는 소련을 등에 업은 김일성을 축으로 토지개혁을 비롯한 각종
사회개혁을 시도하면서 새로운 사회 건설에 들려있다시피 했다. 새로운
질서를 약속하는 각종 사회개혁을 시도하는 과정에서의 당시 북한사회
는 맹목적인 광기와 주술적인 신화가 사회의 모든 부문을 지배하면서
개인의 자유의지를 국가 권력의지의 영토 안에 식민화하는 전체주의 사
회의 틀로부터 크게 자유롭지 못했다. 기존의 권위와 관습에 대한 혁명
적인 반항아로 지적인 전위의 삶을 몸소 실천한바 있었던 "루소와 니체
에게 열병환자처럼 도취"29)된 적이 있었던 이력에다 "남에게 폐해를 끼
치지 않는 범위 내에서 어디까지나 내 멋대로 살고 싶은 것이다. 아무러
한 인습이나 형식이나 체면에도 구속받고 싶지 않다."30)라는 소회를 밝
힐 정도로 자유주의적인 성향을 지닌 손창섭에게 억압과 통제에 기초한
북한사회의 모습은 그 어떤 타협의 여지도 없는 야만의 얼굴을 한 비인
간적인 사회로 인식되었을 것이다. 이는 '살기 좋다 나쁘다의 기준을 어
디다 두느냐가 문제지만, 적어도 북한에 비하면 월등히 살기 좋은 건 틀

---

29) 손창섭, 「나의 작가수업」, 송하춘 편, 앞의 책, 300면.
30) 손창섭, 「괴짜의 변」, 송하춘 편, 앞의 책, 301-302면.

림없죠. 방금 말했듯이 남한에는 제한된 범위나마 자유가 있으니까요. 자유 국가니까요'라는 주장에서 알 수 있는 바와 같이 자유의지의 허여 수준을 북한과 남한 사회의 상대적인 비교 우위를 평가하는 최종심급으로 결정하는 나의 태도를 통해서도 증명이 되고 있다.

한편, 타자의 욕망에 대한 주체의 진술을 통해서 드러나는 것은 정작 타자의 욕망이 아니라 주체의 욕망인 경우가 허다하다. 이러한 맥락에서 볼 때 최노인의 귀향에 대해 착잡한 심사를 가누지 못하며 번민하는 나의 태도는 이 작품을 통해 손창섭이 드러내고자 했던 진정한 문제의식의 핵심에 접근하는 유력한 통로로 기능한다. 최노인의 귀향과 관련된 나의 태도는 이 작품을 통해서 손창섭이 궁극적으로 드러내고자 한 문제의식의 핵심이 어디 있는가를 결정적으로 암시하고 있기 때문이다. 따라서 아내와 막내아들의 유골을 안고서 남한으로 환국하는 최원복 노인을 환송하고 귀가하는 자리에서 반추하는 '노인의 모습에서 나는 자신의 몰골을 보는 듯 했다. 나도 머지않아 단신 돌아가리라. 돌아가리라 벼르고 있는 것이다. 하지만 처자의 반대를 무릅쓰고 과연 돌아갈 수 있을른지, 만일 돌아가게 된다면 그 시기가 언제쯤 될는지 자신의 일이면서도 아득하기만 하다. 흡사 나는 대학 입시에 합격한 친구와 헤어진 낙방생의 심경이었다.'라는 번민과 소회는 이 작품의 진정한 문제의식과 관련된 텍스트의 무의식으로 해석할 필요가 있다. 1973년 12월 25일 손창섭은 한국을 떠나면서 고은에게 언젠가 꼭 다시 오겠다는 다짐을 했다고 한다. 이 다짐에 미루어 짐작컨대 이 작품을 통해서 손창섭이 진정으로 전하고자 했던, 다시 말해 이 작품의 진정한 문제의식은 도일 직전 고은에게 언젠가 꼭 다시 오겠다는 다짐을 다시 한 번 확인함과 동시에 반드시 이루고야 말겠다는 결연한 실천 의지를 보인 것이라 할 수 있다. 열 세 살의 어린 나이에 이미 "비록 사지(死地)에 빠지더라고 세상에 나를 건져줄 사람은 없다"[31], "나의 눈앞에 초라하게 떠오른 나의 인간상은 부모도 형제도 고향도 집도 나라도 돈도 생일도 없는, 완전한 영양실조에 걸린 '육신(肉身)과 정신의 고아(孤兒)'였다"[32]라는 고백에서 알 수 있는 바와 같이, '나는 아무것도 가진 게 없다'라는 고아의식과 '나에게 내일은 없다'라는 종말의식으로 무장한 이후 소외와 고독을 일용할 양식삼아 평생을 만주, 일본, 각지로 유랑하는 과정에서 인간 실존의 근저이자 정체성 형성의 그루터기인 고향을 상실한 손창섭에게 존재의 의미창고로서의 안정된 존재론적 처소를 발견한 다음 그곳에서 정주하는 것은 실존의 최대 과제였을 것이다. 이러한 해석의 맥락에서 "최노인의 귀향을 통해서 작가 자신의 원초적 회귀의식을 표현한 것이다"[33]라는 지적은 적절해 보인다.

4. 나오는 글

이 글은 『유맹』을 1970년대 재일 한인사회의 비극적 실상에 대한 소설적 보고서라는 코드로 해석해보고자 하는 동기를 가지고서 출발했다. 이러한 동기에서 출발한 이 글의 목적은 재일 한인사회에 대한 일본사

---

31) 손창섭, 「나의 작가수업」, 송하춘 편, 앞의 책, 297면.
32) 손창섭, 「아마츄어 작가의 변」, 앞의 책, 312면.
33) 강진호, 「재일 한인들의 수난사」, 송하춘 편, 앞의 책, 253면.

회의 차별과 억압에 대한 손창섭의 문제의식을 밝혀보고자 하는 것이 었다. 분석의 결과 두 가지의 문제의식을 확인할 수 있었다. 그 두 가지의 문제의식의 핵심을 요약 정리하는 것으로 결론을 삼고자 한다.

첫 번째 문제의식의 핵심은 재일 한인들의 디아스포라가 본인들의 의지나 의사와는 거의 무관한 강요된 이산이었다는 점이다. 강요된 이산과 관련된 문제의식은 최원복 노인의 비극적인 개인사를 통해서 전달되고 있음을 확인할 수 있었다. 두 번째 문제의식은 재일 한인들에 대한 일본 사회의 차별과 억압이 그들의 정체성의 혼란과 실존의 해체를 야기할 정도로 폭력적이었다는 점이다. 일본사회의 억압과 차별에 의한 정체성의 혼란과 관련된 문제의식은 최원복 노인의 막내아들인 최성기의 비극적인 개인사를 통해서 전달되고 있었다. 타자의 욕망을 통해서 드러나게 되는 것은 결국 주체의 욕망이라는 정신분석학적 전제를 바탕으로 이 글은 두 사람의 비극적인 개인사를 통해서 손창섭이 궁극적으로 전하고자 했던 문제의식의 핵심은 자신의 귀환의지였음을 밝혀보고자 했다.

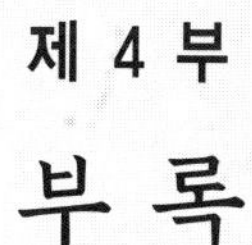

제 4 부
부 록

작가 연보

1922년   평안남도 평양 인흥동에서 출생. 형 손창익, 손창환, 누나 손정숙에 이은 막
         내.

1924년경 세 살 때 아버지 사망, 어머니 재혼, 할머니 손에서 자람.

1935년   할머니의 고생을 덜어드리고자 만주로 건너감.

1936년   도일(渡日) 일본 쿄오또(京都)와 토오쿄오(東京)에서 고학으로 중학교를 전전.
         이후 쿄오또(京都)대학에 입학 이때 이후 아내가 되는 우에노치즈꼬(上野千
         鶴子)의 오빠 우에노 세이지(淸二)와 입학 동기생으로 친해짐. 입학 이듬해
         같이 니혼(日本)대학 문학부로 옮겨감.

1943년   니혼(日本)대학 중퇴.

1946년   귀국하여 월북.

1948년   월남하여 교사, 잡지 편집기자, 출판사원 등으로 일함.

1949년   시모노세끼(下關)에서 우에노 치즈꼬와 약혼. 당시 손창섭은 중학교 국어교
         사로 재직 중이었는데 예식은 생략하고 부산에서 신혼살림을 시작함. 전쟁
         이 끝나고 등단 이후 서울 흑석동으로 이사하여 20여 년 거주함.

1949년   단편 「얄궂은 비」 발표.

1952년   단편 「공휴일」 발표.

1953년   단편 「사연기(死緣記)」, 「비오는 날」을 발표, 문예지 추천 완료를 통해 공식
         적으로 등단.

1955년   단편 「혈서」로 제1회 현대문학 신인 문학상 수상.

1959년   단편 「잉여인간」으로 제4회 동인 문학상 수상, 창작집 『비오는 날』(일신사),
         『낙서족』(일신사) 출간.

1962년   장편 『부부』(정음사) 출간.

1969년   장편 『여자의 전부』(국민문고사) 출간.

1970년   『손창섭 대표작 전집』(5권)(예문관) 출간.

1973년   12월 도일(渡日).

1976년   1월에서 10월까지 한국일보에 장편 소설 『유맹(流氓)』 연재.

1977년   6월부터 1978년 10월까지 한국일보에 장편 소설 『봉술랑』 연재.

1998년   아내의 성을 따라 우에노 마사루(上野昌涉)로 개명.

2008년   9월 급성 폐기종 증세로 입원.

2010년   6월 23일 폐질환으로 사망.

작품 연보

1949년　「얄구진 비」, 연합신문, 3.29-3.30

1952년　「공휴일」, 문예, 5·6월 합본

1953년　「사연기(死緣記)」, 문예 여름호

　　　　「비오는 날」, 문예, 11월

1954년　「생활적」, 현대공론, 11월

1955년　「혈서」, 현대문학 1월

　　　　「피해자」, 신태양, 3월

　　　　「미해결의 장」, 현대문학, 6월

　　　　「저어(齟齬)」, 사상계, 7월

　　　　「인간동물원초」, 문학예술, 8월

　　　　「STICK씨」, 학도주보, 9월

1956년　「유실몽(流失夢)」, 사상계, 3월

　　　　「설중행」, 문학예술, 4월

　　　　「광야」, 현대문학, 4월

「미소」, 신태양, 8월

「사제한(師弟恨)」, 현대문학, 10월

「층계의 위치」, 문학예술, 12월

1957년 「치몽(稚夢)」, 사상계, 7월

「소년」, 현대문학, 7월

「조건부」, 문학예술, 8월

「저녁놀」, 신태양, 9월

1958년 「가부녀(假父女)」, 자유문학, 1월

「고독한 영웅」, 현대문학, 1월

「침입자」, 사상계, 3월

「인간계루(人間繫累)」, 희망, 5월

「잡초의 의지」, 신태양, 8월

「잉여인간」, 사상계, 9월

「미스테이크」, 서울신문, 8.21-9.5

1959년 「반역아」, 자유공론, 4월

「낙서족」, 사상계, 3월

「포말의 의지」, 현대문학, 11월

1960년 「저마다 가슴 속에」, 민국일보(현 세계일보), 6.15-1961.1.31

1961년 「신의 희작」, 현대문학, 5월

「육체혼」, 사상계, 증간호(101호)

1962년 「부부」, 동아일보, 7.2-12.29

1963년 「인간교실」, 경향일보, 4.22-1964.1.10

1965년 「공포」, 문학춘추, 1월

1966년 「장편(掌篇)소설집」, 신동아, 1월

1968년 「환관(宦官)」, 신동아, 1월

「청사에 빛나리」, 월간중앙, 5월

「길」, 동아일보, 7.29-1969

1969년   「흑야」, 월간문학, 11월

1970년   「삼부녀(三父女)」,(『여자의 전부』로 개제), 주간여성, 1969.12.30-1970.6.24

1976년   「유맹(流氓)」, 한국일보, 1.1-10.28

1977년   「봉술랑」, 한국일보, 6.10-1978.10.8

▌소설집 목록 ▌

<孫昌涉 代表作全集 전5권>, 藝文舘, 1972.

<落書族, 未解決의 章·剩餘人間 外(三省版 韓國現代文學全集 26)>, 손창섭, 삼성출판사, 1978.7.25.

<손창섭(현대한국문학전집3)>, 신구문화사, 1981.

<한국대표단편선 4> 손창섭 지음 출판사 민성사 | 1990.03.01.

<그때 그시절 그소설> 손창섭 지음 출판사 자유교양사 | 1993.09.01.

<잉여인간 외(한국소설문학대계030)> 손창섭 지음 출판사 동아출판사 | 1995.01.01.

<잉여인간(오늘의작가총서 1)> 손창섭 지음 출판사 민음사 | 1996.01.01.

<잉여인간(한국3대문학상수상소설집)> 손창섭 지음 출판사 가람기획 | 1998.06.15.

<길>손창섭 지음 출판사 북갤럽 | 2002.08.20.

<손창섭 단편 전집 1,2> 가람기획, 2005.01.20.

<비오는 날 (한국문학전집 12)>손창섭 지음 출판사 문학과지성사 | 2005.01.25.

<유맹> 손창섭 지음 실천문학사 2005.06.20.

<비 오는 날 잉여인간 테러리스트 암사지도 외(20세기 한국소설 16)>손창섭, 선우휘, 서기원 지음 출판사 창비 | 2005.07.07.

<잉여인간> 손창섭 지음, 민음사 2005.10.01.

<현대문학상 수상작품집:1956-1970> 손창섭 외 지음 출판사 현대문학 | 2008.05.03.

<인간교실> 손창섭 지음 출판사 예옥 | 2008.09.20.

<손창섭 작품집> 저자 손창섭, 이상숙 지음 출판사 지만지 | 2010.03.15.

<삼부녀> 저자 손창섭 지음 출판사 예옥 | 2010.08.27.

연구 논문 목록

조연현, 병자의 노래(손창섭의 작품세계), 현대문학, 1955.4

윤병로, 혈서의 내용(손창섭론), 현대문학, 1958.12

백철·김우종·유종호·이어령, 낙서족을 읽고, 사상계, 1959.4

유종호, 모멸과 연민-손창섭론, 현대문학, 1959.9.10

김우종, 동인상 수상작품론, 사상계, 1960.2

송기숙, 손창섭론, 전남대국문학보, 1960.12.24

김상일, 손창섭 또는 비정의 신화, 현대문학, 1961.7

유종호, 고백이라는 것, 현대문학, 1961.12

이광훈, 패배한 지하실적 인간상-손창섭초기작품고, 문학춘추, 1964.8

송기숙, 창작과정을 통해 본 손창섭, 현대문학, 1964.9

김충신, 손창섭 연구-작품을 중심으로, 고대국문학, 1964.11

정창범, 허구의 시도-손창섭적 '공포'를 중심으로, 대한일보, 1965.1.25

정창범, 손창섭론, 문학춘추, 1965.2

윤병노, 월평(자리잡히는 사소설), 현대문학, 1966.2

임중빈, 실낙원의 카타르시스-손창섭과 새로운 가능성, 문학춘추, 1966.7

이선영, 아웃사이더의 반항-손창섭, 장용학을 중심으로, 현대문학, 1966.12

김영기, 현실부정 정신의 미학-이인직 이광수 손창섭 최인훈, 현대문학, 1967.12

유종호, 작단시대:환관-'일급의 애기'로 빈틈없어 고담풍 엿보이고, 동아일보, 1968.1.25

손창섭, 소설『길』을 끝내고-만인에 맞는 기성복 있을 수 없다, 동아일보, 1969.5.24

백낙청, 재출발한 단색화가-손창섭의 『청사에 빛나리』, 한국일보, 1968.5.28

김윤식, 앓는 세대의 문학, 현대문학, 1969.10

고 은, 실내작가론(9)-손창섭, 월간문학, 1969.12

조기원, 손창섭의 문제론적 고찰, 선청어문(서울대 사대), 1970.3

최상윤, 성격학에서 본 손창섭의 작중 인물고-특히 자화상『신의 희작』을 중심으로, 동아대, 1971.2

이선영, 한국현대 소설과 인간 소외-50년대의 손창섭과 60년대의 이호철의 경우, 연세

대 인문대논집, 1971.6

김 현, 테러리즘과 문학, 문학과 지성, 1971, 여름

김병익, 손창섭 작품해설『길』, 삼중당, 1975

백상창, 절망적인 밀리 외-손창섭의「신의 희작」, 한국문학, 1976.6

이봉희, 손창섭론-작중인물의 소외현상을 중심으로, 경기대, 1977.1

김영화, 손창섭론-권태형 인간상과 그 소설사적 의미, 월간문학, 1978.4

신경득, 반항과 좌절의 미학, 월간문학, 1978.12

신상성, 손창섭론, 새국어교육(한국국어교육학과), 1982.12

윤병노, 혈서의 의미-손창섭의「잉여인간」, 광장, 1983.6

곽학송, 정한숙과 손창섭, 월간문학, 1983.12

이용남, 손창섭론, 한국현대작가론, 민지사, 1984

이동하, 손창섭 소설의 세 단계, 한국현대소설연구, 민음사, 1984

김해옥, 손창섭의「공휴일」에 나타나는 소외의식과 문학적 언어의 표현론적 기능에 관
     한 연구, 연세어문학, 1986.12

김종회, 손창섭론-체험소설의 발화법, 그 특성과 한계, 문학사상, 1989.3

조남현, 손창섭 소설의 의미매김, 문학정신, 1989.6-7

이기인, 손창섭 소설의 구조, 한국현대소설 연구, 새문사, 1990

정창범, 희화화된 애국자(『낙서족』론), 손창섭(현대한국문학전집3), 신구문화사, 1981년
     판

이어령, 囚人의 미학-유실몽, 설중행, 손창섭(현대한국문학전집3), 신구문화사, 1981년
     판

김우종, 긍정에의 의욕-잉여인간, 손창섭(현대한국문학전집3), 신구문화사, 1981년 판

한상규, 손창섭 초기소설에 나타난 등장인물의 유형화, 서울대학교 국어국문학과, 관악
     어문연구, 1993

한상규, 손창섭 초기 소설에 나타난 아이러니의 미적 기능, 열음사, 외국문학, 제36호
     1993.9

손종업, 손창섭 후기 소설의 <여성성>, 중앙어문학회, 어문론집, 제23집 1994.2

박배식, 손창섭의 세태소설 분석, 국어국문학회, 국어국문학, 제113권 1995.4

김윤정, 손창섭의 소설-나르시시즘과 죽음의 문제, 한국어문화학회, 한양어문, 1995

하정일, 전쟁 세대의 자화상, 작가연구 1996 창간호

정호웅, 손창섭 소설의 인물성격과 형식, 작가연구 1996 창간호

송하춘, 전후 시각으로 쓴 첫 일제 체험, 작가연구 1996 창간호

이동하, 손창섭의『길』에 대한 한 고찰, 작가연구 1996 창간호

김동환,『부부』의 윤리적 권력관계와 그 의미, 작가연구 1996 창간호

강진호, 재일 한인들의 수난사, 작가연구 1996 창간호

박유희, 손창섭(孫昌涉) 소설론(小說論), 국어국문학회, 국어국문학, 제117권 1996.11

박상란, 반가부장 의식의 형상화(손창섭론), 동국대학교 한국문학연구소, 한국문학연구, 제18권 1996.12

구수경, 손창섭 소설의 창작 기법 연구, 한국문학이론과 비평학회, 한국문학이론과 비평, 제1집 1997.8

장병호, 손창섭 소설의 소외 의식 연구-<비 오는 날>의 모티프를 중심으로-, 문예운동사, 문예운동, 통권 제58호 1998.4

유선혜, '아버지되기'의 실패와 '실체없는' 구원의 여성상-손창섭 소설의 허무의식을 중심으로-, 한국문학이론과 비평학회, 한국문학이론과 비평, 제3집 1998.8

최강민, 손창섭 소설에 나타난 폭력성, 중앙어문학회, 어문론집, 제26집 1998.12

김진기, 손창섭의 무의미 미학, 박이정, 1999

배경열, 손창섭 소설의 특질과 인물성격, 국어국문학회, 국어국문학, 제125권 1999.10

변화영, 1950년대 손창섭의 이종 이야기에 나타난 초점화자의 의식 연구, 현대문학이론학회, 현대문학이론 연구, 2000

최미진, 손창섭의『부부』에 나타난 몸의 서사화 방식 연구, 현대문학이론학회, 현대문학이론연구 16, 2001.

강진호, 손창섭 소설 연구-주체와 화자의 문제를 중심으로-, 국어국문학회, 국어국문학, 제129권 2001.12

최용석, 손창섭 전후 소설에 나타난 가족 의식, 중앙어문학회, 어문론집, 제29집 2001.12

박유희, 손창섭 소설의 반어적 기법 연구: 「비오는 날」을 중심으로, 한국근대문학회, 한국근대문학연구, 제3권 제1호 (통권 제5호) 2002.4

정영화, 1950년대 소설 연구-선우휘와 손창섭을 중심으로, 중앙어문학회, 어문론집, 제30집 2002.12

송경빈, 손창섭 소설의 여성인물 연구, 한국문학이론과 비평학회, 한국문학이론과 비평, 제18집 2003.

유종호 외, 송하춘 편, 손창섭-모멸과 연민의 이중주, 새미, 2003.3

강유정, 손창섭 소설의 자아와 주체연구, 국어국문학회, 국어국문학, 제133권 2003.5

방민호, 손창섭의 《낙서족》에 관한 일고찰-자전적 소설과 세대론의 관점에서-, 한국현대문학회, 한국현대문학연구, 제13집 2003.6

조두영, 목석의 울음-손창섭 문학의 정신분석, 서울대학교출판부, 2004

조명기, 손창섭의 「生活的」에 나타난 전후의식, 한국어문학회, 어문학, 통권 제87호 2005.3

손정수, 전후세대 작가들의 소설에 나타난 장편화 경향에 대한 고찰, 한국현대문학회, 한국현대문학연구, 제17집 2005.6

류동규, 손창섭 장편소설『세월이 가면』에 나타난 윤리 문제, 국어교육학회, 국어교육연구, 제38권 2005.12

공종구, 강요된 디아스포라, 한국문학이론과 비평학회, 한국문학이론과 비평, 제32집 2006.9

홍주영, 손창섭의 도착적 글쓰기 연구, 한국현대문학회, 한국현대문학회 2007년 고려인 강제 이주 70주년 기념 학술대회 2007.6

류동규, '탈민족'의 관점에서 본『낙서족』, 한국어문학회, 어문학, 제96집 2007.6

최미진, 손창섭 소설에 나타난 교원과 교원 사회 연구, 부산대학교 한국민족문화연구소, 한국민족문화, 제30호 2007.10

류동규, 난민의 정체성과 근대 민족국가 비판, 한국비평문학회, 비평문학, 제29호 2008.8

류동규, 1960년대 손창섭 장편소설에 나타난 가부장제 이데올로기 비판, 문학과언어학회, 문학과언어, 제31집 2009.5

강진구, 민족/국가와 여성의 재현, 한국어문학회, 어문학, 제104집 2009.6

정철훈, 두번 실종된 손창섭, 창비, 창작과비평, 제37권 제2호 (통권 144호) 2009.6

장영미, 손창섭 소년소설 연구, 돈암어문학회, 돈암어문학, 제22집 2009.12

이선미, 1960년 전후 (성)문화풍속과 '사랑'의 사회성, 상허학회, 상허학보, 29집 2010.6,

┃학위 논문 목록┃

이광풍, 한국 현대소설의 패배주의 연구, 연세대학교 석사학위논문, 1972

박계정, 1950년대 소설에서 본 피해의식 연구, 이화여대 석사학위논문, 1979

경규진, 손창섭 소설의 자의식 연구, 서울대 석사학위논문, 1982

유선희, 孫昌涉 小說의 文體論的 硏究, 전북대학교 교육대학원 석사학위논문, 1985

최희영, 손창섭 장편『낙서족』,『부부』의 작중인물 연구, 석사학위논문, 한국외국어대학
　　　교, 1985

이대욱, 孫昌涉 小說에 나타난 諷刺 硏究, 서울대학교 교육대학원 석사학위논문, 1987

김 현, 현대소설의 시간성 및 공간성 연구, 서강대학교 석사학위논문, 1987

최갑진, 손창섭 초기 작품 연구, 동아대학교 석사학위논문, 1987

김병욱, 한국 현대소설의 시간과 공간 연구, 서강대학교 박사학위논문, 1989

송춘섭, 손창섭 소설 연구, 성균관대학교 석사학위논문, 1989

이명란, 손창섭의 단편소설 연구, 숙명여대 석사학위논문, 1989

이화경, 孫昌涉 小說의 文體硏究, 전남대학교 석사학위논문, 1989

강춘삼, 손창섭의 1950년대 단편소설 연구-배경과 인물을 중심으로, 전남대 교육대학원
　　　석사학위논문, 1990

강홍원, 한국 전후소설에 나타난 인간상 고찰-김성한·손창섭·이범선을 중심으로, 영
　　　남대 교육대학원 석사학위논문, 1991

김광수, 손창섭 소설의 인물 연구, 영남대 교육대학원 석사학위논문, 1991

최종민, 손창섭 소설에 나타난 인간형 연구, 서울대 석사 학위논문, 1992

김현희, 孫昌涉 小說의 敍述者 樣相 硏究, 충남대학교 석사학위논문, 1992

손순분, 손창섭 소설의 공간설정에 관한 연구, 경북대학교 석사학위논문, 1992

최강민, 자의식 소설의 공간대비 연구, 중앙대학교 석사학위논문, 1993

문화라, 손창섭 소설에 나타난 인물의 욕망구조 연구, 이화여대 석사학위논문, 1994

이강현, 손창섭 소설 연구: 작가의식을 중심으로, 세종대학교 박사학위논문, 1994

최미진, 손창섭 소설의 욕망구조 연구, 부산대학교 석사학위논문, 1995

김기홍, 손창섭 소설 연구, 배재대 석사학위논문, 1996

강정인, 손창섭 소설에 나타난 인물 연구, 조선대 교육대학원 석사학위논문, 1996

곽니라, 손창섭의 작가 의식 연구, 아주대 교육대학원 석사학위논문, 1999

조현일, 손창섭·장용학 소설의 허무주의적 미의식에 대한 연구, 서울대 박사학위논문,
　　　2002

가와무라 마치코, 손창섭과 시이나 린조(椎 名麟三)의 전후 소설 비교 연구-초기 작품
　　　을 중심으로, 경희대 석사학위논문, 2002

강윤희, 한국 전후 소설의 그로테스크 연구—장용학·손창섭·최상규의 소설을 중심으
　　로, 서강대 석사학위논문, 2002
곽상인, 손창섭 소설 연구—인물의 욕망 발현 양상을 중심으로, 서울시립대, 석사학위논
　　문, 2003
권창범, 손창섭 소설 연구, 동국대 석사학위논문, 2003

필 자(가나다순)

강진호 / 성신여자대학교
공종구 / 군산대학교
구수경 / 건양대학교
류동규 / 경북대학교
박배식 / 동신대학교
박유희 / 고려대학교
방민호 / 서울대학교
유선혜 / 서강대학교
이동하 / 서울시립대학교
이호규 / 동의대학교
장병호 / 중마고등학교
정호웅 / 홍익대학교
조명기 / 부산대학교
최강민 / 경희대학교
하정일 / 원광대학교

편 자

이호규

동의대학교 국어국문학과 교수

글누림 작가총서

손창섭

초판1쇄 인쇄 2011년 4월 1일 | **초판1쇄 발행** 2011년 4월 8일
엮은이 이호규
펴낸이 최종숙
책임편집 이태곤
편집 임애정 · 오수경 | **디자인** 안혜진 | **마케팅** 문택주 | **자료정리** 조성윤 · 조윤아
펴낸곳 글누림출판사
등록 제303-2005-000038호(등록일 2005년 10월 5일)
주소 서울 서초구 반포4동 577-25 문창빌딩 2층(우137-807)
전화 02-3409-2055 | FAX 02-3409-2059 | **이메일** nurim3888@hanmail.net
홈페이지 http://www.geulnurim.co.kr
ISBN 978-89-6327-112-5 93810
　　　978-89-6327-084-5(세트)

정가 22,000원

* 잘못된 책은 교환해 드립니다.